SANGRE AZTECA

GARY JENNINGS

SANGRE AZTECA

Traducción de Nora Watson

Planeta

Título original: *Aztec Blood*
Traducción del inglés: Nora Watson
Diseño de portada: Drive Communications
Realización de portada: Ana Paula Dávila
Fotografía del autor: Jerry Bauer

DERECHOS EXCLUSIVOS MUNDIALES EN ESPAÑOL
mediante acuerdo con Gary Jennings Estate c/o Mcintosh & Otis Inc.
New York, N.Y.

© 2001, by Eugene Winick, Executor, Estate of Gary Jennings
DERECHOS RESERVADOS

© 2002, Editorial Planeta Mexicana, S.A. de C.V.
Avenida Insurgentes Sur núm. 1898, piso 11
Colonia Florida, 01030 México, D.F.

Primera edición (en Estados Unidos de América): 2001
ISBN: 0-312-86251-2

Primera edición (México): septiembre del 2002
ISBN: 970-690-644-4

Impreso y hecho en México-*Printed and made in Mexico*

Impreso en los talleres de Gráficas Monte Albán, S.A. de C.V.
Fraccionamiento Agro Industrial La Cruz, El Marques, 76240 Querétaro

Nota para el lector

Cuando falleció en 1999, Gary Jennings dejó atrás una rica herencia de ideas nuevas y ficción histórica. Su editor trabajó con los apuntes de Jennings y con un escritor cuidadosamente elegido para organizar y completar las ideas de Gary Jennings a fin de crear esta novela, inspirada en su genio de narrador, para que fuera fiel al estilo de Jennings.

Después de la conquista de México y de la mezcla de sangre española e indígena, se produjo el nacimiento de una gran nación:

Todas esas sangres fusionadas se llamaron castas... *Estos seres de la calle, que se arracimaban, se morían de hambre y mendigaban en cada esquina de la ciudad... eran llamados* léperos. *Y estos leprosos sociales pedían limosna, hacían trabajos serviles, robaban. Allá por el siglo XVII, pandillas de léperos atestaban la capital y constituían una creciente amenaza para el orden público. Los léperos podían ser cruelmente destructivos, incluso asesinos... fueron los primeros bandidos mexicanos.*

El lépero vivía como podía... estaba dispuesto a degollarte o robarte la cartera, a suplicar por comida o por trabajo, a gritar bajo los azotes de las autoridades de la ciudad...

Irónicamente, los léperos habrían de sobrevivir, crecer y finalmente heredar el México moderno. Probaron, no la degeneración del hombre sino la tenacidad de la humanidad frente a una adversidad horrorosa.

T.R. Fehrenback, *Fire and Blood*

¿Acaso cualquier hombre sabe realmente quién es su padre?

Homero, *La Odisea*

Primera parte

Con frecuencia el acusado no recibía ningún indicio del problema hasta que recibía el golpe... Encerrado a solas en un calabozo, separado por completo de sus amigos, despojado de la comprensión y apoyo que podría recibir de sus visitas o comunicaciones, se le dejaba allí para que rumia-ra su desesperación, presa de espantosas dudas, sin siquiera saber de qué se le acusaba.

Mayor Arthur Griffiths, *In Spanish Prisons*

UNO

Al excelentísimo don Diego Veles de Maldonato y Pimentel, Conde de Priego, Marqués de la Marche, Caballero de Santiago, Virrey de Nueva España por Nombramiento de su Majestad Católica el Emperador Felipe, nuestro Rey y Señor.

Como capitán de la Guardia de la prisión de su Excelentísima, ha sido mi deber examinar a un tal Cristóbal, conocido por todos como Cristo el Bastardo, un famoso bandido, seductor de mujeres y cabecilla de la plebe.

Como Su Excelencia sabe, este tal Cristo es de sangre impura, concretamente pertenece a esa categoría de sangre mezclada que la ley define como mestizo, porque su padre era un español y su madre, una india azteca. Por tener, pues, sangre mezclada, carece de la protección que la ley les otorga a los españoles y a los indios, y no existe ninguna prohibición legal que impida que se lo torture o se lo ejecute.

Examinar a este ladrón y asesino de ascendencia incierta y sangre impura no ha sido tarea agradable ni provechosa. Las instrucciones que Su Excelencia me dio fueron tratar de sonsacarle la ubicación del cuantioso botín del que se apoderó en su calidad de bandolero, un tesoro cuyo robo es un insulto a Su Majestad Católica en Madrid y a usted y otros ciudadanos de Nueva España, sus verdaderos dueños.

Su Excelencia también me encargó que obtuviera de sus labios el paradero de la india azteca que supuestamente es su madre. Esa mujer públicamente ha negado haber dado a luz al bastardo, pero no se sabrá si ello es cierto o si la mujer inventó esa historia debido a la sangre impura del acusado, hasta que la encontremos y la sometamos a los métodos que tenemos en esta prisión para extraer la verdad.

Confieso, Excelentísimo Señor, que lo que se me ha encomendado es más difícil y odioso que aquel trabajo de Hércules de limpiar los establos del Rey Augeas. Resulta muy repugnante tener que interrogar a ese mestizo hijo de una puta, una prostituta callejera, como si él fuera una persona legal, en lugar de simplemente ahorcarlo. Sin embargo, los muertos no hablan y, a pesar de mi ardiente deseo, me veo obligado a recabar dicha información a través de la tortura en lugar de enviar al acusado al *diablo*, su amo.

Iniciamos los interrogatorios con el método de la cuerda y el agua. Como Su Excelencia sabe, colocamos cuerdas anudadas alrededor de los miembros del prisionero y las ceñimos girando una vara. Cinco giros por lo general bastan para obtener la verdad, pero no tuvieron efecto con este loco, salvo provocar risa. Entonces incrementamos los giros y mojamos las cuerdas para que se encogieran, pero tampoco así de su boca salieron palabras de confesión o de arrepentimiento. No pudimos usar las cuerdas en su cabeza por miedo de que se le saltaran los ojos de las órbitas y eso le impidiera conducirnos al tesoro.

El tratamiento de cuerdas y agua funciona bien con los mercaderes y las mujeres, pero no alcanza cuando se trata de un bribón como este bastardo. A nuestra pequeña y colonial mazmorra le faltan los implementos de una prisión grande. En innumerables ocasiones he solicitado instrumentos más adecuados que los que poseemos para poder aplicar tercer grado en los interrogatorios. En especial, me interesaría uno que observé cuando era un joven guardia en el Saladero de Madrid, la más famosa de todas las prisiones. Me refiero al "Toro de Phalaris"; con frecuencia, el solo hecho de amenazar con aplicarlo suelta la más silenciosa de las lenguas.

Se dice que el toro fue inventado por Phalaris, el tirano de la antigua Acragas, en Sicilia. Para crear ese monstruo, Phalaris hizo construir la enorme estatua de bronce de un toro, con su interior hueco. Las personas interrogadas eran arrojadas en el interior del toro a través de una puerta trampa y asadas por medio de un fuego encendido debajo. Sus gritos atronaban por la boca del toro, como si éste estuviera rugiendo. Se dice que Perilaus, el diseñador de este aparato demoníaco, fue la primera persona en experimentar en carne propia su creación, cuando Phalaris lo hizo arrojar adentro. Y que, en última instancia, también Phalaris fue asado en su interior.

Pero estoy seguro de que Vuestra Excelencia conoce bien estos hechos. Tal vez en el siguiente despacho a Madrid deberíamos solicitar uno de esos toros. Sus rugidos reverberarían por toda nuestra pequeña prisión y quebrarían hasta a nuestros más recalcitrantes criminales.

Porque comprendí que este Cristo el Bastardo no era un criminal ordinario sino un demonio, con vuestro permiso procuré encontrar a un hombre que tuviera experiencia en tratar con aquellos cuyos labios están sellados por el Maestro del Mal. Mi búsqueda culminó en fray Osorio, un monje dominico de Veracruz que ha acumulado gran experiencia al examinar para el Santo Oficio de la Inquisición a judíos, moros, hechiceros, brujas, magos y otros blasfemos.

Tal vez Vuestra Excelencia ha oído hablar de este sacerdote. De joven fue uno de los examinadores nada menos que de don Luis Rodríquez de Carvajal, el famoso judaizante que fue quemado en la hoguera junto a su madre y sus hermanas, frente a un gran gentío y todos los notables de nuestra Muy Leal Ciudad de México.

Se dice que fray Osorio oyó las retractaciones de los Carvajal y que personalmente estranguló a cada uno de ellos junto a la pira antes de que se encendiera la hoguera. Como Vuestra Excelencia sabe, una vez que el condenado es atado al poste de la hoguera, si se arrepiente se le coloca un collar de hierro alrededor del cuello que es ajustado por medio de un dispositivo con tornillo desde atrás, hasta que la persona muere. Estrangular de esta manera a aquellos que se arrepienten junto al poste de la hoguera no es incumbencia de un sacerdote, pero fray Osorio actuó con gran piedad y misericordia al llevar a cabo esa tarea puesto que la estrangulación mata con más rapidez que las llamas.

Por aquella época yo era nuevo en el servicio del virrey y puedo dar fe de la veracidad de este hecho porque fui asignado como guardia a la pira.

Fray Osorio respondió a nuestra petición de asistencia y generosamente abandonó sus tareas con el Santo Oficio en Veracruz para interrogar a este bastardo que se hace llamar Cristóbal. El buen fraile pone en práctica los mandatos del fundador de su orden, santo Domingo, el primer inquisidor, quien aconsejaba que, al tratar con blasfemos y heréticos, debemos luchar contra el demonio con fuego y les dijo a sus seguidores que "cuando las palabras bondadosas fracasan, pueden resultar beneficiosos los golpes".

El fraile comenzó a tratar de soltarle la lengua al prisionero con golpes con un látigo cuyas cuerdas de cáñamo están empapadas en una solución de sal y azufre y tienen incrustados pequeños trozos filosos de hierro. Esto puede reducir la piel y los tejidos en pulpa en muy poco tiempo. ¡Qué diablo! La mayoría de los hombres se arrepentirían y suplicarían misericordia al probar estos azotes venenosos, pero en el caso de este adorador del demonio, produjo una catarata de palabras sumamente obscenas y traicioneras salidas de su inmunda boca.

No contento con esto, insultó además a todo el reino de España al gritar que *se siente orgulloso de su sangre impura*. Eso en boca de un mestizo es razón más que suficiente para matarlo sin demora. Como nosotros, los de la Ciudad de México, sabemos incluso mejor que el resto de la Nueva España, que esta imposición de sangre impura causada por la mezcla de pura sangre española con la sangre de indios crea una deformidad de carácter viciada y nociva, que con frecuencia conduce a la existencia de piojos humanos que infectan nuestras calles; parias sociales que nosotros llamamos léperos, leprosos sociales que son perezosos y estúpidos y que se ganan la vida robando y mendigando.

Los mestizos son sin razón, sin embargo este bastardo alega que ha practicado las artes médicas y ha descubierto que los mestizos y otros de sangre mezclada tienen un cuerpo más fuerte que los que poseen pureza de sangre, o sea que aquellos de nosotros capaces de tener un cargo honorable en la vida.

Entre un latigazo y otro gritó que la mezcla de sangre española y azteca produce hombres y mujeres que no contraen tantas enfermedades europeas como la sífilis, que han matado a nueve de cada diez indios, y que tampoco padecen de las fiebres tropicales que se han cobrado la vida de tantos de nuestros amigos españoles y familias españolas.

Ha blasfemado al decir que algún día Nueva España será poblada y gobernada por mestizos, quienes en lugar de ser considerados leprosos sociales, serán los seres más altivos de la Tierra.

¡Dios mío! ¿Cómo es posible que este vil leproso de la calle conciba semejantes ideas? Yo no presto atención a esta loca charlatanería de un demente; solamente presencio esas viles palabras y prestaré testimonio de ellas delante de Su Excelencia o de un Inquisidor del Santo Oficio.

Continuando con su tarea, fray Osorio obtuvo azufre de los fabricantes de pólvora y se lo puso al hombre en las heridas y en las axilas. Y quemó ese azufre. Entonces el prisionero fue izado cabeza abajo y quedó colgando de la pierna izquierda, con las manos atadas detrás de la espalda y la boca amordazada. Mientras estaba en esta posición, se le vertió agua por la nariz.

Cuando tampoco estos métodos lograron hacerlo recuperar la memoria o detener el flujo de palabras obscenas y de blasfemias, le pusieron los dedos de la mano en empulgueras. La empulguera es un excelente método de persuasión porque produce una agonía tremenda con muy poco esfuerzo. Se colocan los pulgares y el resto de los dedos de la mano en un artefacto accionado a tornillo entre dos travesaños con costillas, que se atornilla lentamente. Esto se hace hasta que los tornillos quedan bien apretados y la sangre salta de los pulgares y los dedos.

Pero, en mi opinión, el método más persuasivo, el que hace que cualquier hombre tiemble y se estremezca, es con frecuencia el más expeditivo. Es el que yo prefiero; lo he usado desde mis días en el Saladero. Es engañosamente simple pero en extremo doloroso: cada noche, mi carcelero barre las sabandijas del piso de la mazmorra y las disemina sobre el cuerpo del prisionero, a quien se le mantiene atado para que no pueda rascarse ni sacarse esos bichos de encima.

Me complace informar que nunca había escuchado música más hermosa de la boca de este demonio que sus alaridos cuando esos bichos reptaban sobre su cuerpo desnudo y se introducían en sus heridas abiertas.

Todo esto se realizó el primer día. Pero, ¡ay de mí!, Excelencia, todavía no brotó ninguna confesión de la boca del prisionero.

Cuando esos métodos para aflojarle la lengua fracasaron, pero no impidieron que siguiera profiriendo insultos, fray Osorio probó otros que había aprendido a lo largo de tres décadas con la Inquisición. Lamento informar a Vuestra Ilustrísima Excelencia que al cabo de siete días de la más severa persuasión, este mestizo no ha revelado el paradero de la perra azteca de cuyo útero salió el mal hombre.

No obstante, me complace informar que un examen físico ha revelado vínculos aun más estrechos entre este mestizo y el diablo. Cuando a este individuo se le desnudó para bañarlo en aceite caliente, fray Osorio advirtió que el miembro masculino del hombre no sólo era de un tamaño extraordinario sino que estaba deformado: su prepucio había sido cortado hacia atrás de una manera muy desagradable.

Aunque ninguno de nosotros había observado personalmente tal alteración en el cuerpo de un hombre, habíamos oído hablar de semejante blasfemia y comprendido que esa desagradable deformidad era señal de una horrible maldad y depravación.

Por indicación del buen fraile, solicitamos que un integrante del Sagrado Oficio de la Inquisición, con experiencia en esas cuestiones, examinara el miembro viril de ese individuo. Como respuesta, a fray Fonseca, un sacerdote muy instruido que había tenido éxito en descubrir por su apariencia física a protestantes, judíos, moros y otros adoradores del archimalévolo Mefistófeles, se le encomendó realizar dicho examen aquí, en la mazmorra.

Levantamos a este Cristo el Bastardo hacia arriba, con los brazos hacia atrás y le proporcionamos buena luz a fray Fonseca para que examinara con atención la parte masculina del hombre. Durante ese procedimiento, el muy cobarde le lanzó al buen sacerdote una catarata interminable de las palabras más soeces, y hasta lo acusó de toquetearle el pene por placer más que con el fin de llevar adelante esa indagación sagrada.

El bastardo alardeó de manera detestable y a los gritos de que todas las esposas, madres e hijas españolas habían probado su miembro masculino de tamaño excepcional en cada uno de los orificios de su cuerpo.

Juro por la tumba de mi padre, Excelencia, que cuando el bastardo gritó que mi propia esposa había aullado de placer cuando él le introdujo el pene, hicieron falta cuatro hombres de la guardia para evitar que yo clavara mi daga en el corazón de ese malvado.

En realidad, Excelencia, la investigación de fray Fonseca reveló que no nos equivocábamos al pensar que la deformidad de la parte viril es una prueba de la influencia de Satanás. Es exactamente la clase de mutilación que los judíos y los moros les practican a sus hijos. El buen fraile sospecha que, en lugar de que el pene haya sido intencionalmente deformado con una cuchilla, como es habitual entre los no creyentes, en el caso del bastardo es una marca de Caín, que lo revela como adorador del diablo.

A fray Fonseca este caso le resultó muy curioso e importante, y ha pedido que el prisionero les sea transferido a él y a fray Osorio cuando terminemos nuestro interrogatorio, para que él pueda realizar un examen más cuidadoso de esa sospechosa parte masculina.

Debido a que este mestizo no se ha retractado de sus maldades ni revelado el lugar donde se oculta lo que robó, mi recomendación es que sea entregado al Santo Oficio de la Inquisición de Su Majestad Católica para que lo interroguen más y se arrepienta antes de ser ejecutado.

Mientras aguardo las instrucciones de Vuestra Excelencia, le he entregado al prisionero lapicera y papel, a su pedido. ¿Puede Vuestra Excelencia apreciar mi sorpresa cuando ese demonio alegó que sabe leer y escribir como un español? Confieso que mi sorpresa fue incluso mayor cuando le dicté una frase y descubrí que realmente él escribía palabras en el papel como un sacerdote. Enseñarle a un mestizo a leer y escribir es, desde luego, ofensivo para la política de Vuestra Excelencia, que aconseja proporcionarles un estilo de vida acorde con su ubicación como sirvientes y obreros.

Sin embargo, puesto que Vuestra Excelencia considera que es probable que él, inadvertidamente, proporcione una pista con respecto al lugar donde está el tesoro que robó, le he dado papel y pluma para que escriba lo que quiera.

Tal como usted instruyó, los escritos de este demente, por absurdos que sean, serán enviados a Vuestra Excelencia para su posterior examen.

El Señor es testigo de la verdad de este documento que envío a Su Excelencia el Virrey de Nueva España.

Para servir a Usted. Quiera Nuestro Señor cuidar y preservar a Vuestra Excelencia este primer día de febrero del año de Nuestro Señor un mil seiscientos veinticuatro.

Pedro de Vergara Gaviria
Capitán de la Guardia.

DOS

¡*Ni Thaca!*, ¡También somos humanos!

Las palabras aztecas de un hombre agonizante que había sido marcado como un animal de granja por su amo español gritan en mi mente mientras me preparo para registrar mis pensamientos en este fino papel que el maestro de la mazmorra del Virrey me ha proporcionado.

Yo también soy humano son palabras que yo he pronunciado muchas veces en mi vida.

Mientras estoy sentado en mi celda, la luz de la llama titilante de una vela apenas si perfora un agujero en la oscuridad. El capitán se ha llevado mi ropa para darles a las sabandijas un acceso más fácil a mi carne y a mis heridas. Ay, qué torturas puede crear el hombre astuto. Sería menos doloroso que me fueran destruyendo la carne, cortándomela como a un ciervo que es desollado, que tener estos pequeños bichos que me hacen cosquillas con sus patas peludas y me muerden con sus fuertes mandíbulas.

La piedra húmeda y fría se aprieta contra mi piel desnuda y tiemblo sin control. Este frío que me carcome y el sonido de otros prisioneros me recuerda que soy todavía humano. Está demasiado oscuro para que pueda verles la cara, pero oigo el miedo de otros presos y siento su dolor. Si yo mereciera menos estar en esta cárcel, tal vez me sentiría más agraviado por el rudo trato de mis captores. Pero confieso que he sido muchas cosas en esta vida que el buen Señor me ha regalado y que mi sombra con frecuencia trepó por los escalones del patíbulo. Sin duda me merezco cada momento de dolor que ellos me causan.

Pero, gracias a Dios, hoy soy un rey entre los prisioneros pues no sólo tengo una vela sino también pluma, papel y tinta para poder registrar mis pensamientos. No creo que el virrey gaste un buen papel como gesto de misericordia. Él quiere que yo escriba mis secretos, extorsionarme al permitir que yo garabatee mis pensamientos sobre papel, cuando él no pudo arrancármelos con tenazas calientes. Pero, tal vez, al virrey no le será tan fácil descubrir mis secretos porque yo tengo *dos* frascos de tinta: uno con tinta tan negra como las arañas de este agujero infernal y el otro, con leche de madre.

Se preguntarán: pero Cristo, ¿de dónde sacaste leche de madre en una mazmorra?

De Carmelita, mis amigos. La hermosa y dulce Carmelita. Yo nunca le puse los ojos encima, pero estoy seguro de que tiene la cara de un ángel. Sin embargo, Carmelita y yo hablamos seguido, a través de la hendedura que hay en la pared que separa nuestras celdas. Pobre y dulce señorita, ella fue juzgada y sentenciada a morir en la horca por haberle abierto la panza a un soldado, un soldado del rey, que la violó sin pagarle. ¡Oye! Pobre Carmelita. Prisionera por defender su propiedad contra un ladrón, el derecho de cualquier comerciante.

Por fortuna para Carmelita, las depravaciones de los hombres no se limitan a los vicios de los soldados. Los malévolos carceleros de esta mazmorra, estos carceleros, se tomaron turnos con ella cuando estaba prisionera y ahora Carmelita tiene una criatura. ¡Ah! Qué muchacha astuta: ¡una mujer con un hijo no puede ser ejecutada! Esta puta sabía exactamente dónde tenían el cerebro sus carceleros.

Este ángel de la mazmorra es aun más astuta que yo. Cuando le dije que deseaba dejar un registro de mi presencia en esta tierra, pero que no quería revelarle mis secretos al virrey, ella me pasó una copa de leche de sus pechos por la abertura que hay entre nuestras celdas. Dijo que con esa leche, la tinta se volvería invisible incluso mientras yo escribía, y que sólo cuando un cómplice oscureciera la letra con calor, las palabras reaparecerían como por arte de magia divina. Yo había oído hablar de esta tinta invisible de labios de un viejo fraile hace muchos años, pero nunca había intentado usarla.

Escribiré dos versiones de mi vida; una para los ojos del virrey y la otra como una lápida sobre mi tumba, las últimas palabras por las que me gustaría ser recordado.

La dulce Carmelita hará salir mis páginas a través de un carcelero bondadoso, quien se las dará a un hombre que alega ser amigo de ella. De esta manera, gracias a palabras escritas con leche de madre en una mazmorra, quizá el mundo conozca algún día mi historia.

Eh, amigos, ¿llegaré a ser tan famoso como Miguel Cervantes, que escribió acerca de ese extraño caballero errante que arremetía contra molinos de viento?

¿Qué me impulsa a dejar esta historia de mis días antes de enfrentar las llamas del infierno? ¡Ay! Mi vida no es solamente tristeza y pesadumbre. El recuerdo de mis viajes desde las ásperas calles de Veracruz a los palacios de la gran Ciudad de México y las imponentes maravillas de Sevilla, la Reina de las Ciudades, es más valioso que todos los tesoros de El Dorado.

Ésta es la verdadera historia de aquellos tiempos, de mis días de mentiroso y ladrón, de leproso de la calle y adinerado hidalgo, de bandido y caballero. He visto maravillas y mis pies se han chamuscado con el fuego del infierno.

Como pronto podrán ver, es una historia prodigiosa.

TRES

Los hombres me llaman Cristo el Bastardo. En realidad, no fui bautizado "Bastardo". En el bautismo recibí el nombre de Cristóbal en honor al único hijo de Dios. Bastardo es una acusación de que la persona que lleva ese nombre fue concebida fuera del santo matrimonio; no es un nombre.

Bastardo es tan sólo uno de mis nombres. Palabras incluso menos halagadoras han sido utilizadas para describir mi persona. Por algún tiempo fui conocido como Cristo el Lépero por mi asociación con esos parias de sangre mezclada que ustedes, los miembros de una sociedad más justa y de sangre más pura llaman leprosos sociales. La violación y la unión de mujeres aztecas con hombres españoles ha creado una gran cantidad de parias que caen en la mendicidad y el robo porque son rechazados, tanto por el pueblo de su madre como por el de su padre. Yo soy uno de ellos, pero reconozco el arrogante orgullo que siento por tener la sangre de dos razas nobles en mis venas.

Con respecto a mi nombre, el verdadero y los otros, y los que no lo son, y otros tesoros, me explayaré más adelante. Al igual que la princesa persa que inventaba cuentos durante la noche para mantener la cabeza sobre los hombros, yo no arrojaré todas mis perlas en un solo lanzamiento.

—Cristóbal, háblanos de joyas, de plata y de oro.

Las palabras del capitán de la guardia vuelven a mí como si fueran brasas ardientes de la pira del torturador de los que todavía no están muertos. De esos tesoros hablaré, pero primero está la cuestión de mi nacimiento. De mi juventud. De los peligros que era preciso vencer y de un amor que lo conquista todo. Estas cosas deben saborearse y no tratarse con prisa. La paciencia es una virtud que yo aprendí como huésped de la mazmorra del virrey.

Uno no apura a su torturador.

Deben perdonar la torpeza con que escribo en este papel tan fino. Por lo general soy tan capaz como un sacerdote de formar letras sobre el papel. Sin embargo, los servidores de fray Osorio han menoscabado mi caligrafía. Después de que me aplastaron las uñas con instrumentos de tortura, me vi obligado a sostener la pluma entre las palmas de mis manos.

Amigos, ¿necesito decirles qué placentero sería para mí encontrarme con el buen fraile en el camino, durante su regreso a Veracruz? Yo le enseñaría algunos trucos que sin duda le serían muy útiles al Sagrado Oficio de la Inquisición en su búsqueda del bien y el mal a través del dolor. Yo haría buen uso de esas endemoniadas sabandijas que el jefe de la mazmorra barría del suelo y ponía sobre mi piel para crear una agonía de cosquillas casi intolerable. Haría buenos cortes en la panza del fraile y metería en las heridas un puñado de esas sabandijas…

A pesar del daño corporal, mi alma está intacta y fuerte. Todavía seguirá aferrada a la verdad, que es lo único que me queda. De todo lo demás he sido despojado —del amor, el honor y la ropa—, de modo que aquí estoy, desnudo ante Dios y las ratas con quienes comparto mi calabozo.

La verdad todavía reside en mi corazón, en ese *sancta sanctorum* al que ningún hombre tiene acceso. La verdad no puede serle robada a un hombre, ni siquiera en el potro de tormento, porque está en la custodia de Dios.

Al igual que Don Quijote, un hidalgo cuyos sueños y ambiciones eran tan extraños como los míos, yo estaba destinado desde mi nacimiento a desempeñar un papel que me hizo diferente de los demás hombres. Los secretos siempre han sido sombras en mi vida. Yo debía descubrir que incluso mi nacimiento estaba velado por oscuros pensamientos y actos detestables.

¿Ustedes dicen que ese gran caballero errante no era nada más que los desvaríos de Cervantes después de su regreso de la guerra con los moros y su vil cautiverio? ¿Me llamarían ustedes loco si les dijera que en mis aventuras yo luché por tesoros junto al *verdadero* Don Quijote?

Díganle al fraile que guarde sus tenazas calientes y aguarde a que yo termine este relato acerca del tesoro, puesto que todavía no estoy preparado para revelarlo. Su abrazo ha dejado mis pensamientos divididos en muchos trozos, y necesito remendarlos para recordar esa joya de la vida y esos tesoros mundanos cuyo paradero quiere conocer el virrey. Debo retroceder, volver a los días en que fui amamantado por una mujer-loba y bebí el vino de mi juventud.

Amigos, empezaré por el principio y compartiré con ustedes el oro de mi vida.

Segunda parte

Tú no tienes madre.

Fray Antonio

CUATRO

Llámenme Cristo.

Nací en la aldea de Aguetza, en el vasto valle de México. Mis antepasados aztecas construyeron templos en el valle para complacer a los dioses del sol, la luna y la lluvia, pero después los dioses de los indios fueron dominados por Cortés y sus conquistadores; la tierra y los indios que la poblaban fueron divididos en grandes haciendas, dominios feudales de propiedad de los nobles españoles. Formada por varios cientos de chozas de ladrillos de barro y paja cocidos al sol, la aldea de Aguetza y todos sus habitantes pertenecían a la hacienda de don Francisco Pérez Montero de Ibarra.

La pequeña iglesia de piedra estaba cerca de la margen del río, a un costado de la aldea. Del otro lado del río estaban las tiendas, los corrales y la gran casa de la hacienda. La gran casa estaba construida como una fortaleza, con un muro alto y grueso, cañoneras y una inmensa puerta con goznes de hierro. Adentro, una pared junto a la puerta ostentaba un escudo de armas.

En nuestra época se decía que el sol nunca se ponía sobre el Imperio Español, pues éste domina no sólo Europa sino que se extiende alrededor del mundo, abarca la casi totalidad del Nuevo Mundo y, después, las Filipinas e hizo pie en la tierra de los hindúes y en África. Nueva España, con sus vastas riquezas en plata y tierras, es uno de los tesoros del imperio.

Por lo general, los españoles siempre se referían a todos los indios de Nueva España como "aztecas", aunque en realidad eran muchas las tribus indias: los tarascos, otomíes, totonacos, zapotecas, mayas y otras, a menudo cada una con su propio idioma.

Yo crecí hablando tanto náhuatl como la lengua azteca, y también el español.

Como mencioné antes, por mis venas corría sangre de españoles y de aztecas. Debido a esa mezcla, se me llamó mestizo, un nombre que significaba que yo no era español ni indio. Fray Antonio, el cura de la aldea que tuvo mucho que ver con mi crianza y educación, dijo que un mestizo nacía en un lugar limítrofe entre el Cielo y el Infierno, donde habitan aquéllos cuyas almas están privadas de la dicha del Cielo. Si bien el fraile rara vez se equivocaba, en este caso había juzgado mal la maldición de los mestizos. Más que un limbo, era en todo caso un estado de Infierno viviente.

La iglesia del fraile estaba edificada en el lugar donde una vez hubo un pequeño templo dedicado a Huitzilopochtli, el poderoso dios tribal de la guerra de los aztecas. Después de la conquista, el templo fue destruido y sus piedras se usaron para erigir un templo cristiano en ese mismo sitio. A partir de entonces, los indios cantaron alabanzas al Salvador de los cristianos en lugar de a los dioses aztecas.

La hacienda era un pequeño reino en sí mismo. Los indios que trabajaban la tierra cultivaban maíz, frijol, calabazas y otros alimentos, y criaban caballos, ganado, ovejas y cerdos. Los talleres fabricaban casi todo lo que se usaba en la hacienda, desde las herraduras para los caballos y los arados para labrar la tierra hasta los bastos carros con ruedas de madera empleados para acarrear las cosechas. Sólo los muebles finos, la vajilla y la ropa blanca usada por el hacendado don Francisco venían desde fuera de la hacienda.

Yo compartía la choza de mi madre, Miaha. Su nombre cristiano era María, por la Madre bendita de Cristo. Su nombre azteca, Miahauxiuitl significaba Flor de Maíz Turquesa en lengua náhuatl. Salvo en presencia del sacerdote de la aldea, siempre la llamaban por su nombre náhuatl.

Ella fue la primera madre que conocí. Yo la llamaba Miaha, que era el nombre que ella prefería.

Era de conocimiento público que don Francisco se acostaba con Miaha, y todos creían que yo era hijo de él. Los bastardos nacidos de indias que habían tenido relaciones sexuales con españoles no eran bien vistos por ninguna de las dos razas. Para los españoles, yo era sólo un número más en su plantel de animales de tiro. Cuando don Francisco me miraba, no veía a un hijo sino a una propiedad más. No me demostraba más afecto que el que le prodigaba al ganado que pastaba en sus campos.

No aceptado por los españoles ni por los indios, hasta los chicos me despreciaban como compañero de juegos, y temprano aprendí que mis manos y pies sólo existían para defender mi sangre mezclada.

Tampoco la casa principal de la hacienda era un santuario para mí. José, el hijo de don Francisco, tenía un año más que yo; sus hijas mellizas Maribel e Isabella, dos años más. A ninguno de ellos les estaba permitido jugar conmigo, aunque sí podían golpearme todo lo que quisieran.

Doña Amelia era cruelmente ponzoñosa conmigo. Para ella, yo era la mismísima encarnación del pecado: la prueba viviente de que su marido, don Francisco, había metido su garrancha entre las piernas de una india.

Éste era el mundo en el que crecí: español e indio por sangre, pero no aceptado por ninguno de los dos, y maldecido por un secreto que algún día haría temblar los cimientos de una gran casa de Nueva España.

—*¿Cuál es ese secreto, Cristóbal? ¡Dínoslo!*

Ayyo, las palabras del jefe de la mazmorra aparecen en mi papel como fantasmas negros.

Paciencia, señor capitán, paciencia. Muy pronto conocerá el secreto de mi nacimiento y de otros tesoros. Revelaré esos secretos en palabras que los ciegos podrán ver y los sordos oír, pero en este momento mi mente está demasiado débil por el hambre y la privación para poder hacerlo. Tendrá que esperar a que yo haya recuperado la fuerza después de una comida decente y agua dulce...

Llegó el día en que vi con mis propios ojos cómo una persona como yo, que llevaba sangre impura, era tratada cuando se rebelaba. Yo tenía cerca de once años cuando, al salir de la choza que compartía con mi madre, llevando mi lanza para pescar, oí ruido de cascos de caballos y gritos.

—¡Ándale! ¡Ándale! ¡Apúrate!

Dos hombres a caballo obligaban a avanzar a un hombre delante de ellos a fuerza de latigazos. Corriendo y tambaleándose, con el aliento de los caballos en su nuca y sus poderosos cascos martillando sus talones, el hombre vino hacia mí por el sendero de la aldea.

Los jinetes eran soldados de don Francisco, españoles que con sus mosquetes protegían la hacienda de bandidos y utilizaban sus látigos para obligar a los indios a trabajar las tierras.

—¡Ándale, mestizo!

Era un mestizo como yo. Vestido como labriego, tenía piel más clara y era más alto que un indio, con lo cual reflejaba la fusión de sangre española e india. Yo era el único mestizo en la hacienda y el hombre me era totalmente desconocido. Sabía que había otros mestizos en el valle. Cada tanto, alguno pasaba por la hacienda con los carros tirados por burros que traían las provisiones y suministros y se llevaban los cueros y las cosechas de maíz y de frijol.

Un jinete que avanzaba junto al mestizo lo azotó salvajemente. El hombre se tambaleó y cayó. Tenía la camisa rota y ensangrentada y su espalda era una masa de marcas sangrantes de latigazos.

El otro soldado cargó con una lanza y se la clavó en el costado al hombre, que trabajosamente se puso de pie y se tambaleó por el sendero de la aldea hacia nosotros. De nuevo perdió pie y los jinetes volvieron a atacarlo con el látigo y la lanza.

—¿Quién es ese hombre? —le pregunté a mi madre cuando ella se acercó a mí.

—Un esclavo de las minas —respondió—. Un mestizo que ha escapado de una de las minas de plata del norte. Vino a ver a algunos de los que trabajaban en el campo para pedirles comida y ellos llamaron a los soldados. Las minas pagan una recompensa por los fugitivos.

—¿Por qué lo golpean?

Era una pregunta estúpida que no requería ninguna respuesta de mi madre. Era como preguntar por qué le pegan latigazos a un buey para que tire de un arado. Los mestizos y los indios eran animales de tiro. Tenían prohibido abandonar las haciendas y eran propiedad de sus amos españoles. Cuando se fugaban, eran castigados como cualquier otro animal que desobedecía a su amo. De hecho, las leyes del Rey protegían a los indios de ser muertos por castigos, pero no había ninguna protección para los mestizos.

Cuando el hombre se acercó más, vi que tenía la cara desfigurada por más sangre.

—Tiene la cara marcada —dije.

—Los dueños de las minas marcan a sus esclavos —dijo Miaha—. Cuando se les vende o se les transfiere a otras minas, se les ponen más marcas. Este hombre fue marcado por muchos amos.

Yo había oído esta práctica de labios del fraile. Él me explicó que, cuando la Corona les dio a los conquistadores la concesión de sus tierras, también les dio permiso para tener indios con quienes pagar los tributos. Muchos de estos primeros pobladores marcaron a sus indios. Algunos incluso les quemaron sus iniciales en la frente para asegurarse de que no desaparecieran. El Rey finalmente prohibió que se marcara a los indios encargados de las encomiendas y esa costumbre sólo se utilizó con los condenados a trabajos forzados y los criminales que trabajaban en las temidas minas de plata.

De los indios que habían salido de sus chozas oí la palabra *casta* pronunciada como un insulto, un insulto dedicado tanto a mí como a los esclavos de las minas. Cuando miré hacia el grupo, uno de los hombres pescó mi mirada y escupió sobre la tierra.

—¡*Imbécil*! —gritó mi madre, enojada.

El hombre se fundió con el grupo para evitar la ira de mi madre. Si bien los habitantes de la aldea pueden haber considerado mi sangre impura como repugnante, mi madre, en cambio, era india pura. Más importante aún, ellos no querían enemistarse con ella porque se sabía que, cada tanto, don Francisco dormía con ella. Mi propia posición como el supuesto bastardo de un noble no me sirvió de nada; no existía ningún vínculo de sangre reconocido por don Francisco ni por ninguna otra persona.

Los indios también creían en el mito de la sangre pura. Pero yo representaba más que sangre impura para ellos. Un mestizo era un recordatorio viviente de la violación de sus mujeres y de la devastación de sus tierras.

Yo era apenas un chiquillo y me rompía el corazón crecer rodeado de desprecio.

A medida que el hombre era empujado como ganado hacia nosotros, pude ver mejor cómo el dolor le desfiguraba las facciones. En una oportunidad había visto a los hombres de la aldea matar a garrotazos a un ciervo herido. En los ojos del hombre vi la misma angustia salvaje.

No sé por qué su mirada atormentada se fundió con la mía. Tal vez porque él veía su propia sangre impura en mi piel más clara y mis facciones. O quizá yo era la única persona cuyo rostro expresaba espanto y horror.

—¡*Ni Thaca!* —me gritó. ¡Nosotros también somos humanos!

Me arrancó la lanza para pescar. Pensé que iba a darse media vuelta y luchar contra los soldados con ella. En cambio, se clavó la lanza en el estómago y cayó sobre ella. Aire y sangre burbujearon de su boca y de la herida mientras él se retorcía en la tierra.

Mi madre me llevó a un lado cuando los soldados desmontaron. Uno de ellos azotó al hombre y lo maldijo y lo mandó al infierno por impedirles que cobraran la recompensa.

El otro desenvainó su espada y se paró sobre el hombre.

—Su cabeza, todavía podemos conseguir algo por su cabeza y por su cara marcada. El dueño de la mina la clavará sobre un poste como advertencia para otros fugitivos.

Y le cortó el cuello a ese hombre agonizante.

CINCO

Ésa fue mi vida desde que de bebé gateaba sobre la tierra hasta que me convertí en un jovencito que corría en esa misma tierra, con piel ni marrón ni blanca, ni español ni indio, mal recibido en todas partes salvo en la choza de mi madre y en la pequeña iglesia de piedra de fray Antonio.

La choza de mi madre recibía bien asimismo a don Francisco. Él venía cada sábado por la tarde, mientras su esposa e hijas visitaban a la doña de una hacienda cercana.

Todas esas veces a mí me mandaban afuera de la choza. Ningún chico de la aldea jugaba conmigo, así que yo me dedicaba a explorar las márgenes del río, pescaba e inventaba compañeros de juego imaginarios. Una vez volví a la choza para buscar la lanza para pescar que había olvidado y oí ruidos extraños provenientes del rincón oculto por una cortina donde estaba el petate de mi madre, donde ella dormía. Espié por entre la cortina de caña y vi a mi madre tendida, desnuda, de espaldas. Don Francisco estaba arrodillado sobre ella, haciendo ruidos húmedos y de chupada con su boca sobre uno de los pechos de mi madre. Su trasero peludo relucía hacia mí y su garrancha y sus cojones se mecían hacia adelante y hacia atrás como los de un toro a punto de montar una vaca.

Asustado, huí de la choza y corrí hacia el río.

Yo solía pasar casi todos mis días con fray Antonio. En realidad, recibí más amor y afecto del fraile que de Miaha. Si bien Miaha por lo general me trataba con bondad, nunca sentí entre nosotros el vínculo cálido y apasionado que vi entre otros chicos y sus madres. En el fondo, siempre sentí que mi sangre mezclada hacía que ella se avergonzara de mí frente a su gente. En una oportunidad le expresé este sentimiento mío al fraile, y él me dijo que no era por mi sangre.

—Miaha está orgullosa de que se crea que ha tenido el hijo de don Francisco. Es la vanidad femenina la que le impide demostrarte su amor. Ella miró el río en una ocasión, vio su propio reflejo y se enamoró de él.

Los dos nos echamos a reír al compararla a ella con el vanidoso Narciso. Algunos dicen que él se cayó en el estanque y se ahogó.

El fraile me enseñó a leer casi tan pronto como aprendí a caminar. Porque la mayoría de los grandes clásicos estaban escritos en latín y griego antiguo, él me enseñó los dos idiomas. Las lecciones siempre venían con repetidas advertencias: yo no debía decirle a nadie, español o indio, que sabía esas cosas. Las lecciones siempre se hacían en la privacidad de su cuarto. Fray Antonio era un santo con respecto a todo, salvo mi educación. Estaba decidido a convertirme en una persona instruida a pesar de mi sangre mestiza, y cuando yo no entendía algo con la rapidez suficiente, él me amenazaba con apresurar mi aprendizaje con una vara, pero, en realidad, nunca se animó a golpearme.

Ese aprendizaje no sólo estaba prohibido para un mestizo; los españoles rara vez eran personas instruidas a menos que estuvieran destinadas al sacerdocio. El fraile dijo que doña Amelia a gatas si sabía escribir su nombre.

Lo cierto es que el fraile, corriendo un peligro personal, me había educado "más allá de mis medios", como él mismo dijo. Gracias al fraile y a sus libros conocí otros mundos. Mientras otros chicos seguían a sus padres para atender los campos en cuanto aprendían a caminar, yo me sentaba en el diminuto cuarto del fraile, ubicado al fondo de la pequeña iglesia, y leía *La Odisea* de Homero y *La Eneida* de Virgilio.

Todos debían trabajar en la hacienda. Si yo hubiera sido indio, me habría reunido con los otros en el campo. Pero el fraile me eligió como su ayudante. Mis recuerdos más antiguos eran de barrer la iglesia con una escoba de varillas, una cabeza más alta que yo, y plumerear la pequeña colección de libros encuadernados en cuero y códices de la Escritura, clásicos, anales antiguos y libros de medicina.

Además de velar por las almas de todos nosotros en las haciendas de ese valle, el fraile era la fuente principal de asesoramiento médico. Los españoles viajaban desde muchos kilómetros en busca de su atención médica, "por pobre e ignorante que fuera", dijo él, con sinceridad. Los indios, desde luego, tenían sus propios chamanes y brujas para combatir las enfermedades. En nuestra pequeña aldea, nosotros teníamos una bruja curandera a la que se podía recurrir para que echara una maldición sobre un enemigo o alejara los demonios que producían enfermedades.

A una edad temprana comencé a acompañar al fraile como su criado en sus misiones médicas con aquellos que estaban demasiado enfermos para venir a la iglesia. Al principio yo sólo hacía la limpieza, pero pronto pude estar junto a él para alcanzarle las medicinas o instrumentos mientras trabajaba con sus pacientes. Lo observaba mezclar sus elixires y, más adelante, estuve en condiciones de realizar las mismas mezclas. Aprendí a arreglar huesos rotos, a escarbar en busca de una bala de mosquete, a suturar una herida y a restaurar los humores del cuerpo por medio de sangrías, aunque siempre en calidad de criado.

Llegué a dominar estas artes por la época en que me creció pelo debajo de los brazos y entre las piernas. Don Francisco nunca se enteró de mis habilidades hasta que yo casi tenía doce años y cometí la equivocación de revelar lo que había aprendido.

Ese incidente habría de desencadenar una cadena de acontecimientos que me cambió la vida. Como sucedió tantas veces, los cambios vinieron a mí no con la tranquilidad de un río perezoso sino con los estallidos volcánicos de esas montañas que los indios llaman montañas de fuego.

Ocurrió durante el examen de un mayordomo de la hacienda, que se quejaba de dolor abdominal. Yo no había visto antes a ese español, pero por otros sabía que era el nuevo administrador de la hacienda más grande del valle. Pertenecía a don Eduardo de la Cerda, un hacendado al que tampoco había visto nunca.

Don Eduardo de la Cerda era un *gachupín*, un portador de espuelas, llamado así porque había nacido en la mismísima España. Don Francisco, aunque con pura sangre española, había nacido en Nueva España. Bajo el rígido código social, don Francisco, con toda su sangre pura y su extensa hacienda propia, era legalmente un *criollo* debido a su lugar de nacimiento. Los criollos estaban por debajo de los gachupines en la escala social.

Pero, amigos, para los indios y los de sangre mezclada, no existía ninguna diferencia entre un gachupín y un criollo. Las espuelas de ambos extraían sangre por igual.

Cierto día, el fraile fue llamado a la casa principal para atender al mayordomo, Enrique Gómez, quien estaba de visita en casa de don Francisco cuando se indispuso después del almuerzo de mediodía. Yo acompañé al fraile como su criado, llevando el bolso de cuero en el que él guardaba sus instrumentos médicos y sus principales frascos con pociones.

Cuando llegamos, el mayordomo yacía en un jergón. Me miró fijamente cuando el fraile lo examinó. Por alguna razón, mis facciones habían atraído su curiosidad. Era casi como si, a pesar de su dolor, me hubiera reconocido. Ésta era una experiencia inusual para mí. Los españoles nunca se fijaban en los sirvientes, en especial si se trataba de mestizos.

—Nuestro huésped —le dijo don Francisco a fray Antonio— hace muecas de dolor cuando usted le aprieta el estómago. Sin duda se ha distendido un músculo del abdomen, probablemente por acostarse con demasiadas de las doncellas indias de don Eduardo.

—Nunca son demasiadas, don Francisco —dijo el mayordomo—, pero sí tal vez demasiado recias y con las piernas demasiado apretadas. Algunas de las mujeres de su aldea son más difíciles de montar que un jaguar.

Por el olor del aliento del hombre cuando pasó junto a mí más temprano, me di cuenta de que su contenido estomacal hervía por haber comido tantos chiles y especias. Los españoles habían adoptado la cocina india, pero sus estómagos no siempre estaban de acuerdo. Lo que él necesitaba era una poción hecha con leche de cabra y raíz de jalapa para que le limpiara las entrañas.

—Es un dolor de estómago causado por el almuerzo del mediodía —solté—, no por un músculo.

Por la expresión de furia que apareció en la cara de don Francisco, me di cuenta de mi error. Yo no sólo había refutado su diagnóstico sino que había insultado la comida que se preparaba en su casa, literalmente acusándolo de envenenar a su invitado.

Fray Antonio quedó boquiabierto.

Don Francisco me dio una fuerte cachetada.

—Vete afuera y aguarda.

Con la cara adolorida, salí y me senté en la tierra para esperar la paliza inevitable.

Pocos minutos después, don Francisco, el mayordomo y fray Antonio salieron también. Me miraron y parecieron discutir entre ellos en voz muy baja. Yo no pude oír lo que decían, pero me di cuenta de que el mayordomo decía algo acerca de mí. Esas palabras parecieron crear desconcierto en don Francisco y consternación en el fraile.

Nunca antes había visto al fraile asustado. Pero ese día, la aprensión le deformaba las facciones.

Por último, don Francisco me hizo señas de que me acercara. Yo era alto para mi edad, pero también delgado.

—Mírame, muchacho —dijo el mayordomo.

El hombre me tomó la mandíbula y giró mi cara de un lado al otro como si buscara una marca especial. La piel de su mano era más oscura que la de mi cara, porque muchos españoles pura sangre tenían piel color oliva, pero el color de la piel significaba menos que el color de la sangre.

—¿Ve lo que quiero decir? —le dijo a don Francisco—. La misma nariz, las mismas orejas… obsérvele el perfil.

—No —dijo el fraile—, yo conozco bien al hombre, y el parecido entre él y este muchachito es superficial. Entiendo de estas cosas. Debe confiar en mi palabra.

Cualquiera que fuera el significado de las palabras del fraile, por la expresión de don Francisco era obvio que no le creía.

—Ve para allá —me dijo don Francisco y me indicó el poste de un corral.

Yo lo obedecí y me senté en la tierra mientras los tres hombres mantenían otra conversación animada sin apartar la vista de mí.

Por último, los tres volvieron a entrar en la casa. Don Francisco volvió un momento después con una cuerda de cuero crudo y un látigo para mulas.

Me ató a un poste y me dio la peor zurra de mi vida.

—Nunca más debes hablar en presencia de un español, a menos que te digan que lo hagas. Olvidaste cuál es tu lugar. Eres un mestizo. Nunca debes olvidar que tienes sangre impura y que los de tu clase son personas perezosas y estúpidas. Tu lugar en la vida es servir a la gente de honor y calidad.

Me miró fijamente y después me movió la cara de un lado al otro, como lo había hecho el mayordomo. Y lanzó una imprecación particularmente malévola.

—Veo el parecido —dijo—. La muy perra se acostó con él.

Me hizo a un lado, tomó el látigo y corrió por las lajas hacia la aldea, en el otro lado del río.

Los alaridos de mi madre se oyeron en toda la aldea. Más tarde, cuando yo volví a nuestra choza, la encontré acurrucada en un rincón. Tenía sangre en la cara procedente de su boca y su nariz, y uno de los ojos ya se le estaba cerrando por la hinchazón.

—¡Mestizo! —me gritó ella y me golpeó.

Yo retrocedí, espantado. Recibir una paliza de otros ya era suficientemente malo, pero que mi propia madre blasfemara contra mi sangre mezclada me resultó intolerable. Salí corriendo de la choza hacia una roca que colgaba sobre el río. Me senté allí y lloré, más dolido por las palabras de mi madre que por la zurra de don Francisco.

Más tarde, el fraile se sentó junto a mí.

—Lo lamento —dijo y me entregó un trozo de caña de azúcar para que la chupara—. Nunca debes olvidar tu lugar en la vida. Hoy revelaste conocimientos médicos. Si ellos supieran que lees libros… me estremezco al pensar lo que don Francisco podría haberte hecho.

—¿Por qué don Francisco y el otro hombre me miraron de manera tan rara? ¿Qué quiso decir cuando afirmó que mi madre se había acostado con otra persona?

—Cristo, hay cosas que no sabes acerca de tu nacimiento, que nunca se te podrán decir. Revelártelas equivaldría a ponerte en peligro. —Se negó a decirme más, pero me abrazó. —Tu único pecado es haber nacido.

La medicina del fraile no era la única que se practicaba en la hacienda. Los habitantes de la aldea y sus hechiceros tenían sus propios remedios.

Yo conocía las plantas de hoja ancha que había en pocos lugares a lo largo del río y tenían un poder espiritual de curación para las heridas. Triste porque mi madre había recibido un castigo por lo que yo había hecho, arranqué un puñado, las empapé en agua y las llevé a nuestra choza. Una vez allí, se las puse a mi madre sobre sus cortes y golpes.

Ella me lo agradeció.

—Cristo, sé lo difícil que es todo para ti. Algún día te serán reveladas muchas cosas y entonces entenderás por qué fue necesario guardar el secreto.

Eso fue todo lo que dijo.

Más tarde, cuando el fraile seguía con don Francisco y el mayordomo, me escabullí dentro de la habitación del fraile y preparé una mezcla de polvo de sus pociones y se las apliqué después a mi madre en la cara para aliviar el dolor. Yo sabía que la hechicera de la aldea utilizaba una poción de hierbas de la jungla para hacer dormir a las personas, porque creía que los buenos espíritus ingresaban en el cuerpo durante el sueño y luchaban contra la enfermedad. Yo también creía en el poder curativo del sueño, así que fui a verla para obtener esas hierbas e inducir así sueño en mi madre.

SEIS

La choza de la hechicera estaba ubicada en las afueras de la aldea, en medio de un bosquecillo de zapotes y matorrales que no habían sido talados para sembrar maíz. Era una choza de barro de dos habitaciones, con techo de paja de maguey, y le proclamaba al mundo que era la morada de una bruja curandera con las plumas y los esqueletos de animales que rodeaban la puerta. Una criatura de aspecto extraño que sólo podía existir en una pesadilla —con cabeza de coyote, cuerpo de águila y cola de serpiente— colgaba sobre la puerta.

Cuando entré, ella estaba sentada, cruzada de piernas, sobre el piso de tierra. Frente a un pequeño fuego, calentaba hojas verdes sobre una roca chata. Esas hojas chamuscadas y marchitas producían un olor acre y ahumado. El interior de la choza no era menos extraño que su entrada. Cráneos de animales, algunos de los cuales parecían humanos y yo confiaba en que pertenecieran a monos, se encontraban diseminados y unidos a una colección aterradora de formas desagradables.

Su nombre significaba Flor Serpiente en la lengua azteca.

Flor Serpiente no era vieja ni joven. Sus rasgos indios eran oscuros y afilados; su nariz, fina; sus ojos, negros como la obsidiana, pero con puntitos dorados. Algunos habitantes de la aldea creían que esa mirada podía robar almas y arrancar ojos.

Ella era una *tititl*, una sanadora especializada en remedios preparados con hierbas y cánticos. También practicaba artes más oscuras, habilidades secretas que la ley y la lógica españolas nunca podrían comprender. Cuando el cacique de la aldea luchaba contra el supervisor de una caravana de mulas, Flor Serpiente le echó una maldición al supervisor. Después de formar un muñeco de arcilla a su imagen —pero con las entrañas de ese muñeco duras como piedra—, los intestinos del individuo se impactaron y no pudo eliminar los desechos de su cuerpo. El hombre habría muerto si el *tititl* de su propia aldea no hubiera fabricado un muñeco duplicado, con entrañas bien duras, y después lo hubiera destrozado en pedazos para quebrar el maleficio.

¿Ustedes dicen que esto es tontería y no magia? ¿Sólo un juego infantil de salvajes? ¿Acaso la magia de una *tititl* es más un juego de salvajes que la de un sacerdote que imagina al demonio en la forma de la garrancha de un hombre? ¿O que centra su salvación en un hombre muerto clavado a una cruz?

Flor Serpiente no levantó la vista cuando yo entré en su choza.

—Necesito una poción para que mi madre pueda dormir.

—Tú no tienes madre —dijo ella, todavía sin levantar la vista.

—¿Qué? Hasta los mestizos tienen madre, bruja. Sólo los hechiceros son engendrados con tierra y excrementos de murciélagos. Mi madre necesita una poción que la ayude a dormir, para que los espíritus del sueño puedan luchar contra su enfermedad.

Ella siguió revolviendo las hojas verdes, que humeaban y chisporroteaban sobre la piedra chata.

—Un mestizo entra en mi choza, pide favores y trae insultos como sus dádivas. ¿Los dioses aztecas se han debilitado tanto que un mestizo puede insultar a una persona de sangre pura?

—Mis disculpas, Flor Serpiente. Las heridas de mi madre me hicieron olvidar mi lugar. —Yo había suavizado mi tono. Si bien no creía en el poder de dioses y espíritus, existen muchos misterios que las hechiceras conocen y muchos senderos secretos que ellas transitan. Yo no quería encontrar una serpiente en mi cama ni veneno en mi cuenco porque la había ofendido.

"Mi madre necesita la medicina para dormir que sólo una mujer espiritual azteca puede preparar. Yo le ofrezco no sólo gratitud sino un obsequio de magia."

Arrojé sobre la tierra, junto a ella, una pequeña bolsa de piel de ante.

Ella revolvió las hojas humeantes y no me miró a mí ni a la bolsa.

—¿Y qué es esto? ¿El corazón de un mono? ¿Los huesos molidos de un jaguar? ¿Qué magia puede conocer un chiquillo mestizo?

—Magia española. Una poción médica no tan poderosa como la tuya —me apresuré a agregar—, pero diferente.

Me di cuenta de que estaba intrigada pero era demasiado orgullosa para reconocerlo.

—¿Magia de enclenques de piel pálida que no pueden soportar al dios sol sin quemarse y desmayarse?

—Te la traje para que puedas mostrarles a los otros de la aldea lo débil y tonta que es la medicina española. El polvo que hay adentro de la bolsa lo usa fray Antonio para quemar los tumores de la piel. Se lo mezcla con agua y se lo esparce sobre el tumor. Cuando el tumor desaparece, se aplica una cantidad menor para evitar que el tumor reaparezca.

—¡Bah! —exclamó ella y arrojó la bolsa al otro extremo de la habitación—. Mi medicina es más fuerte. —Raspó una materia verde de la roca caliente y la puso en una pequeña taza de arcilla. —Toma, mestizo, llévale esto a Miahauxiuitl. Es la poción para dormir que buscas.

Yo me quedé mirándola.

—¿Cómo sabías que yo vendría a buscar esa medicina del sueño?

La risa de ella fue estridente.

—Yo sé muchas cosas.

Extendí el brazo para tomar la taza, pero ella la alejó. Me miró fijo, como para medirme.

—Has crecido como un brote de maíz bajo un sol ardiente y húmedo. Ya no eres un chico. —Me apuntó con un dedo. —Yo te doy esta medicina para convocar a los espíritus del sueño para Miahauxiuitl, pero a cambio, tú me servirás.

—¿De qué manera?

De nuevo su risa chillona.

—Ya lo verás, mestizo, ya lo verás.

Corrí de vuelta junto a mi madre y le dejé la bolsa de piel de ante a la hechicera. Ella tenía un tumor en el dorso de la mano, del mismo tipo de los que había visto a fray Antonio tratar en los españoles con la mezcla de mercuriales que yo le dejé. Yo sabía de su preocupación. Porque no había podido librarse de ese tumor en su propia mano, los habitantes de la aldea habían empezado a cuestionar sus habilidades. ¿Cómo podía alejar a los demonios que producían las enfermedades, cuando no era capaz de curarse a sí misma?

Camino de regreso a nuestra cabaña, olí la poción de la hechicera y tuve curiosidad por averiguar sus ingredientes. Mi nariz detectó miel y lima y *octli*, una bebida fuerte similar al pulque, hecha de la savia fermentada del maguey. Había también otras hierbas en ella, una de las cuales más adelante comprendí que era *yoyotli*, una mezcla que los sacerdotes aztecas usaban para sedar a las víctimas del sacrificio antes de arrancarles el corazón.

SIETE

Tres días más tarde la hechicera se cobró su deuda. Vino en mitad de la noche y me llevó a la jungla, a un lugar donde en una época mis antepasados aztecas sacrificaban a los muchachos a sus dioses.

Ella estaba cubierta de pies a cabeza con una capa. La seguí con aprensión. No podía verle las manos, pero le asomaban los dedos de los pies, cada uno de los cuales tenía sujeta una garra. Con temor me pregunté qué más habría debajo de esa larga capa.

Sentí cierto alivio al ser llevado a esta inefable aventura, aunque se me pararan los pelos de la nuca. Fray Antonio y Miaha habían discutido en varias ocasiones desde el incidente con el mayordomo, y cada vez me hicieron alejarme para que no pudiera oír lo que decían. No necesité oír esas palabras para saber que, de alguna manera, yo era la fuente de esa controversia.

Durante una hora seguí a Flor Serpiente hacia la jungla, hasta que llegamos a una pirámide que estaba casi totalmente cubierta de enredaderas y otras plantas de la selva. Yo no había estado antes en un antiguo santuario azteca, pero conocía la existencia de ése por habladurías de la aldea.

El fraile les prohibió a todos acudir a ese santuario y descubrir a cualquiera rindiendo culto en él era considerado una blasfemia.

Bajo el resplandor de la media luna, Flor Serpiente ascendió como un gato de la jungla la rampa con escalones y me esperó cerca de la piedra grande y chata del altar. Se quitó la capa de junco y yo quedé boquiabierto al ver lo que usaba debajo. Una falda de piel de víbora le cubría la parte de abajo del cuerpo. Por encima de esas serpientes colgantes tenía los pechos desnudos, plenos y turgentes. Colgando por entre sus pechos desnudos había un collar de diminutas manos y corazones. Yo forcé la vista en la oscuridad y no pude comprobar si las manos eran de monos o de bebés.

El templo tenía una altura de quince metros —diminuto en comparación con muchos de los grandes templos aztecas de los que yo había oído hablar—, pero me pareció gigantesco a la luz de la luna. Cuando nos aproximamos a la parte superior, temblé. Allí, miles de criaturas habían sido sacrificadas por aztecas furiosos.

Ella vestía como una *Coatlicue*, una Mujer Serpiente, la diosa terrenal que es la madre de la luna y las estrellas. Algunos aseguran que el espeluznante collar que usa la Coatlicue contiene las manos y los corazones de sus propios hijos, a quienes hizo matar cuando la desobedecieron.

Estábamos en el lugar preciso para esos actos tenebrosos. Allí era donde se mataba a esas criaturas, se las sacrificaba a *Tlaloc*, el dios de la lluvia. Las lágrimas de esos niños simbolizaban la lluvia y, cuanto más lloraban, más posibilidades había de que la lluvia nutriera los maizales que producían vida.

—¿Por qué me has traído a este lugar? —pregunté y apoyé la mano en el cuchillo de hueso que llevaba encima—. Si quieres mi sangre, bruja, te costará conseguirla.

Su risa estridente cortó el aire.

—No es tu sangre lo que deseo, jovencito. Bájate los pantalones.

Atemorizado, retrocedí e instintivamente cubrí mi parte viril.

—Muchachito tonto, esto no te dolerá.

Tomó un pequeño atado y una copa de arcilla de debajo de la capa de junco y se quitó la sagrada gamuza que usaba para sanar. A esos elementos agregó el hueso de costilla de un animal y vació una bolsa de cuero crudo en la copa. Se arrodilló sobre la piedra del sacrificio y comenzó a moler su contenido con el hueso.

—¿Qué es eso? —pregunté mientras me arrodillaba junto a ella.

—Un trozo de corazón seco de jaguar.

Cortó una pluma de águila y la depositó en la copa.

—El jaguar tiene poder y el águila se remonta por los cielos. Las dos habilidades son necesarias si un hombre quiere satisfacer a su mujer y tener muchos hijos. —Esparció un polvo fino y oscuro dentro de la copa. —Esto es sangre de serpiente. Una serpiente es capaz de desarticular sus mandíbulas, expandir su vientre y devorar algo varias veces su tamaño. Un hombre necesita el poder expansivo de una serpiente para llenar el agujero de su mujer y satisfacerla. —Con mucho cuidado revolvió la mezcla.

—Yo no beberé eso.

La risa de ella resonó en la noche de la jungla.

—No, tontito, no es necesario que bebas esto para adquirir su poder. La poción es para otro hombre al que ya no se le agranda su *tepuli* para complacer e impregnar a su mujer.

—¿No puede hacer bebés?

—Nada de bebés ni nada de placer para él ni para su mujer. La poción hará que su *tepuli* crezca bien largo y bien duro.

Sus ojos con motitas doradas me produjeron escalofríos: su oscuro poder me consumió. Me acosté de espaldas sobre la piedra del sacrificio mientras ella me desataba el cinturón de soga. Me bajó los pantalones para que mis partes privadas quedaran expuestas. No sentí ninguna vergüenza. Si bien yo todavía no me había acostado con una muchacha, había observado a don Francisco en la choza con mi madre y sabía que su garrancha crecía cuando le chupaba los pechos.

Con suavidad, ella me acarició el pene.

—Tu joven jugo lo hará fuerte como un toro cuando se acueste con su mujer.

Su mano era fuerte y su ritmo, seguro. Un calor intenso rodeó mis extremidades, y sonreí.

—Disfrutas del toque de una mujer sobre tu parte masculina. Ahora debo obtener tu jugo como un ternero que mama a su madre.

Puso su boca sobre mi garrancha. Su boca estaba caliente y mojada, y su lengua poseía una tremenda energía. Mi garrancha se puso cada vez más ansiosa y necesitada de esa succión, y la empujé más hondo en su boca. Comencé a sacudirme hacia arriba y hacia abajo mientras sentía mi interior en llamas y yo trataba de empujar mi garrancha cada vez más hondo en su garganta. De pronto empecé a bombear con un ritmo propio mientras mis jugos explotaban en su boca.

Cuando el ritmo cesó, ella se inclinó hacia un costado y escupió el jugo en la copa de arcilla que contenía los otros ingredientes. Entonces volvió a rodear mi órgano con su boca y a lamer el jugo que se había deslizado por un costado, para ponerlo también en la copa.

—*Ayyo*, muchacho-hombre, tienes suficiente jugo para llenar el *tipili* de tres mujeres.

OCHO

A la mañana siguiente fui escupido de la boca de un volcán.

—Nos vamos de la aldea —dijo fray Antonio. Me despertó en la choza que yo compartía con mi madre. Estaba pálido y tenía los ojos enrojecidos por la falta de sueño. Se sentía nervioso y ansioso.

—¿Estuviste luchando toda la noche con los demonios? —le pregunté.

—Sí, y perdí. Arroja tus cosas en una bolsa; nos vamos ya mismo. Están cargando un carro con mis posesiones.

Me llevó un momento comprender que no sólo quería decir que nos dirigiríamos a una aldea vecina.

—Nos vamos de la hacienda para siempre. Estate listo dentro de unos minutos.

—¿Y qué pasará con mi madre?

Él se detuvo un instante junto a la puerta de la choza y me miró como si mi pregunta lo hubiera desconcertado.

—¿Tu madre? Tú no tienes madre.

Tercera parte

La Ciudad de los Muertos es lo que los españoles pronto llamarían Veracruz.

Cristo el Bastardo

NUEVE

Durante un tiempo no tuvimos vivienda y deambulamos de iglesia en iglesia mientras el fraile buscaba comida, techo y un santuario para nosotros. Puesto que todavía no había cumplido los doce años, era poca la conciencia que yo tenía de la desdicha que se había abatido sobre nosotros, fuera de las ampollas que tenía en los pies de tanto caminar y el vacío de mi estómago cuando no había suficiente comida para llenarlo. Por las conversaciones que alcancé a oír entre el fraile y sus hermanos en la iglesia, don Francisco había acusado al fraile de haber violado su fe y sus deberes al impregnar a una india doncella. Incluso a esa edad, fue un golpe para mí oír que la mujer en cuestión era Miaha, y que se dijera que yo era el hijo de ese pecado.

El fraile no era mi padre, de eso estaba seguro, aunque yo lo amaba como si lo fuera. En cierta ocasión, cuando el fraile estaba atontado por el vino, algo nada infrecuente en él, me juró que mi padre era un *muy grande gachupín*, un importante portador de espuelas; pero cuando el néctar de los dioses se apodera de su mente, el fraile tiende a decir muchas cosas.

Me dijo que era cierto que había metido su pene en Miaha, pero que no era mi padre. Y embrolló incluso más el misterio de mi nacimiento con un enigma, al afirmar que Miaha no me había dado a luz.

Cuando estaba sobrio, se negaba a confirmar o a negar sus desvaríos de borracho.

El pobre fraile. Amigos, créanme cuando les digo que era un hombre excelente. Bueno, de acuerdo, no era perfecto. Pero no le arrojen piedras. Cometió algunos pecados mortales, sí, pero sus pecados no lastimaron a nadie sino sólo a él mismo.

Un día de gran tristeza para el fraile, fue suspendido de sus funciones sacerdotales por un obispo de la Iglesia. Aquellos que reciben cuentos malévolos en sus oídos y después los escupen por su boca, presentaron muchos cargos contra él, frente a pocos de los cuales él se molestó en defenderse, pero hubo también muchos para los que no tenía defensa. Yo percibí su tristeza. Su pecado más grande había sido amar y preocuparse demasiado.

Aunque la Iglesia rescindió su autoridad sacerdotal para recibir confesiones y dar la absolución, no pudieron impedirle atender a las necesidades de la gente. Finalmente encontró su vocación en Veracruz.

¡Veracruz! La ciudad de la Cruz Verdadera.

La Ciudad de los Muertos es lo que los españoles pronto llamaron Veracruz, cuando el temido *vómito negro* vino como un viento venenoso desde el Mictlán, el infierno de los dioses aztecas, y mataba a la quinta parte de la población cada año.

El vómito brotó de los pantanos durante los meses abrasadores del verano; su miasma fétido se elevó de las aguas venenosas y flotó sobre la ciudad, junto con hordas de mosquitos que atacaban como la plaga de ranas de Egipto. El aire pútrido era la ruina de los viajeros que descendían de los barcos de la flota del tesoro y se dirigían deprisa a las montañas, apretándose ramilletes de flores contra la cara. Aquellos que eran atacados por esta lúgubre enfermedad sufrían de fiebre y de terribles dolores en la cabeza y la espalda. Muy pronto la piel adquiría un tinte amarillo y vomitaban sangre oscura y coagulada. Su único alivio era la tumba.

Créanme, amigos, cuando les digo que Veracruz es una brasa ardiente arrojada del infierno, un lugar donde el implacable sol tropical y el feroz viento del norte convirtieron la tierra en una arena que desolló la carne de los huesos. Los vapores ponzoñosos de los pantanos, esas aguas estancadas entre las dunas, se combinaron con el hedor de los esclavos muertos —arrojados en el río para evitar el costo del entierro— a fin de crear un olor a muerte peor que el del río Styx.

¿Qué podíamos hacer en este infierno sobre la tierra? ¿Que el fraile se casara con alguna viuda solitaria, no una viuda que cambiara su lecho blanco por uno de paja después de la muerte de su marido sino una que tuviera una viudez dorada y nos permitiera vivir a lo grande en su elegante casa? No, nunca. Mi compadre, el fraile, chupaba los problemas de los otros como las sanguijuelas que los barberos usan para chupar la mala sangre de la gente. No fue precisamente una casa elegante donde terminamos, sino un cobertizo con piso de tierra.

Para el fraile era La Casa de los Pobres. Para él era tanto la casa de Dios como las más imponentes catedrales del cristianismo. Era un cuchitril largo y angosto de madera. Las tablas que formaban las paredes y el techo eran delgadas y estaban podridas por las terribles lluvias, los vientos y el calor. La arena y el polvo soplaban hacia adentro y todo el lugar se sacudía cuando soplaba el norte. Yo dormía sobre paja sucia junto a rameras y borrachos y dos veces por día me sentaba junto al fuego para conseguir una tortilla llena de frijoles. Esta comida sencilla era todo un festín para aquellos que sólo conocían las calles.

Arrojado a las calles de la ciudad más terrible de la Nueva España, a lo largo de los siguientes dos años, los golpes y las imprecaciones me convirtieron, de un muchachito de una hacienda en un lépero, un leproso de las calles. Mentir, robar, hacer la vista gorda y mendigar fueron apenas algunos de los talentos que adquirí.

Confieso que no fui para nada un muchachito santo. No cantaba himnos religiosos sino que gritaba por las calles pidiendo limosna.

—¡Una caridad para este pobre huérfano de Dios! —era mi canción.

Con frecuencia me cubría de tierra, ponía los ojos en blanco y doblaba los brazos en contorsiones obscenas, todo menos dislocármelos, a fin de que los tontos me dieran algo. Yo era un pillo con la voz de un mendigo, el alma de un ladrón y el corazón de una puta del puerto. Medio español, medio indio, me sentía orgulloso de llevar los nobles títulos tanto de mestizo como de lépero. Pasaba los días descalzo y roñoso, mendigando dinero sucio de los nobles con ropa de seda quienes, cuando bajaban la vista y me miraban, sonreían con desprecio.

No me arrojen piedras como lo hizo aquel obispo con el pobre fraile cuando lo despojó de su ministerio. Las calles de Veracruz eran un campo de batalla en el que se podía encontrar riquezas... o la muerte.

Al cabo de un par de años, la nube oscura que se había cernido sobre nosotros en la hacienda, de pronto desapareció. Yo ya había cumplido catorce años, cuando la sombra de la muerte volvió a cruzarse en nuestro camino.

Fue un día en el que hubo en las calles tanto muerte como riquezas.

Yo me había retorcido y contorsionado, mendigando cerca de la fuente que hay en el centro de la plaza principal de la ciudad; y aunque mi copa para limosnas permanecía vacía, no me sentía demasiado mortificado. Más temprano, esa mañana, trabajosamente me había internado en la lectura de *La divina comedia*, de Dante Alighieri. Eh, no piensen que leo ese libraco por placer. El fraile insistió en que no abandonara mi educación. Debido a que nuestra biblioteca estaba tan limitada, no me quedaba más remedio que leer los mismos libros una y otra vez. El sombrío viaje de Dante, guiado por Virgilio, por los círculos descendentes del infierno, hasta Lucifer en el fondo del abismo, no era demasiado diferente del bautismo que yo recibí cuando me arrojaron a las calles de Veracruz. Pero todavía no encontraba respuesta a la pregunta de si algún día yo sería purgado de mis pecados y entraría en el Paraíso.

Al fraile le había prestado ese poema épico fray Juan, un joven sacerdote que se había convertido en su amigo secreto a pesar de la caída en desgracia del fraile con la Iglesia. A partir de entonces, fray Juan participó en mi educación secreta. Esa mañana, cuando terminé de recitar el poema en mi italiano nada fluido, la cara de fray Antonio se iluminó y él comenzó a vanagloriarse de mis logros con el conocimiento, y fray Juan estuvo de acuerdo.

—Él bebe el conocimiento como tú lo haces con ese espléndido jerez que yo traigo de la catedral —dijo fray Juan.

Desde luego, mi erudición era un secreto conocido sólo por los frailes y yo. El castigo por enseñarle esas cosas a un lépero era la cárcel y el potro de tormento. Si nuestro secreto se hubiera filtrado, podríamos habernos convertido en el entretenimiento del día.

Porque era un entretenimiento. Ese día, la mitad de la ciudad se había congregado, con sus atuendos del sábado —acompañados por chiquillos, vinos finos y comestibles costosos— para presenciar una flagelación. Excitados ante la perspectiva de ver sangre, todos tenían las mejillas encendidas y malicia en los ojos.

Un supervisor, de chaquetón de piel de ante de color beige, pantalones de montar de cuero y botas negras hasta las rodillas, ponía en fila de a seis a treinta prisioneros atados y andrajosos y los cargaba en carros de la prisión con jaulas y tirados por mulas. El hombre tenía también barba negra, sombrero de fieltro sucio y bien encasquetado y mirada malévola. Hacía uso promiscuo del látigo y puntuaba sus golpes con sangrientas imprecaciones:

—Suban, miserables hijos de bestias de tiro y de putas. Suban o maldecirán a las madres que nunca conocieron por darlos a luz, hijos de puta asesinos, ladrones y enclenques.

Ellos avanzaban pesadamente bajo su látigo, con los dientes apretados, hacia sus prisiones portátiles.

Esos hombres iban camino a las minas de plata del norte, pero en su mayor parte no eran "hijos de puta asesinos, ladrones y enclenques". En su mayor parte eran sólo deudores, vendidos como peones por sus acreedores. En las minas, deberían pagar su deuda con trabajo. Al menos ésa era la ilusión. De hecho, cuando la comida, el alojamiento y el transporte se sumaban a esa deuda, la cuenta irreparablemente aumentaba.

Para la mayoría, las minas eran una sentencia de muerte.

Casi todos los prisioneros eran mestizos. El alcalde de la ciudad —el comandante de la ciudad puesto por el virrey— hacía barrer periódicamente las calles y encerrar en la cárcel a los léperos. Desde allí eran transportados a las minas del norte.

Yo podría ser uno de esos, pensé como un desagradable presagio.

El alcalde vendía a esos infortunados a las minas del norte, aumentaba sus arcas y, según los gachupines, reducía así el infame hedor de la ciudad.

Perturbado, observé a los prisioneros mestizos. En una época los indios habían representado la totalidad de la fuerza de las minas, hasta que la esclavitud y la enfermedad los habían matado en cantidades alarmantes. El fraile creía que noventa y cinco de cada cien habían sido aniquilados, y que el Rey en persona finalmente había prohibido que se los redujera a la esclavitud. Pero su decreto no tuvo mucho efecto. Miles de mestizos siguieron muriendo en túneles, fundiciones y hoyos, para no hablar de los sembrados de caña y las fábricas de azúcar. Otros sucumbían en los obrajes, pequeñas fábricas a menudo dedicadas al hilado y teñido del algodón, donde eran encadenados a sus lugares de trabajo.

El Rey podía decretar lo que se le antojara, pero en las junglas y montañas, donde no había leyes, los hacendados ejercían una dominación brutal.

La multitud vitoreaba y tres guardias arrastraban a un esclavo fugitivo hacia el poste de flagelación para recibir sus obligatorios cien azotes. Después de amordazarlo y de atarlo al poste, el sargento de la guardia se ubicó a la distancia requerida, y el látigo de cuero trenzado restalló. La sangre asomó y le desnudaron la espalda; sus costillas y su espina dorsal eran increíblemente blancas bajo esa carne desollada. Se levantaron copas de vino y la multitud atronó con su aprobación. A pesar de la mordaza, los gritos del hombre se oyeron por encima del rugido del populacho.

El látigo se elevó y cayó, se elevó y cayó, y yo aparté la vista.

Finalmente, el azote número cien.

—Son piojos —dijo un hombre que yo tenía cerca. La voz pertenecía a un mercader, cuyo abdomen prominente y exquisita indumentaria hablaban de gran opulencia, comida rica y vinos especiales. Su delicada esposa, vestida en sedas y al abrigo del sol por un parasol sostenido por un esclavo africano, se encontraba junto a él.

—Estos léperos de la calle procrean como chinches —dijo ella y mostró su desdén con una inclinación de cabeza—. Si el alcalde no los barriera de las alcantarillas, tropezaríamos con ellos a cada paso.

El hombre era un gachupín, un portador de espuelas, nacido en España y representante de los intereses de la Corona. Los gachupines nos espoleaban a cada rato: cada vez que deseaban nuestras mujeres, nuestra plata, nuestra vida.

El Rey sintió que los criollos, los españoles pura sangre nacidos en Nueva España, estaban demasiado lejos para merecer su confianza, razón por la cual envió a peninsulares para mandar sobre ellos.

Oí una segunda conmoción. Un muchachito impertinente, lépero de las calles, aporreó a un buitre con una roca, y le quebró el ala derecha. Una docena de léperos pilluelos, de no más de nueve o diez años, se unieron a él y ataron al pájaro mutilado a un árbol. Cuando estuvo bien sujeto, comenzaron a golpearlo con una vara.

Ese pájaro enorme y feo —de más de sesenta centímetros de altura y de metro y medio de ancho con las alas desplegadas— había sido atraído por el olor de la sangre del prisionero. Lo mismo les había pasado a sus camaradas, una docena de los cuales volaban en círculos sobre la plaza. Cuando el gentío se dispersó, iniciaron un lento descenso. Por desgracia, ése se había apurado demasiado.

Uno de los chiquillos tenía un brazo torcido y era como una imagen especular del ala rota del buitre. Yo había oído en las calles que el rey de los pordioseros, que les compraba los bastardos a la prostitutas, le había dislocado el codo a ese joven mendigo para incrementar su valor en las calles. Fray Antonio desechó esos comentarios como "meros rumores falsos" y describió al Rey de los Pordioseros como "un mendigo desafortunado". Se refería a los chiquillos y las muchachitas léperos, no como "piojos" y "sabandijas" sino como "Hijos del Señor", puesto que pocos de nosotros sabíamos quién era nuestro padre. Concebidos en una violación o por culpa de la lujuria desenfrenada de una ramera, éramos despreciados por todos, salvo por Dios.

Sin embargo, los gachupines nos odiaban y, finalmente, de ellos era el dominio. El alcalde colgó a ese "mendigo desafortunado", el Rey de los Pordioseros, en la plazuela, y después lo desmembró en cuatro. Sus partes corporales fueron después exhibidas en piquetes por encima del portón de la ciudad.

Cualquiera que hubiera sido su disputada paternidad, el pilluelo baldado ahora empalaba las partes privadas del buitre en un arpón para pescar.

Yo se lo arranqué de las manos.

—Inténtalo de nuevo —dije y se la sacudí delante de la cara—, y te enterraré esta lanza en los cojones.

Los chiquillos —más jóvenes y más pequeños que yo—, enseguida se echaron atrás. Así era la vida en las calles de Veracruz. El poder lo era todo. De manera rutinaria, cuando nos despertábamos encontrábamos a nuestros compañeros más cercanos muertos en las calles o en una cárcel transitoria camino a las minas.

Desde luego, a mí me iba mejor que a la mayoría. Tenía paja sobre la cual dormir y raciones de casas de beneficencia para comer. Además, el fraile, poniendo en juego su vida, me había educado. Gracias al fraile y a sus libros, logré conocer otros mundos.

Soñé con la caída de Troya y con Aquiles en su carpa, y no con la tortura de los pájaros.

DIEZ

Pero incluso mientras observaba a los muleteros transportar a los hombres enjaulados hacia las minas del norte o veía cómo el buitre, al límite de sus fuerzas, aleteaba en círculos sobre la tierra, supe que *alguien me vigilaba*.

En un majestuoso carruaje de roble y cedro lustrados, elegante terciopelo y rico cuero, avíos resplandecientes y magníficos caballos de tiro, a menos de cincuenta pasos de distancia, una mujer de edad estudiaba cada uno de mis movimientos. Arrogante y aristocrática, vestía de seda negra festoneada con perlas, oro y piedras preciosas; la puerta del carruaje exhibía un escudo de armas.

Era delgada como un junco —poco más que piel y huesos— y todo su dinero nunca lograría resucitar en ella ese rubor de la juventud.

Sin duda era la cabeza de una casa importante, que había envejecido y se había convertido en mala y asesina. Me recordó a una vieja ave de rapiña dedicada a la caza, con las garras curvadas y listas; los ojos, voraces, y las entrañas, hambrientas.

Fray Antonio entraba en ese momento en la plaza, y ella giró para observarlo.

Calvo y con los hombros caídos, era un hombre de aspecto atribulado. No sólo adoraba la cruz sino que la portaba. Él absorbía el dolor de

48

los otros y se lo llevaba a su sangrante corazón; Nueva España había cargado a ese fraile con un peso mortal.

Para los léperos y otros mestizos, era la personificación de la Bondad de Dios sobre la Tierra y su pequeña choza de madera en el barrio proporcionaba el único refugio que muchos de nosotros tendríamos jamás.

Algunos decían que fray Antonio perdió la gracia por probar de manera exagerada el vino de Misa. Otros decían que tenía debilidad por las mujeres fáciles. Pero, en definitiva, yo creo que su mayor pecado fue su insistencia en ocuparse de todos por igual, incluyendo los indios y los parias.

El fraile había visto que la vieja me miraba y, al parecer, no le gustó nada lo que vio. Avanzó deprisa hacia el carruaje, mientras su túnica gris ondeaba al viento y sus sandalias de cuero levantaban tierra.

Una conmoción a mi derecha atrajo mi atención. El mestizo esclavo de las minas fue soltado del poste de flagelación. Se deslizó al suelo gimiendo. Sus costillas y su espina dorsal brillaron con un color blanco marfil. El hombre que lo había flagelado limpiaba su látigo en un balde con salmuera. Al sacar el látigo lo sacudió y lo hizo restallar cuatro o cinco veces.

Después, vertió esa salmuera ensangrentada sobre la espalda en carne viva del prisionero. El mestizo aulló como un perro loco de dolor, un animal que se volvió loco por haber sufrido un sufrimiento feroz, después de lo cual los guardias lo obligaron a ponerse de pie y lo arrastraron a un carro-prisión cercano.

Cuando giré la cabeza, el fraile se encontraba de pie junto al carruaje. Tanto él como la matrona me miraban fijo. Fray Antonio sacudió la cabeza, como negando algo. Quizá ella creía que yo le había robado algo. Enseguida miré hacia los mestizos encarcelados. ¿El alcalde enviaba a los muchachos jóvenes a las minas del norte? Sospeché que sí.

Mi miedo pronto se convirtió en furia. *¡Yo no le había robado nada a ese gachupín!* Es verdad que me era imposible recordar todo lo que yo había robado en las calles. La vida era difícil, y uno hacía lo que fuera para poder sobrevivir. Pero a esa vieja bruja y amargada con su mirada de ave de rapiña ni se me ocurriría robarle.

De pronto vi que el fraile corría hacia mí, alarmado y con mirada temerosa. Extrajo un cortaplumas de debajo de su túnica y se lo clavó en el pulgar. *¡Santa María!*, quise gritar como el hombre que acababa de ser flagelado. ¿Acaso esa rica matrona respetable le había robado el juicio al fraile?

Él me apretó contra su túnica.

—Habla sólo náhuatl —me susurró con voz ronca. El olor a vino de su aliento era casi tan rancio como su andrajosa vestimenta.

Y comenzó a darme golpecitos en la cara con su pulgar sangrante, dejándome cada vez una marca carmesí.

—¡Mierda! ¿Qué...?

—¡No te toques la cara! —Su voz era tan atormentada como sus facciones.

Me encasqueté más el sombrero de paja para cubrirme bien la cara y después me tomó por el cuello y me llevó hacia la vieja dama. Yo avancé a los tumbos con él, sin soltar la lanza para pescar que le había quitado al chico de la calle.

—Como le dije, señora, no es él; es nada más que otro pilluelo de la calle. ¿Ve? ¡Está enfermo de peste! —dijo y me sacó el sombrero, exhibiendo así los manchones rojos de mi cara.

La anciana se echó hacia atrás, horrorizada.

—¡Vamos! —le gritó al cochero.

Cuando el carruaje se alejó traqueteando sobre el empedrado, un silbido de alivio escapó de labios del fraile. Murmuró *gracias a Dios* y se persignó.

—¿Qué ocurre, fraile? ¿Por qué me hizo pasar por un enfermo de peste? —pregunté y me froté la cara con ambas manos.

—Es una treta que las monjas solían usar para evitar ser violadas cuando su convento era atacado. —Todavía presa del miedo, deslizó los dedos sobre el rosario y fue dejando marcas de sangre en las cuentas.

Boquiabierto, yo empecé a decir algo, pero él desechó mis preguntas.

—No me preguntes lo que no puedo contestarte. Sólo recuerda, chico bastardo, que si un gachupín te habla, debes contestarle solamente en náhuatl y nunca admitir que eres un mestizo.

Yo no estaba seguro de poder pasar por indio. Mi tez no era oscura como la de los indios ni clara como la de los españoles, pero ya era casi tan alto como la mayoría de los indios adultos. Creo que pasaría más por español.

Mis protestas fueron silenciadas por algo que sucedía a mis espaldas.

El buitre que yo había protegido soltó un chillido cuando un chico de la calle, muerto de risa, se puso a aguijonearlo con un palo que finalmente le clavó en el pecho.

ONCE

Lo único que yo conocía en aquellos días eran las calles de Veracruz y los libros del fraile. No porque me faltara inteligencia o curiosidad. Como pordiosero, mi astucia era bien conocida. Si bien muchos léperos trabajaban las mismas calles difíciles, ninguno lo hacía con tanto ingenio como yo.

Hoy, un año después, yo cumplía con mi vigilancia en la puerta de una tienda cerrada a dos calles de los muelles, y que debería haber sido un lugar lucrativo. La flota del tesoro estaba por llegar, y cientos de espectadores caminaban hacia el puerto. Los barcos cargados de bienes de la vieja España anclaban para descargar y volver a llenar sus bodegas con los tesoros de la Nueva España.

Mientras que se decía que la Ciudad de México, el lugar que mis antepasados aztecas llamaban Tenochtitlán, era la Venecia del Nuevo Mundo, un lugar de canales y amplios bulevares y palacios para los ricos, en cambio Veracruz era el conducto por el que fluían todas las riquezas, sin duda algo así como una cueva del tesoro transitoria. Toda la riqueza de la colonia llegaba en plata y oro toscamente acuñado, en barrilitos de ron y toneles de melaza, que eran cargados a bordo de las flotas del tesoro, que transportaban esas mercaderías a Sevilla y al Rey, en Madrid. Desde luego, nada de eso enriquecía nuestra Ciudad de la Verdadera Cruz. A pesar de toda su riqueza ilusoria, Veracruz siguió siendo un pestilente sumidero de arena, calor de la jungla y tormentas del norte, cuyos tesoros tenían que quedar ocultos de las hordas saqueadoras de piratas franceses e ingleses, que codiciaban el botín de nuestra ciudad del mismo modo en que algunos hombres codician la carne de una mujer.

En sí misma, la ciudad era casi siempre un caos. Sus edificios —construidos con madera, adobe y lechada— estaban en constante deterioro. Frecuentemente azotada por las tormentas y arrasada por los incendios, nuestra ciudad todo el tiempo renacía de las cenizas como el ave fénix.

De todos modos, la flota llegaba todos los años, escoltada por flotillas de barcos de guerra, y este año la llegada de la flota era aún más espectacular. A bordo del barco del almirante viajaba el recientemente nombrado arzobispo de Nueva España, el segundo hombre más poderoso, casi igual al virrey mismo. Si el virrey moría, o quedaba discapacitado, o lo llamaban de vuelta a la Madre Patria, con frecuencia el arzobispo asumía el cargo de virrey hasta que el Rey elegía a su reemplazante.

Cientos de sacerdotes, frailes y monjas de toda la Nueva España visitaban el puerto para darle la bienvenida al arzobispo. Las calles estaban atestadas de órdenes sagradas, que sudaban en sus sotanas de telas gruesas grises y blancas. Ellos compartían las calles con un ejército de comerciantes que habían venido a reclamar sus bienes de los barcos y transportarlos a la gran feria de Jalapa. En lo alto de las montañas, camino a Ciudad de México, el aire de Jalapa no estaba contaminado por nuestros pestilentes pantanos.

Sin embargo, mendigar dinero no era nada fácil, ni siquiera frente al arribo de la flota del tesoro. Las calles estaban repletas y la gente estaba distraída. Un corpulento mercader con su igualmente corpulenta esposa se abrían camino por entre la multitud. Vestidos a todo lujo, irradiaban riqueza. Los léperos de todos los flancos gemían por limosnas, pero sólo recibían un cruel menosprecio. Pero a mí no me faltaban recursos. Un anciano de la India —enfermo en nuestro hospicio— me había enseñado el arte del contorsionismo, en el que muy pronto destaqué. Al relajar cada articulación, era capaz de dislocarme los codos, las rodillas y los hombros, y contorsionar mis extremidades en posiciones que ni Dios habrá imaginado jamás. Rápidamente y como por arte de magia, me transformaba en un monstruo.

Cuando el mercader y su esposa se acercaban al portal donde yo me encontraba, me arrastré hacia afuera y gemí. Los dos quedaron boquiabiertos. Cuando trataron de alejarse, yo rocé el vestido de la mujer y sollocé:

—¡Una limosna para este pobre huérfano desfigurado!

Ella pegó un salto hacia atrás.

—Dale dinero —le gritó la mujer a su marido.

El hombre me arrojó una moneda de cobre. No cayó en la canasta trenzada, que yo llevaba colgada del cuello, sino que me golpeó el ojo derecho. Yo tomé la moneda con la única mano que no tenía contorsionada, antes de que alguno de los otros léperos cayeran sobre ella como serpientes de cascabel.

Enseguida enderecé mis extremidades.

¿Debería haberme sentido avergonzado de mi vida? Tal vez. Pero era lo único que podía hacer. Fray Antonio hacía todo lo que estaba a su alcance para mí, pero eso era un jergón de paja detrás de una cortina sucia a un costado de la choza con piso de tierra, más allá de la cual no había ningún futuro en absoluto. Por definición, un lépero vivía gracias a sus propios recursos: mendigar, mentir, robar y conspirar.

¡*Ayya*! De pronto, desde atrás, un golpe me arrojó hacia la calle.

Un caballero jactancioso, del brazo de una mulata deslumbrantemente bella, me pisó sin siquiera bajar la vista. Para él, yo era menos que un perro. Él usaba espuelas y yo era algo para espolear. No obstante, pese a mi tierna edad, a mí me fascinó más esa mujer erótica y exótica que la espada y la actitud fanfarrona del hombre. Ella era, sin duda, hija de padre español y madre africana; y lo más probable era que su padre fuera dueño de esclavos y, su madre, una de sus esclavas.

—Ah, nosotros los españoles amamos a las mujeres atezadas —me había dicho en una ocasión el fraile cuando estaba un poco achispado, y parecía ser cierto. Las más atractivas se convertían en amantes de la buena gente, los más ricos de los gachupines. Aquéllas no tan exquisitas se convertían en sirvientas de la casa. Algunas mujeres eran pasadas de mano en mano, prestadas a amigos o alquiladas para la reproducción, como los caballos de pura sangre. Cuando el encanto de la belleza se desvanecía, muchas eran vendidas a casas de prostitución. Ser una amante mulata no era una profesión segura.

Sin embargo, la mujer que iba del brazo del español desempeñaba su papel con perfecto aplomo.

También ella pisó mis restos desparramados, meneando sus insolentes caderas como si fueran una mina de plata, mientras su vestido llamativo ondeaba, sus pechos rebotaban y su pelo teñido de rojo caía despreocupadamente sobre un hombro. Después de mirarme por encima de un hombro, me dedicó una sonrisa cruel y torcida.

No pude evitar admirar su atavío. Al igual que a las mestizas y a las indias, a las mulatas les estaba prohibido usar ropa de estilo europeo, pero si bien aquéllas usaban sencillamente vestimentas de peón —vestidos sin forma, por lo general, de algodón basto de color blanco—, la ropa de las mulatas era tan ostentosa como los vistosos mantos emplumados de los sacerdotes aztecas. Ésta usaba enagua de seda larga y plena y cintas dobles detrás como sostén. Su chaleco le calzaba bien al cuerpo como un corsé y estaba rodeado de perlas y nudos de oro; sus faldas tenían encaje color bermellón, adornado con hilo de oro. Las mangas eran amplias y abiertas en las muñecas, con adornos de seda plateada. Pero sus pechos atezados eran lo que más me atraía. Cubiertos sólo por largos bucles de pelo rojizo, en los que se habían entretejido prolijamente hilos dorados y plateados, sus pezones oscuros asomaban traviesamente de sus escondites, espiaban un instante hacia el mundo que los rodeaba y, luego, discretamente volvían a ocultarse.

En estas áreas, las mulatas tenían más libertad que nuestras damas de alcurnia. Cualquier mujer española que se atreviera a exhibir su carne habría sido azotada, pero las mulatas eran propiedad exenta, no personas.

Tampoco el atuendo del caballero sufría de indebida reticencia. Desde su sombrero de ala ancha, brillantemente emplumado, hasta sus relucientes botas de caña alta, con espuelas de plata, su vestimenta era casi tan extravagante como la de la mujer.

—Mis hermanos de la Iglesia —me dijo en una oportunidad el fraile—, lamentan que tantos hombres prefieran a las mulatas por sobre sus esposas. Pero muchas veces he visto a esas hermosas mujeres visitarlos *a ellos* por la puerta de atrás de la iglesia.

De todos modos, me cayó mal que el caballero me hubiera hecho a un lado. Los léperos eran tratados peor que los perros o los villanos, pero a mí me caía peor que a los otros mestizos porque fui educado, que era más de lo que podían decir la mayoría de los españoles y sus sedosas señoras, incluso los que vivían en casas palaciegas. De hecho, yo no sólo sabía leer y escribir español sino que hablaba con fluidez el náhuatl, el idioma de mis antepasados aztecas. Además tenía conocimientos —no, era experto— de latín y griego. Había leído los clásicos en tres idiomas, y en el muelle había recogido trozos de varios otros idiomas. Mi oído para los idiomas extranjeros era tan agudo que a veces el bueno del fraile me llamaba "su Corito".

Desde luego, fray Antonio me había prohibido revelar esas habilidades a cualquiera.

—Nunca se te ocurra divulgar lo que sabes —me advirtió durante mi primera lección y en cada una de las siguientes—. La Inquisición no creerá que un lépero pueda ser instruido sin la complicidad de Lucifer, y ellos volverán a instruirte de acuerdo con sus principios, y harán lo mismo con los que te enseñaron. Créeme, las suyas son lecciones que ninguno de nosotros desearía aprender. Lo sé bien. Así que jamás hagas gala de tus conocimientos, a menos que prefieras pasar el resto de tu vida en los calabozos de la Inquisición. A menos que prefieras estirar tus miembros sobre sus estragadas, sus postes de flagelación y sus potros de tortura.

La advertencia del fraile se volvió tan parte de mis lecciones como *amo, amas, ama.*

El fraile también me enseñó —a través de mi dominio de los clásicos— la falacia de la *pureza de sangre*, algo tan importante para los portadores de espuelas. La sangre no define nuestra valía. Con instrucción comparable, un mestizo puede igualar e incluso superar a un caballero español de la más pura sangre. Yo era la prueba viviente de ello.

Pero, al igual que los indios, que ocultaban su odio detrás de estoicas máscaras de indiferencia, también yo reprimí mi rabia. Todo el tiempo sabía que los gachupines no eran mejores que yo. Si yo tuviera plata y oro —y un elegante carruaje, el atavío de un caballero, una espada de Toledo y una amante mulata del brazo—, yo también sería *un hombre macho y un gran gachupín.*

Una jovencita española de vestido liviano verde adornado con seda blanca salió de una joyería cercana. Yo crucé el muelle para interceptarla y me preparé para hacer para ella mi interpretación de perro lisiado. Hasta que vi su cara. Su mirada hizo que me frenara en seco. Ya no pude contorsionar mis manos y piernas y hacerme el tonto, del mismo modo en que no podría hacer que el sol permaneciera inmóvil.

Ella tenía ojos oscuros y mirada tímida, y su pelo poseía la suavidad de las grandes señoras cuyas facciones nunca sufren los efectos del sol. Tenía su pelo renegrido largo y brillante, y caía en cascada sobre sus hombros formando elegantes ondas. Apenas era una muchacha; tendría uno o dos años menos que mis quince, pero su porte era majestuoso. Dentro de algunos años, españoles morirían bajo el filo de la espada para ganar sus favores.

Los caballeros trataban con galantería a las señoritas bien nacidas, incluso en Nueva España: y cuando un charco de la lluvia de esa mañana muy temprano le bloqueó el paso, también yo me sentí tentado de desempeñar el papel de tonto caballero. Tomé la manta india que usaba colgada sobre el hombro derecho y debajo del brazo izquierdo y corrí hacia ella.

—¡Señorita! Bernardo de Carpio, Caballero de Castilla, os saluda.

Desde luego, Bernardo era un héroe español inferior sólo al Cid en los corazones del pueblo de España. Él mató a Rolando, el héroe francés, en la batalla de Roncesvalles, salvando así la península. Como en tantos relatos épicos de España, Bernardo fue traicionado por su propio rey y terminó en el exilio.

Los ojos de la muchacha se abrieron de par en par cuando yo me le acerqué. Arrojé mi manta como una capa sobre el charco. Y, con una reverencia, le hice señas de que la pisara.

Ella se quedó inmóvil como una estatua y se le encendieron las mejillas. Al principio creí que iba a ordenarme que me apartara de su vista. Pero después me di cuenta de que trataba de reprimir una sonrisa.

Un joven español salió de la joyería detrás de ella, un chiquillo uno o dos años menor que yo, pero ya tan alto como yo y más musculoso. Tenía tez oscura y cara picada de viruela y parecía de muy mal humor. Al parecer había estado andando a caballo porque usaba pantalones de montar grises, casaca roja sin mangas sobre una camisa de lino al tono, botas de montar hasta la rodilla color ébano con espuelas malévolamente afiladas, y empuñaba un látigo.

Cuando el látigo me golpeó en la mejilla derecha, me pescó desprevenido.

—Sal de aquí, lépero cerdo asqueroso.

Giré sobre mis talones, enfurecido. Si le pego, me atarán al poste de la flagelación, me azotarán hasta que pierda el sentido y después me enviarán a las minas para que muera. No había ofensa más grande que atacar a un gachupín. No me importó. Cuando por segunda vez levantó el látigo, apreté los puños y me lancé hacia él.

Ella se interpuso entre los dos.

—¡Basta! Déjalo tranquilo.

Giró hacia mí. Extrajo una moneda del bolsillo y me la entregó.

—Tómala y vete.

Levanté mi manta del agua barrosa, arrojé la moneda en el charco y me alejé.

El orgullo precede a la caída; y, como la sonrisa de una mujer, el orgullo regresará para acosarme.

DOCE

Una serie de cañonazos desde el otro lado de la bahía anunciaba que el arzobispo estaba por bajar a tierra. La corriente de la gente me llevó a los muelles para darles la bienvenida a esos enormes barcos. La flota del tesoro había salido de España seis semanas antes: cuarenta y un barcos zarparon de Sevilla. Dieciséis se dirigían a Veracruz, mientras que los otros tenían como destino otros puertos del Caribe como Cuba, Puerto Rico, Hispaniola y Jamaica.

Durante semanas, montañas de bienes se habían apilado en el muelle, desde donde serían cargados a los barcos. El tesoro y otros productos de la Nueva España eran descargados en Sevilla una vez por año. Los barcos regresaban a Veracruz con su cargamento de odres de aceite y vinos, barriles con higos, pasas de uva, aceitunas, lana basta llamada *kersey*, lino fino y barras de hierro. Infinidad de barrilitos de azogue también estaban allí para las minas, con los cuales se extraía la plata pura de la tierra y los metales de Zacatecas.

Al acercarme al puerto vi los productos de la Nueva España listos para ser embarcados una vez que los bienes españoles fueran descargados.

Las colonias producían plata, azúcar, melaza, ron, cochinilla, índigo, chocolate y cueros.

La cochinilla era una tintura desarrollada por los aztecas, y su llamativa tonalidad carmesí era muy apreciada por la realeza española. Su color intenso derivaba de un insecto oscuro llamado cochinilla, que yo mentalmente asociaba siempre con garrapatas de perro. Nuestras mujeres indias cosechaban la cochinilla hembra de las carnosidades del cacto con un golpecito de pluma. Después, los insectos eran hervidos hasta reventar, luego secados y empaquetados en bolsas de cáñamo.

Enormes pilas de bolsas con granos de cacao se mecían por encima del muelle, y en España costarían una fortuna. Allí, el *chocolatl* sería molido en un mortero junto con pequeños chiles verdes muy picantes, una vaina de vainilla y algunas semillas de anís. A esto se le agregaría harina de maíz y agua, y toda esta mezcla se llevaría a punto de hervor.

Los españoles también agregaban azúcar a esta bebida, lo cual la convertía en adictiva para ellos tanto como lo era aquí para nuestras mujeres; y, aquí tiene, sin duda, un innegable poder sobre la gente. Nuestra mujeres beben tanto ese brebaje en la iglesia, preparado por sus sirvientes, que el obispo publicó un edicto prohibiendo dicha práctica. Poco tiempo después él enfermó de gravedad y se rumoreaba que algunas de las mujeres lo habían envenenado.

El cacao, como bebida, fue creado por los aztecas. Prohibido a la gente común y corriente, el *chocolatl* era consumido solamente por la nobleza y considerado sagrado. El más famoso de estos *connoisseurs* fue Moctezuma, su emperador, quien bebía varias tazas por día, frías. Sus semillas, muy atesoradas en todas partes, eran usadas a lo largo de toda la Nueva España como moneda corriente. Algunos incluso creían que el *chocolatl* poseía una fuerza espiritual y que, mezclado con sangre menstrual, era una irresistible poción para el amor.

Los exóticos cargamentos de los galeones de Manila también cargaban su mercadería en Veracruz. Marfil y madera de sándalo de las Indias Orientales; sedas y té de la China; también porcelana china, embalada en granos de pimienta y otras especias para evitar que se rompiera: todo esto era transportado desde el puerto de Acapulco por caravanas tiradas por mulas.

Cuando llegué al muelle vi que los barcos anclaban y amarraban al abrigo de San Juan de Ulúa, la isla-fortaleza que quedaba a menos de un disparo de mosquete de la ciudad. Los pasajeros desembarcados en botes comenzaban a llegar a la costa. Después de bajar de los botes, todos se arrodillaban para rezar y muchos incluso besaban la tierra. Algunos sacerdotes se quebraban y sollozaban, no por haber sobrevivido a ese mar salvaje sino porque creían haber llegado a un lugar sagrado. Por sus luces, Veracruz era, sin duda, la Ciudad de la Cruz Verdadera, que los recibía con los brazos abiertos en una tierra donde la Santa Iglesia reclamaba para sí a millones de ignorantes salvajes.

En celebración a la llegada del arzobispo, dos mil cabezas de ganado habían sido arreadas por las calles de la ciudad al amanecer, y el ruido de sus cascos prácticamente nos sacó a todos de la cama. Todavía, en las calles permanecía un fuerte olor a establo. La finalidad de ese transporte de ganado era ostensiblemente medicinal. Los santos padres creían que la respiración de las vacas limpiaba el aire de pestilencia, en particular de los vapores provenientes de los pantanos infestados de plagas que ensuciaban nuestra ciudad. De este modo, ese ganado liberaría a nuestro santo arzobispo de la tan temida peste. Cuando le pregunté al fraile acerca del valor curativo de ese ganado jadeante, él me contestó con un gruñido: "El Señor actúa a través de medios misteriosos."

Yo no estaba tan seguro, y tampoco lo estaban mis amigos indios más escépticos. Me pareció una broma bizarra que los santos padres confiaran más en el poder sanador de los resuellos vacunos que en el Padre, el Hijo y el Espíritu Santo. Además, el espantoso hedor procedente de la suma de los vapores del pantano, de los cadáveres podridos del río y de los excrementos del ganado era un auto de fe digno del mismísimo Torquemada.

Los integrantes de un grupo de personas que desembarcaron no vestían como clérigos sino como criados. Dos eran hombres hechos y derechos, otro era un enano y dos mujeres eran sirvientas. Exudaban una *joie de vivre* que nuestros propios sirvientes no poseían.

En la Madre España deben de tener amos muy descuidados, pensé. *Nuestros gachupines les borrarán enseguida esas sonrisas de la cara.*

Beatriz Zamba se acercó a mí. Se había puesto ella misma el apellido de Zamba por su casta, no por sus padres. Puesto que su padre era un esclavo, ella no tenía apellido propio. Cada día, Beatriz atravesaba Veracruz con una bolsa de caña de azúcar en la espalda y cocuyos colgando de su sombrero. Adonde fuera, gritaba: "¡Azúcar! ¡Cocuyo! ¡Azúcar! ¡Cocuyo!"

Ella vendía esos productos en las calles.

La caña de azúcar se sembraba localmente, y su amante —un esclavo africano que trabajaba en los sembrados de caña de azúcar y era el padre de su hijo—, hurtaba las cañas que ella vendía. A la gente de la Nueva España le encantaba el azúcar. La mitad de las personas que me rodeaban chupaban caña o sus distintos derivados. Y, como Beatriz me señaló poco después de mi arribo a Veracruz, "Pronto llegará el día en que la chuparán sin dientes".

La pérdida de dientes entre sus entusiastas era un mal endémico. Sin duda los gusanos que horadan agujeros en los dientes proceden de la caña de azúcar.

Los cocuyos, en cambio, son inocuos y, debido a su aspecto raro, incluso decorativos. Pequeños y negros, con puntos verdes luminosos, cuando un cocuyo es capturado su lomo se resquebraja y un pequeño lazo surge de su caparazón. A través de este aro rígido puede enhebrarse pelo o la cuerda de un collar o de una pulsera. El dueño de un cocuyo con frecuencia trata a ese bicho viviente como una mascota además de un adorno, y le da de comer trozos de caña de azúcar o de tortilla.

Beatriz le daba de comer caña de azúcar al cocuyo que le colgaba del cuello.

—Dulces para los dulces —decía, sonriendo. Puesto que Beatriz jamás comía caña de azúcar y tenía todavía todos sus dientes, su sonrisa era refulgente.

Beatriz era mi amiga, y conste que eran pocas las personas a quienes consideraba amigas: en realidad, sólo ella y el fraile. La vida en las calles era demasiado dura como para tener más que conocidos casuales. El amigo que uno atesoraba hoy, lo encontraba muerto mañana en una alcantarilla o camino a las minas del norte, que era más o menos lo mismo, o lo descubría con la mano en el bolsillo de uno, robándole la última tortilla.

Pero Beatriz era diferente. En una ocasión asistí a fray Antonio cuando curó al bebé de ella de una fiebre intensa y una serie de alarmantes manchas de peste que le inflamaban la carita y el cuerpo. Cuando el fraile logró bajarle la fiebre y librarlo de las temidas bubas, ella pensó que ambos habíamos conjurado milagros. Hasta el día de hoy, Beatriz lleva a su pequeño hijo, Jacinto, sobre la cadera y nunca olvidó lo que habíamos hecho.

El estado legal de su hijo no estaba muy claro. Nada en el sistema legal español era sencillo cuando de raza se trataba. Las leyes españolas reconocían veintidós categorías raciales, cada una gobernada por diferentes estatutos, y cada una de las categorías se subdividía en subcategorías para los individuos predominantemente "blancos", "africanos" e "indios".

Una criatura con padre español y madre india era un mestizo.

El hijo de padre español y madre africana era un mulato.

Beatriz tenía un padre africano y una madre mulata, y su categoría era zamba.

Cuando las personas con sangre mixta se casaban entre sí, a la burocracia se le hacía cada vez más difícil categorizarlas. La categoría más extraña era la del hijo de padre mulato y madre zamba: el fruto de esta unión era llamado *zambo miserable*. No sé por qué ese hijo debía llamarse "miserable", pero lo cierto era que la categoría de Jacinto era la de zambo miserable, porque la ley decía que él tenía "sangre corrupta".

También era posible hacer determinaciones raciales cuando los registros de ascendientes o de matrimonios estaban en duda. En ese caso, se realizaba un examen físico. Poca atención se le daba al color de la piel, porque muchos españoles no tenían tez clara. En cambio, sí se prestaba más atención al color del pelo y a la estructura física. El pelo corto y lanudo indicaba que era africano. Pelo lacio y grueso o la imposibilidad de tener vello en el cuerpo significaba indio. Los mestizos eran un problema porque exhibían características tanto de españoles como de indios, y a veces un rasgo se superponía a otro.

La razón de este sistema, me explicó el fraile, era que resultaba obvio que nuestras peculiaridades y habilidades se heredaban con la sangre. La sangre española pura hacía que la gente se sintiera inclinada a construir barcos, a navegar y a conquistar imperios. Cuando la pureza de la sangre se diluía, también la fuerza se diluía considerablemente; por consiguiente, la fuerza de España también se diluía.

—La obsesión con respecto a la pureza de la sangre nació de batallas libradas hace cientos de años para forzar a los moros y a los judíos a salir de España y, así, unificar nuestro reino —me susurró una vez el fraile cuando estaba un poco ebrio—. Pero lo que comenzamos como una cruzada santa ha terminado en el potro de torturas, la horca y millones de tumbas. Nuestro gachupín hace que los otomanos parezcan monjas de clausura. Todo es muy loco.

En el sistema de la delineación racial, no había categorías para las mujeres españolas casadas con indios o africanos.

—Los hombres que despiadadamente corrompen a nuestras mujeres indias, africanas y mestizas —dijo el fraile—, no pueden concebir que las mujeres españolas deseen a hombres de sangre diferente. Por lo tanto, sus hijos no pertenecían a ninguna categoría conocida. Y la vida de ese hijo era un purgatorio en la Tierra.

—Tanta gente y tanta felicidad —dijo Beatriz con una sonrisa burlona.

—Tal vez en el mundo venidero.

—Eres un fraude, Cristóbal —dijo Beatriz. Era una de las pocas personas de la calle que me llamaba por mi verdadero nombre—. ¿Dónde más podrías ganarte la vida desempeñando el papel de un payaso baldado?

—Todos necesitan alguien a quién despreciar.

—Pero esos trucos: mover el cuerpo que Dios te dio en contorsiones obscenas, ¿no son una burla a Su don? —Su sonrisa socarrona destilaba mofa.

—Si yo, un pobre lépero, ofendo el orgullo de Dios, todos estamos en más problemas de lo que yo creía.

Beatriz echó la cabeza hacia atrás y rió.

—Ésa es una de las muchas cosas por las que te admiro, Cristóbal. Careces por completo de virtudes.

—Soy práctico.

Yo no me ofendí; era un juego entre nosotros. A ella le encantaba mortificarme y después esperar mi réplica. Todo lo que yo decía le resultaba divertido.

Pero el viejo de las Indias Orientales que me había enseñado las artes arcanas de la contorsión sí impugnó mis creencias. Huesudo, deforme, calvo y con la voz estridente de una gaviota con dolor de garganta, lo habían apodado Gaviota por alguna agudeza hace mucho olvidada, y el apelativo se mantuvo. Gaviota no era partidario de la fe cristiana. Él creía en incontables dioses y diosas, en indecibles cielos, miles de infiernos, y con frecuencia declaraba que los había padecido todos y regresado después a la Tierra vida tras vida, del más allá al más allá, en una reencarnación infinita: "como un perro dentro de su vómito", afirmó en una oportunidad. Creía que la justicia no era nada más que el Sombrío Ser que Arroja los Dados, decide la suerte de nuestras almas y hace girar nuestro destino en una Rueda Kármica, y que al final toda vida era una ilusión: la Tierra, la muerte, la vida, el karma, el más allá, incluso el mismo Ser que Arroja los Dados, hasta la creencia, *todo*, dijo.

Solía afirmar que la mejor manera de sobrevivir a tanto caos, falsedad y dolor era ocultar la propia naturaleza detrás de una máscara. "La máscara puede reír y gritar, enfurecerse y llorar, pero el rostro debajo de la máscara, nuestra propia naturaleza, permanece impenetrable, impasible, tan carente de alma como el vacío."

También me habló de Shiva, el dios de la creación y de la destrucción. Había creado y destruido el mundo muchas veces y volvería a hacerlo antes de lo que pensábamos. Y, sin embargo, paradójicamente, era el más ardiente de los amantes: en los cielos, en la Tierra, en todos los mundos del infierno que hubo en la inmensidad de los tiempos. En todas partes, las mujeres veneraban cada movimiento suyo, cada mirada, cada roce. Cuando una de sus esposas confundía una pira por la tierra en llamas de él, se arrojaba a las llamas. Gaviota me cantó el himno de Kali al amor y la muerte.

> *Porque amas el fuego*
> *Convertí mi corazón en una hoguera*
> *Donde tú, El Oscuro,*
> *Puedas bailar.*

En su India, Kali se transformó en el avatar femenino de los amantes de todas partes. A lo largo de toda la India, las viudas, amantes y concubinas de una sola noche se arrojaban a la pira de su amado. Al igual que Kali, las mujeres elegían la hoguera en lugar del desconsuelo.

—¿La muerte iguala el amor? —pregunté con incredulidad.

—Es su ejemplo más noble.

Me quedé mirándolo un buen rato. Por último, sacudí la cabeza y le dije:

—En la India, puede ser, pero no expreses ese punto de vista por aquí con demasiado entusiasmo. La Inquisición también tiene hogueras, y sus tenazas ardientes y sus postes en llamas no tienen nada que ver con *amour vincet omnia*. Me parece que tampoco algunas mujeres de por aquí apoyarían tus creencias.

—Pero tú llevas en ti sangre azteca también. Llevas en tu corazón la llama azteca. Ellos conocían la verdad de la que hablo.

—Ellos no vendrán en tu ayuda cuando grites sobre un potro de torturas o sujeto a una estrapada.

Sí, era cierto lo de mis antepasados indios. Yo había oído relatos de parte de Flor Serpiente y la mujer que una vez llamé mi madre; historias de muchos dioses indios, de mundos antiguos creados y destruidos muchas veces, cada mundo nuevo un "Ciclo del Sol". Flor Serpiente me aseguró que nuestro mundo ignorante moriría algún día a través del fuego.

Y yo también sabía de la existencia de la Tierra de los Muertos de Homero, sus Campos Elíseos, y dioses en lo alto.

Pero también guardé para mí esos puntos de vista.

De todos modos, yo escuchaba con total fascinación… y aprendía. No sólo cuentos de los dioses sino las artes secretas del misterioso Oriente: estoicismo, resistencia, meditación, indiferencia al dolor y contorsión corporal. Tratar de perfeccionar solamente las habilidades necesarias para la contorsión me llevó cientos de horas, pero las practiqué religiosamente. Con el tiempo fui tan flexible como Gaviota. Podía doblar mis articulaciones como si fueran la savia meliflua que fluye de los árboles de nuestro Pueblo de la Goma.

Gaviota era un mentor curioso. Menudo, con huesos pequeños y delicados, durante un tiempo fue un acróbata de Papantla, en ese aterrador espectáculo en el que los hombres se columpiaban con una cuerda alrededor de la imponente punta de un poste altísimo. Por desgracia para Gaviota, su cuerda se rompió un día y, al igual que su apodo, tuvo que volar realmente. Lanzado al espacio como la piedra de un hondazo, se remontó y se remontó. Por un momento tuvo la sensación de tener alas, hasta que cayó como una roca.

Su fatal vuelo terminó contra una pirámide abandonada, y la rampa de piedra le quebró ambas piernas. Después de quedar inconsciente por un mes — "merodeando por lo más abyecto del pueblo azteca", como lo describía Gaviota—, cuando despertó, me dijo que había visto cosas maravillosas: el amanecer de la Creación, la extinción de las estrellas, la muerte de los dioses, el fin de los tiempos. Nunca volvió a caminar. Pero no se quejaba por ello. Dijo que esas visiones inspirarían todos sus días.

—Estoy satisfecho —dijo simplemente—. La verdadera naturaleza mía detrás de la máscara permanece fiel a sí misma, remota intrépida, impenetrable como una roca.

Durante un tiempo, Gaviota se apropió de las piernas de otro. Un lépero grandote apodado "Montaña" —por su altura y su peso— lo transportó sobre sus hombros. Sin embargo, Montaña era un ladrón inepto quien, al final, cayó en la emboscada que le tendieron sus vengativas víctimas. Esa gentuza asesina lo azotó, con un hacha le cortó las dos manos y le cauterizó las muñecas con aceite hirviendo. En los años siguientes sus muñones adquirieron un aspecto incluso más desagradable y lacerado, nada de lo cual afectó su gusto por la vida. Todo el tiempo hacía bromas en el sentido de que esa doble amputación le había evitado ir a las minas. Ni siquiera el alcalde quería un esclavo sin manos. Así que Gaviota montaba esos hombros enormes del gigante, contorsionándose todo el tiempo en monstruosas convulsiones, aun cuando Montaña metía sus obscenamente cauterizados muñones debajo de la nariz de clientes potenciales mientras gritaba:

—¡Una limosna! ¡Una limosna para este hombre sin manos, sin piernas y sin articulaciones!

Gaviota era el cerebro y Montaña, los pies, las piernas y el poder. Por un tiempo fueron los pordioseros más exitosos de Veracruz.

Hasta que aparecí yo y le robé a Gaviota su acto.

La multitud partió hacia la vasta procesión de sacerdotes, frailes y monjas que descendían al muelle. La mayoría de los sacerdotes usaba un sayo de tela basta de pelo de cabra, lana o arpillera, y sus hábitos eran blancos, grises, marrones o negros, según la orden a la que pertenecían.

Alrededor de la cintura usaban cintos de soga. De sus cuellos colgaban rosarios con cuentas de madera. Delante de ellos sostenían cruces. Tenían la cabeza cubierta con cogullas. Preferían las sandalias de cáñamo, que levantaban polvo cuando caminaban. Parecía existir un concurso con respecto a cuál hábito tenía un aspecto más andrajoso. Varios de esos hábitos parecían a punto de desintegrarse. Tampoco se asignaba demasiado valor a la limpieza. El sudor y la suciedad desfiguraban los hábitos y las caras.

Fray Antonio había sido en una época uno de ellos: fiel a sus votos de humildad, buenas obras y pobreza. Sin embargo, algunos de los sacerdotes y frailes obviamente despreciaban ese credo; eran los clérigos que montaban a caballo, usaban camisas de lino fino y medias de seda; cuyos monasterios eran en realidad ricas haciendas llevadas adelante por el trabajo de los esclavos, y que vivían como reyes sobre las espaldas y el sudor de los peones indios que supuestamente ellos habían venido a salvar.

—El Nuevo Mundo fue conquistado no sólo por la espada sino por un ejército de sacerdotes —me dijo cierta vez el buen fraile—. La mayoría dio todo lo que poseía, incluso su vida, para traer la cruz de Cristo a esta tierra sumida en la ignorancia. Pero estos malvados llegan ataviados en sedas y tratan a su rebaño como bestias de carga.

—Para una ganancia sucia —acoté yo.

El fraile asintió con pesar.

—Y que un sacerdote saquee a su rebaño, como un lobo en el aprisco, es un pecado contra Dios.

El gran desfile de sacerdotes y monjas pasó junto a mí. Hombres sagrados habían llegado de toda Nueva España, y cada orden estaba ansiosa por superar a la otra en aclamar al nuevo arzobispo, y su música y el polvo flotaban en ese aire ardiente.

Con las cruces extendidas delante de ellos, marchaban entonando el *Te Deum*, un himno triunfal al Señor.

Tú eres Dios:
Te alabamos.
Tú eres el Señor:
Te aclamamos.
Tú eres el Padre Eterno:
Toda la creación te venera.

Las órdenes religiosas se adueñaron del centro de la calle, con grandes masas de gente ejerciendo presión a ambos lados: comerciantes, hacendados, médicos, abogados, dueños de plantaciones, dueños de tabernas, soldados, amantes mulatas, esclavos africanos, léperos de la calle como yo mismo, bandoleros, carteristas, rameras. La gente se reunía aquí en busca del correo que traía el barco, el dinero de los parientes, para darles la bienvenida a amigos largo tiempo perdidos. Esposas mestizas e indias de marineros que sólo veían a su marido una vez por año mientras se descargaban los barcos, se les reparaba, calafateaba y se les equipaba nuevamente. Y estaban también los meramente curiosos, como yo.

Más barcos entraban a puerto y dejaban caer el ancla y aseguraban sus amarras a los pesados aros de amarre de bronce incrustados en la pared del fuerte, rogando, al amparo del fuerte, estar a salvo de las violentas tormentas del norte. Las lanchas de la costa habían transportado a los inspectores de aduana del Rey y a los representantes del Santo Oficio de la Inquisición. Una vez a bordo, examinaron todas las mercaderías y el equipaje, salvo quizá el del arzobispo y su séquito. Los inquisidores rápidamente confiscaron cualquier trabajo que desafiara o profanara la doctrina de la Iglesia.

El gentío partió para otra procesión, y tres caballos de carga pasaron al trote junto a nosotros. Detrás de cada jinete estaban sujetas grandes tinajas de arcilla compactadas con paja dentro de canastos de cáñamo. Las tinajas estaban llenas de nieve del gran volcán Citlaltépetl, la montaña más alta de la Nueva España, y esos jinetes eran conocidos como *la posta de nieve*. Esta nieve estaba embalada en las tinajas junto con sabrosas hierbas y azúcares y llevadas rápidamente desde la montaña a una distancia de alrededor de treinta leguas, con continuas postas de caballos veloces a Veracruz, donde se la servía como una mezcla deliciosa llamada sorbete. Un festín frío especial para el arzobispo, era un regalo de los mercaderes de la ciudad con la esperanza de que contribuiría a protegerlo del tan temido vómito. Era apenas la segunda vez que yo había visto los caballos de carga galopar a toda velocidad por las calles transportando nieve saborizada. El último cargamento había llegado al lecho de muerte del alcalde anterior. Agonizando con la enfermedad del vómito, de todos modos se decía que murió con la boca llena de sorbete frío y una sonrisa en los labios.

Me resultaba imposible imaginar el sabor del sorbete. Ni siquiera había tenido nunca nieve en las manos. Sin embargo, mi boca se llenaba de saliva ante la sola idea. Cualquiera que recibía esa exquisitez directamente desde las altas montañas podía considerarse realmente bendecido.

Pero, bueno, yo me sentía bendecido cuando Beatriz me vendía caña de azúcar robada por la mitad del precio de venta.

La procesión religiosa llegó a los muelles. Yo logré abrirme camino hasta el borde de la procesión, con la esperanza de encontrar suficiente espacio para hacer mi acto de pulpo lisiado. Encontré mi oportunidad entre un grupo de monjas muy serias, varias de las cuales tañían laúdes mientras todas entonaban el *Te Deum*.

Su música y cantos eran serenos; sus sonrisas, beatíficas, y su mirada anhelante fija en los cielos, pero representaban un público difícil para mi actuación. En ningún momento dejaron de cantar ni de sonreír, pero una de ellas metió la mano debajo del hábito en busca de un real, un mendrugo de pan, la cuenta de un rosario, algo. Ninguna exhibió hacia mí nada que se pareciera al afecto, la misericordia o la ternura. Cuando una llegaba a mirar en mi dirección era como si mirara a través de mi persona, como si yo no estuviera allí. La única que me prestó algo de atención era una madre superiora de aspecto siniestro que estaba directamente por encima de mí y me lanzó una mirada feroz.

Estaba prácticamente parada sobre mí, y estuve tentado de clavar mis dientes de lépero en su tobillo sólo para hacerle saber que... *yo también soy un ser humano*. Pero en ese momento una enorme bota negra se aplastó sobre mi mano ostensiblemente lisiada.

—¡Aaak! —bramé.

Cuando trabajosamente me puse de pie, un hombre me aferró por el pelo y me alejó de las monjas. Yo miré sus ojos oscuros y su sonrisa aun más oscura. Había en él algo que me hizo pensar que era un caballero, uno de esos nobles caballeros cuya espada ha sido ofrecida a Dios y al Rey. Su atuendo era de libertino. Sobre la cabeza llevaba un sombrero de ala ancha color cervato, con una larga pluma negra alrededor del ala y otra color rojo sangre vertical. Su jubón de terciopelo rojo no tenía mangas y su camisa elegante de lino negro tenía unas mangas abullonadas que le llegaban a las muñecas. Sus pantalones de montar de terciopelo negro estaban metidos dentro de botas negras y altas de bien bruñida piel de serpiente, para ser más exacto, de una serpiente letal cuyo beso lo manda a uno al infierno más rápido que una prostituta con sífilis. No usaba espada de gala sino un arma de trabajo, un espadín de acero de Toledo, cuya empuñadura, como el dorso de sus muñecas y de sus manos, demostraba haber tenido buen uso.

Sí, irradiaba arrogancia de pies a cabeza. Su bigote color rojizo dorado era exuberantemente amenazador; su barba, corta y puntuda. Su cabello le caía en cascada sobre los hombros en rizos apretados, uno más largo que el resto. Este "rizo de amor" lo llevaba sujeto con una cinta tomada de la prenda interior de una dama. Él quería que el mundo supiera que era un famoso libertino y, al mismo tiempo, un avezado espadachín.

Pero ése no era un caballero refinado, que dormía en una cama magnífica con un cofre de oro a sus pies. Tampoco el hijo menor de un noble que menospreció el sacerdocio para seguir al dios de la guerra. Ese hombre era un espadachín a sueldo; una espada y una garrancha que tomaba todo lo que deseaba.

Cualquier impresión de que era un noble caballero era ilusoria.

Yo supe lo que era en realidad tan pronto posé mis ojos en él: un pícaro. Había leído el cuento de ese pícaro infame, Guzmán de Alfarache. Todos los que podían hacerlo lo habían leído, y más tarde me enteraría de otros pícaros legendarios, incluyendo el espadachín poeta Mateo Rosas de Oquendo. Un día incluso conocería la verdadera identidad del hombre que tenía delante.

Un pícaro era un pillo aventurero que vivía gracias a su ingenio y su espada: con frecuencia, un paso más adelante que la ley. Su reputación de bribón en España era tan reprensible como la de los léperos en la Nueva España, y por ley les estaba prohibido entrar aquí. Si se le detectaba a bordo de un barco, se le detenía y enviaba de vuelta a las Filipinas, un lugar terrible que prácticamente certificaba una muerte cierta por parte de saqueadores o de la malaria. Las islas, del otro lado del gran Mar Occidental y cercanas a la China, la tierra de los chinos, fueron descubiertas por Fernando de Magallanes, quien perdió allí la vida. Nombrada en honor del buen rey Felipe II, se dice que las islas son tan bonitas como letales.

Las razones eran de índole más pecuniaria que moral. La plata era la sangre vital de la Madre España, y la Corona no quería correr el riesgo de que esa línea de transporte de plata fuera amenazada y secuestrada por ejércitos de espadachines pícaros.

Sin embargo, el atractivo de tanta plata y tanto oro, combinado con la posibilidad de escapar de las órdenes de arresto y cárceles del Viejo Mundo, resultaba difícil de resistir. A pesar de la amenaza de deportación a las Filipinas, muchos barcos transportaban pillos que se habían embarcado en forma clandestina o pagando un soborno, y que llegaban a Veracruz con intenciones aviesas.

Ahora bien, el que yo tenía delante podía haber engañado a los agentes de la Corona, pero yo enseguida lo calé a fondo. Era un pillo vestido de caballero. Tal vez su atuendo era aristocrático —y estoy seguro de que el noble a quien se lo robó había pagado un buen precio por él—, pero reconocí los tacos gastados, los puños deshilachados, las mangas sucias. Éste era un hombre cuyo tiempo y tesoro estaba dedicado a obtener placeres de la carne, no trajes a la moda.

Estaban, también, sus ojos. Tenían un brillo temerario y desafiante. Eran los ojos de un hombre que en un momento nos pagaría una copa y, al siguiente nos cortaría el gañote; que aceptaría nuestra ayuda y nuestro consuelo, y después seduciría a nuestra esposa e hijas. Esos eran los ojos de un asesino, de un bandolero, de un libertino, un corruptor de mujeres, un hombre dispuesto a vender sus servicios de espadachín al mejor postor. Eran los ojos de un hombre que, a diferencia del resto de nosotros, se negaba a sentir culpa y miedo y que llevaba una existencia regulada por sus propios términos. Éste era un hombre del cual yo podría aprender mucho.

Me dedicó una sonrisa centelleante. Fue bastante abrumadora y lo suficientemente malévola como para quebrarle el corazón a una mala mujer o hacer que una mujer buena se convirtiera en mala. Quedé tan fascinado por el singular brillo del diente de oro que logré verle, que casi se me pasó por alto el que frotara dos reales entre el pulgar y el resto de sus dedos. Como es natural, me di cuenta de que su sonrisa tenía la sinceridad de las lágrimas de cocodrilo.

—Tengo una misión para ti, Chico Loco —dijo.

—¿Cuál misión? —pregunté, los ojos fijos en las monedas. Dos reales era el jornal de un día para los hombres hechos y derechos y más de lo que yo había poseído así, junto, en toda mi vida.

El pillo asintió en dirección a una tienda de campaña. Bajo su dosel el alcalde de Veracruz y los nobles de la ciudad se encontraban reunidos para darle la bienvenida al arzobispo. Había mesas tendidas con toda clase de bebidas y comidas.

Mirándonos desde la tarima más alta estaba la joven y nueva esposa del alcalde. Su esposa anterior había muerto hacía poco de fiebre. La mujer nos vio levantar la vista hacia ella, sonrió con coquetería a mi recientemente encontrado empleador y lo observó con mirada seductora. Estaba mitad sentada, mitad parada, en uno de esos enormes vestidos con forma de globo que no han sido diseñados para caminar, estar acostada o sentada sino tan solo para la admiración de un gachupín.

Pensé que el vestido era estúpido, no así la mujer. Yo la había visto una vez antes en un carruaje que pasaba junto a mí. Destilaba sensualidad y me miró como si yo fuera capaz de hacer caer en una trampa el alma de una santa exenta de pecado. Se lo comenté al fraile, quien en ese momento estaba conmigo. Él la reconoció y la describió como "la serpiente que tentó a Lucifer" que supongo que, en este caso, era una comparación apropiada. Mi nuevo empleador no necesitaba ser presentado a Satanás.

El bribón me entregó un pequeño trozo de papel plegado.

—Llévale esto a la señora. Trepa los tablones que hay *debajo* de la tribuna principal para llegar a ella. Procura que nadie te vea dándoselo. Si te pescan, trágate el papel.

Yo vacilé un momento.

—¿Qué sucede? —preguntó él con una sonrisa agradable.

—¿Cuál es el nombre de usted, por si ella me lo pregunta?

—Mateo.

—Mateo —repetí en voz baja.

Él me dio las monedas y después se agachó un poco para que yo recibiera su aliento cargado de olor a ajo y a vino. Sin dejar de sonreír, dijo:

—Si llegas a hablarle a alguien de esto, te cortaré los cojones. ¿Entendido?

Yo no tenía ninguna duda de que tenía una colección completa de cojones.

—Entendido.

El pabellón en el que yo debía entrar tenía tres niveles de mesas y bancos de madera, cada uno una fila más arriba que el anterior. La última fila estaba a tres metros del suelo.

La mesa del alcalde se encontraba en la mitad de la fila superior. Cada fila tenía un banco de madera de entre nueve y doce metros de largo y una mesa del mismo largo. Encima de las mesas cubiertas con un mantel había una selección de comida, frutas y vino. Debajo de las filas de bancos y mesas había un laberinto de tablones y maderas que las apuntalaban.

¿Dos reales por tomar por asalto esa ciudadela? *¡Dios mío!* Yo podría perder la cabeza y los cojones. Me merecía toda una flota de tesoro. Miré hacia atrás y Mateo extrajo su daga y la apuntó amenazadoramente a su entrepierna.

Sentí que mis cojones se apretaban y miré de nuevo la estructura que tenía que escalar. Comprendí la razón por la que él me había escogido: sólo un contorsionista era capaz de doblarse, reptar y escabullirse por ese laberinto de maderos de apoyo.

Cuando estuve fuera de su vista, leí con ansiedad la nota que debía entregar.

> *Tu rostro está escrito en mi alma*
> *Ninguna rosa es más roja que tus labios*
> *Tus ojos están marcados a fuego en mi corazón*
> *Ningún ganso es más suave que tus mejillas*
> *Esta noche, mi amor,*
> *A la hora en que tu cuerpo es más acogedor.*

"¿Ningún ganso es más suave que tus mejillas?" *¡Qué va!* ¿No podría él haber robado una poesía mejor que ésa?

Me introduje debajo del pabellón y comencé a retorcerme y a abrirme camino por entre los tablones. Algunos no estaban firmemente sujetos y todo el tiempo tenía que probar su estabilidad y mantener mi peso sobre ellos. En un momento dado un madero cruzado se me aflojó en la mano y tuve que ponerlo de nuevo cuidadosamente en su lugar.

Supuse que en cualquier momento sería descubierto por los nobles que estaban arriba o que esa jungla de maderos caería en cascada sobre mí matando, en el proceso, a todos los que estaban en la tribuna principal.

Sin embargo, finalmente llegué al nivel superior y me puse debajo de la mesa para no ser visto. Yo estaba en un extremo, a unos cuatro metros y medio de donde se encontraba sentada la esposa del alcalde, y lentamente repté hacia ella, evitando los zapatos de los hombres y las enaguas de las mujeres.

Seguí reptando hasta reconocer el vestido de la mujer en cuestión. Extendiéndose como una enorme pelota redonda en todas direcciones del largo de un brazo, este atuendo de color rosado estaba sostenido debajo por rayos de caña y círculos de alambre. Oí decir que esta clase de vestido es llamado guardinfantes. Algunos de los que he visto se extienden bastantes centímetros en cada dirección. La mujer no estaba sentada en una posición natural ni nadie esperaba que lo estuviera, porque el marco del vestido no se lo permitiría. Se había construido una estructura especial de madera para que la mujer se pudiera recostar sobre ella en una posición semisentada.

Tiré del dobladillo de su vestido para avisarle que estaba allí. En el momento en que levantaba la mano para entregarle la nota, su marido gritó:

—¡Amigos! No duden cuando les anuncio que soy el más grande matador de toda Nueva España. Ustedes han visto hombres que toreaban toros con lanzas desde la montura de su caballo. Yo me paro en el suelo y lucho contra el toro con solamente una capa en las manos.

Lo oí pisar fuerte para demostrar su técnica.

—Necesito una capa. Despejen esta mesa —les dijo a los criados—. Usaré el mantel.

¡Yo necesitaba ese mantel! ¡Si lo perdía, perdía también mi cabeza!

Desesperado y muerto de pánico, me escondí en el único lugar disponible —incluso mientras los criados tiraban del mantel—: debajo del vestido de la mujer. Me enterré debajo de esa carpa con marco de alambre y enaguas.

Ayyo, ¿a qué santo dejé de honrar en su día para merecer este castigo? ¡Dios mío, Madre Santa, Jesucristo! Soy un chico inocente. Ladrón, sí. Cómplice, es verdad. Mentiroso, con frecuencia. Pero, ¿por qué tengo que permitir que me corten la cabeza y la empalen en las puertas de la ciudad por culpa de una aventura amorosa en la que yo no participo?

Además, las corridas de toros se hacían de a caballo. Todo el mundo lo sabe. ¿Por qué el tonto del alcalde tiene que simular hacerlo de a pie? Esto era una ofensa no sólo hacia los toros sino hacia mí, a quien él había puesto en peligro. ¿Por qué no salía del pabellón para demostrar sus habilidades montado a caballo?

Mientras él entretenía al público con sus payasadas infantiles, yo estaba instalado debajo de la carpa del vestido de su esposa, apretado en ese lugar cálido y misterioso entre las piernas de su mujer. Por miedo de que cualquier parte de mi cuerpo asomara, me apreté más contra ese *sancta sanctorum*, y ella abrió bien las piernas para permitírmelo. Descubrí entonces que la mujer no usaba nada debajo de sus voluminosas enaguas, y que yo estaba en contacto con sus partes más íntimas.

Yo había visto a chiquitas léperas orinar en la calle, y me dijeron que también las mujeres mayores tenían una abertura entre las piernas. Sí, ahora supe que era cierto. Podía confirmar que era un lugar cálido y húmedo, una suntuosidad mojada más tierna y acogedora de lo que jamás imaginé. Empecé a entender por qué los hombres querían meter allí su garrancha.

Su mano aferró mi pelo y me empujó más hondo en la rendija que tenía entre las piernas.

Muy pronto mi nariz empujaba contra esa humedad cálida, y la mujer me empujaba cada vez con más fuerza contra ella y se sacudía más y más al hacerlo. Entre sus piernas había algo que yo no sabía que una mujer tenía: un pequeño botón, un pene propio del tamaño de un hongo diminuto. Por los movimientos frenéticos de la mujer comprendí que le importaba mucho que yo se lo tocara. Este tesoro secreto parecía tener un nervio oculto. Cuando yo se lo acariciaba, los giros de ella aumentaban en proporción con la intensidad de ese roce. Cuando accidentalmente golpeé mi nariz contra ese punto, todo el cuerpo de ella tembló y se estremeció. La mujer se retorció, se apretó contra mí y la abertura que tenía entre las piernas comenzó a expandirse.

La voz del alcalde llegó hasta mí cuando él caminaba de aquí para allá dentro del pabellón luchando contra un toro... papel desempeñado por un criado.

Yo me sentía torpe, pero de alguna manera ella se las ingenió para sujetar su trasero contra una tabla y trabar una pierna alrededor de mi nuca. De pronto me encontré con su tesoro en mi boca y entre mis labios. Traté de liberarme, pero su pierna me sujetó con más fuerza. Ahora, mi boca y nariz estaban enterradas en ese valle secreto, y no lograba aire para poder respirar. Abrí más la boca, mi lengua asomó en un jadeo silencioso, y...

Eso era lo que ella quería.

Mi lengua.

Estaba atrapado. Su pierna se cerró alrededor de mi nuca. Por todas partes había una multitud de gachupines que me castrarían y me despedazarían si llegaban a pescarme. Tenía a Mateo allá abajo, quien también me castraría si yo no le entregaba a ella la nota. Mi único recurso era apaciguar a esa mujer.

Nerviosamente y con cierta vacilación, comencé a rodear esa protuberancia con mi lengua, casi temeroso de tocarla. Pero cuanto más la rodeaba y más evitaba rozarla, más las caderas de ella se estremecían.

Cada vez que tocaba ese botón, el cuerpo de la mujer se sacudía con tanta fuerza que tuve miedo de que nos descubrieran.

Pero a ella no parecía importarle. Se retorcía y giraba, y sus partes privadas aumentaron su temperatura y se mojaron más hasta que me sentí muy excitado y mi garrancha creció y comenzó a pulsar en forma descontrolada.

Ahora, el miedo se vio reemplazado por otra cosa: una presión intolerable. Yo había experimentado antes estas sensaciones y una vez una puta amiga, al lado de la cual yo dormí una noche en la casa de los pobres, me enseñó cómo tocármela para aliviar esa presión.

—¡Magnífico! —La multitud estalló en ovaciones cuando el alcalde "mató" al toro con su espada.

Cuanto más gritaban más me trababa la nuca la señora, y más mi boca y mi lengua trabajaban en su fuente de felicidad.

—Acaban de ver, amigos, la técnica de lidiar a un toro con los pies sobre la tierra. Les digo que, algún día, las corridas de toros ya no se harán montados a caballo. Nuestros amigos portugueses aseguran que eso jamás sucederá, pero recuerden bien mis palabras: será el hombre contra el toro, enfrentar los ataques del animal con nada más que el propio coraje y la propia capa como protección.

Y arrojó la capa mantel sobre la mesa, y los criados corrieron a ponerla de vuelta en su lugar. Mientras el público aplaudía, los muslos y las partes privadas de la mujer vibraban vorazmente contra mi cara.

Yo sabía que mi garrancha pulsante pertenecía a ese lugar. Aunque el fraile prohibía expresamente cualquier conducta inmoral en la casa de los pobres y colgó una manta para separar un sector cada vez que una mujer se quedaba allí, yo había visto a un lépero encima de una puta, bombeando sus nalgas al aire, tal como don Francisco había montado a Miaha. Mi posición ahora, arrodillado con la cabeza entre las piernas de esa mujer, con ella sentada a medias detrás de la mesa, hacía que ello fuera imposible.

Inseguro con respecto a cómo continuar dándole placer, mis instintos de coyote tomaron el control de mi persona y entonces hice lo que sentía era natural. Hundí la lengua en su abertura bochornosa y voluptuosa.

Fue un error.

Ella gimió y se retorció y un estremecimiento salaz la recorrió. Sólo Dios sabe qué expresión apareció en su cara. Mientras esperaba ser sacado a la rastra de debajo de su vestido y de su hendedura, lenta, muy lentamente, los espasmos de ella comenzaron a aquietarse. Muerto de pánico, me deslicé de debajo de su vestido mientras el alcalde se dirigía hacia ella.

—Mi amor, mi amor, tienes la cara encendida por la excitación. ¡Nunca pensé que mi desempeño te entusiasmaría tanto! —por su voz, se notaba que el alcalde estaba maravillado y feliz por la excitación sexual de su esposa.

Yo levanté el mantel apenas lo suficiente para establecer contacto visual con la mujer. Líneas de sudor producidas por nuestros juegos eran visibles como trincheras en las gruesas capas de polvo a ambos lados de su cara.

Yo extendí la nota para que ella pudiera tomarla. Le sonreí para demostrarle que me complacía haberle dado placer. Ella me dedicó una sonrisa traviesa, mitad sonrisa, mitad mueca, y después levantó la rodilla, me apoyó el zapato en la cara y me empujó por entre la amplia abertura que había entre los tablones. En mi caída me golpeé, me tambaleé y reboté en cada travesaño y tablón hasta aterrizar en el suelo con un golpe sonoro.

Lentamente me puse de pie y me escabullí de debajo del pabellón. Estaba lastimado en muchas partes, pero más que nada en el alma. El bribón no estaba por ninguna parte. Mientras me alejaba rengueando, pensé en la experiencia que acababa de vivir. Había hecho dos descubrimientos importantes con respecto a las mujeres. Ellas tenían un lugar secreto donde se les podía tocar para proporcionarles placer. Y, una vez que tenían ese placer, lo único que podía esperarse era una patada en la cara.

Yo había avanzado poco cuando el gentío se abrió para dejar pasar un carruaje. Vi entonces una oportunidad de ejercer mi oficio. Pero, cuando trotaba hacia el carruaje, una vieja de negro bajó de él, se detuvo y me miró de arriba abajo mientras era asistida por sus ayudantes. Su mirada de ave de rapiña se cruzó con la mía y una mano helada me oprimió el corazón.

La mujer dio un paso atrás, espantada, pero muy pronto la sorpresa abandonó su cara y fue reemplazada por alarma. Una vez había observado yo una reacción parecida en un hombre mordido por una iguana: primero un salto hacia atrás con espanto; después, revulsión; finalmente, furia al matar a la iguana a palos.

Yo no tenía la menor idea de por qué esa señora española aristocrática me encontraba tan odioso, pero mis instintos de lépero pusieron alas a mis pies. Huí hacia la multitud que lanzaba vítores, mientras el arzobispo llegaba a tierra firme y se inclinaba para besar el polvo.

En ningún momento miré hacia atrás hasta haberme alejado del gentío y estar en un callejón demasiado estrecho para que por él pasara un carruaje. Incluso allí, me sentí desnudo y expuesto, como si el mismísimo sol me estuviera espiando por encargo de esa mujer.

TRECE

Regresé a la Casa de los Pobres avanzando furtivamente por calles laterales, convencido de que el Ángel de la Muerte estaba en todas partes. El hospicio se encontraba vacío. Fray Antonio y sus protegidos, que esa noche dormirían sobre paja apilada sobre el piso, estaban con el gentío que honraba al arzobispo. Pronto la recepción que tenía lugar en el muelle se desplazaría hacia el palacio del alcalde. La "buena gente" asistiría a las festividades en el interior del palacio, mientras en la plaza Veracruz, los ciudadanos, junto con los que estaban en la ciudad por la flota del tesoro, celebrarían durante toda la noche y hasta el día siguiente. Perderme esa celebración, la más importante de mi vida, representó para mí una profunda decepción, pero el miedo fue más fuerte que mis ganas de asistir.

La Casa de los Pobres era poco más que una habitación amplia y rectangular. Un rincón pertenecía al fraile. Detrás de una manta colgada estaba su lugar privado: un jergón de paja en un cuadro de madera, una pequeña mesa con una vela para leer, una cómoda con sus efectos personales y varios estantes para su modesta biblioteca. Los libros no eran muchos: algunos tomos religiosos y, el resto, clásicos de la antigüedad griega y romana. Sin duda la iglesia local y el alcalde tenían más libros. Quizá también los tenían unos pocos ciudadanos adinerados, pero era una colección sustancial de libros en una ciudad en la que la vasta mayoría de sus habitantes ni siquiera sabía leer su propio nombre, y mucho menos comprar libros.

Mi mayor placer era instalarme en el refugio del fraile y leer, pero ese día entré allí para esconderme. Me senté en su jergón, con la espalda hacia el rincón, y me rodeé las rodillas con los brazos. Las calles de Veracruz habían asentado mi instinto de supervivencia hasta dejarlo bien afilado, y percibí en la anciana señora sentimientos más intensos que la mera maldad.

Miedo.

¿Acaso yo, o los padres que nunca conocí, le habíamos hecho algo malo? El fraile nunca dijo nada en ese sentido, de modo que el odio de esa mujer, en sí mismo, era inexplicable. Pero, ¿y su miedo? ¿Por qué habría una matrona aristocrática y muy poderosa, la viuda de una gran casa, de temer a un muchacho lépero que mendigaba para ganarse el pan?

No era la primera vez que me confundían con otra persona. El día que don Francisco me había zurrado hasta casi quitarme la vida, su huésped alegó saber quién era mi verdadero padre. Tal vez la mujer anciana había notado la misma similitud en mí.

Cada tanto yo le hacía preguntas al fraile acerca de la identidad de mi padre, pero él siempre negaba saber algo al respecto. Una vez, mareado por el vino, dijo que mi padre había sido un portador de espuelas, pero después se puso furioso, quizá por haber dicho demasiado.

Pero la anciana, al igual que el huésped de don Francisco antes que ella, vio algo en mi cara, supo qué significaba, y eso me puso en peligro. Y ahora yo tenía miedo de que lo que ella había visto me costara la vida.

Traté de sacarme a la mujer de la cabeza, pero no pude dejar de pensar en mi origen. Que mi madre tal vez fuera una ladrona y una prostituta no me impresionaba demasiado. Nosotros, los llamados "Hijos del Señor", éramos famosos por nuestro humilde origen. Que mi padre hubiera sido alguien que calzaba espuelas tampoco era demasiado significativo. Los gachupines incesantemente seducían a nuestras mujeres; las veían desembarazarse de sus bastardos sin remordimientos, con desprecio más que con amor. Para ellos, nosotros representábamos un descrédito para su linaje y su sangre. Demostraban ese odio en las leyes que sancionaban *contra* nosotros, sus propios hijos. Nosotros, los bastardos, no poseíamos derechos en la sociedad. No podíamos heredar de nuestros padres; ni siquiera éramos reconocidos como sus hijos. No sólo las calles de Veracruz sino la totalidad de la Nueva España estaban repletas de hijos bastardos de hombres españoles. Si alguien le hubiera probado a un gachupín que yo era su hijo, él habría mirado a través de mi persona como si yo jamás hubiera existido, porque a los ojos de la ley, de hecho yo *no existía*. Nuestros señores gachupines podían hacer uso y abuso de nosotros a su santa voluntad.

A veces se escuchaba la expresión "hijo de un cañón" aplicada a un chico de la calle, porque su madre era una prostituta que no sabía cuál hombre la había impregnado. Ese término se aplicó por primera vez a los hijos nacidos de prostitutas en los barcos. Los grandes galeones de guerra con frecuencia llevaban putas para prestar servicios a la tripulación. Cuando las mujeres estaban a punto de dar a luz, se las acostaba junto a uno de los braseros que siempre estaban encendidos cerca de los grandes cañones para encender la pólvora negra. La proximidad de esas mujeres a los cañones dio origen al término "hijo de un cañón".

Ser el hijo bastardo de un gachupín no me otorgaba más derechos que si hubiera sido un hijo de un cañón.

Y, ahora, había conocido a dos personas que al parecer me odiaban por mi origen, como si yo fuera responsable de los padres que nunca conocí, como si mi mera existencia fomentara luchas de sangre, como si *yo* hubiera cometido los pecados de mis antepasados.

Ayyo, quizá el fraile sería capaz de decirme por qué esa mujer me odiaba. Quizá él encontraría alguna manera de solucionar este problema. Sé que lo haría si pudiera. Fray Antonio era un buen hombre. Ayudaba a todos. Su único pecado era ser demasiado bueno. Después de ser apartado del sacerdocio, recurrió a la comunidad secular en busca de ayuda. Persuadió a un comerciante adinerado de que le cediera un edificio en ruinas en el corazón mismo del barrio repleto de mestizos. En su tiempo libre, les pedía a los ricos dinero, comida, ropa y medicinas. Todo eso, y también alojamiento, se lo daba a los pobres.

En otras palabras, al igual que yo, mendigaba.

En una ocasión acompañé al fraile a esas casas importantes y observé las contorsiones que *él* debía realizar para conseguir dinero de nobles mezquinos. Bueno, no, él no se dislocaba los brazos, pero conseguía arrancar dinero de esas arcas, mientras todo el tiempo predicaba, con una sonrisa serena y mirada piadosa, que Dios detestaba el dinero dudoso pero amaba a quien lo daba con alegría, y cómo el camino dorado al cielo estaba pavimentado con donativos hechos con amor.

Con frecuencia aseguraba que su habilidad en el terreno de la medicina era fruto de la necesidad, no de los estudios. Sus instrumentos quirúrgicos consistían en herramientas de carpintería y utensilios de cocina. Sus conocimientos médicos los había obtenido de un texto de Galeno de Pergamum, un médico griego que vivió un siglo después de Cristo. Traducido del griego al árabe y después al latín, los trabajos de Galeno no eran bien vistos por la Iglesia por su tinte morisco, pero eran la mejor guía que tenía el fraile. Cada tanto un auténtico médico —a instancias del fraile— proporcionaba ayuda e instrucción. Más allá de eso, en lo único que el fraile podía basarse era en su experiencia al tratar a aquellos que otros médicos rechazaban.

—Yo recibí mi diploma —solía decir a veces el fraile— de manos de Galeno y de la Escuela de la Necesidad.

La Casa de los Pobres no era ningún palacio sino sólo tablones bastos y sin pintar clavados en maderos sin pulir. Yo dormía en el sector común, con aquellos que estaban demasiado hambrientos o enfermos para encontrar refugio en otra parte. Pilas de paja y algunas mantas raídas servían de camas. El fraile tenía algunas mantas buenas para cuando las noches eran muy frías, pero las mantenía escondidas. Los pobres robaban todo aquello en que podían meter mano.

Pero la mayoría de las noches, el calor hacía que el mismo aire sudara, a tal punto que resultaba difícil respirar en el hospicio, aunque, para ser sincero, resultaba difícil respirar en cualquier parte sobre la tierra caliente, excepto en los jardines frescos y cerrados de los ricos. Cuando llovía, cosa que ocurría con frecuencia, el agua se filtraba en la habitación principal. Y cuando todo estaba demasiado mojado, yo dormía sobre la mesa larga sobre la cual los famélicos tomaban cada noche su cena. Cuando hacía mal tiempo y la gente no podía mendigar, teníamos más bocas que alimentar.

En un rincón había un pequeño hueco para encender fuego. Una mujer india venía todos los días y preparaba allí tortillas y frijoles que, junto con ocasionales gachas de harina de maíz, era el único alimento que el fraile podía ofrecer. El humo del fuego cubría el techo y con el tiempo penetraba por las hendiduras del techo y las paredes.

Sólo los estantes de la biblioteca estaban a salvo de la lluvia.

Estudié los títulos de todos esos libros. Un hacendado le había regalado la mayoría de ellos cuando el fraile era el sacerdote de una iglesia de la aldea. Estaba el tomo de medicina, algunos trabajos religiosos, en especial *La ciudad de Dios*, de San Agustín, pero el resto de los libros eran en su mayoría clásicos griegos y romanos. Mis favoritos eran *Vidas pa-*

ralelas, de Plutarco, donde el autor exploraba el carácter y las hazañas de los más grandes soldados, legisladores, oradores y hombres de estado de Grecia y de Roma; *La Ilíada* y *La Odisea*, de Homero; *La Eneida*, de Virgilio; *La divina comedia*, de Dante y las *Fábulas*, de Esopo.

Fuera de lo que el fraile y sus libros me enseñaron, mis posesiones consistían en los pantalones y la camisa sucios y harapientos con que mendigaba, y la única ropa un poco más limpia y las sandalias que usaba para ir a la iglesia. Los pantalones y la camisa estaban hechos de maguey y algodón indio de hilado burdo y las sandalias eran de cáñamo. Para que las sandalias no se gastaran, sólo las usaba *dentro* de la iglesia.

Tenía, además, mi cruz de plata. El fraile me confesó cierta noche, un poco ebrio, que el crucifijo sí pertenecía a mi madre, y que a ella se lo había regalado mi padre. Era la única cosa de ellos que yo poseía. La cruz era de plata pura, con piedras rojas que adornaban cada punta. Nadie esperaría que una "puta india" poseyera un adorno tan fino, pero, bueno; se suponía que mi padre había sido un portador de espuelas.

De mucho me sirvió. Si usaba la cruz en público, me matarían o me meterían preso por ladrón. Ni siquiera estaba a salvo en el hospicio. Para disimular su valía, el fraile la cubrió con brea y yo me la colgué del cuello con un trozo de cáñamo.

Toqué esa cruz ennegrecida y pensé en el fraile. ¿Lo habían apartado del sacerdocio por luchar contra la corrupción de la Iglesia? ¿Por oponerse a la explotación de los indios y a la opresión de los mestizos? ¿O había caído en desgracia de la Iglesia por su predilección por el vino y las damas de la noche, como otros han sugerido?

Para mí, esas cuestiones eran necias. Él hacía más bien que cualquier otra persona de Veracruz, y me había dado algo, a costa de un gran peligro personal, de lo cual ni siquiera los españoles de pura sangre disfrutaban: el mundo de la literatura clásica.

Tampoco faltaban obras de autores nuestros más contemporáneos. Fray Juan, el amigo del fraile, era un enamorado de esos escritores, la mayoría de los cuales estaban prohibidos. Le prestaba, entonces, al fraile sus escritos ilícitos, que el fraile escondía en un lugar secreto, y así fue como, a través de él, tuve oportunidad de leer los libros y obras de teatro de Miguel de Cervantes, desde luego, en secreto.

Sabía que Cervantes era el creador de Don Quijote, ese inquieto caballero errante que luchaba contra molinos de viento, y el fraile me había permitido, de mala gana, que yo leyera ese libro prestado. Sin embargo, me prohibió que leyera a los otros autores prohibidos —tales como Lope de Vega y Mateo Alemán—, aunque fray Juan con frecuencia le traía libros de esos escritores. Yo, por supuesto, los leía cuando él no estaba cerca.

Cierta mañana, yo dormía cuando fray Juan, presa de gran excitación, nos visitó y escondió para el fraile un ejemplar del libro llamado *Guzmán de Alfarache*. Más tarde le pregunté a fray Antonio por qué era preciso esconder ese libro.

—Los libros como *Guzmán de Alfarache* son leídos sólo en España —me dijo—. La Inquisición ha prohibido su importación a la Nueva España porque la Iglesia cree que corromperán a los indios. Ni siquiera a nosotros, los criollos de pura sangre, se nos permite leerlos, porque también nosotros podemos corrompernos.

El hecho de que pocos indios supieran leer no fue tomado en cuenta. Y, a los quince años, ser "corrompido" tenía un significado diferente del que el fraile le había asignado.

Un día después, cuando estaba solo, satisfice mi curiosidad.

El "escondrijo" del fraile era un lugar secreto ubicado debajo de su cama, con una puerta trampa encima. En él guardábamos cualquier cosa que tuviera valor, para mantenerla lejos de la gente de la calle con propensión al robo. Por lo general allí no había nada salvo algunas mantas. Las mantas eran donadas al fraile para cuando hiciera mucho frío. Algunas veces, cuando no teníamos dinero suficiente para comprar maíz para la comida de la noche, él vendía alguna.

Abrí la puerta trampa y extraje el libro de fray Juan.

Me senté, con las piernas colgando en el agujero y comencé a leer el libro que, para mi sorpresa y placer, tenía que ver con las aventuras de un bribón joven, indigente, sin techo, que vivía en la calle. Como dije, cuando conocí al pillo de Mateo, mi propio *Guzmán de Alfarache*, aprendí muchas de las tácticas de Guzmán acerca de las cuales les daré cuenta más adelante.

CATORCE

A última hora de la tarde, fray Antonio todavía no había regresado a casa, lo cual no era sorprendente. Al fraile le encantaban los festivales, y éste no tenía precedentes. El arribo de la flota del tesoro y de un gran hombre eran causa de júbilo, y una atmósfera de fiesta reinaba en todas partes. Además, la iglesia, que estaba frente a la plaza principal, estaba llena de feligreses, y el arzobispo en persona conducía el servicio religioso. De modo que la plaza rebosaba de fieles y de espectadores que deseaban darle la bienvenida al arzobispo. Es verdad, Veracruz había conocido muchas fiestas religiosas, pero todos concordaban en que ésta era única.

Yo sabía que debería haber bajado al escondrijo y cerrado la puerta trampa encima mío. Pero no podía sacarme de la cabeza el recuerdo de esa vieja amenazadora. Necesitaba que el fraile me explicara mi inquietante situación.

Me puse un sombrero de paja y una manta india atada sobre el hombro derecho y debajo del brazo izquierdo. Tanto como la blusa huipil y la falda usadas por las indias y las mujeres mestizas, la plaza estaría repleta de cientos de figuras masculinas ataviadas con camisa y pantalón de algodón rústico y mantas tejidas de maguey. Esa abundancia ofrecería más protección que cualquier disfraz que pudiera inventar.

¡Y qué celebración! En el momento en que yo llegaba a la plaza principal, los presentes rugían. Oí su música, sus cantos y sus risas desde una cuadra antes. Debido a que el pueblo de la Nueva España vivía una existencia de privaciones y de incertidumbre, cuando había una fiesta en la que podía cantar, bailar y beber, lo hacía con verdadera pasión. No importaba si las celebraciones eran religiosas o seculares. Los proveedores de pulque y ron de Jamaica se alineaban en las veredas alrededor de la plaza. Todos participaban. Los que eran demasiado pobres para alimentar a sus hijos con maíz tostado, bebían como si fueran herederos de la fortuna de la Flota.

El ron del Caribe, apodado "matadiablo", era algo nuevo en Veracruz. Reducido mediante decocción de la caña de azúcar, este licor diabólico se robaba las almas de todos los que no calzaban las grandes espuelas y, por lo tanto, no podían darse el lujo de pagar el coñac español. Bueno, no todos. Yo lo probé una vez y juré que podía quemar un agujero en el lomo de un cocodrilo.

Las fogatas para cocinar ardían en todas partes, vanagloriándose de tortillas asadas, frijoles hirvientes y picantes chiles rojos. Los vendedores ambulantes ofrecían bananas, papayas, caña de azúcar y brochetas de mangos pelados. Los cantores y los guitarristas trabajaban en la plaza, dedicaban serenatas a los enamorados y mendigaban monedas.

Los sacerdotes y las monjas también poblaban la plaza y, al espiar por entre el gentío, traté de localizar a fray Antonio, pero no lo vi por ninguna parte. Sin duda no estaría en la recepción del arzobispo; ni los sacerdotes suspendidos por la Iglesia ni los clérigos mendicantes eran bien recibidos allí, y el fraile era ambas cosas.

Me subí a la pared de piedra baja de una fuente de la plaza para tener una visión mejor y observé por encima de un mar flotante de cabezas. Muchas eran las coronillas afeitadas de frailes, y todas parecían iguales.

Un grupo de juglares, actores callejeros que cantaban y bailaban, daban volteretas y hacían trucos de magia, ofrecían su arte muy cerca. Su repertorio era groseramente subido de tono y yo no podía quitarles los ojos de encima.

Mi acto de contorsiones palidecía en comparación con el de ellos. Un juglar desenvainó una espada del largo de un brazo y anunció que se la tragaría. Inclinó la cabeza hacia atrás, levantó el filo por encima de su cabeza y se lo fue deslizando centímetro a centímetro dentro de su gaznate… hasta haber tragado las tres cuartas partes de su espada.

Mientras yo lo observaba boquiabierto y maravillado, de pronto comprendí que estaba peligrosamente expuesto. Bajé de un salto de la fuente y me perdí entre la multitud; la cabeza gacha pero la vista atenta en busca del fraile.

Pero mi búsqueda no tuvo éxito. Las únicas personas que reconocí fueron, increíblemente, el enano y sus cuatro amigos, dos mujeres y dos hombres. Él estaba parado sobre un barril, con los otros reunidos alrededor de él. El bribón que me había dado dos reales para que entregara su nota de amor también estaba allí.

—Mañana, amigos —rugió el enano con sorprendente fuerza—, nosotros, el grupo de actores Las Nómadas, representará para deleite de ustedes una de las extravagancias más nobles que adornaron los escenarios de Sevilla, Madrid y Cádiz.

Los actores reunidos alrededor del barril lanzaron vivas y patearon el suelo, aplaudieron y gritaron, como si su vida dependiera de ello. El enano tímidamente levantó las manos para pedir silencio.

—Su gran autor, Mateo Rosas de Oquendo, poeta legendario, excelente espadachín, actor por excelencia, extraordinario dramaturgo, el orgullo de la Iglesia y de la Corona en todo el mundo, presentará uno de los mejores dramas que adornaron los escenarios de Europa, Inglaterra y la Nueva España.

¡Ah, el hombre era un distinguido poeta, espadachín y actor! Y era mi amigo y benefactor. Me pregunté cómo sacarle más emolumentos a esa flor de bribón.

Mateo hizo una reverencia y sacudió su capa con un floreo. Se oyeron aplausos de los actores allí reunidos y el enano continuó con su discurso.

—Amigos, para deleite de los presentes, sin ningún costo sino para vuestro placer, el gran autor recitará *El canto del mío Cid*.

Aplausos atronadores y gran entusiasmo por parte del gentío. Y no era para menos. El Cid era el más grande héroe de los españoles, y *El canto del mío Cid* era su saga épica.

Incluso los léperos pobres conocían fragmentos de esa obra. El poema recuerda la vida y los triunfos del Cid, un caballero de Castilla que vivió hace más de cuatrocientos años. Sus hazañas fueron endiosadas a lo largo de toda España y Nueva España como si esa misma mañana hubiera vencido a las hordas moriscas. En una época de caos, en que España estaba desgarrada por luchas entre reyes cristianos feudales y pequeños estados moriscos, cuando la guerra era permanente y la paz el sueño de un loco, el Cid —también llamado El Campeador— fue el Perfecto Ejemplo de Caballero, que nunca perdió una batalla.

Mientras Hernán Cortés era reverenciado en todas partes por saquear la Nueva España y matar a mis antepasados por millones con una banda heterogénea de apenas quinientos hombres, incluso él palidecía ante El Cid. El Campeador no era meramente un hombre sino un dios mortal.

El enano se dejó caer del barril y el pillo llamado Mateo se subió a él de un salto. Después de hacer un floreo con su capa, con un aplomo casi sobrenatural, se dirigió a la multitud.

—No hay entre ustedes ninguna persona en cuyas venas no arda la sangre de España, cuyo corazón no resuene como un corcel de bárbaros cuando le dicen cómo el Cid —traicionado por sus enemigos en cada paso— fue expulsado para siempre de su hogar y de la Corona.

Un murmullo de asentimiento brotó de la audiencia, aunque muchos fueran mestizos. Yo no estaba tan embelesado como la mayoría. También yo conocía el poema —y la historia completa— de memoria. Su nombre era en realidad Rodrigo Díaz de Vivar. *El Mío Cid* era una derivación hispanoárabe de "Mi Señor", en honor a su noble cuna y sus proezas. Fue expulsado de la corte por celos: él venció al ejército de los moros sin autorización del Rey, y después invadió la Toledo moruna. Ni su augusta familia ni la sobrina del Rey, su esposa, pudieron salvarlo.

—El poema del Mío Cid comienza con el exilio del paladín, quien sale por las puertas despedazadas de su castillo en cumplimiento de las órdenes del Rey. Sesenta hombres lo siguen.

Mateo recitó el poema con estilo declamatorio, describiendo la traición y el exilio en cadencias rigurosamente poderosas:

> *El Cid sale de Vivar, a Burgos va encaminado,*
> *allí deja sus palacios yermos y desheredados.*
> *Los ojos del Mío Cid mucho llanto van llorando;*
> *hacia atrás vuelve la vista y se quedaba mirándolos.*
> *Vio cómo estaban las puertas abiertas y sin candados,*
> *vacías quedan las perchas ni con pieles ni con mantos,*
> *sin halcones de cazar y sin azores mudados.*
> *Y habló, como siempre habla, tan justo y tan mesurado:*
> *"¡Bendito seas, Dios mío, Padre que estás en lo alto!*
> *Contra mí tramaron esto mis enemigos malvados."*

Mateo hizo una pausa mientras el enano y los actores que estaban alrededor del barril se abrieron en abanico con los sombreros en sus brazos extendidos en busca de contribuciones por parte de los presentes. Mateo carraspeó ruidosamente.

—Tengo la garganta seca y necesito mojarla para poder continuar.

Cuando suficiente dinero había caído en los sombreros para comprar lo que hiciera falta para mojar la garganta del actor, él continuó y describió entonces cómo el vuelo de un cuervo era una señal ominosa de que estaban exiliados. Su vida era un caos por culpa de las mentiras y los engaños de otros, pero algún día llegaría su venganza.

A Mateo le entregaron una copa grande de vino. Bebió un gran sorbo y echó la cabeza hacia atrás como lo había hecho el tragasables. No se detuvo hasta tragar aire y, cuando dio vuelta a la copa, ésta se encontraba vacía.

—Más vino para el "Poema del Cid" —gritó el enano y él y los otros integrantes de su compañía volvieron a abrirse paso por la muchedumbre con sus sombreros.

Mateo desenvainó su espada e hizo movimientos dramáticos con ella mientras recitaba el poema.

> *Ya por la ciudad de Burgos el Cid Ruy Díaz entró.*
> *Sesenta pendones lleva detrás el Campeador.*
> *Todos salían a verle, niño, mujer y varón,*
> *a las ventanas de Burgos mucha gente se asomó.*
> *¡Cuántos ojos que lloraban de grande que era el dolor!*
> *Y de los labios de todos sale la misma razón:*
> *"¡Qué buen vasallo sería si tuviese buen señor!"*
> *De grado le albergarían, pero ninguno lo osaba.*
> *que a Ruy Díaz de Vivar le tiene el rey mucha saña.*

Escuché mientras el Cid y su pequeña banda mataba moros, saqueaba ciudades y asesinaba a cristianos traidores. En una tumultuosa batalla con el conde de Barcelona, quien con caballeros y un huésped moro se le oponía, El Cid ganó el Reino de Valencia.

Mateo contó cómo el Cid espoleó a su caballo de guerra, Babieca, contra la horda moruna del Rey Búcar:

> *Mío Cid alcanza a Búcar a tres brazas de la mar,*
> *alza su espada Colada, un fuerte golpe le da,*
> *los carbunclos de su yelmo todos se lo fue a arrancar,*
> *luego el yelmo y la cabeza le parte por la mitad,*
> *hasta la misma cintura la espada fue a penetrar.*
> *El Cid ha matado a Búcar, aquel rey de allende el mar,*
> *ganó la espada Tizona, mil marcos de oro valdrá.*
> *Batalla maravillosa y grande supo ganar.*
> *Aquí se honró Mío Cid y cuantos con él están.*

El Cid se ganó la gran espada Colada en una batalla contra los moros y más adelante, en la batalla contra el rey Búcar, agregó otra gran espada a su colección: la Tizona.

Mientras escuchaba los tonos apasionados con que recitaba el poema, por casualidad miré hacia un balcón que daba a la plaza. Un grupo de notables, damas y caballeros, ocupaba el balcón del edificio contiguo a aquel donde Mateo realizaba su actuación. Una mujer de edad, vestida de negro, estaba entre ellos, mirando hacia abajo.

Se me heló la sangre.

Sentí lo que debe de haber sentido el rey Búcar cuando el filo de la espada Colada lo rebanó por la mitad.

Me fundí con el gentío y sólo me arriesgué a mirar por encima del hombro. Los ojos de la mujer estaban fijos en Mateo, mientras él recitaba el final del poema.

Ved cómo crece en honores el que en buenhora nació,
que son sus hijas señoras de Navarra y Aragón.
Esos dos reyes de España ya parientes suyos son,
y a todos les toca honra por el Cid Campeador.
Pasó de este mundo el Cid, el que a Valencia ganó:
en días de Pascua ha muerto, Cristo le dé su perdón.
También perdone a nosotros, al justo y al pecador.
Éstas fueron las hazañas del Mío Cid Campeador:
en llegando a este lugar se ha acabado esta canción.

Oscurecía, y di por terminada mi búsqueda del fraile. Huí de la plaza con la intención de regresar a la Casa de los Pobres y no creí que la anciana me hubiera localizado en medio de esa multitud. Desde el balcón, sin duda yo era apenas un sombrero de paja más en un mar de esa clase de sombreros, pero la mera presencia de ella en la plaza fue como un garrote que me acogotaba.

¿Me estaban siguiendo? Miré por encima del hombro y cambié de dirección, manteniéndome por calles laterales. Oculto bajo el amparo de la oscuridad, estaba enojado y asustado. ¿Qué le había hecho yo a esa señora? En mis pocos años en las crueles calles de Veracruz yo había sufrido muchas adversidades, pero la venganza sangrienta de la viuda de un gachupín no estaba entre ellas.

Mi única esperanza era fray Antonio. Aunque criollo por nacimiento, él tenía pura sangre española. Comparado con léperos como yo, él era un rey.

La vida en la Casa de los Pobres tenía momentos de gran alboroto: nunca se sabía qué esperar de la gente de la calle. Tres semanas antes del arribo del arzobispo, cierto día llegué a casa cuando ya era de noche y oí risas desde el interior. Allí encontré a fray Antonio con una prostituta y su amante y proxeneta. La mujer estaba acostada sobre la mesa y su pierna izquierda estaba negra e hinchada. Los dos hombres la atosigaban con pulque con la esperanza de que perdiera el conocimiento.

—Ella se cortó el pie hace semanas y el veneno se ha extendido —dijo fray Antonio—. Si no le amputo la pierna, morirá.

La mujer no tenía dinero suficiente para pagarle al cirujano-barbero local, que era quien normalmente realizaba las sangrías y las amputaciones médicas cuando no estaba cortándole el pelo a alguien. Por otra parte, fray Antonio no carecía de habilidades médicas. La gente de la calle prefería las habilidades y medicamentos de nuestros sanadores indios, pero concedía que los poderes de fray Antonio superaban los de la mayoría de los médicos españoles. En todo caso, ahora fray Antonio era la mejor y última esperanza de la mujer.

Ella estaba borracha, roncaba, tendida de espaldas, y estaban a punto de amputarle la pierna. El fraile tenía un serrucho, una hoja de hierro filosa y una cacerola de aceite hirviente calentándose sobre los carbones. Después de serrucharle la pierna, él le cauterizaría la mayor parte de las venas con una hoja metálica caliente. Y el muñón en carne viva de la mujer se chamuscaría con el aceite hirviendo.

El fraile le ató los brazos y las piernas, el torso y el cuello, a la mesa. Colocó un grueso palo de madera entre sus dientes y se lo ató bien fuerte en la nuca. Todo el tiempo, el amante de la mujer temblaba convulsivamente y su cara estaba verde como un jalapeño.

Cuando el fraile empezó a serruchar, los gritos de la puta resonaron en la noche como los alaridos de los condenados. La sangre estalló a borbotones y el hombre, aterrado, huyó del hospicio.

—No lo culpo —dijo el fraile.

Entonces giró y me miró. Le temblaban las manos y el sudor le cubría la cara. También yo estaba por darme por vencido, pero él se bebió una copa de pulque y después sirvió otra para mí.

—Cristóbal, tienes que ayudarme o la mujer morirá.

Sólo me llamaba por mi verdadero nombre cuando necesitaba algo con urgencia.

—El serrucho tiene que estar firme y el corte, parejo.

Me dio dos trozos pequeños de madera.

—Sujétalos con fuerza. Yo pasaré el serrucho entre ellos mientras corto.

No era la primera vez que yo colaboraba en procedimientos médicos, pero jamás había visto la amputación de un miembro. Sostuve los dos trozos de madera justo por encima de la rodilla de la mujer y el serrucho se abrió camino por entre su carne. Su sangre nos cubrió a los dos. Cuando el fraile llegó al fémur, el sonido fue como si estuviera serruchando un tronco de madera. Ella se desmayó por el shock y por fin sus gritos cesaron. Cuando la pierna terminó de ser amputada, el fraile la apartó y la dejó caer al piso, junto a mis pies. El fraile rápidamente ajustó el torniquete y comenzó a cauterizar las venas cortadas con el cuchillo calentado al rojo.

Después de chamuscar el muñón con el aceite hirviendo, cubrió a la mujer con una manta y me dijo:

—Limpia bien todo.

Se tambaleó hacia la puerta y se fue, sin duda en busca de más pulque. Yo miré el rostro color ceniza de la mujer comatosa y también ese trozo sangrante de pierna. ¿Qué debía hacer con él?

QUINCE

En la Casa de los Pobres, atravesé sigilosamente la habitación principal sin encender una vela. En lugar de dormir en el cuarto grande, fui al rincón cerrado del fraile y me acosté sobre su cama. Me quedé allí tendido durante más de una hora, incapaz de dormir, hasta que de pronto oí que en la casa entraban hombres. Nada de voces. Trataban de hacerlo en silencio, pero la paja los traicionó.

No se trataba de fray Antonio ni de nuestra gente de la calle con sandalias de cáñamo; yo había oído un tintineo de espuelas. Un tercer hombre había entrado, un portador de espuelas. Eso no significaba que inevitablemente el hombre fuera un gachupín. Los vaqueros indios, mestizos y africanos usaban también espuelas, pero preferían que tuvieran rodajas de trabajo fabricadas con hierro afilado. Las de este individuo, en cambio, eran las espuelas de plata de un caballero.

La vieja había enviado a un gachupín y a dos asistentes a buscarme. ¡Eso era!

El escondrijo del fraile estaba casi completamente lleno de mantas. Rápidamente saqué las suficientes para que hubiera lugar para mí, hacia allí me deslicé y cerré la puerta trampa y su correspondiente alfombra sobre mi cabeza. La puerta trampa no se cerró del todo, pero era poco probable que la vieran a menos que alguien la estuviera buscando.

A través de una rajadura vi que alguien entraba con una antorcha encendida: un español, de alrededor de cuarenta años. Por su ropa, era obvio que se trataba de un caballero, un hidalgo y un espadachín.

—No hay nadie aquí —dijo. Su voz era aristocrática, con ese típico tono frío y dominante. Un hombre acostumbrado a dar órdenes.

—En la habitación principal no hay señales del muchacho ni del cura, don Ramón.

La segunda voz era la de un vaquero indio o mestizo, un hombre de a caballo que manejaba ganado y ovejas, quizás incluso un capataz que comandaba a los trabajadores de la hacienda.

—Deben de estar todos en el festival, don Ramón —dijo.

—Imposible encontrarlos en ese gentío —dijo el caballero— y, de todos modos, tengo que regresar a la recepción. Volveremos por la mañana.

Nada menos que un invitado a la recepción del alcalde. Un importantísimo portador de espuelas.

Aguardé en el escondrijo hasta mucho después de que el crujido de las botas hubiera desaparecido de la casa. Salí de la cueva, me arrastré hasta la cortina hecha de mantas y espié hacia la oscuridad de la habitación principal. Nada se movía. Sin embargo, seguí sintiendo miedo de que alguno de esos hombres se hubiera quedado para vigilar, y eso me impidió salir por la puerta. En cambio, abrí el postigo de mimbre que cubría la ventana que había detrás de la cama del fraile y salí al callejón. Por la posición de la luna calculé que había estado metido en el escondrijo durante por lo menos dos horas y que había llegado de vuelta del festival desde hacía más de tres.

Avancé con cautela por el callejón hasta estar a dos cuadras de la Casa de los Pobres y después me instalé donde pudiera vigilar la calle que conducía a la puerta del frente. Estaba seguro de que el fraile regresaría a casa por esa calle.

Me senté con la espalda apoyada en una pared del callejón. Muy pronto empezó a volver gente del festival, muchos evidentemente ebrios.

Cerca del amanecer fray Antonio y un grupo bochinchero de vecinos avanzaron a los tropezones por la calle. Corrí y aparté a un costado al fraile.

—Cristo, Cristo, ¿qué sucede? ¿Has visto a un fantasma? Tu expresión se parece a la de Moctezuma al enterarse de que Quetzalcóatl, la Serpiente Emplumada, había reclamado su trono.

—Fraile, pasa algo terrible —le hablé entonces de la mujer de negro y del hombre llamado don Ramón, que había registrado la Casa de los Pobres.

El fraile se persignó.

—Estamos perdidos.

Su pánico encendió más el mío.

—¿A qué te refieres, fraile? ¿Por qué esas personas desean algo malo para mí?

—Ramón es el diablo en persona —me aferró por los hombros y su voz se estremeció. —Debes huir de la ciudad.

—Pero es que yo… yo no puedo irme. Éste es el único lugar que conozco.

—Debes irte ya, en este mismo momento.

Fray Antonio me llevó a la oscuridad de ese callejón angosto.

—Sabía que vendrían algún día. Sabía que el secreto no quedaría enterrado para siempre, pero no creí que te encontraran tan rápido.

Yo era joven y estaba asustado y a punto de echarme a llorar.

—¿Qué hice de malo?

—Eso no importa. Ahora lo importante es que huyas de aquí. Debes salir de la ciudad por el camino a Jalapa. Una caravana de carros transporta bienes de la flota del tesoro a la feria. Habrá también jinetes. Nadie advertirá tu presencia entre otros viajeros.

Yo estaba horrorizado. ¿Ir a Jalapa solo? Era un viaje de varios días.

—¿Qué haré en Jalapa?

—Esperarme. Yo iré. Muchas personas de la ciudad van allá para la feria. Llevaré a fray Juan conmigo. Tú quédate cerca de la feria hasta mi llegada.

—Pero, fraile, yo no…

—¡Escúchame! —Volvió a aferrarme por los hombros y sus uñas se clavaron en mi carne. —No hay otro camino. Si te encuentran, te matarán.

—Pero, ¿por qué…?

—No puedo darte respuestas. Si algo te salva, será tu ignorancia en ese sentido. A partir de este momento, no hables español. Habla sólo náhuatl. Ellos buscan un mestizo. Jamás admitas que lo eres. Tú eres indio. Búscate un nombre indio, no un nombre español.

—Fray…

—¡Vete… Ya! Ve con Dios. Y que Dios te proteja, porque ningún hombre levantará una mano para ayudar a un mestizo.

DIECISÉIS

Me fui de la ciudad antes del amanecer, caminando con rapidez y siempre al abrigo de las sombras. Ya había algunos viajeros en el camino, caravanas de mulas y de burros cargados con bienes de los barcos. Hacía años que no me internaba en el camino a Jalapa y lo que tenía delante de mí era completamente desconocido. Si bien yo era capaz de cuidar de mí mismo en las calles de Veracruz, ésa era la única vida que ahora conocía. Mi confusión y mi desaliento aumentaron por el temor hacia lo desconocido.

El camino a Jalapa salía de la ciudad por el sudeste y después cortaba por dunas de arena, pantanos y caletas antes de elevarse lentamente por el costado de una gran montaña. Después de pasar por las arenas calientes y los pantanos, el sendero ascendía a las montañas y la temperatura de la tierra caliente lentamente disminuía.

Jalapa era una aldea ubicada a suficiente altura como para que los viajeros escaparan del miasma que se elevaba de los pantanos y anualmente mataba a un quinto de la población de Veracruz. Todavía, la función principal de la aldea era representar un lugar de descanso en el camino de Veracruz a la Ciudad de México, salvo, por supuesto, cuando se celebraba la feria de la flota del tesoro.

No encontré carruajes ni carretas en el camino a Jalapa, aunque algunas viajaran parte del trayecto por él. Los senderos de montaña no serían adecuados para esos vehículos. La gente viajaba a caballo, o en el lomo de una mula o a pie. O, en el caso de los muy adinerados, en una litera suspendida por dos varas largas. En la ciudad, las literas por lo general eran transportadas por criados, pero por las montañas, esas varas se sujetaban con arneses a las mulas.

En época de feria, largas columnas de animales de carga, con enormes pilas de bienes, realizaban el trayecto. Después de abandonar Veracruz, me ubiqué detrás de una caravana de mulas con la esperanza de pasar por uno de los cuidadores de mulas. El arriero, el español a cargo de la caravana, montaba una mula a la cabeza de una caravana de veinte mulas. Cuatro indios estaban diseminados a lo largo de la línea de animales. El indio del fondo me fulminó con la mirada. A los indios no les caen bien los mestizos. Nosotros éramos un recordatorio viviente de los españoles, quienes en forma rutinaria deshonraban a sus mujeres. El odio que sentían hacia esos gachupines violadores estaba oculto debajo de una máscara de fingida estupidez y miradas encapotadas e indiferentes.

Seguí esa caravana de animales de carga desde que salí de Veracruz y a lo largo de toda la mañana el aire se fue calentando. Al mediodía, las dunas fueron un infierno abrasador. De hecho, en un peñasco de piedra que se elevaba por entre la arena, había una inscripción tallada a mano que decía: EL DIABLO TE ESPERA. No supe si el mensaje estaba dirigido a todos los viajeros o era una advertencia especial para mí.

Yo me había ido de la Casa de los Pobres sin mi sombrero de paja, así que ahora caminaba con la cabeza baja y el sol me quemaba el cerebro, ya enfermo de miedo. Yo había cruzado antes las dunas con fray Antonio cuando visitamos la iglesia de una aldea ubicada en una hacienda cercana. Al cruzar las dunas hirvientes y caminar por entre el espantoso hedor de los pantanos, como no teníamos un ramillete de flores de agradable aroma para contrarrestarlo, nos atamos trapos sobre la cara para evitar sentir la fiebre del vómito. Fray Antonio me contó relatos acerca de "el pueblo de la goma", más antiguo y más poderoso incluso que mis antepasados aztecas.

—Hay una leyenda —dijo—, de que el pueblo de la goma estaba formado por gigantes que eran creados por el acoplamiento de una mujer con un jaguar. Por las estatuas que nos dejaron, de estatura mucho mayor que la de un hombre adulto, se advierte que eran una raza poderosa. Construyeron una misteriosa civilización llamada Tamoanchán, la Tierra de la Bruma. Xochiquetzal, la Preciosa Flor-Pluma, la diosa azteca del amor, residía allí.

Fray Antonio no creía en gigantes creados por la unión de una mujer y un felino de la selva, pero me relató la historia con movimientos de las manos y énfasis dramático.

—Se los llama "el pueblo de la goma" porque construyeron duras bolas de goma a partir de la resina de los árboles de esa zona. Organizaron equipos y participaron en juegos en arenas encerradas en muros, del tamaño de los campos en los que se realizaban torneos. El objeto era que cada equipo llevara la pelota al sector de detrás del otro equipo sin utilizar las manos. Sólo podían empujarla con las caderas, las rodillas y los pies. La pelota era tan dura que podía matar a una persona si con ella se le golpeaba en la cabeza.

—¿Murió alguien en esos juegos? —pregunté.

—Sí, cada vez. Los integrantes del equipo perdedor eran sacrificados a los dioses al final de cada juego.

Me dijo que nadie sabía qué había sido del pueblo de la goma.

—Mi obispo dijo que habían sido vencidos por Dios por ser pecadores empedernidos. Pero cuando le pregunté por qué Dios no destruía a todos los otros pecadores empedernidos del mundo, él se enojó conmigo.

Sí, mi viaje a la hacienda con el fraile había sido feliz. En este viaje, en cambio, el miedo y la melancolía fueron mis fieles compañeros.

DIECISIETE

Al mediodía, la caravana de mulas se detuvo cerca de una pulquería para hacer descansar los animales y preparar la comida del mediodía. Otras caravanas y viajeros ya se encontraban allí.

Yo todavía tenía los dos reales que el poeta bribón me había dado y algunas semillas de cacao. Las semillas de cacao eran una forma tradicional de dinero entre los indios, que todavía era usada por ellos como moneda corriente. De hecho, ellos habían despreciado las primeras monedas españolas porque les costaba adjudicar valor a algo que ellos no podían comer ni sembrar. Aunque en la actualidad las monedas de cobre y de plata eran de uso común, el grano de cacao todavía era apreciado por los indios. El chocolate, una bebida hecha a partir de esas semillas, era la bebida de los reyes.

El pulque fermentado, la bebida de los dioses, también era muy valorado. Más barato y más abundante que el chocolate, era, en opinión de fray Antonio, la salvación de los indios porque les embotaba los sentidos y hacía que su vida fuera más tolerable.

La pulquería consistía en dos chozas con paredes de barro y techos de paja, con dos mujeres indias cocinando sobre un fuego abierto. Servían pulque de grandes jarros de arcilla. Yo tenía diez granos de cacao, suficientes para poner a una puta de Veracruz de espaldas por diez minutos, y después de mucho regatear, por seis semillas compré una enorme tortilla rellena con guiso de chancho y pimientos. Le dije a la mujer que sin duda había cosechado esos pimientos tan picantes en las entrañas hirvientes de un volcán.

Podría haber conseguido una copa de pulque por las otras cuatro semillas, pero también sabía que más tarde tendría gratis todo lo que quisiera.

Me acosté a la sombra de un árbol y comí la tortilla. Había estado despierto toda la noche, pero igual no pude descansar. El rostro asustado de fray Antonio me acosaba, así que enseguida me puse de pie de un salto y emprendí una vez más el camino a Jalapa.

Una hora después, el camino rodeaba una plantación de caña de azúcar. Esa enorme extensión de caña de azúcar no era autóctona de la Nueva España sino que había sido plantada por los españoles a lo largo de la costa. El corte y la refinación de la caña eran una tarea brutal e indiscutiblemente peligrosa, y toda era llevada a cabo bajo las condiciones de la *temazcalli*, una choza usada para baños de vapor. Fantásticas fortunas producía esa caña, es verdad, pero nadie trabajaba en esos campos voluntariamente. Al final, el comercio del azúcar se redujo a un determinante irreductible: la esclavitud. Los indios fracasaron miserablemente como esclavos; su tasa de mortandad en las plantaciones y las minas era tan catastrófica que tanto la Corona como la Iglesia temieron su extinción. Sólo los africanos eran capaces de tolerar una servidumbre tan letal.

Dos africanos acompañaron la expedición de Cortés en 1519 —Juan Cortés y Juan Garrido—, pero convertir las junglas en azúcar y las montañas en plata requería ejércitos de esclavos. Esas joyas relucientes, esos carruajes dorados, finas sedas y espléndidos palacios que los gachupines codiciaban vorazmente, para no decir nada de las guerras de la Corona en el extranjero, eran pagados con sangre de esclavos.

Cuando el rey de España heredó el trono portugués en 1580, africanos encadenados, azotados y expuestos al hambre por los negreros portugueses llegaron a la Nueva España de a miles. Fueron llevados a trabajar en las haciendas de caña de azúcar una vez que los españoles descubrieron que podían "sembrar" oro en la forma de azúcar dulce.

Sí, el gusto de toda Europa por lo dulce hizo que la esclavitud fuera inevitable.

Mientras pasaba junto a las cañas de azúcar, vi hombres, mujeres y niños, todos africanos, trabajar en los campos. Por el camino me acerqué al *real de negros*, las viviendas de los esclavos, un conjunto de chozas redondas con techos cónicos de paja, separadas del resto por una cerca.

Por Beatriz sabía que los esclavos, incluso en sus viviendas, casi no tenían privacidad. Vivían en forma comunitaria, compartiendo las chozas al margen de su estado marital o sexual, rodeados por puercos y gallinas. Los dueños querían que procrearan, pero desalentaban los hogares familiares, por miedo de que esa privacidad alentara las conversaciones de rebelión, en especial cuando los esclavos eran vendidos a otros hacendados. En consecuencia, eran pocos los que se casaban, aunque sus dueños deseaban así aumentar su existencia de esclavos. Los esclavos sanos sacaban buen precio en un remate.

En las plantaciones de caña de azúcar trabajaban interminables horas, prácticamente sin tiempo libre. Durante los periodos de mucho trabajo, los molinos funcionaban las veinticuatro horas del día y los esclavos trabajaban hasta caer rendidos y con frecuencia dormitaban cerca de su lugar de trabajo para que el capataz pudiera obligarlos a ponerse de pie y a retomar su tarea.

Los dueños de la plantación consideraban que los esclavos negros eran animales de carga incomparables. Los africanos no sólo eran más grandotes y más fuertes que los indios sino que sobrevivían al calor sofocante, al trabajo agobiador y a las fiebres altísimas que aniquilaban a los indios por millones.

—Pero nuestros negros igual son víctimas de aquel mito de que cada uno de ellos es capaz de hacer el trabajo de cuatro indios —me dijo fray Antonio hacía varios días, cuando caminábamos por los muelles y observábamos a los esclavos que cargaban bolsas de azúcar. Al igual que el esclavo mestizo de las minas, cada uno de los esclavos de las plantaciones había sido marcado como ganado con un hierro al rojo con las iniciales de su dueño. Cuando vi una cara así marcada, supe que el esclavo había tratado de escapar una vez y había sido marcado como alguien que era preciso vigilar.

—Como resultado, los capataces los hacen trabajar cuatro veces más que los indios —continuó el fraile—. Con frecuencia los vuelven locos. Muchos se suicidan. Otros repudian a sus hijos, abortan los que conciben o recurren al infanticidio para salvar a sus hijos de un infierno en vida. Algunos se rebelan, lo cual sólo los conduce a brutales represalias por parte de sus dueños.

"Muchos se vuelven intensamente melancólicos, se niegan a tomar agua o a comer hasta que mueren. Otros se cortan el cuello. Los que sobreviven mantienen el negocio funcionando."

Sin embargo, los españoles temían una rebelión africana como la ira de Dios.

Y yo entendía ese temor. Si bien la docilidad de los indios había aumentado después de la guerra con los mixtecas, la rebelión africana nunca había disminuido.

Diego Colón, el hijo del "Gran Descubridor", soportó la primera rebelión de esclavos, cuando los africanos de una de sus plantaciones en el Caribe se levantaron y mataron a españoles. Cada década subsiguiente vio un levantamiento africano, seguida de salvajes represalias por parte de los portadores de espuelas. Y, a medida que la población africana fue creciendo de manera desproporcionada con respecto a la de los españoles de pura sangre, ese temor aumentó.

A los esclavos les estaba prohibido reunirse en números mayores que tres, ya fuera en público o en privado, de día o de noche. El castigo era de doscientos latigazos cada uno.

El miedo me hizo estar pendiente de lo que ocurría a mis espaldas. El camino ya no era transitable para carruajes, pero, ¡ay!, ¿quién puede saberlo? Tal vez esa viuda predadora me daría alcance con sus alas de águila y sus garras de ave de rapiña.

Los antiguos griegos creían que tres diosas determinaban nuestro destino. No sólo la longitud de nuestros días y años sino el ancho y la profundidad de nuestra desdicha. Esas tres mujeres sombrías, cuyas manos y ruedas tejían la maraña del destino, me habían asignado una cuota más que ordinaria de lucha, conflicto y, sí, placer.

De nuevo simulé ser uno de los conductores, me ubiqué detrás de una caravana de mulas y traté de evitar el estiércol. El sol se deslizó detrás de las montañas y arrojó sombras sobre el sendero. Muy pronto tendría que encontrar un lugar seguro para dormir. Mientras que los españoles mantenían las ciudades y las aldeas con rienda corta, en los caminos y senderos reinaba el bandolerismo. Y los peores de esos bandidos eran mis camaradas, los mestizos.

¿Sangre mala, dicen ustedes? Ésa era la opinión general, la de que la mezcla de sangres producía un carácter blando, y resultaba fácil ver por qué lo pensaban. Nosotros, los mestizos, atestábamos las calles de la ciudad como piojos y robábamos a los gachupines en los caminos rurales.

El fraile no creía que el color de la piel tuviera nada que ver con el carácter de una persona y estaba convencido de que el factor determinante era, en cambio, la oportunidad. Sin embargo, él era un español de pura sangre, mientras que yo era un mestizo y no podía descartar alegremente un hecho que había oído desde mi infancia. Lo de mi sangre impura me venía acosando desde siempre.

Las caravanas de carga y los viajeros pronto comenzarían a reunirse al costado del camino para cocinar sus comidas. Se estaba poniendo oscuro y faltaba poco para que los animales salvajes —y los hombres salvajes— se salieran con la suya. El hecho de que yo fuera también un mestizo no representaría ninguna ventaja para mí por parte de hombres que robaban, violaban y mataban sin escrúpulos. Además, los mestizos no eran los únicos bandoleros. Las bandas de esclavos africanos fugitivos, llamados cimarrones, aterrorizaban a los viajeros. Los cimarrones provocaban incluso más miedo que los mestizos, porque no sólo eran más corpulentos y fuertes sino que habían sufrido más abusos. Ellos tenían aun menos que perder.

Aproximadamente una docena de viajeros se había detenido cerca de un campo de magueyes para encender los fuegos de la cena y preparar sus lechos. Yo también me detuve. No tenía nada que comer, nada que desempacar y ninguna herramienta para encender el fuego. Pero cerca había un buen arroyo, así que al menos tendría agua. Después de saciar mi sed, me acosté para descansar debajo de una densa conífera que podría ofrecer protección contra una lluvia nocturna, algo que parecía bastante probable que sucediera.

Un río agradable fluía perezosamente por un campo de magueyes. Era, sin duda, parte de una gran hacienda, tal vez una de las grandes posesiones en las que se cosechaba y criaba de todo, desde caña de azúcar hasta ganado.

Mientras caminaba a lo largo del río, levanté un palo y lo revoleé como si fuera un bastón, como hacen los chiquillos. Estaba por regresar cuando oí el sonido de risitas femeninas entrecortadas. Quedé paralizado y agucé el oído. De nuevo ruido a risas y salpicaduras. Agachado, muy lentamente me fui acercando a la fuente de esos sonidos. A través de arbustos en la margen del río, vi a dos mujeres jóvenes que nadaban y se salpicaban. Se arrojaban mutuamente un coco, como si fuera una pelota. Una muchacha tenía el color atezado de una mulata; la otra, el color ébano lustroso de una africana pura. Estaban metidas en el agua hasta la línea de sus pechos y, al saltar, su torso salía del agua y deslumbraba a mis ojos jóvenes.

Parloteaban en un idioma que yo no entendía, pero que supuse era una de las muchas lenguas africanas que yo había oído en las calles. Al cabo de un momento, la mulata se alejó nadando y desapareció de mi vista. Yo mantuve la mirada fija en la de color ébano. Me daba la espalda y parecía estar muy ocupada con su pelo, que metía en el agua, permitiéndome ver sus pechos desnudos.

Una ramita se quebró a mis espaldas y, cuando giré, vi que la mulata corría hacia mí y me daba un empujón. Trastabillé hacia atrás y caí en el río. Chapoteé en el agua hasta hacer pie y salí escupiendo agua, para risa de las dos muchachas. La mulata se zambulló y nadó hacia donde estaba su amiga. Las dos permanecieran hundidas en el agua hasta el cuello.

Yo les sonreí.

—Buenos días.

—Buenos días —dijo la mulata.

—Estoy camino a Jalapa. Soy un comerciante —mentí.

La mulata me devolvió la sonrisa.

—Pareces más un muchacho que un mercader.

Las chicas eran más o menos de mi misma edad, pero parecían mayores. La mulata le dijo algo a la africana y yo supuse que le estaba traduciendo lo que yo acababa de decir. Si ella trabajaba en los campos, tal vez sabía poco o nada de español.

—Mi padre es un rico mercader, y yo le administro sus bienes.

La mulata se echó a reír y sacudió la cabeza.

—Vistes como un peón.

—Es un disfraz, para que los bandidos no traten de robarme.

Las dos mujeres me resultaron muy atractivas físicamente. La mulata no tenía pasta de gran amante; no era el corcel de pura sangre que exigían los caballeros ricos, pero era joven y fogosa. La de piel más oscura era más atractiva. Su cuerpo brillaba como una piedra preciosa negra, escultural y perfectamente proporcionada, con pechos que parecían jóvenes melones justo a punto para comer.

Aunque yo había tocado —y había sido tocado— por Flor Serpiente y la esposa del alcalde, nunca me había acostado con una mujer. Al mirar a esas dos muchachas, me pregunté cómo sería hacer el amor con ellas.

Sin duda ellas me leyeron el pensamiento, porque se miraron y estallaron en carcajadas.

Mi sonrisa se hizo más amplia y sentí las mejillas ardientes por la vergüenza.

Más parloteo en ese idioma extraño, y luego la mulata me preguntó:

—¿Has hecho el amor con una mujer?

Yo me encogí de hombros y traté de parecer modesto.

—Muchas mujeres buscan mis favores.

Después de más traducción y risas por parte de las chicas, la mulata preguntó:

—¿Has hecho el amor con mujeres cuyas raíces se remontan al África?

—No —reconocí—, pero me gustaría hacerlo.

—Antes de hacerle el amor a una africana, deberías saber qué es lo que nos da placer.

La muchacha de ébano se subió a una gran roca y se sentó frente a mí. Mantuvo un brazo sobre sus pechos y una mano sobre el vello que tenía entre las piernas.

—Amor es *upendo* en nuestro idioma —dijo la mulata—. Pero la satisfacción no proviene sólo de la mente sino del *mwili*, el cuerpo —y movió la mano hacia la desnudez de la otra muchacha. —El cuerpo es *bustani*, un jardín; un jardín de placeres y delicias. Cada persona, sea hombre o mujer, tiene las herramientas necesarias para trabajar ese jardín. —Señaló los labios de la africana. —Ellas tienen *mdomos*, labios, y *ulimi*, la lengua. Y esas dos cosas permiten que uno pruebe el sabor de la fruta de ese jardín.

La muchacha mulata se inclinó y rozó los labios de la otra muchacha.

Yo nunca había visto a dos chicas en una relación física tan íntima. Quedé atónito.

—En el jardín hay melones, *tikiti*. —Apartó el brazo que ocultaba esos pechos jóvenes que parecían melones. —Puedes probar todo el melón —besó un pecho y con sus labios rodeó la totalidad de su curvatura— o puedes probar sólo el *namna ya tunda*, las frutillas. —Y lentamente deslizó la lengua alrededor de los pezones de la otra muchacha.

Mi parte viril creció y comenzó a pulsar. Permanecí absolutamente inmóvil en el agua, fascinado por la actuación de la muchacha.

Ella acarició con la mano el abdomen de su amiga y deslizó lentamente la mano desde el pecho hasta donde se abren las piernas.

—Este arbusto cubre el *marufuku bustani*, el jardín prohibido. —Apartó la mano de la chica de piel oscura y apoyó la suya sobre el pubis. —En el jardín hay *un ekundu eupe kipepeo.* —La muchacha de ébano lentamente abrió las piernas y expuso la vulva. —Una mariposa rosada.

La mulata tocó con un dedo esa zona rosada.

—Hay un hongo secreto, un *kiyoga*, que crece en el jardín. Cuando se lo oprime, eso contribuye a regar el jardín.

Yo no alcanzaba a ver lo que hacía ese dedo, pero la muchacha de ébano reaccionó retorciéndose de placer. Sin duda debía de ser igual al pequeño pene que yo había descubierto en la esposa del alcalde.

—En el jardín hay también una flor, *ua*. Tiene una abertura en el tallo, para que la abeja pueda obtener la miel, *asali*. La abeja, *nyuki*, es el hombre. Él se siente atraído hacia el néctar de la flor y desea probar la miel.

La muchacha se detuvo y me dedicó una sonrisa seductora.

—¿Tú te sientes atraído hacia la flor?

Sentí una terrible urgencia en mis partes viriles. Tenía la boca seca. Murmuré que sí como si la tuviera llena de algodón.

La mulata pareció triste por un momento.

—Pero, como ves, una muchacha no puede permitir que la abeja pruebe la miel en cualquier momento que ella quiera porque la abeja tiene un aguijón. ¿Sabes lo que ocurre cuando la abeja se lo clava a una mujer?

Yo sacudí la cabeza, aturdido.

—¡Queda embarazada!

Las dos chicas se zambulleron al agua. Yo traté de ir tras ellas, pero me resbalé en el fondo barroso del río y emergí con la boca llena de agua. Cuando llegué a tierra seca, ellas habían desaparecido entre el matorral.

Mojado y mortificado, desandé camino hacia donde acampaban los viajeros. Las mujeres eran un gran misterio para mí. Si bien era capaz de leer fácilmente a los hombres, comprendí que ni siquiera había empezado el primer capítulo del Libro de las Mujeres.

DIECIOCHO

Cuando se hizo oscuro, no pude resistir la tentación de explorar. Desaparecí en el terreno poblado de maguey, fuera de la vista de los viajeros y de cualquier indio que defendiera el campo de los ladrones.

Los magueyes eran plantas enormes con hojas más anchas que mis piernas y altura mayor que la de un hombre adulto. Algunas plantas, como el maíz que nos daba vida, tenían poder almacenado en su interior. El maguey era un guerrero en el mundo de las plantas, no sólo por su altura y por sus elegantes hojas, que se elevaban como un puñado de lanzas, sino debido al poder de su néctar y los distintos usos de su pulpa.

Como una mujer capaz de cocinar, coser, criar a los hijos y así y todo darle placer a un hombre, el maguey le proporcionaba al indio tela áspera para ropa, mantas, sandalias y bolsas; agujas con sus espinas; combustible y techumbre con sus hojas secas. Pero, ah, al igual que la mujer que provee para las necesidades de la vida, el maguey también posee un licor embriagador.

Dentro del corazón pulposo de la planta, protegida por las grandes lanzas, hay aguamiel. Pero esta "miel" era deseada no por su dulzura; por el contrario, ese líquido blanquecino y turbio es amargo. En su estado natural, no fermentado, su sabor es para mí como agua de pantano. Y, después de ser fermentado, adquiere el sabor de leche agria de cabra. Pero, ¡atención!, esta leche se apoderaba de nuestra mente con más rapidez que el vino español y nos enviaba, aturdidos y con una sonrisa en la cara, hacia los dioses.

El agua miel que nosotros llamamos pulque era bien conocido por mis antepasados aztecas. Ellos la llamaban *octli*, el elixir de los dioses.

El maguey crece muy lentamente y florece una sola vez al cabo de diez años. Cuando florece, una vara alta crece hacia arriba en el centro como una espada. Los indios que cultivan esas plantas saben cuándo aparecerá la flor. Cuando es tiempo, un hombre trepa a la planta entre las hojas espinosas para abrir el corazón y crear así un cuenco para recibir su jugo crudo.

Cada planta puede producir una docena o más de porciones de pulque por día durante varios meses. Los tlachiqueros recogen el jugo crudo varias veces por día con un largo calabacín y después lo pasan a odres de cuero de cerdo. Algunas veces se chupa el jugo con un popote y después se lo escupe hacia los odres, que son vaciados en tubos de cuero o de madera donde durante varios días se fermentan.

El pulque fermentado puro se llama *pulque blanco*. Mis antepasados aztecas incrementaban su fuerza con el agregado de la corteza de cierto árbol llamado *cuapatle*. El *pulque amarillo* se prepara agregando azúcar morena. Puesto que esto le otorgaba mucha fuerza a la bebida, nuestro buen rey Felipe prohibió que se le agregara *cuapatle* y azúcar al pulque, pero los indios siguieron haciéndolo.

Mis antepasados indios adoraban el pulque porque Quetzalcóatl, la Serpiente Emplumada, lo bebía. Al igual que las leyendas de los griegos y sus tragedias, el pulque nació también de un amor perdido. La Serpiente Emplumada se enamoró de Mayahuel, una hermosa doncella que era la nieta de uno de los *Tzitzimime*, los demonios estrellas, y la convenció de que se fugara con él. Cuando llegaron a la Tierra, Quetzalcóatl y Mayahuel se entrelazaron y se transformaron en un único árbol.

Los *tzitzimime* los siguieron. Esos demonios eran los más temibles de todos los seres que acechan por la noche, malévolos espíritus femeninos transformados en estrellas que malsanamente vigilaban el mundo de los humanos que tenían debajo. Porque les guardaban rencor a los vivos, provocaban calamidades y miserias: enfermedades, sequías y hambrunas. Trataron de robar el sol durante los eclipses solares, obligando así a los aztecas a sacrificar muchas personas de piel blanca para fortificar al sol con sangre fresca.

La abuela *tzitzimime* de Mayahuel la reconocía como parte de ese árbol. La arrancó del árbol y se la dio como alimento a otros demonios. Quetzalcóatl, desolado, enterró lo que quedaba de su hermosa Mayahuel y de ella brotó la planta de maguey que produce ese pulque embriagador. Este regalo les brinda felicidad a los humanos, del mismo modo que el amor de Quetzalcóatl y Mayahuel los llenó de gozo a ambos.

Si los dioses aztecas bebían pulque, en mi opinión esa fue la razón de su derrota a manos del Dios español. El fraile lo bebía cuando no tenía vino para aplacar su sed; él asegura que, sin fermentar, tenía gusto a carne rancia, pero yo sigo diciendo que es tan horrible como los pantanos de vómitos.

A los indios les encantaba y hasta se lo daban a sus hijos como alimento. Los aztecas no toleraban la embriaguez, pero exhibían cierta indulgencia hacia los viejos, con la excusa de que su sangre se estaba enfriando. Además de los ancianos, a las mujeres en los días posteriores al parto y a los enfermos se les suministraba a manera de tónico para darles fuerzas. Pero a los adultos a quienes se encontraba públicamente borrachos se les cortaba el pelo como castigo si era la primera vez que lo hacían; en la segunda, se les demolía su casa y, en la tercera, se les ejecutaba. ¡Dios mío! Si el alcalde hiciera eso en Veracruz, no quedarían indios ni mestizos en apenas una semana.

El fraile encontró mucha tristeza en el estado de embriaguez de los indios.

—Ellos beben para olvidar sus miserias —solía decir con frecuencia—. Y beben de manera diferente que los blancos. Mis hermanos españoles piensan en *la cantidad* que consumen. Los indios, en cambio, beben para *la ocasión*, sin tomar en cuenta la cantidad. Beben los domingos, en los días de fiesta, las bodas y otras ocasiones especiales. Y, cuando beben, vierten la bebida en sus gargantas hasta que su mente ha sido capturada por las aguas celestiales y su cuerpo queda limpio. Se dice que un indio es capaz de beber tanto como una docena de españoles —sacudió un dedo hacia mí. —Y esto no es exageración, bastardo. Mis hermanos de orden dicen que la bebida es la fuente de todos los vicios del indio. Pero, ¿por qué este vicio no se expandió hasta que nosotros llegamos a sus costas?

El fraile levantó las manos, agraviado, como casi siempre lo hacía cuando la doctrina religiosa entraba en conflicto con lo que él veía con sus propios ojos.

—El domingo se ha convertido en un día de borrachera pública para los indios. ¿Por qué? Porque es la manera que tienen de protestar por la religión que les impusimos. ¿Sabías que fue preciso retirar una santa cruz que había cerca de la plaza del mercado porque los perros y los indios borrachos le orinaban encima?

Si la bebida era un problema tan grave con los indios, uno se pregunta por qué los maestros españoles hacían tanto para lucrar con ello. Los grandes campos de maguey son propiedad de los hacendados. Y se dice que los vinos españoles hacen que los indios pierdan la cabeza más rápido que el pulque. Estos vinos potentes fueron llevados a las aldeas por mercaderes españoles itinerantes, quienes descubrieron no sólo que la venta de vinos les tapizaba los bolsillos, sino que los indios estaban dispuestos a ceder sus tierras y su oro cuando tenían suficiente vino entre las orejas.

Para el indio, el pulque es algo que lo lleva al umbral de lo sagrado; y, junto con el maíz, el maguey es su sustento. Tal vez en la planta exista algo místicamente emparentado con los aztecas: muere después de florecer, que es lo que le sucedió al efímero Imperio Azteca.

Mi estómago gruñía con irritación. Habían pasado horas desde que comí la tortilla con los pimientos volcánicos. El único alimento existente, sin gastar mi tesoro de dos reales y algunos granos de cacao, era el pulque. El hambre que sentía me llevaría a consumirlo crudo… si es que no lograba robar una bebida fermentada.

Gracias a mi viaje con el fraile a una iglesia de aldea ubicada en una hacienda de maguey, sabía que los indios que trabajaban en los campos con frecuencia tenían una reserva escondida del jugo fermentado, fuera de la vista de los capataces del hacendado. Paseé la vista por el campo y me pregunté dónde escondería yo ese contrabando. Por supuesto no en esos sectores vastos y desnudos de tierra entre las plantas. Estaría oculto entre los arbustos, lo suficientemente lejos para estar fuera de la vista, pero no tan lejos para que el matorral lo cubriera.

Ay, con el ojo de un ladrón avezado, revisé una zona de la tierra y comencé a caminar a lo largo de lo que yo consideraba era el mejor lugar para un escondrijo. Me llevó más tiempo de lo que creía, una media hora para encontrar la vasija de arcilla con pulque fermentado, pero atribuí ese tiempo excesivo no a un error en mi plan de búsqueda sino a la ignorancia del indio que no lo escondió con tanta astucia como yo lo habría hecho.

Poco después de que el pulque descendió por mi garganta, una calidez se expandió por todo mi cuerpo. Iba a hacer bastante frío si dormía sobre la tierra con apenas una manta, así que bebí un poco más del elixir de los dioses para mantenerme abrigado.

Volví al campamento, me ubiqué de nuevo en mi lugar debajo de la conífera y me senté con la espalda contra el tronco del árbol. La cabeza me daba vueltas, pero estaba de muy buen humor. Le agradecí a la Serpiente Emplumada por haber alivianado mis cargas.

Un hacendado dueño de un campo de caña de azúcar había acampado cerca con tres de sus vaqueros y un esclavo africano. Habían encendido una gran fogata compartida con algunos otros viajeros españoles. Por la luz que producía alcancé a ver que el esclavo, un jovencito fornido, había sido muy golpeado. Tenía hinchado un lado de la cara, el ojo derecho cerrado y su ropa harapienta estaba ensangrentada y cortada por un látigo. Yo había visto a muchos africanos, indios y mestizos azotados por sus amos de manera similar. La violencia y el terror eran el método con que algunos pocos sojuzgaban a muchos.

Entrecerré los ojos y escuché lo que el dueño del esclavo, cuya hacienda de caña de azúcar se encontraba al este de Veracruz, le decía a otro portador de espuelas con respecto a éste.

—Un fugitivo —dijo—. Nos llevó tres días encontrarlo. Ahora me lo llevaré de vuelta y lo azotaré de nuevo frente a mis otros esclavos. Cuando termine con él, nadie volverá a escapar.

—El campo está lleno de fugitivos y cimarrones que roban, violan y asesinan a todo español al que pueden ponerle las manos encima —dijo el otro hombre.

Mientras hablaban, me di cuenta de que no era la primera vez que yo veía a ese hacendado. En Veracruz, cada tanto asistía a la iglesia. Yo sabía que era un hombre brutal y estúpido, de pecho grande, cuello grueso y mucho pelo, un hombre malo al que le gustaba castrar a sus esclavos varones, violar a sus esclavas mujeres y azotar a todos los que se le pusieran delante. Su reputación, incluso entre su propia gente, era la de una auténtica encarnación del mal. Yo tuve ocasión de ir a la iglesia —cosa que hacía cada vez que el fraile me regañaba lo suficiente—, cuando una vez ese dueño de esclavos apareció con un muchacho de más o menos mi misma edad, a quien había golpeado salvajemente por alguna infracción. ¡Qué diablo!, lo había traído desnudo a la iglesia; el muchacho tenía la boca abierta, su pene rebotaba de aquí para allá, y el hacendado lo arrastraba con una cuerda sujeta a un collar para perro.

Cuando se lo conté al fraile, él dijo que ese hombre debía arder para siempre en el infierno.

—El odio hierve en el interior de algunas personas y sale a la superficie a través de la crueldad para con los otros. Ese hombre odia a las personas de piel negra. Tiene esclavos para abusar de ellos. Organizó la Santa Hermandad, una milicia de espadachines locales en apoyo de las leyes del Rey, pero en realidad no son nada más que hombres que cazan esclavos fugitivos, del mismo modo en que otros cazan ciervos.

Pensé en las palabras del fraile mientras escuchaba al individuo alardear en voz bien alta de todos los fugitivos que había cazado y de todas las mujeres africanas que había violado. ¿Qué se sentiría ser el esclavo de un demente, de un hombre capaz de golpearnos a voluntad y violar a nuestra esposa por capricho? *¿Un hombre que podía matar cada vez que tuviera ganas de hacerlo?*

—Éste alega ser príncipe en su propio país —dijo el dueño de esclavos con una carcajada. Levantó una piedra, la arrojó y golpeó con ella al esclavo atado. —Come eso de cena, príncipe Yanga. —Y estalló de nuevo en carcajadas.

—Es un tipo bravo —comentó el otro español.

—No después de que yo lo castre.

¡No, por Dios! ¡Castración!

Miré de reojo al esclavo y él me clavó la mirada. Ya sabía cuál sería su destino. Pero mientras seguí mirándolo y sus ojos marrones se cruzaron con los míos, vi al mismo tiempo inteligencia y dolor. No sólo dolor por sus heridas sino un dolor mucho más hondo. Sus ojos me dijeron que no era ningún animal sino un hombre. *¡Que también él era un ser humano!*

No pude soportar el pesar de sus ojos, así que aparté la vista. Los esclavos eran castrados basándose en la teoría de que eso los volvía más maleables... tal como se castra a los toros para hacer que su carne sea más tierna y el animal sea más dócil.

—Los esclavos son propiedad —dijo el mercader y me miró con odio—. Deben ser utilizados en los campos o en la cama, como convenga más a sus dueños. Son como los indios, gente sin razón. —Sin razón, como chicos. —Pero, al menos, los africanos y los indios tienen sangre pura. Los mestizos, como tú, son de la más baja estofa.

Me levanté y busqué otro árbol para descansar debajo de él, seguro de que si me quedaba donde estaba recibiría una buena zurra.

—Tiene las espuelas metidas en su propio trasero —decía a veces fray Antonio con respecto a ciertos "portadores de espuelas". El resentimiento de ese fraile criollo para con los nacidos en la península Ibérica salía a relucir bastante seguido. Pero yo, como mestizo, sabía que los criollos eran casi tan crueles con los esclavos y mestizos como otros españoles. Porque los criollos eran mantenidos fuera de los altos puestos, tanto en la Iglesia como en el gobierno, por parte de los portadores de espuelas, tendían, como el fraile, a describir a cualquiera que detentara el poder como personas tan crueles y arbitrarias como los portadores de espuelas, olvidando sus propias espuelas afiladas.

DIECINUEVE

Me sumí en un sueño profundo y desperté en mitad de la noche. Una luna fantasma navegaba por un mar de nubes oscuras y emergía cada tanto entre ellas durante apenas instantes. Cuando estaba oculta, los cielos lucían tan negros como el alquitrán. La noche estaba llena de reclamos de aves nocturnas, del crujir de los arbustos cuando algo grande se desplazaba por la selva y de los ruidos de los viajeros; algunos roncaban, una mula rebuznaba por algo que soñaba.

De pronto se me ocurrió algo, un pensamiento nacido de la locura. Tal vez era el pulque, la bebida que embriagaba hasta a los dioses, que me descarriaba la mente hasta obligarme a hacer cosas que cualquier lépero consideraría descabelladas.

Cuando estuve seguro de que nadie se movía en la zona, saqué mi cuchillo de su vaina y me puse de pie. Agachado, me dirigí al campo de maguey, lejos del sector donde acampaba la gente. Si alguien me veía, pensaría que me estaba aliviando o robaba pulque.

Después de andar un momento en círculos, llegué al lugar donde el esclavo Yanga estaba atado con la espalda contra un árbol. En cuatro patas, avancé tan sigilosamente como una serpiente que se desliza por un árbol. Yanga giró la cabeza para observar cómo me acercaba. Me detuve y me llevé un dedo a los labios para que guardara silencio.

De pronto se oyeron toses del amo del esclavo, y yo quedé petrificado. No alcanzaba a verlo en la oscuridad, pero me pareció que rodaba para quedar acostado del otro lado. Un momento más tarde comenzó a roncar y yo avancé.

Esa tos me había asustado muchísimo. El efecto del pulque disminuía y de pronto comencé a darme cuenta del peligro en que me encontraba. Si me pescaban, enfrentaría el mismo poste de flagelación y la castración del esclavo.

El miedo que sentía era abrumador y deseé poder retroceder a mi lugar. Pero mentalmente todavía veía los ojos de Yanga, ojos inteligentes, no los de un animal tonto sino los de un hombre que conocía el amor y la pena y el conocimiento y el deseo. Amigas, amigos, ojalá yo tuviera el coraje de un león, la fuerza de un tigre. Pero sólo era un muchachito sin importancia. Era hora de que regresara a mi cama. Al día siguiente, emprendería de nuevo el camino con los sabuesos del infierno detrás de mí. No había gloria ni ganancia en ayudar a escapar a un esclavo. Ni siquiera el fraile esperaría que yo arriesgara mi propia virilidad para salvar los cojones de otro.

Ah, los portadores de espuelas están en lo cierto. Los mestizos carecen de razón y de juicio. Yo sucumbí a mis instintos más básicos. Me arrastré hasta el árbol y corté las cuerdas que sujetaban a Yanga.

Él no dijo nada, pero sus ojos me agradecieron.

Justo al llegar a mi lugar para dormir, oí gente que corría y Yanga pasó raudo junto a mí hacia el matorral.

Un momento después, el amo de esclavos, despertado por el ruido, lanzó un grito de alarma y corrió hacia el mismo matorral. La espada del hombre estaba bien en alto y refulgía cuando la luna asomaba por entre las nubes. Se produjo un alboroto alrededor de mí cuando otros hombres se pusieron también a gritar y desenvainaron sus espadas, sin saber en realidad la causa de ese disturbio, pero dando por sentado que se trataba de un ataque realizado por bandidos.

Yo no sabía si echar a correr o permanecer junto al árbol donde había estado durmiendo. Si corría, los hombres del campamento sabrían que fui yo el que cortó las ligaduras del esclavo. Mi pánico me exigía que huyera, pero mis instintos de supervivencia me aconsejaron que me quedara quieto. Cuando el amo del esclavo mirara las cuerdas, se daría cuenta de que Yanga no las había roto sino que alguien se las había cortado.

Desde el matorral donde el esclavo y su dueño habían desaparecido se oyeron ruidos de lucha y gritos de dolor. ¡No! ¿Qué había hecho yo? ¿Liberar a Yanga para que ese villano le cortara la cabeza? Más gritos y un sollozo brotaron del matorral. Estaba demasiado oscuro para ver nada, salvo el movimiento alrededor de mí de figuras oscuras, hasta que se encendieron las antorchas. Empuñando las espadas, los hombres se internaron en el matorral, siguiendo el origen de los sonidos.

Yo los seguí de cerca, decidido a parecer parte de la multitud curiosa en lugar del culpable de lo sucedido. Al acercarme más vi que varios hombres examinaban a alguien tendido en el suelo, que sentía fuertes dolores.

Alguien dijo:

—¡Dios santo, lo han castrado!

Se me cayó el alma a los pies. Yo había liberado a Yanga para que le cortaran su virilidad. Me abrí camino por entre el gentío y miré a la persona que yacía en tierra.

No era Yanga sino su amo. Y sollozaba.

La entrepierna de sus pantalones estaba cubierta de sangre.

VEINTE

Me escondí entre los arbustos y esperé a que los viajeros emprendieran viaje. Cuando la última mula enfiló hacia Jalapa, yo me dirigí a una choza india cercana y compré una tortilla como desayuno. La mujer india —sin duda la esposa del trabajador cuyo pulque yo había hurtado— era joven, apenas un poco mayor que yo. Sin embargo, su vida difícil —trabajar en el campo, preparar la comida y parir hijos cada uno o dos años— la había envejecido prematuramente. A los veinticinco estaría ya marchita mucho más allá de su edad. El hecho de que hubiera vivido tan poco de su juventud fue un gran cargo de conciencia sobre mí cuando ella cocinó la tortilla. Me la ofreció con una mirada triste en sus ojos oscuros y una sonrisa solitaria, y no quiso aceptar la semilla de cacao que le ofrecí a cambio.

La tortilla —sin siquiera frijoles, pimientos y con apenas una cantidad mínima de carne— fue todo mi desayuno. De un arroyo cercano bebí agua y desistí de hacer otro viaje al escondrijo donde estaba el pulque.

Me puse, entonces, a reflexionar acerca de cuál era mi situación. El fraile vendría a buscarme; de eso estaba seguro. Yo aguardaría en ese lugar, a mitad del camino a Jalapa, a que el fraile se reuniera conmigo. Era un lugar natural para que los viajeros se detuvieran. Además, allí yo podría permanecer escondido y vigilar para ver si ese hombre llamado Ramón venía en mi busca. Estaba el pulque para robar y, si no aguantaba más sin comida sólida, siempre podía usar mis reales para comprar suficientes tortillas y carne para que me duraran varios días.

Aunque estaba convencido de que el fraile *intentaría* venir... también temía que estuviera en problemas por mi culpa y que, ahora, yo tuviera que arreglármelas solo. ¿Qué comería? ¿Dónde dormiría? Estos pensamientos me inquietaban mientras estaba acostado entre los arbustos y observaba el camino que conducía a Veracruz.

Mi situación no era demasiado diferente de la *Vida del Pícaro Guzmán de Alfarache*. El libro —también conocido como *El pícaro español*— era uno de los títulos que el fraile infructuosamente trató de esconder de mí; un trabajo cuya popularidad era mayor incluso que la de Don Quijote, cuyas desventuras deleitaban a sus lectores a lo largo de España y Nueva España.

Si Cervantes hizo tañer las campanas de la muerte para el romántico caballero, Guzmán de Alfarache reemplazó ese héroe sentimentalizado con una figura más acorde a nuestros tiempos llenos de cinismo: el pícaro. Como todos saben, el pícaro es el bribón amoral que prefiere vivir de su ingenio y de su espada que con el sudor de su frente.

Al igual que el pillo poeta-espadachín-tenorio de Mateo, el pícaro de Guzmán era un vagabundo descastado. Aventurero que no pertenecía al campesinado ni a la aristocracia, correteaba por el mundo a su antojo, mezclándose con gente de todas las clases y profesiones, escapando por un pelo el castigo por sus mentiras, sus maquinaciones, sus robos y sus conquistas sexuales.

La saga de Guzmán empezaba en Sevilla, la corona de las ciudades más importantes de España. Todo el tesoro del Nuevo Mundo es embarcado hacia Sevilla y, desde esa ciudad, fluye todo lo que fue enviado al Nuevo Mundo. Hace algunos años, un marinero de la flota del tesoro me dijo confidencialmente que las calles de Sevilla estaban pavimentadas con oro y que sólo a las mujeres más hermosas del mundo les estaba permitido transponer los muros de la ciudad.

Cuando nuestro pícaro tiene catorce años, su padre, un truhán disoluto, dilapida la fortuna de la familia y muere en la ruina. Nuestro héroe indigente se ve obligado entonces a buscar su propia subsistencia; al parecer, siguiendo el deshonesto ejemplo de su padre. La sangre impura engendra sangre impura, como les gusta decir a los curas.

Estafado por mesoneros depravados, acechado por bandoleros, a una edad temprana aprende las lecciones de la vida. Pero, a pesar de su inexperiencia, es un pícaro nato, un auténtico bribón. Se siente bien en todas partes, en todas las capas de la sociedad, mendigándole una moneda a un criador de chanchos o bebiendo junto a un conde en un castillo.

Mientras se traslada de España a Italia, pierde su buena ropa y su dinero, se une a una banda de pordioseros y se convierte en un pelafustán y un timbero. Intenta tomar un trabajo honrado como pinche de cocina, pero incluso allí prevalecen sus bajos instintos. Cuando desaparece una copa de plata —de la que nuestro amigo ligero de dedos se ha apropiado—, la esposa del cocinero se aterroriza por saber que el patrón los zurrará a ella y a su marido o incluso los enviará a la cárcel. Pero el ingenioso Guzmán acude en su ayuda. Después de limpiar y lustrar la copa hasta que parece nueva, se la vende a la mujer como si fuera nueva. Desde luego, estas ganancias no duran mucho en su bolsillo. Él enseguida gasta ese dinero mal habido en mujeres fáciles y juegos de cartas.

Y esto continúa. Las depravaciones de este bribón no tienen fin. Juega, pide limosna y roba para costearse llegar a Italia. Tan versado en perder dinero como en robarlo, la fortuna y la desgracia son su destino inevitable.

Después de escapar varias veces por un pelo, termina en Roma, capital del mundo católico. Se une a una banda de mendigos que han convertido la mendicidad en un arte, al punto de organizar un sindicato de pordioseros, completo, con leyes y estatutos escritos.

Vaya si se sorprendería el alcalde de Veracruz si yo me presentara frente a él con reglas escritas para un código de conducta de los léperos. Por supuesto, me declararía loco. Entre otras cosas, a los ciudadanos de las calles de Veracruz no les estaría permitido leer esas reglas.

Guzmán pronto comprende que, si bien él se considera un maestro de mendigos, los romanos, que una vez conquistaron el mundo, tienen mucho que enseñarle, incluyendo las diferentes técnicas de acercarse a hombres y mujeres.

—A los hombres —le instruye su mendigo mentor— no les afectan para nada los lamentos de la mayoría de los pordioseros. Lo más probable es que se metan las manos en los bolsillos cuando tú les pides su ayuda descaradamente, por el amor de Dios. En cuanto a las mujeres —continúa—, como algunas son devotas de Nuestra Señora del Rosario, es mediante una de esas exhortaciones que las engatusamos y conseguimos sacarles dinero. Con frecuencia da también buen resultado rogar que sean preservadas de todo pecado mortal, falsos testimonios, el poder de los traidores y de lenguas difamatorias; los deseos como estos, pronunciados con energía y tono de voz persuasivo, casi siempre hacen que abran enseguida las carteras para ayudarnos.

Le enseña también cómo demostrar un hambre voraz cuando come delante de sus protectores, a cuáles casas acercarse en busca de limosnas y cómo mendigar en forma convincente. Le enseña que nunca debe usar nada nuevo en público; a envolverse la cabeza con un repasador en invierno, en lugar de usar sombrero; a caminar con muletas o con una pierna atada atrás; a aceptar limosnas sólo dentro de una gorra y nunca en una cartera o bolsillo; a alquilar y usar chicos pequeños, vestidos con harapos; un hombre debe llevar uno en brazos y otro de la mano; una mujer siempre debe tener a una criatura al pecho. Le enseña a fingir lepra, incluso a simular úlceras y erupciones de piel, a hacer que sus piernas parezcan hinchadas, a dislocarse los brazos, a tener la cara con la palidez de la muerte. Le enseña estos trucos secretos y estas reglas escritas sólo después de hacerle jurar silencio.

Sin embargo, Guzmán se cansa de la vida de mendigo y una vez más se une a la aristocracia, desde luego, merced a unos trucos. Se hace pasar por un joven noble, seduce a las mujeres más deseables y termina por huir, seguido de cerca por celosas amantes.

Cuando lo abruma la culpa, trata de ingresar en el sacerdocio, pero en el momento de su ordenación se fuga con una mujer de escarlata, quien, inevitablemente, después se fuga con otro y se alza con cada peso de los ahorros mal habidos de Guzmán.

Se vincula nuevamente con su madre, quien, lejos de disuadirlo del camino del mal, se une a él. Apresado y sentenciado a prisión, él logra escapar del calabozo, delatando a sus compañeros esclavos e informando de los planes de un motín. A cambio, le dan la libertad.

Al final de sus memorias, Guzmán dice: "Amigo lector, les he ofrecido un relato de las principales aventuras de mi vida. Lo que sucedió después de que el Rey graciosamente me otorgara la libertad es algo acerca de lo cual se enterarán si vivo lo suficiente para contárselos."

Agradezco todo lo que él me enseñó; gracias a él me convertí en el mejor pordiosero de las calles de Veracruz. Y confío en que mis problemas en la vida se solucionarán de la manera en que él superó la adversidad, con astucia y agallas.

Guzmán era, en realidad, un mentor, pero al final me enseñó más que trucos para mendigar: me enseñó una forma de vida. Mientras yo estaba recostado a la sombra, pensando en Guzmán, esperando al fraile y preguntándome qué haría si no se presentaba, encontré la respuesta al viaje de mi propia vida en esa picaresca saga. Al igual que Guzmán —expulsado de una vida cómoda—, yo haría lo que fuera preciso para sobrevivir. Si significaba mentir, robar, complotar, seducir mujeres… lo haría.

Al repasar mentalmente mi vida de lépero, sentí vergüenza. Ahora estaba convencido de que mi destino me exigía algo más importante que mendigar dinero. Entre otras cosas, yo sabía leer latín y griego y conocía las lenguas del muelle.

En ese momento me di cuenta de que, al ponerme en contacto con Guzmán, Dios mismo me había señalado el camino que debía tomar mi vida.

VEINTIUNO

Cerca del mediodía divisé al fraile en el camino. Con él venía fray Juan, y los dos compartían una mula. Corrí de mi escondite y grité mi alegría, pero enseguida me contuve cuando fray Antonio me lanzó una mirada de advertencia. Era obvio que él no le había hablado a su amigo de mis problemas, y puedo imaginar el porqué. Fray Antonio, si bien no era un hombre de espada ni de fuego, tenía el corazón de un león, un león a veces asustado, pero movido por su pasión por la justicia. Fray Juan era más etéreo, un alma dulce y bondadosa, con un corazón tímido y tierno.

—Cristo, le conté a fray Juan que estabas tan ansioso por acompañar a tus amigos a la aldea que quedaba cerca del camino a Jalapa, que me pediste que me reuniera contigo. ¿Tus amigos llegaron bien a su casa?

El fraile me estaba preguntando si yo había tenido algún problema.

—Sí, pero no pudimos conectarnos con ese tal Ramón. No se presentó.

El fraile parecía aliviado.

Emprendí nuevamente camino detrás de la mula de los dos españoles, de acuerdo a mi rango.

Jalapa queda al norte de Veracruz y en el interior del país. Era el único camino a la Ciudad de México, y varios días de difícil caminata desde Veracruz. Cuando me reuní con los dos frailes, yo ya había cubierto un poco menos de la mitad de la distancia. Nos llevaría más tiempo cubrir la segunda parte del viaje. Después de cruzar las arenas de tierra caliente y de subir la montaña, el sendero se hizo empinado y estrecho. Durante la época de las lluvias, nuevos arroyos brotaban a lo largo del sendero y los ríos saltaban de sus márgenes.

Se habló poco durante la ruta. Yo tenía muchas preguntas para el fraile, pero no se las hice. Por la dureza sombría de sus facciones, supe que no todo había salido bien en Veracruz. Aunque fray Juan ignoraba mis problemas, enseguida se dio cuenta de que algo estaba mal.

—Antonio dice que tiene problemas con su estómago —dijo fray Juan—. ¿Qué opinas tú, Cristóbal? ¿No será que, en cambio, está teniendo problemas con una mujer?

Bromeaba, pero el problema del fraile *era* una mujer, aunque no en el sentido sugerido por fray Juan.

A medida que ascendíamos por las estribaciones y las montañas, el aire se hacía más fresco. El viaje era casi agradable, hasta que llegamos a una pulquería. Parecida a esa otra frente a la cual me había detenido, era manejada desde una choza india. Una enorme vasija de arcilla con pulque y un horno de piedra para cocinar las tortillas se encontraban en la sombra, flanqueados por troncos, debajo de árboles de sombra. Podría haber representado un respiro si los frailes, sentados sobre troncos, no hubieran iniciado una conversación con sacerdotes de la Inquisición.

Eran tres dominicos, dos frailes simples de hábito negro y un prior que usaba la cruz verde del Santo Oficio de la Inquisición. Enseguida me tomaron por sirviente indio o mestizo de los frailes y, como tal, era de tan poco interés para ellos como nuestra mula. Sus seis criados propios se encontraban sentados a cierta distancia.

Los dominicos saludaron a fray Juan con cordialidad, pero intencionalmente ignoraron a fray Antonio. Yo había visto esta misma actitud hacia él por parte de otros sacerdotes. Fray Antonio había caído en desgracia con la Iglesia. El hecho de que brillara a los ojos de Dios y de los pobres no significaba nada para los clérigos que usaban medias caras, zapatos de cuero y camisas de seda debajo de los hábitos.

Los inquisidores inmediatamente comenzaron a atormentar a fray Antonio y fray Juan; al primero, por violar las reglas de la Iglesia, y al segundo, por asociarse al que las había violado.

—Fray Juan, dinos qué hay de nuevo en Veracruz. En el camino oímos decir que había llegado el arzobispo.

—Es verdad —dijo Juan—. Estoy seguro de que el festival con que se celebra su arribo sigue en pleno apogeo.

—¿Y qué me dices de los pecadores? Se comenta que nuestro buen amigo del Santo Oficio, fray Osorio, le tiene echado el ojo a un blasfemo de Veracruz que pondrá a prueba su fe en las llamas de una hoguera.

Fray Juan hizo una mueca al oír pronunciar el nombre del temido inquisidor de Veracruz. Fray Antonio mantuvo todo el tiempo su mirada lejos de los inquisidores, pero tenía la cara roja por la furia ante la mención de Osorio.

—¿Qué los trae por este camino? —preguntó fray Juan, cambiando de tema—. ¿Van a darle la bienvenida al arzobispo y a escoltarlo a la Ciudad de México?

—No, darles caza a los blasfemos, que es la misión que Dios nos ha encomendado, nos ha impedido celebrar la llegada del arzobispo —dijo el prior. Bajó la voz y su tono fue de confidencia. —Vamos camino a Tuxtla para investigar la acusación de que algunos judíos marranos portugueses practican en secreto el arte negro de su diabólica religión.

—¿Hay pruebas concretas? —preguntó fray Juan.

—Sí, las más serias desde que los Carvajal fueron enviados al infierno entre alaridos. —Los ojos del inquisidor se entrecerraron al hablar de desenmascarar a los judíos y mandarlos al diablo. Un marrano era un judío que aseguraba haberse convertido al cristianismo, pero seguía practicando en secreto su religión prohibida.

—La Nueva España está poblada de judíos —dijo el prior con voz fuerte por la emoción—. Son la escoria de la Tierra, falsos conversos que se hacen pasar por cristianos temerosos de Dios, pero en realidad nos traicionan. Ocultan sus acciones pecaminosas y el odio que nos tienen, pero cuando les hayamos arrancado la máscara, su maldad quedará expuesta.

—Ellos adoran al demonio y al dinero —murmuró un fraile.

—Secuestran a chicos cristianos y cometen actos perversos con ellos —acotó otro de los frailes.

Sentí una animosidad instantánea hacia esos tres hermanos que habían hecho votos de amor y de pobreza, pero que se portaban como tiranos asesinos. Yo había oído hablar del Santo Oficio de la Inquisición y conocía el miedo que le tenía fray Antonio a ese inquisidor bestial. Con frecuencia lo había oído lanzar improperios con respecto al trabajo que realizaban. Una vez, en copas, me dijo que los inquisidores eran los sabuesos de la Iglesia y que algunos padecían rabia.

Me di cuenta de que tanto fray Juan como fray Antonio se sentían intimidados por los inquisidores. Por aquella época, yo no sabía cómo operaban esos perros de la Iglesia, si intentarían caer sobre el fraile o eran meramente matones. Permanecí acurrucado muy cerca con la mano en el cuchillo que llevaba debajo de la camisa.

El prior le hizo un gesto a fray Juan de que se acercara para decirle algo en secreto, pero lo hizo en voz suficientemente fuerte como para que yo oyera.

—Fray Osorio nos envió una comunicación en la que nos informaba que, al examinar a una mujer bajo torturas, descubrió una señal del demonio que es de gran interés para el Santo Oficio.

—¿En qué consiste? —preguntó fray Juan.

—¡*En la teta de una bruja!*

El joven fraile quedó boquiabierto y fray Antonio me miró para comprobar si yo estaba escuchando. Al ver que así era, fray Antonio anunció enseguida que debíamos continuar nuestro viaje.

VEINTIDÓS

Tan pronto estuvimos fuera de la vista de la pulquería, me puse al lado de la mula que transportaba a los dos frailes. Quería enterarme más acerca de lo que había oído, así que lisa y llanamente lo pregunté.

—¿Qué aspecto tiene la teta de una bruja?

El fraile joven, Juan, se persignó y farfulló una oración mientras fray Antonio me retaba:

—Algún día tu curiosidad te meterá en problemas —predijo.

—Me temo que ya estoy en problemas —farfullé, pero enseguida cerré la boca cuando el fraile me fulminó con la mirada.

—Hay muchas cosas que deberías saber —dijo fray Antonio— para protegerte de aquellos que te amenazan a lo largo del camino de tu vida.

En este mundo existe maldad, y los hombres buenos deben luchar contra ella. Por desgracia, la institución de la Iglesia, creada para luchar contra el mal, comete atrocidades indescriptibles en nombre del Señor.

—Antonio, no debes... —dijo fray Juan.

—Cállate. Yo no reverencio la ignorancia, como lo haces tú. Este asunto fue mencionado delante del muchacho, así que él debería conocer la forma de operar de la Inquisición para poder sobrevivir en este mundo. —Su tono implicaba que mi supervivencia no era algo que estuviera garantizado.

Siguió avanzando un momento en la mula, reordenando sus ideas.

—Descubrirás, mi joven amigo, que las partes privadas de las mujeres están construidas de forma diferente de las nuestras.

Yo casi me eché a reír. Las chiquitas indias por lo general corrían desnudas por las calles. Yo tendría que haber sido ciego para no haber notado que no tenían pene. ¿Qué diría el fraile si le contara mi manera de presentarme a la esposa del alcalde?

Una vez más, el fraile vaciló y sopesó sus palabras.

—Cuando el Santo Oficio lleva a una persona a sus calabozos, se le desnuda y su cuerpo es examinado cuidadosamente por los inquisidores en busca de señales del diablo.

—¿Cuáles son esas señales? —pregunté.

—El diablo conoce a los suyos —dijo fray Juan— y les coloca su marca en el cuerpo. Puede ser una cicatriz, el diseño que forman las arrugas sobre la piel...

Fray Antonio se burló de él y el fraile más joven lo miró con pesar.

—No debes burlarte de la Inquisición —dijo Juan—. Tu actitud blasfema es bien conocida y algún día te la recordarán.

—Yo le respondo a Dios todos los días —dijo fray Antonio—. No tengo idea de cómo son las marcas de Satanás. En cuanto al animal de Osorio —al fraile se le quebró la voz por la emoción al pronunciar ese nombre—, al examinar a las mujeres desnudas se deleita en espiarlas entre las piernas y en atormentar un apéndice que, en manos llenas de amor, es su fuente de gozo.

—¿Algo parecido a un pene? —pregunté con temor.

—No, no es como el que tienen los hombres sino algo diferente. Este inquisidor, Osorio, en su ignorancia, pues nunca había visto antes de cerca las piernas de una mujer ni se había acostado con una, había oído hablar de ese pequeño hongo en labios de otros frailes ignorantes. Estos imbéciles pensaron que lo que encontraron entre las piernas de esa mujer era una teta, creada allí por Satanás para poder succionar de ella.

Quedé sin aliento al recordar el pequeño hongo que tenía entre las piernas la mujer del alcalde y que yo había presionado con la lengua.

—¿Qué pasa si un hombre toca esa teta? ¿Morirá?

—¡Se convierte en poseso del diablo! —exclamó fray Juan.

¡Ay de mí!

—¡Absurdo! —maldijo fray Antonio—. Ésas son tonterías. Todas las mujeres tienen esa protuberancia entre las piernas.

—¡No! —saltó Juan.

—Hasta Nuestra Señora la Virgen Madre la tenía.

Fray Juan enseguida murmuró una plegaria y se persignó.

—Lo que digo, chico bastardo, es que lo que Osorio encontró e informó como la marca de Satanás, la teta de una bruja, es un don de Dios, algo que todas las mujeres poseen.

—Debe de haber sido terrible para esa pobre mujer —dije.

—Fue peor que terrible —dijo fray Antonio—. Como ella no confesó, Osorio la torturó hasta quitarle la vida.

—¡Por Dios! —exclamé—. ¿Cuál fue su castigo?

—¿Castigo? Ninguno. Dicen que Dios conoce a los Suyos. La mujer está oficialmente absuelta y va al cielo.

Seguimos caminando en silencio.

—Antonio —dijo finalmente fray Juan sacudiendo la cabeza—, tus opiniones heréticas harán que algún día la Inquisición caiga sobre ti y también sobre el muchacho.

Fray Antonio se encogió de hombros.

—Está bien, explícaselo a él a tu manera.

Fray Juan dijo:

—Cuando nuestros gloriosos monarcas, Fernando e Isabel, asumieron la Corona Unida de España y se apoderaron de las últimas plazas fuertes moriscas de la península, la tierra estaba fuertemente poblada por judíos e infieles que amenazaban las bases mismas de nuestra sociedad. Nuestros Monarcas Más Católicos crearon el Santo Oficio de la Inquisición para contrarrestar esa influencia demoníaca. Por último, se decretó que los judíos debían convertirse a la fe cristiana o abandonar el país. Casi al mismo tiempo en que Cristóbal Colón —el gran descubridor del Nuevo Mundo— zarpaba de España para descubrir el Nuevo Mundo, miles y miles de judíos fueron obligados a abandonar el país y a dirigirse a las tierras islámicas del norte de África.

—Torquemada, nuestro Inquisidor General, introdujo la tortura y la confiscación de los bienes de la víctima como medios para la conversión —señaló fray Antonio—. En otras palabras, miles y miles de judíos lo perdieron todo a manos de la Iglesia y la Corona, se convirtieran o no.

Fray Juan miró a Antonio con expresión de censura y continuó:

—Los seguidores de Mahoma también fueron obligados a convertirse o a irse de España.

—Con lo cual se violaron los términos de su rendición —dijo fray Antonio—. De todos modos, sus propiedades también fueron confiscadas.

—A partir de ese momento —insistió Juan—, surgió una nueva amenaza, el problema de los falsos conversos: judíos que falsamente se adhirieron a la fe cristiana, y que nosotros llamamos *marranos*, y moros que juraron falsa lealtad a Cristo, y son los que nosotros llamamos *moriscos*.

Reconocí el significado de la palabra: "pequeños moros".

—Para evitar que estos falsos conversos diseminaran sus ideas malévolas y sus ritos satánicos, la Iglesia ordenó al Santo Oficio que encontrara a estos malvados pecadores...

—...a través de la tortura...

—...y se les castigara.

—Quemándolos en una hoguera frente a toda la ciudad —dijo fray Antonio.

—Cristo, hijo mío —dijo fray Juan, molesto—, a eso se le llama acto de fe. Para quienes se arrepienten y confiesan su culpa, el castigo es casi indoloro.

Fray Antonio resopló.

—A las víctimas se les ata a un poste y se les apila leña alrededor. Si se arrepienten, se les estrangula antes de quemarlas.

Tampoco yo había entendido nunca el acto de fe. Había leído muchas veces el Evangelio en el hospicio y en ningún momento encontré allí sugerencias de que quemáramos vivas a las personas.

—La Inquisición, que está dirigida por completo por hombres que nunca se han acostado con una mujer o a quienes al menos se les ha prohibido hacerlo, lleva adelante una guerra santa contra las mujeres —dijo fray Antonio. Y descartó con un gesto las objeciones de Juan. —Lo hace a través de lo que ella llama controlar la adoración del diablo entre las brujas. Los monjes dominicos han predicado apasionados sermones en aldeas y ciudades, en los que describían las prácticas demoníacas de las brujas. Por culpa de esos sermones, la gente ignorante ve la mano de Satanás en todo. Delatan a sus vecinos y, a veces, incluso a miembros de su familia a la Inquisición, por los motivos más triviales.

"Una vez que una mujer es arrestada, los inquisidores toman como su Biblia un libro llamado *Martillo de las brujas*, que profesa enseñar a las personas a reconocer a las brujas. Llevan a las mujeres a sus mazmorras, las desnudan y buscan en ellas signos satánicos, incluso hasta el extremo de cortarles el pelo.

"Los inquisidores comienzan su tarea con preguntas sencillas del *Martillo de las brujas*. Sin embargo, no hay respuestas correctas, de modo que las prisioneras nunca pueden defenderse de una acusación, ni siquiera con la verdad. A una mujer se le puede preguntar: '¿Usted cree en brujas?' Si ella dice que sí, sabe todo lo referente a la brujería y, por consiguiente, es ella misma una bruja. Y si responde que no, miente a favor del demonio y también es torturada.

"Atacan sin piedad la virginidad de una joven. Si es casta, aseguran que Satanás ha protegido a su prostituta. Si no está intacta... se ha estado acostando con Belcebú.

"Jóvenes o viejas son torturadas con crueldad, aunque admitan haber fornicado con Satanás. Entonces deben describir cómo ese espíritu maléfico las penetró, dónde las tocó y dónde tocan *ellas* a su Amo Sombrío y *qué sienten* al hacerlo.

"Cuando la Inquisición se queda sin judíos, moros y brujas —dijo el fraile—, censura libros y tiraniza sexualmente a la gente, acusándola de poligamia, de embrujar a la gente, de blasfemia y de sodomía.

"Una mujer que sonrió frente a la mera mención de la Santa Virgen, fue denunciada" —se quejó fray Antonio.

—Ellos hacen el trabajo de Dios —dijo fray Juan, pero sin mucha convicción.

—Son demonios —dijo fray Antonio. Su obsesión con los judíos es inexorable. Torquemada en persona era de una familia de conversos, y cuando el rey Felipe II le declaró la guerra al Papa, éste le recordó que los reyes españoles eran también descendientes de conversos.

El pobre fray Juan se persignó y le rogó en voz alta a Dios su perdón.

Los tres seguimos el viaje en silencio, cada uno sumido en sus pensamientos. Yo traté de imaginar lo que sería ser quemado vivo o, para una mujer, ser atacada sexualmente por monjes dementes. Los dos horrores eran inimaginables.

Fray Antonio comenzó otra historia de la Inquisición.

—Había un joven sacerdote que, a pesar de ser criollo por nacimiento, tenía por delante una brillante carrera en la Iglesia. Sin embargo, como tenía una mente curiosa, hacía demasiadas preguntas polémicas y leía a demasiados autores polémicos, en especial al gran Carranza, el arzobispo de Toledo, quien creía que a las personas se les debería dar Biblias en español para que pudieran leer y entender la palabra de Dios por sí mismas, en lugar de que un sacerdote recitara versos en latín, un lenguaje que ellas no entendían.

"El sacerdote luchó a favor de Carranza, aun después de que el arzobispo fuera arrestado por el Santo Oficio. Al igual que Carranza, el joven sacerdote encontró a la Inquisición en su puerta. Encerrado en un calabozo, lo dejaron muchos días sin comida ni agua. Después empezaron los interrogatorios y las acusaciones. Y, después, la tortura."

Con emoción reflejada en su cara, continuó:

—El joven sacerdote tuvo suerte. Salió de todo eso con algunos dolores, algunas advertencias y desterrado a la iglesia de una aldea de una hacienda remota. Pero jamás olvidó. Y nunca *perdonó*.

Mientras escuchaba el relato me di cuenta de que el joven sacerdote era fray Antonio. En ese momento, todavía con la inocencia de la juventud, me sorprendió enterarme de que el fraile hubiera sentido la mano de la Inquisición. Pero mientras estoy sentado en una mazmorra húmeda, con la carne hecha pedazos por las tenazas al rojo y los gusanos metidos en las heridas, sé que cualquier persona con convicciones y compasión es presa probable de la Inquisición.

VEINTITRÉS

Cuando llegamos a la feria de Jalapa, el sol se encontraba en su cenit. Desplegadas sobre un sector bien amplio, las mercancías de dos mundos habían sido vertiginosamente dispuestas bajo el cielo abierto o debajo de toldos de lona. Magos, acróbatas y charlatanes rivalizaban en busca de monedas a lo largo de los puestos de libros sobre temas religiosos y obras de teatro; los vendedores de herramientas elogiaban la solidez de sus martillos y serruchos; los comerciantes que vendían semillas y herramientas de granja discutían precios con los mayordomos de las haciendas; los mercaderes de ropa, que ofrecían exóticos atuendos de exquisitas sedas y finos encajes, alegaban que los reyes de toda Europa se vestían con ropas idénticas a ésas. Los vendedores de artículos religiosos ofrecían por todas partes cruces, cuadros, estatuas, efigies e iconos de todo tipo.

Los puestos de delicias de miel y azúcar competían con amuletos garantizados para conquistar el corazón de la persona amada y "crucifijos bendecidos por Santa Lucía, palabra de honor, un escudo sagrado contra las infecciones de los ojos". "Bendecidos por San Antonio de Padua, logran vencer cualquier posesión diabólica y fiebre cerebral..."

Tuve la sensación de haberme sumergido en el mundo de Scheherazade y las Mil y Una Noches.

Desde luego, la Inquisición reinaba allí con toda su fuerza. Los *familiares*, su policía laica, recorría los puestos, examinaban la lista de libros prohibidos y verificaba la autenticidad de los artículos religiosos. También estaban los publicanos vestidos de negro del Rey, que computaban y cobraban impuestos para la Corona. Tampoco pude dejar de advertir cuánto dinero pasaba de mano en mano debajo de la mesa, entre los vendedores de libros y los familiares, los recaudadores de impuestos y los mercaderes: la inevitable "mordida", que de manera tan ubicua apuntalaba la economía de la Nueva España, era universalmente tolerada como costo indispensable de hacer negocios. Y, de hecho, así era. El recaudador de impuestos le compraba su oficio al Rey. Y era compensado, no por méritos, bonos, remuneraciones ni salarios sino por extorsiones legalmente sancionadas. Lo mismo podía aplicarse a la mayor parte de los cargos públicos. El carcelero, que compraba su empleo, alquilaba los prisioneros a las letales fábricas de azúcar, a los obrajes de trabajos forzados y a las minas del norte... y dividía el dinero con el condestable que había arrestado al prisionero y el juez que lo había sentenciado culpable. La mordida, el pago a un empleado público para que cumpliera con su deber —o que no lo hiciera—, era una forma de vida en la Nueva España.

—Enfréntalo —me dijo el fraile, un poco en copas—, nuestros cargos públicos son vendidos a precios extorsivos para reunir fondos para nuestras guerras en Europa.

Pero, por el momento, yo estaba fascinado. Hasta olvidé a la vieja matrona y al malvado Ramón. Recorrí la feria con los ojos bien abiertos, maravillado. Había visto a Veracruz repleta de gente que celebraba festivales y la llegada de la flota del tesoro. Había presenciado la ferviente excitación provocada por el arribo del arzobispo, pero la afluencia y ostentación de esta feria era incomparable. Incluso yo, un veterano de todo lo que Veracruz tenía para ofrecer, que había visto tantos fardos y bultos transportados hacia y desde la flota del tesoro, estaba atónito. Era diferente ver todos esos artículos, no embalados sino desplegados en forma individual: todo, desde llamativas prendas de vestir hasta espadas rutilantes y con empuñaduras enjoyadas y hojas que brillaban al sol; no transportados en masa desde la bodega de un barco sino tentadoramente exhibidos, a la espera de ser tocados, examinados, cuidadosamente inspeccionados. Allí todo era tanto más íntimo que en los muelles; mercaderes españoles que regatean directamente con sus clientes; buhoneros que pregonan sus deliciosos bocados; acróbatas que exhibían sus piruetas y saltos mortales por propinas; cantantes que dedicaban serenatas a los transeúntes con baladas llenas de pasión; indios que contemplaban esas mercaderías exóticas con la misma actitud de sorpresa y maravilla que sus antepasados seguramente sintieron cuando confundieron a Cortés y sus conquistadores de a caballo, que entraban en Tenochtitlán, con dioses gigantescos.

Fray Antonio me interceptó para darme una advertencia.

—No creo que haya peligro aquí. Veracruz está atareada con la llegada del arzobispo, y don Ramón y la viuda sin duda estarán demasiado ocupados durante un tiempo como para venir aquí. Igual, debemos tener mucha cautela.

—No entiendo...

—Bien. En este punto, que entendieras sólo podría causarte la muerte. La ignorancia es tu único aliado. —Y se alejó, dejándome totalmente confundido.

Se dirigió a los puestos de libros y comenzó a examinar algunos trabajos recién llegados de Platón y Virgilio, mientras el padre Juan hojeaba las aventuras románticas de caballeros errantes y deliciosas damiselas en busca de Dios y el Santo Grial, algunos trabajos prohibidos y otros, no; pero no se atrevía a comprar y a llevarse incluso los aceptados por los censores.

Por lo general, también yo habría estado en los puestos de venta de libros, revolviendo un poco esos ejemplares, pero por el momento, como tenía quince años, me atraía más el grupo de magos y hechiceros, que proclamaban que eran capaces de resucitar muertos, predecir el futuro y leer las estrellas. Cerca, unos ilusionistas se tragaban espadas y devoraban antorchas.

Yo estaba decidido a no permitir que el miedo me arruinara la feria. Con las monedas del fraile me compré una gorda dura que unté con miel.

Mientras la comía, caminé por entre esas mesas y esos puestos coloridos. Todo parecía estar en venta, desde voluptuosas putas y pulque fresco del corazón carnoso del maguey hasta vinos raros que habían sobrevivido a un viaje tormentoso por el océano y el traqueteo de un tren de carga.

La gente fluía por los pasillos como las corrientes de un río. Mercaderes y mendigos, soldados y marineros, prostitutas y damas, indios y mestizos, españoles de ricas vestimentas, caudillos de aldeas, caciques en sus coloridas mantas indias, ostentosas africanas y mulatas.

Dos mujeres españolas se detuvieron en un rincón bullicioso, sacudiendo panderetas, instrumentos chatos de percusión parecidos a parches de tambor, pero con discos sueltos sujetos alrededor del borde. Reconocí esos instrumentos y también las pícaras bailarinas que habían actuado cuando el bribón de Mateo recitaba "El Cid". Los dos integrantes masculinos del grupo dejaron caer un barril cerca y sentaron encima al enano.

—Amigos, presten atención. Reúnanse alrededor y verán y oirán maravillas, ofrecidas frente a testas coronadas de Europa, los sultanes infieles de Arabia y Persia y los paganos emperadores de Asia.

"Recuerden los días en que nuestra orgullosa tierra fue invadida por los salvajes moros, salvo algunos pequeños reinos en los que nuestros señores siguieron gobernando; pero incluso estos debieron pagar tributo a los moros. Ese amargo tributo no fue pagado con oro excavado de la tierra sino en la forma de doncellas de pelo rubio, las vírgenes más hermosas de la tierra, a las que cada año el depravado rey moro y sus notables deshonraron y violaron despiadadamente."

Con movimientos histriónicos de las manos y ojos bien abiertos, el enano comenzó así su espeluznante relato.

—No había ningún Cid, ningún héroe en nuestra tierra, pero, ah, había una doncella que rechazó la lasciva concupiscencia de esos fanáticos moros. Con vestiduras color alabastro y trenzas doradas que le caían en la espalda, irrumpió en la sala del ayuntamiento, donde el rey español se encontraba reunido con sus caballeros. Les echó en cara sus actos cobardes, los acusó de ser hombres falsos que permanecían indiferentes mientras la flor del honor de España era deshonrada y profanada.

El diminuto actor miró a los hombres y a las mujeres que ahora, llenos de indignación, estaban allí reunidos.

—¿Saben lo que esa hermosa doncella les dijo? Les dijo que, si carecían de la virilidad suficiente para enfrentar a los moros, permitieran que las mujeres empuñaran el acero español y lucharan en lugar de ellos contra los infieles.

Todos los hombres presentes allí —y también los jóvenes como yo— enfurecieron de vergüenza por la actitud de esos caballeros. El mayor tesoro de España era el honor de sus hombres… y la santidad de sus mujeres. ¿Entregar a nuestras mujeres al enemigo como tributo? ¡Ay! Mejor sería arrancarme la lengua y los ojos de un tirón y cortarme los cojones.

—Ahora, reúnanse todos aquí mientras las bailarinas de Las Nómadas cantan para ustedes "El tributo de la doncella".

Aunque a los hombres allí reunidos lo que más les interesaba eran las bailarinas y, sobre todo, los instantes en que ellas mostraban los muslos al levantarse la falda, noté que el enano estaba muy alerta a la posible llegada de los inquisidores y otros sacerdotes que merodeaban por la feria, incluso cuando los dos hombres circulaban con un sombrero para reunir dinero. Mientras tanto, las bailarinas cantaban:

> *Si a los moros se les debe pagar tributo, que los hombres lo*
> *sean;*
> *Envíenles a los holgazanes desocupados a fastidiarlos con*
> *sus enjambres de miel;*
> *Pues cuando es pagado con doncellas, por cada una de ellas*
> *aparecen*
> *Cinco o seis soldados fuertes para servir al rey moro.*
> *Es poco sensato mantener a nuestros hombres en casa;...*

Si bien las palabras de la canción eran bastante inocentes, el lenguaje corporal de las mujeres, que cada tanto hacían una pausa y un aparte y en voz baja describían lo que un moro le haría a una virgen española, bastaba para hacerlas arrestar.

> *Sólo sirven para conseguir señoritas que, cuando llega el*
> *momento*
> *Deben acudir, como todas las demás, a dormir a la cama del*
> *moro;*
> *Para todo lo demás son inútiles, y de ninguna manera vale la*
> *pena conservarlos.*
> *Así, existe coraje viril entre los pechos de las mujeres,*
> *Pero ustedes, caballeros, tienen el corazón de una liebre,*
> *Así habló esa intrépida señorita...*

Las mujeres que bailaban frente a mí se levantaban la falda por encima de la cintura. Debajo de esas vestiduras que ondeaban en remolinos no usaban nada, y yo quedé azorado ante la visión fugaz del jardín secreto que tenían entre las piernas y que hacía tan poco tiempo había tenido oportunidad de conocer. Por supuesto, los hombres del público se volvieron locos y arrojaron dinero en los sombreros.

¿Qué tenían las mujeres españolas que enloquecía a los hombres españoles? Los hombres españoles son capaces de ver a una india o africana desnuda y mirar a través de ella como si nunca hubiera estado ahí o considerarla sólo como receptáculo de su lujuria. Pero una mirada breve al tobillo de una mujer española o una mirada furtiva a su escote, y esos mismos hombres quedan extasiados. Y, desde luego, estas dos actrices exhibían bastante más que un tobillo.

—¡Psss! —siseó el enano—. ¡Cho!

Las bailarinas llamaron incluso la atención de los dos sacerdotes. Metiéndose entre la multitud, las mujeres dejaron caer sus faldas y se pusieron a cantar "La canción del galeote", una tonadilla acerca de una mujer que espera el regreso de su amante, prisionero de los moros.

Ustedes, los marineros de España,
Tiren con fuerza de sus remos,
Y tráiganme de vuelta a mi amor,
¡que está prisionero de los moros!

Ustedes, galeotes de cuerpo fornido
Como castillos sobre el mar,
Oh, grande será su culpa,
Si no me lo traen de vuelta.

El viento sopla con fuerza,
La brisa ayudará a sus remos;
Oh, surquen deprisa los mares
Por qué él es prisionero de los moros.

La brisa dulce del mar
Refresca todas las mejillas menos las mías;
Caliente es mi aliento,
Mientras pastoreo sobre el agua del mar.

Arriba, icen bien alto las velas,
Y apóyense fuerte sobre los remos:
Oh, no dejen que se escape el viento fuerte,
¡Porque mi amor está preso entre los moros!

El estrecho es angosto,
Veo las colinas azules del otro lado;
Espero con impaciencia vuestra llegada,
Y les agradezco que traigan a mi amor.

A Santa María rogaré,
   Mientras ustedes se apoyan sobre los remos;
Será un día sagrado
   Cuando me lo traigan de los moros.

Nadie les reprochó sus voces lascivas ni el revoleo de sus faldas, ni siquiera los dos frailes. Y esos actores tampoco eran los obreros vestidos de librea que bajaban de la flota del tesoro. Este conjunto de actores se había transformado. Con vestuario ostentoso, ahora caí en la cuenta de que su ropa servil de aquella vez había sido meramente un disfraz. Los inspectores del muelle desviaban a los pasajeros de aspecto vulgar a Manila, una casi segura sentencia de muerte, y a los actores se les consideraba personas vulgares y corruptas. Cada tanto, esos conjuntos de actores pasaban por Veracruz, como había comentado el fraile.

—No sólo el Rey les niega la entrada aquí; en España, cuando ellos mueren, la Iglesia prohibe que sean enterrados en un camposanto.

—¿Acaso temen que los actores corrompan a los muertos? —pregunté, con inocencia.

—Para la Iglesia, los actores son pícaros con otro nombre.

Después de mi lectura clandestina de *Guzmán de Alfarache*, sabía lo que él quería decir. También entendía por qué yo me sentía atraído hacia esos bribones. Es verdad, la vida de ellos era vergonzosa, pero también lo era la mía; y, a diferencia de lo que me pasaba a mí, ellos se divertían con estilo y extravagancia. Nunca trabajaban ni tenían miedo. La gente los aplaudía con entusiasmo y ponía dinero en sus sombreros. En cambio yo, por mis contorsiones, recibía poco más que patadas y desprecio. Ellos avizoraban viajes, aventuras y damas lascivas en su futuro. Yo moriría en una alcantarilla o en una mina, trabajando como esclavo. Ellos morirían en lechos de plumas, entre las piernas de una señorita sensual, mientras un rival celoso pegaba golpes en la puerta. Lo más que yo podía esperar cuando me llegara el fin era la barriga llena de pulque, un puente cómodo para dormir debajo y una puta con gonorrea para aliviar mi dolor.

Pero los pícaros llevaban una existencia de gran excitación, libres como pájaros. A diferencia de los léperos, condenados a la degradación por su sangre impura, un pícaro podía pasar por un duque… ¡hasta convertirse en uno! Los pícaros no estaban predeterminados por la sangre. Sencillamente no *nacían* a un destino prefijado; los pícaros *se hacían*. No gravitaban hacia una vida estructurada de servidumbre perenne. No morían entre la oscuridad y el polvo de minas recónditas de plata, perdidos, temerosos, abandonados, solos. Saboreaban su libre albedrío. Caminaban, hablaban y se dirigían a otros, aun a sus mejores, con familiaridad, un corazón esperanzado, irreverencia y, sobre todo, *nada de miedo*. El pícaro enfrentaba la vida con alma libre y paso liviano… incluso mientras nos robaba la cartera o nos cortaba el gañote.

¡Y pícaras! ¡Oh! ¡Nunca había visto mujeres así! Su mirada era descarada; su sangre, caliente. Aunque en la Nueva España había mujeres de todos los colores y sangres imaginables, mestizas, indias, mulatas, africanas y españolas, que eran una preciosura para contemplar, ninguna de ella exhibía libertad en sus actos, ni siquiera las resplandecientes mulatas a las que se les permitía envolverse en atuendos llamativos con los colores del arco iris, pero a quienes nunca se les pasaría por la cabeza cambiar de situación y de estado, desafiar a su clase, su casta y los grilletes que encadenan a su sexo.

Todas estas mujeres pueden vestirse y adornarse como flores rutilantes para complacer a un hombre, pero detrás de su actitud y de su risa, saben que el hombre con el que flirtean es superior. Pero estas mujeres pícaras que se levantaban la falda, mostraban su sexo y cantaban acerca de otras mujeres que se burlaban de los hombres y mataban moros mientras sus hombres cobardemente permanecían en casa, estas mujeres no le tenían miedo a nada. Ningún hombre entre ese público, a menos que tuviera la mente embotada por el vino, se habría atrevido a tocar a una de ellas. Tampoco *ellas* se lo habrían permitido. Se sabían iguales a esos hombres… o incluso superiores.

Cuando las mujeres se volvieran más importantes para mí que los magos y los tragasables, la clase de mujer que conocía su propia fuerza sería la que más me atraería. Incluyendo la muchacha de seda de Veracruz, por quien yo había extendido mi manta como una capa. Aunque ella era todavía joven, sus ojos habían revelado la misma libertad feroz de las bailarinas.

Con frecuencia, tales mujeres representaban peligro y yo —tonto como era— supe incluso entonces que me sentía atraído hacia ella como al borde del cráter de un volcán humeante, que podría entrar en erupción en cualquier momento.

¡Ay! Eso fue entonces y esto es ahora. Si en aquellos inocentes quince años hubiera sabido lo que este hombre adulto que tiene una pluma en la mano sabe hoy en prisión, Dios mío, podría haberme llenado los bolsillos de oro y el lecho de mujeres.

VEINTICUATRO

Cuando las mujeres concluyeron su respetuoso canto y baile bajo la mirada vigilante de los sacerdotes, el enano volvió a dirigirse al público.

—Para deleite especial de todos, en la hora que precede a la oscuridad se realizará aquí la representación especial de una comedia.

Se produjo un movimiento entre la multitud. Una comedia era una obra de teatro: una comedia, tragedia o relato de aventuras. Yo nunca había visto nada de eso. Me pregunté si sería la misma obra que ellos habían anunciado en Veracruz.

—Si quieren ver a un pirata castigado, el honor de un buen hombre restaurado, vengan a la comedia. —Y movió la mano en dirección al hombre llamado Mateo, quien se había deslizado por entre el gentío para pararse al lado del barril del enano. —Esta comedia viene de la mano de un gran maestro de los escenarios, cuyos trabajos fueron presentados en Madrid, Sevilla y frente a la realeza: Mateo Rosas de Oquendo.

Mateo se sacó el sombrero e hizo una de sus grandes reverencias.

—La entrada a esta obra maestra —dijo el enano— cuesta nada más que un real.

¡Ja! Yo tenía dos reales en el bolsillo, obtenidos del autor mismo de la comedia. Podía comer como un rey y ver la obra. Dios era bondadoso. Pensé que todo estaba bien en mi vida, y por un momento olvidé que en todo paraíso hay una serpiente.

Mi recorrido me llevó a la sección donde los hechiceros y magos indios vendían su magia. Con gran entusiasmo, me acerqué, y mis hombros se frotaron con los de sacerdotes y monjas, prostitutas y caballeros, vaqueros e indios, portadores de espuelas y mestizos, soldado toscos y dandis perfumados.

Me detuve y me puse a mirar a un adivino que predecía el futuro de la gente: un indio de aspecto malévolo, pelo largo y manta pecadoramente escarlata. Desagradables cicatrices le cruzaban ambas mejillas y su cara estaba marcada con luces procedentes de llamas amarillas y carmesí. Estaba sentado con las piernas cruzadas sobre una cobija, sacudía pequeños fragmentos de hueso dentro de una calavera humana y después los arrojaba sobre una manta india, como si estuviera echando la suerte. Según el dibujo que formaban, él adivinaba el curso de una vida o la respuesta a una plegaria. Yo había visto a adivinos leer huesos en las calles de Veracruz. Ahora, un indio le pidió al mago que adivinara cuál sería el destino de su padre después de un accidente muy serio.

—Camino a aquí, mi padre se resbaló del sendero de montaña y cayó. Ahora no puede caminar y se niega a comer. Sencillamente está acostado de espaldas y con mucho dolor.

El adivino no exhibió preocupación o solicitud, y desapasionadamente le hizo preguntas sobre el nombre y el signo de nacimiento de su padre azteca.

El hombre le entregó una moneda. El adivino sacudió los huesos en la calavera y los arrojó sobre una manta sucia. Los trozos formaron un dibujo oblongo.

—La forma de una tumba —le dijo el indio—. Tu padre pronto dejará esta vida de trabajo.

No pude evitar reír con escepticismo. El viejo impostor giró la cabeza y me lanzó una mirada amenazadora. Si yo hubiera sido ese muchacho indio, habría quedado atónito al recibir esa mirada malévola, pero yo era un lépero con una educación clásica; no, un pícaro, eso era lo que yo ahora me consideraba. Esta nueva visión de mí mismo como un caballero bribón me permitió dar rienda suelta a mi curiosidad. Tendría que haberme alejado de allí sin tentar al destino —y a los poderes oscuros de ese hombre, que él conocía bien—, pero ahora quería saber más. Así que, como Ulises enfrentó a los cíclopes, yo lo provoqué.

—El curso de la vida de un hombre no está determinado por unos huesos viejos arrojados de una calavera —le dije, con altivez—. Eso no es más que magia para las viejas y los tontos.

¡Ay! Las locuras de la juventud. El hilo del destino se entreteje para todos nosotros. Aquel día, hace tanto tiempo en la feria, me arrojaron también a mí los huesos y, sin que nadie lo supiera excepto los dioses, los caminos de mi vida, mi *tonal* azteca, quedó fijado en el Tonalamatl, el Libro del Destino. A lo largo de mi vida volvería a encontrar a los amigos y enemigos que hice ese día.

La cara del viejo se transformó en una mueca feroz y, después, en el gruñido salvaje de un felino de la jungla. Sacudió un puñado de huesos frente a mi cara y murmuró un encantamiento en un dialecto indio que yo no conocía.

En silencio, me alejé.

¿Para qué tentar al destino?

—*Mestizo, cuando los jaguares se despierten, te arrancarán el corazón en la piedra del sacrificio.*

Esas palabras, apenas susurradas a mis espaldas, fueron dichas en náhuatl. Me di media vuelta para ver quién había pronunciado esa amenaza. Un indio avanzaba por entre el gentío y yo estaba seguro de que él era el culpable.

Me alejé deprisa, nada feliz por mis comentarios imprudentes y por la predicción que habían provocado. No fue sólo el comentario; fue el tono cargado de odio con que estuvo hecho. En aquel momento yo no vi ninguna conexión entre los jaguares y la piedra del sacrificio, aunque sabía que esos enormes gatos de la jungla eran sagrados para los indios.

En otro momento me habría reído del comentario del indio y lo habría tomado nada más que como otro insulto provocado por mi sangre mezclada, pero ésa era la segunda amenaza a mi vida en un lapso muy corto. La amenaza del indio no me asustaba sino que me enfurecía.

Caminé por entre la multitud y mi enojo se agravó, tanto por el insulto como por mi rápida retirada frente a lo que el fraile habría descrito como "una tontería supersticiosa". Un pícaro habría tenido una réplica lista para las amenazas mágicas de un chamán. Salvo que la última amenaza no había salido de labios del chamán, sino de una voz incorpórea que todavía no lograba identificar.

Enfilé hacia los puestos de libros en busca de fray Antonio y fray Juan. Fray Antonio sin duda estaría allí, hojeando los libros pero sin comprar ninguno. Cualquier dinero que le llegaba a las manos él lo destinaba a comprar comida para los pobres. Desde luego, yo podría robar un buen libro para el fraile, pero seguro que él no lo aprobaría.

Vi primero a fray Juan, hablando con un hombre cerca de uno de los puestos de libros. Al ver que yo me acercaba, el hombre miró furtivamente en todas direcciones y después condujo al fraile a un sector detrás de los puestos.

Cuando reconocí al hombre —el pícaro Mateo—, enseguida eché a correr. Imposible saber qué clase de problemas tenía él en mente para el fraile. Miren el problema en que ya me metió a mí, mi encuentro con la esposa del alcalde y su teta de bruja. El enano que pregonaba para él comedias y baladas podía ufanarse de que Mateo había escrito y actuado frente a las testas coronadas de Europa, pero yo era inmune a esa fanfarronada. Conocía a un demonio vestido de seda cuando lo veía. Sin embargo, el ingenuo fray Juan siempre pensaba lo mejor de todos y se convertiría en la presa de Mateo.

Detrás de los puestos, Mateo le estaba entregando un libro que había sacado de debajo de su capa. Cuando yo me les acerqué, Mateo buscó su daga.

—El muchacho es el criado de un hermano —le explicó fray Juan a Mateo.

Fray Antonio me había descrito de la misma manera a los inquisidores para desviar su curiosidad.

Mateo no pareció reconocerme, lo cual era comprensible. Los léperos eran objetos, no personas y, por definición, no merecían ser recordados.

Yo me quedé a un lado, con actitud servil, pero no tan lejos como para no poder oír lo que hablaban.

—Este libro —dijo Mateo, continuando con su propaganda— es una de las más clásicas novelas de caballería, un libro épico que supera incluso a *Amadís de Gaula* y *Palmerín de Oliva*. Véalo por usted mismo: las espléndidas tapas de cuero de Marruecos, la elegante caligrafía gótica, el exquisito papel pergamino, todo por unos miserables… diez pesos.

¡Diez pesos! El rescate de un papa. El sueldo de todo un mes para la mayoría de los hombres y, ¿para qué? ¿Una novela de caballería? Un relato estúpido de caballeros y damas, de dragones muertos, reinos conquistados y damiselas seducidas. Justo lo que había llevado al Quijote a luchar con los molinos de viento.

Fray Juan lo examinó con atención.

—No parece papel pergamino…

—Tiene mi palabra de caballero de que este papel fue fabricado en las venerables márgenes del Nilo y enviado por barco a través del Mediterráneo para ser leído por nuestro santo monarca en Madrid. Sólo por la más afortunada y auspiciosa de las circunstancias llegó a mis manos esta obra de arte.

—La gente del Nilo fabrica papiros y no papel pergamino —dije.

El pícaro me miró con furia, pero enseguida volvió a concentrarse en fray Juan, quien ahora leía en voz alta el florido título de la obra.

> *Crónica de los notables Tres Caballeros de*
> *Barcelona, que derrotaron a Diez Mil Moros y a Cinco*
> *Monstruos Aterradores, pusieron al legítimo Rey en*
> *el Trono de Constantinopla y reclamaron un Tesoro*
> *más grande que el que posee cualquier Rey de la*
> *Cristiandad.*

Lancé un rugido de desprecio.

—El título es una broma y también lo es el libro. En *Don Quijote*, Cervantes expuso estas novelas de caballería por lo que en realidad son. ¿Quién leería semejante sandez? Sólo un imbécil. ¿Quién escribiría semejante idiotez? Sólo un lunático.

El fraile, incómodo, le devolvió el libro a Mateo y se alejó deprisa.

Yo me disponía a seguirlo cuando oí que Mateo decía en voz baja:

—Muchacho.

Cuando giré, su mano me apretó el cuello con la rapidez de una serpiente. Me sacudió hacia él y su daga ya estaba debajo de mi manta, tanteando mis cojones.

—Tendría que castrarte como a un novillo, pordiosero mestizo y sucio.

La punta de la daga penetró el tejido suave de mi entrepierna, y un hilo de sangre descendió por una de mis piernas. El hombre tenía la mirada de un animal dolorido y demente con un sufrimiento feroz. Yo estaba demasiado asustado, aun para suplicar.

Me arrojó al suelo.

—No te corto el cuello porque no quiero que tu sangre de prostituta me salpique las manos. —Su espada estaba desenvainada y él se cernía sobre mí, la hoja filosa apoyada en mi cuello. Yo esperaba que mi cabeza cayera y rodara en el suelo, pero la punta de la espada se detuvo contra mi manzana de Adán.

—Hablaste de ese hijo de puta que escribió la saga del Quijote. Si llegas a mencionar una vez más su nombre —el nombre de ese cerdo que me robó las historias, las ideas, la verdad, la auténtica vida de otro, *mi vida*— no sólo te separaré la cabeza de los hombros, sino que te iré arrancando la piel centímetro por centímetro y cubriré tu esqueleto con chile y sal. —El demente se hizo humo y yo me quedé mirando el cielo.

¡Ay! ¿Qué había hecho yo? Es verdad, le había arruinado la venta, pero lo que había vuelto loco a Mateo era el nombre de Cervantes, que casi me costó los cojones y la cabeza. De pronto se me ocurrió que, quizá, ese demente era el autor de esa ridícula novela.

¡Dios mío! Tal vez el fraile podría hablarme de esa iglesia en la India, donde uno es castigado por los pecados de una vida pasada. Debo de haber arrojado a las llamas del infierno a por lo menos mil almas para haber merecido este infortunio.

El fraile, por supuesto, dice que yo atraigo este infortunio infernal sobre mi persona por hablar todo el tiempo. Se culpa a sí mismo de mi lengua suelta, y en ello hay cierto viso de verdad. Él me presentó los trabajos de ese escéptico incansable llamado Sócrates. Desafió *todo* y me pasó a mí ese maldito hábito, como una enfermedad.

Por fortuna, esta lámpara de la verdad rara vez ilumina mi propia vida inicua. Es imposible caminar por el camino del lépero con la verdad como luz guía; hay algunas verdades que nadie puede tolerar.

Me sacudí el polvo y regresé a la feria con menos entusiasmo que antes.

VEINTICINCO

Entonces conocí al Sanador.

La primera vez que lo vi, él estaba de pie en las ruinas de un antiguo monumento azteca, uno de los muchos diseminados en la zona. La losa de piedra lo elevaba varios centímetros por encima de los mirones allí reunidos y le permitía realizar su magia y trabajar con el gentío.

No era viejo; él estaba más allá de esos conceptos mundanos. Era antiguo de días, un ser de eones y milenios, no de semanas o años.

Ignoro por completo en qué momento o lugar o qué personas lo engendraron, pero para mí, él era *todo* azteca o, más precisamente, mexica, pues la palabra azteca era más española que india. Imposible adivinarlo por su manera de hablar. Como un loro de la jungla, él les contestaba en su mismo idioma a los que le hacían preguntas. Muy pronto sospeché que conocía el lenguaje de los pájaros y las serpientes, de las rocas y los árboles, de las montañas y las estrellas.

En cambio, el adivino que había visto antes, el que sacudía los huesos, era un charlatán. El Sanador abjuraba de los conjuros. En las arrugas de ese hombre viejo y en las sombras veladas de sus ojos, estaban escritos los secretos de la tumba.

Para mí, era un dios, no griego o romano lleno de maquinaciones y de intrigas, sino una deidad más oscura, bondadoso con su sabiduría pero asesino con su escarnio.

Su manto —que desde los hombros le llegaba a los tobillos— estaba hecho con plumas exóticas con todos los colores de un fulgurante arco iris. Su cinturón de piel de serpiente estaba festoneado de turquesa. Los cordones de soga de sus sandalias de cuero trepaban por las pantorrillas hasta sus rodillas. Su aspecto era el que imaginaba había tenido Moctezuma, sólo que más envejecido y sabio y cansado y venerable.

Estaba "tratando" a una mujer que sufría de dolores de cabeza. Un escuálido perro amarillo, que más parecía un coyote que un sabueso, estaba despatarrado allí cerca sobre una manta roja deshilachada. Su cabeza descansaba sobre sus patas cruzadas y sus ojos escépticos controlaban cada movimiento, grande o pequeño, como si estuviera alerta a los enemigos. Muy pronto aprendería mucho más acerca de ese extraño animal y su aun más extraño compañero.

La mujer le dijo al Sanador que los espíritus malignos habían penetrado su cerebro y gritaban reclamando su alma. En otra épocas, los sacerdotes indios la habrían tratado con hierbas de curación, e incluso fray Antonio reconocía el poder de algunos de esos remedios sagrados. El jardín botánico del Emperador Moctezuma —me dijo—, tenía más de dos mil clases diferentes de hierbas medicinales. Gran parte de este conocimiento se perdió al mundo, porque los sacerdotes que continuaron la conquista incineraron la biblioteca de rollos con escritura ideográfica coleccionados por los médicos aztecas.

"Tenían miedo de lo que no entendían, y entonces quemaron lo que temían", se lamentó el fraile en una oportunidad.

Desde luego, si fallaban los remedios herbales, los antiguos sacerdotes le habrían perforado el cráneo y ordenado al demonio que abandonara su cerebro.

El Sanador, por supuesto, era un *tititl*, un médico nativo experimentado en el uso de hierbas y cantos; pero, a diferencia de los herbalistas españoles llamados curanderos, un *tititl* usaba hierbas, pociones y cantos y ceremonias mágicas para curar. Pero ésa era la parte más pequeña del arte médico del Sanador. Él tenía sus propios métodos. En este momento, susurraba encantamientos secretos junto a los oídos de la mujer, cuyo objetivo era liberarla de los espíritus malignos que habitaban en ella.

Aunque sé muy bien que el curso de una enfermedad, del mismo modo que una vida, no está determinado por un lanzamiento de dados, cada tanto estamos en manos de los demonios. Yo nunca le confesé esto al fraile, pero he visto a personas hablar con el diablo; y es un artículo de fe para los indios que los espíritus malignos pueden penetrar en el cerebro a través de los oídos, la nariz, los ojos y la boca.

Mientras observaba a ese anciano sanador pronunciar sus sagrados encantamientos, los labios del hombre rozaron las orejas de la mujer. De pronto, sus ojos parecieron saltársele de las órbitas, se llevó una mano a la boca y pegó un salto hacia atrás. Una víbora que se retorcía, y que él había chupado de la oreja de la mujer, se aplastó contra sus dientes. La mujer gritó y comenzó a convulsionarse en los brazos del Sanador.

—¡Ahhhh! —fue un rugido que brotó de la multitud.

Por supuesto, pensé que había sido sólo un truco de prestidigitación. El Sanador llevaba una víbora en la manga y después se la había secretado en la boca. ¿Cómo pensar otra cosa? Por formación y elección, yo amaba la verdad. Había estudiado a Sócrates, a su discípulo Platón y, en el fondo de mi corazón, detestaba la mendacidad que me rodeaba casi todo el tiempo. Veneraba el Altar de la Verdad. Una parte mía quería lanzar un rugido de escepticismo y exponerlo como un fraude. Él era un indio puro, sin poder ni protección. Sin embargo, permanecí callado. Por qué, no lo sé.

Entonces, como si me leyera el pensamiento, su mirada se enfocó en mí por entre todas esas caras del gentío.

—Ven aquí, muchacho.

Todos me miraron… *incluso el perro amarillo*.

Casi sin darme cuenta, me encontré de pronto parado en la losa, junto a él.

—¿Tú no crees que extraje la víbora de la cabeza de la mujer?

No pude decir nada. Dada la plétora de enemigos que yo acumulaba con rapidez, no necesitaba tener más. Sin duda, el disimulo era la mejor parte del valor. Pero, de alguna manera, no pude mentir.

—Tenías la víbora escondida en la boca o en la mano —dije con voz serena—. Fue un truco.

La autoridad del Sanador sobre la multitud se resintió y se empezaron a oír silbidos.

Pero, igual, él no se enfadó.

—Veo sangre india en tus venas —dijo y sacudió la cabeza con pesar—, pero tú privilegias tu ascendencia española.

—Yo privilegio el conocimiento por sobre la ignorancia —dije.

—La cuestión es —dijo el anciano con una sonrisa—, ¿cuánto conocimiento puede tolerar un muchachito?

Entonando en voz baja cánticos en náhuatl, pasó las manos sobre mis ojos. Me tambaleé, mi cara se enrojeció como si tuviera fiebre y mis ojos se rasgaron. De pronto, el aliento me abandonó como una exhalación y todo mi escepticismo se desvaneció.

Lo que más me impresionó fueron sus ojos; negros abismos insondables, llenos de mundanal cansancio y de tácita comprensión, me aferraron como una prensa. Indefenso frente a esa mirada, sus ojos extrajeron todo de mí, supieron todo acerca de mí, mi gente, mi pasado, mi sangre… antes de los conquistadores, antes de los aztecas, antes de los mayas, desde tiempo inmemorial, un tiempo impensable.

Acercó su mano a mi entrepierna —como si estuviera a punto de agarrarme la garrancha— y extrajo de mis pantalones una larga víbora negra que se retorcía, siseaba y escupía. La multitud estalló en carcajadas.

VEINTISÉIS

Cuando la gente se dispersó, yo me quedé sentado con el Sanador. Todavía mareado por su conjuro mágico, ahora me sentía humillado. Él me dio una porción de torta de saltamontes, un trozo de maíz y un calabacín con jugo de mango, y me dijo con suavidad:

—Nunca reniegues de tu sangre india. Los españoles creen haber sojuzgado nuestra carne con látigos y espadas, con armas de fuego y sacerdotes, pero hay otro mundo debajo de nuestros pies, por encima de nuestra cabeza, que vive en nuestra alma. En ese reino bendito las espadas no hieren y el espíritu domina. Antes de los españoles, antes de que el indio hollara la tierra, antes de que la tierra misma estallara y fuera forjada del vacío, estas sombras sagradas nos envolvieron, alimentaron nuestra alma y nos dieron forma. Por siempre nos gritan: "¡Respeto! ¡Respeto!" Si traicionas tu sangre, te humillas frente a los dioses anodinos de los españoles, menosprecias los espectros de nuestra sagrada piel, será a tu propio riesgo. Ellos tienen buena memoria.

Me dio una piedra negra de dos dedos de ancho, uno de largo y dura como el hierro. Un lado era brillante, una suerte de espejo rutilante de ébano. Su interior también brillaba misteriosamente y sentí que me precipitaba en sus profundidades, como si su centro no fuera de roca sino un abismo infinito, eterno como el tiempo, y su corazón, el corazón de una antigua estrella.

—Nuestros antepasados indios atravesaron las estrellas —dijo—, *eran* las estrellas y llevaban en su corazón piedras de estrella que predeterminaron nuestro destino, *todos* los destinos. Mira el espejo humeante, muchacho.

Yo ya no pertenecía a este mundo, sino que miraba a otro que existía antes de la luz y el tiempo. Mi mano tembló al rozarlo.

—Es tuyo —dijo.

Él me acababa de regalar un trozo de una estrella.

Yo caí de rodillas… abrumado.

—Es tu *tonal*, tu destino, tenerlo.

—Yo no soy digno.

—¿En serio? No me has preguntado qué debes dar a cambio.

—Lo único que tengo son dos reales.

Su palma pasó sobre la mía sin tocarla, y el dinero desapareció como si nunca hubiera existido.

—Este regalo es inmaterial. La bendición mora en el corazón, y tu corazón alberga a los dioses.

VEINTISIETE

Encontré a fray Antonio debajo del árbol donde habíamos instalado campamento. Le hablé de mi experiencia con el Sanador, incluyendo lo de la víbora escondida en mis genitales. Curiosamente, no lo noté nada impresionado.

—Descríbeme lo ocurrido… en detalle.

Le hablé del encantamiento del Sanador, de su mano que pasó frente a mi cara, de mi sensación de estar al mismo tiempo fascinado y mareado…

—¡Ja! Tu cabeza empezó a girar en círculos, estuviste a punto de perder el equilibrio, tus ojos se humedecieron, te picaba la nariz, te sentías maravillosamente bien.

—¡Sí! ¡Por su encantamiento!

—Fue *yoyotli*, un polvo que los sacerdotes aztecas utilizaban para someter a las víctimas del sacrificio. Cortés se enteró de su existencia durante la batalla de Tenochtitlán, cuando vio que sus indios aliados, que habían sido tomados presos por los aztecas, cantaban y bailaban al subir por los escalones del templo donde los sacerdotes les arrancarían el corazón. Más temprano, a los prisioneros se les había dado una bebida llamada agua de cuchillo de obsidiana, una mezcla hecha de cacao, la sangre de las víctimas del sacrificio y una droga debilitante. Antes de que ascendieran por los escalones hasta la cima, se les arrojaba polvo de *yoyotli* en la cara. El *yoyotli* nos hace tener visiones. Se dice que los guerreros que van a ser sacrificados no sólo lo hacían voluntariamente sino que se creían en los brazos de los dioses.

Me explicó que era un truco conocido por los encantadores.

—Tu Sanador tenía un poco de polvo en el bolsillo. Cuando entona sus encantamientos, pasa la mano frente a ti para que el polvo vuele sobre tu cara.

—No, yo no vi nada de eso.

—Por supuesto. Sólo hace falta una cantidad mínima de polvo. Tú no ibas camino a ser sacrificado. Sólo necesitaba atontarte un poco, debilitarte la mente, para que creyeras todo lo que te decía.

—¡Pero él me regaló el corazón de una estrella!

—Chico, chico —dijo el fraile y se tocó la sien—, ¿qué te enseñé? ¿Realmente crees que él roba estrellas del cielo? ¿O que él voló hacia la Tierra con Andrómeda en la mano?

Examiné la piedra negra con su lado pulido.

—Es un espejo de sombras —dijo el fraile—, obsidiana de un volcán, pulida hasta que adquiere un brillo profundo. Los magos indios les dicen a los tontos que esa piedra determina su tonal, su destino. Si una se rompe, ellos les venden los pedazos a otros idiotas, diciéndoles que lo que les venden son los corazones de las estrellas. Se puede comprar montañas de esas piedras por un real, o recogerlas de a carradas en las laderas de los volcanes. ¿Qué te pidió a cambio ese estafador?

—Nada —mentí.

El Sanador no estaba en la piedra plana ni en el lugar donde me había robado mi dinero. Lo busqué allí donde los indios acampaban, listo para amenazarlo si no me devolvía mi dinero. Nunca había estado tan furioso. ¿Qué se creía ese indio farsante? ¿Que era un pícaro? Se suponía que ése era mi trabajo.

¡Ay! no pude encontrar a ese truhán. Había desaparecido. Y con mis dos reales. Mi orgullo herido sanaría, pero el dinero, ese dinero era más sagrado para mí que el trono papal.

VEINTIOCHO

Una hora antes del ocaso, fui a presenciar la obra de teatro.

Se ofrecía en un claro rodeado de árboles, con mantas colgadas para ocultar a los actores de mirones ilícitos. La inclinación del terreno permitía que los actores ocuparan la parte más alta.

Yo no tenía un real de plata, el precio de la entrada, pero encontré un lugar bastante bueno y dentro de mis posibilidades. Trepé a un árbol cercano, muy por encima de las mantas, y, así, tuve mi balcón privado, gratis. Como es natural, el enano que recibía las entradas me miró con furia, pero yo era un pícaro nato y no le presté atención. Después de todo, varios sacerdotes se instalaron del otro lado de la pared de mantas, plegaron esas mantas sobre su ropa y le robaron a la compañía el precio de la entrada de forma tan despiadada como yo lo había hecho. Y, por supuesto, nadie les dijo nada.

Antes de que empezara la obra, dos atractivas pícaras esquilmaron a los espectadores de sexo masculino, que eran mayoría, vendiéndoles golosinas. Junto con las ventas no faltó el flirteo. El porcentaje de hombres españoles superaba al de las mujeres españolas en una relación de veinte a uno en la Nueva España; y estas mujeres españolas, aunque pícaras, tenían hechizados a esos hombres. A veces yo me preguntaba si esos españoles se extasiaban tanto con sus esposas cuando estaban en casa.

El enano subió al "escenario" cubierto de hierba.

—Polonia, un antiguo reino junto al mar, se encuentra al nordeste de nuestra soleada España. Los alemanes, daneses y rusos lindan con este reino ártico.

"Antes de que nuestra historia comience, al rey de Polonia le nace un príncipe. Su amada reina muere en el parto. Los augures de la corte vaticinan guerras infernales que rodean la coronación del rey: derramamiento de sangre, lucha de espadas, la destrucción que lo abarca todo hasta que el rey en persona termina postrándose a los pies del príncipe.

"¿Qué podía hacer el rey? —le preguntó el enano a la audiencia, su voz apenas un susurro—. ¿Debería haber hecho matar al bebé? ¿Al hijo de su amada esposa?"

El enano hizo una pausa para beber una copa de vino. Por el recital que de "El Cid" hizo Mateo, yo ya sabía que actuar era una actividad que provocaba sed.

—El rey, sabiendo que el príncipe reduciría su reino a las ruinas, erigió una torre altísima, inexpugnable y sin ventanas.

La voz del enano adquirió una tonalidad siniestra.

—En las entrañas de este bastión desolado y sin luz criaron al muchacho encadenado, envuelto en pieles de animales. Un único mortal lo atendía, un anciano sabio que lo instruyó en las artes y la literatura, en la conducta de bestias y aves, pero no en los engaños y supercherías de los hombres.

—Vaya educación —dijo alguien del público.

—Vaya obra de teatro —gruñó otro.

—¿Dónde está el pirata saqueador? —se quejó otro crítico—. ¿Dónde está el héroe intrépido?

—Mateo Rosas, cuyo nombre la mayoría de ustedes conoce por los grandes teatros de Sevilla y Madrid, personalmente ha elegido la obra maestra de Calderón de la Barca para deleite de ustedes. Como todos sabemos, Calderón sólo se ha visto superado por Lope de Vega como maestro de la escena.

Por los rezongos de la gente, tuve la impresión de que el augusto nombre de Mateo no significaba nada para ellos. Tampoco entendía la antipatía que le profesaban al drama. Un príncipe prisionero en una torre oscura estimulaba mi imaginación fértil aunque afiebrada. Quería saber cómo se sentiría cuando saliera y enfrentara a su padre y a la vida. Yo estaba en ascuas.

El enano continuó, impávido.

—Cuando nuestra historia se inicia, el rey de Polonia está cerca del final de su vida. Pero, ¿quién lo sucederá? Su heredero legítimo ha languidecido encadenado durante toda su vida. Si llega a morir, el siguiente en la línea de la corona es el sobrino del rey, el duque de una tierra llamada Moscovia, un lugar despiadado en el extremo del mundo, al este de Polonia

"El rey, el duque y todos los grandes hombres del reino se reúnen en el palacio para examinar el problema: ¿debe permitírsele al príncipe reinar o es mejor matarlo debido a la profecía? El rey decide probar al príncipe, que es ahora un hombre hecho y derecho, para ver si está movido por la razón o por una furia salvaje. Para asegurar que todo está bajo control —recuerden que no sólo se han hecho profecías terribles, sino que él ha sido rígidamente secuestrado—, el rey seda al príncipe y ordena que sus tutores le digan que sus recuerdos son sólo sueños.

"Además, llega Rosaura, pero ella viene para vengar la pérdida de su honor a manos del duque de Moscovia. Disfrazada de hombre, planea vengarse de él con sus propias manos.

"Ahora, amigos, comenzamos en la torre-prisión ubicada sobre una montaña escarpada, donde languidece el príncipe Segismundo."

El enano movió su mano hacia donde Mateo y los demás actores aguardaban "entre bastidores". Todos los actores, salvo Mateo, usaban barbas falsas, y las dos mujeres usaban pelucas.

—Mateo Rosas encarnará al príncipe y varios otros papeles clave. Ahora, para placer de los presentes, los actores de La Nómada presentarán la comedia de Pedro Calderón, *La vida es sueño.*

Con un floreo del sombrero, Mateo se dirigió al público como Segismundo, príncipe de Polonia.

—Intento, oh cielos, entender qué crimen he cometido... pero desde que nací, entiendo mi crimen... pues el crimen más grande del hombre es haber nacido.

"Tengo menos libertad que las aves y las bestias y los peces. Cuando alcanzo mi mayor furia, como un volcán, como el Etna, sería capaz de arrancarme el corazón del pecho y destrozarlo. ¿Qué ley, justicia o razón puede negarle a un hombre un privilegio tan dulce, la libertad que Dios le ha conferido a un arroyo, un pez, una bestia y un ave?"

Otros actores nos dicen que el rey ordena que el príncipe sea liberado de la torre y llevado al palacio para comprobar si está en condiciones de gobernar o es una bestia enloquecida. Si no pasa la prueba, encontrará su muerte, y el duque de Moscovia se casará con la hermosa princesa Estrella y ascenderá al trono. Pero el rey les ruega a los que lo rodean que le den una oportunidad al príncipe. El rey estaba interpretado por el enano, con una voz potente.

En el palacio, por primera vez sin cadenas y rodeado de gente, el príncipe planea vengarse de un criado que fue cruel con él mientras lo mantenían cautivo y encadenado. Otro hombre le dice que la culpa no es del criado, porque éste sólo obedecía órdenes del rey.

Pero Segismundo dice, con voz atronadora, que:

"Puesto que la ley no era justa, él no estaba obligado a obedecer al rey."

Un murmullo recorrió la audiencia y alcancé a oír la palabra "traición". Incluso a mi corta edad, desobedecer a un rey, incluso a uno malévolo, era algo impensable.

Pero el sirviente cruel desafía al príncipe y le tiende una trampa para que luche con él.

El príncipe forcejea con ese malvado y lo arroja por el balcón.

El príncipe es drogado y conducido de vuelta a la prisión torre, donde su tutor le informa que todo lo que ocurrió sólo fue un sueño, que él jamás abandonó la torre.

Noté que el público estaba inquieto y se movía todo el tiempo.

—¿Dónde está el pirata? —gritó un hombre.

—¿Dónde están las mujeres hermosas? —gritó otro.

Yo disfrutaba de la obra y estaba impaciente por saber todo lo relativo a la mujer que vestía como un hombre y cuya espada estaba sedienta de una venganza sangrienta, pero al público formado por mercaderes y mayordomos de hacienda poco les interesaba la lucha de un príncipe con los demonios que hay en cada uno de nosotros.

Mateo no prestó atención al murmullo. En el papel de Segismundo, dijo:

—La vida es sueño… sueña el rey que es rey, y vive con este engaño mandando, disponiendo y gobernando. Y este aplauso que recibe prestado, en el viento escribe, y en cenizas le convierte la muerte. Sueña el rico en su riqueza, que más cuidados le ofrece. Sueña el pobre que padece su miseria y su pobreza. Todos sueñan lo que son, aunque ninguno lo entiende. Porque toda la vida es sueño y los sueños…

—¡Al demonio con los sueños! ¿Dónde está el pirata? —gritó alguien.

Mateo, enojado, desenvainó la espada.

—El siguiente hombre que me interrumpa hará que este pirata le haga brotar sangre.

Ese público no estaba integrado por gente de la ciudad sino por burdos colonos. Una docena de hombres se pusieron de pie frente a ese desafío, y Mateo estaba a punto de cumplir su promesa, cuando el enano y otros actores intervinieron, discutieron con Mateo y lo sacaron a la fuerza del escenario.

Fray Antonio me dijo que, cuando en España se presentan obras de teatro, la gente más común y corriente permanece de pie bien cerca del escenario y se les llama mosqueteros debido al alboroto que arman y que provocan. Si no les gusta la obra, estas personas vulgares arrojan a los actores frutas y cualquier cosa que tengan a mano.

—¡Campesinos palurdos! —gritó Mateo antes de irse.

Gritó también otras cosas, un comentario acerca de la virilidad de esos hombres y algo sobre sus madres que no me atrevo a repetir, incluso en estas palabras secretas. El insulto hizo que varios hombres desenvainaran la espada, que, sin embargo, volvieron enseguida a envainar, cuando dos actrices los aplacaron con palabras dulces y sonrisas seductoras que lo implicaban todo, pero que, estoy seguro, terminarían por no significar nada.

Mientras tanto, el grupo de teatro cambió de obra.

El enano explicó que el que ahora aparecería sobre el escenario era un simple soldado español y no un rey polaco.

—Yo soy un simple soldado del rey —dijo—, cuyo honor se ha visto ofendido por los actos de un pirata inglés.

El actor pirata se jactó, entre bambalinas:

—He disfrutado de legiones de mujeres españolas, por la fuerza al principio, pero nunca con auténtica resistencia por parte de ellas. Todas nacen putas, dotadas del arte de la prostitución por su madre en el momento mismo del parto.

Rugidos por parte del público. Se oyó ruido de espadas, se hicieron desafíos y la audiencia se convirtió en una plebe que bramaba. Gritos de "¡chinga tu madre!" hicieron temblar el escenario.

—Este sencillo soldado —dijo el enano y sacudió las manos para pedir silencio—, al volver de la guerra de Italia, descubre que su esposa ha sido violada por un bandolero inglés.

Murmullos. Varios hombres gritaron:

—Si no descarga su venganza sobre ese inglés hijo de puta, no es español.

—¡Él es una mujer! —aulló una mujer.

El soldado español sin duda había violado y saqueado a voluntad en toda Italia, del mismo modo en que hasta este día, los españoles violaban y saqueaba por toda la Nueva España. Mi misma existencia era una prueba fehaciente de ese triste hecho; pero, dado el estado de ánimo de los presentes, mantuve para mí esa observación.

El enano desenvainó su espada. Era poco más que una daga de buen tamaño, pero en su mano parecía una espada ancha de dos filos. Todo el tiempo su voz atronadora reverberaba a través de nosotros.

—He cortado el cuello de cerdos ingleses, franceses y holandeses, y mi espada volverá a beber su sangre.

Si hubiera habido un techo en el "teatro", los gritos del público lo habrían hecho volar. Los hombres sacudían sus espadas y pedían que ese vil saqueador mostrara la cara. Pero la discreción era la mejor parte de la presentación de un espectáculo teatral. El actor era muy bueno o estaba muy asustado. Lo cierto es que desapareció del escenario. Confieso que no creía que los infames mosqueteros de Sevilla fueran tan amenazadores como nuestros colonos portadores de espadas y de dagas.

Las actrices, que habían cantado, bailado, seducido y pasado el sombrero desde el principio, ahora reaparecieron en el escenario. Esta vez cantaron, no demasiado mal, una balada que veneraba la inviolable virginidad y el honor prístino de las mujeres españolas, aquí, allá y en todas partes. Pero incluso mientras cantaban, no podían resistirse a levantar los talones y revelar gran parte de las piernas, incluyendo ese jardín ahora infame de delicias que palpitaba entre sus muslos. Los dos sacerdotes que estaban cerca, con elaborada falta de sinceridad, simularon apartar su mirada voraz.

El grosero bandolero inglés apareció. Saltó al escenario, blandió su espada y se dirigió a una de las bailarinas, rugiendo:

—Te tuve por la fuerza, y ahora te tendré de nuevo.

Ella era, desde luego, la esposa del simple soldado. Los hombres del público le imploraron que se matara en lugar de deshonrar el honor de su marido. No habría de ser. Como confirmando los comentarios previos del corsario, ella cedió enseguida y ofreció tan poca resistencia que resultó cómico. Por el público se propagó una furia asesina.

El soldado español, interpretado por el enano, continuó con su discurso. Con gestos, movimientos de su capa y floreos de su sombrero de caballero, habló del coraje intrépido de los hombres españoles en todas partes, de la rectitud de los soldados, comerciantes y humildes granjeros españoles. Como le sucedía a Mateo, el enano se adecuaba más al papel del pavo real que al del ganso.

—El honor no es sólo derecho y posesión de la nobleza —recitó el enano—, pertenece a todos los que actuamos como deben hacerlo los hombres. Nosotros, los españoles, formamos la más grande nación del mundo. Nuestros ejércitos son los más poderosos; nuestro rey, el más generoso; nuestra cultura, la más gloriosa; nuestros hombres, los más valientes; nuestras mujeres, las más bellas y las más virtuosas.

El público estalló en vivas.

Después de cada parlamento, un guitarrista entonaba una balada que elogiaba el coraje de los hombres españoles, en particular su amor por las mujeres, el honor y la guerra.

> *Mis ornamentos son brazos,*
> *Mi pasatiempo es la guerra,*
> *Mi lecho es frío en la cima de la colina,*
> *Mi lámpara, aquella estrella;*
> *Mis viajes son largos,*
> *Mis sueños, cortos y quebrados;*
> *De colina a colina merodeo aún,*
> *Besando vuestra prenda.*
> *Cabalgo de país en país,*
> *Navego de mar en mar,*
> *Algún día más generoso mi destino encontrará,*
> *alguna noche para besarte.*

Ahora la obra se desarrollaba con rapidez. El pirata inglés volvió una vez más para violar a la esposa claramente dócil del soldado, pero esta vez se topó con el soldado que lo aguardaba.

El enano hizo varias reverencias y recitó otro largo parlamento, tras lo cual se inició una lucha de espadas entre él y el bucanero. Después de despachar al británico sinvergüenza, se dirigió a la audiencia y dijo que había llegado el momento de arreglar cuentas con su esposa.

En este momento, los hombres del público estaban implacables. El honor masculino subía y bajaba, según la fidelidad de sus mujeres. No importa cuánto amaba un hombre a su esposa o detestaba a su violador, la pérdida de castidad de la mujer —o el rumor que así lo pregonaba— entrañaba una venganza sangrienta. En este sentido, su reputación no toleraba el menor vestigio de duda o vacilación.

La audiencia estaba al rojo vivo. Un hombre gritó pidiendo la cabeza de la mujer y se quejó de que ella no hubiera obligado al bandolero a matarla. Otro le retrucó, también a los gritos, que no era culpa de ella. La negativa del saqueador de matarla revelaba deshonor de su parte, no de la mujer. Los dos hombres comenzaron a tomarse a puños, lo cual pronto llevó a espadas desenvainadas. Una vez más, las dos actrices intervinieron. Después de separar a los dos hombres con palabras azucaradas, sonrisas sensuales y promesas totalmente descabelladas, lograron llevar a cada uno al rincón más alejado de ese callejón con mantas colgantes.

Los actores apenas si habían vuelto a ocupar su posición, cuando, de pronto, el enano detuvo la acción.

—Amigos, mis disculpas. Pero acaban de recordarme que, puesto que montamos una segunda obra, nuestra compañía de actores se merece una segunda recompensa.

Las mujeres pícaras, que habían logrado liberarse del espadachín con sorprendente aplomo, de nuevo se abrieron camino con afectación por entre la multitud, pasando el sombrero. A pesar de las protestas, el dinero se vertió a torrentes.

Miré a las mujeres, estupefacto. La interpretación de comedias parecía poco más que una violación, saqueo y robo de caminos realizado en un teatro; al menos, la forma en que se practicaba en la Nueva España. En cuanto a las actrices, ellas sólo me confirmaron el incomprensible poder de las mujeres sobre los hombres. Madre de Dios, las cosas que estas zorras voluptuosas nos obligan a hacer en todo el mundo y en todos los tiempos. En sus manos, estamos indefensos. Frente a la caída de una liga, a una sonrisa seductora o al más leve indicio de libertinaje, estamos irremediablemente perdidos.

Es verdad, la mayoría de las mujeres que yo había conocido eran prostitutas de Veracruz, pero había visto grandes damas desde lejos. Lo poco que las había visto se vio confirmado en la feria de Jalapa. Inevitablemente, las mujeres reducían a los bravos y a los brillantes a un estado de imbecilidad babosa, a pesar de lo cual esos hombres quedaban convencidos de que ellos eran los machos y que dominaban la situación.

Después de que las dos actrices terminaron de saquear a la muchedumbre, nuestro héroe-soldado-enano volvió al escenario, aunque no por ello se sentía feliz. El rapaz pirata servía ahora a la esposa del español, con una regularidad tan asombrosa, que ni siquiera el estúpido de su marido creyó en las promesas de ella acerca de una "resistencia fanática" y "haber rechazado al muy bruto".

—¿Alguna vez oíste hablar de suicidio? —finalmente le preguntó a ella el frustrado enano soldado, desesperado.

—Me faltaban los medios, bendito marido —respondió ella con una sonrisa complaciente.

—¡Prostituta mentirosa! —atronó el actor enano soldado—. Todas las mujeres decentes esconden veneno en su pecho para una ocasión como ésta, para que, cuando sean secuestradas por piratas, puedan matarse muy rápido y no deshonrar a su querido marido, sus amados hermanos y sus idolatrados padres.

De los hombres del público brotó un murmullo de aprobación.

Por fin, gracias a un interrogatorio, la verdad salió a relucir. Después de todo, ella no era su esposa sino una prostituta morisca, quien, mientras él estaba ausente en Italia, había asesinado a su fiel esposa y ocupado su lugar.

El buen soldado rápidamente la decapitó y arrojó su alma herética al infierno; su descenso infernal fue atrevidamente dramatizado por un repugnante y atolondrado espíritu malévolo que la arrastró hacia bastidores, supuestamente a un abismo insondable. Todo esto fue interpretado con gran entusiasmo y arrancó salvajes vítores del público.

Pensé —confié y hasta rogué— que la obra había terminado, pero entonces apareció otro personaje, someramente presentado: la hija del soldado. La hija, una niña pequeña, fue encarnada por la más baja de las dos bailarinas.

El enano soldado descubrió que su pequeña moría víctima de la peste. Se acercó a su hija y rogó por ella. En respuesta a sus plegarias, un ángel la tomó de la cama y se la llevó al cielo... con una soga colgada sobre una rama del árbol.

—Dios reconoce a los Suyos —le dijo el héroe a los asistentes, algunos de los cuales tenían ahora las mejillas surcadas por lágrimas.

La obra era similar, en su tema, a *Peribáñez y el Comendador de Ocaña*, una de las obras maestras de Lope de Vega. Fray Juan me había permitido leer la obra porque Lope de Vega era el gran maestro del teatro español, que, desde luego, era el más grande productor de comedias del mundo entero. El motivo central de la obra de Lope era que el "honor" no era posesión exclusiva de la nobleza, sino que podía encontrarse también en un sencillo campesino. Peribáñez, un campesino, no era noble de nacimiento, pero sí de corazón y de alma. Cuando su honor y su dignidad humana fueron violados por el comendador que deseaba a su esposa, Peribáñez se vengó del poderoso aristócrata.

El comendador nombró capitán a Peribáñez para alejarlo de Ocaña y dejar la costa libre para seducir a Casilda, la esposa de Peribáñez. Pero el taimado noble no contaba con la valiente lealtad de Casilda, quien estaba dispuesta a dar pelea y a morir por su honor. Peribáñez descubre el malvado plan del hidalgo, presencia la disposición de su esposa a sacrificarse, y mata al comendador en mortal combate.

La obra que se ofrecía en la feria era una pálida imitación del relato de Lope de Vega, pero tenía el mismo resultado en todas partes, en lo relativo a la parte monetaria: despojar a la audiencia de su dinero ganado con esfuerzo.

Al parecer, ésta era la manera de hacerlo: desafiar el honor de un hombre y, después, provocar una pelea. Nada inflamaba tanto las emociones de una audiencia como la castidad mancillada y su correspondiente venganza. Yo, personalmente, prefería la compleja lucha emocional de un príncipe drogado, al que se le miente y se le cría como un animal. Pero la complejidad emocional no lograba calentar la sangre de nuestros machos. Era obvio que una obra de teatro debía dramatizar la virilidad, el coraje y la pureza de sangre. El honor era una consecuencia de *quién* era uno y de *qué* era uno, todo lo cual tenía que ver con el linaje. Ni la riqueza ni los títulos ni los grandes apellidos podían compararse con la pureza de la sangre, en particular cuando venía acompañada de la firme voluntad de morir por ella, algo que universalmente era proclamado como hombría, la quintaesencia de la virilidad española.

Si bien yo mismo no tenía honor, entendía el código de la hombría. La riqueza, la erudición, incluso una gran pericia, como la de un excelente escritor o un destacado científico, eran descartados por los gachupines como los despreciables logros de judíos y moros. La verdadera medida de un hombre era la fortaleza, junto con la necesidad imperiosa de dominar: a los hombres, con la espada del guerrero; a las mujeres, con su pasión.

Yo había comenzado a bajar del árbol cuando el enano anunció una atracción adicional, si es que se conseguía recaudar más dinero.

—¡Estas hermosas señoritas bailarán una zarabanda para ustedes! —anunció con entusiasmo.

La zarabanda es un baile deshonesto, en el que las mujeres seductoramente agitan las faldas y lascivamente menean las caderas. Desde luego, a esa altura era poco lo que esas mujeres podían mostrarles a los hombres que no hubieran exhibido antes. Sin embargo, todos aceptaron. Los hombres aplaudían, golpeaban con los pies en el suelo y vertían más dinero en los sombreros; y el baile deshonesto comenzó.

La zarabanda calentó cada vez más el ambiente y las faldas volaron cada vez más alto, y el público entró en un frenesí histérico. Ni siquiera los dos sacerdotes podían apartar la vista. Fingían desaprobación y se incorporaban como para irse, pero de alguna manera nunca lo hicieron. Tampoco ordenaron que la danza cesara, lo cual sin duda era la mejor parte del celo eclesiástico. La audiencia habría podido arrancarles la cabeza. Lo cierto era que también ellos eran hombres y no querían que el espectáculo terminara.

Ahora, los dos actores y el enano recorrieron el público con los sombreros en la mano. Cuanto más dinero fluía, más alto gritaban ellos órdenes a las mujeres y más arriba volaban las faldas.

Sólo cuando las mujeres estaban tan exhaustas que sus piernas ya no se sacudían y las faldas ya no se elevaban y sus jardines secretos ya no llenaban las miradas, sólo entonces los sacerdotes subieron al escenario de tierra y exigieron que el espectáculo cesara.

Aun así, encontraron oposición. Un borracho derribó a uno de los sacerdotes de un puñetazo, mientras el otro soportaba una andanada de insultos obscenos que culminaron con "su manifiesta falta de hombría".

El altercado ya era suficientemente desagradable sin que hubiera ataques físicos y verbales contra los sacerdotes. Era tiempo de irse. La violencia era un hecho común en las calles de Veracruz y no tenía ningún encanto para mí. Aparentemente, los actores estuvieron de acuerdo. Mientras descendía del árbol, los vi alejarse.

Si he de ser franco, yo me había divertido mucho. Lo que sí me pregunté era cómo pudo el soldado confundir a la actriz con su verdadera esposa. A lo mejor yo me había salteado una parte importante del argumento. O, quizás, ella era simplemente más atractiva. ¿Quién puede saberlo?

Pero no eran preguntas ociosas. Aunque en ese momento no lo sabía, de esas dos obras de teatro yo había aprendido lecciones que me resultarían invaluables.

VEINTINUEVE

Caía la noche cuando abandoné la comedia. Antes de regresar al campamento de los frailes, de nuevo busqué al Sanador, porque quería recuperar mi dinero. Cientos de fogatas rodeaban la feria, pero por fin reconocí el burro del Sanador, su perro y la especial manta india sobre la que había visto al perro, con tintura color rojo imperial obtenido de la cochinilla. En el cielo tachonado de estrellas brillaba una luna llena, que me proporcionó suficiente luz para localizar su campamento.

Pero el Sanador no estaba por ninguna parte. Me habría robado su manta y cualquier otra cosa que encontrara para cobrarme su estafa, pero el pequeño perro amarillo me miró con saña. Los perros amarillos se asociaban a espíritus muy malévolos. Acompañaban a los muertos en el viaje a los infiernos, el Lugar Oscuro al que todos vamos después de la muerte. Y este perro me miraba fijo, como si quisiera acompañarme *a mí* a ese Lugar Oscuro.

Amplié mi búsqueda del Sanador y lo vi a cierta distancia, detrás de su campamento. Estaba de espaldas a mí, en las ruinas de un olvidado monumento azteca, la vista fija en lo alto, en la penumbra cada vez mayor del día que agonizaba. Sólo alcanzaba a ver su silueta oscura. Cuando caminé hacia él, levantó las manos hacia las estrellas y dijo algo en un lenguaje extraño para mis oídos. No era náhuatl ni ningún dialecto indio que yo conociera.

Una ráfaga de viento, fría e inesperada, sopló desde el norte; un viento helado que me congeló la sangre. Mientras el viento me cacheteaba, miré al Sanador. Desde el cielo, una estrella cayó a tierra, y su caída produjo un resplandor furioso. Yo había visto antes estrellas fugaces, pero nunca una que cayera así, a plomo, siguiendo una orden mortal.

Mis pies giraron y corrí deprisa al campamento de los frailes.

Fray Antonio diría que era, sin duda, una coincidencia que la estrella cayera en el momento en que el Sanador parecía ordenárselo. Pero, ¿y si el fraile se equivocaba? El fraile sólo conocía el reino terrenal, donde la Corona y la Iglesia dominaban. ¿Y si había otro mundo, uno que había quedado oculto en nuestras junglas desde tiempo inmemorial, incluso antes de que los dioses griegos nos burlaran desde el Monte Olimpo y una serpiente tramara la caída de Eva con una fruta?

Yo no era de los que tientan al destino. Ya tenía suficientes enemigos sin encolerizar a los dioses aztecas.

No había llegado muy lejos cuando vi al pícaro de Mateo sentado debajo de un árbol. Tenía una fogata delante y una antorcha ya agonizante colgada de una rama del árbol. La luz de las llamas revelaba furia en su rostro. Un papel y una pluma estaban allí, cerca de él. Me pregunté si habría estado escribiendo un libro, otro romance de caballeros y aventuras. En los libros y las baladas, "romance" no era entre hombre y mujer, aunque tales eventos eran un lugar común en sus páginas. El romance se refería a la aventura, a luchar contra el mal, conquistar un reino y ganar la mano de una hermosa princesa.

Me intrigaba la idea de que ese hombre realmente escribiera un libro. Sabía, por supuesto, que los libros no se empollaban como los huevos, sino que eran el trabajo de los hombres. Pero, igual, el proceso era un misterio para mí. Fuera de los frailes, conocía a pocas personas, además de mí mismo, capaces de escribir su nombre.

Él levantó una bota de vino y bebió un sorbo largo.

Vacilando y pensando cada paso que daba, me acerqué lo suficiente a él a riesgo de que me clavara su daga. Él levantó la vista cuando yo llegué bastante cerca y su expresión se ensombreció al reconocerme.

—Vi la obra —me apresuré a decir—, y *La vida es sueño* es mucho mejor que esa tonta farsa que puso el enano. ¿Cómo pudo el soldado no darse cuenta de que otra mujer había tomado el lugar de su esposa? Y su hija… el autor no hizo nada para advertirnos que había una hija y que estaba enferma.

—¿Qué puede saber acerca de una comedia un lépero como tú? —farfulló con tono de borracho. Otra bota de vino, pero chata y vacía, había junto a él.

—Yo no estoy educado en comedias —dije con altivez—, pero he leído los clásicos en latín y castellano y hasta en griego antiguo. Y he leído dos obras de teatro, una de Lope de Vega y la otra de Mig… —la lengua se me trabó en el nombre porque la única otra obra que había leído era de Miguel de Cervantes. Y ese hombre había amenazado mis cojones si yo volvía a mencionar a Cervantes.

—¿Qué libros en español has leído?

—*Guzmán de Alfarache* —desde luego, no mencioné el otro, *Don Quijote*.

—¿A qué amigo permitió Aquiles que peleara en su nombre en *La Ilíada*? —preguntó Mateo.

—A Patroclo. Murió usando la armadura de Aquiles.

—¿Quién lo mató?

—Le dijo a Héctor que fueron los dioses y "el destino mortal".

—¿Quién construyó el caballo de Troya?

—Epeo. Era maestro carpintero y pugilista.

—¿Quién era la reina de Cartago en *La Eneida*?

—Dido. Ella se mató después de que Júpiter ordenó a Eneas que la abandonara.

—¡*Ubi tete occultabas*!

Había pasado al latín y me preguntaba dónde había estado escondido. Al principio la pregunta me irritó porque, de hecho, yo había estado escondido; pero después me di cuenta de que él no se refería a que escondiera mi cuerpo. En su estado de ebriedad, se refería al hecho de que vestía como un lépero, pero tenía la educación de un sacerdote.

—En Veracruz —respondí. Y, después, con una sinceridad poco característica en mí, añadí: —No les haría ninguna gracia a los gachupines enterarse de que un mestizo habla varios idiomas y ha leído a los clásicos.

Él me miró con nuevo interés... pero enseguida renunció a ese esfuerzo. La lucha era demasiada. En lugar de seguir hablando, levantó la bota de vino hacia sus labios.

¿Quién era ese hombre? Probablemente había nacido en España, lo cual presumiblemente lo convertía en un gachupín, pero yo no lo consideraba un portador de espuelas. En primer lugar, era un pícaro y un actor. Por el momento, un pícaro y un actor muy borracho.

—Lo respeto por su negativa a satisfacer a esa multitud de mercaderes y campesinos que no entendían lo maravillosa que era la obra de Calderón —dije—. Calderón es un verdadero artista. Pero la otra obra —pregunté—, ¿qué clase de persona escribiría semejante patraña?

—Yo la escribí.

Me quedé helado, seguro de que mi vida había llegado a su fin.

—Pero... pero...

—Y yo respeto el hecho de que te haya parecido disparatada.

—Era similar a *Peribáñez y el Comendador de Ocaña*, la obra de Lope de Vega, pero la obra de Lope era...

—Mejor. Ya lo sé. Tomé el esqueleto de la obra de Lope y le añadí carne diferente. ¿Por qué, me preguntas? Porque el público quiere obras sencillas acerca del honor, y él ha escrito tantas, en realidad cientos, que es más fácil ponerles diferentes trajes que molestarse en escribir obras nuevas. —Eructó. —Verás, mi pequeño bribón de la calle, eso es lo que el público quiere, las tonterías que les encienden el corazón pero mantienen su mente intacta. Yo les doy lo que ellos quieren. Si no lo hiciera, los actores no recibirían su paga y el teatro moriría. Si un duque adinerado no apoya tu arte, satisfaces a la plebe o te mueres de hambre.

—¡Si creyera en su arte, preferiría morir antes que traicionarlo! —dije.

—Eres un tonto, un mentiroso o ambas cosas.

Eso, desde luego, era cierto. Por otro lado, sus comentarios fueron hechos con penosa sinceridad. Comprendí que bebía para aplacar la pena que le provocaba esa traición teatral.

—Sin embargo, una cosa me molesta —dije—. Usted sabía cómo reaccionaría el público cuando puso en escena *La vida es sueño*. ¿Lo hizo deliberadamente?

Él se echó a reír.

—Guzmán te enseñó bien. ¿Cómo te llamas, muchacho?

—Me llaman Cristo el Bastardo. Mi amigo el fraile, mejor dicho el ex fraile, me llama Bastardo Chico.

—Entonces yo te llamaré Bastardo. Es un nombre honorable, al menos entre ladrones y prostitutas. Bebo por ti, Bastardo, y por tu amigo Guzmán. Y por Ulises. Espero que tú, como Ulises, no mueras en las rocas de las sirenas.

Vació la bota de vino y la arrojó a un lado.

—Sé bien que el público detesta esa obra acerca de los sueños. La uso para calentar un poco la sangre. Con toda esa furia bullendo en la sangre, pagarán el doble para ver que el pirata recibe su merecido.

—¿Qué le pasó al príncipe Segismundo? —pregunté.

—Siéntate, Chico, siéntate, que yo te instruiré —me miró fijamente con ojos vidriosos— ¿tienes un nombre?

—Bueno, sigue siendo Cristo el Bastardo.

—Ah, un buen nombre. El bastardo de Cristo es lo que yo pienso de ti. —De nuevo me miró con ojos entrecerrados. —Ahora bien, con respecto al príncipe de Polonia, él mató a un hombre, fue drogado y después le dijeron que todo lo de su vida previa había sido un sueño.

Tomó otra bota de vino. Por lo visto, actuar era una actividad que provocaba mucha sed.

—Su padre, el rey, cometió una equivocación. Pensó que si encadenaba al príncipe lograría cambiar el destino, pero nadie puede engañar a las Parcas, que tejen nuestro lastimero fin. Al oír que el rey ha puesto en el trono al duque de Moscovia, los patriotas polacos corren a la torre-prisión y liberan al príncipe. Un ejército de forajidos y de plebeyos toma por asalto la torre-prisión y le proclaman a Segismundo "¡La libertad te espera! ¡Escucha su voz!"

"Creyendo que su vida es un sueño, el príncipe se dice: ¿por qué no hacer lo correcto? Declarando que todo poder nos ha sido prestado y debe volver a su dueño, el príncipe conduce a su heterogéneo ejército contra el ejército de su padre, el rey. A su lado está la hermosa mujer que busca vengarse del duque. Ella se ha quitado la ropa masculina y va a la batalla vestida de mujer, pero empuñando una espada de hombre.

"El rey comprende que es impotente contra un populacho en armas.

"¿Quién puede detener la corriente de un río, que fluye, orgulloso y precipitadamente, hacia el mar? ¿Quién puede detener en su caída a una roca desprendida de la cima de una montaña?" Y nos dice que es más fácil domar esas cosas que la pasión furiosa del populacho.

Mateo calló y me observó con ojos pesados por el alcohol.

—El rey dice: "El trono real ha sido reducido al horror, una plataforma sangrienta donde las Arpías se mofan de cada uno de nuestros movimientos."

Levantó la bota de vino y echó la cabeza hacia atrás. Oprimió los costados y apuntó ese chorro de vino hacia su boca abierta. No todo llegó a su destino; parte fue a parar a su barba. Arrojó a un lado la bota y se recostó hacia atrás con los párpados a media asta.

El aire estaba fresco y me acerqué más al fuego para calentarme las manos, mientras aguardaba a que él terminara el relato. Estaba intrigado por saber qué había ocurrido al final. ¿El príncipe había ganado? ¿Mató a su padre? La mujer guerrera... ¿vengó su honor con el duque?

Oí ronquidos y me pregunté cuál personaje lo había interpretado en la obra. Al cabo de un momento comprendí que Mateo no actuaba. Estaba profundamente dormido.

Con un gruñido de decepción, me puse de pie para abandonar el campamento del pícaro, sin saber más que antes la suerte corrida por el príncipe Segismundo.

Cuando giré vi que un hombre se acercaba al espacio que había entre los campamentos. Se detenía en cada uno y espiaba a sus ocupantes. No lo reconocí, pero el hecho de que buscara a alguien bastó para atemorizarme. Había una carpa a no más de tres metros del lugar en que Mateo se había quedado dormido, y enseguida di por sentado que era suya.

El faldón de entrada estaba a un costado, por donde el hombre se acercaba. Apoyado en las manos y las rodillas, avancé hasta la parte posterior de la carpa, levanté la tela y entré a la oscuridad.

Enseguida comprobé que la carpa no estaba vacía.

TREINTA

Había calidez en el interior de la carpa, el calor sutil de un cuerpo. Y fragancia. Aroma a agua de rosas. El olor de una mujer.

Me paralicé de terror. ¡Dios mío! Todo el campamento despertaría con los gritos de la mujer.

Manos tibias me buscaron y me aferraron.

—Apúrate, mi amor, antes de que vuelva mi marido.

Me apretó contra ella, se quitó de un tirón la manta y su cuerpo desnudo brilló en la oscuridad. ¡Reconocí su voz! Era la más alta de las dos actrices.

Labios calientes y húmedos encontraron los míos. Los de ella eran dulces, con un dejo de licor de cerezas. Se tragaron mi boca y su lengua se abrió camino entre mis labios y jugueteó con la mía. Yo me aparté para tratar de respirar. La tigresa me aferró y volvió a apretarme contra su cuerpo y a sepultar mi cara entre sus tersos y suculentos pechos.

La razón desapareció de mi cabeza cuando mis instintos viriles entraron en erupción. Besé esos montículos suaves y cálidos. Tal como la muchachita mulata me había enseñado en el río, mi lengua encontró las frutillas en la punta de sus pechos. Para mi deleite, estaban firmes y erectas y era un placer besarlas.

La mujer me levantó la camisa y deslizó sus manos por mi pecho. Se incorporó y me lo besó y con la lengua acarició mis tetillas excitadas. Yo lancé un grito de placer y de gozo. Con razón los sacerdotes hablan tanto de conocimiento carnal. ¡El roce de una mujer era el cielo en la tierra! Yo creía que el hombre era el que mandaba cuando se hacía el amor. Ahora entiendo por qué los hombres luchan y mueren por una sonrisa de mujer.

Su mano se deslizó dentro de mis pantalones y ella tomó mi virilidad.

—Mateo, mi amor, apresúrate, dame tu garrancha antes de que la bestia venga.

¡La mujer de Mateo! ¡Ay de mí! La voz de la razón me habría dicho que mis elecciones en la vida se habían limitado a ser matado por un marido celoso o un amante celoso, el que me sorprendiera primero probando el fruto prohibido. Pero mi mente había dejado de dirigir mis actos y, a medida que mi excitación y mi anhelo aumentaban, mi garrancha comenzó a comandar mis actos.

Ella me montó sobre su cuerpo. Recordé ese pequeño botón que tienen las mujeres que hace que la fuente de la lujuria fluya y busqué con la mano ese jardín secreto. Su pequeño botón estaba firme y erecto, como las frutillas de sus pechos. Cuando se lo toqué, el cuerpo de ella se convulsionó. Una ola de intenso calor la recorrió y fue tan intensa que la sentí en mi propia piel, y un gemido de placer escapó de sus labios. Me besó salvajemente, y su boca y su lengua me acariciaron, juguetearon conmigo, me sondearon.

Ella abrió bien las piernas, tomó mi garrancha y me tironeó hasta que quedé entre sus piernas. Yo estaba atontado de ansia y de deseo. La punta de mi órgano masculino tocó su jardín secreto y…

¡Ay! Un fuego se encendió en mis partes viriles y se diseminó por todo mi cuerpo. Mis venas se convirtieron en fuego líquido, mi cerebro se derritió. Mi virilidad comenzó a pulsar por su cuenta y a arrojar chorros de jugo viril.

Yo seguí tendido sobre ella, sin aliento, atontado, derritiéndome entre sus brazos. Acababa de estar en el Nirvana, en el Jardín de Alá.

Ella lanzó un gruñido y me apartó.

—¡Estúpido! ¿Por qué hiciste eso? ¡No guardaste nada para mí!

—Yo... ¡lo siento!

Ella se sorprendió al oír mi voz.

—¿Quién eres?

El faldón de la carpa se abrió y los dos nos paralizamos. Una sarta de improperios de borracho acompañaron más intentos de abrir el faldón.

No necesité que ella me dijera que su marido había llegado, el que ella llamaba la bestia. El sonido de su voz me pareció el del actor que encarnaba el pirata inglés. Usaba una espada muy grande.

Me aparté mientras el faldón de la carpa se abría y me subí los pantalones. El marido de la mujer entró y cayó de rodillas. En la oscuridad no pude ver bien sus facciones. Sólo la piel blanca de ella era visible dentro de la carpa. Él se soltó la espada del cinto y la arrojó a un lado.

—Me estabas esperando, ¿no?

Si tan sólo supiera...

Permanecí inmóvil y ese demonio llamado terror me aprisionó entre sus garras; mantuve el aliento y deseé que la tierra se abriera y me tragara antes de que ese hombre descubriera mi presencia.

Él se arrastró hacia el cuerpo desnudo de su mujer y se bajó los pantalones. Después trepó sobre ella sin siquiera una palabra de afecto o una caricia. La bestia probablemente ni siquiera estaba enterado de la existencia del botón de la lujuria.

Un momento después él gimió y se sacudió cuando su jugo viril explotó. Entonces eructó.

—¡Animal borracho!

Ella lo golpeó. Alcancé a ver el resplandor de su brazo blanco cuando le tiró el puñetazo. Le dio a un lado de la cabeza y entonces él rodó de encima de ella.

Yo me deslicé por debajo de la carpa en el momento en que ella caía sobre él, gritando y arañándolo como un gato salvaje.

Arrastrándome sobre rodillas temblorosas, regresé al campamento de los frailes. No vi al hombre que pensé podía estar revisando los campamentos.

Al acostarme sobre mi manta y observar el cielo nocturno, comprendí que había aprendido otra lección acerca de las mujeres. Si un hombre recibe placer de ellas, será mejor que esté preparado para devolverles ese placer. Ellas tienen las garras y el temperamento de un gato de la jungla.

TREINTA Y UNO

A la mañana siguiente, los frailes empacaron sus posesiones y se prepararon a abandonar la feria. Fray Antonio me dijo, llevándome a un lado:

—No puedes regresar a Veracruz, al menos no hasta que Ramón y esa señora se vayan. Camino de regreso a Veracruz daremos un rodeo y yo haré los arreglos necesarios para que te quedes con un viejo amigo que es el cura de varias aldeas de indios de una gran hacienda. Permanecerás allí hasta que decidamos qué hacer contigo.

—Puedo hacer mi fortuna como un pícaro —dije con una sonrisa burlona.

Pero a él no le hizo nada de gracia mi comentario. Sacudió la cabeza con pesar.

—Te he fallado. Deberías haber sido preparado para el servicio doméstico o como vaquero de una hacienda. Te enseñé a leer a Platón y Homero en lugar de cómo recoger a paladas el estiércol de un establo.

—No, no me fallaste. Yo no quiero recoger mierda.

—Igual, debes tener mucho cuidado. Alguien en la feria puede estar buscándote, así que no debemos ser vistos juntos. Juan tiene una lista de artículos religiosos que comprar para su iglesia, de modo que no podremos partir hasta dentro de un par de horas. Reúnete con nosotros al mediodía, a dos leguas de aquí, en el camino a Veracruz, donde se bifurca.

Bebí agua del río y robé un mango para el desayuno. Comí el mango mientras merodeaba por la feria. Todavía no había terminado, pero los comerciantes que habían vendido sus existencias estaban empacando todo para irse. Rápidamente eran reemplazados por otros mercaderes de Veracruz.

Yo no quería irme sin enfrentar al Sanador. Si bien no me sentía del todo escéptico con respecto a sus poderes, persistía la cuestión de mi dinero. Él me había vendido ese trozo de roca común y silvestre de manera fraudulenta. Además, ahora era de mañana y ya no tenía miedo como anoche. La luz del día había fortalecido mi coraje. Eché a andar hacia el sector más alejado de la feria, donde los magos y otros farsantes ofrecían sus servicios.

Al atravesar el terreno de la feria vi al fraile hablando con un hombre a caballo. Yo sólo había visto fugazmente a Ramón cuando entró en nuestro hospicio y lo revisó, pero lo reconocí al instante. Por su ropa —botas de cuero, pantalones y camisa de tela cara pero basta, sombrero de ala ancha sin cinta de fantasía— supuse que era un mayordomo, el jefe de una hacienda. No era, por cierto, un gachupín, de los que usan ropa elegante y tienen mulatas extranjeras de amantes. Este hombre no se había dado a la vida fácil por generosidad del rey ni por ganancias de la tierra. También supe que me estaba buscando.

Otro jinete estaba con él, un español, vestido como un capataz de los que supervisan a los campesinos que trabajaban con el ganado y las cosechas de la hacienda.

Había allí tanta gente que podría haberme fusionado fácilmente entre la multitud. Si hubiera regresado al sector de los magos, habría podido abordar al Sanador para reclamarle mis reales. Pero el hecho de ver a Ramón me dejó helado y enfilé entonces de vuelta hacia nuestro campamento. Mi intención era desaparecer en algún lugar de los alrededores, junto al río.

Entonces cometí un error imperdonable: *miré hacia atrás*. Al espiar por encima del hombro, mi mirada se cruzó con la de Ramón. Y entonces cometí mi segundo error: eché a correr.

Yo usaba sombrero y estaba a varios cientos de pasos de distancia con respecto a él, así que él no pudo haberme visto bien la cara. Sin embargo, mi actitud sí despertó su atención.

Espoleó a su caballo hacia mí. Fray Antonio aferró las riendas del caballo, pero Ramón lo golpeó con el pesado mango de su fusta. El animal saltó hacia mí y el fraile se desplomó como una piedra, como si acabaran de balearlo y no de golpearlo.

Tenía en los talones a los sabuesos del infierno. Corrí hacia el denso matorral, lleno de mezquitas espinosas, y trepé por la ladera de la colina apoyado en manos y rodillas, muy lastimado. Oí ruido de arbustos rotos a mis espaldas y una vez más miré por sobre el hombro. El caballo de Ramón, entre corcovos, se había negado a internarse en el matorral, y Ramón estaba tirando de las riendas. El otro jinete, el capataz, pasó junto a él y arremetió hacia la colina rocosa, pero su caballo resbaló y cayó sobre la pizarra.

Al llegar a la cima de la colina, para mi horror, descubrí que no podía seguir adelante. La garganta de un río me cortaba el paso. Demasiado empinada para descender por ella; demasiado alta para zambullirme desde ella, corrí con desesperación a lo largo del borde rocoso. Abajo, Ramón había frenado a su montado. Me señaló, claramente delineado contra la línea de la colina, y le gritó algo al capataz. Yo no podía verlo pero lo oí avanzar a pie entre los arbustos que tenía debajo. Frente a mí, la colina se proyectaba unos buenos quince metros por encima del río. Si lograba trepar hasta allí, podría intentar saltar al río.

Al correr por el borde de la saliente tropecé y me tambaleé y caí cabeza abajo de nuevo hacia los arbustos. Me golpeé fuerte contra el suelo, pero el pánico impidió que sintiera dolor. De nuevo me arrastré hasta cerca del borde superior del matorral, donde todavía tenía posibilidades de ocultarme. No regresé a la saliente de la cima porque allí quedaría demasiado expuesto.

El ruido del capataz abriéndose camino por el matorral me sirvió de acicate. Yo tenía un cuchillo pequeño, del tamaño que se le permite a un mestizo, pero no me hacía ilusiones de poder luchar con él contra ese hombre. El capataz español no sólo era más corpulento y fuerte que un muchachito mestizo flaco y de apenas quince años, sino que sin duda estaría armado con una espada.

La voz de Ramón, ordenándole a su capataz que me encontrara, también me sirvió de inspiración. Corrí con frenética pasión por entre los arbustos y me tambaleé sobre las rocas.

El declive se volvió casi vertical y yo perdí pie. Rodé, pasé por encima de una saliente en el fondo y me precipité como dos metros. Aterricé de espaldas y permanecí allí, tendido, sin aliento. El sonido de un hombre que avanzaba por el matorral me llevó a ponerme de pie, muy mareado, pero era demasiado tarde.

El capataz, un hombre alto y huesudo y pelo corto y rojizo, irrumpió en el pequeño claro. Su cara y su jubón estaban empapados de sudor y le costaba respirar. Tenía una sonrisa lobuna, y sus dientes eran blanquísimos contra su barba carmesí, y una espada desenvainada.

—Te voy a arrancar el corazón, chico —dijo.

Cuando dio un paso hacia mí, yo retrocedí. Podía oír a Ramón, que lo seguía por entre el matorral. El capataz giró para saludarlo, pero no era Ramón. Mateo, el pícaro, enfrentó al capataz con una espada en la mano.

—¿Qué quieres? —El capataz se agachó, su espada lista.

La espada de Mateo refulgió. El movimiento fue más veloz de lo que mis ojos podían captar. El capataz ni siquiera tuvo tiempo de levantar su espada para esquivar el golpe. Sólo permaneció allí de pie, inmóvil como una estatua. Entonces su cabeza se desprendió de su cuerpo, cayó al suelo y rebotó una vez. Su cuerpo se desplomó junto a la cabeza.

Yo me quedé mirando, atónito, los ojos del capataz, que parecían parpadear todavía de la sorpresa.

Mateo hizo un gesto hacia una pendiente empinada que había a mis espaldas y que conducía al río.

—¡Al río! ¡Vamos!

Sin decir una palabra me di media vuelta y eché a correr por la pendiente. El río estaba a unos buenos quince metros debajo, pero yo ni siquiera dudé. Caí en el agua como un ídolo azteca de piedra, salvo que este ídolo de piedra flotó en la superficie del agua y la corriente blanca y espumosa me arrastró río abajo. Por sobre el rugido del agua alcancé a oír a Ramón que le gritaba a su capataz.

TREINTA Y DOS

Como no tenía adónde más ir, seguí las instrucciones del fraile y lo aguardé en la bifurcación del camino. Finalmente llegó, en el lomo de una mula. Fray Juan no estaba con él y mi amigo no había llenado sus canastos. Por su cara, estaba muy asustado.

—Tú mataste a un hombre, lo decapitaste.

—Yo no lo maté —dije y le conté al fraile lo sucedido.

—Eso no importa. Ellos te culpan a ti. Vamos. —Me ayudó a montar detrás de él y fustigó a la mula.

—De vuelta a Veracruz.

—Pero tú dijiste...

—Un español está muerto y te culpan a ti. Yo no tengo ningún amigo que pueda ofrecerle refugio a un mestizo buscado por asesinato. Te cazarán y te matarán cuando te encuentren. No habrá juicio para un mestizo.

—¿Qué voy a hacer?

—Tenemos que volver a la ciudad. Nuestra única esperanza es que yo encuentre a la doña antes de que ella abandone la ciudad y trate de convencerla de que tú no harás ningún daño. Mientras yo lo intento, tienes que esconderte con tus amigos léperos. Si todo lo demás falla, te pondré en uno de los barcos que transporta mercaderías por la costa hasta el Yucatán, la tierra de los mayas. Es la parte más salvaje de la Nueva España. Allí podrías desaparecer en la jungla, y ni un ejército te encontraría. Yo te daré todo el dinero que necesites. Hijo mío, nunca podrás volver a Veracruz. No existe perdón para un mestizo que mata a un español.

El fraile estaba en pleno ataque de pánico. Yo no hablaba la lengua de los mayas y no sabía nada acerca de junglas. Terminaría comido por los salvajes si ponía el pie en la jungla de Yucatán. En una ciudad podría, al menos, robar comida. En la jungla, *yo sería la comida*. Se lo dije.

—Entonces vete a las zonas indias en las que entiendes la lengua náhuatl o los dialectos parecidos. Hay cientos de aldeas indias.

Yo no era indio; esas aldeas me rechazarían. Debido a los miedos del fraile, yo dudaba en expresar el mío. Cuando la mula bajó por una colina y yo me incliné hacia adelante contra su espalda, sentí que el cuerpo del fraile se estremecía.

—Nunca debería haberte criado. No debería haber tratado de ayudar a tu madre. Me ha costado mi sacerdocio y, ahora, quizá la vida.

¿De qué manera ayudar a mi madre le había costado el sacerdocio? Y, ¿por qué Ramón y la doña me perseguían?

Se lo pregunté, pero él se limitó a decir:

—La ignorancia es tu única esperanza. Y también la mía. Debes poder decir honestamente que no sabes nada.

Pero yo no estaba convencido de que mi ignorancia me protegería. Si no hubiera sido por Mateo, yo habría muerto allí mismo, ensangrentado, aunque ignorara las respuestas a esas preguntas.

El fraile rezó mucho en el largo trayecto de vuelta. Casi no pronunció palabra, incluso cuando acampamos. Escondidos entre los arbustos, acampamos lejos, bien lejos del sendero.

Cuando estábamos a una hora de camino a Veracruz, nos detuvimos.

—Debes viajar solamente por la noche —dijo el fraile— y entrar en Veracruz al amparo de la oscuridad. Quédate lejos del camino y ocúltate cuando haya luz. No vengas a la Casa de los Pobres hasta que yo te mande buscar.

—¿Cómo me encontrarás?

—Permanece en contacto con Beatriz. Yo te enviaré un mensaje a través de ella cuando no haya peligro.

Cuando giré para alejarme, el fraile se deslizó de la mula cansada y me abrazó.

—Tú no hiciste nada para merecer todo esto… a menos que se te pueda culpar por haber nacido. *¡Vete con Dios!*

Y el diablo, pensé.

Al enfilar hacia el mezquital, una serie de palabras me siguió, palabras que me habrían de acosar durante el resto de mi vida.

—*Recuerda, Cristo, que si te encuentran, nada te salvará.*

TREINTA Y TRES

Estaba cansado por el difícil viaje. Estaba cansado de esconderme en matorrales. Estaba harto de huir de los desconocidos y de ser condenado por secretos acerca de los cuales no sabía absolutamente nada. Sólo había dormido un par de horas la noche anterior, así que me recosté y me quedé profundamente dormido tan pronto mi cabeza se apoyó en el suelo.

Desperté con la oscuridad, el canto de los pájaros nocturnos y el crujido de los predadores que matan a la luz de la luna. Los pensamientos seguían importunándome. Era evidente que Ramón y la vieja matrona no vivían en Veracruz. De ser así, yo los habría reconocido. Al parecer, lo que los atrajo a esa ciudad era la llegada del arzobispo. Por lo tanto —razoné—, Ramón y la vieja matrona vivían a cierta distancia, quizá tan lejos como en la Ciudad de México.

Cualesquiera fueran los eventos que habían engendrado el odio que la vieja matrona me tenía, pertenecían a un tiempo muy lejano, de eso estaba seguro. El fraile me había confesado que esos acontecimientos se remontaban a una época anterior a mi nacimiento. En aquellos días él era el sacerdote de una hacienda grande y poderosa, mayor incluso que la de don Francisco, la hacienda que abandonamos cuando yo tenía alrededor de doce años. Su hábito sacerdotal lo protegería de todo peligro porque la Iglesia investigaría y castigaría a cualquiera que le hiciera daño a un sacerdote.

Sin embargo, los sucesos del pasado le habían costado su sacerdocio. También me había dicho que sólo la ignorancia con respecto a esos hechos podría protegerme. Pero el fraile no los ignoraba. Y tampoco contaba ya con la protección de la Iglesia.

¿Qué lo salvaría *a él*?

Me dirigí de nuevo al camino. Quería hablar un poco más con el fraile. Era evidente que él estaba en peligro. Tal vez él y yo deberíamos abandonar Veracruz juntos. Después de verlo, iría a casa de Beatriz. Lo más probable era que ella no estuviera todavía de vuelta de la feria, pero yo podía esconderme en su casa. Nadie me buscaría allí. Yo no tenía nada que comer ni deseaba estar solo en esa selva.

El camino estaba desierto. Nadie viajaba por la noche y estaba demasiado cerca de la ciudad para hacer campamentos. La luna se reflejaba en las dunas con brillante luminosidad y producía suficiente luz para que yo viera las serpientes que venían de los pantanos.

Cuando llegué a la ciudad, el hambre atacó mi estómago como un lobo rabioso. Lo que es peor, sentí un fuerte descenso de la temperatura que me congeló. Después comenzó a soplar un viento que me cacheteó el pelo contra la cara y casi se llevó mi manta. El viento norte estaba en camino.

Un buen viento del norte tenía suficiente fuerza para derribar edificios, arrancar barcos de sus amarras y devolverlos al mar. Aquí, en las dunas, la arena sacudida por el viento era capaz de arrancarle a uno la piel de las manos y la cara. El viento del norte era algo en lo que nadie quería ser pescado, y sin embargo allí estaba yo, totalmente expuesto.

Primero tenía que hablar con el fraile, antes de ir a la habitación de Beatriz, un cuarto diminuto y sucio en un edificio escuálido, suficientemente cerca del agua como para sufrir su hedor fétido en verano y la furia del infierno cuando soplaba el norte. Su casero era un ex esclavo de quehaceres domésticos que había sido liberado por una mujer que les concedió la libertad a todos sus esclavos cuando estaba por morir. El hecho de haber sufrido el dolor y la desgracia de la esclavitud no lo había convertido en una persona más comprensiva cuando él se compró su propia casa y alquiló las habitaciones. Pero yo estaba seguro de que podía entrar sin que él me viera. El cuchitril de Beatriz me ocultaría y protegería por esa noche, pero allí encontraría poco o nada para comer. Ella se cocinaba sus tortillas y frijoles todos los días en el terreno de afuera, y yo no encontraría en su cuarto nada que las ratas no hubieran probado primero.

Estaba en el límite de la ciudad y ahora el viento soplaba por las calles de Veracruz en ráfagas con la fuerza de un ciclón, llevándose el polvo y la escoria que se había acumulado desde el último gran ventarrón.

Cuando llegué a la Casa de los Pobres, las nubes habían tapado la luna y habían oscurecido más la noche. El viento me rasgaba la ropa y la arena que volaba por el aire me picoteaba la cara y las manos.

Entré corriendo y gritando:

—¡Fray Antonio!

Sobre la mesa, una única vela iluminaba la habitación, gran parte de la cual se encontraba en tinieblas. No vi que Ramón y otros dos hombres estaban allí hasta que fue demasiado tarde. El fraile estaba sentado sobre un banquillo, con los brazos y las muñecas atadas atrás con una soga gruesa de cáñamo. Un trozo de la misma soga amordazaba con fuerza su boca. Uno de los hombres sostenía al fraile mientras Ramón lo golpeaba con el mango de plomo de su fusta. La cara lívida y distendida del fraile estaba cubierta de sangre y distorsionada por el dolor. Un tercer hombre aparentemente vigilaba la puerta, porque en cuanto entré, cerró la puerta con fuerza y me aferró los brazos.

Ramón se me acercó y desenvainó su daga de treinta y cinco centímetros de largo, doble filo y acero de Toledo.

—Terminaré lo que empecé el día en que naciste —dijo.

Fray Antonio se liberó de los brazos del hombre que los sostenía. Cargó contra el hombre que me aferraba y lo embistió como un toro al ataque. Los dos cayeron al piso. Ramón se abalanzó sobre mí, empuñando su daga, pero logré esquivarlo y él se tambaleó y cayó sobre su compañero, quien trataba de ponerse nuevamente de pie. Ambos cayeron juntos. Ramón, luchando por pararse y furioso por haber errado el golpe, de pronto encontró un segundo blanco en la figura atada y amordazada del fraile, que estaba debajo de él. Después de levantar el arma bien alta sobre su cabeza con las dos manos, hundió esa hoja de treinta y cinco centímetros hasta el mango en el estómago del fraile.

—¡Púdrete en el infierno, hijo de puta! —gritó Ramón.

Jadeando a través de su mordaza de soga, y casi agonizando, el fraile rodó hasta quedar de espaldas; los ojos, entrecerrados; la boca, abierta y llenándose de sangre. Sus rodillas se flexionaron hacia su pecho, en una imitación de genuflexión. Su barbilla se aflojó y sus ojos se pusieron en blanco. Durante todo ese tiempo, Ramón siguió aferrado al mango de la daga y giraba la hoja en uno y otro sentido, hacia adentro y hacia afuera, en un semicírculo de ciento ochenta grados. Corrí hacia la puerta con la velocidad del viento, aturdido por tanto horror. A mis espaldas oí gritos, pero no significaron nada para mí. La oscuridad, la ira del viento del norte que se aproximaba y dejar atrás a mis perseguidores lo eran todo. Pronto los gritos se desvanecieron y yo quedé sólo con la oscuridad de la noche y el aullido del viento.

TREINTA Y CUATRO

Cuando tuve la certeza de que Ramón y sus hombres ya no me perseguían, fui a la habitación de Beatriz. Apenas si había espacio para un jergón y un crucifijo de pared. La pared tenía grietas y tablones rotos que dejaban entrar el viento, la lluvia y los mosquitos. El esclavo liberado, que era el dueño del edificio, les cobraba alquileres exorbitantes, les arrebataba uno de cada tres reales a las putas y buhoneros de caña de azúcar alojados en su casa y no se molestaba en realizar ningún arreglo en su propiedad.

Subí por las escaleras que había al costado del edificio y que conducían a la habitación de Beatriz y me detuve junto a su puerta. Ninguno de nosotros tenía nada de valor, así que nadie cerraba con llave su puerta, al menos ninguno entre los pobres. De hecho, si alguien hubiera encontrado un candado, ésa habría sido la única cosa de aquí que habría valido la pena robar.

Toda la estructura se sacudía bajo la tormenta. Sin embargo, el edificio había soportado el norte antes y, creo, lo volvería a hacer. Sea como fuere, sus perspectivas de supervivencia eran mejores que las mías. Y mil veces mejores que las del fraile... el único padre que yo había conocido.

Entré en esa habitación oscura como boca de lobo, me senté en un rincón y lloré en silencio. Una y otra vez vi mentalmente cómo la daga se hundía y giraba en el cuerpo del fraile. Y esa visión se negaba a abandonarme.

Tomé el crucifijo que me colgaba del cuello, la única posesión que yo valoraba y que fray Antonio aseguraba había pertenecido a mi madre. Observé a Cristo en su cruz y juré que algún día la venganza sería mía, no del Señor.

Mientras escribo estas palabras con la leche de una prostituta presa en una mazmorra, de nuevo me parece ver la daga que se hunde en las entrañas del fraile, la expresión de sorpresa total en su cara ensangrentada y la muñeca de Ramón que retuerce el arma.

Esa escena estaba grabada a fuego en mi cerebro... para siempre.

Beatriz no regresó de la feria hasta la mañana del día siguiente. Se alarmó al verme en su cuarto.

—Todo el mundo lo sabe —dijo—. Se lo grita en las calles. Tú mataste a fray Antonio. Y, antes de eso, mataste a un hombre en la feria.

—Yo no maté a nadie.

—¿Tienes pruebas? ¿Testigos?

—Soy un lépero. En ambos casos, los asesinos eran gachupines. Aunque yo tuviera el respaldo de la Virgen Santísima, no serviría de nada.

¿De qué servía la palabra de un mestizo? Hasta la comprensiva Beatriz dudó de mi palabra. Lo vi en sus ojos. Desde que nació le habían dicho que los españoles no podían hacer nada malo y que los mestizos eran innatamente traicioneros. Si un español dijo que yo era culpable, tenía que ser cierto. Y ella le tenía mucho afecto al fraile.

—Ellos dicen que asesinaste a fray Antonio cuando él te pescó robando el dinero de donaciones de caridad. Hay un precio por tu cabeza.

Traté de explicarle lo que había sucedido, pero mi relato sonó tan descabellado que hasta a mí me costaba creerlo. Por la mirada de Beatriz me di cuenta de que tampoco ella me daba crédito. Y, si ella no me creía, nadie lo haría.

Llevó una bolsa de maíz a la calle para preparar tortillas. El hecho de que yo estuviera acusado de matar al hombre más maravilloso que había conocido me hirió en lo más profundo de mi ser. No deseaba salir de ese cuarto ni ver a nadie.

Comencé a pasearme por la habitación y después, por una rendija de la ventana, vi cómo Beatriz, allá abajo, preparaba y cocinaba tortillas. Un rato después, su casero se detuvo un momento a hablar con ella. Me alejé de la ventana por miedo de ser visto, y fue bueno que lo hiciera. Él miró hacia donde yo estaba escondido, en su cara apareció una expresión socarrona y a continuación se alejó deprisa por la calle.

Como es natural, la reacción de Beatriz frente a mi historia me había preocupado. Yo no la culpaba... ¿cuál habría sido la mía si ella me dijera que la buscaban por dos asesinatos? Pero esto era peor. El cerdo gordo y holgazán del casero nunca se apuraba para ir a ninguna parte, y ahora corría como si tuviera los pantalones en llamas.

Beatriz giró y miró hacia la ventana. Yo me asomé, y las facciones de ella eran una mezcla de culpa y confusión, miedo y rabia; una confirmación de mis peores temores. Ella me había delatado.

Asomé un poco la cabeza por la ventana. Un poco más lejos, en la calle, vi al casero hablando con tres hombres a caballo. Las cosas no podían ser peores: el líder de esos hombres era Ramón.

TREINTA Y CINCO

Escapé por la parte de atrás del edificio, por varios techos y después por un callejón. Detrás de mí, una serie de hombres gritaba y me perseguía, y hacía sonar una alarma. Detecté furia en sus voces, y con razón. El fraile era amado universalmente, mientras que yo era un lépero ordinario, y *todo el mundo* odiaba a los léperos. Eran seres capaces de vender a su madre a los marineros de un barco por algunos granos de cacao.

Veracruz no era una ciudad grande como México, que, según el fraile, era la ciudad más grande del Nuevo Mundo. La ciudad crecía y se encogía con la llegada de la flota del tesoro, y su población normal era de sólo algunos miles de almas. Ahora yo salía de un callejón y entraba en el corazón de la ciudad, no lejos de la plaza principal, donde vivían nuestros ciudadanos más adinerados. Necesitaba salir de la ciudad, pero estaba muy lejos de los suburbios, y donde me encontraba sería fácilmente localizado.

Por la calle vi un gran carruaje que esperaba frente a una mansión. Los cocheros estaban a un costado, arrojando monedas a una taza ubicada a tres metros y medio de distancia, y los dos les daban la espalda al carruaje y a mí.

Crucé la calle corriendo y busqué un lugar para esconderme debajo del carruaje. Entonces oí voces y el pánico me llevó a abrir la puerta y deslizarme adentro. Sobre dos bancos con almohadones había colchas de piel. Los sectores debajo de los asientos, usados para almacenar cosas, estaban vacíos. Aparté una colcha, que llegaba a cubrir el piso del carruaje, y me introduje debajo del asiento. Me puse de costado y dejé que la colcha cayera nuevamente al piso. Había encontrado un escondite.

Las voces de afuera se desdibujaron. Sentí algo debajo de mí y descubrí dos libros. Aparté apenas la colcha de piel para tener un poco de luz y poder leer así los títulos.

Eran aburridos libros religiosos. Reconocí uno como un libro que el fraile tenía de sus días como cura de aldea, pero algo acerca del tamaño del libro me llamó la atención. El ejemplar del fraile era mucho más grueso. Al abrir el libro descubrí que, debajo del título y de un par de páginas de doctrina religiosa, había un segundo título: *La pícara Justina*. La historia de una pícara que traiciona a sus amantes, tal como un Pícaro lo hace con sus Amos.

Camino a la feria, Juan le había dicho a fray Antonio, con respecto a este mismo libro, que se había enterado de la llegada de ejemplares en la flota del tesoro y que habían pasado de contrabando sin que los inspectores del Santo Oficio los descubrieran. Dijo que era el retrato escandaloso de una mujer deshonesta que se acostaba con hombres y los embaucaba.

El segundo libro, también disfrazado de texto religioso, era una obra de teatro llamada *El Burlador de Sevilla*, de Tirso de Molina. Los frailes la habían analizado algunos meses antes. Fray Antonio la había descartado como "disparatada". Su protagonista, un pillo, era un saqueador de mujeres llamado don Juan, quien las seducía, las convertía en sus amantes y después las abandonaba. Igual que con *La pícara Justina*, la obra acerca de don Juan estaba en la lista de libros prohibidos por la Inquisición.

Era evidente que el contrabandista de la flota del tesoro había vendido estos dos libros indecentes como obras religiosas. Si la Inquisición llegaba a ponerle las manos encima al vendedor o al comprador, se encontrarían en problemas muy serios. No sólo se trataba de libros metidos de contrabando, sino que las falsas cubiertas representaban una grave blasfemia.

Alguien llamó a la casa a los cocheros y criados que habían estado arrojando monedas. Sus pisadas se fueron desvaneciendo cuando entraron en la casa.

¿Debería yo bajar del carruaje y echar a correr? Pero, ¿hacia adónde?, me pregunté. No fui yo el que respondió estas preguntas. Se abrió la puerta del carruaje y alguien subió. Yo me eché hacia atrás todo lo posible, casi sin respirar.

Por una rendija que dejaba la colcha vi el borde de un vestido y zapatos y, así, supe que quien acababa de entrar era una mujer. Una mano de pronto se metió debajo de la colcha, sin duda en busca de Don Juan. Pero, en cambio, esa mano se encontró con mi cara.

—¡No grite! —le supliqué.

La mujer, sorprendida, lanzó un gritito ahogado, que por suerte no llegó a alertar a los asistentes.

Descorrí la colcha que hacía de cortina y asomé la cabeza.

—Por favor, no grite. ¡Estoy en problemas!

Era justamente la muchacha que había intercedido cuando el muchacho con el látigo me miró.

—¿Qué haces allí? —preguntó, atónita.

Observé una vez más sus ojos oscuros, sus trenzas color arena y sus pómulos altos. A pesar del peligro, su belleza me dejó sin palabras.

—Soy un príncipe —dije por fin—, disfrazado.

—Tú eres un lépero. Y yo voy a llamar a los criados.

Cuando extendió el brazo para tomar la manija de la puerta, yo le enseñé los dos libros que había encontrado.

—¿Esto era lo que buscaba debajo del asiento? ¿Dos libros deshonestos prohibidos por el Santo Oficio?

Los ojos de ella se abrieron con una mezcla de culpa y miedo.

—Ay, una muchachita tan hermosa. Sería una pena que la Inquisición le arrancara la carne de los huesos.

Ella luchó por controlarse, y el terror y la furia batallaron entre sí.

—Ellos queman a las personas en la hoguera por tener libros como estos.

Por desgracia, la muchacha no entró en mi juego.

—¿Me estás chantajeando? ¿Cómo sabes que yo no diré que los libros eran tuyos y que trataste de vendérmelos? Si digo eso, te azotarán como un ladrón y te enviarán a morir a las minas del norte.

—Peor que eso —dije—, afuera hay gente que me quiere dar caza por algo que no hice. Y, por ser un lépero, no tengo derechos. Si llama pidiendo ayuda, ellos me ahorcarán.

Mi voz de quince años debió de resultarle sincera, porque enseguida su furia desapareció y sus ojos se entrecerraron.

—¿Cómo sabías que esos libros están prohibidos? Los léperos no saben leer.

—Yo leí a Virgilio en latín y a Homero en griego. Sé cantar la canción que Die Lorelei entonó para llevar a los marineros a su muerte en las rocas del Rhin, la canción de las sirenas que Ulises oyó atado a un mástil.

Los ojos de ella se abrieron una vez más, pero después apareció en ellos una expresión de incredulidad.

—Mientes. Todos los léperos son ignorantes y analfabetos.

—Yo soy un príncipe bastardo, soy Amadís de Gaula. Mi madre fue Elisena, quien, cuando nací, me echó a la mar en un arca de madera con la espada de mi padre Perion. Soy Palmerín de Oliva. También yo fui criado por campesinos, pero mi madre era una princesa de Constantinopla quien asimismo le ocultó mi nacimiento a su rey.

—Estás loco. Tal vez oíste hablar de esas historias, pero no puedes decir que lees como un erudito.

Consciente de que las mujeres sucumben a la piedad tanto como a los elogios, cité a Pedro, el chico de la calle de la obra de Cervantes, *Pedro de Urdemalas*.

Yo era también un expósito, o "hijo de la piedra",
Y no tenía padre:
No hay desgracia mayor para un hombre.
No tengo idea de dónde fui criado,
Yo era uno de esos huérfanos escuálidos
Supongo que en una escuela de caridad:
Con una dieta pobre y muchos castigos
Aprendí a decir mis oraciones,
Y también a leer y escribir.

A los expósitos se los llamaba también "hijos de la piedra" porque se los exponía sobre losas en una catedral. Allí, la gente podía verlos y comprarlos si lo deseaba.

Ella recitó las siguientes líneas:

Pero además aprendí
A conseguir limosnas,
A vender gato por liebre y a robar con dos dedos.

Para mi desgracia, ella no sólo conocía los versos sino también el corazón de ladrón de los léperos.

—¿Por qué estás en este carruaje?

—Para esconderme.

—¿Qué crimen cometiste?

—Asesinato.

Ella lanzó otra exclamación de sorpresa y su mano se acercó a la puerta.

—Pero soy inocente.

—Ningún lépero es inocente.

—Muy cierto, señorita, soy culpable de muchos robos —comida y mantas— y mis técnicas de pordiosero pueden ser cuestionables, pero jamás maté a nadie.

—¿Entonces por qué dicen ellos que mataste a alguien?

—Porque el que mató a esas dos personas es un español, y es su palabra contra la mía.

—Puedes decirles a las autoridades...

—¿Le parece que puedo?

Incluso a esa edad inocente, ella conocía la respuesta a mi pregunta.

—Dicen que maté a fray Antonio...

—¡Virgen Santísima! ¡A un sacerdote! —exclamó y se santiguó.

—Pero él es el único padre que conocí. Él me crió cuando me abandonaron y me enseñó a leer, a escribir y a pensar. Yo no podría haberle hecho nada; yo lo amaba.

Una serie de voces y de pisadas silenciaron mis palabras.

—Mi vida está en sus manos.

Y volví a meter la cabeza detrás de la cortina.

Se oyó el ruido de baúles colocados en el techo del carruaje, que se meció cuando algunos pasajeros lo abordaron. Por los zapatos y las voces pude identificar a dos mujeres y un chiquillo. Por los zapatos de éste, y las piernas de sus pantalones y el sonido de su voz, calculé que tendría entre doce y trece años, y me di cuenta de que era el chiquillo que había tratado de pegarme. De las dos mujeres, una era un poco mayor que la otra.

La muchachita con la que yo había hablado se llamaba Elena. La voz de la mujer mayor era dominante; era una vieja matrona.

El chiquillo empezó a meter un paquete debajo del asiento donde yo estaba escondido, y oí que Elena se lo impedía.

—No, Luis, yo ya llené este espacio. Ponlo debajo del otro asiento.

Gracias a Dios que el chiquillo la obedeció.

Luis estaba sentado junto a Elena y las dos mujeres ocuparon el asiento debajo del cual yo estaba escondido. Cuando todos estuvieron instalados, el cochero comenzó a llevar el vehículo por las calles empedradas. Entonces la mujer de más edad empezó a interrogar a Elena con respecto a comentarios que ella había hecho más temprano y que habían enojado a la anciana.

Muy pronto comprendí que Elena no pertenecía a la familia de las otras tres personas. Las mujeres eran la madre de Luis y la abuela. No alcancé a oír el nombre de la anciana.

Como era costumbre entre las familias españolas elegantes, y a pesar de la edad de ambos, ya se había concertado un matrimonio entre Elena y Luis. La unión se consideraba propicia, pero a mí no me pareció lo mismo. Entre otras cosas, todo lo que Elena decía irritaba a la anciana.

—Anoche, durante la cena, dijiste algo que nos molestó a doña Juanita y a mí —dijo la anciana matrona—. Dijiste que, cuando tuvieras edad suficiente, te disfrazarías de hombre, ingresarías en la universidad y conseguirías un título.

¡Caramba! Vaya afirmación por parte de una jovencita o de *cualquier* mujer. A las mujeres no les está permitido estudiar en las universidades. Si hasta las mujeres de buenas familias con frecuencia eran incultas.

—Los hombres no son los únicos en tener inteligencia —dijo Elena—. También las mujeres deberían estudiar el mundo que las rodea.

—La única vocación de una mujer son su marido, sus hijos y el manejo de la casa —dijo con severidad la vieja matrona—. Una educación le metería falsas ideas en la cabeza y no le enseñaría nada que ella pudiera usar.

Yo, por ejemplo, me siento orgullosa de que nunca nuestras mentes se vieron debilitadas o contaminadas por la lectura de libros.

—¿Eso es todo lo que hay para nosotras? —preguntó Elena—. ¿Sólo servimos para eso: para tener hijos y amasar el pan? ¿Acaso uno de los monarcas más grandes de la historia de España, nuestra amada Isabel, no era una mujer? ¿Acaso esa guerrera llamada Juana de Arco no condujo a los ejércitos de Francia a la victoria? Isabel de Inglaterra estaba en el trono de esa fría isla cuando nuestra gran y orgullosa Armada...

Se oyó una cachetada, y Elena gritó, sorprendida.

—Jovencita impertinente. Le hablaré a don Diego de tus comentarios poco femeninos. Igual que todas nosotras, tu lugar en la vida ha sido dispuesto por Dios. Si tu tío no te ha enseñado eso, pronto lo aprenderás cuando te cases y tu marido te dé unos buenos azotes.

—Ningún hombre me pegará —dijo Elena con tono desafiante.

Otra cachetada, pero esta vez Elena no dijo nada.

¡Ojalá! Si yo hubiera estado en el asiento al lado de Elena, le habría volteado la cabeza a esa vieja de un cachetazo.

—Abuela, ella es sólo una jovencita con ideas tontas —dijo la otra mujer.

—Entonces es hora de que aprenda cuál es su lugar como mujer. ¿Qué clase de esposa será para Luis con estas ideas locas en la cabeza?

—Yo me casaré con quien quiera.

Otro cachetazo. ¡Dios mío, esta jovencita sí que tenía agallas!

—No volverás a abrir la boca a menos que yo te lo diga. ¿Me has entendido? Ni una palabra.

En ese momento Luis lanzó una risa malévola, obviamente divertido con la situación en que se había metido la que sería su esposa.

—Don Ramón me ha enseñado cómo tratar a una mujer —dijo Luis— y, créeme, lo haré con mano firme.

Mi reacción fue tal al oír el nombre de Ramón que estuve a punto de revelar mi presencia.

—Él me dijo que son como los caballos —dijo Luis—. Cuando tratas de domarlos, montado en ellos, no olvides usar la fusta.

La mujer mayor se echó a reír y la risotada de la madre se convirtió en un chirrido irritante y en una tos seca. Yo había oído antes ese sonido. En las calles lo llamaban "el sonido de la muerte". Un día ella expectoraría sangre. Y muy pronto, después de eso, moriría.

La respuesta de Elena a esas palabras ridículas fue un silencio total. ¡Qué espíritu tenía esa chica! Si Luis tenía pensado domarla, le esperaba un buen chasco.

—Por tu prima casada supe que has estado escribiendo poesía, Elena —dijo la mujer mayor—. Ella comentó que eso escandaliza a la familia. Cuando te llevemos de vuelta a don Diego después de tu visita, hablaré con él de éste y otros asuntos. Los extraños intereses que tienes son obra del demonio, no de Dios. Si llegara a ser necesario, estoy dispuesta a arrojar ese demonio de ti a latigazos... personalmente.

Desde mi ventajoso punto de vista vi que los pies de Elena daban golpecitos sobre el piso. Sin duda hervía de furia frente a ese sermón, pero no era alguien dispuesto a acobardarse.

En el costado de las botas de Luis estaba impreso el escudo de armas de su familia, grabado en plata: un escudo que contenía una rosa y la mano con guante de tejido de malla que formaba un puño. Algo en ese escudo de armas me resultó vagamente familiar, pero los de muchos españoles adinerados eran bastante parecidos.

Las calles empedradas de la ciudad dieron paso ahora al camino arenoso a Jalapa, que nos fue llevando a través de dunas y pantanos. Aunque estaba reforzado por maderos, el carruaje no lograría avanzar mucho más por él. Las estribaciones de las montañas resultaban intransitables para cualquier vehículo más grande que un carro tirado por burros.

Yo no tenía la menor idea de hacía dónde se dirigían los pasajeros. Por lo que sabía, podían estar viajando hacia la Ciudad de México. Cualesquiera fuera su destino, no podrían seguir haciéndolo en el carruaje. Pronto tendrían que elegir entre una litera tirada por mulas o a caballo.

Comenzaba a adormilarme cuando el cochero gritó que unos soldados nos obligaban a detenernos.

Un momento después, uno de ellos nos dijo:

—Estamos verificando a todos los viajeros que abandonan la ciudad. Un conocido lépero ladrón ha asesinado a sangre fría a un amado sacerdote. Por el aspecto de la herida, le clavó una daga en el estómago y se la retorció. Aparentemente, el sacerdote lo pescó robando.

Juanita lanzó un grito. Vi que las piernas de Elena se tensaban. Esa infame acusación puso a prueba su conciencia. Las palabras del fraile resonaron en mi mente: *Si ellos te pescan, nada te salvará*.

—¿Están seguros de que él lo hizo? —preguntó Elena. Estaba claramente atribulada, hasta el punto de olvidar la amonestación de la anciana de que debía guardar silencio.

—Naturalmente. Todo el mundo sabe que él lo hizo. No es la primera vez que mata a otros hombres.

¡Ay, caramba! ¡Mis crímenes aumentaban!

—¿Tendrá un juicio justo si ustedes lo encuentran? —preguntó.

El hombre se echó a reír.

—¿Un juicio? Es un mestizo, un lépero. Si el alcalde es misericordioso, no lo torturarán con demasiada severidad antes de la ejecución.

—¿Qué aspecto tiene? —preguntó Elena.

—Es el diablo en persona. Más alto que yo, con cara fea y ojos asesinos. Cuando se lo mira a los ojos se ve la sonrisa del diablo. Y sus dientes son como los de un cocodrilo. Sí, ya lo creo que es un maldito.

—¡Pero no es más que un chiquillo! —exclamó Elena.

—Deténgase —le dijo el soldado al cochero—. Un hombre de a caballo me hace señas de que esperen.

Oí que el caballo del hombre se alejaba del carruaje, y la vieja matrona le preguntó entonces a Elena:

—¿Cómo sabías que era un chiquillo?

Me paralicé de miedo al oír esa pregunta y casi lancé un grito.

—Bueno... es que oí hablar a unos hombres cerca del carruaje cuando salí.

—¿Por qué haces tantas preguntas?

—Yo... yo sólo sentí curiosidad. Un muchachito lépero me pidió limosna mientras los aguardaba. Después de mi encuentro con ese chico de la calle, ¿quién puede saberlo?

—Espero que no le hayas dado dinero —dijo Juanita—. Darle de comer a esa gente es como darles de comer a las ratas que roban nuestro grano.

De nuevo se oyeron cascos de caballos que se acercaban al carruaje.

—Buenos días, vuestras gracias.

—¡Ramón! —gritó Luis.

—Buenos días, don Ramón —dijo la abuela.

Se me heló la sangre. Casi me salí de debajo del asiento, gritando. El asesino de fray Antonio estaba aquí. De todos los Ramones que hay en la Tierra, justo éste tenía que acosarme como una sombra adonde yo fuera.

—¿Cómo va tu cacería? —preguntó la vieja matrona.

¿Cómo sabía ella que Ramón me buscaba?

Ay, no hizo falta que yo sacara la cabeza de debajo del asiento para descubrir el color del vestido de esa mujer. Sería de color ébano sin siquiera encaje blanco en los puños. Una bruja que usaba el luto de viuda como insignia de honor... y de autoridad.

Recordé entonces dónde había visto el escudo de armas que Luis tenía en las botas: en la puerta del carruaje de la mujer de negro. Yo había terminado en manos de mis perseguidores.

—Él no podrá salir de la ciudad —dijo Ramón—. He ofrecido cien pesos por su captura. Lo tendremos muerto antes de que anochezca.

—¿Muerto? ¿Qué hay de un juicio? —preguntó Elena.

Ruido de una cachetada. Otra vez, Elena ni se quejó.

—Te ordené que guardaras silencio, chiquilla. No hables hasta que te hablen. Pero si quieres saberlo, los mestizos no tienen derechos de acuerdo a la ley. Ramón, avísanos a la hacienda en cuánto sepas algo. Estaremos allá algunos días antes de salir para la capital. Ven tú mismo cuando tengas buenas noticias.

—Sí, Vuestra Gracia.

"Buenas noticias" serían las noticias de mi muerte.

El carruaje siguió el viaje. Detrás de mí, un asesino comandaba una búsqueda en toda la ciudad para encontrarme y matarme. Delante de mí había una hacienda a la que el asesino acudiría cuando no pudiera encontrarme en la ciudad.

TREINTA Y SEIS

El carruaje siguió sacudiéndose por otras dos horas. Por la conversación comprendí que todavía estábamos en el camino a Jalapa. Habían cerrado las ventanas de madera y tenían en las manos ramilletes de flores para neutralizar las emanaciones de los pantanos que provocan la tan temida fiebre.

Gracias a Dios, la abuela dormía.

Juanita trató de dormir pero todo el tiempo se despertaba por la tremenda tos.

Elena y Luis casi no hablaban. Él despreciaba abiertamente los libros, incluso los "religiosos" que él creía que ella leía. Por los comentarios sarcásticos de él, deduje que Elena había sacado un pequeño libro de poemas y lo estaba leyendo. Para él, los caballos, la caza y los duelos eran lo único que importaba. La hombría lo era todo.

—Los libros no nos enseñan nada que necesitemos saber —dijo con tono condescendiente—. Están escritos por gente esclava de la pluma, por canallas manchados de tinta que huirían al ver un caballo brioso o un espadachín que se les acerca.

—Tu padre escribe muy bien —dijo Elena.

—Razón por la cual yo he modelado mi vida sobre la de don Ramón y tu tío.

—No menosprecies a tu padre —lo regañó con suavidad su madre.

—Lo respetaré cuando cambie esa afilada pluma de ganso por una espada bien filosa.

Al mediodía el carruaje se detuvo en una posada. Por los comentarios me di cuenta de que era la última parada de ese vehículo. A partir de allí, las mujeres viajarían en literas tiradas por mulas y Luis, a caballo.

Cuando todos abandonaron el carruaje, yo salí de debajo del asiento. Al espiar por la ventanilla, vi a Elena con los demás parada a la sombra del porche de la posada, a punto de entrar en ella. Salí por la puerta contraria del carruaje y corrí hacia los arbustos que había a cien pasos. No miré hacia atrás hasta haber llegado. Cuando lo hice, vi a Elena. Se había quedado afuera, en el patio, mientras los demás entraban. Levanté la mano para saludarla y en ese momento Luis salió y me vio.

De nuevo sin mirar hacia atrás, corrí hasta lo más profundo del matorral.

TREINTA Y SIETE

Tuve que salirme del camino a Jalapa. Con el arribo de la flota del tesoro y todo el alboroto por la llegada del arzobispo, era, sin duda, el camino más transitado de Nueva España. Como se decía de Roma, todos los caminos conducían a la gran Ciudad de México, en el corazón del valle del mismo nombre. A pesar de los relatos prodigiosos que había oído acerca de la ciudad —isla que los aztecas llamaban Tenochtitlán—, no me animaba a aventurarme allá. Muchas veces el tamaño de Veracruz, la Ciudad de México no sólo tenía al virrey y sus oficinas administrativas, sino que la mayoría de los notables del país poseían una casa —o, más precisamente, un palacio— en la ciudad. Mis posibilidades de toparme allí con la matrona asesina y sus secuaces sería grande.

Si Luis, el muchachito malvado, llegaba a sospechar que yo era el famoso asesino lépero, o si Elena tontamente compartía un momento de candor con él, los sabuesos ya estarían siguiendo mi rastro. Me apuré y comencé a caminar bien rápido. No podría dejar el camino hasta llegar a uno de los senderos que, partiendo de él, serpenteaban a través de aldeas diseminadas por las estribaciones y las montañas. Yo no conocía la zona y no podía sencillamente enfilar hacia la jungla en busca de una aldea. Estaba asustado, tenía miedo de ser capturado, torturado, de que me mataran. Pero, aun a los quince años, también me preocupaba la idea de morir y dejar que algunas cosas censurables quedaran impunes.

Entendía que la vida era difícil. Que no hay justicia para los pobres, los indios y los mestizos. Que las injusticias eran parte de la vida y que las maldades generaban más maldades, del mismo modo en que una piedra que cae en un estanque produce muchas ondas. Pero el recuerdo de Ramón retorciendo la daga en el cuerpo del fraile me enfureció entonces y me acosa ahora. A pesar de mi juventud, si yo muriera sin poder vengar la muerte del fraile, mi tumba no sería un lugar de descanso, sino un lugar en el que me revolvería en medio de una insatisfacción y una infelicidad eternas.

No había nadie a quien pudiera recurrir. El alcalde nunca creería a un mestizo contra un español. Aunque alguien escuchara mis lamentos, no habría justicia para mí. En Nueva España, la justicia no estaba administrada por Temis, la diosa griega de la justicia, quien pesaba en la balanza la voluntad de los dioses. La mordida era la Madre de la Justicia en las colonias. Los alcaldes, los jueces, los alguaciles y los carceleros, todos le compraban sus cargos al Rey y se esperaba que cobraran sobornos, llamados "mordidas", para sacar provecho del cargo público. Yo ni siquiera podía ofrecer un bocadito.

Oí el golpear de cascos de caballos y enseguida me salí del camino y me escondí entre los arbustos. Cuatro jinetes pasaron junto a mí. No reconocí a ninguno. Tal vez eran vaqueros que volvían a la hacienda desde el festival de Veracruz, o cazadores que buscaban a un muchachito pordiosero por cuya cabeza se ofrecía una recompensa de cien pesos. Ay, esa cantidad de dinero era una fortuna. Los vaqueros cobraban menos por el trabajo de todo un año.

Cuando el silencio se instaló una vez más en el camino, volví a subir a él y a caminar deprisa.

Lo único que yo conocía de Nueva España era la zona de Veracruz-Jalapa. La aldea en la que nací se encontraba en la parte norte del valle de México y, fuera de mi recuerdo de un grupo de chozas, no sabía nada con respecto a esa región. Fray Antonio me había dicho que la mayor parte de la Nueva España, desde Guadalajara hasta el extremo de la región de Yucatán era, o bien jungla o montañas o un valle profundo. Había pocas ciudades de importancia y, en general, eran aldeas indias, muchas de las cuales se encontraban dentro de haciendas. Una vez él me mostró un mapa de la Nueva España y me señaló que había sólo algunas ciudades dominadas por los españoles y que había muchísimas aldeas, cientos de ellas, que tenían poco contacto con los españoles; excepto un sacerdote en alguna parte de la zona. En todas direcciones, y hasta que se llegaba a los temidos desiertos del norte, el terreno se prestaba sólo para las caravanas de burros y mulas por senderos formados más por el paso de pies humanos y animales que por el uso de carros con ruedas.

Según el fraile, esa era la razón por la que los aztecas nunca desarrollaron un carro con ruedas, que se usa tanto en Europa y otros lugares del mundo. Ellos entendían la función de una rueda y construían juguetes con ruedas para sus hijos. Pero los carros no les servían para nada, porque no tenían bestias de carga que los tiraran; el caballo, el borrico, la mula y el buey fueron todos traídos al Nuevo Mundo por los españoles. Sin carros, no tenían sentido los caminos anchos. La bestia de carga de los aztecas eran ellos mismos y los esclavos y, a diferencia de lo que ocurría en las ciudades, ellos sólo necesitaban senderos para recorrerlos a pie.

Después de una hora de caminata, vi algunos indios que abandonaban el camino principal para tomar un pequeño sendero. Un cartel de madera en la cabecera del sendero rezaba HUATUSCO. Yo había oído antes ese nombre, pero no sabía si era una aldea o una ciudad. Tampoco sabía a qué distancia quedaba ni qué haría yo cuando llegara. Cuando vi ese cartel camino a la feria le había preguntado al fraile si Huatusco era un lugar importante. Él no lo conocía, pero me dijo que probablemente se trataba de una aldea india.

—Hay docenas de senderos que se bifurcan en el camino entre Veracruz y el valle de México —había dicho—, y la mayoría conduce de una aldea india a otra.

Mientras avanzaba trabajosamente por el sendero, que era poco más que una senda para caminantes y mulas, una serie de preocupaciones comenzó a acosarme por miedo a ser perseguido. No tenía dinero. ¿Cómo haría para comer? No se puede mendigar comida a personas tan pobres que, para ellas, un puñado de maíz y frijoles era una comida. ¿Durante cuánto tiempo podría seguir robando antes de que me clavaran una lanza en la espalda? Entrar en el país indio me daba más miedo que esconderme en la ciudad. Como yo le había dicho al fraile, en la jungla la comida sería yo. Pero no había ciudades en las que yo pudiera esconderme y tenía que apartarme del camino principal.

Ay, yo no era demasiado joven para trabajar, pero no tenía habilidades. Sí tenía dos manos y dos pies, lo cual me convertía en alguien capaz de hacer los trabajos manuales más elementales. En una tierra en donde la única virtud de un indio, a los ojos de los españoles, era servir de animal de tiro, no habría mucha demanda para un muchacho adolescente. No porque yo estuviera dispuesto a trabajar para un español. Nueva España era un lugar grande, pero en él, los españoles eran pocos en número comparados con los indios. La noticia de que un mestizo había matado a españoles se propagaría como la peste.

Me pregunté cómo habría enfocado ese problema el pícaro de Guzmán. Cuando él actuaba de pronto como pordiosero y un momento después como aristócrata, cambiaba la manera de caminar y de hablar.

Mi conocimiento de la lengua azteca lo había recogido de indios en las calles de Veracruz y lo había mejorado al mezclarme con tantos indios en la feria. No era perfecto, pero existían tantas lenguas y dialectos indios que mi forma de hablar no despertaría demasiadas sospechas. Pero mi apariencia sí lo haría.

Un mestizo no era una visión poco frecuente en las ciudades y a lo largo de los caminos. Pero un mestizo sí se destacaría en las aldeas indias. Yo era alto para mi edad y de piel más clara que la mayoría de los indios, aunque hubiera pasado años al sol abrasador de la tierra caliente. Mis pies ya tenían suficiente tierra incrustada como para esconder su linaje.

Mi pelo no era tan negro como el de la mayoría de los indios, así que me encasqueté más el sombrero. Para las pocas oportunidades en que mi pelo quedaría expuesto, necesitaría algo, quizá el carbón de una fogata apagada, para oscurecerlo, pero por ahora mis pies se veían impulsados por la necesidad de mantenerme en movimiento. De todos modos, la mayoría de los españoles no notarían la diferencia.

Al pensar en mi apariencia, cómo mis pies sucios me llevaban por el sendero, decidí que la forma en que caminaba y hablaba y los movimientos de mi lenguaje corporal seguramente me delatarían. Un lépero criado en las calles de una ciudad no tendría la actitud serena y estoica que caracterizaba al indio. Nuestra voz era más fuerte, nuestros pies y nuestras manos se movían con mayor rapidez. Los indios eran un pueblo derrotado, conquistado por la espada, diezmado por una enfermedad que mataba a nueve de cada diez de los suyos, quebrado y asesinado en las minas y en las plantaciones de caña de azúcar, encadenado, marcado y regido por el látigo.

Necesitaba adoptar la estoica indiferencia que caracterizaba al indio, salvo cuando estaba borracho. Cuando estuviera en contacto con gente, tendría que parecer más callado, menos seguro y agresivo.

Caminé rápido y sin ningún sentido de dirección excepto para mantener un pie delante del otro y alejarme de quien pudiera estarme siguiendo. Como había descubierto durante mi viaje anterior a lo largo del camino a Jalapa, era poco lo que sabía acerca de cómo conseguir comida o encontrar reparo en el descampado y en la selva. Durante una hora de avanzar por el sendero, pasé por plantaciones de maíz. Los indios que trabajaban en esos campos me miraron con la misma expresión sombría que yo había recibido en el camino a Jalapa. Ay, estos indios eran estoicos, pero no estúpidos. Como un hombre que ve a otro que trata de seducir a su mujer, estos peones notaron hambre en mis ojos cuando observé esos maizales de plantas altas y delgadas.

En la ciudad corrían muchas historias tétricas de las tribus aztecas en las junglas y montañas: se decía que realizaban sacrificios humanos y después comían a las víctimas. Estos relatos eran historias entretenidas en las calles de una ciudad, pero no aquí, en el país indio.

Más temprano había llovido y el cielo anunciaba más lluvias pronto. Yo no tenía nada con qué encender un fuego, ni tampoco había allí suficiente leña seca para quemar. El agua volvió antes de que yo hubiera caminado otra hora, primero en una bruma, y después como un fuerte chaparrón. Le di la bienvenida a la lluvia porque obstaculizaría a quienes me persiguieran. Pero tenía que encontrar refugio.

Llegué a una pequeña aldea, de no más de una docena de chozas. No vi a nadie excepto una criatura desnuda y de ojos oscuros que me miraba fijo desde al lado de una puerta, pero intuí otros ojos fijos en mi persona. No había lugar para mí en esa pequeña aldea de indios y seguí el viaje. Si me hubiera detenido o mendigado una tortilla, habría sido recordado. Yo quería ser considerado solamente una persona que regresaba de la feria.

Un fraile que montaba una mula, seguido por cuatro criados indios a pie, pasó junto a mí. Estuve tentado de pararlo y contarle mi lamentable historia, pero sensatamente seguí adelante. Como fray Antonio me dijo, ni siquiera un sacerdote aceptaría la palabra de un lépero acusado de asesinar a españoles.

Caminé por entre el barro de otra aldea, mientras la lluvia continuaba. Una serie de perros me ladró y uno me persiguió hasta que le pegué con una piedra. Los indios criaban a los perros para comida y, si yo hubiera tenido con qué encender fuego, habría matado a ese animal chumbón y, así, habría tenido una jugosa pata de perro para la cena.

Muy pronto el sombrero que me cubría la cabeza quedó empapado, lo mismo que la manta que llevaba sobre los hombros, los pantalones y la camisa. Esa escasa cantidad de ropa era adecuada para soportar el calor de la costa, pero con esa lluvia helada que seguía cayendo sobre mí como un mal presagio, temblaba y estaba calado hasta los huesos.

Más plantaciones de maíz y casas con techo de paja para almacenar el maíz me tentaron cuando pasé junto a ellas. Mi estómago protestaba con fuerza hasta que estuvo demasiado débil para seguir haciéndolo. Llegué a un campo de maguey y miré en todas direcciones. Al no ver a nadie, me acerqué a una de las plantas en proceso de ser cosechadas. Estaba demasiado cansado para buscar un escondite secreto. De todos modos, lo más probable era que no hubiera ningún aprovisionamiento oculto. Era un campo chico y posiblemente pertenecía a un indio que lo usaba para su consumo personal y vendía poca cantidad.

El corazón de la planta ya había sido cortado. Trozos de caña hueca se encontraban apilados cerca. Corté un pedazo para chupar el jugo de la planta. Hice varios intentos hasta finalmente poder extraer un poco. Detestaba ese sabor amargo y rancio y el jugo no fermentado del maguey, pero al menos me impediría morir de hambre.

El castigo de los dioses en forma de lluvia cayó cada vez con más fuerza. Me vi obligado a abandonar el sendero para encontrar reparo debajo de la vegetación de hojas anchas. Dispuse esas hojas anchas sobre mí y me acurruqué hasta quedar hecho una bola. ¡Ay de mí! De nuevo recordé qué poco sabía del aspecto indio de la vida, esa parte de mi ascendencia que había estado vinculada a esta tierra desde tiempos inmemoriales. Me sentí un intruso allí, alguien a quien los dioses indios, que se habían retirado a las junglas y las montañas, miraban con desprecio.

No importaba qué hiciera yo, cómo me moviera, la lluvia me encontraba. Temblé por la mojadura y el frío y me sentí muy mal hasta que finalmente pude quedarme dormido.

Soñé con cosas oscuras, cosas sin forma pero que me dejaron con un miedo profundo y con malos presentimientos cuando desperté. Todavía estaba oscuro en la mitad de la noche. La lluvia había cesado. El aire estaba más caldeado y la noche negra se había llenado de niebla. Mientras permanecía tendido y en silencio, tratando de sacudirme el miedo que me había dejado el sueño, oí que algo se movía entre los arbustos y mis miedos estallaron.

Escuché con mucha atención, sin mover un músculo y casi sin respirar. El ruido volvió a producirse. Algo se movía en el matorral, no lejos de mí. El miedo encendido por mis sueños seguía acompañándome y lo primero que pensé fue en la maldad. La cosa más malvada de la noche era el Hacha de la Noche, el feroz espíritu azteca de la selva que acechaba a los viajeros que eran tan tontos como para avanzar cuando estaba oscuro. El Hacha de la Noche —una entidad sin cabeza y con una herida en el pecho, que se abría y cerraba con el sonido de un hacha que partía madera— rondaba la noche en busca de los desprevenidos. La gente oía que alguien cortaba leña en la oscuridad y, cuando salía a investigar, El Hacha de la Noche les cortaba la cabeza y se la metía en la abertura que tenía en el pecho.

El Hacha de la Noche era un personaje que las madres usaban para asustar a sus hijos y obligarlos a que se portaran bien. Hasta yo había recibido la amenaza de que a menos que hiciera lo que era debido, vendría el Hacha de la Noche y me cortaría la cabeza. La amenaza no vino de labios de fray Antonio, desde luego, sino de la gente de la calle que pasaba la noche en la Casa de los Pobres.

El ruido que oí no era el sonido de alguien cortando leña, sino de algo que se movía entre los arbustos, algo de gran tamaño. Mientras seguía escuchando, tuve la certeza de que era el sonido del tigre del Nuevo Mundo: el jaguar. Un jaguar hambriento era tan peligroso y letal como el Hacha de la Noche.

Permanecí inmóvil y helado por el miedo hasta un rato después de que el ruido cesó. Incluso en el silencio que siguió, los ruidos me parecieron fantasmales. Yo había oído historias de otros seres, serpientes capaces de romper cada hueso del cuerpo de una persona y arañas venenosas tan grandes como la cabeza de un hombre. Pero ninguna de las dos hacía ruido antes estar encima de uno.

Me dije que esos sonidos eran ruidos que normalmente se oyen en la oscuridad: las aves nocturnas, los escarabajos y los grillos estaban callados, porque todo estaba demasiado mojado como para que asomaran la cabeza de sus cuevas, pero me dio miedo de que estuvieran silenciosos porque algo más grande y más letal buscaba una víctima.

Dormí de a ratos y, esta vez, mi sueño tomó forma: soñé que yo había amputado la cabeza del fraile en lugar de la pierna de la prostituta.

TREINTA Y OCHO

Con las primeras luces del amanecer abandoné el matorral y regresé al sendero. Como tenía la ropa mojada, necesitaba caminar rápido para poder calentarme un poco. A medida que el sol ascendía en el cielo, la humedad de la vegetación se fue convirtiendo en vapor. Por un rato no pude ver el sendero que tenía delante, más allá de una docena de pasos. Mientras avanzaba, el camino se hizo más empinado y muy pronto salí de la niebla y emergí hacia los rayos del sol y un cielo azul.

Me froté tierra en la cara y las manos para oscurecer mi piel y mantuve la cabeza baja cuando pasaba junto a gente. A última hora de la tarde, débil por el hambre, llegué a un claro en el que una media docena de diferentes campamentos estaban siendo instalados para pasar la noche. Todos eran comerciantes indios. La mayoría transportaba su mercadería en la espalda y unos pocos hasta tenían un asno. No había mulas a la vista. Pocos indios podían darse el lujo de tener un borrico y, mucho menos, el animal más grande que costaba casi el doble del precio de un burro.

Yo necesitaba comida, pero mi miedo eran tan grande que me impedía acercarme siquiera a los indios. Estos hombres que viajaban de una aldea a una ciudad serían más refinados y sin duda poseerían una información mucho mayor que un simple granjero. Yo había decidido robar maíz de la siguiente milpa que no estuviera muy vigilada por la que pasara y comerlo crudo.

Cuando me alejaba un poco de los campamentos y me internaba en el matorral para evitar todo contacto con ellos, vi una figura conocida. El Sanador, que usaba víboras para curar enfermedades, estaba descargando todo lo necesario para dormir y alimentos para su burro. La última vez que yo había visto a ese hombre, él me había vendido un trozo carente de valor de los excrementos de un volcán.

Me apresuré a ayudarlo a descargar sus cosas y lo saludé en náhuatl. Él no pareció sorprenderse por mi súbita aparición ni por mi ayuda.

—Me alegra verlo de nuevo —dije—. ¿Me recuerda de la feria?

—Recuerdo, recuerdo bien. Te he estado esperando.

—¿Esperándome? ¿Cómo sabía que me encontraría con usted?

Una bandada de pájaros pasó volando por encima de nuestras cabezas. El viejo los señaló. Hizo un ruido gutural, parecido a una risa ahogada y áspera. Me hizo señas de que continuara descargando. Cuando yo seguí haciéndolo, él se arrodilló y comenzó a preparar el fuego para la cena.

El hecho de ver fuego provocó una queja intensa y prolongada de mi estómago. Cualquier intención que yo hubiera tenido de tratar de obligar al Sanador a devolverme el dinero se disipó cuando me puse a ayudarlo a preparar la comida. Guzmán con frecuencia viajaba con una persona mayor. Sin duda a ese viejo hechicero indio le vendría muy bien tener un joven que lo asistiera y lo sirviera, mientras él viajaba con su acto.

Pronto tuve el estómago lleno de comida caliente: tortillas, frijoles y chiles. Satisfecho mi apetito, me senté junto al fuego agonizante mientras el Sanador fumaba una pipa. La pipa estaba elaboradamente tallada en forma de un dios azteca, que era una figura de piedra que se veía en muchas antiguas ruinas: Chac-Mool, recostado de espaldas con el vientre hacia arriba. Los corazones arrancados de las víctimas del sacrificio eran arrojados en el cuenco que él sostenía sobre su vientre para servir de comida a los dioses.

Ese cuenco estaba ahora lleno de tabaco, que el Sanador encendió.

Advertí que el Sanador era un hechicero con muchas clases diferentes de magia. Era, desde luego, un *Tetla-acuicilique*, aquel-que-recupera-la-piedra, un hechicero que extrae de los cuerpos los objetos que provocan enfermedades. En las calles de Veracruz, yo había visto a farsantes recuperar pequeñas piedras de los enfermos.

También había oído hablar de hechiceros que entendían el lenguaje secreto de las aves y que podían adivinar de ellas el destino de una persona. Estos hechiceros eran considerados poseedores de talentos preternaturales y les cobraban tarifas muy altas a los indios. Existía una palabra azteca para aquellos que hacían presagios, basándose en el vuelo y el sonido de las aves, pero yo no la conocía.

—Yo me escapé de mi amo español —le dije—. Él me pegaba mucho y me hacía trabajar más que un par de mulas.

Y entretejí toda una historia a partir de esta mentira, como sólo un lépero es capaz de hacerlo. El anciano me escuchó en silencio, mientras el humo ascendía en espirales de su pipa. Se me ocurrió que tal vez ese humo le decía que yo estaba mintiendo, pero el único sonido que brotó de su boca fue un leve canturreo. Muy pronto sentí que las mentiras se me quedaban pegadas en la garganta.

Por último, él se puso de pie y me entregó una manta de un atado descargado del burro.

—Mañana partimos temprano —dijo. Su cara no revelaba nada, pero su voz era tranquilizadora. Sentí ganas de llorar y de confesarle la verdad, pero no sabía bien cómo reaccionaría a un relato de asesinato. Me enrosqué debajo de la manta, aliviado. Más que un estómago satisfecho, había encontrado un guía en ese territorio desconocido.

Una vez más, sentí una pena terrible por la suerte corrida por fray Antonio, mi padre en la vida, aunque no por la sangre. La vida con el fraile no había sido perfecta. Entre sus muchos pecados figuraban la borrachera y la fornicación. Pero yo jamás dudé del afecto que el fraile sentía por mí.

Mientras estaba acostado sobre el suelo, contemplando el cielo nocturno, pensé en la vieja matrona y en el asesino Ramón. Existía una persona viva que podía proporcionarme las respuestas a la furia asesina que ellos tenían hacia mí. La mujer que me crió, Miaha. Supuse que seguía con vida. Ella debía tener las respuestas a lo que había sucedido en el pasado y que ahora había hecho erupción y había vomitado humo y fuego en mi vida. Por años de escuchar al fraile cuando él bebía demasiado vino, sé que ella había partido a la Ciudad de México con el dinero que él le había dado, y que desde entonces no había tenido noticias de ella. Él la llamaba puta, pero no sé bien si con ese término expresaba su furia o sólo era una descripción de su forma de vida.

Antes de quedarme dormido, vi que un mercader indio se levantaba la pernera de su pantalón y se clavaba en la pierna un trozo afilado de obsidiana. Después frotó parte de la sangre en la punta de su bastón y dejó que más gotas de sangre cayeran a tierra.

Yo miré al Sanador con una pregunta en mi cara. De su boca volvió a brotar una risa entrecortada y silenciosa que se parecía al canto de algunas aves.

—Tienes mucho que aprender acerca del comportamiento de los aztecas. Mañana comenzarás a aprender cómo caminar por el Sendero.

TREINTA Y NUEVE

A la mañana siguiente oí ruido de cascos y me interné en el matorral como si necesitara orinar. Era una caravana de mulas conducida por un español montado a caballo. Cuando pasó la última mula, volví. Vi la forma en que el Sanador me miraba y me di media vuelta, avergonzado.

Los otros viajeros que habían acampado alrededor de nosotros emprendieron la marcha, pero el Sanador hizo una pausa para fumar una pipa. Supuse que me iba a decir que yo no podía acompañarlo. Cuando estuvimos solos en el claro, con el burro cargado, el viejo desapareció por un buen rato en el matorral. Cuando regresó, se sentó junto a una roca chata y comenzó a aplastar frutas pequeñas y corteza de árbol hasta formar una pasta oscura.

Me hizo señas de que me acercara y me aplicó esa mezcla en la cara, el cuello, las manos y los pies. Me llevé el resto de la pasta y me la froté en el pecho. De un paquete que estaba sobre la mula, me dio pantalones y una camisa hechos de un rústico material de maguey para que me los pusiera en lugar de mi ropa más suave de algodón. Un viejo sombrero de paja sucia en la cabeza completó mi transformación a un indio rural.

—Las mujeres usan esto para teñirse el pelo —dijo, refiriéndose a la tintura—. No se te saldrá con el agua, pero con el tiempo empezará a desvanecerse.

Todavía avergonzado por haber tratado de engañarlo o, al menos, porque él me hubiera pescado, le farfullé mi agradecimiento.

Pero él no había terminado. Tomó polvo de una pequeña bolsa y me hizo olisquearlo. Yo me puse a estornudar repetidamente y se me llenaron los ojos de lágrimas. No obstante, él me obligó a olisquearlo varias veces más. La nariz me quemaba y de ella me salía sangre.

Antes de ponernos en camino, él hizo que me mirara en su espejo de obsidiana pulida. Juro que en su cara apareció una sonrisa cuando me dio el espejo.

Tenía la nariz hinchada y gorda. El fraile no me habría reconocido si nos hubiéramos cruzado en la calle.

—Seguirá hinchada durante una semana —dijo el Sanador.

—¿Qué haré entonces?

—Aspirar más polvo.

—No me gusta esa cosa.

Su canturreo se hizo más intenso.

—Entonces córtate la nariz.

Cargamos el burro. Lo último que pusimos fue un canasto de caña.

—¿Qué hay en esa canasta? —pregunté.

—Víboras.

Me estremecí. Víboras. Bueno, seguro que no eran venenosas, porque de lo contrario el Sanador no podría hacer su acto, en el que las toqueteaba y hasta se las escondía en la boca. Pero, ¿quién podía saberlo? A lo mejor el viejo hechicero tenía un convenio especial con el Dios Serpiente que lo volvía inmune a la mordedura de una víbora.

Me entregó la soga con que estaba atado el animal y emprendimos el viaje por el sendero.

Mientras caminábamos, el Sanador me dijo que la medicina española no tenía efecto sobre los indios.

—Somos una sola cosa con la tierra. Los espíritus de nuestros dioses están por todas partes, en cada piedra, cada ave, en las calles y en el pasto, en el maíz de las plantaciones, el agua del lago y los peces del arroyo. Los españoles sólo tienen un dios.

—Los españoles conquistaron a los indios. —Lo dije con suavidad, por respeto a los sentimientos del anciano.

—Ellos tienen un dios poderoso, un dios que habla a través de sus mosquetes y cañones y caballos que transportan a un hombre rápidamente a la batalla. Pero los españoles conquistan sólo lo que el ojo puede ver. Nuestros dioses siguen estando aquí —dijo y señaló la jungla— y allá y alrededor de nosotros. Dioses que transportan enfermedades por el aire, dioses que calientan la tierra para que el maíz pueda alimentarnos, dioses que traen lluvia y dioses furiosos que lanzan fuego desde el cielo. A éstos los españoles nunca lograron conquistarlos.

Era el discurso más largo que le había oído pronunciar al anciano. Lo escuché en silencio, respetuosamente. Tal como había homenajeado a fray Antonio cuando él me enseñó cómo dibujar líneas en un trozo de papel para formar palabras españolas, yo honré a este anciano cuyos pies habían conocido más de la Nueva España que el ojo de un águila.

"Porque nosotros, los indios, somos uno con la tierra, debemos honrar y pagar tributo a los dioses que traen la enfermedad y a los que nos curan. Ese tributo es la sangre. Anoche viste a un mercader ofrecerles sangre a los dioses, pedirles que aceptaran ese pequeño sacrificio a fin de que él llegara al final del viaje sin que la enfermedad se posesionara de su cuerpo o sin que un jaguar se lo llevara a lo más profundo de la selva para devorarlo. Rezar al Dios de los españoles no le serviría de nada, porque el Dios de los españoles no protege a los indios.

"*¡Ayya ouiya!* A lo largo de mi vida, nueve de cada diez indios murieron por las enfermedades y los castigos que los españoles les causaron. Las medicinas de los españoles envenenan los cuerpos indios. Los españoles les chupan la sangre a los indios, quienes la vierten en las minas, en los campos de las haciendas, en las fábricas de azúcar y en los talleres. Más sangre india se derrama cada día bajo la dominación española de lo que se vertió en un año de sacrificios aztecas, *pero ni una sola gota de esa sangre representa un tributo para los dioses aztecas*. Esto ha enojado a los dioses, quienes creen que los indios los han abandonado. Y expresan ese enojo dejando que los españoles los violen. Son demasiados los indios que olvidaron el sendero que los condujo a la grandeza.

"Tu sangre ha sido salada por los españoles. Los espíritus indios que hay en ti han estado dormidos, pero tú puedes despertarlos y endulzar tu sangre con ellos. Para despertarlos debes recorrer el Camino de tus antepasados indios."

—¿Me enseñará ese camino?

—Ese camino es algo que no se puede enseñar. A uno le pueden mostrar la dirección, pero sólo el corazón nos guiará hacia la verdad. Yo te mostraré esa dirección correcta, pero tú debes realizar ese viaje solo. Los dioses te probarán —gorjeó—, y a veces esa prueba es tan severa que ellos te arrancarán el corazón del pecho y arrojarán tu cuerpo a sus favoritos, los felinos de la jungla. Pero si sobrevives, conocerás una magia más fuerte que el fuego que los españoles disparan con sus mosquetes.

Yo nunca había pensado demasiado en la parte india de mi sangre. En un mundo dominado por los españoles, sólo la sangre de ellos —o su carencia— importaba. Y ahora me encontraba fascinado ante la perspectiva de conocer el mundo de los aztecas, como lo estaba con respecto a la literatura española y los enfrentamientos con espada. De hecho, acababa de pasar del mundo de la Nueva España al mundo de los antiguos aztecas. Y así como tuve una guía en el fraile, quien me condujo por la cultura de los españoles, ahora se me ofrecía ayuda para aprender el sendero de mi parte india.

Sentí curiosidad con respecto al Sanador. ¿De dónde era? ¿Tenía una familia?

—Yo provengo de las estrellas —me dijo.

CUARENTA

Al mediodía llegamos a una pequeña aldea cuyo cacique le dio la bienvenida al Sanador. Nos sentamos en el exterior de la choza con techo de paja del cacique, junto a varios de los ancianos de la aldea. La mayor parte de los lugareños se encontraban trabajando en los campos.

El Sanador les dio a los allí reunidos tabaco como regalo. Se encendieron las pipas y se habló de la cosecha y de los otros lugareños. Si habíamos ido a esa aldea con un propósito determinado, dicho propósito no era evidente. Y tampoco parecía ser urgente. La vida se movía con lentitud para esos ancianos; lo único que aparecía al galope era la muerte.

Nadie preguntó nada sobre mí, y el Sanador tampoco dijo nada. Yo me senté con los muslos sobre los talones y tracé tontos dibujos en la tierra mientras escuchaba la conversación. Me costó entender muchas de las palabras. Mi náhuatl de Veracruz era inadecuado. Por fortuna, tengo facilidad para los idiomas y pude aumentar mi habilidad para hablar esa lengua incluso mientras oía la charla de los ancianos.

Pasó más de una hora antes de que fueran al grano, y el cacique le dijo al Sanador que una mujer necesitaba de sus servicios.

—Ella sufre de *espanto* —dijo el cacique y siguió hablando en voz muy baja.

¡Caramba, de espanto! Esto era algo que hasta yo tenía idea de qué se trataba. Había oído a indios en Veracruz susurrar este terrible elemento. Del mismo modo que el cacique, ellos pronunciaban esa palabra en voz muy baja... si es que la mencionaban.

Espanto era *terror*, causado por presenciar algo terrible... No sólo una tragedia ordinaria como la muerte de un ser querido; por lo general, era algo que pertenecía a la esfera de lo sobrenatural, en la forma de un fantasma u otras apariciones. Se decía que quienes habían visto el Hacha de la Noche, el espectro sin cabeza que se llenaba el pecho de cabezas, y Camazotz, el murciélago inmenso y sediento de sangre de la región del sur, sufrían de espanto por el resto de su vida. Las personas que padecen de ese mal, seguido no pueden comer y terminan debilitándose hasta morir.

Hubo más conversación entre el Sanador y el cacique camino a la choza de la mujer, pero yo los seguí a demasiada distancia como para oír lo que decían. Cuando llegamos a la choza, la mujer salió y saludó a la comitiva. Después de las presentaciones de práctica, de las que yo deliberadamente quedé excluido, todos se sentaron sobre troncos y el tabaco pasó de mano en mano.

Una nube de humo se elevó de las seis personas que fumaban sus pipas. De la pipa de la mujer brotaba tanto humo como de las de los hombres.

Ella era una viuda de alrededor de cuarenta años, una india pequeña pero regordeta, que se había pasado la vida trabajando en los campos, preparando tortillas y amamantando a bebés. Le dijo al Sanador que su marido había muerto hacía un año. Que éste era su segundo marido, el que tuvo antes de dar a luz a sus tres hijos, dos varones y una niña. Un varón y la niña habían muerto de la peste y el varón que sobrevivió estaba casado, tenía hijos y vivía en la aldea. La mujer se había casado con el ahora fallecido segundo marido unos cinco años antes. La relación entre ambos había sido bastante tormentosa.

—Él fue infectado por Tlazoltéotl —le dijo al Sanador.

Reconocí el nombre de la diosa. Tlazoltéotl era la Venus azteca, una diosa del amor.

—Le dio demasiada sangre a Tlazoltéotl —dijo ella—, y la diosa lo recompensó con la fuerza de muchos hombres al hacer el amor. Él me hacía constantes demandas por *ahuilnema*. —Se secó las lágrimas de los ojos. —Yo lo hacía tan seguido que pronto no me pude sentar para preparar las tortillas. No era decente. Hasta a la luz del día, él llegaba temprano de los campos y me exigía poner su *tepuli* en mi *tipili*.

El Sanador y las personas allí reunidas murmuraron su simpatía por la situación de la mujer. Me pregunté cuál era el problema ahora que él estaba muerto. Pero ella muy pronto nos lo aclaró.

—Él murió el año pasado y durante algunos meses tuve paz. Pero ahora ha vuelto.

Yo había estado trazando absurdos dibujos en la tierra, pero de pronto la mujer tuvo toda mi atención.

—Él viene a mí en plena noche, me quita la manta y me saca la ropa de dormir. Mientras yo estoy allí, tendida y desnuda, él se quita la ropa y se mete en la cama conmigo. Yo trato de apartarlo, pero él me abre las piernas por la fuerza.

Y les demostró a los ancianos cómo el fantasma de su marido la obligaba a abrir las piernas, empujando la parte interior de sus muslos con las manos, mientras las piernas de ella temblaban y trataban de resistir esa presión. Los ancianos, al unísono, lanzaron un *aaayyyyo* cuando las piernas de la mujer finalmente se abrieron lo suficiente para que el pene de su marido la penetrara. Todas las miradas estaban fijas en la zona entre las piernas de la mujer que ella acababa de exponer, para demostrar lo que estaba diciendo.

—Y él viene a mí, no una vez por noche sino ¡por lo menos tres o cuatro veces!

Una exclamación de sorpresa por parte de los ancianos. Hasta yo quedé sin aliento. ¡Tres o cuatro veces por noche! Las luchas nocturnas continuas que esa anciana había debido padecer se exhibían en su cara: círculos oscuros debajo de sus ojos cansados.

—¡Yo no puedo comer y mi cuerpo se marchita! —se quejó ella.

Los ancianos confirmaron que la mujer sin duda se estaba marchitando.

—Ella era del doble de su tamaño actual —dijo el cacique—, una mujer de buenas proporciones, capaz de trabajar todo el día en los campos y, todavía, preparar tortillas.

El Sanador le hizo más preguntas acerca de la aparición que la violaba por las noches y entró en más detalles acerca de qué aspecto tenía él, cuál era la expresión de su rostro, qué ropa usaba y qué impresión le dio su cuerpo.

—La de un pez —respondió la mujer—, su *tepuli* está frío y húmedo, resbaloso cuando lo desliza en mi *tipili*… —Y se estremeció como si en ese momento pudiera sentir ese pez frío dentro de ella, y todos nos estremecimos con ella.

Terminadas las preguntas, el Sanador se puso de pie, se alejó de la choza y se puso a caminar por el borde de un conjunto de árboles, cerca de un maizal. Las aves volaban hacia y desde los árboles. Su propio y suave gorjeo volvió hacia nosotros con la brisa.

Seguimos sentados junto a la mujer mientras el Sanador caminaba por entre los árboles. Todos estaban pendientes del Sanador y se esforzaban por oír lo que las aves le decían. También yo escuché con atención los cantos y gorjeos de los pájaros, pero no saqué nada en limpio con respecto al problema de la mujer.

Por ultimo, el Sanador regresó para compartir lo que había averiguado.

—No es su marido muerto el que la visita por las noches —le dijo a la mujer, quien lo escuchaba con avidez—. Tlazoltéotl ha creado una imagen imaginaria del marido, y es esa imagen la que viene por las noches. —Levantó la mano para acallar la respuesta excitada de la mujer en el sentido de que el fantasma era alguien bien sólido. —Esa imagen es un reflejo de su marido. Parece y piensa como él, pero es una imagen especular creada con el espejo ahumado personal de Tlazoltéotl.

El Sanador sacó su propio espejo ahumado, y la mujer y los hombres retrocedieron por el miedo y la maravilla que les produjo.

—Debemos quemar su choza —dijo el cacique—, para librarla de ese espíritu. Él debe de esconderse en un rincón oscuro y salir por las noches para obtener su placer con ella.

El Sanador chasqueó la lengua.

—No, no serviría de nada quemar la choza, no a menos que la mujer estuviera adentro. *¡Esa imagen especular está dentro de ella!*

Más muestras de estupor. El Sanador era un verdadero artista del espectáculo. Usaba sus manos, ojos y expresiones faciales para confirmar cada punto. Me lo imaginaba actuando en una comedia sobre un escenario de la feria junto a los pícaros, con el público alternativamente maravillado o estupefacto por sus pronunciamientos, mientras él explicaba que la vida era sólo un sueño...

—Tlazoltéotl ha ocultado esa sombra dentro de usted —le dijo a la mujer—. Necesitamos extraerla y destruirla para que no pueda volver y seguir violándola.

Instruyó al cacique de que encendiera un fuego; después, condujo a la mujer al interior de la choza.

—Acuéstese en la cama —le dijo a la mujer.

Cuando ella lo hizo, él se arrodilló junto a la mujer y comenzó a canturrearle cerca del oído. Su canturreo se hizo cada vez más intenso y terminó siendo un canto suave.

Su boca se fue acercando cada vez más a la oreja de ella y, por último, sus labios la rozaban. Ella tenía los ojos abiertos de par en par y estaba inmóvil por el miedo, como si esperara que él la montara como lo había hecho el fantasma de su marido.

El Sanador se apartó unos centímetros de la oreja de ella, lo suficiente para que el cacique y yo pudiéramos ver que le estaba extrayendo una víbora del oído, que él se metía después en su propia boca.

De pronto se incorporó y escupió la víbora en su mano. Pasó junto al cacique y corrió hacia afuera. Yo lo seguí, con el cacique y la mujer pisándonos los talones.

El Sanador se detuvo junto al fuego, sostuvo la víbora en el aire y con voz ronca susurró un encantamiento de palabras que me eran completamente desconocidas. Yo sabía que no era náhuatl; sin duda se trataba de palabras mágicas aprendidas de fuentes secretas y conocidas sólo por quienes integraban el círculo interior de la magia.

Arrojó la víbora al fuego. Cuando el ofidio se puso en contacto con las llamas, surgió una enorme llamarada verde. Mientras él permanecía de pie junto al fuego y hacía más proclamaciones en esa extraña lengua, yo me pregunté si no había visto un puñado de polvo salir de su bolsillo y llegar al fuego justo antes de esa gran llamarada verde.

Sudando y temblando por la excitación, él se dirigió a la mujer.

—Acabo de quemar en el fuego al demonio que la ha estado violando todas las noches. Se ha ido y no puede volver. Tlazoltéotl ya no tiene ningún control sobre su vida. Esta noche usted dormirá bien y no volverá a ser visitada por esa sombra.

Después de recibir su paga, un puñado de granos de cacao, el Sanador nos condujo de vuelta a la casa del cacique, donde las pipas ya estaban encendidas y una jarra con pulque era pasada de mano en mano.

Un poco más tarde, los ancianos seguían hablando de ese fantasma hipersexuado, cuando los jinetes llegaron a la aldea. Yo había oído el sonido de caballos que se acercaban y estuve a punto de huir, pero en cambio me senté al notar que el Sanador me miraba. Él tenía razón. Yo nunca podría correr con más rapidez que un caballo.

Tres hombres entraron montados en la aldea. Un español montaba un caballo. Su ropa era similar a la del hombre que me había perseguido en la feria, y supuse que era el capataz de una hacienda. Los otros dos hombres montaban mulas: un indio y un africano, y ambos vestían mejor que la mayoría de los indios y esclavos. Por su aspecto llegué a la conclusión de que no eran simplemente vaqueros, sino que estaban un paso más arriba, que eran hombres que tenían cierta autoridad sobre los peones.

Desde el momento en que los vi, supe que esos hombres eran cazadores y que me buscaban a mí. En lugar de atravesar simplemente la aldea, miraron en todas direcciones con la cautela e intensidad de hombres en una misión.

Detuvieron sus monturas junto a nosotros. El cacique se puso de pie y los saludó, y el indio montado le devolvió el saludo antes de dirigirse a todos nosotros en náhuatl.

—¿Alguno de ustedes ha visto a un muchachito mestizo, de unos catorce o quince años? Debe de haber pasado por aquí en el último par de días.

Tuve que levantar un poco la cabeza para mirar al indio, montado sobre la mula. Yo tenía el sombrero echado hacia abajo por el sol, y con la mano resguardé mis ojos con la esperanza de que esos hombres sólo vieran mi gran nariz.

Aguardé, muerto de miedo, mientras los ancianos mantenían una conversación general acerca de quién había pasado por la aldea en el último par de días. Por último, el cacique dijo:

—Por aquí no pasó ningún mestizo.

Los ancianos murmuraron su asentimiento.

—Hay una recompensa —dijo el indio de la hacienda—. Diez pesos al que lo pesque.

¡Ayyo! La recompensa era de cien pesos. Esos hombres eran ladrones que estafarían a los pobres indios de la mayor parte de la recompensa.

CUARENTA Y UNO

Esa noche, mientras estábamos acostados con nuestras mantas, le dije al Sanador:

—Gracias a la forma en que disfrazaste mi cara, logré engañar no sólo al español y a los vaqueros sino hasta el cacique y los ancianos, que estuvieron horas cerca de mí.

—No lograste engañar al cacique ni a los ancianos: ellos saben que eres mestizo.

Quedé estupefacto.

—¿Y por qué no se lo dijeron al español?

—Porque el enemigo de ellos es tu enemigo —respondió el Sanador—. Al hijo del cacique lo obligaron a trabajar en un hoyo que los españoles perforaron en la tierra para robar plata. Esos hoyos están al norte, en la tierra del Mictlán, el lugar sombrío adonde van los muertos. La plata se pone en las montañas como un don a su dios Mictlantecuhtli, el dios del más allá. El hecho de que se hagan hoyos para robar la riqueza de Mictlantecuhtli enfurece a este dios, quien entonces hace que los túneles se derrumben. Muchos indios mueren allí, algunos por los derrumbes y otros por el hambre y los castigos. El hijo del cacique pasó del dolor al Lugar de Sombras mientras trabajaba en uno de esos hoyos.

"Hace poco, los españoles volvieron a esta pequeña aldea y se llevaron hombres. Todos son hijos, nietos o sobrinos de los ancianos. A los hombres jóvenes se los obliga a construir un túnel a través de una montaña para desagotar el lago que rodea Tenochtitlán, la ciudad que los españoles llamaron México. Mictlantecuhtli nuevamente está furioso por esta violación, y muchos indios han muerto mientras abrían el túnel a través de esta montaña."

—Pero ofrecían una recompensa —dije—. Diez pesos es mucho dinero, probablemente más de lo que el cacique o cualquier otra persona de la aldea vea junto en algún momento.

—El oro que tienen los españoles ha sido robado de Huitzilopochtli, el dios sol, quien lo excreta para Mictlantecuhtli. Los habitantes de la aldea no quieren ese oro. Estos dioses son vengativos y toman la vida de muchos indios. El cacique y los ancianos quieren que sus hijos vivan y que los españoles dejen de obligarlos a enfurecer a los dioses.

En Veracruz, cualquier indio o mestizo, sirviente o persona de la calle, me habría cortado el cuello y entregado mi cuerpo para recibir una recompensa de diez pesos. Me habrían delatado a los españoles sólo por la esperanza de recibir una pequeña recompensa. Aprendí algo de los indios de la Nueva España: los indios domesticados, criados como animales de trabajo en las haciendas y en las ciudades, eran diferentes de aquellos que no habían sido corrompidos por los conquistadores. Todavía había indios que se mantenían fieles a los antiguos estilos de vida y para quienes el honor era más importante que el oro.

Le hice, entonces, la pregunta más importante:

—¿Cómo se dio cuenta el cacique de que no soy indio? ¿Por el color de mi piel? ¿De mi pelo? ¿Por mis facciones? ¿Exhibí acaso piel clara? ¿Qué fue?

—Por tu olor.

Me incorporé.

—¿Mi olor? —Estaba indignado. Esa mañana me había lavado en el agua de un arroyo. Más adelante, por la tarde, tanto el Sanador como yo habíamos usado el *temazcalli* del cacique, su choza de vapor. Si bien los españoles no se bañaban tanto como un indio, yo me bañaba más que un español.

"¿Cómo pude darse cuenta por mi olor? ¿Todas las personas no tienen el mismo olor?"

La única respuesta del Sanador fue una suerte de gorjeo.

—Tengo que saberlo —insistí—. ¿Qué debo hacer para estar seguro de oler como un indio? No tengo acceso a un *temazcalli* todos los días. ¿Hay algún jabón especial que debería usar?

Él se golpeó el pecho.

—El vapor y el jabón no pueden quitar lo que tienes en el corazón. Cuando transites por el Camino de tus antepasados indios, entonces serás un indio.

Antes de que abandonáramos la aldea, el Sanador trató a otras personas por distintas enfermedades. Del mismo modo que fray Antonio, quien "atendía" a los pobres de Veracruz, el Sanador era también un hombre con experiencia en la medicina práctica, aunque el fraile no habría reconocido sus métodos.

Una mujer trajo a su pequeño hijo para que fuera examinado por un problema estomacal. El Sanador sostuvo al pequeño sobre un abrevadero y estudió su reflejo sobre el agua. Gorjeó un poco y después le recetó una semilla pulverizada de palta con plátanos machos crudos y aplastados, y jugo de maguey sin fermentar.

Examinó con su espejo ahumado a un hombre que tenía una tos persistente. El hombre, en los huesos y sintiéndose obviamente mal, describió dolores en el pecho, el abdomen y la espalda. El Sanador le recetó pulque y miel.

Me sorprendió que no hubiera extraído víboras de ninguna de las dos personas.

—Tú me dijiste que toda enfermedad está causada por la invasión en el cuerpo de espíritus malignos que toman la forma de víboras y se contonean alrededor del cuerpo. ¿Por qué no extrajiste hoy esas víboras malignas de la criatura y del hombre?

—No todas las enfermedades pueden ser chupadas de ese modo. La mujer cuyo esposo muerto la ha estado forzando a tener relaciones con él por las noches cree que su fantasma la está atacando. Cuando ve salir la víbora, comprende que el fantasma ha desaparecido. El hombre sufre de los aires, espíritus malos del aire, que se han metido en su cuerpo. Las víboras son demasiado chicas y demasiadas como para chuparlas. Están en todas partes de su cuerpo. Morirá pronto.

Eso me impresionó.

—¿También la criatura morirá?

—No, no. En el caso del chico, sólo su estómago estaba trastornado. Habría sido desperdiciar una víbora al usarla con una criatura que no entendería que, así, el mal había sido extraído de su cuerpo.

Yo sabía que las víboras no eran espíritus malignos en el cuerpo, sino que estaban almacenadas en un canasto que el Sanador transportaba a todas partes en su burro. Lo que el Sanador parecía estar diciéndome era que lo que él extraía de la cabeza de la gente eran los malos pensamientos. Que, en sí mismos, los pensamientos eran enfermedades.

Aunque yo había asistido al fraile en la amputación de la pierna de una prostituta y en muchos otros tratamientos médicos de importancia menor, los malos pensamientos me resultaban una enfermedad bien extraña. Sin embargo, esa técnica del Sanador parecía tener buen efecto. Cada persona a quien él le había extraído la víbora, sonreía y, después, parecía notablemente más feliz.

La mujer que sufría abusos por parte de su marido nos trajo tortas de maíz y miel para el desayuno, y le informó al Sanador que había dormido muy bien la noche anterior, algo que no le sucedía en meses. Si la mujer hubiera acudido al consultorio de un médico español, quejándose de un fantasma, él la habría enviado a ver a un sacerdote para que la exorcizara. A su vez, el sacerdote habría usado oraciones y una cruz para obligar al diablo a abandonarla, y, quizá, solicitado la ayuda de la Inquisición para averiguar si la mujer era una bruja.

¿Cuál método era más humano? ¿Cuál era más eficaz?

Comenzaba a entender lo que el Sanador quiso decir cuando afirmó que los españoles habían conquistado la carne de los indios, pero no su espíritu.

CUARENTA Y DOS

Cuando desperté por la mañana, el Sanador ya no estaba en su manta. Fui al arroyo a lavarme y lo vi en un pequeño claro entre los árboles.

Estaba rodeado de aves, una de las cuales tenía en un hombro y comía de su mano.

Más tarde, cuando nos dirigíamos a la siguiente aldea, él me dijo que había recibido conocimientos acerca de mi persona.

—*Moriste una vez* —me dijo— *y volverás a morir antes de que sepas tu nombre.*

Yo no tenía idea de cuál era el significado de esta profecía, y él no quiso decirme más.

El Sanador comenzó a guiarme en el aprendizaje de la forma de vida de los aztecas mientras viajábamos de una aldea a otra.

La forma de vida de los aztecas significaba honrar la propia familia, el clan, la tribu y los dioses. A los pequeños se los instruía y disciplinaba con severidad desde el nacimiento, con respecto a la forma en que debían actuar, vivir y tratar a otros.

El cordón umbilical de una criatura del sexo masculino se le entregaba a un guerrero, quien lo enterraba en un campo de batalla, y esto aseguraba que, al crecer, el muchacho sería un fuerte guerrero. El cordón umbilical de un bebé del sexo femenino era enterrado debajo del piso de la casa, para mantenerla siempre cerca de su hogar.

—Cuando nace una criatura azteca —dijo—, el padre llama a un adivino para que lea el camino de esa criatura en la vida. El signo del día en que nace la afectará durante toda la vida. Hay buenos signos que traen felicidad, salud y hasta dinero, y malos signos que traen fracaso y enfermedad.

—¿Cómo se determinan esos caminos?

—Es preciso consultar el Tonalámatl, o Libro del Destino, que determina los días buenos y los malos. Hay que indagar los signos del día y la semana del nacimiento, y otros eventos que lo rodearon. Un signo favorable del nacimiento trae recompensas en la vida... pero sólo si se lleva esa existencia de acuerdo al signo. Una vida mala hará que un signo de nacimiento afortunado se vuelva malo.

Me hizo preguntas acerca del día y la hora de mi nacimiento. Al menos eso lo sabía, junto con el hecho de que el fraile había insinuado que acontecimientos ominosos rodeaban mi nacimiento. Por lo oído en la calle, también sabía algo acerca de días buenos y días malos. Los días del calendario azteca estaban numerados y tenían nombres. Uno cocodrilo, que significaba la primera vez que en el calendario aparecía un día cocodrilo, era considerado un día fortuito para nacer. Cinco Cóatl, serpiente, era un día malo. Yo sólo estaba familiarizado con el carácter de unos pocos signos acerca de los cuales había oído hablar a gente de la calle, pero sabía que existían días llamados ciervo, conejo, agua, viento y otras cosas.

El Sanador desapareció en la selva durante dos horas. A su regreso, comimos lo que yo había preparado sobre nuestra fogata de campamento. Durante su ausencia, yo había predicho el futuro de una india embarazada que había tenido dos hijas y estaba desesperada por tener un varón. Después de examinar las cenizas del fuego en que ella había preparado la comida y de murmurar algunas palabras en latín a una bandada de pájaros, le dije que sin duda tendría un hijo varón. La mujer, agradecida, me regaló un pato que yo asé para nuestra comida.

No me animé a confesarle al Sanador que yo estaba adivinando el futuro de la gente.

Lo escuché mientras atacaba el pato con gran entusiasmo

Él habló con tono solemne:

—Cada uno de nosotros tiene su destino decidido por los dioses. Para algunos hay signos claros de buena fortuna, mientras que a otros les esperan dolor y desdicha. —Sacudió la cabeza. —Tú caes en la categoría del Destino Sombrío, el destino que los dioses ha dejado incompleto. Tu día es el Cuatro y tu signo, Ollin, el movimiento. Los dioses no determinan el destino de los nacidos bajo este signo, porque el movimiento es variable y cambia de dirección muchas veces. Está bajo el control de Xolotl, el mellizo malévolo de la Serpiente Emplumada. En ciertas épocas del año se ve el lado oscuro de Xolotl brillando en el cielo nocturno, mientras que el lado claro de la estrella brilla por la mañana.

Por la descripción supuse que Xolotl era el lucero de la tarde, la manifestación nocturna de Venus, opuesto al lucero del alba. Xolotl, un monstruo con cabeza de perro, era otro personaje favorito en las mascaradas.

—Se dice que los que nacen bajo el signo del movimiento cambian frecuentemente su camino en la vida y a menudo se convierten en pillos o en cuenteros.

Epa, eso sí que me llamó la atención.

—Precisamente porque son tan fluidos pueden cambiar de forma. El lado más oscuro de los nacidos en el signo del movimiento se debe a que cambian de aspecto y pueden tomar diferentes formas, incluso la de animales.

—¿Por qué se lo considera el lado oscuro? —pregunté.

—Porque hay personas malvadas que hacen mucho daño bajo el disfraz de animales o en la forma de otra persona.

El Sanador también me dijo que yo necesitaba un nombre azteca.

Aparté la boca de la carcaza del pato que estaba mordisqueando y me limpié la grasa que tenía en la barbilla.

—¿Cuál debería ser mi nombre azteca?

—Nezahualcóyotl.

Reconocí el nombre. Junto a Moctezuma, era el más famoso rey indio. Corrían muchas historias sobre Nezahualcóyotl, el rey de Texcoco. Era famoso por sus poemas y su sabiduría. Pero, por el brillo divertido que vi en los ojos del Sanador cuando me concedió ese nombre, comprendí que yo no estaba siendo honrado por mi sabiduría ni por mis talentos literarios.

El nombre significaba "Coyote Hambriento".

A lo largo del camino, el Sanador me mostró la vegetación —plantas, árboles y arbustos— que eran útiles en el arte de curar, y los caminos de la selva y de la jungla, y los animales y las personas que los habitan.

—Antes de la venida de los españoles, los oradores reverendos, como nosotros llamábamos a nuestros emperadores aztecas, no sólo tenían un gran zoológico de animales y de serpientes, sino también vastos jardines en los que crecían miles de plantas que eran utilizadas por los sanadores. La potencia y los poderes curativos de la planta se determinaban empleándolos en criminales y prisioneros que iban a ser sacrificados.

Los grandes jardines y libros médicos sufrieron la misma suerte que la mayor parte del conocimiento azteca: los sacerdotes que siguieron a los conquistadores los destruyeron. ¿Qué había dicho el fraile sobre la ignorancia? Que lo que ellos no entendían, lo temían y lo destruían.

El Sanador me mostró las plantas que eran usadas para heridas y úlceras, para curar las ampollas de quemaduras, reducir la hinchazón, curar las enfermedades de la piel y los problemas de ojos, reducir la fiebre, serenar el estómago, calmar el corazón cuando está demasiado activo y estimularlo cuando está demasiado quieto. La jalapa se usaba para mover el intestino; una planta llamada "orina de tigre", para facilitar la micción.

Los médicos aztecas cosían las heridas con cabello humano. Ponían los huesos rotos en su lugar con trozos de madera y colocaban goma del *ocozotl* con resina y plumas sobre la madera.

Ni siquiera los peces estaban ajenos a la influencia de las hierbas aztecas. Los indios solían moler una planta llamada barbasco y arrojarla a los ríos y los lagos. Esa hierba atontaba a los peces y los obligaba a salir a la superficie, donde los indios los recogían.

A los chicos se los instruía en que debían mantener los dientes limpios para evitar las caries; para limpiarlos se utilizaba sal y carbón en polvo, cepillado con un instrumento de madera.

Vi un ejemplo sorprendente de los remedios aztecas para los dientes en una aldea, en la que otro sanador viajero se detuvo al mismo tiempo que nosotros. Su especialidad era extraer los dientes que dolían... de manera indolora. Él aplicaba a los dientes una sustancia que instantáneamente los adormecía. Y, horas después, el diente en cuestión se caía.

Le pregunté al Sanador qué le había aplicado que tuvo un resultado tan espléndido.

—El veneno de una serpiente de cascabel —respondió.

El Sanador me dijo que no todos los productos sacados de las plantas servían para curar. La veintiunilla, por ejemplo, causaba la muerte en exactamente veintiún días. Las personas a las que se les administraba la planta desarrollaban una sed insaciable por bebidas fuertes como el pulque y el vino de cactus, y las bebían hasta morir.

—Las rameras aztecas malévolas hacían que los hombres bebieran *macacotal*, una infusión de una serpiente. *Ayyo*, entonces estos hombres participan de *ahuilnema* con seis o siete mujeres, una después de otra, y momentos después están listos para *ahuilnema* con incluso más mujeres. Esto sigue y sigue, y el hombre no puede controlar su urgencia y les da todo lo que tiene a las prostitutas, hasta que la vida lo abandona y la carne le cuelga de los huesos.

Tener poder para satisfacer a tantas mujeres. ¡Muy hombre! Qué manera de morir, ¿no, amigos?

Otro afrodisíaco indio era "la rosa de las brujas". Las curanderas empleaban palabras mágicas para hacer que las rosas se abrieran antes de que llegara su estación. Después, esas rosas se les vendían a hombres con una finalidad perversa: la seducción de mujeres. La rosa se escondía debajo de la almohada de la mujer. Cuando ella inhalaba su fragancia, quedaba embriagada de amor hacia la persona que había puesto la rosa allí y pronunciaba su nombre.

Le pregunté acerca de las drogas que nos robaban la mente. Su expresión no cambió, pero cuando algo lo divertía en sus ojos aparecía un brillo especial y él emitía una risita entre dientes que se parecía a un gorjeo. Eso hizo cuando me habló del *yoyotli*, el polvo que hacía que las personas se sintieran tan felices y dóciles que acudían muy contentas a la piedra del sacrificio, donde un sacerdote las aguardaba con un cuchillo de obsidiana para arrancarles el corazón.

—Los tejedores de flores son los hechiceros que ponen nuestra mente en contacto con los dioses —dijo el sanador. El *peyotl*, de los pimpollos de cactus que crecen sólo en el Lugar de los Muertos, los desiertos del norte; y las semillas marrones del *ololiuqui*, una planta trepadora que se adhiere a otras plantas, se usaban para "llevar a la gente a los dioses", que, según entendí, significaba que la persona entraba en un estado onírico. Por las cosas confusas que decía y las visiones que esa persona experimentaba, un sanador era capaz de determinar la enfermedad que padecía esa persona.

El *teunanacatl*, un hongo negro y amargo, fue llamado "carne de los dioses". Cada tanto servido con miel en las fiestas, también lo llevaba a uno a los dioses, pero las alucinaciones eran menores que las creadas por el *peyotl*.

—Algunas personas ríen histéricamente, otras imaginan que son perseguidas por serpientes o que sus vientres están llenos de gusanos que se los están comiendo vivos. Otros vuelan hacia los dioses.

Una planta que podía fumarse era llamada maleza coyote por el Sanador.

—Hace que el que la fuma se sienta calmo, y alivia los dolores profundos. —Una leve sonrisa en la cara del Sanador me insinuó que parte del tabaco que él fumaba era de la variedad maleza coyote.

La sustancia más poderosa era el *teopatli*, el ungüento divino. El Sanador habló de él con tono reverente. A las semillas de ciertas plantas "se agregan las cenizas quemadas de arañas, escorpiones, ciempiés y otros insectos dañinos, *petum* para que la carne no sienta dolor y *ololiuqui* para levantar el ánimo". Aplicado a la piel, volvía a la persona invencible, como si frente a él se levantara un escudo invisible.

—Los más grandes guerreros de los aztecas eran los Caballeros Jaguar y los Caballeros Águila; se dice que las armas de sus enemigos no podían cortarlos cuando se habían aplicado en la piel el ungüento *teopatli*.

A medida que los meses transcurrían y pasábamos de una pequeña aldea a otra, no volví a encontrar a ningún otro jinete que me buscara. Muy pronto, gran parte de ese miedo había desaparecido y no hizo falta que siguiera el tratamiento para hincharme la nariz. Porque el sol me oscureció tanto la piel, necesitaba poca tintura. Pero, como medida de seguridad, el Sanador me dio una "lastimadura" que debía usar sobre la mejilla, un trozo pequeño y negro de corteza adherido con savia.

Nos mantuvimos alejados de aldeas más grandes y ciudades, mientras yo aprendía a pensar y a actuar como un indio.

Incluso más que los españoles, los indios se gobernaban por la superstición y el capricho de sus dioses. Todo lo que hacían o experimentaban, desde el sol en el cielo y la tierra debajo de sus pies, dar a luz o ir al mercado para vender mazorcas de maíz, siempre tenía un poder espiritual involucrado. La enfermedad era fruto, casi siempre, de espíritus malignos, malos aires que se respiraban o lo tocaban a uno. Y la cura era eliminar los espíritus con la magia y las hierbas de un sanador.

Los sacerdotes españoles luchaban contra las supersticiones de los indios y trataban de reemplazarlas con ritos cristianos. Descubrí que la mayoría de las costumbres indias eran inocuas o, en el caso de los remedios médicos herbáceos, resultaban extraordinariamente beneficiosos. Cada tanto, me sorprendía.

En nuestros viajes a lugares poco visitados por extranjeros, llegamos a una aldea en la que una mujer anciana había sido lapidada a muerte justo antes de nuestro arribo. Su cuerpo, y una serie de piedras ensangrentadas, diseminadas por todas partes, estaba inmóvil sobre el suelo cuando entramos llevando al burro.

Le pregunté al Sanador qué gran crimen había cometido esa anciana.

—Ella no murió por sus pecados sino por los pecados de todos los lugareños. Todos los años se elige a la mujer de más edad de la aldea para que oiga las confesiones de todas las personas que en ella viven. Después, esa mujer es lapidada hasta morir para expiar así los pecados de toda la aldea.

¡Ayya ouiya!

Los dioses estaban tan involucrados en la muerte como lo estaban en la vida. Tal como había un mundo cristiano de muerte, los aztecas tenían sus lugares donde residían los espíritus de los muertos, tanto un infierno como un paraíso celestial. Adónde iba uno, si al infierno o al paraíso celestial, lo que le pasaba a su alma dependía no de la conducta de esa persona durante la vida, sino *de la manera en que moría*.

La Casa del Sol era un paraíso celestial al este del mundo azteca. Los guerreros muertos en batalla, las personas que eran sacrificadas y las mujeres que morían en el parto compartían el honor de residir en ese lugar maravilloso después de la muerte. La Casa del Sol estaba repleta de hermosos jardines, un clima perfecto y los manjares más exquisitos. Era el Jardín del Edén, el Jardín de Alá, el paraíso.

Los guerreros que moraban allí, pasaban su tiempo en batallas incruentas. Pero cada mañana se reunían en un vasto ejército sobre una gran planicie abierta e infinita que se extendía hasta el horizonte. Aguardaban a que el sol se elevara en el este. Cuando el primer resplandor de luz se filtraba por encima del horizonte, los guerreros lo saludaban golpeando las lanzas contra los escudos; después, escoltaban al sol en su viaje por el cielo.

Al cabo de cuatro años, los guerreros, las víctimas de sacrificios y las mujeres muertas al dar a luz, iban al Lugar Oscuro, el lugar de los muertos, el Mictlán.

Este infierno, bien al norte del mundo azteca, era un lugar de desiertos bochornosos y vientos capaces de congelar a una persona en su lugar. El señor de Mictlán era Mictlantecuhtli, un dios que usaba una máscara de calavera y una capa de huesos humanos. Para llegar a Mictlán, el alma debía viajar a través de ocho infiernos antes de arribar al noveno infierno, donde viven Mictlantecuhtli y su diosa reina.

Cada uno de los viajes tenía el tipo de peligros que Ulises tuvo que enfrentar y los horrores truculentos del infierno de Dante. Los muertos debían primero cruzar un río ancho y veloz. Para esta tarea hacía falta un perro rojo o amarillo. Después de esto, debían pasar entre dos montañas muy cerca una de otra. Las tareas se hacían cada vez más difíciles: ascender por una montaña de obsidianas filosísimas, una región de vientos helados, capaces de separar la carne del hueso; lugares donde los estandartes azotaban a los caminantes, donde las flechas atravesaban a los desprevenidos, y las bestias salvajes desgarraban los pechos para comer corazones humanos. En el octavo círculo, los muertos debían trepar por salientes angostas junto a despeñaderos.

Después de cuatro años de tribulaciones y tormentos, los muertos llegaban al noveno infierno, un lugar ubicado en lo más profundo de las entrañas de la Tierra. En este reino del Señor Mictlantecuhtli y su reina, la esencia de los muertos —lo que los cristianos llaman alma— se quemaba para lograr la paz eterna.

Bueno, yo preferiría el cielo cristiano más que el Mictlán. Hasta los lépe-ros ladrones y asesinos llegan allí, siempre y cuando se arrepientan al final.

La preparación para el viaje después de la muerte también dependía de la forma en que se había muerto.

—Los que murieron en una batalla y durante el parto se quemaban encima de una pira —me dijo el Sanador—. Esto libera al espíritu para su viaje al Cielo del Este. Los que deben viajar al reino del Señor de los Muertos, Mictlantecuhtli, son sepultados bajo tierra. Esto les permite ini-ciar su viaje por los infiernos.

Al margen de cuál sería su destino, a los muertos se los vestía con su mejor atuendo ceremonial y se los proveía de comida y bebida para el via-je. Un trozo de jade o algún otro objeto valioso colocado en la boca del muerto era dinero para comprar lo que necesitaría en el más allá. Hasta a los pobres se les ponía comida y agua para ayudarlos en ese largo viaje.

Los que podían pagarlo hacían el viaje a la Casa del Sol o más allá, con un compañero, un perro rojo o amarillo.

Cuando el Sanador me dijo eso, yo miré al perro amarillo que nunca se separaba de su lado, ni de día ni de noche.

Los reyes y los nobles hacían el viaje rodeados por la riqueza y el es-plendor de que habían disfrutado en vida. Se construían algunas tumbas que se llenaban con comida, chocolate y esposas y esclavas sacrificadas. En lugar de un simple trozo de jade, un tesoro terrenal, en la tumba se co-locaban oro, plata y piedras preciosas. Los muertos famosos se ponían sentados en una silla con sus armas y su peto dorado o eran transportados en una litera.

Las costumbres funerarias de estas personas no diferían demasiado de las que el fraile me contó que existían entre los antiguos egipcios.

—Debido a la existencia de las pirámides, de los ritos fúnebres y del hecho de que algunos aztecas eran varones circuncidados a la manera de los semitas, algunos eruditos creían que, originariamente, los aztecas per-tenecían a Tierra Santa, tal vez a una tribu perdida de Israel.

Los poetas aztecas comparaban la vida humana con el destino de una flor, que brota de la tierra y se eleva, crece hacia el cielo, florece y luego es devorada nuevamente por la tierra.

"En tus ojos, nuestras almas son apenas jirones de humo o nubes que suben de la tierra", cantaban.

Y eran fatalistas con respecto a la muerte. No perdonaba a nadie, rico ni pobre, bueno o malo. El Sanador me cantó por entre las llamas de una fogata de campamento:

> Hasta el jade se despedazará,
> Hasta el oro se desmigará.
> Hasta las plumas del quetzal se desgarrarán.
> No vivimos para siempre en esta tierra:
> Sólo perduramos un instante.

—¿Creían ellos en la vida después de la muerte? —le pregunté al Sanador—. ¿Cómo lo enseñan los frailes acerca de la religión cristiana?

¿Hacia dónde vamos, ay, adónde vamos?
¿Estaremos muertos allá o todavía viviremos?
¿Habrá una nueva existencia en ese lugar?
¿Volveremos a sentir la dicha del Dador de la Vida?

—Tu pregunta —dijo él—, se verá contestada por una tercera canción.

¿Por casualidad viviremos una segunda vez?
Tu corazón lo sabe.
Sólo una vez hemos nacido a la vida.

CUARENTA Y TRES

Junto con el aprendizaje del Estilo de Vida Azteca, lentamente fui empapándome de los métodos del Sanador: no sólo lo relativo al arte de tratar heridas y enfermedades sino, mucho más importante a mis ojos, la técnica de extraer una víbora "malévola" de la cabeza de una persona. Yo no toleraba ponerme en la boca una de las víboras del Sanador cuando hacía el truco, así que, en cambio, practicaba con una ramita.

Pronto tuve ocasión de poner en práctica mi "magia" de la manera más deliciosa.

El Sanador se había ido a meditar con los pájaros y yo estaba en la choza que nos proporcionó el cacique de la aldea. Aburrido y con mucho tiempo entre las manos —una combinación peligrosa para cualquier joven—, me había puesto la colorida manta de plumas del Sanador y un tocado elaborado que me cubría casi toda la cara. Practicaba el truco de la víbora, cuando el cacique local entró en la choza.

—Gran Hechicero —dijo—, estuve esperando tu llegada. Tengo problemas con mi nueva esposa. Es muy joven y a este anciano le resulta muy difícil tratar con ella.

El fraile siempre decía que yo tenía un diablo en mi interior. Al oír esas palabras de labios del anciano, ese diablo que moraba en mí se despertó y tomó el control de la situación. No pude resistir la tentación de tratar de averiguar exactamente cuáles eran los problemas que el anciano tenía con su joven esposa.

—Necesito que vengas ahora a mi choza y la examines. Algún espíritu maligno ha entrado en su *tipili* y mi *tepuli* no logra penetrarla.

Bueno, yo había visto al Sanador enfrentar muchas veces problemas de sexo. Sería tarea fácil para mí. Murmurando alguna tontería y con un gesto de la mano, lo obligué a salir de la choza. Cuando él lo hizo, tomé una de las víboras preferidas del Sanador. La sola idea de utilizar una víbora me resultaba repulsiva, pero él esperaría que lo hiciera.

La vivienda del cacique era la más grande de la aldea. Si bien la mayoría de las chozas de la aldea consistían en una o dos habitaciones, la de él tenía cuatro.

Ayya. La esposa del anciano fue toda una sorpresa: era una mujer joven y muy bonita, apenas mayor que yo. Muy a punto para el *ahuilnema*, aunque el que tratara de penetrarla fuera un viejo pene.

El cacique me explicó el problema.

—Está demasiado cerrada. Yo no logro introducir mi *tepuli*. Mi *tepuli* es bien duro —me aseguró, y expandió el pecho con orgullo—, ese no es el problema. Y ella no es demasiado chica. Puedo abrirle el *tipili* con la mano y meterle tres dedos adentro. Pero cuando intento hacer lo mismo con mi *tepuli*, la abertura no es suficiente.

—Son los aires —me dijo la mujer, utilizando el término español—. Yo estaba lavando ropa en la margen del río y aspiré un espíritu maligno. Cuando mi marido trata de meterme su *tepuli*, no entra, ni siquiera si yo trato de ayudarlo con la mano, porque el espíritu me cierra el *tipili*.

Con voz apagada, farfullé algunas incoherencias.

Ella habló con voz impasible, pero en sus ojos había mucha vida. Y esos ojos examinaban con mucha atención la escasa parte de mi cara que se veía por las aberturas del tocado del Sanador. Sin duda lo que ella quería era tener idea de mi edad, algo que los ojos de su marido en ningún momento lograron.

Oí que otros hombres hablaban afuera; eran los ancianos de la aldea que se congregaban para observar la magia. Le pedí al cacique que saliera y les dijera que no les estaba permitido entrar, y musité las instrucciones de modo que ni yo mismo entendí las palabras que empleé.

Sin él en la habitación, me dirigí a la muchacha.

—¿Por qué no tienes *ahuilnema* con tu marido? —le pregunté con voz normal—. Y no me digas que es por culpa de espíritus malignos.

—¿Qué clase de sanador eres? Siempre son hombres viejos.

—Soy de una nueva clase. Tengo conocimientos no sólo de la medicina de los indios, sino también de la de los españoles. Dime por qué no permites que tu marido tenga *ahuilnema* contigo.

Ella tosió.

—Cuando me casé, me prometió que recibiría muchos regalos. Él es el hombre más rico de la zona, pero no me da ningún regalo. Cada vez que me entrega un pollo para que lo desplume y se lo cocine, él cree que es un regalo.

Una auténtica mujer. El demonio desaparecería si ella recibía lo que deseaba. Pero, ¡ay de mí!, yo me había presentado como el Sanador y el cacique estaba familiarizado con su técnica. Ni ella ni los ancianos de la aldea quedarían satisfechos a menos que yo le extrajera una víbora a la muchacha. La pequeña víbora verde y resbalosa se movía en mi bolsillo. Cuando la toqué, tuve la seguridad de que también habría mierda en mi bolsillo. No existía ninguna posibilidad de que yo me pusiera esa horrible porquería en la boca.

Obedeciendo mis instrucciones, el cacique entró solo.

—Los ancianos de la aldea desean ver cómo extraes ese espíritu maligno.

Puse uno de los talismanes del Sanador frente a mis labios y le hablé con la voz ronca que simulaba tener.

—Los ancianos no pueden entrar. El espíritu maligno debe ser extraído de tu esposa.

—Sí, sí, ellos quieren…

—De su *tipili*.

—¡Aaaak! —Él jadeó, tuvo arcadas y comenzó a toser. Por un momento pensé que iba a caerse muerto allí mismo. Su salud era importante para mí. Si llegaba a morir, lo más probable era que yo no saldría con vida de la aldea.

Sentí un gran alivio cuando él empezó a respirar bien de nuevo.

—El demonio está en su *tipili*, y es de allí que yo debo extraerlo. Puesto que soy un doctor, desde luego es correcto y respetuoso que yo realice esa tarea. Por supuesto, si tú no deseas tener nunca *ahuilnema* con tu esposa…

—No lo sé, no lo sé —dijo—, tal vez si yo hago un nuevo intento…

—¡*Ayya*! Si lo haces, ¡el demonio se meterá en tu *tepuli*!

—¡No!

—Sí. Hasta que el demonio sea extraído, ella ni siquiera puede compartir el lecho contigo. Ni cocinar para ti. Podría meterse por tu boca con la comida.

—¡*Ayya ouiya*! Yo tengo que comer. Sácasela.

—Tú puedes quedarte —dije—, pero debes darte vuelta y mirar la pared.

—¿Mirar la pared? ¿Por qué tengo que…?

—Porque el demonio buscará otro orificio por el cual entrar cuando yo lo haya sacado. Puede meterse en tu boca, en tu nariz, en tu… —dije y me palmeé el trasero.

Él lanzó un gruñido.

—También debes repetir todo el tiempo el canto que te indicaré. Es la única manera de evitar que el demonio te persiga. Repite estas palabras una y otra vez. Rosa rosa est esto, rosa rosa est esto.

Giré para examinar a su esposa mientras él me daba la espalda y, literalmente, repetía sin cesar eso de "una rosa es una rosa es una rosa".

Hice que la joven esposa se acostara sobre una manta y se quitara la falda. Debajo no usaba nada. Podría decirse que casi toda mi experiencia con mujeres la había tenido a oscuras, pero las dos jovencitas del río me habían instruido bien acerca de los tesoros que es posible encontrar en el cuerpo de una mujer.

Puse mi mano sobre el montecillo de vello oscuro y lentamente fui moviendo la mano hasta que quedó entre sus piernas. Cuando mi mano siguió bajando, las piernas de ella se abrieron. Enseguida me excité y mi pene comenzó a pulsar enloquecidamente. Su *tipili* se abrió como un botón de oro al sol, cuando mi mano se lo tocó. Dejé que mis dedos entraran y rodearan esa abertura mojada y cálida. Encontré entonces su "teta de bruja" y me puse a acariciársela con suavidad.

Ella comenzó a fluir con el movimiento de mi mano, y sus caderas ascendían y bajaban. ¡*Ayya*! El único demonio que había en el *tipili* de esa mujer joven era el descuido de que era objeto por tener que acostarse con un viejo.

Oí que el cacique comenzaba a flaquear en su recitación.

—Debes mantener alejados a los espíritus. Sigue cantando.

Él retomó enseguida su letanía.

Miré entonces a la joven. Ella me miraba con ojos que me dijeron que le gustaba muchísimo lo que yo le hacía. Me incliné para tomar la "teta de bruja" en mi boca, pero ella me detuvo.

—Quiero tu pene —me susurró, utilizando la palabra española. Sus ojos eran tan voluptuosos y sensuales como su *tipili* mojado e hirviente. Tal vez no estaba abierta para el viejo cacique, pero tuve la sensación de que más de un muchachito de la aldea había disfrutado de sus favores.

Lo cierto es que, si bien yo era un contador de historias, sí, también un mentiroso si ustedes insisten, reconozco con toda sinceridad que había tenido poca experiencia en hacer lo que los indios llamaban *ahuilnema*. La gran oportunidad que tuve en la feria se frustró cuando mi garrancha se excitó demasiado rápido. Ahora, a pesar del peligro de ser pescado —y no solamente desollado, sino probablemente desollado y asado con lentitud— mi pene pulsaba salvajemente y me decía que deseaba explorar nuevos estímulos, más allá de lo que había experimentado con mi propia mano.

La mano de ella se dirigió a mis pantalones y deshizo la cuerda que los sostenía. Me bajó los pantalones, tomó mi pene en la mano y lo llevó hacia su *tipili*.

La pulsación era tan feroz que creí que mi pene iba a explotar.

Comencé a montarla y... y... ¡mierda!

Ese jugo que la Flor Serpiente necesitaba para su poción de amor estalló de mi pene. Por un momento tuve una serie de convulsiones. El jugo saltó hacia afuera y fue a parar sobre el estómago de la joven.

Ella miró su estómago violado y, luego, mis ojos. Susurró algo en náhuatl. Yo no reconocí la palabra, pero el significado era evidente.

Avergonzado, me retiré de ella y me subí los pantalones.

—Rosas rosas rosas... ¿puedo parar ahora? —preguntó el cacique, agotado.

Yo extraje la viscosa pequeña víbora de mi bolsillo y le dije que se diera media vuelta.

—El demonio se ha ido —dije y arrojé la víbora al fuego—, pero hay otro problema. El demonio entró en tu esposa porque ella estaba débil por no ser feliz. Cuando se siente feliz, el demonio no puede penetrarla. Cada vez que desees tener *ahuilnema* con tu esposa, debes darle un real de plata. Si lo haces, el demonio no volverá.

El cacique se apretó la mano sobre el corazón y en la cara de la muchacha se dibujo una gran sonrisa cuando yo me iba.

Fui deprisa a la choza donde nos alojábamos para quitarme el tocado y la capa antes de que volviera el Sanador.

Fray Antonio me había dicho que un gran rey llamado Salomón había tenido la sabiduría de ordenar que un bebé fuera partido en dos a fin de determinar cuál de las dos mujeres que alegaban ser su madre era la auténtica madre. Sentí que mi solución al problema del cacique y su esposa había tenido la misma clase de sabiduría que la de ese rey del antiguo Israel.

Pero, ¡ay de mí!, mi desempeño como amante fue un fracaso. Había perdido el honor. Sí, amigos, el honor. Aprendía el estilo de vida de los aztecas, pero era todavía un español. Al menos, la mitad de un español; y una vez más mi pene me había avergonzado.

Utilizando la lógica de Platón, determiné que el problema radicaba en mi inexperiencia. Sabía, por mis días en las calles, que los jovencitos entrenan su pene. Yo debía practicar más con mi mano para asegurarme de que mi garrancha estuviera lista la próxima vez que se presentara la oportunidad.

CUARENTA Y CUATRO

—No conocerás la forma de vida de los aztecas hasta que hables con tus antepasados —me dijo el Sanador.

Hacía un año que yo estaba con el Sanador. Mi cumpleaños número dieciséis había llegado y pasado, y ya me acercaba al siguiente. Habíamos viajado de aldea en aldea. Yo había aprendido el lenguaje náhuatl, tal como debe ser hablado y ahora podía mantener una conversación también en otros dialectos indios. Gracias a lo que había aprendido de los indios en nuestros viajes, creí conocer la forma de vida de mis antepasados aztecas; pero cuando se lo decía al Sanador, él chasqueaba la lengua y sacudía la cabeza.

—¿Cómo debo hablarles a los dioses? —le pregunté.

Él gorjeó como un ave.

—Debes ir al lugar donde residen y abrir tu mente. Iremos al Lugar de los Dioses —dijo.

Habíamos entrado en el valle de México, la gran cavidad entre altas montañas que contenía la tierra más valiosa de la Nueva España. El valle había sido el corazón y el alma del mundo azteca, y ahora era la misma cosa para los españoles del Nuevo Mundo. En él estaban los cinco grandes lagos que en realidad eran uno, incluyendo el lago de Texcoco sobre el que los aztecas habían construido Tenochtitlán, la gran ciudad que, a su vez, los españoles demolieron para construir la Ciudad de México.

Pero no era a esa ciudad sobre el agua adonde el Sanador me llevaba. Como era nuestra costumbre, evitábamos las ciudades grandes. Íbamos camino a otra ciudad, la que en una época tuvo más gente que Tenochtitlán. Nuestro destino quedaba a unos dos días de caminata de Ciudad de México.

—¿Hay muchas personas en la ciudad a la que me llevas?

—Más que las arenas a lo largo del Mar del Este —contestó, refiriéndose a la costa de Veracruz—, pero no podrás verlas —dijo y cloqueó.

Yo nunca había visto al viejo tan exaltado. Pero no era de extrañar porque estábamos entrando en Teotihuacán, el lugar de los dioses, la ciudad que era sagrada para los aztecas y que ellos llamaban el Lugar Donde los Hombres se Transforman en Dioses.

—Teotihuacán no es una ciudad azteca —me dijo el Sanador—. Es mucho más antigua que los aztecas. Fue construida por una civilización más antigua y más poderosa que todos los imperios indios conocidos. Era la ciudad más grande del Único Mundo.

—¿Y qué fue de ella? ¿Por qué ahora no vive nadie allí?

—*Ayya*. Los dioses empezaron a librar batallas entre ellos. La gente huyó de la ciudad cuando los dioses luchaban, porque la muerte caía de los cielos como las lluvias nuevas. La ciudad sigue estando allí, pero sólo los dioses caminan por sus calles.

El conocimiento que el Sanador tenía de la ciudad no estaba basado en lo que había encontrado en los libros, sino en el conocimiento hallado en leyendas y cuentos de los ancianos. Llegaría el día en que yo aprendería más acerca de Teotihuacán. Y no me resultaría sorprendente que lo que el Sanador sabía acerca de la ciudad fuera totalmente correcto.

Teotihuacán, ubicada a unas diez leguas al noreste de la Ciudad de México, era en realidad una de las maravillas del mundo. Era la gran ciudad de la era clásica india, la Roma y la Atenas del Nuevo Mundo. Extendida en una zona inmensa, solamente el centro ceremonial de la ciudad era más grande que muchas de las grandes ciudades aztecas y mayas. Se dice que se construyó más o menos por la época del nacimiento de Cristo y que su caída se produjo al mismo tiempo que la Edad Media en Europa.

Los maestros de la civilización que florecieron en Teotihuacán eran realmente dioses. Los templos que construyeron eran ejemplos para los edificios religiosos indios que siguieron, pero todo lo que siguió era diminuto en comparación con los originales.

Quedé sin aliento y el corazón me saltó en el pecho cuando Teotihuacán quedó a la vista. Las dos grandes pirámides del Único Mundo, los monumentos que los aztecas más temían, amaban y veneraban, el Templo del Sol y el Templo de la Luna, eran la visión más sorprendente cuando llegamos a la ciudad desierta. Las grandes pirámides eran lo que los aztecas copiaron para las que ellos edificaban.

Los dos grupos principales de templos estaban conectados por una amplia avenida, la Calzada de los Muertos. De media legua de largo, era suficientemente ancha para que dos docenas de carruajes avanzaran lado a lado. En el extremo norte de la ciudad, estaba la Pirámide de la Luna, junto a pirámides de menor tamaño. Hacia el este, la más grande pirámide de todas: la Pirámide del Sol. De más de doscientos metros de ancho en cada dirección en su base, se elevaba por encima de sesenta metros hacia el cielo.

En la Pirámide del Sol, una gran escalinata que conducía a los cinco niveles del templo —una escalinata a los cielos— enfrentaba el Camino de los Muertos.

La Pirámide de la Luna era de aspecto similar a la del Sol, pero no tan grande.

Cerca del centro de la ciudad, justo al este de la Calzada de los Muertos, estaba la Ciudadela: una plaza vasta y hundida, rodeada en sus cuatro lados por templos. En el medio de este complejo estaba el Templo de Quetzalcóatl. Este templo —una pirámide empinada como las del Sol y la Luna— tenía imponentes esculturas que representaban a Quetzalcóatl, la Serpiente Emplumada, y la Serpiente de Fuego, la portadora del Sol en su viaje diurno por el cielo cada día. El templo era majestuoso y, a la vez, aterrador.

Cada año, los emperadores aztecas venían a Teotihuacán para rendir homenaje a los dioses. Avanzaban por la Calzada de los Muertos hacia el Templo del Sol, entre otros templos y las tumbas de antiguos reyes que se habían convertido en dioses. Ahora, el Sanador y yo seguimos las huellas de aquellos gobernantes aztecas.

—El Sol y la Luna, marido y mujer, se hicieron dioses cuando se sacrificaron a sí mismos para eliminar la oscuridad de la Tierra, y así se convirtieron en el fuego dorado del día y la luz plateada de la noche —dijo el Sanador.

Nos detuvimos frente a la pirámide más grande de la Tierra, el Templo del Sol, que cubría cuatro hectáreas de terreno.

El anciano cloqueó.

—Los dioses siguen estando aquí; se los puede sentir. Ellos tienen nuestro corazón en su puño, pero no nos lo arrancarán si los honramos.

Se levantó una manga y pinchó su tierna piel en la parte de abajo con un cuchillo de obsidiana. Dejó que la sangre cayera al suelo y me pasó el cuchillo.

Me hice un corte en el brazo y lo extendí para que también mi sangre cayera a tierra.

Tres hombres y una mujer salieron de las sombras de un templo y lentamente avanzaron hacia nosotros. No reconocí sus rostros, pero sí sus ocupaciones: todos eran hechiceros y magos. Cada uno era tan anciano y venerable como el Sanador.

Intercambiaron los saludos esotéricos y el velado lenguaje conocido sólo por quienes practicaban las Artes Negras.

—Estos serán tus guías. Ellos te hablarán de tus antepasados —dijo el Sanador—. Ellos harán que tu sangre sea azteca y te llevarán a lugares donde sólo a los de auténtica sangre azteca les está permitido entrar.

Hasta ahora, yo no había tomado muy en serio los comentarios del Sanador acerca de que yo iba a hablar con los dioses. Pero al mirar los rostros y la mirada misteriosa de los hechiceros que habían venido a guiarme, sentí ansiedad. ¿Cómo les habla uno a los dioses?

Me condujeron a una abertura en la gran Pirámide del Sol, un hueco oculto que yo jamás habría encontrado solo, aunque lo hubiera estado buscando. El túnel llevaba a una enorme caverna en las entrañas de la pirámide, una cueva casi tan grande como una cancha de pelota india.

Una fogata en el centro de la cueva nos aguardaba. Oí el goteo de agua por las paredes. Y el olor era de fuego y agua.

—Estamos en las entrañas de la Tierra —dijo la mujer—. Salimos de cuevas hacia la luz hace miles de antepasados. Esta cueva es la madre de todas las cuevas, la más sagrada de las sagradas. Estaba aquí antes de que se construyera la Pirámide del Sol. —Su voz se transformó en un susurro. —Estaba aquí durante la oscuridad, después de que los Cuatro Soles se volvieron oscuros y fríos.

De nuestros brazos cayó sangre hacia el fuego. Nos sentamos frente a las llamas, con las piernas cruzadas. Un viento sopló hacia mí, una brisa fría que asustó a los pelos de mi nuca y envió un estremecimiento lleno de terror por mi espina dorsal. No pude descubrir por dónde había entrado el viento en la caverna, pero lo cierto era que nunca antes había sentido un viento que me pareciera tan *vivo*.

—*Él* está entre nosotros —dijo la anciana.

Uno de los hechiceros entonó una oda a los dioses:

> *En los cielos vives;*
> *Las montañas sostienes,*
> *Anáhuac está en tu mano,*
> *En todas partes, siempre se te aguarda,*
> *Eres invocado; eres implorado,*
> *Tu gloria y tu fama son buscados.*

En los cielos vives:
Anáhuac está en tu mano.

Anáhuac era el centro mismo del imperio azteca, el valle ahora llamado México, con sus cinco lagos conectados, Zumpango, Xaltocan, Xochimilco, Chalco y Texcoco. Era en el mismísimo corazón de Anáhuac donde ellos construyeron Tenochtitlán.

Padre nuestro el Sol,
En llamaradas de fuego;
Madre nuestra la Luna,
En noche plateada.
Ven a nosotros,
Tráenos tu luz.

Un viento tan frío como el del infierno volvió a acariciarme. Temblé hasta los dedos de los pies.

—La Serpiente Emplumada viene a nosotros —dijo el Sanador—. Él está ahora con nosotros. Lo llamamos con nuestra sangre.

La mujer se arrodilló detrás de mí y puso sobre mis hombros una capa de guerrero azteca de plumas coloridas, amarillas y rojas y verdes y azules. Colocó un yelmo de guerrero sobre mi cabeza y me entregó una espada de madera dura, con un borde de obsidiana tan filoso que podía cortar un pelo en el aire.

El Sanador dio su aprobación cuando yo quedé vestido.

—Tus antepasados no te honrarán a menos que te presentes a ellos como guerrero. Desde el momento de su nacimiento, al azteca se le entrena para ser un guerrero. Por eso su cordón umbilical es llevado por un guerrero a la lucha y enterrado en el campo de batalla.

Me hizo señas de que me sentara delante del fuego. La anciana se arrodilló junto a mí. Sostenía una copa de piedra llena de un líquido oscuro.

—Ella es *xochimalca*, una tejedora de flores —dijo el Sanador—. Ella conoce las pociones mágicas que dejan que la mente florezca de manera que pueda elevarse hasta los dioses.

Ella me hablaba a mí, pero yo no entendía lo que me estaba diciendo. Reconocí el lenguaje como relacionado con los aztecas, pero era, una vez más, el lenguaje sacerdotal conocido sólo por unos pocos. El Sanador actuó de intérprete.

—Ella te dará a beber una poción, agua de cuchillo de obsidiana. En esa poción hay muchas cosas, *octli*, la bebida que embriagaba a los dioses, el pimpollo de cactus que los cara blancas llamaban *peyotl*, el polvo sagrado llamado *ololiuhqui*, sangre raspada de la piedra del sacrificio del templo de Huitzilopochtli en Tenochtitlán, antes de que los españoles lo destruyeran. Hay en ella otras cosas, sustancias sólo conocidas por la tejedora de flores que no provienen del suelo en que estamos parados, sino de las estrellas que están sobre nosotros.

"A aquéllos cuyos corazones fueron arrancados en la piedra del sacrificio se les daba a beber esta poción antes de ser sacrificados. Como sucede con los guerreros que mueren en batalla y las mujeres que mueren al dar a luz, a aquellos sacrificados se le confiere el divino honor de vivir con los dioses en la Casa del Sol. El agua del cuchillo de obsidiana nos lleva allá, junto a los dioses."

Sentado frente a ese fuego ardiente, rodeado por los cantos de los hechiceros, bebí la poción.

¡Ayya ouiya! Mi mente se convirtió en un río, un torrente oscuro que fluía y que pronto se transformó en furiosos rápidos y, después, en un remolino negro de fuego de medianoche. Mi mente giró y se contorsionó hasta rodar fuera de mi cuerpo. Cuando miré hacia atrás, yo estaba en el oscuro techo de la caverna. Allá abajo estaba el fuego, con los hechiceros y mi propia forma familiar, reunidos alrededor de él.

Un búho voló junto a mí. Había aves de presagios malignos, que anunciaban la muerte con su ulular nocturno. Huí de la cueva para escapar de la muerte que llevaba consigo el búho. Afuera, el día se había vuelto noche y un cielo sin luna ni estrellas envolvía la Tierra como una mortaja.

Me llegó la voz del Sanador; me susurró al oído, como si yo todavía estuviera sentado junto a él, frente al fuego de la cueva.

—Tu pueblo azteca no nació en esta madre de cuevas en Teotihuacán, sino en el norte, la tierra de vientos y desiertos donde se encuentra el Lugar Oscuro. Ellos no se llamaban a sí mismos aztecas. Ése fue un nombre que le dieron los conquistadores españoles. Ellos se llamaban a sí mismos mexicas. Fueron sacados de sus tierras del norte por los vientos helados, las tormentas de polvo, la falta de lluvia. Fueron empujados al sur por el hambre y la desesperación; al sur, hacia la tierra que los dioses favorecían y mantenían abrigada y húmeda. Pero ya había gente en el sur, personas suficientemente poderosas como para impedir el paso y destruir a los mexicas. Estas personas estaban bendecidas por el dios del sol y de la lluvia. Crearon una ciudad maravillosa llamada Tula. No un lugar de los dioses como Teotihuacán, sino una ciudad de belleza y placer, de grandes palacios y jardines que rivalizaban con los del Cielo del Este.

—Sería en Tula donde nuestros antepasados aztecas comprenderían su destino —dijo el Sanador.

Tula: el nombre sonó mágico en mis oídos, incluso al escuchar la voz fantasmal del Sanador. Sahagún, un sacerdote español que vino a la Nueva España poco después de la conquista, comparó la leyenda de Tula con la de Troya, y escribió: "esa gran y famosa ciudad, muy rica y refinada, sabia y poderosa, sufrió la misma suerte de Troya".

—Quetzalcóatl había estado en Teotihuacán, pero partió para Tula —dijo el Sanador—. En Tula, enfureció y enfrentó a Tezcatlipoca, El Espejo Ahumado, el dios de los magos y hechiceros, y Tezcatlipoca se cobró su venganza. Consiguió que Quetzalcóatl se embriagara con pulque; y cuando estaba inmerso en su bruma alcohólica, Quetzalcóatl se acostó con su propia hermana. Avergonzado por su pecado, huyó de Tula y se embarcó hacia el Mar del Este, jurando que algún día volvería para reclamar su reino.

"Quetzalcóatl es uno de tus dioses-antepasados, pero hay muchos otros. El más importante es Huitzilopochtli, el dios de la guerra de los aztecas. Él tomó la forma de un colibrí y así habló a su tribu con la voz de un ave: "Huitzilopochtli será vuestro guía."

Huitzilopochtli. Guerrero. Dios. Colibrí Mago.

Mientras ascendía por esa mortaja negra, supe la verdad.

Yo soy Huitzilopochtli.

CUARENTA Y CINCO

La puerta que la poción preparada por la tejedora de flores abrió en mi mente me llevó a un lugar y tiempo distantes. De cuando yo era el líder de los aztecas.

Mientras permanecía acostado, agonizando, vi el Camino que mi pueblo llamado mexica debía seguir.

Yo soy Huitzilopochtli y el pueblo llamado mexica es mi tribu.

Llegamos desde el norte, donde la tierra era caliente y seca y el viento nos llenaba la boca de polvo. Allí la comida era escasa, y nos dirigimos al sur, al oír hablar de valles verdes tan llenos de maíz que los brazos de un hombre no lograban rodear una sola mazorca. En el norte, debíamos luchar a brazo partido con la tierra para cultivar maíz tan delgado que ni siquiera servía para nutrir a una cucaracha. Hace muchos años, el dios de la lluvia se negó a regar nuestras tierras, y nuestro pueblo sufrió hambre hasta que encontró el camino del cazador. Ahora cazamos con arcos y flechas animales que no logran esquivar nuestras flechas.

Nosotros, los mexicas, somos una tribu pequeña de apenas doscientas fogatas para cocinar. Porque no tenemos una tierra que nos alimente, peregrinamos en busca de un hogar, al sur de campos verdes y generosos, y hacemos contacto con los pueblos que ya están asentados allí. Toda la tierra buena ya ha sido tomada, y nuestra tribu no es suficientemente grande como para obligar a otras a abandonar sus campos.

Nos movemos constantemente en busca de refugio. No tenemos bestias de carga, salvo nosotros. Todo lo que poseemos lo llevamos en la espalda. Antes de la primera luz ya estamos levantados y caminamos hasta que el dios sol ha caído. Cada hombre debe salir con su arco, sus flechas y su cuchillo y matar animales para la única comida que hacemos. Nuestros hijos mueren de hambre en brazos de sus madres. Nuestros guerreros están tan débiles por el hambre y el cansancio que un hombre solo no puede llevar de vuelta a un venado, si los dioses lo favorecen y logra matar uno.

En todos los lugares adonde vamos, encontramos odio hacia nosotros. Necesitamos tener un lugar con sol y agua, pero hay gente en nuestro camino y nos obliga a irnos, cuando encontramos un lugar donde poder descansar y cultivar maíz.

Los Pueblos Asentados nos llamaron chichimecas, el Pueblo de los Perros, y se burlan de nuestro comportamiento y nos llaman bárbaros porque usamos pieles de animales en lugar de algodón, cazamos en lugar de cultivar la tierra, comemos carne cruda en vez de cocinarla sobre el fuego. Ellos no entienden que lo que hacemos es fruto de nuestra necesidad de supervivencia. *La sangre nos da fuerza.*

El norte es un lugar para los muertos, el lugar sombrío temido por los del sur, y ellos nos temen por considerarnos bárbaros hambrientos que proceden precisamente de allá. Alegan que tratamos de quitarles la tierra, y que somos ladrones de esposas y nos apoderamos de sus mujeres cuando ellas lavaban ropa en las márgenes del río y nos las llevamos como si fueran nuestras. *Ayya*, somos una tribu perdida. Son tantos los que murieron por enfermedades, hambre y guerra, que debemos engrosar nuestras filas. Las mujeres sanas de los Pueblos Asentados pueden darnos hijos capaces de sobrevivir hasta que encontremos nuestro hogar.

Lo que pedimos es solamente un lugar con sol y agua para poder cultivar nuestro alimento. No somos tontos. No buscamos el Cielo del Este. Se nos dice que en el sur hay montañas que a veces rugen y llenan el cielo y la tierra de humo y de fuego; ríos de agua que caen de los cielos y bajan por las montañas para destruir todo a su paso, dioses que sacuden la tierra y abren grietas en el suelo que se devoran aldeas enteras, y vientos que aúllan con la ferocidad de los lobos. Pero que es también una tierra donde los alimentos crecen con facilidad, donde los peces y las aves de corral y los ciervos abundan, un lugar donde es posible sobrevivir y prosperar.

Para nosotros, todo tiene vida: las rocas, el viento, los volcanes, la tierra misma. Todo está controlado por espíritus y dioses. Vivimos temiendo la furia de los dioses y tratando de apaciguarlos. Los dioses nos han expulsado del norte. Algunos dicen que es Mictlantecuhtli quien lo hace, porque necesita nuestra tierras del norte, ya que el Lugar Oscuro está repleto con los muertos. Pero yo creo que hemos hecho algo para ofender a los dioses. Somos un pueblo pobre y les ofrecemos pocos sacrificios.

Estoy allí, tendido, agonizando.
Nos expulsaron de una aldea de los Pueblos Asentados porque creían que queríamos quitarles sus mujeres y su comida. Una de sus lanzas encontró mi pecho en la batalla.

Huyendo de sus guerreros, que eran mucho más sanos y nos superaban en número, subimos a la ladera de una colina, donde les resultaría difícil atacarnos. Yo soy el sumo sacerdote, el mago, el rey y el más grande guerrero de la tribu. Sin mí, la tribu no sobrevivirá. Y, aunque estoy tendido y agonizo, alcanzo a oír que, allá abajo, los vencedores sacrifican a los prisioneros mexicas que capturaron. Los guerreros inmolados y los que cayeron en el campo de batalla irán al Cielo del Este, una tierra repleta de la miel de la vida, así que mi preocupación son los sobrevivientes.

Aunque nuestros enemigos nos superan, y mucho, en número, no pudieron destruirnos del todo, porque nosotros tenemos dos cosas que a ellos les faltan: flechas y desesperación. El arco y la flecha eran nuevos para ellos. Ellos lucharon sólo con lanzas y espadas con filo de obsidiana. Con suficiente comida y más guerreros, nosotros seríamos invencibles.

El Pueblo Asentado que, allá abajo, celebraba su victoria, estaba en lo cierto. Nosotros queríamos apoderarnos de sus campos de maíz maduro y de sus mujeres tan en sazón. Necesitamos la comida para nutrirnos y las mujeres para que nos den hijos. Hemos perdido muchos guerreros y necesitamos reabastecernos.

Mientras yo, Huitzilopochtli, jefe y sacerdote de mi tribu, estoy tendido y agonizo, rodeado por sacerdotes y jefes de menor rango, vi que un colibrí chupaba el néctar de una flor. Y ese colibrí me miró y me dijo:

—Huitzilopochtli, tu tribu sufre porque ha ofendido a los dioses. Tú pides comida, refugio y victoria sobre tus enemigos, pero no ofreces nada a cambio. También los dioses necesitan comida, y su alimento es el néctar del hombre. Los Pueblos Asentados están usando la sangre de los mexicas para ganar el favor de los dioses. Si quieres que tu pueblo sobreviva, debes ofrecernos sangre.

Nosotros, los del norte, ignorábamos las necesidades de los dioses. No sabíamos que exigían sangre para otorgar sus favores. No sabíamos cuál era el pacto entre el hombre y dios:

Alimenta al Dios Sol con sangre y esa sangre brillará en la
     tierra.
Alimenta al Dios de la Lluvia con sangre y esa sangre regará
     los cultivos.

Supe entonces cuál era el destino de mi pueblo y también el mío. Mi misión sería sacar a mi pueblo de la tierra yerma y conducirlo a su destino, a pesar de mis heridas mortales. El sumo sacerdote Tenoch, en su lecho de muerte, profetizó que nuestro destino se haría realidad en un lugar donde el águila luchaba con una serpiente en la parte superior de un nopal. Hasta que encontráramos ese lugar, seríamos nómadas.

Les hice señas a los sacerdotes y a los jefes de que acercaran la cabeza para que yo pudiera instruirlos.

—Debemos regresar y atacar al Pueblo Asentado. En la oscuridad, antes del amanecer, cuando ellos están borrachos y exhaustos por la celebración, caeremos sobre ellos y nos vengaremos.

—No tenemos fuerzas suficientes —dijo un jefe.

—Los sorprenderemos. Nuestra desesperación será nuestra fuerza. Debemos atacar y tomar prisioneros. Hemos ofendido a los dioses porque no les ofrecimos sangre. Para poder ser fuertes, debemos tomar muchos prisioneros para sacrificarlos. Sólo entonces los dioses nos recompensarán.

Yo no les permitiría vacilar. Si luchábamos, tendríamos una oportunidad.

—Debemos hacer un ofrecimiento a los dioses esta misma noche para asegurarnos la victoria de mañana. Hoy tomamos dos prisioneros, una mujer y su bebé. Sacrifíquenlos. Arránquenles el corazón cuando todavía está latente. Y dejen que su sangre empape la tierra como tributo a los dioses. Después, corten sus cuerpos en trozos. Cada uno de nuestros guerreros más fuertes probará esa carne.

Les dije que mi cuerpo se moría pero que yo seguiría con ellos, porque mi espíritu no moriría sino que pasaría por una transfiguración para poder convertirse en un dios.

—Los dioses me han revelado el verdadero significado de mi nombre. Huitzilopochtli quiere decir Mago Colibrí. En el futuro, les hablaré con la voz de un colibrí.

Los mexicas no tenían un dios tribal. Yo sería ese dios, un vengativo dios de la guerra y el sacrificio.

—El corazón está allí donde mora el espíritu —le dije al sacerdote, mi hijo, quien usaría el tocado de sumo sacerdote cuando yo muriera—, y hace conocer su presencia por sus latidos rítmicos. Ahora, antes de que Mictlantecuhtli me tome y me lleve al Lugar Oscuro, toma tu cuchillo de obsidiana y ábreme el pecho. Arranca de allí mi corazón y ofrece mi sangre y mi carne a nuestros guerreros.

Y pasé a darle instrucciones, tal como el colibrí lo había hecho conmigo: que mi corazón debía ser colocado en un nido hecho de plumas de colibrí. Y que mi espíritu moraría en ese nido de plumas, y que no se debía tomar ninguna decisión importante para la tribu sin consultarme.

—Yo le hablaré al sumo sacerdote y, por su intermedio, al resto de la tribu.

Esa noche, con mi corazón transportado a lo alto de un tótem, mis guerreros lucharon con el Pueblo Asentado y capturaron muchos guerreros para sacrificar a los dioses, y mujeres para que nos dieran hijos.

Nos replegamos a la cima de nuestra colina y les extrajimos los corazones a los guerreros. Alimentamos a los dioses con su sangre y yo le di a mi pueblo otra instrucción, que le confié a mi hijo, el sumo sacerdote.

—La sangre pertenece a los dioses, pero la carne de los guerreros pertenece a los hombres de la tribu que los capturaron. Preparen una fiesta para celebrar la victoria y la muerte de los guerreros y alimenten a sus familias y sus amigos con su carne.

Así se inició el pacto de sangre entre los mexicas y los dioses. A cambio de la sangre, los dioses dieron victoria y alimento para nutrir nuestros cuerpos.

Había una sola manera de obtener mucha sangre.

La guerra.

CUARENTA Y SEIS

Desde el nido donde reposaba mi corazón, en lo alto de un tótem, observé cómo mi pueblo crecía en fortaleza y en número. Después de que varias generaciones de mi pueblo nacieron y murieron, ya no se nos conocía como un pequeño rebaño de híbridos, sino como una tribu con nombre y todo.

Los mexicas éramos todavía una tribu sin tierra, pero ahora teníamos suficiente fuerza como para conseguir mujeres y comida de tribus más débiles. Teníamos fama de pendencieros, crueles, infieles a nuestra palabra; ladrones de mujeres y carnívoros.

Nuestra reputación nos ganó más tributos que nuestras armas, porque seguíamos siendo una tribu pequeña. Ahora éramos cuatro mil fogatas, con cuatro diferentes clanes, y reuníamos mil guerreros. No era un número demasiado grande en una tierra donde reyes poderosos podían enviar a batalla a un número cien veces mayor de soldados, pero estábamos creciendo.

Yo, Huitzilopochtli, era llevado en un tótem a la cabecera de la tribu, cuando ésta se trasladaba o cuando sus guerreros entraban en batalla. La Elegida, una sacerdotisa-bruja, llevaba el nido de plumas oculto en un colorido nido de plumas de más tamaño. Detrás de ella, iban cuatro sacerdotes que transportaban tótems de cada uno de los cuatro clanes. Todos los demás tótems eran inferiores al mío.

Debido a nuestra reputación de feroces guerreros, fuimos invitados a unirnos en la lucha con otros. Las tribus del norte, de las cuales nosotros éramos la más pequeña, habían sido contratadas por el rey tolteca para hacerle la guerra a sus enemigos. Para los toltecas, nosotros éramos unos bárbaros incultos, cuya única virtud era luchar sus batallas... y morir por ellos.

En sus días de conquista y expansión, los toltecas eran guerreros poderosos, pero ahora vivían de los cientos de miles de personas que les pagaban tributo o trabajaban como esclavas en sus campos. Se habían vuelto blandos y gordos. En lugar de arriesgar sus vidas, contrataban a los bárbaros del norte para que ellos lucharan en batalla.

La guerra que vinimos a pelear fue iniciada por Huemac, Mano Grande, el rey tolteca, porque otra tribu no podía satisfacer su exigencia de que le enviaran una mujer con nalgas de cuatro manos de ancho. La tribu le llevó una mujer, pero Huemac no quedó satisfecho con su tamaño y les declaró la guerra. Se decía que la tribu tenía los mejores talladores de jade del Único Mundo, y que el trasero de la mujer era una excusa para esclavizar a los talladores y robarles la tierra.

La tierra de los enemigos estaba en Anáhuac, el Corazón mismo del Único Mundo. Nosotros recibiríamos una parte de la tierra después de matar al pueblo que la ocupaba.

Nosotros, los mexicas, marchamos orgullosamente detrás de las tribus más numerosas, comandadas por el rey tolteca a Tula, donde nos uniríamos con su ejército en la guerra contra los talladores de jade.

Tula no era una ciudad sino un paraíso en la Tierra. Fue construida después de que los dioses sacaron al pueblo de Teotihuacán. Con esa gran ciudad abandonada por los mortales, Tula se convirtió en la reina de las ciudades del Único Mundo. Aunque su rey gobernaba Anáhuac, el Corazón del Único Mundo, el fabuloso valle que nosotros, los mexicas, todavía no conocíamos, Tula no estaba en el valle. Se encontraba justo afuera del valle hacia el norte, en el sendero de las tribus que, durante diez generaciones, habían avanzado hacia el sur para escapar de los dioses furiosos que estaban convirtiendo la región del norte en un desierto sin vida.

Los dioses toltecas de Tula eran los más ricos y más poderosos del Único Mundo. Edificaron Tula para imitar a Teotihuacán, pero también poblaron la ciudad con fabulosos palacios tan majestuosos como los templos y jardines frondosos que fluían por las calles como ríos de flores.

Se decía que toda la riqueza del Único Mundo le venía a Tula. Del tributo pagado por aquellos conquistados o asustados por el poder de las lanzas de Tula, provenía una porción de todo lo hecho o cultivado por el otro Pueblo Asentado. Los campesinos sencillos vivían en la ciudad, en medio de más lujo que el sumo sacerdote de nuestra tribu.

Tula era una ciudad tan hermosa que Quetzalcóatl, la Serpiente Emplumada, abandonó Teotihuacán para residir en ella. Y era de Tula que Quetzalcóatl partió, avergonzado por haber conocido a su hermana, y con la promesa de volver un día para reclamar el reino.

La Canción de Quetzalcóatl, relatada incluso por nuestros cuentistas bárbaros, habla de las maravillas de Tula, un paraíso en la Tierra donde el algodón crece en colores vivos —rojo y amarillo, verde y azul celeste—, y la tierra es un cuerno de abundancia con alimentos y frutas capaces de alimentar a gigantes: mangos y melones del tamaño de la cabeza de un hombre, mazorcas de maíz tan gruesas que un hombre grande no podía rodearlas con los brazos, semillas de cacao tan abundantes que sólo era preciso agacharse y tomarlas del suelo.

A diferencia de los mexicas que no tenían talentos excepto para la guerra, los toltecas de Tula eran la maravilla del Único Mundo: escribas, joyeros, cinceladores, carpinteros, albañiles, alfareros, hiladores, tejedores y mineros.

Ésta es la primera gran ciudad que mi pueblo y yo hemos visto personalmente. Hemos oído hablar de otras ciudades, no tan grandes como Tula, pero fabulosas por derecho propio. Una estaba cerca del Mar del Este, allí donde el Pueblo del Sol Naciente había vivido. Los habitantes de este pueblo eran gigantes de piedra procedentes de las estrellas. Cuando volvieron a las estrellas, dejaron atrás inmensas estatuas de ellos mismos del tamaño de templos.

¡*Ayya ouiya!* Nosotros, los mexicas, todavía no habíamos encontrado nuestro lugar bajo el dios del sol. Yo sabía que era nuestro destino tener algún día una ciudad que haría avergonzar a Tula. Pero, por ahora, cuando vimos por primera vez Tula, creíamos estar mirando el Paraíso de Oriente.

Mientras nuestra tribu marchaba por la gran ciudad, hasta yo, su dios de la guerra, quedé impresionado por los palacios y los grandes templos que honraban a la Serpiente Emplumada y a otros dioses. Nunca habíamos visto algo parecido a la magnificencia de Tula, edificios con muros altos y enjoyados y personas con atavíos ricos y alhajas.

Tampoco ellos habían visto a los mexicas.

Mientras nosotros, pobres nómadas del norte, avanzábamos con todas nuestras posesiones en las espaldas y nuestros hijos pequeños en brazos, la gente de Tula rió. Nos llamaron crueles bárbaros y se burlaron de nuestras pieles de animales.

Lo recordé en otra ocasión.

Después de pasar por la ciudad, el ejército del rey tolteca marchó detrás de nosotros. Era un ejército orgulloso y colorido. Los guerreros comunes vestían escudo acolchado de algodón, sandalias de piel de venado y cascos de madera pintados de colores vivos. Pero, *ayyo*, para los ricos y los nobles, las capas eran de coloridas plumas de aves, el tocado tenía un adorno de oro o plata, sobre el peto de algodón acolchado había placas de plata. El ejército marchaba con gran disciplina al ritmo de los tambores y el sonido de los caparazones. Sus armas no eran los bastos garrotes que nosotros, los bárbaros, llevábamos, sino delgadas jabalinas y espadas de obsidiana. Pero sólo los bárbaros tenían arcos y flechas; las tribus civilizadas consideraban que esas armas eran demasiado difíciles de usar.

Una ejército orgulloso y colorido. Pero no un ejército *aguerrido*.

Los toltecas avanzaban en la retaguardia porque nos empujaban a nosotros, los bárbaros, al frente de batalla, donde muchos hombres morían o quedaban heridos. Cuando la lucha llegaba a la retaguardia, los nobles toltecas, que deberían haber conducido a sus propios hombres a la batalla, enviaban primero a sus soldados rasos. Los nobles sólo participaban de la lucha después de que la casi totalidad de los soldados enemigos estaban heridos o cansados.

Mi tótem fue conducido en alto hacia la batalla. Nuestros guerreros, con sus pieles de animales y sus armas toscas, eran los mejores soldados, pero el enemigo nos superó grandemente en número y no recibimos ninguna ayuda por parte de nuestros amos toltecas. Hubo una gran matanza de bárbaros, pues oleada tras oleada, nuestros enemigos cayeron sobre nosotros, y otra línea de soldados fue ocupando el lugar de cada línea que diezmábamos. Por último, el enemigo comenzó a quebrarse. Y en ese momento, el ejército tolteca, con sus integrantes descansados y bien comidos, apareció junto a nosotros para completar la derrota.

Ayyo. Mis mexicas permanecieron en el campo de batalla, salpicados con la sangre del enemigo, y observaron cómo los toltecas nos robaban la victoria.

Cuando todo terminó, teníamos unos pocos prisioneros para sacrificar y ninguna mujer capturada para dar a luz nuevos guerreros que reemplazaran a nuestros camaradas caídos en combate.

Los dioses no se sentirían complacidos con nuestro magro sacrificio. Tampoco estarían satisfechos con la ofrenda de los toltecas. Los codiciosos toltecas sólo sacrificaban a pocos prisioneros, los heridos que de todos modos morirían. A los soldados rasos los conservaban como esclavos y, a los nobles, para poder cobrar un rescate.

El rey tolteca nos "recompensaba" con mantas de clase inferior, maíz rancio y lanzas dobladas. Antes de la batalla se nos decía que obtendríamos una parte de las tierras del valle de Anáhuac tomadas del enemigo, pero el rey y sus nobles se apropiaron de toda la tierra fértil, y a nosotros nos dieron la ladera de una montaña, tierra demasiado rocosa para cultivar en ella suficiente maíz para llenar nuestros estómagos.

El corazón del Único Mundo era un enorme valle verde con cinco lagos. La tierra era suave y húmeda. El maíz, los frijoles y la calabaza crecían como si los mismos dioses hubieran plantado su semilla. Nosotros, los mexicas, y otros bárbaros observamos ese valle fértil desde nuestras rocas infestadas de serpientes de cascabel. Y también miramos hacia Tula, apenas del otro lado del valle.

—Convoca un consejo del Pueblo del Perro —le dije a mi sumo sacerdote—. Debemos vengar la traición de los toltecas, porque de lo contrario ellos nos tratarán como a perros golpeados.

Una docena de tribus nómades habían venido del norte para luchar con el rey tolteca y reclamar su parte del botín. Nos reunimos con ellos y caímos sobre Tula. Allí no había guerreros alquilados para enfrentarnos. Los guerreros de Tula se habían vuelto gordos y perezosos, y matamos a muchos, y nos llevamos a muchos más como prisioneros para inmolarlos en la piedra del sacrificio. Nuestra venganza fue despiadada; asolamos y quemamos la ciudad.

Cuando la horda de bárbaros abandonó Tula, la ciudad ya no existía. Dentro de algunas generaciones, los vientos y las enredaderas la cubrirían y, eternamente, Tula sólo sería una leyenda.

Cuando llegó el momento de dividir el botín de tierra y prisioneros, nosotros, los mexicas, descubrimos que nuestros aliados bárbaros no eran más honorables que los toltecas.

Las otras tribus alegaron que nosotros no merecíamos una porción significativa del botín, porque nuestra tribu era pequeña y había contribuido poco a la victoria. Mi tótem había sido llevado al fragor de la batalla y yo sabía que lo que decían de nuestros guerreros era mentira. Pero yo había previsto la traición.

Cuando el consejo de tribus hizo la acusación de que habíamos hecho poco para conseguir la victoria, nuestro Venerable Portavoz, quien les transmitía mis palabras a los mexicas y a otros, llamó a varios guerreros que transportaban bolsas.

Los guerreros se acercaron y volcaron el contenido de las bolsas sobre la tierra, frente a los demás miembros del consejo.

—Esto es una prueba de nuestra contribución a la victoria.

Sabiendo que habría traición, le había dicho al Venerable Portavoz que hiciera cortar una oreja de cada enemigo que mataban y cada prisionero que tomaban.

En el suelo había dos mil orejas sanguinolientas.

CUARENTA Y SIETE

Nos habíamos vengado de la traición de los toltecas y habíamos obtenido tierra en el Anáhuac, pero no habíamos cumplido con nuestro destino de amos del Único Mundo.

Porque éramos la más pequeña de las tribus del norte, nuestra porción del valle, junto al lago de Texcoco, era la más pequeña. El maíz y otros alimentos crecerían en las zonas fértiles, pero casi la mitad del terreno que nos dieron a nosotros era un pantano en el que sólo crecían cañas y flores acuáticas.

A los mexicas nos habían dado ese terreno cenagoso para asegurarse de que nuestros cultivos fracasarían y de que no lograríamos prosperar tan rápido como las otras tribus. Aunque no pasó mucho tiempo antes de que las otras tribus fueran tan bárbaras como nosotros, que cambiábamos pieles de animales por ropa de algodón, pero igual éramos odiados aun por nuestros aliados. Ellos no estaban de acuerdo con que nosotros sacrificáramos a nuestros prisioneros para aplacar a los dioses, en lugar de hacerlos trabajar nuestra tierra y construir nuestras casas.

Les horrorizaba que comiéramos el cuerpo de los guerreros sacrificados para aumentar el poder de nuestros propios soldados y que a nuestros mejores guerreros les cortaran la piel de la punta del pene y se la ofrecieran a los dioses como sacrificio adicional.

Nos llamaron caníbales sedientos de sangre y se negaron a permitir que sus hijas se casaran con nosotros.

Pero igual prosperamos, a pesar de la escasa calidad de las tierras que nos habían asignado. Porque estábamos junto al lago, aprendimos a pescar y a atrapar patos. Muy pronto cambiábamos peces y patos por frutos; cultivábamos tierras más altas. En una generación, nuestra población se duplicó gracias a la abundancia de comida y a correrías, de las cuales trajimos de vuelta a mujeres de otras tribus.

Para mantener a los dioses aplacados con sangre, librábamos pequeñas guerras en forma constante. Nuestros vecinos del valle eran demasiado poderosos como para que nosotros los atacáramos. En cambio, enviábamos a nuestros guerreros fuera del valle para que atacaran a otras tribus.

Mientras aumentábamos nuestras fuerzas, una tribu más grande comenzó a dominar el valle. Los atzcapotzalcas eran una tribu poderosa y tuvimos que pagarles tributo.

Como ahora éramos un Pueblo Asentado, le dije al Venerable Portavoz que había llegado el momento de construir un templo para alojar mi corazón. Ya no sería transportado en un tótem.

Llevó más de un año construirlo y, cuando estuvo terminado, mi gente ofreció un festival especial en mi honor. El cobrador de tributos para los atzcapotzalcas era el señor de Culhuacán. Ambicionaba para sí llegar a ser amo del valle y buscaba aliados.

Mi pueblo lo persuadió de que enviara a una de sus hijas para ser honrada en el festival al casarse con un dios. Aunque todavía éramos una tribu pequeña y poco importante, se había corrido la voz de nuestras proezas en el campo de batalla. Y, para ligarnos a él, nos envió a su hija preferida.

Recibir a la hija de un gran señor representaba un homenaje para nosotros, los mexicas. A fin de presentarles nuestros respetos tanto a ella como a su padre, preparamos a la muchacha siguiendo nuestras costumbres.

Cuando el señor de Culhuacán vino para disfrutar de nuestro festival, orgullosamente le mostramos lo que le habíamos hecho a su hija.

La habíamos desollado como un ciervo, de pies a cabeza, para quitarle su revestimiento exterior. El resto de su cuerpo fue arrojado a un lado y su piel se le colocó a un sacerdote de contextura pequeña, en tributo a la diosa de la naturaleza.

¡Ayya ouiya! En lugar de estar complacido por el honor que le tributamos a su hija, el señor de Culhuacán se enfureció y ordenó a sus guerreros que nos atacaran. Nosotros, los mexicas, somos los guerreros más destacados del Único Mundo, pero, en comparación con las otras tribus, nuestro número era muy pequeño. Los atzcapotzalcas nos atacaron en gran número. Nosotros éramos los dueños del lago con nuestras embarcaciones, y las usamos para huir de esa matanza. En el lago había dos pequeñas islas rocosas, a las que nadie prestaba atención. Como no tenía ningún otro lugar adonde ir, mi pueblo se instaló en ellas.

Cuando mi tótem fue llevado a una de esas islas, vi un águila sobre la cima de un nopal, con una serpiente en el pico.

Era una señal, un mensaje de los dioses de que habíamos elegido el lugar adecuado.

A esa isla la llamé Tenochtitlán, el Lugar del Sumo Sacerdote Tenoch.

No podíamos regresar a la tierra que nos había sido asignada, porque los atzcapotzalcas se la habían apropiado y la mitad de nuestro pueblo había sido tomado prisionero y esclavizado.

Pero les dije a los míos que ellos habían llegado al lugar donde se cumpliría su destino. Me horrorizaba el sacrilegio de los atzcapotzalcas. Al igual que las otras tribus que moraban en el valle, ellos no honraban como era debido a sus dioses; y habían insultado al dios de los mexicas. Juramos vengarnos, pero sabíamos que esa venganza tendría que esperar a que tuviéramos la fuerza necesaria para vencer al enemigo.

Las islas eran fáciles de defender y difíciles de atacar. El lago nos proporcionaba con prodigalidad peces, ranas y otros animales que podíamos intercambiar por maíz y frijol.

Al observar cómo a partir de árboles en ese lago poco profundo se iban formando pequeños islotes, aprendimos el método de cultivo chinampa sobre la superficie del agua. Grandes canastos de caña, cada uno más largo y más ancho que la estatura de un hombre alto, se anclaban en el fondo del lago y se llenaban de tierra. Y en esa tierra fértil crecían las plantaciones. Con el tiempo, los chinampas incrementaron el tamaño de esos islotes.

Como Huitzilopochtli, el dios tribal de la guerra, era mi deber instruir a mi pueblo mexica a cumplir con su destino, ahora que había llegado al lugar profetizado por Tenoch. Seríamos una sociedad guerrera, y todos los esfuerzos de nuestra gente se dirigirían a crear los guerreros más excelentes del Único Mundo.

A las mujeres se las recompensaría por quedar embarazadas. Las mujeres que morían durante el embarazo debían ser igualmente recompensadas, así como los guerreros caídos en el campo de batalla. Irían al paraíso del Cielo de Oriente. Desde su nacimiento, a los hijos varones se los introduciría en los cultos de los guerreros. Se les debían dar espadas y escudos cuando todavía estaban mojados con la sangre de su madre y crecerían sin conocer otra vida fuera de la de un guerrero.

CUARENTA Y OCHO

Montado en lo más alto de un templo, observé cómo generaciones nacían y morían y Tenochtitlán se convertía en una ciudad llena de orgullo. Gracias al matrimonio y a la asistencia militar, mi pueblo se había vuelto poderoso, pero todavía estaba rodeado de imperios más grandes. Y aún éramos escoria bajo el talón del imperio atzcapotzalca, del cual todavía éramos vasallos.

El método de cultivo con canastos había incrementado el tamaño de Tenochtitlán hasta convertirla en una gran ciudad. Por medio del matrimonio y otros incentivos, también habíamos ganado algunas tierras a lo largo del lago.

La sociedad guerrera que yo había creado, formó la más extraordinaria fuerza de combate del Único Mundo. A pesar de su tamaño reducido, el ejército de los mexicas era más rápido, tenía más resistencia y sus integrantes eran mejores guerreros que los de cualquier otra tribu.

Los dioses nos habían recompensado, y ahora nosotros los recompensábamos a ellos. Para obtener la sangre necesaria para aplacar a los dioses, nuestros guerreros necesitaban estar en una lucha constante. Y, como eso no lo podíamos hacer con nuestros vecinos, alquilamos nuestros guerreros como mercenarios.

El nombre de los mexicas ya era temido, como debía serlo. Nosotros jamás retrocedíamos en el combate. Perseguíamos al enemigo hasta que caía vencido. Cuando nuestros guerreros marchaban más allá del alcance de nuestras provisiones, se comían a los prisioneros para alimentar su fuerza.

También yo había aprendido las lecciones del pasado. Cuando Maxtla, un ambicioso príncipe de Atzcapotzalco, se convirtió en rey después de asesinar a su hermano y a otros rivales, irritó a otras tribus al asesinar a sus jefes y exigirles más tributos. Yo le dije a nuestro Venerable Portavoz que necesitaríamos aliados para luchar contra ese poderoso imperio.

Con Texcoco y Tlacopan como nuestros aliados, libramos la guerra contra los atzcapotzalcas.

Maxtla se creía un gran guerrero, pero jamás había luchado a la manera de los mexicas. Cuando descubrió el poderío de nuestro ejército, envió un emisario para negociar la paz. Mi Venerable Portavoz ofreció una fiesta para discutir la terminación de la guerra. En el curso de la comida, Maxtla preguntó de qué era la carne que estaba comiendo.

—Es un guiso de embajador —le contestó mi Venerable Portavoz—. Estamos comiendo al hombre que nos envió con su pedido de paz.

Las negociaciones de paz fueron un fracaso.

Los atzcapotzalcas fueron derrotados y Maxtla huyó del campo de batalla, aun cuando sus hombres seguían luchando. Al verlo huir, sus guerreros arrojaron las armas y lo imitaron. Mis guerreros mexicas encontraron a Maxtla escondido en un *temazcalli*, una choza de barro usada para baños de vapor.

Apilaron leña alrededor de la choza y lo asaron dentro de ella.

Cuando la guerra terminó, nosotros, los mexicas, éramos la tribu más poderosa del Único Mundo. Todavía estábamos en la primavera de nuestro florecimiento, pero las recompensas del imperio comenzaron pronto a volcarse en Tenochtitlán.

Nunca fuimos un pueblo numeroso, y perdimos muchos hombres jóvenes en la guerra. Jamás habríamos podido controlar un gran imperio con un ejército cuantioso, como lo habían hecho los otros antes de nosotros. En cambio, nos desplegamos, conquistamos y controlamos con un reino del terror.

Derrotamos a muchos enemigos armados, aterrorizamos a sus pueblos y después nos retiramos, dejando atrás un administrador con una pequeña fuerza de guerreros. La tarea del administrador consistía en poco más que recaudar el tributo anual que determinábamos para la región. Los lugareños podían seguir el estilo de vida que quisieran, siempre y cuando pagaran el tributo. Cuando no era así, o nuestro administrador era lastimado o desobedecido, nuestro ejército enseguida sometía a los rebeldes y los castigaba duramente.

Tenochtitlán se transformó en la ciudad más grande del Único Mundo. No sólo nuestros ejércitos marchaban, sino que también nuestros mercaderes se convirtieron en viajeros que traían de vuelta a la ciudad los lujos más finos que se podían encontrar de un rincón al otro del Único Mundo. Si nuestros comerciantes eran acosados o asesinados, la venganza era rápida y cruel. Cuando las mujeres de otra ciudad insultaban a nuestros mercaderes, levantándose la falda o exhibiendo sus nalgas desnudas, matábamos a los habitantes y destruíamos la ciudad.

Ayya, habíamos cumplido nuestro destino. Pero nuestra estrategia tuvo tanto éxito que encontramos muy pocos enemigos con quienes luchar. Como dios de la guerra de mi pueblo, yo sabía que eso no era lo mejor para ellos. Necesitábamos una provisión constante de prisioneros para sacrificarlos y poder cumplir así con el pacto que nos había traído comida y prosperidad.

Encontré una solución en las Guerras de las Flores. Eran guerras amistosas libradas con nuestros propios aliados. Los mejores guerreros de ellos se trenzaban en batalla con los mejores nuestros. Eran muy pocos los intentos de matar. En cambio, el objetivo era capturar guerreros para poder sacrificarlos y, después, honrarlos al hacer que sus captores cocinaran y comieran sus restos.

Pero ni siquiera las Guerras de las Flores alcanzaron para satisfacer nuestra necesidad de sangre. Padecíamos una tremenda sequía en la que el dios de la lluvia se negaba a regar nuestros cultivos, y el dios Sol brillaba con tanta fuerza que las plantaciones y los sembrados se secaban y morían. Cuando el Venerable Portavoz vino a meditar a mi templo en busca de guía, yo le dije que él debía verter un río de sangre para aplacar a los dioses. Los dioses nos habían dado un imperio y ahora exigían su recompensa.

Era preciso librar guerra incluso contra los amigos para obtener los prisioneros necesarios; ese año, se hicieron más de veinte mil sacrificios. Una fila casi interminable de prisioneros ocupaba la totalidad del camino elevado que cruzaba el lago. En el templo, los sacerdotes encargados de extraer los corazones que todavía latían y arrojarlos al cuenco de Chac-Mool estaban empapados en sangre de la cabeza a los pies. Y un río de sangre bajaba por la escalinata del templo.

La totalidad de la nación mexica disfrutó del festín de la carne de los guerreros derrotados.

Los dioses estaban complacidos. Vinieron las lluvias y el sol brilló en el cielo.

Todo iba bien en el pueblo mexica. Nos había llevado casi veinte generaciones, pero habíamos alcanzado la hegemonía sobre el Único Mundo.

Pero siempre existe un dios al que nunca es posible satisfacer. Quetzalcóatl, la Serpiente Emplumada, no quedaría satisfecho solamente con sangre. Cuando él abandonó Tula y navegó por el Mar Oriental, había declarado que volvería a reclamar su reino.

Y aunque muchas personas disfrutaron de la opulencia de los señores del Único Mundo, siempre supieron que algún día Quetzalcóatl regresaría.

Y que el reino que él reclamaría era el que ellos poseían.

CUARENTA Y NUEVE

Abandonamos Teotihuacán, dejamos atrás el sueño y yo volví a ser el criado de un mago itinerante. El tiempo que yo había estado con el Sanador se volvió un año y, después, otro. Después de mi experiencia con la poción de la tejedora de flores, seguí aprendiendo el camino de los indios, los dialectos, los matices en su forma de caminar, de hablar y hasta de pensar. Y llegó el día en que el Sanador me dijo el cumplido que yo tanto esperaba.

—Ya no hueles como un hombre blanco —dijo.

Además de conocer la historia de mis antepasados indios, me gané el respeto por ellos. La historia de los aztecas era bien sangrienta pero, además de la guerra, los indios hicieron descubrimientos astrológicos, perfeccionaron el calendario, publicaron innumerables libros en escritura ideográfica parecida a los jeroglíficos del Egipto de los faraones, y realizaron sorprendentes descubrimientos en el terreno de la salud y de la medicina. Se decía que Tenochtitlán era una ciudad limpia y de olor fresco, en la que la basura era llevada en embarcaciones para ser usada como fertilizante. Los jardines flotantes que echaron raíces y formaron islas creadas por los hombres y templos más imponentes que ningún otro en la Tierra, eran maravillas de ingeniería.

Es cierto que algunos aspectos de los aztecas no eran precisamente dignos de admiración. Su práctica del pacto de sangre era cruel y bárbaro. Pero no era más brutal que las prácticas del imperio más grande y respetado de la historia: el Imperio Romano. Ni siquiera la gran ceremonia sacrificial azteca, en la que veinte mil personas fueron matadas, ensombrece el salvajismo y la crueldad de las arenas romanas. Las arenas no eran sólo lugares donde miles de gladiadores lucharon contra la muerte, sino también donde miles de inocentes cristianos y otros disidentes fueron asesinados por guerreros profesionales o destrozados por animales salvajes… todo para diversión de la multitud.

Los aztecas no eran más odiados por los estados indios a los que ellos les exigían tributos, de lo que lo eran los romanos por los pueblos que ellos habían sojuzgado. El fraile me dijo que los romanos habían crucificado a diez mil judíos a la vez, cuando se rebelaron contra la tiranía de Roma y el pago de tributos a esa ciudad. Ciudades enteras fueron diezmadas.

Incluso en mi época, ¿cuántos miles de personas fueron *sacrificadas* por algún misterioso pacto de sangre que la Inquisición tenía con Dios? ¿Ser *quemado vivo* en la hoguera es menos bárbaro que el hecho de que le claven a uno un puñal en el pecho y le arranquen el corazón?

Ayya, yo no sería el primero en arrojar una piedra a mis antepasados aztecas.

Había más en la historia de los aztecas, el regreso de Quetzalcóatl y el ataque por parte de dioses montados en grandes animales, pero eso debe esperar para otro momento. Había una costumbre de mis antepasados indios que me resultó más repugnante que arrancar corazones que todavía latían. Con frecuencia, los sacerdotes aztecas se practicaban un corte en el pene para no poder tener relaciones con mujeres. Y si, a pesar de ese corte, las tenían, su jugo viril se derramaba en tierra. Y muchos guerreros se cortaban un trozo de la piel de la punta del pene y ofrecían esa piel en sacrificio.

Eh, ¿les parece que fue sólo un sueño? ¿Este cuento de Huitzilopochtli y la sangre, que yo haya caminado con los dioses? Es posible, pero de ese "sueño" yo llevo en la piel una marca que me dejaron los dioses: la piel de la punta de mi pene fue cortada. Yo me había sometido al sacrificio de un guerrero azteca.

Del Sanador aprendí mucho más que el estilo de vida y las leyendas de los indios. Además de las cuestiones prácticas acerca de las plantas y los animales de Nueva España, información que yo podía utilizar si alguna vez me veía obligado a sobrevivir con lo que encontrara en la tierra, su forma de ser serena me enseñó mucho cómo tratar con la gente. Fray Antonio se había debido enfrentar a personas con las que disentía, con frecuencia personas dominadas por sus pasiones. El Sanador era un hombre astuto y artero. ¿Acaso no había conseguido sacarle dos reales a un maestro de la mentira y ladrón? La manera en que engañó a un ladrón con un truco con una víbora me permitió entender cómo la codicia puede hacer caer en la trampa a un criminal. Más tarde en la vida, yo usaría el mismo truco. Él solía llamarlo "la trampa de la víbora".

En una aldea en la que nos habíamos detenido para curar enfermedades de los lugareños, alguien le robó al Sanador una pipa muy preciada, la que alimentaba el estómago de Chac-Mool. Sólo un tonto le robaría a un hechicero, pero sin duda era muy tonto. El Sanador había tenido esa pipa desde mucho antes de que yo naciera. Por la serena intensidad de su mirada, me di cuenta de que esa pérdida lo había perturbado más de lo que sus facciones impasibles revelaban.

Me dijo que, para pesar al ladrón, usaría la trampa de la víbora.

—¿Qué es la trampa de la víbora? —le pregunté.

—Consiste en dos huevos y un aro. El aro se sujeta en forma vertical a un trozo de madera. Cerca de la cueva de una víbora, se pone un huevo a cada lado del aro. Cuando la víbora ve el huevo, se traga el primero. Las víboras, como la gente, son codiciosas y, en lugar de robar sólo un huevo, tan pronto el primero baja un poco en su cuerpo, se desliza por el aro y traga el segundo huevo. Y ahora está atrapada porque no puede avanzar ni retroceder, ya que no se podrá deslizar por el aro hasta que digiera los dos huevos.

—Pero no puedes hacer que un hombre pase por un aro para tomar un huevo.

Él gorjeó.

—No por un huevo, pero quizá para tomar tabaco para fumar en la pipa que robó.

El Sanador puso una bolsa con tabaco en el campamento de donde se habían robado la pipa. Y diseminó un poco de polvo rojo de chile debajo de algunas de las hojas de tabaco.

—El ladrón ya pasó la cabeza por el aro. Lo hizo cuando se deslizó furtivamente en nuestro campamento para robarme la pipa. Ahora veremos si, en lugar de retroceder del aro, toma el tabaco.

Abandonamos el campamento y nos dirigimos a la choza del cacique, donde se habían reunido los que necesitaban los servicios del Sanador. Al cabo de una hora, yo regresé al campamento con la excusa de buscar algo allí. El tabaco ya no estaba. Corrí y se lo avisé al Sanador.

Un momento después, el cacique ordenó que cada persona de la aldea saliera a la calle y levantara las manos.

Un hombre tenía polvo rojo en las manos. Encontramos la pipa debajo del jergón de paja, en su choza.

Dejamos el castigo del ladrón a cargo de los habitantes del lugar. Y yo aprendí otra lección del estilo de vida de los aztecas, cuando el Sanador me explicó cómo sería ese castigo.

—Nuestra gente cree que un crimen debe ser castigado con el mismo instrumento con que ese crimen fue cometido. Si un hombre asesina a otro con un cuchillo, el asesino debe ser apuñalado con un cuchillo, de ser posible con el mismo; eso permite que el mal que el asesino le traspasó al cuchillo vuelva al asesino mismo.

El robo de tabaco presentaba una elección menos clara del castigo que el asesinato. Me pregunté cuál sería el castigo ideado por el cacique y los ancianos de la aldea.

Ellos lo consultaron, reunidos en círculo, mientras bebían pulque... y, desde luego, fumaban el tabaco siempre presente.

Por último, llegaron a una conclusión.

El ladrón fue atado a un árbol, con la cabeza cubierta con una bolsa. A la bolsa se le hizo un pequeño orificio y, uno por uno, todos los hombres de la aldea se acercaron a la bolsa y, con las pipas encendidas, soplaron humo por el orificio.

Al principio, oí que el hombre atado tosía. Después, la tos se convirtió en una angustiosa tos seca. Cuando comenzó a sonar como un matraqueo de muerte, me alejé y me dirigí a nuestro campamento.

CINCUENTA

Yo iba a aprender que la magia azteca tenía un lado sombrío, un lado tan horripilante y sangriento como cualquier cosa imaginada por Huitzilopochtli, maligno y de tal perversidad que era incontrolable, incluso para los que la ejercían. El fraile solía acusarme de toparme con problemas del mismo modo en que una abeja encuentra el polen. Debido a las trágicas consecuencias que seguirían, éste era un momento en que daría cualquier cosa por no haberme topado con problemas.

Mi introducción al lado oscuro de la magia llegó cuando encontré a otra persona que también había conocido en la feria en conmemoración de la llegada de la flota del tesoro.

Habíamos llegado a una ciudad pequeña durante la festividad del día de los muertos. Ése era un día en que los indios recordaban a sus muertos con comida y bebida y mucha alegría en el cementerio, donde sus muertos estaban enterrados.

En realidad, hay dos días de los muertos. El primer día es llamado el día de los angelitos, un día en que se honra a los muertos de poca edad. Al día siguiente se honra a los adultos.

Después de descargar el borrico y armar el campamento, di unas vueltas por la ciudad para observar las festividades. La plaza de la ciudad estaba repleta de gente, de música y de diversión. La ciudad era mucho más pequeña que Veracruz y poco más que una aldea grande, pero muchas personas habían llegado de las afueras para participar. Los chicos corrían de aquí para allá con "juguetes" de caramelo con forma de calaveras, ataúdes y otros elementos macabros. Los vendedores callejeros vendían pan de muerto, pequeñas hogazas decoradas con una cruz y huesos.

En Veracruz celebrábamos el Día de los Difuntos y yo conocía su historia de labios de fray Antonio. Cuando los españoles conquistaron a los indios, descubrieron que los aztecas recordaban a sus niños y adultos muertos a fines del verano. La celebración era similar a la del Día de las Ánimas y el Día de Todos los Santos que la Iglesia conmemoraba en noviembre. Los sacerdotes astutos, para asegurarse de que fuera una festividad cristiana y no pagana la que se celebraba, desplazaron esa fiesta azteca para que se fusionara con las cristianas.

Las celebraciones, en parte, se realizan en la privacidad del hogar, donde se construyen altares para los muertos, y parte en el cementerio, donde los amigos y la familia realizan vigilias a la luz de las velas, igual que el llorón. A veces esas vigilias continúan durante la noche; en otros lugares, las campanas de la iglesia tañen a medianoche para llamar a la gente a su casa.

A muchos españoles les espanta la naturaleza macabra de este festival azteca-cristiano. No entienden el sentido de la celebración. Los indios creen que pueden comunicar su amor a sus seres queridos fallecidos, al expresar su amor a la tumba y el hogar del difunto.

Del mismo modo que en la mayoría de los festivales y ferias, la celebración disfrutaba de una atmósfera carnavalesca. A última hora de la tarde se realizaba un desfile, con muchas personas disfrazadas con una máscara, pero en los atuendos se ponía énfasis en los esqueletos, los obispos y los demonios.

En el centro de la plaza, los indios interpretaban una obra de teatro. No de la clase que el pícaro Mateo reconocería como una comedia, sino algo que los indios entendían bien. Los actores eran hombres vestidos como caballeros de las dos grandes órdenes de guerreros aztecas: los Caballeros del Jaguar y los Caballeros del Águila. El ingreso en esas nobles órdenes estaba reservado a los guerreros que sobresalían en el campo de batalla, matando y tomando prisioneros.

Los dos grupos de caballeros usaban las tradicionales capas de plumas de colores vivos y la armadura de algodón acolchado, pero cada orden tenía su tocado único. Los Caballeros del Jaguar usaban tocados de pieles auténticas de jaguar, un rostro amenazador que mostraba los dientes sobre la cabeza, mientras el resto del pellejo, adornado, caía por la espalda. Los Caballeros del Águila usaban cabeza y plumas de águila, los picos grandes y filosísimos de esas aves de presa abiertos en un chillido, sus garras colgando alrededor del cuello del guerrero.

El jaguar y el águila eran símbolos apropiados para las dos más importantes castas guerreras del Imperio Azteca: el enorme felino reinaba en el suelo, mientras que el águila era el soberano de los cielos.

En el centro de la plaza había un alto monumento religioso, un tributo a algún santo, y la batalla simulada tenía lugar alrededor de ese monumento. Jóvenes léperos se habían trepado al monumento, y corrí por entre los caballeros en batalla para subir también y tener así la mejor ubicación. Uno de los léperos, creyendo que yo era un indio que invadía su territorio, me pateó. Yo le aferré el pie y lo saqué del monumento. Ocupé su lugar y les lancé a los otros una mirada realmente amenazadora.

Los caballeros luchaban con espadas y escudos de madera y daban golpes realmente fuertes, los esquivaban, los bloqueaban con los escudos y volvían a atacar al contrario. La única finalidad parecía ser propinarse mutuamente golpes, ya que esas espadas no podían producir ningún daño serio.

Al mirar esa batalla simulada, vi a una persona con la que yo había entrado en conflicto durante la feria de la flota del tesoro: el que arrojaba huesos. Ese ser de aspecto malévolo se encontraba de pie en el borde interior del círculo de espectadores. Su pelo negro le colgaba casi hasta la cintura. Incrustados en su pelo había tierra y grasa, y sin duda estaría tan sucio y con más olor incluso que el suelo de un establo.

A medida que la batalla continuaba, noté un fenómeno curioso: los combatientes seguirían hasta extraer algo de sangre, por lo general gracias a un pequeño corte en una mano, la cara o las piernas, que estaban desnudas de la rodilla para abajo. No bien se veía la sangre, el vencedor y el derrotado abandonarían la lucha. Lo curioso era que, cada vez que eso ocurría, el victorioso miraba al mago. Y, a cambio, recibía una inclinación de cabeza a modo de aprobación.

"Mestizo, cuando los jaguares despierten, te arrancarán el corazón sobre la piedra del sacrificio."

Recordé esa amenaza anónima, mientras observaba que el mago ofrecía una bendición silenciosa a los vencedores. A diferencia del Sanador, quien tenía un aura de sabiduría y de conocimiento de las formas secretas, el mago destilaba maldad y malicia.

Yo lo miraba fijo, lo fulminaba con la mirada, cuando de pronto él levantó la vista y me pescó. Yo pegué un salto hacia atrás y desvié la mirada. Tuve la sensación de haberle sostenido la mirada a una serpiente.

Me animé a mirarlo de reojo una vez más y comprobé que él seguía con la vista fija en mí.

La maldad de sus ojos era tan fuerte que podría perforar una piedra. Yo no sabía si me había reconocido de la feria o si sólo había percibido el desprecio en mi cara cuando, un momento antes, se dio cuenta de que yo lo miraba. Estaba seguro de que no podía haberme reconocido. Habían pasado más de dos años desde la feria y yo casi no había hablado con él en aquella ocasión.

Cualquiera que haya sido el motivo, lo cierto es que había atraído su atención, y eso no me convenía nada. Me bajé de la estatua y me abrí camino por entre los guerreros para irme. Mientras luchaba por alejarme de esos caballeros combativos, un fraile entró en la plaza con una mula. Detrás de él venía un indio sobre otra mula, y arrastraba algo que llevaba sujeto con una soga. Cuando llegaron al sitio donde tenía lugar la batalla simulada, entraron en ella y dispersaron a los guerreros. Fue entonces cuando pude ver qué arrastraba el indio.

Un cadáver.

El sacerdote detuvo su mula y le gritó a la multitud:

—Este hombre —dijo y señaló el cuerpo— murió ayer y no fue enterrado según los ritos de la Iglesia. Fue sepultado con *los ritos paganos de la blasfemia*.

Hizo una pausa para permitir que asimiláramos bien sus palabras.

—Yo sólo me enteré de la desgracia, porque entre ustedes hay indios que son fieles al Señor y me cuentan cuando ocurren herejías así. Su cuerpo ha sido desenterrado. Será arrastrado por cada una de las calles de esta comunidad para que todos vean lo que les sucederá si ofenden a Dios y a los siervos de la Iglesia que Lo sirven. "Después, el cuerpo será cortado en pedazos y dado de comer a los perros."

Yo había oído hablar a fray Antonio de esta práctica terrible de los curas de aldea. Dijo que a la mayor parte de los sacerdotes les molestaba menos que el pecador hubiera sido enterrado sin los ritos adecuados, que el hecho de no haber recibido la paga por los últimos ritos y el entierro cristiano.

Cuando el fraile y el indio, cuya mula seguía arrastrando el cadáver, pasaron junto al tétrico mago, el lector de huesos les lanzó a ambos una mirada de tanto odio y malicia que me asustó.

Abandoné la zona y confié en no volver a cruzarme con ese individuo.

Al caer la noche, recorrí la aldea para disfrutar de la celebración de los muertos. Cuando estuvo bien oscuro, la gente se apiñó en el cementerio para estar cerca de sus seres queridos que ya no estaban junto a ellos. El cementerio estaba iluminado con cientos de velas, mientras la gente bebía y bailaba, reía y hablaba. Formaban grupos familiares frente a las tumbas, y compartían tamales, tortillas, pulque y chile.

Yo no era parte de ningún grupo familiar, pero disfruté de caminar por allí y compartir la felicidad de la gente. Todos estaban borrachos y felices. Vi que una mujer joven discutía con su marido, que estaba muy borracho. Tanto, que casi no podía estar parado. Eso me recordó que el fraile me había dicho que existía una diferencia entre la manera en que los españoles bebían y la forma en que lo hacían los indios: un español bebe para tener una sensación de alegría y bienestar; un indio bebe hasta perder el sentido.

Esa joven mujer llamaba a su marido chivo estúpido por embriagarse de esa manera, y lo golpeó. El golpe lo hizo trastabillar hacia atrás y caer de costado. La gente que estaba cerca lanzó vivas y aplaudió la acción de la mujer, quien se dio media vuelta y se alejó, y casi me derribó al hacerlo. Pero se le cayó un pañuelo del bolsillo. Yo lo tomé y la seguí. Ya estaba fuera del cementerio cuando me le puse a la par y le devolví el pañuelo.

—Su marido estaba muy borracho.

—A mí no me importa que beba —dijo ella—. Se gastó todo el dinero que gané en un mes de lavar ropa. Eso es lo que me importa.

—Es un pecado que él se embriague y deje sola y desprotegida a su bonita esposa. Hay hombres que se aprovecharían de semejante estupidez.

Ella se apartó el pelo de la frente.

—Yo nunca lo vi a usted antes.

Me encogí de hombros.

—Soy un hechicero itinerante. Hoy estoy aquí y mañana ya no estaré.

—¿Qué clase de magia practica?

—La magia del amor. La guardo aquí —dije y me toqué la parte de adelante de los pantalones—. ¿Le gustaría verla?

Epa, ¿de dónde saqué el coraje para decir una cosa así? Tenía diecisiete años y nunca me había acostado con una mujer. Pero desde mi fracaso con la esposa del cacique, había practicado mucho con mi mano y estaba impaciente por comprobar si mi desempeño había mejorado.

Ella sonrió y se palmeó el frente de su vestido.

—Hoy tengo una calavera cosida a mi ropa interior para mi marido, pero él está demasiado borracho para verla. O para apreciarla.

Nos dirigimos a una zona de pasto para practicar mi magia… y ver la calavera que tenía ella.

Ella se tendió de espaldas en el pasto cálido. Yo me arrodillé junto a ella y me incliné para rozarla con mis labios. *Ayya ouiya.* Ella me puso sobre su cuerpo e hizo estragos en mi boca con sus labios y su lengua. Cuando comenzaba a gustarme la deliciosa humedad de su boca, me hizo girar hasta quedar ella encima de mí. Su boca volvió a mis labios y su mano bajó hacia mis pantalones.

Mi garrancha crecía hasta alcanzar proporciones monstruosas: se ponía tan dura, tan rápido, que me dolía, lo cual pareció divertir muchísimo a la mujer. Ella rió por lo bajo al ver la enormidad de mi erección y sus dedos se cerraron sobre ella con la fuerza de una prensa.

Deslizó una mano alrededor de mi cabeza y, mientras me besaba con la boca abierta, comenzó a bajarme los pantalones.

Incluso a mi tierna edad, yo estaba seguro de que la violación era tarea del hombre y no de la mujer. Luché por incorporarme y montarla, para poder penetrarla con mi pene y bombearla, al menos una vez antes de que me explotara.

—Yo quiero...

Ella tragó mis palabras con la boca. Cuando terminó de bajarme los pantalones, la falda de ella subió y la mujer se puso a horcajadas sobre mi cuerpo. Frotó su *tipili* húmedo hacia adelante y hacia atrás contra mi erección. Mientras lo hacía, se abrió la blusa. Entonces se inclinó y guió un pecho suyo hacia mi boca. Al mismo tiempo, sus piernas se abrieron del todo y mi pene de pronto se deslizó dentro de su abertura de amor.

Toda la lujuria de mi juventud pubescente hervía dentro de mí. Mis caderas subían y bajaban como un caballo que nunca había sentido una montura en su lomo.

Ella me cabalgó, apretó sus músculos alrededor de mi miembro, giró sobre él eróticamente y, con cada giro el roce era más prolongado. Hacia arriba y hacia abajo, hacia arriba y hacia abajo sobre mi larga y dolorida garrancha. Ella incrementaba cada presión, cada ritmo y calor con cada elevación y caída.

Empecé a perder el control. Y, entonces, mi pene explotó dentro de ella. Catapultó algo en ella que en ese momento yo no entendí, y sus movimientos y gemidos se hicieron más frenéticos. Se inclinó hacia adelante, arqueó la espalda y bombeó con todas sus fuerzas. Una serie de luces se encendieron en mis ojos, en mis oídos detonaron truenos y la tierra se sacudió como movida por un volcán. Entonces mi cuerpo entró en erupción, en un orgasmo no limitado a mi entrepierna sino a la totalidad de mi cuerpo, a la totalidad del planeta. Sentí que todo mi ser se desintegraba, se hacía trizas y me llevaba a una odisea homérica que jamás imaginé vivir.

Tal vez en el futuro tendría otras mujeres —suponiendo que viviera lo suficiente—, pero ésa era la primera. Pasara lo que pasara, ella se había adueñado de mi cuerpo y de mi alma. Mi alma se había liberado y se había soltado de sus amarras.

En ese momento ella me tomó de atrás y me puso sobre su cuerpo. Empujó mis caderas hacia adelante y las fue moviendo para que la parte superior de mi pelvis frotara lo que más adelante sabría que el poeta Ovidio había llamado "la Mariposa de Venus".

Sus movimientos hicieron que mi garrancha volviera a alborotarse y a crecer. De nuevo entró en su cuerpo, esta vez conmigo encima de ella.

Bombeé como si el diablo me estuviera quemando las nalgas, y ella de nuevo comenzó a explotar.

Ahora deliraba, su cabeza se movía hacia atrás y hacia adelante y la lengua le colgaba de la boca. Sus caderas se movían con desesperación, gemía y su voz se le atragantaba en la garganta. Levantó las rodillas y las sujetó sobre mis hombros, levantó las nalgas del suelo y bombeó con intensidad. Sus pezones duros y turgentes me mordieron el pecho y, cuando yo estaba a punto de gritar, me tomó de la nuca y enmudeció mis gruñidos con besos apasionados.

Sólo Dios sabía lo que me traería el siguiente día.

Pero, en cierto sentido, no me importaba. Yo era apenas un muchacho y había tenido el primer atisbo de dicha.

Yo había visto el elefante, volado con las águilas, oído el búho... y tocado el rostro de Dios.

Si alguien me lo hubiera preguntado, yo ya estaba muerto.

¡Ay de mí!, antes de que la noche terminara, alguien desearía mi muerte.

CINCUENTA Y UNO

Después de la medianoche, me reuní con el Sanador en el campamento. Me cuidé muy bien de darle siquiera una vaga idea de cuáles habían sido mis actividades con la mujer sobre el pasto, tal como lo habría hecho con el Papa. El Sanador era un espíritu alejado de este mundo; las cuestiones de la carne temporal no eran su especialidad.

Antes de desplomarme sobre mi manta, me dirigí al matorral para aliviar mi vejiga. Habíamos acampado sobre una loma, y eso me daba oportunidad de ver la ciudad allá abajo. La luna llena proporcionaba buena luz a la noche y envolvía a la ciudad en un resplandor fantasmal. Alrededor del cementerio, las llamas de las velas se movían como luciérnagas, y el sonido de la música ascendía hasta nosotros.

Me quedé un buen rato sentado mirando hacia la ciudad, y eso me hizo sentirme solo. Yo había llegado a amar al Sanador como un padre, del mismo modo en que había amado a fray Antonio, pero ninguno de los dos era mi verdadero padre. Y tampoco tuve nunca un verdadero hogar. Me pregunté cómo habría sido tener una madre y un padre, hermanos y hermanas, dormir cada noche en una cama y comer sentado frente a una mesa, con un plato delante y un cuchillo y un tenedor en las manos.

Cuando me levantaba para irme, vi la luz de una fogata sobre la loma que estaba del otro lado y alcancé a ver figuras que se movían a la luz de la luna. Sabía que sobre la colina había un pequeño templo azteca, una de los cientos de reliquias religiosas olvidadas y abandonadas que quedaron del imperio derrotado.

Sentí curiosidad con respecto a quién estaría en un templo pagano en mitad de la noche. Sin duda al sacerdote de la aldea le gustaría saberlo... y tal vez pagaría una recompensa. No que yo delataría a alguien por una recompensa... pero quizá buscaría a la señorita que había celebrado conmigo el Día de los Muertos para que celebrara y la compartiera conmigo. Eso aplacaría mi corazón negro y me impediría tener que contestar muchas preguntas del Sanador.

Bajé de la loma y me dirigí a la otra, procurando no hacer ruido para no despertar a los muertos... ni molestar a quienquiera que estuviera en el templo.

Al acercarme a la cima, me detuve y escuché. Oí que un hombre pronunciaba palabras aztecas, no palabras que yo comprendiera sino una suerte de encantamiento mágico, en un tono que le oí usar muchas veces al Sanador. Me acerqué más y obtuve una buena vista del templo, una pequeña pirámide de piedra con amplios escalones, tan amplios como la pirámide misma.

Había un grupo de hombres reunidos en la parte superior del templo y en la escalinata. Pude ver que eran siete u ocho hombres. Una pequeña fogata se había encendido en lo alto del templo. Alcancé a ver su leve resplandor, pero mi vista se vio bloqueada por los hombres que estaban de pie delante de ella.

Sigilosamente trepé a un árbol para ver mejor. Un hombre seguía bloqueando gran parte de mi visión y me esforcé por ver qué blasfemia estaba teniendo lugar. Él se movió de mi línea de visión y vi que era un fuego bastante grande y que había varias antorchas ardiendo juntas. Tenían las antorchas bien bajas, sin duda para evitar que fueran vistas desde lejos. Las llamas iluminaban un gran bloque de piedra. Oí una risa histérica, la voz de un hombre borracho con pulque. Volvió a lanzar una carcajada y decidí que lo que le habían dado no era pulque, sino una droga preparada por una tejedora de flores.

De pronto, cuatro hombres aferraron al hombre que reía: dos lo tomaron de los pies y los otros dos, de los brazos. Lo colocaron, bien extendido, sobre el bloque de piedra. Mientras lo acostaban allí, me di cuenta de que la parte superior de ese bloque estaba levemente redondeada, así que la espalda del hombre estaba arqueada y su torso, extendido hacia arriba.

Una figura oscura se acercó a la piedra. Tenía la cara hacia mí, pero yo me encontraba demasiado lejos y estaba demasiado oscuro para que le viera las facciones. Pero su figura me resultó conocida. Y también su pelo largo que casi le llegaba a la cintura. Estaba seguro de que, si fuera de día, podría haber visto cómo lo tenía de sucio y de grasoso.

Sentí mucho miedo y ansiedad. Ya había adivinado lo que estaba por suceder en esa extraña ceremonia de medianoche. Mi mente me dijo que era una ceremonia simulada, como la batalla librada entre los caballeros aztecas, pero algo frío me apretó el corazón.

El mago levantó las manos sobre la cabeza. El brillo oscuro de una hoja de obsidiana sostenida con ambas manos reflejó la luz de la antorcha. Él hundió esa larga hoja en el pecho del hombre acostado sobre la piedra. El hombre jadeó. Su cuerpo se retorció y sacudió como una serpiente a la que acaban de cortarle la cabeza.

Su verdugo le abrió el pecho y metió la mano. Enseguida se echó hacia atrás y sostuvo en alto y a la luz un corazón que todavía latía. Los hombres reunidos en el templo dejaron escapar, al unísono, una exclamación.

Mis brazos y mis piernas se volvieron de goma, caí del árbol y aterricé en tierra con una sacudida y un grito de dolor.

Corrí, por entre los arbustos, en dirección a nuestro campamento. Corrí, como lo había hecho cuando el capataz me persiguió con una espada. Corrí, como si todos los sabuesos del cielo me mordieran los talones.

Mientras corría oí algo detrás de mí. No algo humano sino algo que no avanzaba sobre dos pies como yo.

Y se acercaba con rapidez. Me volví y empuñé mi cuchillo en el momento en que algo giraba frente a mí como un remolino. Fui empujado hacia atrás, sin aliento, y sentí garras filosas sobre el pecho. Me cubrí el cuello con un brazo a modo de protección.

Y, de pronto, el Sanador se encontraba allí y me gritaba algo. Y la criatura que estaba sobre mí desapareció con la misma rapidez con que había aparecido.

El Sanador me ayudó a levantarme y me llevó, sollozando, de vuelta a nuestro campamento. Mi explicación de lo que había sucedido brotó a torrentes durante el camino.

—Fui atacado por un jaguar —dije, después de hablarle del sacrificio humano que había presenciado.

Él había ido a buscarme, cuando yo no aparecí.

Recogimos juntos nuestras posesiones y el burro y bajamos a la ciudad, donde muchos visitantes acampaban delante de las casas de amigos. Si hubiera habido luz de día, yo habría seguido el viaje a la ciudad siguiente y aun más lejos.

Cuando estuvimos instalados cerca de otros acampantes en la ciudad, le expliqué al Sanador con más calma todo lo que había sucedido, esta vez con más lentitud y detalle, y respondí sus preguntas.

—Estoy seguro de que fue el que arrojaba los huesos en la feria —dije—. Lo volví a ver hoy en esa batalla simulada entre los caballeros.

Él se mantuvo extrañamente callado. Yo había supuesto que el Sanador se explayaría en el tema y explicaría lo sucedido con su gran provisión de sabiduría y conocimientos. Pero no dijo nada, y eso aumento mi desazón.

Dormí poco. No hacía más que ver mentalmente el corazón que le habían arrancado al hombre del pecho. Y me dormí viendo la cara del hombre que lo había hecho. Me sentí muy mal porque había reconocido al hombre al que le habían arrancado el corazón del pecho, cuando todavía estaba tibio y latía.

Era el indio cristiano que había arrastrado a un adorador azteca detrás de su mula.

CINCUENTA Y DOS

Antes de partir al amanecer y de asegurarnos de que seguíamos a una caravana de mulas, el Sanador puso un ungüento sobre las marcas de garras que yo tenía en el pecho.

—Fue mucha mala suerte que me topara con un jaguar cuando huía —dije, mientras él me aplicaba el ungüento.

—No fue ningún accidente —dijo el Sanador.

—No fue un hombre vestido de Caballero del Jaguar; fue un verdadero animal.

—Sí, fue un animal, pero en cuanto a si era real...

—*Ayya*, yo lo vi. Y tú también. Corría en cuatro patas. Mira mi pecho. Ningún hombre me hizo esto.

—Vimos un animal, pero no todos los animales de la noche son animales debajo de la piel.

—¿Qué quieres decir?

—Ese hombre que tú llamas mago, uno que arroja huesos, es un *naualli*.

—¿Qué es un *naualli*?

—Un hechicero. No un Sanador, sino alguien que convoca el lado más oscuro de la magia de Tezcatlipoca que les confiere su poder a todos los hechiceros. Hay también otros, pero él es el más conocido. Se dice que ellos aterrorizan a la gente y por las noches les chupan la sangre a las criaturas. Son capaces de conjurar nubes y hacer que el granizo destruya los sembrados de un hombre, convertir una vara en una serpiente, un trozo de piedra en un escorpión. Pero de todos estos poderes, el más aterrador es el de una forma que cambia.

—¿Una forma que cambia? ¿Crees que el *naualli* se convirtió en jaguar para matarme? —Mi tono era el de un sacerdote que regaña a un indio con respecto a una superstición.

El Sanador gorjeó frente a mi indignación.

—¿Es algo tan seguro que todo lo que vemos es de la misma carne y sangre que nos compone a nosotros? Hiciste un viaje hacia tus antepasados. ¿Fue eso un sueño? ¿O realmente te reuniste con tus antepasados?

—Fue un sueño inducido por la poción de la tejedora de flores.

—La medicina de la tejedora de flores creó el puente hacia tus antepasados. Pero, ¿estás tan seguro de que lo que viviste fue sólo un sueño? ¿De que no cruzaste el puente?

—Fue un sueño.

Él volvió a gorjear.

—Entonces, quizá lo que viste anoche fue sólo un sueño.

—Tenía garras verdaderas.

—Se dice que los *nauallis* tienen una capa hecha de piel de jaguares, que cuando se la ponen, los transforma en la bestia. Tienen una medicina más poderosa que la que puede preparar cualquier tejedora de flores, una mezcla maligna, preparada con toda clase de bichos venenosos: arañas, escorpiones, serpientes y ciempiés. Yo ya te hablé de esto, del ungüento divino. Pero los *nauallis* saben cómo preparar ese ungüento para una finalidad que no es volver a la gente insensible al dolor. Le agregan sangre de jaguar y trozos de corazón humano. Permite que quien usa la capa de un *naualli* y bebe esa poción, encarne el cuerpo de la bestia de la que está hecha la capa.

"Yo oí una historia de labios de los hombres de la aldea en la que estuvimos hace cuatro días. Un rico español que había tenido durante muchos años a una muchacha india como su amante, tuvo hijos con ella y la trató en todos sentidos como su esposa, excepto que no se casó con ella, la traicionó al traer de España una mujer española para casarse con ella y devolver a la mujer india a su aldea, sumida en el oprobio.

"A la mujer española le encantaba montar a caballo y salía a cabalgar sola por la vasta propiedad de su marido. Cierto día, unos vaqueros la oyeron gritar: había sido atacada por un jaguar. Los vaqueros le dispararon al jaguar antes de que el animal la matara. Cuando la bestia quedó tendida en el suelo, agonizando, se transformó en la muchacha india que había sido traicionada."

—Y la teoría es que un *naualli* la convirtió en un jaguar —dije y me eché a reír—. Pues a mí me suena a un cuento indio.

—Puede ser, puede ser. Pero anoche, con tu cuchillo, le hiciste un corte al jaguar en la cara. Y hoy, el *naualli* tiene un corte en su rostro. Tal vez deberías preguntarle cómo fue que se lastimó —dijo el Sanador e hizo un gesto hacia la izquierda.

El malévolo mago se acercaba por la calle flanqueado por dos indios corpulentos que yo reconocí como los que ayer, en la batalla simulada, se pusieron el atuendo de Caballeros del Jaguar.

En la cara del mago había un corte muy feo.

Él no dijo ni una palabra cuando pasó, y tampoco sus secuaces miraron hacia nosotros. Pero yo sentí que su maligna animosidad se irradiaba hacia mí. Yo me asusté tanto que temblé como un potrillo recién nacido que prueba sus patas por primera vez.

Una vez en el camino, el Sanador gorjeó y masculló para sí durante una hora. Era la primera vez que lo veía tan animado con respecto a algo. A pesar de su intensa aversión hacia los *naualli*, parecía tener cierto respeto profesional por la magia de ese hombre.

Por último, me dijo:

—Esta noche debes ofrecerle más sangre a los dioses. —Sacudió la cabeza con pesar. —Nunca debes reírte de los dioses aztecas.

CINCUENTA Y TRES

Dos veces más, a lo largo de nuestros viajes, oí hablar de la búsqueda del lépero que había matado al sacerdote de Veracruz, pero ahora la historia había adquirido los rudimentos de un mito. El lépero no sólo era un asesino de muchos hombres, sino un ladrón de caminos y un violador de mujeres. Ahora que habían pasado un par de años y mi miedo de ser descubierto era menor, las historias de los terribles actos del infame bandido Cristo el Bastardo me resultaban casi divertidas. Pero cuanto más grande era la aldea o cuanto más nos acercábamos a una hacienda, más procuraba yo parecer un indio.

Detrás de esos relatos estaba la historia verdadera del asesinato del único padre que yo había conocido. Como lo había hecho desde que ocurrió ese maldito hecho, todas las noches, cuando rezaba mis oraciones, yo pronunciaba el juramento sagrado de vengarme de su asesino. De la misma manera que los indios, que para su venganza usaban el mismo instrumento utilizado por el asesino, yo le clavaría un cuchillo a ese hombre y se lo retorcería en las entrañas.

CINCUENTA Y CUATRO

Cumplí dieciocho años cuando acompañaba al Sanador a una feria. Una vez más, se realizaba para vender mercaderías llegadas a bordo de un barco, pero esta vez era una feria más chica, y la mercadería no venía de Europa sino de Manila, del otro lado del gran Mar Occidental. Cada año, galeones, castillos flotantes, a veces varios, otras veces sólo un único barco, realizaban el cruce del Mar Occidental, desde Acapulco a Manila y de vuelta.

A los galeones de Manila les llevaba mucho más tiempo cruzar el océano que a la flota del tesoro que viajaba a España. Fray Antonio me había mostrado los dos mares en un mapamundi. La distancia a Manila era varias veces mayor que la ruta entre Veracruz y Sevilla. Más allá del Mar Occidental, que en el mapa del fraile se llamaba Mar del Sur, estaban las islas llamadas las Filipinas. Desde ese puesto de avanzada del otro lado del mundo con respecto a España, el comercio se hacía con una tierra llamada China, donde hay muchos más chinos, personas de piel amarilla, que granos tiene la arena; hay también una isla de gente baja y de color marrón, que entrenan guerreros llamados samurai, los hombres más feroces y combativos de la Tierra; y las islas Molucas o de las Especias, cuyas playas no son de arena sino de canela y otras especias, que directamente pueden meterse a paladas en baldes.

El incidente de Veracruz estaba a varios años y muchas leguas de distancia. Me sentí a salvo yendo a la feria y, de hecho, estaba ansioso por estar de nuevo cerca de más españoles. Durante tres años yo había estado enmarañado en la cultura india. Si bien aprendí mucho, todavía había mucho que yo admiraba y deseaba aprender de mi parte española.

Yo había crecido algunos centímetros y engordado unos diez kilos. Estaba alto y delgado, como siempre lo había sido para mi edad, pero también había rellenado algunos huesos gracias a la buena comida de que disfruté con el Sanador. En la Casa de los Pobres, nuestras comidas consistían principalmente en tortillas y frijoles, pero en el camino, con el Sanador, eran verdaderos festines. A menudo éramos huéspedes de los festivales de las aldeas, y entonces cenábamos pollo, cerdo y pato, y espléndidos platos indios como el mole, una salsa exquisita hecha con chocolate, chiles, tomates, especias y nueces molidas. Eh, amigos, ningún rey desde Moctezuma comió mejor que el Sanador y yo.

Aunque la feria del galeón de Manila no era tan grande como la que se realizaba en Jalapa para la flota del tesoro, porque los barcos del trayecto a Manila eran menos, el cargamento era mucho más exótico. Los galeones de Manila traían sedas, marfil, perlas y otros lujos codiciados por los ricos de la Nueva España. Pero lo mejor de todo procedía de las Islas de las Especias: pimienta, canela y nuez moscada. El aroma de esas especias era exótico y resultaba tentador para el lépero ladrón que hay en mí. ¿Me preguntan si mis años con el Sanador no me habían separado de los malos hábitos que aprendí en las calles de Veracruz? Bueno, digamos que el Sanador me enseñó trucos nuevos... pero yo no olvidé los viejos.

Porque los productos del Lejano Oriente eran nuevos y extraños, había muchos motivos para que yo merodeara un poco por todas partes y me maravillara. Compré una pizca de canela y tanto el Sanador como yo la probamos en la punta de la lengua. Nuestros ojos se encendieron de placer frente a ese sabor tan raro. ¡Dios mío, cuántos pesos costaría una palada! Me pregunté si el mar que bañaba las Islas de las Especias también tenía el sabor de las especias.

Pero había trabajo que hacer y poco tiempo para soñar despierto. La feria se realizaba sólo por pocos días y habíamos viajado de lejos para llegar allí. Teníamos que ganar suficiente dinero en poco tiempo para asegurarnos de que el viaje lo valiera. Esos aromas y espectáculos sólo podría disfrutarlos en momentos robados al trabajo.

El Sanador había venido a practicar su arte, sus curaciones y su magia, y yo era su asistente. Cuando el negocio se ponía lento, para reunir a una buena cantidad de gente, yo era una persona enferma que me quejaba a él en voz muy alta de dolor y ruido en la cabeza. Cuando suficientes personas se congregaban frente a nosotros, el Sanador murmuraba encantamientos y extraía una víbora de mi oído. Y, cuando se producía mi cura milagrosa, por lo general siempre había alguien en la multitud dispuesto a pagar por un tratamiento personal.

Pero el Sanador no tomaba a cualquier persona que diera un paso adelante. Sólo tomaba a los pacientes a los que creía poder ayudar. Y no exigía que le pagaran, a menos que el paciente pudiera hacerlo. Ninguna de sus prácticas llenaba nuestros bolsillos. De todos modos, todos sus pacientes eran indios y esas personas rara vez tenían algo más que monedas de cobre en los bolsillos. Las más de las veces, el pago se hacía en semillas de cacao o con una pequeña bolsa con maíz.

Al igual que el dios romano Jano, el Sanador tenía dos caras. Las víboras eran un truco, pero la curación no lo era.

Yo todavía tenía gran elasticidad en brazos y piernas y, en privado, seguía practicando el arte de contorsionarme, de dislocar mis articulaciones, pero ya no lo hacía en público, no simulaba ser baldado por una limosna. Era algo demasiado peligroso, porque ese tal Ramón que mató a fray Antonio tal vez conocía esa habilidad mía. Sin embargo, inadvertidamente expuse esas habilidades.

Los negocios siempre iban mejor, si el Sanador podía ocupar una posición más elevada con respecto a los espectadores. En este caso, había un montículo rocoso que se elevaba alrededor de metro y medio por sobre el nivel del suelo. La zona estaba rodeada de enormes enredaderas y otras plantas. Yo despejé suficiente espacio allí para permitir que el Sanador y sus pacientes pudieran permanecer de pie.

Durante la función, en la que se había formado un grupo bien grande para ver cómo el Sanador extraía una víbora del oído de una persona, el paciente, nervioso, accidentalmente pateó la pipa del Sanador que estaba allí cerca y la lanzó hacia las enredaderas que colgaban a un costado del montículo. Enseguida corrí a buscarla, me metí entre las enredaderas y me contorsioné como una serpiente para entrar y salir de allí.

Cuando salí con la pipa, noté que un hombre, un español, me miraba fijo. El atuendo del individuo no era el de un mercader ni el de jefe de una hacienda, sino el de un caballero: no la ropa elegante que por lo general se les ve usar por las calles, sino la tela y los cueros más gruesos que suelen usar cuando viajan o luchan. El español tenía facciones fuertes y despiadadas y sus labios y ojos revelaban un poco de crueldad. Mientras él me miraba, otro hombre se le acercó y se quedó junto a él. Yo estuve a punto de lanzar una exclamación en voz alta.

Era Mateo, el pícaro que había puesto en escena la obra en la feria de Jalapa.

El español de aspecto malvado le dijo algo a Mateo y los dos me miraron con curiosidad. En los ojos del pícaro no apareció una expresión de reconocimiento. Habían pasado tres años desde la última vez que lo vi, mucho tiempo para un chiquillo pordiosero flaco que, por aquel entonces, tenía quince años. Yo no tenía idea de si me había o no reconocido. La última vez que lo vi, él había decapitado a un hombre para mí. Quizá esta vez sería mi cabeza la que cortaría.

Temeroso de haberme expuesto, abandoné el "escenario" y simulé caminar por las hileras de mercaderías exhibidas para la venta. Mateo y el otro español me siguieron con lentitud. Yo me escondí detrás de fardos de lana y seguí caminando bien agachado hasta llegar al final de la fila y, después, hice lo mismo a lo largo de otra fila de mercaderías. Espié por encima y vi que Mateo me buscaba. No vi al otro hombre.

Corriendo ahora, siempre agachado, a lo largo de las mercaderías, vi la oportunidad de escapar con una corrida a toda velocidad hacia el matorral denso que estaba en el perímetro de la feria. Cuando me incorporé para correr, una mano tosca me aferró por la nuca y me hizo girar.

El español tiró de mí hasta que quedé a centímetros de su cara. Apestaba a sudor y a ajo. Tenía los ojos saltones, como los de los peces. Me puso un cuchillo al cuello y me lo apretó hasta que quedé parado en puntas de pie y mirándolo con los ojos bien abiertos. Me soltó el cuello y me sonrió, pero sin aflojar la presión de la daga debajo de mi barbilla. En la mano libre tenía un peso.

—¿Quieres que te corte el cuello o prefieres el peso?

Yo ni siquiera podía abrir la boca. Con los ojos indiqué el peso.

Mantuve la vista fija en el peso… una verdadera fortuna. Rara vez había tenido un real de plata en la mano, y el peso valía ocho reales. Un indio podía trabajar toda una semana por menos. A veces los hombres eran asesinados por menos.

—Yo soy Sancho de Erauso —dijo el español—, tu nuevo amigo.

Sancho no era amigo de nadie, de eso estaba seguro. Era un hombre grandote pero no alto, más bien macizo, y no había piedad en sus ojos ni misericordia en su cara. El pícaro Mateo era culpable de robos, pero tenía la forma de ser y el aire de un pillo y de un caballero. Sancho no tenía pretensiones de ser un caballero… o siquiera un ser humano. Era un asesino, un hombre capaz de compartir con uno una comida y una copa de vino, pero después matarlo por el postre.

Mateo nos encontró, pero ni en su rostro ni en sus ojos vi señales de que me hubiera reconocido. ¿Realmente no recordaba al muchachito por el que había matado a un hombre? Y, sin embargo, ¿podía ser ésa la razón para que no me reconociera? Tal vez lamentaba haberlo hecho y tenía miedo de que yo lo expusiera como el verdadero asesino. Quizá se proponía matarme. Y era posible que, al igual que los españoles, para él un indio o un mestizo era tan poco reconocible como un árbol de otro en una selva.

—¿Qué quieres de mí? —El tono con que le hablé a Sancho era de subordinación, el de un indio que le habla a un amo que tenía la mano pesada.

Sancho me rodeó los hombros con un brazo y echamos a andar juntos, con Mateo del otro lado. Yo tenía la nariz cerca de la axila de Sancho, y juro que olía peor que una cloaca. ¿Ese hombre no se bañaba nunca? ¿No se lavaba la ropa?

—Mi amigo, eres muy afortunado. Yo necesito un pequeño favor. Tú eres un indio pobre y miserable sin ningún futuro, salvo quebrarte la espalda para los gachupines y morir joven. Por este pequeño favor ganarás tanto dinero que nunca tendrás que volver a trabajar. Basta de robar, de hacer que tu madre y tu hermana se prostituyan. Tendrás dinero, mujeres y no sólo pulque para beber sino los mejores vinos españoles y ron caribeño.

Ese hombre era malvado, el diablo y Mictlantecuhtli en una misma persona. Su voz tenía la textura de la seda china; su rostro, el encanto de una serpiente de cascabel sonriente. Su sinceridad era tan auténtica como el apasionamiento de una puta.

"Tenemos un trabajito para ti, algo que sólo puede hacer un jovencito flaco capaz de retorcer su cuerpo como un sacacorchos. Dentro de unos días tenemos que viajar para llegar al lugar donde realizarás tu tarea. En menos de una semana serás el indio más rico de Nueva España. ¿Qué te parece eso, amigo?"

Lo que me parecía era que yo sería asado en las llamas, mientras los perros salvajes mordisqueaban mis cojones. Igual, le sonreí a ese matón. Elevándolo a la categoría de hombre respetable, añadí el honorífico "don" a su nombre.

—Don Sancho, yo soy un indio pobre. Cuando me hablas de mucha riqueza, agradezco a todos los santos que me permitas servirte.

—No me gusta el aspecto de éste —dijo Mateo—. Hay algo en él que no me cierra. Sus ojos. Bueno, no le creo.

Sancho se detuvo, me enfrentó y buscó complicidad en mis ojos.

—Es lo mejor que hemos encontrado. —Se me acercó más y yo me obligué a no sentirme asqueado por su olor. Él me aferró del cuello y sentí su cuchillo en mi entrepierna.

—¿El viejo de las víboras es tu padre?

—Sí, señor.

—Tú puedes correr rápido, chico, pero el viejo no puede hacerlo. Cada vez que me hagas enojar, yo le cortaré uno de los dedos de la mano. Y si huyes, le cortaré la cabeza.

—Debemos viajar hacia el sur, al Monte Albán, en el valle de Oaxaca —le dije más tarde al Sanador—. Los españoles me contrataron para hacer un trabajo. Me pagarán bien.

Le dije que Sancho quería que yo recuperara algo que él había perdido. No pude decirle en qué consistía el trabajo porque tampoco yo lo sabía, pero, como era su costumbre, él no me preguntó nada. En la actualidad, yo tenía la sensación de que, más que falta de curiosidad, él sabía exactamente lo que estaba sucediendo. Sin duda algún pájaro había escuchado la conversación y le había contado lo que hablamos.

Faltaban horas para que la feria cerrara por la noche, y yo me lo pasé merodeando, observando todas esas maravillas y tratando de encontrar la manera de salir de esa trampa. No había ningún grupo de actores a la vista, así que supuse que se habían separado del poeta-espadachín o a esta altura estaban cumpliendo su turno en la cárcel.

Mateo parecía más animado que la primera vez que lo vi. Y su ropa no era tan elegante y bien conservada. Tal vez los últimos años no habían sido generosos con él. Yo no olvidaba que le debía la vida.

Mientras recorría la feria, se produjo una conmoción y se congregó gente. Durante un torneo de arquería, un hombre, indio, había recibido un flechazo por accidente. El amigo del hombre se arrodilló junto a él y trató de arrancarle la flecha. Otro hombre se lo impidió.

—Si le sacas así la flecha, le desgarrarás las entrañas y tu amigo morirá desangrado.

El que lo dijo, un español de unos cuarenta años de edad y vestido como un comerciante adinerado, se arrodilló y examinó la herida. Oí que alguien lo llamaba "don Julio", cuando les dijo a varios hombres que lo ayudaran a mover al indio herido.

—Tráiganlo aquí. Y apártense —les dijo a los que estábamos reunidos cerca.

Siempre fascinado por la medicina, ayudé a don Julio y a los otros dos a mover al herido detrás de las hileras de tiendas de comerciantes para que estuviera fuera de la vista y del camino de la gente.

Don Julio se arrodilló y examinó la herida de la flecha.

—¿En qué posición estabas cuando recibiste la herida? —don Julio hablaba español con un leve acento, y comprendí que probablemente era portugués. Muchos portugueses habían venido al Nuevo Mundo después de que el rey español heredó el trono de aquel país.

—Estaba de pie.

—¿Estabas bien erguido o, quizá, un poco inclinado?

Él se quejó.

—Tal vez un poco agachado.

—Enderécenle las piernas —nos dijo.

Cuando las piernas del hombre estuvieron bien extendidas, nos pidió que hiciéramos lo mismo con la parte superior de su cuerpo. Cuando lo tuvimos en la posición que más se parecía a aquella en que estaba cuando se le clavó la flecha, don Julio lo examinó con mucha atención y tanteó la zona en la que la flecha se hundía en los tejidos del hombre.

El amigo del hombre dijo, con impaciencia:

—Sáquesela antes de que él muera. —Habló con el español rudo de los indios rurales.

Yo le contesté al hombre:

—Se la tiene que quitar en la misma línea en que entró. De lo contrario le producirá una herida más grande.

Extraer la flecha por el mismo camino en que entró, reduciría la posibilidad de desgarrar más tejidos. El hombre ya tenía una herida que probablemente lo mataría, por cuidadosamente que se le extrajera la flecha. Aumentar el tamaño de la herida reduciría sus posibilidades de supervivencia.

—Don Julio me miró. Sin darme cuenta, yo había hablado con mi español pulido en lugar de deliberadamente pronunciar mal las palabras, como lo había hecho con Sancho.

Él me arrojó medio real.

—Corre a una tienda y consígueme un trozo de algodón blanco bien limpio.

Volví enseguida con lo que me pedía y no le ofrecí el cambio.

Una vez que extrajo la flecha, don Julio vendó la herida abierta, cortando trozos de la tela para que quedara bien cubierta.

—Este hombre no puede caminar y ni siquiera montar una mula —le dijo al amigo del indio. —Debe permanecer acostado hasta que la hemorragia cese. —Llevó a un aparte al amigo del indio. —Sólo tiene una leve posibilidad de sobrevivir, pero no si lo mueves. No se le puede mover durante por lo menos una semana.

Vi que el amigo intercambiaba miradas con otro hombre. Ninguno de los dos parecían ser indios granjeros. Tenían, más bien, el aspecto de léperos, tal vez hombres contratados de las calles por los comerciantes, para que acarrearan la mercadería hacia y desde la feria. Las probabilidades de que se quedaran allí hasta que el hombre pudiera viajar no eran muchas. Tan pronto terminara la feria, arrojarían los dados para ver quién se quedaría con sus botas y su ropa, le aplastarían el cráneo y lo arrastrarían a los bosques para que los animales salvajes dieran cuenta de él.

Cuando el gentío que rodeaba al hombre se fue dispersando, oí que un individuo miraba hacia don Julio y le susurraba a otro con desdén: "Converso".

Yo conocía esa palabra por las conversaciones con fray Antonio. Un converso era un judío que había preferido convertirse al cristianismo en lugar de abandonar España o Portugal. En algunas ocasiones la conversión había tenido lugar varias generaciones antes, pero la mancha en la sangre permaneció igual.

El hecho de que ese médico rico, que es lo que supuse que era, también tuviera sangre impura, como es natural, hizo que lo apreciara mucho más.

Abandoné la feria y caminé hacia un montículo que en una época había sido el pequeño templo de un puesto militar de avanzada o para un encuentro de comerciantes. Me quedé allí sentado un rato, sumido en mis pensamientos con respecto a la situación en que me encontraba con Sancho y Mateo. No me preocupaba tanto mi persona como la perspectiva de que algún mal cayera sobre el Sanador. Desde luego, yo había mentido cuando le dije a Sancho que el Sanador era mi padre pero, en cierto sentido, había algo de verdad en ello, puesto que yo consideraba padre tanto al Sanador como a fray Antonio.

No tenía ninguna ilusión con respecto a cuál sería mi recompensa una vez completada la tarea para Sancho. Tanto el Sanador como yo seríamos asesinados. Ay, no era una situación nada feliz. El Sanador se movía con mucha lentitud y no iría a ninguna parte sin su perro y su borrico. Mi único recurso era esperar la oportunidad para hundir un cuchillo en la barriga gorda de Sancho y confiar en que Mateo no dañara al Sanador, aunque me cortara a mí la cabeza.

Vi escritura ideográfica azteca grabada en piedra en un costado del muro de las ruinas y me aparté un poco para leerla. Yo había aprendido a leer escritura ideográfica azteca por boca del Sanador, quien me mostró trozos de papel con escritos hechos antes de la conquista. Me contó que el imperio centrado en Tenochtitlán requería una gran cantidad de papel para su ejército, comerciantes, administración gubernamental y que cientos de miles de hojas de papel en blanco eran recibidas cada año como tributo de los estados vasallos.

También el fraile se había interesado en la escritura ideográfica azteca y en el papel. Se entusiasmó mucho en una oportunidad cuando otro fraile le mostró un trozo. El papel se fabricaba remojando la corteza de ciertas higueras en agua hasta que la fibra se separaba de la pulpa. La fibra se golpeaba entonces contra una superficie plana, se plegaba después con una sustancia pegajosa en el medio, se aplastaba nuevamente y después se alisaba y se secaba. Al papel de buena calidad se le esparcía una sustancia blanquecina.

Un atado de estos papeles, encuadernados, los españoles lo llamaban códice, que es una palabra latina para una clase de libro. Sólo algunos códices indios habían sobrevivido el celo fanático de los sacerdotes cristianos, me dijo Fray Antonio. Los dibujos ideográficos estaban hechos en colores vivos —rojo, verde, azul y amarillo— y, después de ver algunas páginas que pertenecían al Sanador, sólo puedo imaginar que los códices salvados de los estragos de los sacerdotes deben de ser trabajos de gran belleza.

En sí misma, la escritura azteca era no alfabética; la escritura ideográfica se parecía mucho a la utilizada por los egipcios. Una serie de grafías debían ser leídas juntas para revelar el mensaje o la historia. Algunos objetos estaban representados por una miniatura del objeto, pero la mayor parte de las situaciones requerían algo más complejo: un cielo negro y un ojo cerrado era la noche, una figura envuelta en vendas era un símbolo de la muerte, la vista estaba expresada por un ojo dibujado lejos del observador.

La escritura ideográfica, o pictografía, escrita en la pared cerca de la feria mostraba a un guerrero azteca con atuendo de combate tirando de los pelos de otro guerrero perteneciente a otra ciudad: la guerra y la batalla estaban en su apogeo. Un rey o noble azteca a quien no pude identificar, aunque sabía que cada Venerable Portavoz tenía un símbolo, hablaba. Esto estaba indicado por un pequeño rollo de papiro que salía de su boca. Yo también lo había visto indicado como una lengua en movimiento. Después de que él habló, los aztecas marcharon, lo cual se expresaba por huellas que se dirigían a un templo en la cima de una montaña. El templo ardía, y esto indicaba que la tribu a la que pertenecía ese templo había sido conquistada.

Mientras leía el relato en voz alta en español, que era el lenguaje en el que yo pensaba, me sorprendió advertir otra presencia por el rabillo del ojo. Don Julio se encontraba de pie cerca y me observaba.

—¿Sabes leer el lenguaje de signos de los aztecas?

El orgullo me soltó la lengua.

—Un poco. La inscripción es un alarde... y una advertencia. Probablemente la pusieron aquí los aztecas para impresionar a los mercaderes viajeros de otras tribus y describirles lo que les sucede a las ciudades que no pagan su tributo.

—Excelente. Yo también sé leer esa escritura, pero es un arte casi desaparecido. —Sacudió la cabeza. —Por Dios, la historia, el conocimiento que se perdió cuando los frailes quemaron todo. La biblioteca de Texcoco estaba enriquecida con tesoros literarios reunidos por el gran rey Netzahualcoyotl. Era el equivalente en el Nuevo Mundo de la gran biblioteca de Alejandría. Y fue destruida.

—Mi nombre azteca es Netzahualcoyotl.

—Un nombre honorable, aunque te marca como un coyote hambriento. Tu homónimo no fue sólo un rey sino un poeta y compositor de canciones. Pero, igual que muchos reyes, él también tenía vicios humanos. El deseo imperioso que sentía de poseer a la esposa de uno de sus nobles, lo hizo enviarlo a batalla con la orden secreta impartida a sus capitanes de que se aseguraran de que el hombre terminara muerto.

—Ah, el crimen que el comendador Ocaña trató de cometer contra Peribáñez.

—¿Conoces la comedia de Lope?

—Bueno... un sacerdote me la describió hace tiempo.

—¿Un sacerdote interesado no sólo en un drama sino en una obra pasional? Tengo que conocer a ese hombre. ¿Cuál es tu nombre español?

—Sancho —dije sin vacilar.

—Sancho, ¿qué sientes tú, como indio, con respecto al hecho de que los españoles hayan venido y la cultura y los monumentos de los indios hayan sido destruidos o abandonados?

Me llamó indio. Eso hizo que me sintiera de nuevo cómodo al hablar con él.

—El dios español era más poderoso que el dios de los aztecas.

—¿Todos los dioses aztecas están ahora muertos?

—No, hay muchos dioses aztecas. Algunos fueron subyugados, pero otros sencillamente se ocultaron para esperar a recuperar su fuerza —dije, imitando lo que el Sanador me había dicho.

—¿Y qué harán cuando recuperen su fuerza? ¿Echar a los españoles de la Nueva España?

—Ésa será otra gran batalla, como las guerras de las Revelaciones, en las que el fuego, la muerte y la hambruna acosaron la Tierra.

—¿Quién te dijo eso?

—Los sacerdotes en la iglesia. Todo el mundo sabe que algún día se librará una gran guerra entre el bien y el mal, y que sólo los buenos sobrevivirán.

Don Julio rió por lo bajo y caminó por las ruinas. Yo lo seguí. Sabía que debía evitar estar con los gachupines, pero ese hombre tenía una profundidad de conocimientos y una sabiduría parecida a la que yo había intuido en el Sanador y fray Antonio.

Hacía años que no estaba rodeado de personas con el conocimiento de tipo europeo que el fraile poseía. Del mismo modo que el fraile, este hombre era un erudito. El deseo de lucirme con mis propios conocimientos me hizo hervir de entusiasmo.

—Además de la Biblia —dije—, también se dice que los Caballeros del Jaguar echarán a los españoles de esta tierra.

—¿Dónde oíste eso?

Percibí en su voz una inflexión que de pronto me hizo ser cauteloso. Pero él se limitó a sonreír cuando lo miré con una pregunta en los ojos.

—¿Dónde oíste eso? —volvió a preguntar.

Yo me encogí de hombros.

—No lo recuerdo. En el mercado, supongo. Los indios siempre hablan de esos temas. Pero es algo inocuo.

Don Julio gesticuló hacia las ruinas.

—Deberías sentirte muy orgulloso de tus antepasados. Mira los monumentos que dejaron. Y hay muchos más como éste y muchos otros que tienen el tamaño de ciudades.

—Los sacerdotes dicen que no deberíamos sentirnos orgullosos; que nuestros antepasados eran salvajes que sacrificaron a miles de personas e incluso se comieron algunas. Ellos dicen que deberíamos sentirnos agradecidos de que la Iglesia haya detenido esa blasfemia.

Él murmuró su acuerdo a las palabras de los sacerdotes, pero yo tuve la impresión de que sólo se trataba de esa suerte de respeto que todos le brindan a la Iglesia, aunque estén en desacuerdo con ella.

Por un momento, antes de que él hablara, caminamos por entre las ruinas.

—Los aztecas sí practicaban ritos salvajes, y para ello no hay excusa. Pero, quizá, nos mirarían a nosotros, los europeos, y a nuestras guerras mutuas y contra los infieles, nuestra crueldad y violencia, y nos preguntarían si estábamos dispuestos a arrojar la primera piedra. Pero al margen de la manera en que nosotros juzgamos sus actos, no cabe ninguna duda de que ellos construyeron un civilización poderosa y dejaron atrás monumentos que, como los de los faraones, sobrevivirán a las arenas del tiempo. Ellos sabían más acerca del movimiento de los astros y los planetas de lo que sabemos hoy, y tenían un calendario mucho más exacto que el nuestro.

"Tus antepasados eran maestros constructores. A lo largo de la costa este, había una nación de personas que cosechaban goma de los árboles por la época en que Cristo nació. Ellos eran los antepasados de los aztecas, los toltecas y otros pueblos indígenas. Dejaron muchos monumentos a la posteridad. Del mismo modo que los aztecas, tallaron en forma intrincada la piedra de sus monumentos. Pero, ¿con qué lo hicieron? No tenían herramientas de hierro o siquiera de bronce. ¿Cómo grabaron la piedra?

"Al igual que los aztecas, eran pueblos sin carros ni bestias de carga. Sin embargo, transportaron enormes bloques de piedra que pesaban tanto como cientos de hombres; piedras tan pesadas que ningún carro ni grupo de caballos de la cristiandad podría acarrearlas. Y las transportaron a grandes distancias, trepando montañas y descendiendo del otro lado, cruzando ríos y lagos, a muchas leguas del origen de esas piedras. ¿Cómo? Sin duda, ese secreto fue revelado en los miles de libros quemados por los frailes."

—Tal vez había un Arquímedes entre ellos —dije. Fray Antonio me había hablado de los logros de los indios que construían pirámides que violaban los cielos, y los comparó con Arquímedes. —Quizá por aquella época había un hombre que, si tuviera una vara suficientemente larga y un lugar en el que apoyarse, podría haber levantado el mundo. *Omnis homo naturaliter scire desiderat.*

—El hombre se inclina naturalmente a saber más y más —dijo don Julio, traduciendo la frase en latín. Dejó de caminar y me miró fijo. En su mirada había un destello de humor. —Tú lees la escritura ideográfica, hablas griego antiguo, haces citas en latín y tienes conocimientos de literatura española. Hablas español sin acento indio. Hace un momento pasé al nahuatl y entonces tú lo hablaste sin siquiera pensarlo. Eres más alto y más delgado que la mayoría de los indios. Esos logros tuyos me resultan tan misteriosos como la manera en que estos bloques gigantescos de piedra fueron transportados por encima de las montañas.

Maldije mi estúpido impulso de lucir mis conocimientos o, para ser más exacto, los conocimientos de fray Antonio. Lo cierto era que había conseguido que ese hombre se preguntara cosas sobre mi persona. *¡Ay de mí!* Habían pasado tres años desde los asesinatos y desde que se inició la cacería, y esta visita a una feria hacía que todo volviera a mi mente.

Huí del hombre llamado don Julio y no miré hacia atrás.

CINCUENTA Y CINCO

A la mañana siguiente partimos hacia el sur por un camino muy transitado pero con frecuencia difícil de atravesar, en el que los mercaderes de la feria ya nos habían precedido con sus caravanas de mulas.

Además de Mateo, incluidos en la banda había dos mestizos lamentables. Eran estúpidos y la escoria de la calle, que no serían nada bien recibidos en los lugares más malvados de Veracruz o inmediatamente encontrarían el camino a la cárcel si se quedaban en la ciudad. Sancho y los mestizos eran, obviamente, una banda de bandoleros, de la clase de los que les tienden celadas a los viajeros y cortan cuellos por lo que la víctima lleva en sus bolsillos.

Una vez más me pregunté qué le habría pasado al pícaro poeta para asociarse a esos delincuentes.

Sancho y Mateo montaban caballos y los dos mestizos, mulas. El Sanador y yo lo hacíamos a pie, tirando de la mula y del perro amarillo. El terreno estaba en tan malas condiciones que con frecuencia los hombres que iban montados debían apearse y conducir a sus animales. Durante el trayecto, Mateo comenzó a retrasarse y a caminar con el Sanador y conmigo. No sé si lo que buscaba era compañía o vigilarnos, pero sospecho que no pudo seguir soportando la compañía de Sancho.

—Hablas muy buen español —dijo Mateo—. Los sacerdotes te enseñaron bien.

Eran los sacerdotes los que les enseñaban a los indios, de modo que la de Mateo era una suposición natural. Yo no lo tomé como una referencia a fray Antonio. Sólo era un tema de conversación de su parte, no una maquinación con respecto a mi pasado o, al menos, eso esperaba. Él todavía no había dado señales de conocer mi verdadera identidad. Pero, por mucho que lo intentara, mi español salía a relucir y era mucho mejor que el de la mayoría de los indios. Traté de hablarlo de manera tosca, pero me resultaba especialmente difícil cuando debía mantener una conversación y no sólo dar respuestas cortas. Yo había tratado de no revelarle a Mateo que mi español era tan bueno como el suyo. Había cometido aquella equivocación con don Julio y estaba decidido a mantener la mascarada.

Yo no hacía más que preguntarme si él sabría quién era yo y a cuál de nosotros estaba él protegiendo. Con respecto a la otra pregunta, ya conocía la respuesta: él sería el que me cortaría la cabeza, después que yo llevara a cabo ese trabajo misterioso para ellos. Había visto con mis propios ojos con qué rapidez su espada separaba la cabeza del cuerpo de un hombre.

Pronto descubrí que había dos cosas que eran las que más le gustaba hacer a Mateo —además de hacer el amor y participar en duelos—: beber y hablar.

Mientras continuaba nuestro trayecto, con frecuencia él bebía de un odre de piel de cabra y relataba muchos cuentos. ¡Por Dios! Este pícaro caballero había tenido más aventuras que Simbad al salir de Basra y Ulises al abandonar Troya.

—Es como un pájaro cantor —dijo el Sanador cuando estuvimos solos—. Le gusta oír la música de sus propias palabras.

Los cuentos de Mateo se referían a sus aventuras como marinero y soldado del Rey.

—He luchado contra los rebeldes franceses, ingleses y de los Países Bajos, y los turcos paganos. Los blasfemos protestantes, los holandeses heréticos y los moros infieles, todos ellos han probado el filo de mi espada. He luchado desde el lomo de un caballo, desde la cubierta de un barco y mientras trepaba por el muro de un castillo. He matado a cien hombres y amado a mil mujeres.

Y contado un millón de cuentos, pensé. Sentía gran curiosidad con respecto a por qué el pícaro *autor* de obras de teatro y libros había terminado junto a Sancho, un degollador común y corriente, pero no era un tema que yo pudiera tocar.

Los dos formaban una extraña pareja. Por mi experiencia personal, sabía que Mateo era un hombre letal. Y también que Sancho era un asesino. Pero la diferencia entre ellos era la misma que existía entre una hoja fina de Toledo y un hacha. Mateo era un pícaro, un bravucón, un espadachín y un aventurero. Era asimismo un escritor y un actor, aunque no se destacara precisamente en ninguno de los dos campos, y eso le confería el aspecto de hombre culto y caballero.

Sancho, en cambio, no tenía nada de culto ni de caballero. Era grosero, vulgar y belicoso, sucio en su vocabulario y en su persona, arrogante y matón.

Y había en él otra cosa, algo que de alguna manera no me cerraba, y que no lograba saber qué era. Su físico me molestaba. Parecía fornido... y, sin embargo, por momentos lucía con más carne que músculos, casi con un aspecto femenino. Hace algunos años, yo había oído una conversación que mantenían fray Antonio y fray Juan acerca de los guardias del harén que los moros empleaban y que llamaban eunucos, hombres a los que les habían cortado los cojones. Ellos decían que esos hombres se ponían fofos y carnudos como una mujer y que hasta desarrollaban pechos. Supuse que lo mismo les sucedía a los esclavos africanos que eran castrados.

A pesar de su modales y amenazas brutales, Sancho tenía esa blandura femenina que imaginé poseían los eunucos.

—Cuando era muchacho y tenía incluso menos años que tú, trabajé a bordo de la flota de Medina Sidonia, que comandaba la gran armada que luchó contra los ingleses en las aguas del norte. Fuimos derrotados por el clima: el viento aullaba como un perro enloquecido e hizo encallar mi barco. Yo me quedé en tierra y pasé los siguientes años simulando ser un chiquillo francés que había escapado de su maestro escocés. Me uní a un grupo de actores itinerantes, primero para ayudarlos con sus baúles y, más adelante, como actor y autor de obras de teatro.

"El teatro inglés no es tan brillante como el español. Ellos tenían algunas obras modestas, una de Will Shakespeare, otra perteneciente a un tal Christopher Marlowe, pero a las que les faltaba el genio de los maestros españoles como Lope de Vega y Mateo Rosas de Oquendo. La historia recordará a Mateo Rosas y cantará loas a su persona junto con alabanzas a Homero, mucho después de que los nombres de otros hayan sido barridos por el viento como polvo."

Yo nunca sabía si él hablaba en broma o alardeaba… o sencillamente estaba borracho. Su peculiar "modestia" hizo que con frecuencia se refiriera a sí mismo como si estuviera hablando de otra persona.

—Fui tomado prisionero por los moros, por el Bey de Argel en persona, un demonio infiel negro como el carbón. Fui torturado y padecí un hambre terrible hasta que finalmente conseguí escapar.

Yo había oído esa historia antes con respecto a un autor cuyo nombre se pronunciaba junto al de Homero mucho más que el de Mateo. Miguel Cervantes, el autor de *Don Quijote*, había sido capturado por el Bey de Argel y pasado tiempo en una prisión morisca. En una oportunidad, años antes, yo había pronunciado el nombre de Cervantes en presencia de Mateo y por poco él me corta la cabeza. Sólo el demonio sabe por qué hace esas cosas tan estúpidas, pero decidí demostrar ciertos conocimientos inocentes para probar la sospecha de que Mateo les robaba las ideas a otros hombres con la misma desfachatez con que robaba carteras y mujeres.

—Los sacerdotes de la iglesia, que me enseñaron español, solían hablar de otro autor de libros y obras de teatro que fue tomado prisionero…

De pronto, me encontré tendido en el suelo con un zumbido en la cabeza: Mateo me había propinado un buen golpe en la cabeza.

—Nunca pronuncies en mi presencia el nombre de esa persona —dijo—. En el calabozo y después de soportar terribles torturas y privaciones, le revelé a ese canalla la historia que pensaba escribir acerca de un caballero errante cuando regresara a España, la historia de *mi* vida. Él me la robó y la publicó antes de que yo regresara, salvo, desde luego, que él me robó mis grandes logros y los ridiculizó, y describió la historia de mi vida frente a todo el mundo, como la empresa loca de un bufón ridículo. Me robó la vida, chico. Eh, reconozco que he hecho cosas que el mundo considera deshonestas. Sí, me he servido de los cofres de los ricos, bebido el vino de la vida hasta el fondo de la botella, he arriesgado mis días, mis años, mi juventud, mis miedos, mis esperanzas, mis sueños, hasta mi alma en el amanecer de mañana… y jamás miré hacia atrás. He matado a hombres y seducido a mujeres. Pero hay cosas que no hice nunca. Nunca le robé a un amigo. Nunca robé la vida de un hombre. Ahora el mundo le canta loas a ese ladrón y nadie conoce el nombre del pobre Mateo Rosas de Oquendo. —Mateo me pateó. —¿Ahora lo entiendes?

El Monte Albán se erguía por encima de las colinas a alrededor de cuatrocientos cincuenta metros sobre el valle de Oaxaca y la ciudad del mismo nombre. Las colinas estaban desnudas, casi sin árboles y no representaban una distracción de la majestad de los antiguos edificios de piedra.

Igual que en otras ciudades con templos de Nueva España, el ejemplo de Teotihuacán, el Lugar de los Dioses, se había seguido en el edificio de Monte Albán, una ciudad dedicada al culto. Las antiguas estructuras de piedra se encontraban en una plaza rectangular, ubicada sobre la cima de la montaña que había sido nivelada; su extensión era de media legua y la plaza aterrazada contenía templos piramidales, un observatorio, salón de baile y palacios.

De la misma manera que los lugares sagrados de mis antepasados indios, Monte Albán estaba rodeada de un misterio, era un lugar de los dioses y allí eran más los visitantes que los moradores. No era azteca sino zapoteca. Al sur del valle de México, los zapotecas no fueron derrotados por los aztecas hasta unos cincuenta años antes de la conquista de Cortés. Vencidos en la batalla, pero no completamente conquistados, los zapotecas y los aztecas lucharon entre sí prácticamente hasta la época de la conquista.

Hoy, Monte Albán estaba vacío de vida y los excrementos de los animales que habían pasado por allí y el pasto pisado eran las únicas señales de que algo había hollado ese terreno sagrado. Frente a todas esas ciudades de piedra fantasmales de mis antepasados, tuve una sensación de congoja y de desolación, como si sus habitantes hubieran dejado atrás parte de la tristeza que sintieron cuando abandonaron la ciudad a las serpientes y las tarántulas.

Después de la conquista, la gente del sector de Oaxaca cambió de dueños, cuando a Cortés le otorgaron derecho de cobrarles tributos a los indios. Con el título de Marqués del Valle de Oaxaca y más de veinte mil indios que pagaban tributo, sus posesiones feudales actuales tenían ahora el mismo tamaño que algunos reinos europeos.

Acampamos y más tarde fui a caminar por las ruinas con el Sanador. Sentí una brisa fresca conocida, el viento que había sentido en una cueva debajo del Templo del Sol en Teotihuacán.

—Los dioses no están complacidos —dijo el Sanador—. De esto no saldrá nada bueno. Estos hombres no han venido aquí a alabar a los dioses sino a ofenderlos.

CINCUENTA Y SEIS

El Sanador y yo acampamos lejos de los otros. No estábamos solos en la ladera de la colina. Un mercader de la feria había acampado a cierta distancia de nosotros, con su peculiar mercadería: cuatro prostitutas. Las había alquilado en la feria y volvía a Oaxaca con ellas. Oí que Sancho le decía al hombre que usaría una de sus putas.

Mientras yo estaba arrodillado frente a nuestra fogata preparando el almuerzo para nosotros dos, vi que Mateo y Sancho caminaban hacia un enorme templo-pirámide, el más grande de la ciudad. La pirámide resplandecía con reflejos dorados bajo el sol. Examinaron cuidadosamente un lado de la estructura. Yo no vi ninguna puerta en el lugar donde se encontraban. Me llegó el sonido de sus voces, pero no lo que decían. Por sus ademanes, tuve la impresión de que estaban en desacuerdo con respecto a cómo entrar en el templo. Y alcancé a distinguir las palabras "polvo negro".

Miré al Sanador, quien muy tranquilo estaba recostado contra un árbol fumando su pipa. Tenía los ojos entrecerrados y su cara era tan impasible como la de un estanque en un día sin viento. Me sentí mal por haberlo engañado, pero no había tenido más remedio que hacerlo. Desde nuestra llegada a Monte Albán, el "trabajito simple" que los españoles habían planeado para mí se estaba aclarando bastante en mi mente.

Por lo visto, los dos solucionaron las diferencias que tenían con respecto al templo. Mateo me hizo señas de que los acompañara y yo troté hacia allá.

Sancho indicó el lugar que habían estado examinando. El relieve de la pared mostraba a un dios emergiendo de las fauces de un jaguar sagrado.

—Detrás de esa pared hay un túnel sellado. Lo abrimos una vez en otro lugar, pero se produjo un desmoronamiento cuando volvimos a sellarlo. Ahora vamos a crear otra abertura. El túnel conduce a la tumba de un rey zapoteca que murió por la época en que Pilatos crucificaba a Cristo. En su tumba está su máscara mortuoria con parte de un peto unido. El objeto es de oro sólido y tiene incrustadas gemas y perlas.

Sancho hizo una pausa para que yo asimilara esa información. Yo ya había adivinado que era un ladrón de tumbas.

—¿Por qué no la tomaste la última vez que entraste? —pregunté.

—Ah, amigo, eres un hombre inteligente. —Sancho me rodeó los hombros con un brazo y me dio un abrazo. Confieso que me costó bastante no tener arcadas. —Deberíamos haberla tenido en nuestras manos, pero hubo traición. Enviamos a alguien abajo, un hombre un poco más grandote que tú, y él nunca regresó.

Mi mirada pasó de Sancho a Mateo.

—¿Qué quieres decir con eso de que nunca regresó? ¿Existe otra salida? Sancho negó con la cabeza.

—Entonces, el hombre todavía está allí abajo —dije.

—Sí, ésa es la traición. A él le gustaba tanto mi tesoro, que decidió quedarse abajo y abrazarlo. Entonces parte de los soldados del virrey se presentaron...

—Y ustedes lo sellaron adentro y huyeron para evitar que otros lo descubrieran.

Sancho sonrió.

—¿Cuánto tiempo hace de esto? —pregunté.

Sancho fingió esforzarse en contar el tiempo transcurrido.

—Treinta días.

Era mi turno de asentir y sonreír.

—Ajá, entiendo.

Madre de dios, yo estaba en las manos de un loco.

—Me encontré con mi buen amigo Mateo en la feria y me aseguré de su asistencia, porque él sabe manejar el polvo negro. Y él te localizó a ti. Necesitamos a alguien lo suficientemente flaco como para pasar por el túnel y las maderas, porque hay rincones muy filosos. El resto —Sancho levantó las dos manos en un gesto que indicaba que la conversación llegaba a su fin—, ya lo sabes.

El resto era que ellos iban a hacer estallar un orificio al túnel y me iban a enviar a mí adentro. Si conseguía llegar al tesoro, como mi parte de la recompensa me cortarían el cuello. Si Sancho era interrumpido una vez más por los soldados del virrey, yo quedaría prisionero en el túnel y moriría allí. Peor aún, temí por el Sanador. Una vez que Sancho obtuviera lo que quería, no dejaría con vida a un testigo como el anciano. Y el Sanador era demasiado viejo y lento como para escapar. De lo contrario yo ya habría huido hacia la selva.

Sancho me leyó el pensamiento.

—No, chico, no te preocupes por lo sucedido en el pasado. Habrá suficiente oro para todos nosotros. Cuando recibas tu parte, podrás comprar tu propia hacienda.

Tal vez, si yo hubiera tenido menos educación callejera en Veracruz, escuchando a las personas que mienten cada vez que sus labios se mueven, podría haberle creído. Pero fui criado hombro a hombro con léperos que tratarían de abrirse camino al cielo con mentiras. Y Sancho era el mismísimo diablo.

—Yo entraré en el boquete y sacaré el tesoro con una condición: que mi padre se vaya ya mismo.

Sancho me aferró por el cuello, me sacudió y me apoyó su daga en las entrañas.

—No hay condiciones. Derramaré tus entrañas en la tierra en este mismo momento si tratas de engañarme.

—Hazlo —le retruqué, con más coraje del que sentía— y nunca verás tu tesoro.

—Déjalo tranquilo, Sancho —dijo Mateo con voz serena. Pero él nunca estaba sereno a menos que hablara muy en serio. Sentí que Sancho se tensaba por la furia y que la punta de su daga se me clavaba en un costado.

—A él lo necesitamos, pero no a su padre. El viejo es un estorbo.

—Si lo dejo ir, él informará a las autoridades.

—¿Mientras nosotros tenemos a su hijo? No me parece probable. Además, el chico tiene coraje y no es estúpido. Y no cree en tu plan de recompensarlo por sus esfuerzos.

Sancho me soltó. Yo di un paso atrás, mientras él miraba hacia el cielo en busca de confirmación de su honestidad y sinceridad.

—Sobre la tumba de mi santa madre y también de mi padre mártir, juro que te recompensaré si sacas la máscara de oro.

¿Debería yo creer a este hombre? Es fácil saber cuándo miente. Sucede cada vez que mueve los labios.

—Recibirás lo que te mereces —dijo Mateo—. Créeme.

Me arrodillé junto al Sanador. Él siguió mirando hacia adelante y fumando su pipa.

—Tienes que irte. Ya mismo. —Yo quería que él se fuera antes de que Sancho cambiara de idea. —Ve a Oaxaca y espérame. Yo estaré allí en un par de días.

—¿Por qué no nos vamos juntos?

—Porque yo tengo que hacer algo aquí, para los portadores de espuelas.

Él sacudió la cabeza.

—Viajaremos juntos. Tú eres mi asistente. Mis viejos ojos necesitan que tú les muestres el camino. Yo te aguardaré aquí hasta que hayas terminado tu trabajo.

Tus viejos ojos tienen una visión tan aguda como la de un águila, y tu mente es tan filosa como el colmillo de una serpiente, pensé.

—No puedes confiar en ese español —me dijo—, el que tiene ojos de pescado. Si él piensa dañarte, yo lo hechizaré. La daga con que te apunte se le clavará en su propio corazón.

—La magia azteca no tiene efecto sobre los portadores de espuelas —dije en voz baja—. Por eso ellos pudieron destruir nuestros templos y esclavizar nuestros pueblos.

Antes de que pudiera expresar más objeciones, le pedí algo que estaba seguro me daría.

—Tú has sido un padre para mí y te amo como si lo fueras realmente. Lo que te pido es que honres ese amor haciéndome este favor. Ve a Oaxaca y espérame. Si no lo haces, estarás poniendo en peligro mi vida.

Él no se iría para protegerse a sí mismo, pero sí para proteger mi vida.

Escolté al Sanador, a su burro y a su perro hasta el sendero a Oaxaca. Esperé a que él hubiera desaparecido en el horizonte antes de regresar al campamento. Quería estar seguro de que ninguno de los mestizos lo seguía. Barajé la posibilidad de escapar, pero sabía muy bien que si lo hacía, Sancho iría tras el Sanador. Yo sólo tenía dieciocho años en esta tierra, pero era viejo en términos de la traición de los hombres.

Sancho, Mateo y los mestizos estaban reunidos cuando regresé.

—Espéranos allí —dijo Sancho.

Yo me puse en cuclillas y los observé mientras simulaba estar ocupado trazando un símbolo azteca en la tierra. Mientras Sancho hablaba, cada tanto Mateo miraba hacia el templo. Oí que Sancho decía que no importaba si era de día o de noche, pero Mateo dijo que llevaría toda una noche prepararse.

—Entonces yo disfrutaré de una de las putas acampadas abajo, en la ladera —dijo Sancho.

Los hombres se separaron y Sancho me llamó.

—Necesitaremos tus servicios por la mañana, chico. ¿Puedo confiar en que no huirás esta noche?

—Señor, puede confiar en mí tanto como en su propia y santa madre —le aseguré, planeando ya mi fuga mientras el muy tonto dormía.

Una soga voló sobre mí y me oprimió con fuerza. Uno de los mestizos estaba en el otro extremo de la soga.

Sancho sacudió la cabeza con fingido pesar.

—Chico, mi madre era una bruja llena de trucos engañosos, y eso es lo mejor que puedo decir de ella.

Sancho me ató las manos y los pies. Sus mestizos me llevaron a su carpa y me dejaron caer al suelo. Yo quedé allí tendido durante un par de horas, tratando de mover mis articulaciones para poder librarme de las sogas, pero Sancho me había atado demasiado bien.

Al anochecer, él entró en la carpa.

—He hecho los arreglos necesarios para que una de las putas me visite, pero esta noche me siento cansado. Quiero jugar con ella, pero no meterle el pene. ¿Comprendes?

Asentí, pero no tenía la menor idea de a qué se refería. Si él estaba demasiado cansado, ¿para qué pagarle a una puta sus favores?

—Si tu pene no se convierte en una garrancha, te puedo conseguir una poción que le conferirá poder.

Él me pateó... fuerte. Y lo repitió varias veces más. Eh, decirle a un portador de espuelas que su pene no es largo y duro como una espada, era un insólito —e inoportuno— momento de sinceridad de mi parte.

—Cuando yo vuelva con la mujer te explicaré lo que debes hacer. Te lo explicaré solamente una vez. Después te desataré y saldrás de la carpa. Si intentas huir, no sólo mis mestizos te cortarán la cabeza sino que yo mismo le seguiré la pista al viejo y le cortaré la suya. Escucha con atención cuáles serán tus deberes para con la mujer. Si no sigues mis instrucciones, te rebanaré el pene.

¡Ojalá! ¡Quiera Dios que algún día yo le pueda hacer sentir mis espuelas a ese inmundo buey!

Sancho me había dicho que yo debía esconderme debajo de una manta, cerca de la cama, cuando él volviera con la mujer. Vinieron entre muchas risas y cantos, los dos muy borrachos. Sancho la hizo entrar en la carpa y los dos se tambaleaban y casi no podían caminar. En la carpa estaba oscuro, sólo había encendida una vela, que prácticamente no llegó a disipar la oscuridad, pero incluso con esa luz escasa pude ver que no era una puta joven, sino una con edad suficiente para ser mi madre. Me pareció que era mestiza y no una india pura.

Tan pronto Sancho la metió en la carpa, comenzó a desvestirla. Entre risitas, ella trató de sacarle la ropa a él, pero Sancho le apartó las manos. La desvistió por completo y la besó y la tocó en muchos lugares. A mí no me pareció nada cansado. Confié en que la excitación le hubiera conferido algo de poder a su pene y que, así, no me necesitaría.

Él la hizo girar y la arrojó sobre la cama boca abajo, con los pies en el suelo y las nalgas arqueadas hacia arriba.

Entonces me hizo señas. Yo lancé un gruñido de disgusto, pero, consciente de que me enfrentaba a un loco, en silencio me deslicé de debajo de la cama.

Cuando él la sujetó y se puso a besarla, yo obedecí sus instrucciones. Inserté mi pene en su *tipili*.

Sancho comenzó a respirar fuerte y a jadear, simulando hacerle *ahuilnema* a la mujer, mientras yo bombeaba.

¡Dios mío!

CINCUENTA Y SIETE

Sentado en el suelo, con la espalda apoyada contra el árbol al que estaba atado, observé los preparativos. Desde el amanecer, ellos estaban junto a la pared. Los mestizos usaban una barreta de hierro para abrir un boquete en la pared y, después, aumentaron la profundidad de la abertura, pero no el ancho. La abertura apenas era suficientemente grande para que yo metiera un pie en ella, pero no todo mi cuerpo, ¿Acaso esos ladrones de tumbas esperaban que yo achicara mi cuerpo al ancho de mi pierna?

Mateo estuvo un buen rato metiendo algo en el boquete. Cuando terminó, los mestizos apilaron madera y mantas contra la abertura. Yo observé todo esto sin tener idea de lo que estaban haciendo. Mateo fue vertiendo algo en una línea sobre la tierra. Parecía el polvo negro que yo había visto a los soldados meter en los cañones de sus mosquetes.

Se puso de rodillas y encendió el extremo de esa hilera de polvo. Del polvo ascendió humo, mientras el fuego corría hacia la pared. El humo pareció apagarse en el momento en que dio contra la abertura ahora tapada. Cuando se desvaneció el humo, se hizo visible un pequeño agujero en la pared.

Mateo lanzó una imprecación.

—Estos malditos indios sabían cómo construir para que los hombres malos como nosotros no pudiéramos entrar. Yo puse en el boquete suficiente polvo negro para hundir un galeón, y casi no dañó la piedra.

Cuando los dos mestizos terminaron de despejar los escombros, volvieron a cavar con sus barretas de hierro. Cada tanto, Mateo usaba más polvo negro para reducir la resistencia de la pared. Al mediodía ya había cavado un pequeño túnel de varios centímetros de profundidad a través de un bloque de roca sólida. Era del tamaño justo para que un contorsionista delgado se deslizara por él. Gracias a las discusiones entre Sancho y Mateo, me enteré de que les había llevado días de trabajo y una gran cantidad de indios aflojar un gran bloque de piedra lo suficiente para que su asistente anterior entrara. La actividad había atraído la atención de las autoridades de Oaxaca. Con el polvo negro de Mateo, en cambio, habían conseguido practicar una abertura en apenas horas.

Yo había oído muchos relatos de ladrones de tumbas, de boca del fraile y en las calles de Veracruz. Todos conocían a alguien que tenía un amigo que poseía un mapa secreto del lugar donde Moctezuma escondió sus tesoros para ponerlos a salvo de Cortés. También se rumoreaba algo parecido acerca de la tumba de un rey de Texcoco, cuyas increíbles riquezas fueron descubiertas por ladrones a los que los fantasmas y los espíritus que custodiaban la tumba convirtieron en piedra.

Era bien sabido que daba mala suerte entrar en los cementerios de los notables del pasado. Atraía la ira de los dioses. Las personas que profanaban esos lugares sagrados eran maldecidas y terminaban mal, si es que los españoles no las castigaban primero. Cuando yo tenía siete años, dos hombres fueron ahorcados en mi valle natal, ladrones que habían entrado en una antigua tumba en busca de tesoros.

¡Ay de mí!, ¿en qué me había metido? Si las autoridades nos pescaban, yo sería ahorcado con el resto de ellos o, peor aún, enviado a las minas del norte. Si llegaba a encontrar el tesoro, mi recompensa sería que me cortaran el gañote. Si fracasaba y no lo encontraba, rogaría tener una muerte rápida en el patíbulo.

Después de la comida del mediodía, Sancho y Mateo me desataron y me llevaron hacia la abertura.

—Algunos centímetros más allá, este boquete conduce a un pasaje que hay en la parte inferior de la tumba —dijo Sancho—. Tu tarea es sencilla: reptas por ese pasaje, tomas el peto y reptas de vuelta. ¿Has entendido?

—Si es algo tan sencillo, ¿por qué el asistente no se los trajo?

—Ya te dije, tuvimos que sellar urgentemente la abertura.

—¿No podían haber esperado un momento para que él saliera con el tesoro?

Sancho me golpeó. Yo trastabillé hacia atrás y caí con fuerza al suelo. Él levantó ambas manos.

—Chico, chico, ¿ves lo que me obligas hacer? Haces demasiadas preguntas. Cuando yo oigo demasiadas preguntas, me duele la cabeza.

Me llevó hacia la abertura.

—Cuando estés allá abajo, llénate los bolsillos de gemas. Te dejaré quedarte con todo lo que encuentres.

Epa, vaya hombre generoso, ¿no? De hecho, era capaz de cortarle la nariz a su propia madre si encontrara alguien que se la comprara.

Me colgó del cuello un bolso con cuatro velas y una pequeña antorcha. Y me entregó una vela encendida.

—No uses la antorcha hasta que llegues a la tumba misma.

Ató parte de un rollo de soga alrededor de mi cintura. La finalidad de la soga era guiarme de vuelta si el pasaje resultaba ser un laberinto.

Antes de meter la cabeza en el boquete, él me aferró y me dio un fuerte abrazo.

—Amigo, si no encuentras el tesoro, no salgas —me susurró.

Yo entré en ese agujero negro con mucha desconfianza. En la abertura no era la medianoche; el lugar era tan oscuro como Mictlán, el infierno; tan oscuro y silencioso como una tumba. El aire estaba tan helado e inmóvil como el aliento de un muerto. *Olía* como el aliento de un muerto: era un olor pútrido y estancado, como los cuerpos que se pudren en el río Veracruz, adonde se arrojaban los cadáveres de los africanos y mestizos para ahorrarse el entierro.

El fraile tenía razón, a mí me educaron mal. Adonde fuera me esperaban problemas. Mientras que otros mestizos se mantienen abrigados y secos, como criados en una casa o, al menos, mueren misericordiosamente a temprana edad, en una zanja con un vaso de pulque en la mano, yo no hago más que tentar al destino al tomar a un jaguar por la oreja.

¿Qué encontraré en esta tumba de antiguos reyes?

¿Qué me encontraría a mí?

Yo no tenía nada con lo cual defenderme contra los espíritus del templo, salvo mi ignorancia.

El túnel era demasiado angosto para que yo siguiera avanzando sobre manos y rodillas. Me acosté sobre el vientre y empujé con los brazos y codos. Enseguida mis brazos y piernas se llenaron de cortes y de raspones, mientras yo reptaba sobre el bloque de piedra a través del cual se había practicado la abertura.

Rogué al cielo que no hubiera en la tumba nada que se exacerbara al oler sangre fresca.

Después de avanzar un poco entre esa piedra áspera que me dio la sensación de estar reptando sobre filosas cabezas de lanza, de pronto estaba en otro túnel. Sólo alcanzaba a ver algunos centímetros delante de mí y me alegró estar sujeto a esa cuerda. No mucho más grande que el boquete, ese túnel había sido tallado muchos siglos antes y era mucho más liso. Dejé una vela en el camino y la usé para encender otra. Esas velas casi no disipaban la oscuridad.

A pesar de mi juventud y de mi vigor, me resultaba bien difícil arrastrarme apoyado en codos y piernas. Pronto respiraba con dificultad, no sólo por el esfuerzo sino por una abrumadora sensación de espanto. El frío, el hedor, ese aire casi irrespirable y la negrura de ese túnel hermético me aterraron. O bien ese pasaje estrecho tenía como objetivo desalentar a los ladrones de tumbas, o bien los primeros zapotecas eran tan delgados y flexibles como las serpientes. El túnel se retorcía y doblaba de manera insensata. Si yo llegaba a toparme con un peligro y me viera obligado a retroceder, una hazaña incluso más difícil que mi doloroso avance, convertiría el templo en mi tumba, igual que mi predecesor…

¡Ay!, tropecé con un par de pies.

Confié en que esos pies sucios pertenecieran al cuerpo descompuesto del hombre que Sancho había sellado en el túnel y no a un antiguo espectro que aguardaba la llegada de un intruso.

La lobreguez de la luz iluminó unos pies sucios que parecían pertenecer más a una persona que había partido recientemente, que alguien sepultado allí milenios antes.

Me enfrentaba a un dilema. Podía retroceder reptando hasta llegar afuera y que Sancho me cortara el cuello, o podía tratar de avanzar por encima del cuerpo de ese hombre.

Trepé por encima del cadáver como si yo fuera un hombre que le hacía *ahuilnema* a otro hombre. El cuerpo estaba descompuesto y había perdido sus fluidos. No había lugar para maniobrar. Después de hacer acopio de todas mis fuerzas, empujé hacia adelante con un gruñido. Mi espalda golpeó contra la parte superior del túnel. No podía avanzar. Traté de retroceder, pero estaba empalado.

¡Santa María! Esos actos de mi vida pasada acerca de los cuales Gull me había advertido, una vez más me pisaban los talones. Estaba trabado sobre carne seca y huesos. *¡Ayya ouiya!* Los indios creen que los hombres que usan a otros hombres como amantes irán al infierno con el pene metido en el trasero del otro. ¿Qué pensaría un futuro ladrón de tumbas si me encontraba montado sobre ese otro hombre?

Les ofrecí compensación a los dioses por las cosas malas que pudiera haber hecho en vidas pasadas… y en la presente. Después empujé y bombeé y gruñí y gemí desde encima del hombre muerto más de lo que hice con la mujer viva que encontré en el cementerio el Día de los Muertos. Mi espalda se raspó en el techo y mi barriga contra el cadáver. Cuando sentí la cabeza del hombre contra mi estómago, supe que la victoria estaba cerca. La cabeza se deslizó entre mis piernas y ¡estaba libre!

Ayyo, hacerle *ahuilnema* a un muerto daba mucho trabajo.

El túnel presentaba ahora un declive hacia abajo, y mi avance se aceleró. Llegué al final de la soga y tuve que desatarla de mi cintura. El espacio que me rodeaba se ensanchó y ya no alcanzaba a ver las paredes con la vela. Me puse de pie y encendí la antorcha con la vela. Cuando su llama titiló, supe que había llegado a la tumba.

Las paredes blancas y el cielo raso reflejaban la luz de la antorcha y revelaban una cámara larga y angosta. A lo largo de las paredes, unos treinta centímetros debajo del cielo raso, escritura ideográfica describía las hazañas heroicas del soberano que ocupaba la tumba. En vasijas abiertas de arcilla había comida, armas y semillas de cacao para el viaje al más allá.

A lo largo de las paredes había estatuas de tamaño natural de guerreros vestidos para la batalla. Al mirar con más atención, comprendí que no eran estatuas de piedra sino hombres reales que habían sido embalsamados de manera que se convirtieran en un monumento rígido.

Al final de la hilera de guerreros, había cuatro mujeres sentadas, cuyas edades iban desde una muchacha adolescente hasta una anciana. Del mismo modo que los guerreros, ninguna parecía demasiado contenta de que la hubieran transformado en estatua. Supuse que eran las esposas del soberano, quien se encontraba sentado en una silla, sobre un espacio chato, cinco peldaños más arriba que el suelo. Usaba la famosa máscara-peto de oro. La armadura ornamental le cubría la cara y se extendía hasta la mitad del pecho.

A los pies del soberano había un perro amarillo. Y también un nido de enormes alacranes que yo nunca había visto. Eran del tamaño del pie de un hombre. Una picadura y yo me reuniría con el soberano en el Mictlán. Se me puso piel de gallina cuando caminé alrededor de ellos.

La antorcha comenzaba a apagarse. Rápidamente separé el tesoro de oro del hombre y corrí de vuelta a la abertura del túnel. Hice una pausa para sacarme la camisa y utilizarla para capturar un escorpión. Fue más un impulso que un plan. Con la máscara-peto y la camisa delante de mí, inicié la vuelta y me abrí camino por encima del cadáver.

Al ir acercándome a la abertura donde los ladrones esperaban, decidí cuál sería mi estrategia. Si llegaba a la abertura con el tesoro en la mano, Sancho me lo arrancaría y me cortaría el cuello. Si no lo tenía, me cortaría el cuello. Ay, pero si no tenía el tesoro en las manos, tal vez podría tratar de huir. Dependía de dónde estaba cada uno. Hacía un par de horas que yo permanecía en el túnel. Si los dioses decidían aceptar mi ofrecimiento de apaciguamiento, ellos no estarían esperándome junto a la abertura.

Al acercarme al final del túnel avancé lenta y sigilosamente, haciendo una pausa cada tanto para escuchar los sonidos de los ladrones. Un ruido extraño, que no logré identificar, se transmitió por el túnel. Cada tantos pasos me detenía para escuchar. El ruido se hizo más intenso a medida que me acercaba a la abertura.

Cuando todavía estaba en la oscuridad del túnel, a unos tres metros y medio de la abertura del túnel, vi a Mateo y a Sancho jugando a las cartas. Estaban bajo la sombra de un árbol, a unos cien pasos de distancia. Eso dejaba a los dos mestizos.

Me acerqué un poco más al final del túnel. Uno de los mestizos entró en mi campo visual. Estaba cocinando y se encontraba más lejos que los dos españoles. Mi corazón empezó a latir más deprisa. Con suerte lograría salir, ponerme de pie y echar a correr antes de que me vieran.

Seguí avanzando lentamente. Y vi un par de piernas.

El otro mestizo estaba sentado cerca de la abertura. Se había quedado dormido sentado, roncaba, cabeceaba y tenía las piernas extendidas.

Tenía que deslizarme del boquete y cruzar la pila de escombros que habían creado las explosiones del polvo negro. Y echar a correr, antes de que el mestizo pudiera gritar la alarma y aprenderme.

Era imposible, así que puse en práctica el segundo plan. Hice volar la camisa y el escorpión sobre sus rodillas. Salí del boquete y tomé un trozo de escombro más grande que mi puño. El mestizo se despertó enseguida y se espantó terriblemente al ver ese enorme escorpión. Todavía no había salido de su sorpresa cuando lo golpeé en la cara con la piedra.

Corrí, mientras los gritos de Sancho y Mateo me seguían. No había follaje denso para que yo me ocultara, así que me vi obligado a dirigirme a la pirámide y comencé a rodearla. Los cuatro que me perseguían se dividieron para atraparme. Lentamente me cerraron una vía de escape y, después, la otra.

Se me acercaron hasta que yo quedé a unos tres metros y medio de Sancho.

—¿Dónde está mi tesoro? —gruñó él. Su estado de ánimo era asesino.

—Lo escondí. Déjeme ir y le diré dónde.

—Me lo dirás porque empezaré a cortarte partes del cuerpo, empezando con tu nariz.

Cargó hacia mí, blandiendo la espada, y me hizo varios tajos en el pecho.

—Voy a cortarte en tajadas hasta que me contestes.

Yo lo esquivé y me topé con Mateo.

Él me agarró. Sancho de nuevo se me acercó blandiendo la espada, pero Mateo le bloqueó el ataque con su propia espada.

—¡Detente! Matarlo no nos servirá de nada.

—Pero me dará satisfacción. —Sancho de nuevo amagó atacarme y la espada de Mateo volvió a impedírselo. Mateo me sostuvo con una mano y cruzó repetidamente su espada con la de Sancho y lo hizo retroceder.

—¡Mátenlo! —les gritó Sancho a los dos mestizos.

Los dos mestizos cargaron contra Mateo, quien blandió su espada hacia ellos y cortó la cara de uno. Ambos retrocedieron.

Un grupo de hombres a caballo aparecieron en la zona del templo.

—¡Soldados! —Gritó uno de los mestizos. Los dos mestizos echaron a correr. Vi que Sancho desaparecía por el otro costado del templo. Debió haber visto a los jinetes antes que el resto de nosotros. Mateo no me soltó, pero tampoco hizo ningún intento de huir.

—¡Tenemos que correr! —exclamé. La pena por robar tumbas era la horca.

Él siguió aferrado a mí, pero no dijo nada hasta que los hombres a caballo se acercaron. Entonces me soltó, se sacó el sombrero y saludó al jefe de los jinetes con una reverencia y un floreo con el sombrero. Los otros jinetes se fueron a perseguir a los bandidos.

—Don Julio, llega tarde. Nuestro amigo Sancho se fue hace un momento. A juzgar por la velocidad con que corre, sospecho que a esta altura ella ya estará en la ciudad vecina.

Era el hombre de la feria que le había extraído la flecha al indio herido y frente a quien yo había puesto de manifiesto mis conocimientos.

—Vayan tras ella —le dijo don Julio a un hombre con el uniforme de soldado del virrey.

¿Ella? ¿Por qué llamaban mujer a Sancho?, me pregunté. Yo no necesitaba que el Sanador me dijera cuál sería mi destino por los cantos de los pájaros. Si descubrían que yo era buscado por asesinato, me torturarían antes de matarme.

—Nuestro amigo Sancho estuvo a punto de matarnos a mí y a este demonio de jovencito —dijo Mateo—. El muchachito salió del templo sin el tesoro.

¡Ajá! Mateo había conspirado para engañar a los otros con ese tal don Julio. Sin duda, también los soldados estaban involucrados. Un plan muy astuto, por cierto.

—¿Dónde está la máscara? —me preguntó don Julio.

—No lo sé, señor —gemí, con mi mejor voz de lépero—. Juro por todos los santos que no pude encontrarla. —Bueno, más tarde podía regresar y recoger el tesoro para mí.

—Miente —dijo Mateo.

—Por supuesto que miente. Hasta ha olvidado cómo hablar buen español y se expresa ahora como alguien de la calle. —Don Julio me lanzó una mirada sombría. —Eres un ladrón que ha profanado una antigua tumba. El castigo es sumamente severo. Si tienes suerte, te colgarán *antes* de que tu cabeza sea clavada en un poste como advertencia para otros.

—¡Él me obligó a hacerlo! —dije y señalé a Mateo.

—Tonterías —dijo don Julio—. El señor Rosas es un agente del Rey, igual que yo. Se alió con Sancho para pescarla en el acto de violar una tumba.

—¿Por qué se refieren a Sancho como si fuera una mujer? —pregunté.

—Contesta mi pregunta, chico. ¿Dónde escondiste el tesoro?

—Yo no encontré ningún tesoro.

—¡*Ahórquenlo!* —saltó don Julio.

—En el túnel, está en el túnel. Iré a traérselos.

Me ataron el tobillo con una cadena y me enviaron al túnel como un pez que en cualquier momento podía ser halado hacia atrás. A los dos mestizos los encadenaron al mismo tiempo que a mí. Ambos iban camino a la cárcel de Oaxaca, cuando yo entré en el túnel.

Con la máscara-peto en la mano, inicié el regreso por el túnel. Tenía el corazón en la boca. Estaba reptando hacia el nudo corredizo del verdugo. Don Julio, Mateo y los soldados me rodearon para contemplar el tesoro.

—Magnífico. Es una pieza excelente —dijo don Julio—. Se lo enviaremos al virrey, quien lo enviará a Madrid para el Rey la próxima vez que zarpe la flota del tesoro.

Siguiendo instrucciones de don Julio, Mateo me rodeó el cuello con una soga que tenía un dispositivo de madera donde debería estar el nudo.

—Si tratas de escapar, la soga se ajustará alrededor de tu cuello y te estrangulará. Es un truco que aprendí cuando era prisionero del bey de Argel.

—¿Por qué me salvaste la vida sólo para que me ahorcaran? Tienes que decirle la verdad al don. Soy inocente.

—¿Inocente? Quizá no *completamente* culpable esta vez, pero ¿inocente?

Todavía no se había dicho nada de que Mateo hubiera decapitado a un hombre por mí. No era algo que yo pudiera revelar en mi beneficio, porque de lo contrario lo habría hecho.

—Traicionaste a Sancho —le dije.

Él se encogió de hombros.

—Uno no la traiciona. Meramente se toman decisiones para evitar la traición de ella. ¿Acaso alguno de nosotros esperaba algo de ella que no fuera una daga clavada en la espalda? Eh, amigo. Don Julio también tiene una de estas sogas alrededor de mi cuello, sólo que tú no puedes verla. Pero él es un hombre de honor y de su espada. Si yo soy leal con él, la soga no me estrangulará.

—¿Quién es él? Creí que era médico.

—Es muchas cosas. Sabe de cirugía y de medicina, pero ésa es sólo una parte muy pequeña de sus conocimientos. Sabe cómo fueron construidos estos edificios y por qué el sol asciende por la mañana y desciende por la noche. Pero lo que más debe preocuparte es que es el agente del Rey que investiga los planes para robar los tesoros y otras intrigas. Y que tiene potestad para hacer ahorcar a un hombre.

—¿Qué va a hacer él conmigo?

Mateo se encogió de hombros.

—¿Qué es lo que te mereces?

Ay, eso era lo último que quería: que ese don me juzgara.

CINCUENTA Y OCHO

Pasé la noche atado al árbol, con una manta que me arrojaron para aliviar el frío. Mi ansiedad y la limitación de mi postura convirtió esa noche en una de agonía y preocupación. Sabía cómo enfrentarme a los Sanchos de este mundo. Pero este misterioso jefe de los soldados no era alguien con quien yo quisiera enredarme. Al día siguiente, antes de la comida del mediodía, vendrían hombres de Oaxaca para reparar el templo.

Las imprecaciones furiosas de don Julio llegaron hasta mí, mientras estaba sentado como un perro atado a un árbol, con ese malévolo collar alrededor del cuello. Su veneno estaba dirigido hacia el ausente Sancho por haber dañado ese antiguo monumento. Pasó por alto el hecho de que había sido precisamente su propio hombre Mateo quien practicó esa abertura en la pared. Les instruyó a los indios que hicieran las reparaciones con una argamasa hecha con paja y tierra, similar al adobe usado para construir casas. No le hacía nada de gracia estropear un magnífico monumento de piedra con una imitación de adobe, y maldijo y se lamentó de que el arte de las construcciones en piedra hubiera desaparecido. Ese sellado temporario tendría que bastar hasta que los indios con habilidad para trabajar con piedra pudieran traerse de la Ciudad de México.

Don Julio y Mateo se sentaron conmigo debajo del árbol y tomaron su almuerzo.

—Quítale la soga —dijo don Julio—. Si huye, mátalo.

Comí tasajo y tortillas a la sombra del árbol y escuché a don Julio. Yo había ocupado un segundo puesto cuando traté de engañarlo en la feria porque hablé demasiado. Esta vez seleccionaría mejor mis mentiras.

—¿Cuál es tu nombre, tu verdadero nombre? —preguntó.

—Cristo.

—¿Y tu apellido?

—No tengo apellido.

—¿Dónde naciste?

Inventé el nombre de una aldea.

—Queda cerca de Teotihuacán.

Él siguió preguntándome acerca de mis padres y mi educación.

—*Ay de mí*. Mi padre y mi madre murieron de la peste cuando yo era joven. Crecí en la casa de mi tío, que era un hombre muy culto. Él me enseñó a leer y a escribir antes de morir. Y ahora estoy solo en el mundo.

—¿Qué me dices de ese falso sanador? Les dijiste a Mateo y a Sancho que era tu padre.

Casi gemí en voz alta. Tenía que hacer que mis mentiras fueran coherentes.

—Él es otro tío mío. Yo lo llamo padre.

—Cuando él habló en la feria para los galeones de Manila, tú dijiste que los Caballeros del Jaguar echarían a los españoles de Nueva España, ¿Quién te dijo eso?

Antes de que yo tuviera tiempo de contestar, le dijo a Mateo:

—Desenvaina la espada. Si miente, córtale una de sus manos.

Eh, otra persona que espera que yo mienta y quiere liquidarme. ¿Qué les pasa a estos gachupines, que siempre quieren cortar en pedacitos a la gente?

—Yo ofendí a un mago indio que predice el curso de una enfermedad u otras cuestiones, arrojando huesos. Me burlé de él cuando hacía exhibición de su magia. Cuando me estaba por ir, alguien que no vi bien predijo que me matarían cuando los Caballeros del Jaguar se despertaran.

—¿Eso es lo único que sabes de los Caballeros del Jaguar?

Vacilé sólo el tiempo suficiente para que Mateo desenvainara su espada. Me apuré a continuar mi relato, porque había visto lo que ese hombre podía hacer con su espada.

—Presencié algo terrible. —Le hablé de la noche en que, accidentalmente, presencié una ceremonia de sacrificio.

—Interesante —murmuró don Julio. Le costaba contener su entusiasmo. Le dijo a Mateo: —Creo que este muchacho cayó justo en el nido de los fanáticos que estamos buscando.

—Este mago debe de haber asustado mucho al muchacho para que él creyera que estaba siendo atacado por un hombre-jaguar.

—¿Qué es un hombre-jaguar? —pregunté.

—Un hombre que toma la forma de un jaguar. En Europa hay muchas leyendas acerca de hombres lobos, hombres que se convierten en lobos. Entre los indios existe la creencia de que ciertas personas poseen la habilidad de transformarse en jaguares. En la zona de Veracruz, donde el Pueblo de la Goma floreció hace muchos siglos, hay en muchas estatuas grabados que representan a hombres-jaguar.

—En la actualidad, son los *nauallis* los que pueden cambiar —dije.

—¿Dónde oíste esa palabra? —preguntó don Julio.

—De labios del Sanador, mi tío. Él también es un mago poderoso, pero no practica la magia negra. Dice que el cambio se opera cuando un *naualli* bebe un elixir como el ungüento divino.

—¿Qué sabe tu tío de este *naualli*?

—A él no le gusta. Mi tío es un gran sanador, famoso y muy bien recibido en todas las aldeas indias. Me contó que, salvo para ir a ferias y festivales, el *naualli* permanece en pequeñas aldeas en la zona que hay entre Puebla y Cuicatlán. La ciudad donde el sacrificio tuvo lugar queda a sólo un día de travesía de allí. Al *naualli* se lo conoce como especialista en magia negra. Puede echar maleficios mortales. O hechizar una daga para que cuando uno se la entrega a un enemigo, lo apuñala. Por supuesto, yo no creo en ninguna de estas cosas —me apresuré a añadir.

Don Julio siguió haciéndome muchas preguntas, empezando de nuevo con cuándo fue la primera vez que vi al *naualli* y repasando todo lo que vi desde que presencié la batalla simulada entre los caballeros indios hasta el corte en la cara del *naualli*.

Cuando me sonsacó toda la información, don Julio me sonrió.

—Tienes una memoria prodigiosa. Sin duda, ése es el secreto de tu habilidad con las lenguas y con las cuestiones eruditas, a pesar de que nunca fuiste a la escuela. Por supuesto, eres un mestizo, no un indio.

Miré de reojo a Mateo, cuya mirada, como siempre, no revelaba nada.

—Un mestizo, pero puedes imitar la actitud y la forma de hablar de un indio —don Julio se acarició la barba. —Y un español. Si hubieras estado vestido como un español la vez que te hablé entre las ruinas, yo no habría dudado de que habías nacido en Sevilla o en Cádiz. Mateo, tú podrías haber utilizado a este jovencito en tu grupo de actores antes de que el virrey los enviara a Filipinas.

Mateo se estremeció visiblemente al oír la mención de esas islas tan temidas. ¡Ah! Ahora entendí la autoridad que don Julio tenía sobre el pícaro. Los españoles que provocaban problemas no eran enviados a las minas del norte, sino que se los despachaba a un lugar igualmente temido, una tierra que los españoles de Nueva España carentes de humor llamaban El Infierno. El viaje a través del Mar Occidental que llevaba un par de meses era tan terrible que sólo la mitad de los prisioneros de un galeón sobrevivían. Después de desembarcar, la mitad de quienes sobrevivían el viaje morían en los primeros meses por fiebres, serpientes y una pestilencia peor que la que se encontraba en las junglas de la costa de Veracruz y Yucatán.

Epa, la soga que tironea a mi amigo Mateo es el destierro a este infierno español ubicado del otro lado de los grandes océanos. Él y sus actores realmente deben de ser muy malos hombres para merecer ese destino. ¿Y las mujeres? ¿Les estaban bailando la deshonesta zarabanda a los cocodrilos de Filipinas? ¿Ahora, qué era lo que la actriz dejaba entrar en su carpa por la noche?

—Sólo su generosidad y buen talante impidió que yo me reuniera con mis amigos, don Julio. Gracias a su inteligencia, su talento y su sabiduría, reconoció que yo era tan inocente como un sacerdote recién ordenado —dijo Mateo, sin rastros de sarcasmo.

—Sí, claro, tan inocente como los dos mestizos ladrones de tumbas que colgaremos en el patíbulo... y éste, cuya suerte todavía no está decidida.

Le sonreí humildemente a don Julio.

—Mi bondadoso y anciano tío está medio ciego y prácticamente desvalido. Debo cuidar de él o perecerá.

—Tu tío, si eso es lo que es, es un impostor y un fraude que ha engañado a gente desde Guadalajara a Mérida. También tú eres un mentiroso incorregible y un ladrón. Incluso con una soga alrededor de tu cuello, te atreviste a mentirme con respecto al hecho de que la máscara del tesoro estaba en un lugar de fácil acceso. Si yo hubiera aceptado tu historia, habrías vuelto a entrar en la tumba para recuperarla. ¿Acaso lo niegas?

—Don Julio —gemí—, usted es un príncipe entre...

—Cállate mientras decido cuál será tu castigo.

—Creo que este pequeño bribón debería recibir cien azotes —dijo Mateo—. Eso le enseñará a respetar la ley del Rey.

—¿Y cuántos azotes te enseñarían a ti a respetar la ley? —preguntó don Julio.

Mateo simuló estar examinando un rasguño en su bota.

El Don maldijo a los que trabajaban en la pared del templo y se acercó a ellos gritándoles que sus antepasados se revolvían en sus tumbas al ver esa tarea tan mal realizada.

Yo le lancé una mirada feroz a Mateo.

—¿De modo que cien azotes, eh, amigo? Gracias.

—Yo no soy tu amigo, pequeño perro callejero. —Me mostró la punta de su espada. —Vuelve a llamarme así y te cortaré una oreja.

¡Dios mío! Todavía el deseo de cortarme en pedacitos.

—Perdón, *don* Mateo. Tal vez le diré a don Julio que usted me pidió que escondiera el tesoro para que *usted* pudiera ir a recogerlo más tarde.

Mateo me miró fijamente por un momento. Y pensé que mis orejas estaban perdidas. Su cara se convulsionó y, de pronto, estalló en carcajadas. Me palmeó el hombro con tanta fuerza que me tambaleé hacia un costado.

—Bastardo, eres un hombre con mi mismo corazón negro. Sólo a un verdadero pillo se le habría ocurrido una mentira tan atroz. No cabe duda de que terminarás mal. Eh, pero las historias que podrás contar antes de que te ahorquen.

—Ustedes dos terminarán confesándose a un cura cuando tengan una soga al cuello. —Don Julio había regresado de amenazar a los indios con una condenación eterna si no mejoraban su trabajo. —Pero, mientras tanto, tengo una misión para ambos.

Mateo parecía alicaído.

—Pero usted dijo...

—Te dije que una transgresión muy grave contra el Rey se podría impedir si pescábamos al bandido de Sancho. ¿Acaso la ves encadenada?

—Bueno, salvamos un gran tesoro para el Rey.

—*Yo* salvé un gran tesoro para el Rey. Se te dijo que no utilizaras el polvo negro.

—Pero Sancho insistió que...

—Tendrías que haberte negado. Le hiciste un gran daño a un templo que ha resistido desde que Julio César habló con la Esfinge. Mi mente desconfiada me dice que usaste el polvo negro para entrar rápido en el templo, antes de que yo llegara con mis soldados.

Don Julio no era ningún tonto. Y yo no me había equivocado al evaluar a Mateo. Al igual que Guzmán, Mateo era incapaz de resistir la tentación de apoderarse de un tesoro. Todos los pícaros compartían la misma debilidad fatal: el alma de bribón.

Mateo parecía ofendido.

—Don Julio, por mi honor...

—Un juramento nada convincente. Escúchenme, amigos, como un sacerdote, yo les garantizaré el perdón por sus pecados, pero, a diferencia de un sacerdote, también puedo mantenerlos fuera de la cárcel... si me obedecen y cumplen con la misión que les asigno. Estos Caballeros del Jaguar, como se llaman a sí mismos, son bien conocidos por el virrey. Es un grupo pequeño pero violento de indios decidido a matar a todos los españoles y tomar el control del país.

—Deme cien hombres y yo le traeré las cabezas de todos ellos —dijo Mateo.

—No podrías hacerlo ni con mil. Nunca los encontrarías. Esos caballeros no se hacen ver. De día son simples granjeros indios o peones indios de haciendas. Por la noche forman un culto asesino cuya finalidad es matar a españoles y a los indios que no se oponen al dominio de los españoles.

—¿Ellos han matado españoles? —preguntó Mateo.

—Por lo menos diez, quizá más.

—¡Nunca lo supe! —exclamó Mateo.

—El virrey no da a conocer esa información para evitar que la gente entre en pánico y que se difunda la fama del culto. Todavía tenemos que enfrentarnos a grupos diseminados, pero es preciso erradicarlos por completo. Con el liderazgo apropiado, una revuelta por parte de los indios podría extenderse como un incendio descontrolado. Este *naualli*, a pesar de su edad, puede ser ese líder. Y entonces tendríamos en nuestras manos una revuelta total, otra guerra contra los mixtecas.

—Entonces, asemos los pies de ese especialista en magia negra sobre fuego hirviendo hasta que nos dé los nombres de sus caballeros —dijo Mateo.

—Amigo, qué español eres en tu forma de pensar —dijo el Don—. Eso es exactamente lo que los conquistadores le hicieron a Cuitláhuac, el sucesor de Moctezuma, después de la caída de Tenochtitlán. Lo torturaron para averiguar dónde habían escondido el oro. No tuvo éxito después de la conquista y tendría incluso menos efecto hoy. Estos no son guerreros indios comunes y corrientes sino fanáticos. Tú —dijo don Julio y señaló a Mateo—, estoy seguro de que estás familiarizado con la historia del Viejo y la Montaña. Pero —me sonrió—, a pesar de tu vasto abanico de conocimientos, quizá no conozcas este relato.

—Yo no oí hablar de un viejo y una montaña —dije.

—Hace cientos de años, los ejércitos cristianos fueron a Tierra Santa para liberarla de los infieles. Durante una de esas Cruzadas, el líder de una secta musulmana, Rashid ad-Din, envió a sus seguidores a asesinar a sus enemigos árabes y a los líderes cristianos. Porque tenía una fortaleza en la montaña, lo llamamos el Viejo de la Montaña.

"Nuestro pueblo llamó Asesinos a sus seguidores, una alteración de una referencia árabe de que ellos fumaban hashish. Marco Polo, un viajero veneciano, se enteró de que los Asesinos utilizaban sustancias alucinatorias antes de cometer sus malvados crímenes. Mientras la mente de esos hombres era esclava de estas drogas, los Asesinos creían que habían viajado al Jardín del Paraíso de Alá. Entonces se lanzaban a asesinar a sus enemigos, sabiendo que serían tomados prisioneros y matados. Pero ellos creían que, después de muertos, por haber completado su misión de asesinato, regresarían al paraíso.

"Los aztecas eran aun más expertos en el uso de drogas que controlan la mente del otro. Uno de los Caballeros del Jaguar a quien logramos apresar, había tomado drogas antes de su crimen. Incluso sometido a las torturas más severas y prolongadas, fue poco lo que les reveló a los hombres del virrey. Lo cierto era que su mente estaba tan alterada por las drogas que ya no distinguía la diferencia entre su existencia real y un lugar que él llamó la Casa del Sol.

—La Casa del Sol es el cielo más allá de las aguas orientales —dije—. Cuando un guerrero azteca muere en combate, en lugar de ir al infierno, su espíritu va a este paraíso.

Mateo golpeó su espada contra una de sus botas.

—Este *naualli* puede ser el Viejo de la Montaña para esos indios.

—Exactamente —dijo don Julio.

—Y usted quiere que me lleve a este diablillo ladrón —Mateo blandió la espada hacia mí— y encuentre a ese especialista de la magia negra y obtenga la verdad de él.

—Más o menos. Quiero que lo pesques en el acto para que podamos ahorcarlo.

—Lo entiendo perfectamente. Pero, por supuesto, como caballero español, no entiendo el lenguaje ni las costumbres de ese pueblo. A este excelente jovencito debería enviarlo en busca de ese *naualli*. Una vez que lo haga, puede mandarme a buscar. Yo aguardaré su mensaje en su casa de la Ciudad de México...

Mateo se frenó al ver que don Julio sacudía la cabeza.

—Creo que sería mejor que estuvieras cerca cuando el muchachito hace salir a los Jaguares a la superficie. Así podrías protegerlo. Además, como tú mismo señalaste, es un perro callejero mentiroso que debe ser vigilado.

Mateo me sonrió, pero sus ojos no sonreían. ¡*Ay de mí*! ¡De nuevo me culpa a mí!

Ese hombre era un lobo en ropa de pícaro. Algún día le diría un secreto, pero éste no era el momento. Pero, amigos, a ustedes sí les contaré el secreto. ¿Se acuerdan de la manera en que él me llamó? Bastardo. Pero ése es un nombre que él había oído años antes en la feria de la flota del tesoro. Sí, él sabe que yo soy la persona por la que él decapitó a un hombre.

CINCUENTA Y NUEVE

El Sanador sostenía que todas las cosas estaban predeterminadas en este mundo, que los dioses habían grabado en libros de piedra cómo se desarrollaría nuestra vida desde el momento en que nacíamos. Yo creía que los dioses habían traído a don Julio a mi vida y me habían enviado en esa misión por una razón. Si yo hubiera sabido cuáles serían las terribles consecuencias que tendría mi trato con el especialista en magia negra, habría tratado de evitar ese trágico destino huyendo hacia el bosque y escondiéndome de ese extraño Don español que era médico, erudito y agente del Rey.

Esa tarde, alrededor del fuego de la cena, recibimos instrucciones adicionales de don Julio. Mateo tocó algunas melodías en la guitarra y bebió vino de un odre mientras el Don hablaba.

—Debes dirigirte directamente a la ciudad india donde presenciaste el sacrificio. Allí, averiguar dónde está el *naualli*. Por lo que tu tío te dijo, debe de estar en alguna parte de esa región. También te toparás con otros indios magos, sanadores y hechiceros. De ellos puedes recoger información y datos. Queremos saber todo lo relativo a los Caballeros del Jaguar, todo lo que puedas averiguar.

"En ningún momento debes mencionar el nombre de Jaguar. Hacerlo frente a las personas equivocadas significará que te corten el cuello. En lugar de hacer preguntas, que no servirían de mucho y despertarían sospechas, limítate a escuchar. Eres todavía un chiquillo —me dijo— y los indios hablarán libremente frente a ti, algo que no harían frente a un hombre adulto. Mantén los oídos bien abiertos, la boca cerrada y los pies listos para llevarte bien lejos a toda velocidad.

"Mateo, tú también necesitarás una falsa identidad —don Julio lo pensó un momento—. Guitarras. Serás un mercader de guitarras. Te conseguiré varias mulas. Uno de mis indios vaqueros será tu asistente. Lo mandaré a llamar enseguida. Cuando me necesites, él me buscará dondequiera que yo esté.

Mateo tañó una serie de acordes irritantes en la guitarra.

—Yo soy un espadachín y un poeta, no un mercader.

—Harás este trabajo para el Rey, en lugar de ser enviado a las Filipinas. Si yo quiero que te pongas un vestido y seas una puta, eso también lo harás.

Mateo siguió tocando la guitarra y cantó una antigua balada española.

Ayer yo era el Rey de España.
Hoy, ni siquiera de una aldea;
Ayer tenía ciudades y castillos,

Hoy no tengo ninguno;
Ayer yo tenía criados,
Y personas que me atendían;
Hoy no hay ni una almena
Que yo pueda llamar mía.
Desgraciada fue la hora
E infortunado el día
En que yo nací y recibí
Tan grande heredad
Puesto que la perdería
En un solo día, ¡por completo!
¿Por qué no vienes, Muerte,
Y te llevas este maldito cuerpo
Que te lo agradecería?

—Sí, como al rey don Rodrigo —dijo don Julio—, la muerte algún día nos reclamará. Más rápido a algunos que a otros, si el siervo del Rey no es obedecido.

Don Julio fue en busca de su lecho portátil y yo lo detuve con una pregunta.

—¿Qué hay de mi paga?

—¿Tu paga? Tu paga es no ser ahorcado como ladrón.

—Yo perdí dinero por culpa de Sancho. Necesitaré dinero para gastos. Para comprar información en los mercados.

Don Julio sacudió la cabeza.

—Si tienes encima más dinero que lo habitual, despertarás sospechas. Es mejor que sigas siendo pobre. Y escucha mi advertencia: ofrecer dinero en el mercado por información acerca de los Caballeros del Jaguar será una invitación al peligro —me dijo don Julio antes de salir a gritarles de nuevo a los indios que reparaban la pared del templo—, pero basta de robar las tumbas de los reyes. Puedes correr algún peligro, pero también recibir una recompensa si tienes éxito, por bajo que sea el rescate de un rey. Y lo que es mejor aún, no te ahorcarán por robar tumbas.

Cuando él se fue, yo me acosté en el suelo para escuchar la música de Mateo y verlo beber vino. Sabiendo que su actitud hacia mí era más cordial cuando tenía la panza llena de vino, aguardé hasta que mi odre estuvo vacío antes de hacerle una pregunta que me quemaba la mente desde hacía mucho.

—Tú y don Julio se refirieron a Sancho como una mujer. ¿Cómo puede ser? Es un hombre.

—Déjame que te cuente, Bastardo, la historia de un hombre que es una mujer —dijo Mateo y punteó una melodía en la guitarra—. Había una mujer llamada Catalina que se convirtió en un hombre llamado Sancho. Ésta es la historia de una monja que se transformó en teniente del ejército...

Una historia sorprendente. Algunas partes me las contó Mateo esa noche; las más profanas, las supe más tarde por mí mismo. Sí, amigos, volvería a encontrarme con ese hombre llamado Sancho... o esa mujer llamada Catalina. Y, al igual que yo, desde un calabozo, ella más adelante escribió los hechos que le habían dado forma a su vida. Sus memorias iban a ser publicadas después de pasar por la cuidadosa censura del Santo Oficio. Pero yo había oído su verdadera historia de sus labios, y ahora embellezco el relato de Mateo para compartir con ustedes sus verdaderas palabras.

Compartan conmigo ahora la historia de Catalina de Erauso, soldado, espadachín, tenorio, bandido y bribón... la monja teniente.

SESENTA

Doña Catalina de Erauso nació en la ciudad de San Sebastián, provincia de Guipúzcoa. Sus padres eran el capitán don Miguel de Erauso y doña María Pérez de Agalarrage y Arce. Cuando ella tenía la tierna edad de cuatro años, la pusieron en un convento de monjas dominicas. Su tía, sor Úrsula Unzá y Sarasti, la hermana mayor de su madre, era la priora de ese convento.

Catalina vivió en el convento hasta que cumplió los quince años. Nadie le preguntó si quería ser monja y pasar el resto de su vida encerrada detrás de los muros de piedra que rodeaban el convento. Nadie le preguntó si sentía curiosidad por el mundo que había del otro lado de esas paredes grises. Ella había sido regalada al convento como un cachorrito, no bien fue destetada.

En el año de su noviciado, cuando debía hacer sus votos perpetuos, riñó con una de las hermanas, sor Juanita, quien había tomado los velos después de la muerte de su marido. Estaban quienes decían, no muy generosamente por cierto, que su marido se había muerto voluntariamente para poder estar lejos de ella. Era una mujer grandota y fuerte. Cuando la pelea pasó a librarse a puñetazos, hizo falta que Catalina hiciera acopio de toda su fuerza juvenil para defenderse. Y, cuando las fuerzas la abandonaron, Dios puso un pesado candelabro de bronce en su mano. Después, las hermanas acostaron a doña Juanita sobre su cama para ver si recobraba el sentido.

El castigo impuesto a doña Catalina dependía de la suerte corrida por Juanita y ella se preguntaba qué sería de su persona. La respuesta, como otra orden de Dios, le vino la víspera de la festividad de San José, cuando la totalidad del convento se levantó a la medianoche para elevar sus oraciones a lo largo de toda la noche. Al llegar al coro, Catalina encontró a su tía arrodillada. Le entregó a Catalina las llaves de su celda y le pidió que fuera a buscarle su breviario. Al entrar en la celda de su tía, Catalina advirtió que la llave del portón del convento colgaba de un clavo en la pared.

Con la luz de una lámpara, encontró un par de tijeras, aguja e hilo, una cantidad de monedas de plata que había por allí, las llave de las puertas del convento y las del portón que había más allá. Catalina abandonó la celda y transpuso esas puertas que parecían de una prisión, mientras las voces del coro la seguían desde la capilla.

Después de pasar por la última puerta, se quitó el velo, abrió el portón y salió a una calle que jamás había visto antes. Tenía el corazón en la garganta. Por un momento Catalina no pudo moverse. Su deseo más imperioso era darse media vuelta y correr de vuelta al convento. Pero reunió todo su coraje y su curiosidad y echó a andar por la calle oscura y desierta, siguiendo simplemente la dirección de sus pies en lugar de hacerlo con un plan organizado.

En las afueras de la ciudad, Catalina pasó por granjas y perros que le ladraban. Después de una hora de andar, llegó a un bosquecillo de castaños. Allí permaneció escondida durante tres días, comiendo castaños de los árboles y bebiendo agua de un río cercano, pero sin aventurarse a ir más allá. Recostada sobre su hábito de monja, trazó bien sus planes antes de tomar las tijeras y cortarse un traje. De la tela de lana azul del hábito, Catalina se fabricó unos pantalones de montar que le llegaban a la rodilla y una pequeña capa; con una enagua verde creó una casaca y medias.

A Catalina con frecuencia le preguntaban por qué eligió convertirse en hombre. Quizá fue porque durante toda su vida había estado en compañía exclusiva de mujeres y quería experimentar algo diferente. Y era más fácil para ella disfrazarse de varón a partir de su ropa de monja, que hacerlo de mujer.

Tal vez con el atuendo masculino se sentía más cómoda consigo misma de lo que se había sentido jamás. Después de todo, éste no era un mundo para las mujeres sino para goce de los hombres. Es posible que, para participar de su cuota de placeres de la vida, sintió que necesitaba usar pantalones. Ese día, a la edad de quince años, resolvió no volver a usar nunca ropa de mujer. Catalina había encontrado su verdadera personalidad.

Echó a andar de nuevo, todavía sin saber adónde la llevarían sus pies, y caminó para aquí y para allá, por caminos y junto a aldeas, hasta llegar a la ciudad de Vittoria, a unas veinte leguas de San Sebastián. No tenía más idea de lo que podía hacer en Vittoria que en ningún otro lugar, pero todavía tenía un puñado de pesos en el bolsillo. Allí, Catalina se dio el gusto de comer a voluntad. Permaneció varios días en la ciudad y se hizo amiga de cierto profesor de teología llamado don Francisco de Cerralta.

Don Francisco, creyendo que era un muchachito pícaro, que estaba solo y vagaba por la vida, la tomó como su criado personal. Al descubrir que ella sabía leer latín, mantuvo a Catalina en sus habitaciones durante muchas horas, trabajando lado a lado con él. Cierta noche la despertó y le insistió que fuera a ayudarlo con un antiguo documento que estaba traduciendo. Cuando ella tomó los pantalones para ponérselos, él la aferró de un brazo y le dijo que fuera no más en camisón porque estaba muy apurado. También él tenía puesto un camisón que, al igual que el de ella, le llegaba a las rodillas.

Sentada junto a él en un banco, con el manuscrito y velas sobre la mesa que estaba frente a ellos, Catalina de pronto sintió la mano del hombre sobre su muslo. En varias ocasiones del pasado, él había encontrado excusas para palmearle el trasero y demorar allí su mano al hacerlo. Luego reparó su falta de discreción comprándole ropa nueva.

Ahora, él se inclinó hacia adelante, como para esforzarse a descifrar unas letras algo borroneadas y, al hacerlo, su mano se deslizó a la rodilla de Catalina y, después, incluso más arriba; le levantó el camisón y le pasó la mano por el muslo desnudo.

—Eres un muchachito bien parecido —le dijo— y suave como una chiquilla.

A los quince años, Catalina no había estado nunca cerca de un hombre, y lo único que sabía de las personas del sexo masculino eran historias de interminable lujuria y desagrado, contadas por las monjas del convento. Había oído relatos de mujeres que entraban en la celda de otra mujer para estar con ella esa noche, y hubo más de una vez en que ella misma, acostada en su cama por las noches, deseó que una monja en particular, bastante rolliza, fuera a compartir su cama, pero nunca había oído decir que a un hombre le gustara juguetear con otro hombre. De hecho, es posible que haya sentido más curiosidad con respecto a lo que él tenía en mente que excitación por su comportamiento.

Mientras él le acariciaba el muslo desnudo con una mano, ella vio que también la otra estaba muy atareada. Se había levantado el camisón y expuesto su parte viril. Cada tanto, en el convento, las monjas tenían que cuidar de niños pequeños, así que la forma de un pene no fue ninguna sorpresa para ella. Lo sorprendente fue lo voluminoso, rojo y enojado que parecía el miembro viril de ese hombre. Él se lo tomó con la mano y empezó a tirar hacia arriba y hacia abajo, como uno haría con la teta de una vaca para ordeñarla.

Entonces tomó la mano de Catalina y se la llevó a su pene. Con curiosidad, ella se lo apretó y después imitó lo que él había estado haciendo antes. Eso pareció dar gran placer a don Francisco pero, fuera de satisfacer la curiosidad de Catalina, ese acto no le resultó nada estimulante.

Mientras ella le bombeaba el pene, él le levantó a ella el camisón por completo y le exploró entre las piernas para encontrar su miembro viril. Cuando, en cambio, encontró la abertura entre sus piernas, lanzó una exclamación de sorpresa.

—¡Eres una muchacha!

—Y tú eres un sodomita.

Catalina le pegó un golpe en la nariz. No porque él fuera un perverso que pensaba que ella era un chico al que podía sodomizar, sino porque él la había insultado al llamarla muchacha. Catalina había decidido que ya no era mujer.

Don Francisco, un hombre menudo y enjuto, se bajó del banco y se puso de pie con la nariz ensangrentada.

—¡Voy a llamar a la policía para que te arresten!

—Y yo les diré lo que les haces a los chiquillos y que me violaste.

La cara de él se puso de color violeta y sus ojos parecieron saltarse de sus órbitas.

—¡Sal de mi casa ya! ¡Vamos, afuera!

Eran pocas sus posesiones para meter en un bolso pequeño, así que ella agregó una palmatoria que tomó de la repisa de la chimenea y unas monedas de oro que encontró tiradas como al descuido por la casa.

Más aventuras y desventuras la esperaban, aunque Catalina estaba a punto de embarcarse a su búsqueda más importante. Sus pies viajeros la llevarían a Valladolid, donde se encontraba el Rey, y ella entró a trabajar como paje para un secretario real; a Navarra, donde pasó dos años como secretario de un marqués, e incluso de regreso a San Sebastián, donde estuvo cara a cara con su madre, en una iglesia, pero nadie la conoció. ¿Qué perra de la calle podía recordar a un cachorrito suyo, alejado de ella prácticamente antes del destete?

Catalina descubrió sus verdaderas inclinaciones románticas, cuando la esposa del marqués la invitó a su lecho cuando su marido estaba en una partida de caza. Aunque el cuerpo de Catalina se había rellenado un poco y ahora estaba convertida en un joven fuerte, la esposa del marqués era más corpulenta que ella, al menos en términos de su ancho. Sabiendo que ella esperaría ser penetrada, Catalina se había apropiado de un cuerno de marfil con forma de falo que el marqués usaba como pisapapeles y lo utilizó para darle placer a esa mujer. Muy pronto, Catalina inventó la manera de atarse ese cuerno con una tira de cuero entre su vientre y las piernas para no tener que sostener ese adminículo cuando estaba dentro de la vagina de una mujer.

Ah, pero qué maravilla los jugos que fluyeron en su alma cuando sus labios probaron los labios de otra mujer, cuando con su lengua acarició sus pechos. En cuanto a los hombres, ninguno despertaba sus deseos. Y, ¿por qué habrían de hacerlo? ¿Acaso ella no era un hombre? Lo que más lamentaba era no poder tener barba. Cada mañana se raspaba la cara con un cuchillo para estimular el crecimiento de pelo, pero sólo un leve vello oscuro le apareció sobre el labio superior y un par de hebras en el mentón.

Dondequiera que fuera Catalina, la gente hablaba del Nuevo Mundo, de las fortunas que se podían amasar allá, de las aventuras que prometía. Hasta que finalmente ella no pudo resistir el llamado de ese Nuevo Mundo y se propuso conseguir un pasaje.

Consiguió trabajo como grumete en un barco que zarpó hacia Panamá y Cartagena de Indias. Pero, qué sorpresa le esperaba a bordo del barco. Era una existencia brutal y repugnante. La comida estaba podrida y el olor era hediondo. La mitad de los marineros eran criminales obligados a trabajar en el barco y la otra mitad eran demasiado estúpidos y brutos como para vivir en tierra. En el barco no había mujeres y los marineros mayores consideraban a los muchachitos sólo objetos en los cuales descargar su lascivia.

Como grumete, gozaba de la atención del capitán y, por lo tanto, los marineros la dejaban en paz. La única vez que uno de ellos la molestó fue cuando un cerdo de la galera le puso la mano en sus nalgas, cuando ella fue a buscar la cena del capitán. Ella le cortó la mano con su daga y el capitán ordenó que lo hicieran pasar por debajo de la quilla del barco, cuando ella le dijo que ese villano había tratado de incluirla en un motín que preparaba. Catalina observó cómo le propinaban ese castigo: le ataron los pies a una soga y lo arrojaron por un costado del barco y, después, lo hicieron pasar por debajo de la quilla con una soga que iba de un lado del barco al otro. El tipo emergió cubierto en sangre, con la mitad de su ropa hecha jirones por haber raspado contra los percebes y otros crustáceos que convierten la madera de la parte de abajo de una embarcación en un lugar tan áspero y filoso como un lecho de piedras.

No fue ninguna sorpresa para ella descubrir que podía extraer la sangre de un hombre con una daga. A Catalina la habían fascinado los deportes masculinos realizados con la espada y los duelos. Al comprender que para un hombre, la hoja de acero de su espada era literalmente una extensión de la garrancha que llevaba entre las piernas, ella adquirió su propia daga y espadín. Pasaba todo su tiempo libre practicando con la espada y la daga. Siempre había sido una persona de huesos grandes y, al culminar su desarrollo, era casi tan alta como la mayoría de los hombres y casi tan musculosa como ellos. Lo poco que le faltaba de fuerza física lo compensaba con un temperamento violento que la hacía arrojarse contra un adversario y abatirlo, mientras él empezaba a trazar su plan de ataque.

De gran importancia para ella era que sus pechos no revelaran su origen femenino, pero tuvo la suerte de no tener más pechos que una jovencita. Para asegurarse de que no le crecieran de un tamaño que la traicionara, se aplicó en ellos un emplasto que le vendió un italiano. Le producía mucho dolor, pero así sus pechos nunca crecieron lo suficiente para traicionarla.

Cuando el barco ingresó en aguas de las Indias, se separó de la gran flotilla que había zarpado desde Sevilla y fijó su curso, junto con otros, hacia Cartagena. Cuando se acercaban a la bahía de Cartagena de Indias se toparon con una escuadra de barcos holandeses y los dispersaron. Llegaron a Cartagena, donde permanecerían durante ocho días para descargar lo que llevaban y cargar mercaderías. Desde allí se dirigieron al norte, hacia Nombre de Dios, en el istmo de Panamá.

Al llegar al istmo, ya Catalina se había cansado de la vida a bordo de un barco y decidió abandonarlo en Nombre de Dios. Para estar segura de que podría presentarse con cierta dignidad, bajó a tierra y les dijo a los guardias que el capitán le había encomendado conseguirle algunas cosas. En su bolso llevaba quinientos pesos del capitán y su nuevo jubón de seda.

En Nombre de Dios, unos inescrupulosos jugadores de cartas que la tomaron por un jovencito que acababa de bajar de un barco la despojaron de su dinero. Cuando se hizo evidente que el diablo había repartido las cartas, Catalina desenvainó su espadín y su daga y desangró a los tres bribones. Logró escapar con vida y con la ropa y una vez más necesitaba conseguir empleo.

Su reputación de espadachín y el hecho de que supiera leer y escribir le resultaron útiles a un comerciante, que deseaba que ella le protegiera su mercadería y actuara como su agente de ventas en otras ciudades. Ella abrió una tienda para realizar el trabajo del mercader y las cosas anduvieron bien por un tiempo. En realidad, comenzaba a disfrutar de haberse convertido en alguien respetable, cuando fue insultada en el curso de una comedia por un hombre de apellido Reyes, a quien ella hirió tanto que tuvieron que darle diez puntos. Poco después, Catalina volvió a herir a Reyes y mató al amigo de éste. La arrestaron por ese delito. Su jefe trató de sacarla de ese lío, pero, al final, el dinero cambió de manos y él tuvo que enviarla a Lima para alejarla de ese hecho de sangre y de la policía.

Lima era una gran ciudad del Nuevo Mundo, capital del reino del Perú, que incluía a más de cien ciudades y aldeas españolas. La ciudad era la sede del virrey, de un arzobispo, una universidad y una gran pompa.

Catalina comenzó a trabajar para un gran comerciante de la ciudad que estaba muy satisfecho con sus servicios. Sin embargo, el comerciante empezó a preocuparse porque en la casa había dos mujeres jóvenes, las hermanas de su esposa, y Catalina tomó la costumbre de juguetear con ellas. Una en particular se había encariñado mucho con ella. Cierto día, el comerciante encontró a Catalina con la cabeza metida debajo de la falda de la muchacha y allí mismo la despidió.

Abruptamente, Catalina se encontró sin techo, sin amigos y sin dinero. Seis compañías de soldados estaban siendo entrenadas para luchar en Chile y ella se integró a esas compañías y recibió en forma inmediata una asignación de casi trescientos pesos.

Los soldados fueron enviados a Concepción, en Chile, un puerto que es conocido como "el noble y leal" y es suficientemente grande como para tener su propio obispo. Allí, para sorpresa de Catalina, encontró a su hermano, Miguel de Erauso. Catalina tenía cuatro hermanos y cuatro hermanas y nunca había conocido a Miguel. Como es natural, ella no le dijo que estaba emparentada con él y, mucho menos, que era su *hermana*. Cuando él se enteró de que el apellido de ella era también Erauso y de dónde provenía, la tomó como amiga. Catalina pasó varios años idílicos en Concepción. Los buenos tiempos llegaron abruptamente a su fin, cuando su hermano la pescó visitando a la amante de él y ambos se trenzaron en una lucha. Catalina terminó siendo desterrada a Paicabí, un miserable puesto fronterizo que constantemente estaba en guerra con los indios.

En Paicabí no había nada que hacer, salvo comer, beber y pelear. Todos hasta dormían con la armadura puesta. Finalmente, se reunió a una fuerza de cinco mil hombres para enfrentar a un ejército indio de tamaño mucho mayor. El encuentro se produjo a campo abierto, cerca de Valdivia, una ciudad saqueada por los indios. Lograron cierto dominio y mataron a muchos indios, pero cuando la victoria era casi completa, llegaron refuerzos indios que los obligaron a retroceder. Los indios mataron a muchos de los compañeros de Catalina, incluyendo su propio teniente, y se alejaron con la bandera de la compañía.

Cuando ella vio que se llevaban la bandera, junto con otros dos soldados de caballería iniciaron su persecución. Siguieron al que se llevaba la bandera a través de una pared casi sólida de indios, a quienes pisotearon con sus caballos y mataron con sus espadas. Ellos, a su vez, recibieron heridas y a uno de los compañeros de Catalina le clavaron una lanza en el cuello. El hombre cayó, pero los dos que quedaban se abrieron camino hacia el cacique indio que les había robado el estandarte de la compañía. Cuando llegaron a su presencia, el compañero de Catalina fue bajado de su caballo por una docena de indios. Catalina había recibido un fuerte golpe en una pierna, pero se recuperó. Se acercó al cacique por atrás, le lanzó una estocada a la nuca y le arrancó el estandarte. Y, después, se dio media vuelta para iniciar su difícil regreso.

Catalina espoleó a su caballo y pisoteó, mató y masacró a más indios de los que podía contar. Recibió tres flechazos en la espalda y un corte profundo en el hombro izquierdo por un lanzazo. Cuando logró emerger de entre la multitud de indios, avanzó a galope tendido hacia donde estaban reunidos sus propios hombres. Ellos la vitorearon cuando vieron que traía de vuelta los colores de la compañía. El caballo de Catalina había recibido una herida mortal, pero igual siguió avanzando como si tuviera alas. Sólo cayó cuando Catalina alcanzó sus propias líneas, y ella cayó con él.

Le curaron bien las heridas y le confirieron el honor de ser ascendida a teniente. Catalina sirvió cinco años más como teniente y luchó en muchas más batallas. En una de esas batallas capturó a un cacique indio cristiano llamado Francisco, que le había hecho mucho daño a sus fuerzas y tenía un gran botín. Se decía que era uno de los indios más ricos de Chile. Cuando ella lo derribó del caballo, él se le rindió y Catalina lo colgó de la rama del árbol más cercano.

El ahorcamiento impetuoso de ese indio rico enfureció al gobernador, quien de nuevo la envió a Concepción. En realidad esto fue una suerte, pero el destino siempre había logrado arruinarle la vida, convirtiendo en desastre cada golpe suyo de buena suerte.

Su caída de respetabilidad la llevó a frecuentar una casa de juegos con uno de sus compañeros del ejército. Un pequeño malentendido se produjo entre ella y su compañero, quien la acusó de hacer trampa y anunció en voz alta que cada palabra que salía de su boca era mentira. Catalina extrajo la daga y se la hundió en el pecho. Las cosas se complicaron aún más cuando el juez local trató de arrestarla allí mismo. Ella desenvainó la espada y lo atacó, y después, cuando una docena de hombres que estaban en ese salón se volvieran contra ella, Catalina retrocedió hacia la puerta, mientras los mantenía a distancia con su espada. Una vez afuera, corrió a buscar refugio en la catedral.

Al gobernador y a sus policías les estaba prohibido arrestarla en terrenos de la iglesia. Ella permaneció allí durante seis meses hasta que uno de sus amigos, un teniente llamado Juan de Silva, fue a verla y le pidió que fuera su padrino en un duelo que se llevaría a cabo esa misma noche cerca de la medianoche. Cuando él le aseguró que no se trataba de una trampa para sacarla de la iglesia, ella aceptó acompañarlo. Como los duelos habían sido prohibidos por el gobernador, usaron máscaras para ocultar su identidad.

Catalina permaneció allí de pie cerca, como era costumbre de los padrinos, mientras su amigo enfrentaba a otro hombre en duelo. Al ver que Juan de Silva estaba siendo derrotado y próximo a morir, ella desenvainó su espada y entró a participar en la lucha. Muy pronto el padrino del otro hombre lo hizo también y entonces la punta de la espada de Catalina atravesó el doble grosor del cuero y penetró en la zona izquierda del pecho del hombre, cerca de la tetilla. Cuando él quedó tendido y agonizando, Catalina descubrió, horrorizada, que el hombre al que había herido mortalmente era nada menos que Miguel de Erauso, su hermano.

Catalina abandonó Concepción, con un caballo y armas, y se dirigió a Valdivia y Tucumán.

Emprendió viaje hacia la costa, donde sus sufrimientos fueron muchos, primero por la sed y, segundo, por la falta de comida. Se unió a otros dos soldados, desertores ambos. A medida que las leguas se iban desplegando debajo de ellos, pasaron por montañas y desiertos, movidos por el hambre y la desesperación, y sin ver a ningún otro ser humano salvo algún indio ocasional que huyó ante su presencia. Mataron a uno de los caballos para obtener alimento, pero sólo encontraron en el pobre animal cuero y huesos. Igual siguieron avanzando, legua tras legua, más de trescientas en total, hasta que se comieron los otros dos caballos y los dos compañeros de Catalina se derrumbaron y nunca más se levantaron. Cuando su último amigo cayó en tierra y se puso a sollozar diciendo que no podía levantarse, ella lo dejó, pero no sin antes sacarle ocho pesos del bolsillo.

Estaba abrumada por la fatiga y el hambre cuando dos jinetes indios la encontraron. Apiadados de ella, la llevaron a la estancia ganadera de su ama. La mujer era mestiza, hija de un español y una india. Hizo que Catalina recuperara la salud y comenzó a confiar en ella para que manejara la hacienda. En la región había pocos españoles, y muy pronto la mujer le propuso a Catalina que se casara con su hija.

Catalina había jugueteado un poco con la hija, no más allá de tocarle sus partes privadas y besarla, pero lo cierto era que la muchacha era tan fea como el mismísimo diablo, y lo opuesto a la preferencia de Catalina por las caras bonitas. Tuvo que aceptar ese matrimonio, pero logró postergarlo por un par de meses. Por último, se vio obligada a huir por la noche y se llevó con ella la dote.

Después de otras aventuras, fue arrestada una vez más por asesinato y, esta vez, su reputación como espadachín, jugador y bribón se había extendido tanto que Catalina supo que pronto sería despachada a su Hacedor.

Buscando una vez más la protección de la Iglesia y mientras el alguacil quería arrastrarla a la horca, Catalina le confesó que, en realidad, era una mujer y que había pasado su vida en un convento.

Después de mucho pensarlo, él hizo examinar a Catalina por dos mujeres ancianas, quienes confirmaron no sólo su sexo sino también el hecho de que todavía era virgen.

En lugar de las recriminaciones que ella esperaba por su confesión, la noticia de que el famoso Sancho de Erauso era en realidad una mujer pronto cruzó los mares y llegó a Europa.

Y Catalina volvió a encontrarse una vez más en un barco, esta vez rumbo a España... pero no a una prisión, sino a una audiencia con el Rey. Y, después de eso, a Roma a ver al Papa.

SESENTA Y UNO

La historia de Catalina de Erauso, de cómo fue a Madrid a reunirse con el Rey y a Roma a ser recibida por el Papa, me fue relatada después de que yo mismo viajara por el gran mar con destino a Europa. Terminaré el cuento, pero ese encuentro entre nosotros vendrá más adelante. En este momento debemos reanudar la búsqueda del *naualli* y los Caballeros del Jaguar.

Con Mateo, me volví a reunir con el Sanador en Oaxaca. Enseguida nos dirigimos a Puebla, porque don Julio dijo que allí pronto se realizaría un festival que podría atraer la atención del *naualli*. Si no lo localizábamos allí, debíamos viajar al sur, hacia Cuicatlán, y mantener los ojos y los oídos bien abiertos a posibles señales del *naualli* o sus seguidores.

José, un indio vaquero, un leal pastor de ganado de la hacienda del Don, se unió a nosotros en el papel de criado de Mateo. José iría a darle a don Julio las noticias que tuviéramos del *naualli*.

Mateo montaba un caballo; José, una mula. Se habló mucho de montarme a mí sobre una mula, pero yo me negué. El Sanador no viajaría de ninguna otra manera que a pie, con las riendas de su burro en la mano y su perro amarillo junto a él. Y yo no quería ir montado si él caminaba.

Mateo no vio ningún problema en que viajáramos juntos.

—No despertará ninguna sospecha. Es una práctica común viajar juntos por razones de seguridad.

De hecho, nos incorporamos a dos caravanas de mulas que enfilaban hacia Puebla.

El Sanador no pidió ninguna explicación acerca de por qué, de pronto, íbamos a Puebla.

—Yo voy en busca de mi madre —le dije. E inventé un cuento de que alguien de Monte Albán me había contado que vio a mi madre en la zona de Puebla.

Pero el Sanador no necesitaba razones. Avanzaba en cualquier dirección hacia la que apuntaban sus pies; y, para él, un camino era igual a otro.

—Los caminos son peligrosos y nos uniremos a otros por protección —dije e hice un ademán hacia Mateo y José.

Una vez más, él no dijo nada; había estado recorriendo esos caminos peligrosos durante muchas veces mis años, y sabía que mis razones eran un invento. Sospeché que el viejo era capaz de leer la mente y de descubrir cada una de mis mentiras.

Salimos al día siguiente, caminando detrás de Mateo, con una mula cargada con guitarras, otra con provisiones y José montado en la tercera.

Durante el trayecto interrogué al Sanador y le pregunté acerca de su afirmación de que, algún día, los dioses aztecas se rebelarían y echarían a los españoles. Él me contestó que era algo que había oído en sus viajes. No me hizo ningún otro comentario a lo largo de todo el día, pero esa noche, después de cenar, mientras fumaba su pipa sentado junto a un fuego ya agonizante, habló del *naualli*.

—Hace muchísimo tiempo —dijo—, antes del Gran Diluvio que cubrió la Tierra, el jaguar era el dios de la tierra. Moraba en el vientre del mundo. Cuando salió, se tragó el sol y produjo la noche sobre la Tierra. Después del Gran Diluvio, ya no vivía en las entrañas del mundo sino sobre la tierra, después de que el sol escapó. Permanecía en cavernas y en lo alto de los árboles mientras que su enemigo el sol brillaba en los cielos, pero la noche le pertenecía.

Mateo estaba acostado cerca con la bolsa con vino que tan seguido parecía ser su compañera de lecho, y el humo ascendía en espiral del tabaco que él fumaba sin usar pipa. El tabaco había sido retorcido y enrollado hasta parecer un zurullo humano. Yo había probado uno de esos rollos y su sabor era mucho peor del que yo imaginaba tenía la mierda. Si bien él simulaba dormitar y mirar el cielo nocturno, yo sabía que estaba escuchando al Sanador.

—El poder del jaguar proviene del Corazón del Mundo, un jade verde y perfecto del tamaño de la cabeza de un hombre. En el interior de la gema hay una llama verde, un fuego tan intenso que con sólo mirarlo le quemaría a un hombre los ojos. Es el poder de esta gema el que le proporciona su magia al jaguar.

Miré a Mateo, quien seguía mirando el cielo y soplando anillos de humo. Durante el viaje a Monte Albán, él me había contado la historia de un sacerdote a cuyas manos, poco después de la conquista, llegó un jade increíblemente luminoso que brillaba de color verde. Los indios le habían dado la gema al sacerdote. Éste, muy supersticioso, por creer que ese fuego verde era el poder del mismísimo Satanás, destrozó la piedra a pesar de haber recibido un ofrecimiento de miles de ducados por parte de otro español. Para Mateo, lo importante de esa historia era que la estupidez del sacerdote había destruido una gema valiosísima.

—El Corazón de la Tierra viene de las estrellas —dijo el Sanador—. El Corazón fue forjado y traído a la Tierra por los *tzitzimines*, los demonios arrojados del cielo por el mal que transmitían y causaban. Los *tzitzimines* perdieron el Corazón a manos de los Nueve Señores de la Noche; pero porque había sido hecho por los *tzitzimines*, el Corazón no sólo tenía poderes especiales sino que también estaba imbuido de magia negra.

El Sanador hizo una pausa y me miró en esa luz mortecina del fuego.

—Es de este origen, de la gema que es el Corazón de la Tierra y que brilla con los poderes oscuros de los *tzitzimines*, que los *nauallis* obtienen su poder. Un *naualli* es un *nanahualtin*, el-que-sabe cómo utilizar el poder del Corazón.

—¿Cómo lo sabe? —pregunté.

—Tiene un libro. Es como el Libro del Destino, el Tonalámatl, pero en sus páginas no está escrito el destino de los hombres, sino los encantamientos utilizados por los Nueve Señores de la Noche para empañar el poder del Corazón de la Tierra.

Traté de imaginar cómo sería un libro así. Los libros aztecas, utilizando escritura ideográfica, por lo general eran largos rollos de pergamino cuya página, plegada, podría tener sólo dos manos de alto, pero ser muy larga: desenrollados, podían tener el largo de varios hombres acostados, uno después del otro.

—El *naualli* obtiene su poder del Libro de los Nueve Señores de la Noche. Para extraer su magia, lleva el libro en la oscuridad a un lugar donde no pueda ser molestado. La segunda, quinta y séptima hora de la noche son consideradas las más auspiciosas para recurrir a los Señores. Cuando el *naualli* ha utilizado el libro para obtener poder del Corazón, está en condiciones de poner en práctica su magia. Uno-que-sabe puede convertir un palo en una serpiente, una flor en un escorpión o incluso convocar a las piedras de hielo de los cielos para destruir los sembrados. Él mismo puede transformarse en un jaguar y destrozarle la garganta a cualquiera que se le oponga.

—¿Cuál era la diferencia entre los Caballeros del Jaguar y los Caballeros del Águila? —pregunté.

—A los guerreros y sacerdotes Jaguar se los identificaba con la noche, con la oscuridad. El jaguar era el soberano de la noche. El águila, en cambio, cazaba de día. Los Caballeros del Águila, al igual que los Caballeros del Jaguar, eran feroces guerreros, pero los sacerdotes del Águila carecían del poder del elíxir que permitía a los guerreros no sentir dolor, y a los sacerdotes cambiar de forma.

Yo disfrutaba oyendo al Sanador explicar la historia india. La comparaba con lo que había aprendido de fray Antonio y otros. Para los españoles, la historia era una serie de acontecimientos. Reyes y reinas, guerras, conquista y derrota, médicos que escribían sus métodos de curación, marineros que trazaban sus cartas de navegación y exponían sus aventuras, todo registrado en libros. Para el Sanador, la historia era la magia y el alma. La Magia provenía de los espíritus y los dioses, y hasta una roca podía albergar un espíritu. El Alma era la manera en que las personas se veían afectadas por las acciones de los dioses.

Yo sabía que los españoles tenían de su lado la fuerza de la razón. Pero incluso cuando el Sanador hablaba de los libros mágicos que transformaban a los hombres en jaguares y de los elíxires que convertían a un hombre en invencible, yo me inclinaba a pensar que sus relatos adoptaban otra forma de sabiduría, en lugar de carecer de razón.

Tampoco tendía a aceptar la versión española de la historia de los indios por sobre los conocimiento del Sanador. Los sacerdotes fanáticos habían quemado la mayor parte de los libros aztecas, de modo que tanto los españoles como el Sanador obtenían su información de las historias transmitidas de generación en generación. Los españoles tenían la ventaja de que registraban esas historias en libros que eran pasados a generaciones de estudiosos, pero el Sanador poseía una ventaja aún mayor: de un extremo al otro de los antiguos imperios indios había miles de inscripciones en paredes, templos y otros monumentos. Algunos desaparecían día a día, destruidos por la ignorancia o, incluso más frecuentemente, por su utilización como piedra de construcción para levantar otro edificio. Pero el Sanador se había pasado su larga vida caminando de un extremo de la tierra al otro, leyendo esas inscripciones. Poseía un conocimiento que era desconocido para los españoles y que nunca sería descubierto, porque esas inscripciones se estaban desintegrando hasta convertirse en polvo o se las convertía en añicos.

Los españoles habían registrado vastas cantidades de hechos en los libros. El Sanador había vivido la historia, no sólo la de sus días sino la de tiempos inmemoriales. Él dormía, comía, hablaba y pensaba con muy poca diferencia con respecto a la forma en que lo habían hecho sus antepasados durante miles de años. Él era un templo viviente de conocimientos.

SESENTA Y DOS

Puebla de los Ángeles era la ciudad más grande en la que yo había estado. Para Mateo era pequeña en comparación con la Ciudad de México.

—México es una verdadera ciudad, no una aldea provinciana excesivamente desarrollada como Puebla, Veracruz y Oaxaca. Es un lugar majestuoso. Algún día, Bastardo, te llevaré allá y disfrutaremos de la mejor comida y de las mujeres más hermosas. Un prostíbulo de esa ciudad no sólo tiene muchachas de piel blanca y piel marrón, sino también una de piel amarilla.

Me impresionó que en un prostíbulo pudiera haber una china. Yo había visto mujeres con piel amarilla en la feria celebrada por el arribo del galeón de Manila, y me había preguntado cómo sería ella sin ropa.

—¿Ellas —las mujeres chinas— están hechas como el resto de las mujeres?

Él me miró de reojo.

—No, por supuesto que no. Todo está al revés.

Me pregunté qué querría decir eso. ¿Acaso todo lo que por lo general estaba en el frente de una persona lo tendría atrás una china? No hice la pregunta en voz alta para no poner más en evidencia mi ignorancia.

Acampamos en las afueras de Puebla, en la misma zona en que los mercaderes y los magos indios habían convergido. No vimos a los *naualli* entre ellos.

Acompañé al Sanador y a los otros a la plaza del centro de la ciudad donde tendría lugar el festival de la cosecha. Aunque Mateo no considerara a Puebla una gran ciudad, a mí me pareció enorme. Tal como me habían dicho de Ciudad de México, Puebla también estaba enclavada en lo alto por encima de la línea de la costa, en una amplia planicie flanqueada por montañas distantes. Mateo dijo que su arquitectura era similar a la de la gran ciudad de Toledo, en España.

—Una de las más excelentes voces de la poesía murió en las calles de Puebla —me había dicho antes Mateo, cuando la ciudad apareció a la vista—. Gutierre de Cetina era un poeta y espadachín que luchó en Italia y en tierra alemana por el Rey. Vino a México después de la conquista a instancias de su hermano. Por desgracia, su poesía era mejor que su esgrima. Lo mató en un duelo un rival de amores. Dicen que fue abatido después de estar parado junto a la ventana de la mujer, cantando loas a sus ojos con este poema: "Ojos claros y serenos".

> *Ojos claros, serenos,*
> *Si de un dulce mirar sois alabados,*
> *¿por qué si me miráis, miráis airados?*
> *Si cuanto más piadosos,*
> *más bellos parecéis a aquel que os mira,*
> *no me miréis con ira*
> *por que no parezcáis menos hermosos.*
> *¡Ay, tormentos rabiosos!*
> *Ojos claros, serenos,*
> *si así me miráis,*
> *miradme al menos.*

Ayudé al Sanador a instalarse en la plaza principal. Él enseguida atrajo a una multitud de indios, así que no fue necesario que yo simulara una recuperación milagrosa. Recorrí la plaza, incapaz de concebir que hubiera una ciudad mucho mayor que Puebla. ¿Cómo serían la Ciudad de México y las grandes ciudades de España?

Mateo me llamó.

—Bastardo, la diosa de la fortuna te sonríe. En la ciudad hay una compañía de comedias. Iremos a ver su función. ¿Cuántos pesos tienes, compadre?

Después de que Mateo me vació los bolsillos, yo lo seguí con ansiedad. Nunca me había explicado qué fue lo que hizo que él y su grupo de actores se encontraran en el lado opuesto de la justicia del Rey. Yo había estado recogiendo pistas en el sentido de que a ellos los habían pescado vendiendo libros deshonestos y profanos que habían metido de contrabando. Por su intento de venderle a fray Juan un libro romántico de aventuras que estaba en la lista de libros prohibidos del Santo Oficio, supe que Mateo hacía esas cosas. Pero para que los otros fueran embarcados hacia Manila y él estuviera amenazado de ir a la cárcel, bueno, lo que vendían debió de haber sido más que libros románticos.

Alejándonos de la calle principal, caminamos algunas cuadras hacia el lugar donde se presentaría la comedia. Yo había esperado encontrar una "pared" de mantas que circundaban un sector pequeño, pero era mucho más elaborado. Un terreno baldío rodeado en sus tres lados por edificios de dos plantas se había transformado en un corral, un teatro.

Contra la pared de una casa, un escenario de madera estaba elevado cerca de un metro sobre el suelo. A nivel del suelo, hacia izquierda y derecha, había sectores cerrados con mantas.

—Vestuarios para los actores y las actrices —dijo Mateo. En muchas partes había troncos para que la gente se sentara, mientras que algunas personas traían bancos de sus casas. Las ventanas, balcones y techos de las casas adyacentes servían de palcos en los que las personas de alcurnia miraban el espectáculo. El escenario no estaba protegido del viento ni de la lluvia. —Si llegara a llover demasiado fuerte, ellos sencillamente paran —dijo Mateo.

—De modo que este es un teatro de comedias —le dije a Mateo, muy impresionado por su tamaño. Varios cientos de personas podían ver el espectáculo.

—Esto es un teatro temporario —dijo—, pero es similar a los corrales que hay en toda España. La diferencia radica en que allá por lo general existe un toldo sobre el escenario para protegerlo del sol y de la lluvia y hasta toldos o techos sobre algunos sectores de los espectadores. El escenario está un poco más elevado y es más amplio, y los vestuarios más permanentes. Los espacios vacíos contiguos a edificios son el mejor lugar para crear un teatro porque ya hay paredes en sus tres lados. En algunas de las grandes ciudades, como Madrid y Sevilla, se han construido edificios permanentes con paredes y techos de madera. Como es natural, no pueden estar cerrados tanto como una casa, porque hace falta un poco de luz.

—¿Conoces a estos actores? —le pregunté a Mateo.

—No, pero estoy seguro de que ellos han oído hablar de Mateo de Rosas Oquendo.

Si no lo conocían, no me cabía ninguna duda de que lo conocerían muy pronto.

—El grupo simula ser español, pero por el acento de sus integrantes me doy cuenta de que no lo son. Sospecho que son italianos. Todo el mundo quiere presentarse en los escenarios españoles. Es bien sabido que nuestras obras de teatro y nuestros actores son los mejores del mundo. Esta obra fue escrita por mi amigo Tirso de Molina. *El burlador de Sevilla* es una comedia en tres actos.

—¿Como la que pusiste en escena en… —tartamudeé—, en Sevilla?

—Estuve a punto de decir "en la feria". Mentalmente había decidido que Mateo sabía que yo era el chiquillo de la feria de Jalapa, pero el asunto siguió siendo un secreto no verbalizado entre nosotros.

Ese teatro temporario era majestuoso a mis ojos. La única obra de teatro que yo había visto, fuera de las que se presentaban junto a las iglesias durante las fiestas religiosas, era la de la feria de Jalapa, donde una loma cubierta de pasto y algunas mantas hacían las veces de teatro. Allá, el público estaba formado por rudos arrieros y comerciantes itinerantes, pero por los balcones y los techos vi que aquí, gente mucho más educada había venido a ver esta obra.

Mateo quería asientos en un balcón o en el techo, pero no quedaban más. Fuimos a la pared más alejada, opuesta al escenario. Allí había bancos disponibles por algunas monedas más, y nos paramos sobre los bancos para ver mejor la función.

Cerca del escenario estaban los que Mateo llamaba el vulgo, las personas vulgares.

—Los mosqueteros son los piojos del teatro —dijo Mateo—. Cuando ellos entran en un corral, de pronto un carnicero y un panadero que firman su nombre con una X, son expertos en comedias. Hombres cuya única actuación ha sido mentirle a su esposa, de pronto se creen tan capaces de criticar el trabajo de un actor, como un inquisidor lo es con las negaciones de un blasfemo.

La obra se inició en un cuarto del palacio del rey de Nápoles. Un actor que indicó una tela colgante sobre la cual había pintada una puerta elaborada, nos dijo que estábamos en el palacio italiano del rey de Nápoles. El actor dijo que era de noche y que Isabel, una duquesa, aguardaba en una habitación oscura la llegada de su amante, el duque Octavio.

—Qué bonita —dijo Mateo, refiriéndose a la actriz que interpretaba a Isabel.

Llegó el protagonista de la obra: su nombre era don Juan. Entró en la habitación con la cara oculta tras su capa y simuló ser el duque Octavio. Cuando los guardias del palacio apresaron a los dos, don Juan se jactó de haber engañado a Isabel y de haberle hecho el amor haciéndole creer que él era el duque Octavio.

Los mosqueteros, agrupados cerca del escenario, les gritaron insultos a los actores y atacaron su acento. Se habían percatado de lo mismo que Mateo: que los actores tenían acento italiano. Si bien la obra transcurría en Italia, la zona estaba bajo el control del rey español y se suponía que la mayor parte de los personajes eran también españoles. Un integrante del vulgo fue el más gritón y el más agresivo. Estaba familiarizado con la obra porque la había visto en el Corral del Príncipe, en Madrid, o al menos así lo aseguró. Se lo pasó gritando correcciones a las líneas que, en su opinión, cambiaban los actores.

Mateo hizo una mueca frente al ruido que hacían los mosqueteros.

—Ningún autor ni actor ha dejado de ser víctima de esta chusma.

Pero la representación continuó. La broma de don Juan arruina a la señora Isabel y don Juan huye de Nápoles. Su barco zozobra y las olas lo arrastran a la costa, cerca de una aldea de pescadores, donde es llevado a la choza de Tisbea, una mujer pescadora. Cuando la joven lo ve, enseguida se enamora de él. Y, mientras él yace inconsciente en sus brazos, ella dice:

—Joven galante y apuesto de noble rostro, te lo suplico, vuelve a la vida.

Con un cambio de ropa y una peluca de otro color, Tisbea es interpretada por la misma actriz que encarnó a Isabel.

Don Juan le dice, mientras yace en sus brazos, que se ha enamorado locamente de ella.

—Mi muchacha campesina, ojalá Dios hubiera permitido que me ahogara en las olas, para no tener que sufrir la locura de mi amor por ti.

Convencida por don Juan de que, aunque él es de alcurnia y ella apenas una muchacha campesina, el amor de él es verdadero, Tisbea cede a su pedido de que compartan una cama matrimonial. Tan pronto don Juan se saca ese gusto con la muchacha, él y su criado huyen de la aldea montados en caballos que le robaron a Tisbea.

Tisbea, angustiada por esa traición, exclama:

—¡Fuego! ¡Fuego! ¡Me quemo! Suenen la alarma, amigos, mientras de mis ojos brota agua. Otra Troya está en llamas. ¡Fuego, mis compadres! Que el amor se compadezca de un alma en llamas. El caballero me engañó con su promesa de matrimonio y profanó mi honor.

El mosquetero que se consideraba especialista de la obra, corrió hacia el escenario.

—¡Mujer estúpida! ¡Ése no es el parlamento correcto! —Y le arrojó un tomate a la actriz.

Mateo se movió con la velocidad de un felino de la jungla. Un instante se encontraba parado junto a mí y, al siguiente, estaba en el escenario empuñando su espada. Aferró al mosquetero y lo hizo girar. El bruto lo miró, azorado, y buscó su daga. Mateo lo golpeó en la cabeza con la empuñadura de la espada y el hombre se desplomó.

Mateo se dirigió a la audiencia. Rasgó el aire con su espada.

—Yo soy don Mateo Rosas de Oquendo, caballero del Rey y autor de comedias. No habrá más disturbios mientras esta hermosa señora de mirada serena —giró y le hizo una reverencia a la mujer— dice su parlamento. —Movió la cabeza hacia el hombre inconsciente que tenía a sus pies. —Yo lo mataría, pero un caballero no ensucia su espada con la sangre de un cerdo.

De los balcones y el techo sonaron aplausos. El vulgo permaneció en silencio.

Mateo volvió a hacer una reverencia hacia la actriz, quien le sopló un beso.

Al regresar a Sevilla, don Juan mantiene su conducta escandalosa. Traicionando a un amigo, engaña a otra joven haciéndole creer que él era su amante. La mujer grita pidiendo auxilio cuando descubre el engaño. Su padre, don Gonzalo, acude en su ayuda y es muerto por don Juan en una lucha con espadas.

A pesar de la tragedia, don Juan, guiado por demonios, incapaz de ser el caballero honorable que era su derecho de nacimiento, continúa con sus intrigas y sigue engañando a las mujeres para que le entreguen su honor.

Pero su caída llega, no a manos de los vivos sino de los muertos. Don Juan se acerca a la estatua del desaparecido don Gonzalo. Burlándose de ese monumento de piedra, don Juan tira de la barba de la estatua e invita a cenar a don Gonzalo. Curiosamente, la invitación es aceptada.

En una escena de truculento horror, don Juan y el espectro de piedra del padre muerto comen juntos. La cena tiene lugar en una iglesia oscura y la mesa es la lápida de una tumba.

Después de comer un plato de arañas y víboras, que bajan con vino agrio, don Gonzalo dice que todas las deudas se deben pagar algún día:

> *Ten presentes a los que Dios ha juzgado,*
> *Y castigado por sus delitos.*
> *El día de la venganza llega*
> *Cuando las deudas de este mundo se pagan.*

Al principio, el arrogante don Juan desafía al fantasma y no parece tener miedo. Pero cuando el fantasma le toma la mano, el fuego del infierno aprisiona al seductor. Con el estampido de un trueno, se nos dice que la tumba ha sido tragada por la tierra, llevándose consigo a don Juan y al fantasma. Sin embargo, en este caso los actores caen al suelo y ellos y la tumba son cubiertos con mantas. Y el "trueno" es el redoble de un tambor.

Cuando la obra finalizó, yo estaba impaciente por regresar al campamento para hablar de la obra con Mateo, pero él tenía otros planes. Se retorció los bigotes y me dijo que regresara solo.

—Todavía tengo que terminar algunas cosas —dijo, y yo seguí sus ojos hacia el escenario, donde la actriz le coqueteaba con la mirada.

Regresé solo al campamento y comí frijoles alrededor de una fogata, mientras Mateo, *caballero* y *autor*, yacía en brazos de una actriz y probaba las delicias del cielo. Ay, había otra razón para mi melancolía. Esta obra acerca del escandaloso don Juan era precisamente la que esa belleza de ojos oscuros llamada Elena había escondido debajo del asiento del carruaje el día cuando me salvó la vida.

SESENTA Y TRES

No vimos al mago *naualli* en nuestro campamento ni en Puebla. Mientras circulaba entre los otros comerciantes y magos indios, me enteré de que había sido visto una semana antes en el camino que conducía al sur. Uno de los mercaderes me miró con recelo, cuando le pregunté acerca del *naualli*, y yo le dije que me estaba cansando tener que asistir al anciano Sanador y buscaba un nuevo maestro.

Mateo estaba impaciente por irse de esa zona. De su aventura con la actriz había regresado casi al amanecer. Su jubón estaba desgarrado y vi una magulladura en un costado de su cara.

—¿Te acostaste con una camada de gatos salvajes? —pregunté.

—Si quieres que te diga la verdad, anoche había alguien de más en esa cama: el marido llegó en un momento sumamente inoportuno.

Eh, amigos, ¿sería esto algo habitual en la vida del pícaro? Simulé estar espantado.

—Dios mío. ¿Y cuál fue la reacción de él al verte haciéndole el amor a su esposa?

—Le resultó muy doloroso. Mi problema es que no estoy seguro de que en este momento sienta nada. La última vez que lo vi sangraba profusamente. Tenemos que irnos de aquí antes de que sus amigos o el alguacil vengan a buscarte.

—¿A mí? ¿Qué hice *yo*?

Él sacudió la cabeza con fingido pesar.

—Naciste, Bastardo. Le dije a la mujer que le dijera al marido que un muchacho mestizo había entrado por la fuerza en la habitación y la estaba violando, cuando él vino a rescatarla.

¡Ay de mí!

A lo largo del camino nos detuvimos en aldeas a preguntar por el *naualli*. Viajamos durante tres días antes de obtener la información de que el *naualli* estaba en la zona. Tanto Mateo como yo, habíamos interrogado a indios, mestizos y españoles sin averiguar nada. Fue el Sanador, hablando con un cacique, quien obtuvo la información acerca del *naualli*.

Acompañé al Sanador a su reunión con el cacique. Nos sentamos en la choza del cacique y su sobrino nos sirvió una bebida de chocolate y chile. Al principio me pareció que el muchacho, que tenía más o menos mi edad, era una chica. Vestía ropa de mujer y cumplía con las tareas propias de una mujer. Más tarde el Sanador me dijo que, cuando no hay suficientes mujeres para realizar las tareas domésticas, debido a las muertes por enfermedades, al nacer, algunos bebés de sexo masculino son criados como niñas y se les enseñan quehaceres femeninos. El Sanador me aseguró que ello no incluía actuar como una mujer para realizar el *ahuilnema*... pero al ver a ese cacique anciano y arrugado junto a ese chiquillo vestido de mujer, recordé al viejo cacique a cuya joven esposa yo le había "curado" el problema que tenía con el *ahuilnema*.

—A mi tío le dijeron que el *naualli* está en esta zona —le dije a Mateo más tarde—. Que opera sobre todo por estos alrededores, sirve a una serie de ciudades pequeñas y aldeas y sólo se ausenta para asistir a festivales y ferias.

—¿Supo él algo acerca de los Caballeros del Jaguar?

—El cacique dijo que los Caballeros se levantarán y echarán a los españoles de las tierras de los indios. Pero, fuera de ese alarde, él no tenía ninguna información concreta.

Mateo decidió que acamparíamos en una aldea más grande a lo largo de un camino muy transitado. Desde allí saldríamos a cazar al *naualli* dentro de los sectores que se decía atravesaba, mientras nosotros reuníamos información acerca de él y los caballeros.

En la cantina de la aldea, Mateo habló con tres mercaderes españoles. La cantina no era más que un patio cubierto, con dos mesas. Yo me senté cerca, en la tierra, mientras un sacerdote se unía a ellos. A mí siempre me interesaba oír hablar a los españoles. Así nutría mi curiosidad con respecto a esa parte de mi sangre. Gracias al fraile, yo había visto mapas del mundo y sabía que España era sólo un país entre muchos. Pero, por supuesto, España dominaba la casi totalidad de Europa y era el mayor poder del mundo.

Pronto descubrí que la conversación versaba sobre una serie de acontecimientos extraños.

—Cada vez son más frecuentes las noticias de personas desaparecidas —dijo un comerciante—. El dueño de una hacienda salió a caballo para inspeccionar una cerca y jamás regresó. Su caballo volvió sin él, pero las búsquedas realizadas no encontraron rastros de su cuerpo. Lo que resulta más sospechoso es que, después de su desaparición, algunos de sus indios vaqueros huyeron. El capataz dijo que ellos creían que el dueño había sido matado por un indio que podía adoptar la forma de un jaguar.

—El número de muertes sospechosas ha ido permanentemente en aumento —dijo otro comerciante—. Oí una historia similar acerca de un mercader que desapareció mientras viajaba. Sus criados huyeron con sus bienes. A uno se le siguió la pista y se lo torturó. Mientras agonizaba, alegó que su amo había sido atacado por un hombre-jaguar y arrastrado a la jungla. Y los españoles no somos las únicas víctimas. Mis propios sirvientes están aterrorizados, a menos que viajemos con caravanas de mulas y otros mercaderes. Ellos me dicen que los indios y mestizos que trabajan para españoles son cazados y devorados por jaguares que han sido adiestrados para matar a españoles y a quienes los apoyan.

Mateo escuchó y demostró su comprensión:

—¿Sus criados le dijeron quién adiestró a esos animales?

Por acuerdo general, ningún nombre se mencionó. Mateo no preguntó concretamente por los Caballeros del Jaguar. Supuse que guardaba silencio porque buscaba información en lugar de suministrarla.

—El virrey debería ocuparse de este problema —dijo un comerciante—. Si él no puede manejarlo, deberíamos hacer oír nuestras quejas en el Consejo de Indias.

El tercer comerciante se mofó.

—Durante la mitad de mi vida he estado recorriendo los caminos y senderos de Nueva España. En estas historias no hay nada nuevo. Entre los indios siempre se habla de que los españoles seremos echados de sus tierras. Y siempre es a través de medios mágicos. Un hombre que se transforma en jaguar no es más que fruto de la imaginación fantasiosa de estas personas ingenuas.

—No es fruto de una imaginación fantasiosa. Yo creo que es verdad.

Esa afirmación provino de una fuente inesperada. El sacerdote que se había unido a ellos bebió un buen trago de vino y se secó la frente con un pañuelo.

—Yo he trabajado entre estos salvajes —dijo el sacerdote—. Ellos nos odian; nos odian por quitarles su tierra, sus mujeres, su orgullo. Ellos vienen a misa los domingos y mienten con respecto a su adhesión a Nuestro Salvador. Después salen y sacrifican a bebés. ¿Lo sabían ustedes? ¿Que sacrifican bebés de pelo ensortijado?

—¿Bebés con pelo ensortijado? —repitió un mercader.

—Ellos sacrifican a los bebés con pelo ensortijado, porque las ondas del pelo son similares a las ondas del agua en un lago. El pelo ensortijado complace al dios de los lagos. Cuando un bebé llora al ser sacrificado, esas lágrimas simbolizan la lluvia y complacen al dios de la lluvia.

—Lo hacen porque creen que los dioses les darán agua para sus sembrados —acotó un mercader—. En esta región ha sido un año de sequía. Cuando llueve demasiado poco o en forma excesiva, los sembrados no crecen y ellos se mueren de hambre.

—No tolero tratar con esos salvajes —dijo el sacerdote y volvió a secarse la frente—. Practican la magia negra de Satanás. No dudo que están aliados con el demonio y pueden ellos mismos transformarse en hombrejaguar, tal como en nuestro propio país hay brujas y hechiceros que pueden adoptar la forma de lobos. Ellos están en la jungla cuando oscurece. Nunca se les ve el cuerpo, pero sus ojos brillan y se enfocan en uno. Eso volvió loco a mi compañero sacerdote. Hace tres días se ahorcó, colgándose de la soga de la campana. Yo corrí hacia la capilla cuando oí el tañido de la campana y me lo encontré allí, meciéndose colgado de la soga.

SESENTA Y CUATRO

Al día siguiente tuvimos noticias de que el *naualli* había sido visto en una aldea cercana.

Allá fuimos el Sanador y yo para realizar la magia de la víbora; Mateo y José para venderles guitarras a los españoles que vivían en la zona.

La aldea resultó ser incluso más grande que aquella en la que habíamos parado: era más una ciudad pequeña que una aldea sencilla. En el camino a la choza del mago, me enteré de que él era un intérprete de sueños. Durante el trayecto, el Sanador me contó el sueño más famoso de la historia azteca. Tenía que ver con la hermana de Moctezuma, quien se levantó de entre los muertos para profetizar la conquista española.

La princesa Papantzin era la hermana de Moctezuma. Tenía una relación muy cercana con él y era su amiga y su fiel consejera. Cuando murió repentinamente, Moctezuma quedó desolado. Por el afecto que sentía por ella y por el vínculo que los unía, la hizo sepultar en una tumba subterránea en terrenos del palacio. Después de la ceremonia de la inhumación, la entrada a la tumba se cubrió con una gruesa plancha de piedra.

A la mañana siguiente, bien temprano, una hija de Moctezuma vio a la princesa sentada junto a una fuente del patio del palacio. Corrió a decírselo a su institutriz quien, después de asegurarse de que, efectivamente, era la princesa Papantzin, fue a despertar a toda la casa.

Moctezuma ordenó que llevaran a la princesa a su presencia, y ella le hizo un extraño relato. Dijo que se había sentido mareada y se desmayó. Y que cuando despertó, estaba en una tumba oscura. Logró salir y empujar lo suficiente la plancha de piedra como para salir al jardín. Descansaba cuando la chiquilla la vio.

Antes de este acontecimiento, se decía que la princesa padecía de una enfermedad que la hacía desmayarse y no despertar durante varios minutos. Al parecer, esta vez ese desmayo había durado mucho más tiempo y pensaron que estaba muerta.

Moctezuma estaba feliz por la resurrección de su hermana, pero su alegría no duró mucho. Ella le dijo que había soñado que caminaba con los muertos en el más allá y ellos la llevaron a la costa del Mar Oriental. Allí, vio a embarcaciones más grandes que la casa de un noble, tripuladas por hombres extraños. Esos hombres tenían ojos y pelo claro y piel blanca. Se llamaban Hijos del Sol y dijeron que venían de la Casa del Sol, más allá del Mar Oriental.

Cuando desembarcaron, su líder no era un hombre común y corriente, sino un dios ataviado con vestiduras de oro. Su escudo brillaba con el fuego del sol.

—Soy Quetzalcóatl, la Serpiente Emplumada —dijo—. He venido a reclamar mi reino.

Ayyo, pobre Moctezuma. Tal como había sucedido en el sueño de su hermana, Hernando Cortés desembarcó en Veracruz. Con razón palideció de miedo cuando le dieron la noticia de que unos hombres extraños, de cara pálida y brillante armadura, habían llegado del Mar Oriental. Al tratar con Cortés, la indecisión de Moctezuma se debía a su convicción de que se enfrentaba a un dios.

El Sanador y el intérprete de sueños hablaban y fumaban y llenaron tanto de humo la pequeña choza del mago que me vi obligado a esperar afuera. Además de la noticia de que el *naualli* estaba en la zona, me enteré de otro hecho interesante antes de salir a buscar aire fresco: un enano había desaparecido de una aldea vecina. El enano era el hijo mayor de una viuda anciana. Había estado bebiendo pulque con un vecino y desapareció cuando regresaba a su casa.

—Se cree que Tláloc se llevó al enano —dijo el intérprete de sueños.

Eh, Tláloc recibe la culpa de muchas cosas cuando hay sequía, pensé.

Tláloc era el dios sediento que concede la lluvia. Su nombre significa El que Hace Crecer la Vida. Cuando se sentía feliz, el maíz y los frijoles crecían altos y los estómagos estaban llenos. Cuando estaba enojado, dejaba que los sembrados murieran por la sequía o los inundaba con demasiada agua. Los comerciantes habían mencionado que las criaturas pequeñas eran inmoladas a él, porque sus lágrimas parecían gotas de lluvia. Porque las estatuas de los dioses con frecuencia eran bajas, los enanos eran especialmente favorecidos por los dioses como sacrificio.

El clima trabajaba a favor del *naualli*. Cuantas más personas temían una sequía y la hambruna que seguiría, más se preocupaban en satisfacer a los antiguos dioses.

Deambulando un poco por allí mientras esperaba al Sanador, vi una joven rolliza de aproximadamente mi misma edad. Ella me sonrió de una manera que me hizo aletear el corazón. Le devolví la sonrisa y me dirigía hacia ella, cuando dos hombres salieron de la choza de la que ella había aparecido. Vieron que le tenía echado el ojo a la muchacha y los dos me lanzaron una mirada tan poco cordial que me di media vuelta.

Ellos sabían que yo no era indio. Mi altura y mi musculatura eran más las de un español o un mestizo. Y mi barba lo hacía evidente. Pocos indios tenían barba y aquéllos a los que les aparecía un poco de vello facial, se lo arrancaban. Los aztecas consideraban el vello corporal una señal de casta inferior. Las madres frotaban agua caliente de lima en la cara de los bebés para impedir que les creciera pelo.

—Entra en la choza —le dijo a la muchacha el hombre de más edad.

Ella me miró de reojo antes de obedecerlo.

Caminé un poco más sin rumbo fijo y, de pronto, al rodear una casa, me di cuenta de que estaba detrás de los hombres que supuse eran el padre y el hermano de la muchacha. Reduje la marcha para permitir que ellos me llevaran la delantera. No habíamos avanzado mucho, cuando vi, más adelante, un hombre que pareció era el *naualli*. Estaba hablando con cuatro hombres. Los cinco se dieron media vuelta y se internaron en la jungla. Los dos hombres que iban delante de mí los siguieron.

Avancé incluso más despacio mientras trataba de decidir qué debía hacer. Estaba seguro de que el *naualli* había desaparecido en la jungla con los hombres para realizar un sacrificio. ¿Qué otra explicación había? Lo más probable era que hubieran drogado al enano y se propusieran arrancarle el corazón sobre la piedra del sacrificio.

Mateo y José se habían ido a una ciudad más grande para jugar a las cartas, un pasatiempo que yo había descubierto era uno de los muchos vicios de Mateo.

Maldiciendo mi mala suerte y mis buenas intenciones, mis pies me llevaron sin que yo lo dispusiera al lugar donde vi que los hombres desaparecían en la selva. No había avanzado unos metros en el matorral cuando me topé cara a cara con uno de los indios, quien desenvainó un enorme cuchillo. Yo retrocedí. Oí el sonido de otros hombres que se movían entre los arbustos. Muerto de pánico, giré y eché a correr hacia donde el Sanador estaba con el intérprete de sueños.

Mateo no regresó al campamento hasta la mañana siguiente. Siempre llegaba de esas partidas de cartas y de esas juergas con alcohol con el aspecto de un animal salvaje.

Le hablé de mis sospechas acerca del enano mientras él bebía un trago de su odre y se metía en su bolsa de dormir.

—Lo más probable es que el enano haya sido sacrificado anoche.

—¿Cómo lo sabes? ¿Porque ese hombre falta? ¿Eso lo convierte en víctima de un sacrificio?

—Yo no he tenido las experiencias de soldado y viajero por el mundo como tú —dije, para halagarlo—, pero incluso a mi joven edad, me he topado con muchas cosas bien extrañas. He presenciado una vez antes un sacrificio, y estoy seguro de que otro tuvo lugar anoche.

—Ve a buscar el cuerpo. —Se cubrió la cabeza y, así, puso fin a la conversación.

¡Ayya ouiya!, yo no era ningún tonto. Conduciría a Mateo y a una tropa de soldados a la jungla para encontrar el cuerpo, pero no estaba dispuesto a hacerlo solo. Avancé por el camino de tierra, pateando piedras, cuando vi delante de mí al *naualli*. Estaba acampado con otro hombre a pocos minutos de caminata desde nuestro campamento. Entré en el matorral y encontré un lugar en el que podía sentarme y espiar el campamento.

Después de que los dos hombres abandonaron su campamento y enfilaron hacia la aldea, salí de mi escondite y lentamente eché a andar en la misma dirección. Al acercarme al campamento vi un envoltorio en el suelo: una manta india con sogas alrededor.

¡El envoltorio se sacudía!

Seguí caminando, la vista fija adelante. Pero mis piernas se negaron a llevarme más lejos. Sabía que el enano estaba en ese envoltorio. Haciendo acopio de coraje, giré sobre los talones, avancé y extraje mi cuchillo. Y empecé a correr.

Me arrodillé junto al envoltorio y empecé a cortar las sogas.

—¡Te estoy liberando! —le dije al enano atrapado en ese fardo, primero en español y, después, en náhuatl. Él comenzó a luchar para soltarse, incluso mientras yo cortaba las sogas.

Cuando la última soga quedó cortada, quité la manta con una sacudida. Un cerdo me miró y chilló.

Yo quedé estupefacto mientras el animal se ponía de pie para escapar. Me arrojé sobre él y lo aferré con los dos brazos para evitar que huyera. El cerdo empezó a lanzar aullidos capaces de perturbar a los muertos en el Mictlán. Finalmente se resbaló de mis manos y corrió hacia la jungla. Yo me puse de pie para seguirlo, pero era inútil. Había desaparecido.

El barullo había atraído una atención nada deseable. El *naualli* regresaba junto con varios hombres.

Corrí hacia nuestro campamento.

¡Ay de mí! Para evitar que me arrestaran por ladrón de cerdos, Mateo tuvo que darme sus ganancias del juego. Esto puso de muy mal humor a mi pícaro amigo, y yo pasé el día lejos del campamento para impedir que la ira de su pie cubierto con una bota se me clavara en el trasero.

SESENTA Y CINCO

Profundamente interesado en mis raíces españolas, con frecuencia interrogaba a Mateo durante nuestros viajes acerca de la historia de España y la conquista del Imperio Azteca. A fin de entender a Cortés y a la conquista, pronto me di cuenta de que debía saber más acerca de mis raíces indias. Había aprendido mucho cuando la tejedora de flores me envió a caminar con los dioses. En mi conversación con Mateo supe no sólo todo lo referente a la conquista sino también más con respecto a los aztecas.

Mi reverencia por doña Marina, una muchacha india que fue la salvadora de Cortés, no sólo se nutría de lo mucho que me apenaba la manera en que ella había sido abandonada, sino porque el fraile solía decirme con frecuencia que, al igual que la doña, mi madre era una princesa azteca.

Supe mucho acerca de doña Marina y Cortés de labios de Mateo. De hecho, había oído esos nombres con frecuencia, en especial el del gran conquistador pero, al igual que el Padre, el Hijo y el Espíritu Santo, los nombres eran más legendarios que reales.

Me enteré de que Tenochtitlán padeció la misma suerte que las otras ciudades y aldeas de Nueva España después de la conquista: el carácter indio fue destruido y el nombre se cambió a Ciudad de México. La ciudad todavía era el corazón palpitante de la región, pero los templos aztecas habían sido reemplazados por catedrales.

Si bien los aztecas dominaban el corazón de la preconquista de Nueva España desde Tenochtitlán, no sólo había notables diferencias entre las culturas indias, sino también gran odio. Ninguna cultura india estaba tan sedienta de sangre como la de los aztecas. Ellos libraban guerras por el botín, conquistaban y esclavizaban otras culturas por el tributo, pero el objetivo principal de las guerras y del tributo no eran la gloria, el territorio ni el oro: eran *los corazones humanos.*

Durante el sueño creado por la tejedora de flores, yo había aprendido que mis antepasados aztecas tenían un pacto con sus dioses: les ofrecían sangre a los dioses y los dioses los bendecían con lluvia para los sembrados. Cuanta más sangre les daban a los dioses, cuantos más corazones les arrancaban a las víctimas del sacrificio mientras sus corazones estaban aún tibios y latían, más favorecían los dioses a los aztecas por encima de los otros.

La dominación de los aztecas se remontaba a alrededor de cien años antes del desembarco de Cortés, en 1519, en la costa del Mar Oriental. La historia de cómo los conquistadores vencieron a veinticinco millones de indios con unos quinientos y pico de soldados, dieciséis caballos y catorce cañones me ha sido contada y recontada infinidad de veces; los sacerdotes hablan de este milagro casi con tanta reverencia como cuando se refieren al nacimiento de mi homónimo Jesucristo. Pero muchas veces, cuando oigo a un español relatar la historia de la conquista, advierto que ellos omiten un detalle importante: los aztecas fueron derrotados no sólo por los hombres, los caballos y los cañones de España sino por una coalición de naciones indias que lanzaron a miles de guerreros contra ellos.

Hoy, España es la fuerza militar más grande del mundo, que domina no sólo el continente europeo sino que dirige un imperio en el que, verdaderamente, se dice que nunca se pone el sol. Cristóbal Colón plantó las semillas del imperio al descubrir un nuevo continente camino a esas tierras vastas de Asia llamadas India. Pero tanto a Colón como a la generación que siguió les importaban más las islas caribeñas. Aunque sabían que había una gran masa de tierra al oeste, más allá de esas islas, era poco lo que se había explorado varias décadas después del descubrimiento realizado en 1492.

Uno de los hombres que siguió inmediatamente después de Colón había sido enviado a estudiar abogacía en una universidad, pero prefirió cambiar la pluma por la espada.

Hernando Cortés nació en Medellín, provincia de Extremadura, España, en 1485, siete años antes de que Colón zarpara para el Nuevo Mundo. Creció en una atmósfera de relatos de gloria y aventura, a medida que cada vez más historias de riquezas y de conquista se conocían de boca de los primeros exploradores. Por cierto, las islas del Caribe, que representaban las primeras conquistas, eran en realidad pobres en todo excepto en indios, a quienes los conquistadores podían usar en tareas para esclavos.

Aunque el Nuevo Mundo no había cumplido todavía con su promesa de tierras cubiertas de oro, Cortés y sus compatriotas seguían soñando con lugares lejanos a ser conquistados. El fraile decía que ellos habían leído demasiadas "novelas de caballería", en las que un caballero errante encontraba el amor, los tesoros y la gloria. El más famoso de esos libros ya lo mencioné antes: *Amadís de Gaula*. Amadís era un príncipe puesto en el mar en un arca cuando nació, porque su madre no podía revelar quién era el padre. El príncipe crece, se enamora de una princesa y tiene que salir al mundo como caballero errante y ganar la mano de su amada. Lucha con monstruos, visita islas encantadas y regresa junto a su amor.

Para los hombres jóvenes como Cortés, Amadís no era sólo una historia, sino una señal enviada por Dios para que aprovecharan "el amor, los tesoros y la gloria" en el Nuevo Mundo, allende los mares.

A los diecisiete años, Cortés abandonó la universidad y consiguió la promesa de un sitio a bordo de un barco cuyo destino era el Nuevo Mundo, pero el destino —y la lujuria de ese hombre joven— le repartió malas cartas. Al escalar una pared de piedra para obtener acceso al departamento de una mujer con la que tejía una intriga, la pared cedió y él cayó y estuvo a punto de ser sepultado por los escombros.

Demasiado herido para cruzar el océano, pasaron otros dos años, y Cortés tenía diecinueve cuando se le presentó la siguiente oportunidad. No bien llegó a Hispaniola, la isla del Caribe que era la sede principal del gobierno español, fue a ver al gobernador y le dijeron que, gracias a sus conexiones familiares, le otorgarían tierras y un *repartimiento* de indios para que trabajaran como esclavos. Su respuesta al secretario del gobernador fue que él no había venido al Nuevo Mundo para ocuparse de labores de granja. "Vine por la gloria y el oro, no para trabajar la tierra como un campesino."

Mateo me dijo que este hombre del destino, Hernando Cortés, era de estatura mediana, delgado, pero con un pecho sorprendentemente amplio y hombros anchos. Sus ojos, su pelo y su corta barba eran oscuras como los de cualquier español y, sin embargo, su tez era sorprendentemente pálida.

Al principio, no encontró ninguna oportunidad de conquistar mundos nuevos. Si bien se habían descubierto muchas islas caribeñas y la Corona conocía la existencia de una gran masa de tierra, misteriosa, más allá, nadie comprendió que ya existían grandes imperios en lo que habría de convertirse en la Nueva España y el Perú.

Cortés trabajó impacientemente su tierra y sus indios, pero su temperamento fogoso lo metía todo el tiempo en problemas, casi siempre con mujeres. Sus aventuras amorosas se convertían en cuestiones de honor, resueltas inevitablemente con espadas, y lo cierto es que él llevó esas cicatrices hasta la tumba.

Durante esta época, Cortés obtuvo experiencia en luchar contra los indios, sofocar insurrecciones y servir en la conquista de Cuba. A pesar de sus buenos antecedentes militares, se enemistó con el nuevo gobernador de Cuba, Velásquez, después de vivir una aventura romántica con una hija de la poderosa familia Xuárez. Cuando Cortés se negó a consumar esa aventura casándose con la muchacha, el gobernador Velásquez lo hizo arrestar y engrilletar. Cortés logró liberarse de los grilletes, forzar con una palanca los barrotes y saltar por la ventana de su calabozo.

En una iglesia cercana, apeló a la santidad de la Iglesia: la autoridad civil no podía arrestarlo mientras él estaba en la casa de Dios.

El gobernador apostó guardias cerca de la iglesia a la espera de que Cortés saliera. Cuando el joven se descuidó y se animó a dar algunos pasos fuera del terreno de la iglesia, uno de los hombres del gobernador saltó hacia él desde atrás y le aferró los brazos hasta que otros guardias se unieron a la reyerta.

De nuevo prisionero, pusieron a Cortés a bordo de un barco que zarpaba hacia Hispaniola, donde sería juzgado por su provocación. Cortés logró de nuevo liberarse de los grilletes y, esta vez, robó un pequeño bote que era remolcado por la popa del barco, remó de vuelta hasta la costa, abandonó el bote y nadó el trayecto que le faltaba, cuando el pequeño bote se volvió inmanejable. Y, una vez más, regresó al santuario de la iglesia.

En lugar de mantener una disputa que no tenía esperanzas de ganar, aceptó casarse con la joven deshonrada, Catalina Xuárez, y se reconcilió con el gobernador Velásquez. Después de su matrimonio, Cortés se instaló para trabajar sus tierras con varios miles de indios que le habían sido asignados. A esta altura, ya tenía una cicatriz en la cara por un duelo acerca de una mujer.

Tenía treinta y tres años y era un próspero terrateniente, cuando llegó la noticia de que una expedición había hecho contacto con una cultura india a lo largo de la costa del Caribe, que más tarde habría de convertirse en Nueva España. La noticia sacudió a los españoles: ¡otras tierras por explorar y rapiñar! Velásquez organizó una expedición para explorar esa zona y a Cortés le aceptaron su solicitud de comandarla. A pesar de los problemas que había tenido con él antes, Velásquez reconoció en Cortés una personalidad temeraria y ambiciosa que ansiaba fervientemente el oro y la gloria.

Cortés enseguida comenzó a organizar la expedición, a conseguir los hombres, las provisiones y las naves necesarias, a vender todo lo que poseía o tomar préstamos para cubrir gran parte del costo. Velásquez, al ver la seriedad de los esfuerzos de Cortés, comprendió que era más que probable que ese hombre no sólo triunfaría sino que reclamaría toda la gloria para sí. Los celos lo llevaron a estar a punto de revocar la autoridad de Cortés, pero justo en ese momento Cortés lo sorprendió al zarpar sin haber completado los preparativos. Las órdenes impartidas por Velásquez en el sentido de que lo detuvieran y arrestaran, persiguieron al aventurero cuando fue tocando un puerto tras otro para reunir más hombres y provisiones. Con frecuencia se veía obligado a utilizar sus cañones para persuadir a las autoridades locales de que no prestaran atención a las órdenes del gobernador.

Finalmente enfiló hacia el sector a ser explorado, y desembarcó en la costa oeste de Nueva España con 553 soldados, catorce cañones y dieciséis caballos. Les dijo a sus hombres que emprendían una noble empresa que los haría famosos para siempre y que él los conduciría a una tierra más rica que ninguna conocida.

—Las grandes cosas sólo se consiguen con un gran esfuerzo —les dijo—. ¡La gloria nunca fue la recompensa de los holgazanes!

El 21 de abril de 1519, Cortés desembarcó en un lugar que él llamó *La Villa Rica de la Veracruz*. Fue en busca de gloria, oro y de Dios.

Junto con el celo religioso de los españoles, estaba la idea de que los indios eran culpables de toda clase de vicios. Pero, a los ojos de los españoles, el crimen más atroz cometido por los indios no tenía lugar en el campo de batalla ni en la piedra del sacrificio, sino en la cama. Los españoles continuamente los acusaban del crimen contra la naturaleza, ese delito innombrable: la sodomía.

A pesar de la opinión de los españoles, la práctica de la sodomía no era universal. Los aztecas castigaban duramente la sodomía. Al indio que tomaba el papel femenino, le cortaban sus partes viriles y le practicaban un orificio entre las piernas. Entonces, por ese agujero le extirpaban las entrañas. Me estremecí al imaginar que alguien que tomaba un cuchillo, me abría las piernas, me hacía un agujero y por él metían la mano para extraer mis entrañas.

Después de esa extirpación, la víctima era atada a una estaca y cubierta con ceniza hasta su sepultura. Entonces se apilaba leña encima y se le prendía fuego.

El castigo para el indio que asumía el papel de varón era más sencillo: se lo ataba a un tronco y se lo cubría con ceniza, y permanecía así hasta que moría.

¿Cuál de los dos castigos era peor, me preguntarán? ¿El del que actuaba como mujer o el del que actuaba como varón? Si bien el castigo para el hombre-mujer me ponía la piel de gallina, sin duda él moriría rápido por la incisión. Para el hombre atado y dejado allí para que muriera de una muerte lenta, su dolor y sufrimiento serían mucho más prolongados. Pero creo que yo preferiría una muerte lenta en lugar de que alguien me hiciera un agujero entre las piernas y metiera por él la mano para arrancarme las entrañas.

No todos los grupos de indios prohibían la sodomía, y sólo algunas personas la practicaban. Algunas tribus mayas adiestraban a sus muchachos para que practicaran sodomía durante su juventud. Hasta que un muchacho tenía edad suficiente para casarse, los padres adinerados le proveían un compañero varón, un muchachito esclavo, para que satisficiera sus urgencias sexuales. Así, no perseguían a las chicas y permitían a éstas llegar vírgenes al matrimonio.

Balboa, que descubrió el Océano Pacífico después de atravesar a pie las junglas de Panamá, encontró que entre los jefes de Quarequa se practicaba la homosexualidad. Cuando descubrió que el hermano del rey y los amigos del hermano usaban ropa de mujer y copulaban entre ellos en secreto, arrojó a cuarenta de ellos a sus perros salvajes.

Una tribu caribeña castraba primero a sus prisioneros que eran hombres jóvenes, y después los usaban sexualmente hasta que llegaban a la adultez, momento en que se los mataba y eran comidos. Una conducta aterradora, pero en la actualidad se cuentan muchas historias acerca de la falta de escrúpulos de los cristianos en España, quienes mantenían un comercio de penes y prepucios cristianos con los moros.

He oído decir que los sacerdotes cristianos condenan la sodomía. Les dicen a los indios que, si practican ese delito contra la naturaleza y no se arrepienten, entonces cuando mueran bajarán al infierno ligados a su amante.

El fraile me contó una vez que Santo Tomás de Aquino aprobaba la prostitución con el argumento de que salvaba a los hombres de la sodomía.

La sodomía no era el único delito contra la naturaleza que los españoles encontraron en el Nuevo Mundo. Algunos indios nobles tenían esposas especiales que eran entrenadas para utilizar la boca y chupar el pene del marido a la manera de las víboras.

Desde luego, estos pecados de la carne no estaban circunscriptos a los indios. Fray Antonio me contó que el papa Alejandro VI, de los Borgia de España, tenía cinco hijos. Dio en matrimonio a su hija Lucrecia, cuando ésta tenía apenas doce años, a un noble, y después rompió ese matrimonio cuando su hija tenía trece, a fin de casarla con otro noble. Cuando esa boda no le produjo las ventajas políticas y financieras que el Papa anticipaba, hizo anular el casamiento basándose en la impotencia del marido… a pesar del hecho de que su hija estaba embarazada. Nada intimidado por esas trivialidades, en una bula el buen Papa afirmó que su hijo, el hermano de Lucrecia, era el padre de la criatura, y después, en otra, sostuvo que *él mismo* era el padre del hijo de su hija. Pobre Lucrecia… su siguiente marido fue el hijo del rey de Nápoles, pero su hermano, movido por los celos, lo estranguló con sus propias manos.

Se dice que el buen rey Felipe III, que ocupó el trono de España y Portugal durante casi toda mi vida, tuvo treinta y dos hijos de diferentes consortes. Esa cantidad de hijos supera la de la mayoría de los reyes aztecas.

SESENTA Y SEIS

En uno de esos maravillosos actos del destino que con tanta frecuencia parecieron despejarle el camino, Cortés tuvo la enorme fortuna de tomar posesión de una muchacha esclava que había nacido princesa. Doña Marina, como la llamaron, había nacido en la provincia de Coatzacoalco, en el límite sudeste del Imperio Azteca. Su padre, un cacique rico y poderoso, murió cuando ella era muy joven. Su madre se casó de nuevo y tuvo un hijo. Y concibió la inicua idea de asegurar para su hijo la herencia que le correspondía a Marina.

Por consiguiente, simuló que Marina estaba muerta, pero secretamente la entregó a manos de algunos mercaderes itinerantes de Xicallanco. Al mismo tiempo, aprovechó la muerte de la hija de una de sus esclavas para sustituir con ese cuerpo el de su propia hija y celebró sus exequias con fingida solemnidad. Los mercaderes vendieron a la muchacha india al cacique de Tabasco, quien se la entregó a los españoles como tributo.

Curiosamente, mi propia infancia habla tanto de las intrigas y tribulaciones de doña Marina que, si bien mis antepasados indios la consideraban una traidora, ella se ganó el lugar especial en mi corazón del que ya les he hablado.

Cortés había desembarcado en la costa y encontrado la cultura india, pero pronto descubrió que estaba muy cerca de un vasto imperio gobernado por un poderoso emperador. Necesitaba desesperadamente información de los indios que encontraba y también de aliados porque, solo, con apenas algunos cientos de hombres, no tenía esperanzas de superar un gran imperio.

Además de sus encantos —iba a convertirse en amante de Cortés y madre de su hijo, don Martín—, doña Marina tenía un talento especial para los idiomas. No sólo hablaba la lengua de los indios a los que había sido vendida como esclava sino también su lengua nativa azteca, el náhuatl. Y muy pronto aprendió suficiente español como para actuar de intérprete y negociadora con los líderes indios con los que Cortés se puso en contacto.

Y sus experiencias de mujer noble a esclava y, finalmente, a amante del líder español, le permitieron apartar a Cortés del peligro. Fue ella la que se dio cuenta de que cincuenta indios enviados ostensiblemente como delegados de paz a Cortés eran, en realidad, espías y asesinos. Cortés hizo que les cortaran las manos y los envió de vuelta a sus jefes como ejemplo de cómo enfrentaría él la traición.

Fue también Marina quien actuó de intérprete cuando Cortés finalmente llegó a Tenochtitlán y se presentó ante Moctezuma II. El emperador, cuyo título imperial era Venerado Portavoz, fue informado por sus mensajeros del desembarco del español. A su vez, Cortés se enteró de que el soberano de ese vasto imperio se encontraba en una ciudad dorada ubicada en un alto valle, lejos de las flameantes arenas de la costa del Caribe.

Los escribas aztecas pintaron escritura ideográfica para que el emperador pudiera ver cuál era el aspecto de los españoles. Más que nada, lo que llenó de temor los corazones de los indios fueron los caballos de los españoles. En México no había bestias de carga: ni caballos ni mulas ni burros y ni siquiera bueyes. Los caballos, extraños y aterradores para los indios, les producían tanto miedo como los cañones. Veían al caballo y a su jinete moverse al unísono, como si éste fuera parte del animal, y dieron por sentado que eran dioses montados sobre esas bestias temibles.

Pero las semillas de la destrucción azteca no comenzaron con el desembarco de Cortés sino cientos de años antes, en una ciudad, un momento y un lugar en que los aztecas eran bárbaros nómadas que usaban pieles de animales y comían carne cruda. Al ver la escritura ideográfica, Cortés quedó profundamente trastornado. Cuando Cortés llegó, Moctezuma tenía cincuenta y dos años, y la noticia del desembarco le recordó una década de creciente miedo y recelo y, para los indios en general, la culminación de varios cientos de años de mito: el regreso de Quetzalcóatl, la Serpiente Emplumada.

Ay, pobre Moctezuma. Fue una víctima de sus propios miedos, en especial cuando su hermana le habló de su sueño de muerte, en el que ella veía el regreso de una leyenda. Esa leyenda, desde luego, era la de la Serpiente Emplumada. La historia de Quetzalcóatl tenía tanto amor, asesinato, traición e incesto como si hubiera sido escrita por Sófocles para entretener a los antiguos griegos.

Quetzalcóatl nació en un año Uno-Caña. Esa fecha iba a convertirse en la más importante de la historia india. Él presidió sobre Tula, la mitológica ciudad tolteca del oro y el placer que yo visité en mi sueño. Gran gobernante, erigió prodigiosos templos y encargó que los artesanos crearan esculturas, alfarería, libros con escritura ideográfica y otras obras de arte que glorificaron la ciudad. También fue un rey benévolo que prohibió los sacrificios humanos y sólo permitió el sacrificio de serpientes y mariposas.

Quienes favorecían el sacrificio humano temieron que Quetzalcóatl ofendiera a los dioses al no ofrecerles sangre. Fraguaron su destrucción, para lo cual reclutaron la ayuda de tres magos malévolos. Estos magos malévolos lograron que Quetzalcóatl se emborrachara con *octli*, la bebida de los dioses, ahora llamada pulque. En su estado de embriaguez, mandó llamar a su hermosa hermana. Más tarde, cuando despertó, vio a su hermana desnuda junto a él y comprendió que se había acostado con ella como lo haría con una esposa.

Apenado y horrorizado por su pecado, Quetzalcóatl huyó de la ciudad dorada y zarpó hacia el Mar Oriental con algunos de sus seguidores sobre una balsa construida con serpientes entretejidas. Más tarde ascendió al cielo, se convirtió en el Señor de la Casa del Amanecer y, luego, en el planeta que los españoles llaman Venus. Era un vehemente ojo en el cielo, que custodiaba las tierras de los indios y aguardaba el día en que volvería para reclamar su reino. Y estaba escrito que regresaría en un año Uno-Caña.

Durante una década anterior a la llegada de los españoles, una serie de señales ominosas habían producido miedo en el corazón de los indios a medida que se aproximaba el año Uno-Caña: un cometa luminoso había aparecido en el cielo, una serie de terremotos sacudió la tierra y el poderoso volcán Popocatépetl, la Montaña Humeante, había escupido fuego desde las entrañas del infierno.

Uno de los acontecimientos más atemorizadores fue lo que ocurrió en las aguas del lago de Texcoco, que rodeaba Tenochtitlán. Sin aviso previo ni lluvia excesiva, de pronto las aguas del lago se elevaron como levantadas por una mano gigantesca y cayeron sobre la ciudad-isla llevándose varios edificios.

El fuego siguió a la inundación cuando una de las torres del gran templo de Huitzilopochtli en Tenochtitlán de pronto comenzó a arder en llamas sin causa aparente y siguió ardiendo a pesar de todos los intentos de apagar el fuego.

Tres cometas se vieron cruzando el cielo nocturno. Después, no mucho antes de la llegada de los españoles por el Mar Oriental, una extraña luz dorada se encendió en el este. Brilló como un sol de medianoche y se elevó con la misma forma piramidal de un templo azteca. Los escribas registraron que los incendios ardieron de tal manera que parecía "que recibieran poder de las estrellas". Fray Antonio me contó que, en opinión de los eruditos de la Iglesia, ese evento había sido una erupción volcánica, pero algunos de los volcanes más altos y más violentos del mundo se encontraban por encima del valle de México y cabría pensar que los aztecas eran capaces de distinguir una erupción volcánica del fuego procedente del cielo.

Al mismo tiempo que la pirámide dorada de la noche, se oyeron voces apagadas y gritos lastimeros, como si anunciaran alguna calamidad extraña y misteriosa.

Moctezuma quedó aterrado por esas apariciones en los cielos y por el sueño de muerte de su hermana. Cuando Cortés desembarcó, en la rueda del calendario se acercaba el año Uno-Caña. Moctezuma supuso que Quetzalcóatl había regresado para reclamar su reino. Desde luego, a esa altura, ya Tula, la ciudad de Quetzalcóatl, era una ciudad abandonada de templos fantasmas de piedra, destruidos por ejércitos invasores bárbaros, entre ellos los aztecas, cientos de años antes; pero Moctezuma pensó que podía pagarle tributo a Quetzalcóatl en bienes y corazones humanos por la forma en que los aztecas habían caído sobre Tula y la habían devorado.

En lugar de arrojar a los recién llegados al mar con sus abrumadoras fuerzas, Moctezuma, presa del miedo y la superstición, envió un embajador para saludar a Cortés y ofrecerle obsequios y, al mismo tiempo, prohibirle acercarse a Tenochtitlán.

Entre los obsequios, Moctezuma le devolvió a Cortés un yelmo español que éste le había enviado. El yelmo estaba repleto de oro. También había dos grandes discos circulares de oro y plata, tan grandes como ruedas de carros. En lugar del poderío de las armas, la visión de esos obsequios dorados no aplacó a Cortés y a sus hombres: en cambio, llevó su codicia a un punto de ebullición.

Pero existía una gran amenaza entre ellos y los tesoros de los aztecas. Los españoles comprendieron que no se enfrentaban a un caudillo tribal sino al monarca de una gran nación, en tamaño y población mucho más grande que la mayoría de los países europeos. Mientras que los españoles tenían superioridad en armas —las flechas y las lanzas de los indios rebotaban contra sus armaduras—, el número de los indios los superaba en una relación de mil por uno. Cualquier ataque concertado por los aztecas tendría éxito sencillamente por la fuerza de los números.

El coraje de sus hombres vaciló y entonces Cortés, desesperado porque Velásquez no obtendría su premio, hizo algo que sólo podía hacer un hombre desesperado por oro y gloria: *quemó sus naves*.

Ahora sus hombres tenían sólo una alternativa: luchar o morir. Un puñado de marineros y soldados, alrededor de seiscientos en total, se encontraron varados en la playa de espaldas al mar. Para sobrevivir debían derrotar al ejército de un imperio compuesto por millones de personas.

Se podría culpar a Cortés en muchos niveles. Era un donjuán, amo de esclavos, rival despiadado, un hombre sin respeto por la autoridad. Pero tomó una decisión que era un acto temerario, valiente y genial, que le permitió ganar un reino. Quemar las naves, para convertirse a sí mismo y a sus hombres en ratas acorraladas que enfrentaban una guerra de mil a uno, haber eludido el destino de un hombre común y corriente que habría enviado barcos para pedir refuerzos... ése era el acto de alguien *muy hombre*, propio de Alejandro el Grande en Tiro, de Julio César en Munda, de Aníbal que cruzó los Alpes con elefantes.

Otra táctica astuta fue trabajar sobre el odio que los otros indios sentían hacia los aztecas, a quienes pagaban tributo.

Utilizando a doña Marina como su intérprete y mentora, Cortés convenció a los estados indios que habían estado pagándoles a los aztecas tributos en bienes y víctimas de sacrificio de que se aliaran con él. Las legiones aztecas eran temidas casi tanto como las legiones romanas o las de Gengis Khan, que habían producido miedo a los pueblos conquistados, que se vieron obligados a pagarles tributo.

Esa estrategia tuvo éxito. Cuando Cortés avanzó sobre Tenochtitlán, junto con sus hombres iban alrededor de diez mil indios, los ejércitos de los totonacas, los tlaxcaltecas y otras naciones ansiosas por usar a los españoles para vengar incontables agresiones por parte de los aztecas dominantes.

Incluso con esos indios aliados de los españoles, los aztecas seguían siendo la fuerza guerrera suprema del Nuevo Mundo. Si no fuera por esa burla del destino que hizo que los indios creyeran que la llegada de Cortés por la costa oriental llenaba todos los requisitos de la leyenda de Quetzalcóatl, Moctezuma habría reunido un ejército que habría caído sobre las débiles fuerzas españolas y sus ejércitos indios, aterrorizando precisamente a esos indios con el miedo al temido Jaguar y los Caballeros del Águila, quienes habían jurado no darse por vencidos jamás en batalla. La indecisión de Moctezuma le costó, primero, su reino y, después, la vida. Permitió que los españoles entraran en su ciudad sin presentar lucha.

Uno de los conquistadores, Bernal Díaz del Castillo, escribió una historia de la conquista antes de que yo naciera. Un manuscrito de esa historia ha circulado profusamente entre los clérigos de Nueva España, y fray Antonio me hizo leerla para que me enterara de la verdadera historia de cómo los españoles habían venido a Nueva España. La descripción que hizo Díaz de la ciudad era la cristalización final del sueño de Cortés y de sus hombres de encontrar un reino fabuloso, como lo había tenido el héroe de *Amadís de Gaula*. Díaz escribió que, cuando los hombres vieron Tenochtitlán por primera vez, comprendieron que habían llegado a una ciudad dorada:

"Cuando vimos tantas ciudades y aldeas construidas en las aguas del lago y otras ciudades grandes en tierra seca, y esa carretera elevada que conducía a la Ciudad de México, quedamos maravillados y dijimos que era como las cosas encantadas relatadas en el libro de *Amadís* debido a las enormes torres, templos y edificios que se elevaban del agua y eran de mampostería. Y algunos de los soldados preguntaron incluso si las cosas que veíamos no eran un sueño."

Después de permitir que los españoles entraran en su ciudad, Moctezuma, hecho prisionero en su palacio por sus "invitados", trató de dirigirse a su pueblo. Aunque muchos cayeron por tierra, sobrecogidos por su augusta presencia, algunos comenzaron a mofarse de él diciendo que los hombres blancos lo habían convertido en mujer, que ahora sólo servía para dar de mamar a los bebés y amasar maíz. La multitud le arrojó a Moctezuma piedras y flechas y él se desplomó.

Estaba tan mortalmente herido en el alma como lo estaba en el cuerpo por la forma en que los suyos lo habían traicionado. Sabía que él les había fallado. Los españoles trataron de curarle las heridas, pero él se quitó las vendas. Rehusó sobrevivir a su desgracia. Agonizando, rechazó ser bautizado en la fe cristiana y le dijo a un sacerdote arrodillado junto a él:

—Me quedan apenas unos momentos de vida y en esta hora no traicionaré la fe de mis padres.

Una serie de catastróficos desastres se produjo después de la conquista española. Primero fue la destrucción de la trama de la sociedad india a medida que todo lo que ellos habían conocido y venerado era pisoteado por los conquistadores. Lo que se demolió no fueron sólo edificios de piedra sino la trama misma de la sociedad; tal como el nacimiento, el matrimonio y la muerte giran alrededor de la Iglesia Cristiana, del mismo modo todos los aspectos de la vida del indio giraban alrededor de los sacerdotes y templos de su fe. Esos templos fueron arrasados y en su lugar se construyeron otros pertenecientes a la nueva fe, y los administraron sacerdotes que hablaban una extraña lengua.

La segunda gran catástrofe fueron las plagas que se abatieron sobre los indios apenas llegaron los españoles. Terribles epidemias de enfermedades que hacían que la piel de los indios hirviera y que sus órganos se marchitaran fueron el obsequio vengativo del Dios español. Los sacerdotes cristianos dijeron que las enfermedades que habían abatido a nueve de cada diez indios en Nueva España hasta varias generaciones después de la conquista eran el fuego y el azufre con que Dios castigaba a los indios por su conducta libertina.

El tercer desastre fue la codicia. El rey español dividió las mejores partes de la Nueva España en dominios feudales llamados encomiendas: concesión de un permiso para recaudar tributos de los indios para cada uno de los conquistadores.

En algún lugar a lo largo del camino retorcido en el que toda la estructura de su sociedad fue destruida, los indios perdieron la imagen de sí mismos como un pueblo grande y poderoso.

Ahora yo veía a personas que en una época edificaron maravillosas ciudades y perfeccionaron las ciencias y la medicina, sentadas con mirada opaca frente a chozas con techo de paja, raspando la tierra con unos palillos.

SESENTA Y SIETE

Mateo se convenció de que el *naualli* no era el jefe del culto al Jaguar.

—Lo hemos estado vigilando durante semanas. Si tramara algo, a esta altura lo sabríamos.

Yo no opinaba lo mismo. Mateo estaba en contra de investigar al *naualli* porque se sentía cansado y aburrido de estar en el extremo del país. Lentamente fui sabiendo más acerca de lo que había sucedido para ponerlo al borde de la ley del Rey. José me confió que a Mateo no lo habían pescado vendiendo libros profanos como a los otros miembros del grupo de actores. Más bien, las dificultades de Mateo estaban relacionadas con el juego. En un momento de exaltación él había acusado a un joven de hacer trampa en un juego de cartas. Los dos desenvainaron las espadas y un momento después la vida del joven se derramó hacia el piso de la cantina. Si bien existía una prohibición oficial de batirse a duelo, lo más común era ignorarla; pero, en este caso, el hombre muerto era el sobrino de un miembro de la Audiencia Real, la Corte Suprema con sede en la Ciudad de México, que tenía poder sobre toda Nueva España.

José me dijo que Mateo corría peligro de ser arrestado si llegaba a mostrarse en la capital.

En cuanto al *naualli*, yo le había cobrado gran antipatía. Él estuvo una vez a punto de matarme, y el incidente con el cerdo me había humillado. Además, yo no quería volver a fallar por una buena razón: no sabía cómo sería tratado por don Julio si fracasaba. ¿Me despacharía a las minas del norte? ¿Al infierno de las Filipinas? ¿O, sencillamente, me haría ahorcar y después me cortarían la cabeza y la empalarían en uno de los portones de la ciudad como advertencia para los demás?

Sumido en la reflexión de estos destinos nada deseables, estuve a punto de tropezar con la joven que había visto previamente con los dos hombres que seguían al *naualli* al interior de la jungla. Ella estaba de rodillas recogiendo fresas y yo casi caí sobre ella.

—Perdón —dije.

Ella no me contestó, pero se incorporó con su canasta de fresas y lentamente echó a andar hacia esa densa selva. Antes de desaparecer entre los arbustos, miró hacia atrás como invitándome a seguirla.

Algunas mujeres indias lavaban ropa a lo largo de la margen rocosa del río y dos hombres fumaban pipas y jugaban a los dados en el exterior de una choza. Nadie parecía prestarme atención. Simulando vagar por allí sin rumbo fijo, me interné entre los arbustos.

La joven siguió la margen del río durante unos diez minutos. Cuando le di alcance, estaba sentada sobre una gran roca, con los pies en el agua.

Yo me senté sobre otra roca, me quité las sandalias con un sacudón y me refresqué los pies en el agua.

—Mi nombre es Cristo.

—Y yo soy María.

Podía haberlo adivinado. María era el nombre cristiano más común para las mujeres indias porque era un nombre que oían cuando iban a la iglesia. Ella era, quizá, un par de años menor que yo: tendría quince o dieciséis. Me dio la impresión de que no era muy feliz.

—No me pareces feliz, muchacha —era demasiado grande para que yo la llamara muchacha y yo era demasiado joven para llamarla así, pero estar cerca de una mujer joven me hacía convertirme en un auténtico "macho"... al menos en mi opinión.

—Me casaré dentro de pocos días —dijo.

—Eh, entonces es momento de celebrar. ¿No te gusta el hombre con el que te casarás?

Ella se encogió de hombros.

—No es bueno ni malo. Se ocupará de mí. Eso no es lo que me hace sentir desgraciada. Es porque mi hermano y mi tío son hombres tan feos. Yo no tengo la suerte de otras chicas de la aldea, que tienen hombres apuestos en la familia.

Sus palabras hicieron que yo enarcara las cejas.

—¿Por qué te importa tanto el aspecto de tu tío y de tu hermano? Si no te casarás con ellos...

—Desde luego que no. Pero mi padre está muerto y yo tengo que hacer *ahuilnema* con ellos.

Yo casi me caí de la roca.

—¿Qué? ¿Tendrás *ahuilnema* con tu hermano y tu tío?

—Sí. Ellos siguen la tradición antigua.

—Yo no sé de ninguna tradición azteca que permita el incesto —dije, acalorado. Tal acto sería considerado sacrílego entre los aztecas.

—Nosotros no somos mexicas. Nuestra tribu es más antigua que la que tú llamas azteca. Y aquí, en esta aldea, nuestros mayores nos obligan a practicar las costumbres antiguas.

—¿Cuál costumbre es ésa que te obliga a acostarte con tu tío y tu hermano?

—No me acostaré con los dos. Como no tengo padre, el acto debe realizarlo un pariente del sexo masculino. Los mayores decidirán si será con mi tío o mi hermano, antes de la ceremonia del matrimonio.

—Dios mío, ¿te acostarás con tu tío o con tu hermano después de la boda? ¿Y cuándo lo harás con tu esposo?

—No antes de la noche siguiente. ¿En tu pueblo no tienen esa costumbre?

—Por supuesto que no, es una costumbre blasfema. Si los sacerdotes se enteraran, los hombres de tu aldea serían castigados con severidad. ¿No has oído hablar del Santo Oficio de la Inquisición?

Ella negó con la cabeza.

—Nosotros no tenemos sacerdotes. Para poder asistir a la Iglesia Cristiana debemos caminar durante cerca de dos horas.

—¿Qué finalidad tiene esta costumbre antigua de ustedes?

—Es para asegurar que nuestro matrimonio no ofende a los dioses. Los dioses disfrutan de las vírgenes, ésa es la razón por la que las doncellas son inmoladas en su honor. Si mi marido se acostara con una virgen, nuestro matrimonio sería ofensivo para los dioses y ellos podrían hacernos cosas malas.

En la mente de la gente de una aldea pequeña y aislada, donde parecía que los espíritus y los dioses los rodeaban en forma permanente, la idea de desflorar a una mujer joven antes de tener *ahuilnema* con su marido no resultaba ilógica.

—Por tu cara, veo que nuestra costumbre no te gusta nada —dijo ella.

Pensé que era una costumbre bárbara, pero no quería ofender a la muchacha que debía vivir con esa práctica.

—¿Qué opinas tú de acostarte con tu tío o tu hermano?

—Los dos son muy feos. Hay otros hombres en la aldea con los que no me importaría hacer *ahuilnema*, pero no con esos dos. —salpicó agua con los pies. —No me importaría hacer *ahuilnema* contigo.

Ayyo. Ahora, ésa era una costumbre que entendía.

Encontramos un lugar más mullido sobre el pasto y nos quitamos la ropa. Nuestros cuerpos eran jóvenes y flexibles. Yo estaba muy ansioso y mi jugo viril fluyó antes de que estuviera listo, pero ella acarició con suavidad mi *tepuli* y éste volvió a crecer. Y otra vez más.

Después de satisfacer por el momento nuestros deseos, le hice más preguntas acerca de las "viejas costumbres" que se practicaban en la aldea. Sabía que sus parientes varones estaban asociados con el *naualli*. Temiendo asustarla, dejé que hablara acerca de las viejas tradiciones en general antes de tocar el tema de los sacrificios.

—Hay una pirámide —dijo ella—, puesta allí por los dioses antes de que hubiera gente en este valle. Cuando el *naualli* viene, los hombres de la aldea van allá y dan sangre a la antigua manera.

—¿Cómo dan esa sangre? —Pregunté, manteniendo un tono casual.

—Les cortan los brazos y las piernas y, a veces, su *tepuli*. Una vez por año le extraen la sangre a otro. Este año fue a un enano.

Procurando que mi voz no revelara el entusiasmo que sentía, pregunté:

—¿Cuándo sacrificaron al enano?

—Anoche.

¡Madre de Dios! Yo había estado en lo cierto con respecto al enano. Con suave persuasión, convencí a la muchacha de que me mostrara el templo en el que había sido inmolado el enano.

Ella me condujo a lo más profundo del bosque tropical. Cuanto más nos internábamos, más densa se hacía la vegetación. La mayor parte de los monumentos antiguos de los indios había sido devorada por la jungla en toda Nueva España. Una manera que tenían los sacerdotes españoles de saber si un templo seguía siendo usado era si se lo había despojado de los arbustos de la jungla.

Hacía una hora que caminábamos cuando, de pronto, ella se detuvo y señaló.

—Allá, a otros cien pasos. Yo llego hasta aquí.

Y echó a correr de regreso a la aldea. No la culpé. La tarde estaba bien avanzada, era casi el ocaso y el cielo estaba oscuro y cubierto de nubes negras que presagiaban lluvia. Pronto empezaría a llover y luego la oscuridad sería total. Yo tenía tan pocos deseos como ella de estar en la jungla al anochecer.

Me deslicé lentamente hacia la pirámide y mantuve la vista y los oídos atentos. Ahora que la muchacha se había ido y el cielo se oscurecía, mi coraje y mi entusiasmo comenzaban a desvanecerse. Yo había dado por sentado que, si había habido un sacrificio allí la noche anterior, no sería necesario que hubiera allí alguien ahora. Pero eso no era necesariamente cierto, pensé. Tal vez era sólo una expresión de deseo.

Cuando el templo piramidal apareció frente a mis ojos, me detuve y escuché. No oí nada fuera del viento fresco que movía las hojas de los árboles. El hecho de saber que lo producía el viento no logró reducir mis temores de que cada crujido de una hoja fuera producido por el contacto con un hombre-jaguar.

Los costados del templo estaban cubiertos de enredaderas, pero los escalones de piedra que conducían a la cima estaban limpios. El templo era un poco más chico que el que vi en la ciudad del festival del Día de los Muertos, y había alrededor de veinte escalones hasta la plataforma superior donde se ofrecían los sacrificios.

Cuando me acerqué al templo había empezado a lloviznar. Al llegar al escalón inferior, ya la lluvia era torrencial. Un pensamiento relativo a la lluvia comenzó a molestarme en un rincón de la mente, pero permaneció fuera de mi alcance cuando subí por los escalones.

Cuando había ascendido las tres cuartas partes de la escalinata, desde la parte superior sentí que caía un chorro de agua. Observé el líquido y, con alarma y horror, descubrí que tenía el color de la sangre.

Me di media vuelta, bajé corriendo los escalones y trastabillé cuando estaba cerca del final. Perdí el equilibrio y caí al suelo. Eché a correr a toda velocidad como la noche en que un hombre-jaguar me perseguía. Corrí como si todos los sabuesos del infierno me mordisquearan los talones.

Cuando llegué a nuestro campamento, mojado y embarrado, la noche se había puesto tan negra como los ojos del *naualli* y no encontré a nadie allí. Sin duda Mateo y José habían decidido pasar esa velada lluviosa jugando a las cartas en la cantina. Y probablemente las aves le habían dicho al Sanador que debía quedarse en la choza de su amigo, el intérprete de sueños.

Sin siquiera un fuego para calentarme, me instalé debajo de un árbol, envuelto en mantas mojadas, temblando, con mi cuchillo en la mano, listo para apuñalar a cualquiera que me atacara. El pensamiento relativo a la lluvia que me había estado molestando allá, junto al templo, de pronto se hizo claro. La sequía había terminado. Tláloc, el dios de la lluvia, debió de haberse sentido muy complacido con el sacrificio que le ofrecieron.

La lluvia seguía cayendo a la mañana siguiente, cuando conduje a Mateo y a José de vuelta al templo. Yo montaba en ancas del caballo de Mateo. No quise subir al templo, así que me quedé abajo y sostuve las riendas del caballo y también de la mula de José, mientras los otros dos subían.

—¿Es algo terrible de ver? —les grité—. ¿Le arrancaron el corazón?

Mateo asintió.

—Sí, le arrancaron el corazón y dejaron aquí su cuerpo. —Se agachó y después volvió a incorporarse. —¡Toma! Velo tú mismo.

Y me arrojó algo que aterrizó cerca de mis pies. Era el cadáver de un mono.

Mateo bajó por los escalones del templo y yo retrocedí para escapar de su furia. Él sacudió hacia mí un dedo acusador.

—Si vuelves a acudir a mí con más visiones de enanos, te cortaré la nariz.

SESENTA Y OCHO

¡Ayya ouiya! Qué ignorante era yo de las cosas del mundo a pesar de mi educación en las calles de Veracruz. Estos sencillos campesinos eran mucho más falaces que cualquier lépero. Se me ocurrió que había llegado el momento de que siguiera mi camino. Detestaría separarme del Sanador; igual que a fray Antonio, yo lo amaba como a un padre. Pero no sabía qué me ocurriría cuando don Julio supiera de nuestro fracaso.

En estas cosas pensaba cuando la muchacha que estaba comprometida y con quien yo había tenido *ahuilnema* salió de su choza. Me lanzó una mirada cómplice y desapareció en el matorral. La seguí. Mi interés no era sólo hacer *ahuilnema* con ella sino, después, llevarla junto a Mateo y obligarla a que le hablara de los sacrificios en que su tío y su hermano se habían visto involucrados con el *naualli*.

No había avanzado más de cien pasos, cuando oí movimiento alrededor. El tío de la muchacha saltó de detrás de un árbol y me enfrentó. En la mano tenía una daga de obsidiana. Giré para huir, pero había indios detrás de mí. Me aferraron y lucharon conmigo hasta acostarme en el suelo. Mientras tres de ellos me sostenían, otro estaba sobre mí con un garrote. Lo levantó por encima de mi cabeza, tomó impulso y lo dirigió hacia mí.

SESENTA Y NUEVE

Me transportaron por la jungla, mis manos y pies atados a un palo largo que se extendía por encima de sus hombros. Yo estaba tan atado como aquel cerdo del *naualli*. También estaba amordazado para que no pudiera gritar pidiendo ayuda. Al principio sólo tuve una conciencia vaga de que me estaban llevando, pero pronto mi conciencia volvió. La intención del golpe había sido atontarme, no destrozarme la cabeza. Ellos no me querían inconsciente. Lo que planeaban no les daría placer si yo no estaba despierto para experimentarlo.

Me bajaron a tierra al pie del templo. El *naualli* se irguió sobre mí. Usaba una máscara de piel humana, la cara de alguna víctima anterior cuya piel había sido desollada para que el sacerdote pudiera usarla. La cara era la de un desconocido, pero los ojos crueles y diabólicos y los labios burlones eran los del *naualli*.

Los hombres que lo rodeaban vestían como Caballeros del Jaguar; sobre sus cabezas tenían las mandíbulas de las bestias y sus caras estaban ocultas por máscaras de piel de jaguar.

Les grité que eran unos cobardes, que se escondían detrás de máscaras para llevar a cabo sus acciones asquerosas, pero mis palabras salieron como un refunfuño a través de la mordaza.

El *naualli* se arrodilló junto a mí. Abrió una pequeña bolsa y de ella tomó una pizca de algo. Uno de los caballeros se arrodilló detrás de mí y trabó mi cabeza con sus rodillas, mientras el *naualli* ponía la sustancia que había sacado de la bolsa en una de las ventanas de mi nariz. Estornudé y, cuando inspiré, él espolvoreó una cantidad frente a mi nariz.

De pronto fue como si un fuego me consumiera el cerebro, algo no muy distinto de la sensación que experimenté cuando la tejedora de flores de Teotihuacán me envió por los aires hacia los dioses. El fuego cedió y se transformó en una sensación agradable y cálida de bienestar y amor por todas las cosas.

Me quitaron la mordaza y cortaron las sogas que me ataban. Me ayudaron a incorporarme y yo me puse de pie riendo. Todo lo que me rodeaba, los atuendos indios, el templo antiguo, incluso el césped, brillaba con colores precisos y vivos. Pasé un brazo alrededor de los hombros del *naualli* y lo abracé. Me sentí muy bien con respecto a todo.

Los caballeros se cerraron alrededor de mí, figuras anónimas con sus capas, tocados y máscaras. Luché para tratar de impedir que me aferraran los brazos. Cuando lo hice, vi la espada desenvainada de uno de ellos, una hoja de acero como suelen usar los españoles. Traté de tomarla, pero el caballero me apartó la mano. Me aferraron los brazos y me condujeron a los escalones de piedra. Yo los seguí de buena gana, casi con impaciencia, feliz de estar con mis amigos.

Mis pies parecían tener vida propia, algo así como un cerebro que yo no controlaba, y trastabillé y caí al tratar de subir esos escalones de piedra. Mis amigos me sostuvieron por los brazos y me ayudaron a ascender cada peldaño.

Mi voluntad había sido capturada por el polvo de la tejedora de flores; pero en mi mente, a pesar de mi alegría, yo sabía que algo terrible me esperaba en la cima del templo. De pronto recordé un relato extraño, una de esas historias anteriores a la conquista que había oído mientras esperaba a Mateo en el exterior de las cantinas. Una muchacha india a punto de ser sacrificada fue más inteligente que las otras, quienes no sólo se entregaban voluntariamente a esa inmolación sino que lo consideraban todo un privilegio. Ella les dijo a los sacerdotes que la preparaban que, si la sacrificaban, ella le diría al dios de la lluvia que no permitiera que lloviera. Los sacerdotes, supersticiosos, la dejaron ir. Reí en voz alta frente a la idea de decirle al *naualli* que si yo era sacrificado, le diría al dios de la lluvia que no hiciera llover sobre la tierra.

Una vez en la cima, me solté para poder admirar el maravilloso panorama de la selva desde allí arriba. Reí gozosamente frente a esos colores maravillosos, el brillo increíble de los diferentes matices de verde y marrón. Un pájaro cantor pasó volando sobre mi cabeza, un verdadero arco iris de plumas amarillas, rojas y verdes.

Mis amigos volvieron a reunirse alrededor de mí y trataron de tomarme los brazos. Yo me aparté y me puse a bailotear y a reírme de sus intentos de agarrarme. Cuatro de ellos me apresaron y dos me tomaron de los brazos y me empujaron hacia atrás. Cuando caí, ellos me levantaron y me transportaron a la piedra del sacrificio.

Me colocaron sobre el bloque curvo de piedra, para que mi cabeza y mis pies quedaran más bajos que mi pecho.

Un pensamiento sombrío se agitó en mi mente y me dijo que algo estaba mal, que lo que esos hombres hacían me dañaría. Luché para liberarme, pero fue inútil; arqueado como estaba de espaldas a ese bloque de piedra, esa posición me tenía totalmente prisionero de ellos.

El *naualli* revoloteó encima de mí, cantando una oda a los dioses, cortando el aire con un cuchillo de obsidiana. Bajó la daga hasta mi pecho y me cortó la camisa y la desgarró hacia atrás para que mi pecho desnudo quedara expuesto. Luché con todas mis fuerzas, pero mis brazos y mis piernas estaban atrapados. De pronto por mi mente desfiló la imagen de un hombre siendo sacrificado, su pecho abierto por una hoja filosa como una navaja y un sacerdote azteca que metía la mano, le arrancaba el corazón y lo sostenía en el aire mientras todavía latía.

El cántico del *naualli* se volvió más intenso y sonó como el aullido de un felino de la jungla. Percibí la acalorada anticipación y la desesperación sanguinaria de los que me rodeaban. Con el cuchillo de sacrificio sostenido con las dos manos, el *naualli* lo elevó por encima de su cabeza.

Uno de los caballeros que me sostenía un brazo, de pronto me lo soltó. Vi el resplandor de una espada. El *naualli* trastabilló hacia atrás cuando la espada del caballero avanzó hacia él. La hoja filosa erró al *naualli* pero alcanzó a uno de los hombres que me sostenía una pierna. Las otras manos me soltaron cuando el caos estalló en la cima de la pirámide. Espadas de madera con bordes filosísimos de obsidiana blandieron el aire. La espada de acero dio cuenta de las otras espadas.

Desde el pie de la escalinata del templo brotaron gritos y disparos de mosquetes.

Yo rodé de la piedra del sacrificio y caí sobre el piso. Cuando, mareado, logré pararme, los Caballeros del Jaguar que todavía estaban en pie huyeron del que tenía la espada de acero.

Cuando el último caballero huyó, el espadachín giró, me miró y me saludó con la espada.

—Bastardo, vaya si sabes cómo meterte en líos.

Mateo se quitó la máscara y me sonrió. Y yo le devolví la sonrisa.

Don Julio subió por los escalones.

—¿Cómo está el muchacho?

—El *naualli* lo drogó con algo; fuera de tener esa sonrisa estúpida, parece estar bien.

—El *naualli* escapó —dijo don Julio—. Mis hombres lo persiguen, pero él se mueve con más rapidez que un felino de la selva.

—*Es* un felino de la selva —dije.

Un cordero llevado al matadero. Pronto descubrí que era así como me habían tratado.

De nuevo en nuestro campamento, Mateo, don Julio, José y los otros hombres del Don bebieron vino y celebraron mi rescate.

—Sabíamos que te habías convertido en una irritación para el *naualli* —dijo don Julio—. Revelaste tus sospechas cuando soltaste a ese cerdo, pensando que era el enano desaparecido. No cabe duda de que el *naualli* sí sacrificó al enano. Pero tendremos la certeza total después de que interroguemos a los seguidores que capturamos.

—Eh, chico, tienes suerte de que yo sea tan buen actor. Bajé de un golpe en la cabeza a uno de los guardias y me puse su ropa. Con la ropa puesta, todos teníamos el mismo aspecto, así que me incorporé al grupo para arrancarte el corazón.

—¿No hay noticias del maestro malvado? —pregunté.

—No, ninguna —don Julio sonrió y sacudió la cabeza. —Ese demonio debe de haberse transformado en un jaguar para eludir a mis hombres. Desapareció a pie mientras mis hombres lo seguían montados a caballo.

—De modo —dije, pensando en voz alta—, que tú sabías que el *naualli* se iba a apoderar de mí.

—Fue sólo una cuestión de tiempo —dijo Mateo—. Un muchachito mestizo que mete la nariz en sus actividades secretas. Los indios detestan a los mestizos casi tanto como nosotros, los españoles. Así que librarse de ti en la piedra del sacrificio habría servido a dos propósitos.

Les sonreí a don Julio y a Mateo. Yo hervía de furia contra ellos porque estuvieron a punto de permitir que me mataran, pero no podía expresar mi enojo porque no me serviría de nada. Igual, no pude evitar demostrar un poco de desagrado.

—A lo mejor se movieron demasiado rápido para salvarme la vida. Si hubieran aguardado a que el *naualli* me arrancara el corazón, tal vez habrían logrado capturarlo.

—Es probable que tengas razón —dijo don Julio—. No olvides eso, Mateo, la próxima vez que tú y el muchacho estén cerca del *naualli*. Si esperas a que ese demonio le arranque el corazón al muchacho, eso te dará la oportunidad de cortarle la cabeza al *naualli*.

Don Julio habló sin que su rostro revelara si lo decía en serio o en broma. Pero una cosa era segura: no terminaríamos con el *naualli* hasta capturarlo o matarlo.

También Mateo pescó la idea.

—Don Julio, no me diga que yo debo permanecer en esta zona atrasada hasta que se encuentre a ese hijo de puta. Necesito ir a una ciudad donde haya gente de mi clase, música, mujeres...

—*Problemas* —dijo don Julio—. ¿No es eso lo que sueles encontrar en las ciudades? Estás en esta misión porque has pasado demasiado tiempo de tu vida en esas pocilgas de iniquidad, donde las cartas tramposas y las mujeres fáciles levantan la temperatura de tu sangre. Esta misión es buena para ti. Aire fresco. Buena comida campesina...

Mateo no se sintió más complacido de haber sido exiliado a las islas del Caribe de lo que me sentí yo, cuando descubrí que, literalmente, había sido elegido como cordero para que el *naualli* me devorara.

SETENTA

Don Julio apostó hombres en los caminos principales de la zona y envió otros al matorral en busca del *naualli*. Cada tanto, Mateo se unía a la persecución a caballo, pero casi siempre lo consideraba una pérdida de tiempo.

—Ese demonio conoce bien la zona y tiene seguidores por todas partes. Nunca lo encontraremos.

En opinión de don Julio, el *naualli* no abandonaría la zona sin vengar antes su derrota.

—De lo contrario, nunca volvería a ser respetado. —El Don dijo que vengar ese fracaso implicaría matar a un español, un mestizo o un indio que cooperaba con los españoles.

Estábamos condenados a quedarnos para siempre en esa tierra inútil de indios atrasados. Así era como Mateo describía la situación. Encontraba poco consuelo en el vino y en los viajes a la cantina de una aldea próxima, donde jugaba a las cartas con los mercaderes viajeros.

El Sanador pasaba mucho tiempo sentado en nuestro campamento, fumando su pipa y contemplando el cielo. Otras veces conversábamos acerca de dónde estaban las aves que gorjeaban cerca de nosotros.

Confieso que estaba preocupado por el Sanador. Se interesaba poco en los pedidos de sus servicios procedentes de las aldeas vecinas. Cuando le pregunté qué estaba haciendo, él me contestó que "estaba haciendo acopio de su medicina".

Ayyo. Eso me perturbó. Sospeché que él creía que el *naualli* deseaba hacerme mal y usaría su magia para luchar contra él. Y yo no quería que el Sanador se hiciera daño por tratar de protegerme.

Me quedé en el campamento un par de días hasta que cayó en mis manos un tesoro.

¿Un tesoro?, se preguntarán. ¿Quizás una copa de esmeraldas o una máscara de oro? No, amigos, no se trataba de un tesoro de valor material. Mateo se había ganado un ejemplar de *El lazarillo de Tormes*. Este libro era el hermano mayor de *Guzmán de Alfarache*, el relato acerca del muchachito pícaro a quien yo tanto admiraba y que confiaba en emular. El hecho de que este libro, al igual que *Guzmán*, figurara en la lista de libros prohibidos por la Inquisición en Nueva España hacía aún más deseable su lectura.

Mateo me contó que se decía que el autor del *Lazarillo* era don Diego Hurtado de Mendoza, un hombre que había estudiado para el sacerdocio, pero terminó como administrador del Rey y embajador de los ingleses. Pero que muchas personas no creían que Mendoza fuera el verdadero autor.

— Mendoza se convirtió en gobernador del estado italiano de Siena para el rey Carlos V. Mendoza fue un soberano brutal y arrogante que tiranizó el pueblo, hasta el punto en que trataron de matarlo. Sospecho que alguien, quizás uno de sus asistentes, había escrito el libro y que Mendoza se lo robó e hizo que figurara su nombre como autor, sólo por vanidad.

Me llevé el libro a una colina que daba al río. El sol había calentado las rocas y allí me senté a leer. A medida que se iban desgranando las aventuras del Lazarillo, en muchas partes el relato me pareció tan sombrío que bien podría haberlo escrito un tirano.

Lázaro, que así se llamaba, tenía antecedentes no muy diferentes de los de Guzmán. Era el hijo de un molinero que trabajaba en las márgenes del río Tormes. Lamentablemente para Lázaro —lo mismo que para Guzmán—, su padre era un pelafustán. Después de haber sido pescado estafando a sus clientes, lo enviaron como conductor de mulas a las guerras de los moros y terminó perdiendo allí la vida.

La madre de Lázaro manejaba una posada, pero no era gran cosa como mujer de negocios. Terminó involucrándose con un moro que era ayuda de cámara de un noble. Dio a luz a un hijo del moro, una criatura de tez oscura que representó un escándalo para la madre de Lázaro y una condena para el moro cuando el noble descubrió que le estaba robando para mantener a su familia secreta. El moro fue "azotado hasta que de su carne brotaron gotas de grasa hirviente".

Incapaz de mantener a la familia, la madre de Lázaro lo convirtió en aprendiz de un pordiosero ciego, a quien debía acompañar a todas partes. El mendigo ciego enseguida empezó a darle a Lázaro lecciones de vida. Antes de abandonar la ciudad, hizo que Lázaro lo llevara junto a la estatua de piedra de un toro. Entonces le dijo a Lázaro que acercara el oído al toro para escuchar un ruido extraño. Cuando el ingenuo muchacho lo hizo, el viejo le golpeó la cabeza contra la piedra. Y, después, se echó a reír por la broma que le había gastado al muchacho.

—Eres un bribonzuelo. Deberías saber que el asistente de un ciego tiene que ser más astuto que el mismísimo demonio.

Mientras leía, llegué a creer que ese ciego malvado era el diablo en persona. Pero Lázaro llegó a admirar su grosería y a entender lo que le estaban enseñando.

"No tengo plata ni oro para darte pero, lo que es mejor aún, puedo impartirte el resultado de mi experiencia, que siempre te permitirá vivir: pues aunque Dios me ha creado ciego, me ha dotado de facultades que me han servido mucho en el curso de mi vida."

Pero Lázaro no había conocido nunca a un viejo cascarrabias tan avariento y malo.

"Me permitió casi morir a diario de hambre, sin preocuparse por mis necesidades; y, a decir verdad, si yo no me hubiera ayudado con sagacidad y dedos ágiles, habría cerrado mi cuenta por inanición."

La vida se transformó en una batalla cotidiana de ingenio entre ese hombre tacaño y el muchachito hambriento y ansioso por llenarse la panza. El viejo conservaba el pan y la carne en una bolsa de lino que mantenía cerrada con un aro de hierro y un candado. Lázaro practicó una pequeña abertura en una costura del fondo y muy pronto comenzó a disfrutar de ese festín. Aprendió a esconder en su boca las limosnas arrojadas al pordiosero y a robar vino haciendo un agujero en el fondo de la jarra de vino del mendigo y a cerrarla después con cera. Cuando el anciano pescó al muchacho bebiendo de la jarra, se la arrojó en la cara.

A lo largo del tiempo, Lázaro sufrió muchos abusos y desarrolló un odio terrible hacia el ciego. Se vengó llevándolo por los caminos más escarpados y a través de los barriales más profundos. Por último, decidió abandonar el servicio de ese tirano y, harto de todas las palizas y privaciones que había tenido que sufrir, Lázaro condujo al ciego a un lugar donde era necesario que el hombre saltara por encima de un arroyo angosto. Ubicó al anciano en un lugar donde tropezaría con un pilar de piedra. El ciego dio un paso atrás y después saltó "con la ligereza de una cabra" y chocó contra el pilar. El golpe lo dejó inconsciente.

A partir de entonces, el desafortunado Lázaro pasó de las manos de un amo malo a otro. En un relato humorístico, Lázaro se convirtió en criado de un caballero que estaba en la ruina. Gracias a un plan astuto tras otro, ¡el sirviente Lázaro se encontró proveyéndole a ese caballero empobrecido su pan de todos los días!

Durante un tiempo sirvió a un par de artistas estafadores que urdieron un plan que tenía que ver con los edictos del Papa llamados "bulas". Uno entraba en una iglesia y alegaba haber recibido bulas pontificias que podían curar las enfermedades. Entonces un policía entraba en la iglesia y lo acusaba de ser un impostor. A continuación el policía se desplomaba al piso como si hubiera sido víctima de una muerte repentina. Entonces el hombre de las bulas colocaba uno de los papeles sobre la cabeza del policía y éste se recuperaba. Al ver el "milagro", los que estaban en la iglesia se apresuraban a comprar esos edictos bendecidos.

Finalmente, la buena vida le llegó a Lázaro cuando se casó con una sirvienta de un arcipreste. En la comunidad se rumoreaba que se trataba de un matrimonio arreglado porque la mujer era la amante del sacerdote, pero Lázaro, a quien la fortuna le sonreía gracias a donaciones del sacerdote, sacó partido de esa situación. Cuando su esposa falleció, una vez más la desgracia se abatió sobre él, pero con respecto a estas dificultades, le dice al lector que "sería una tarea demasiado cruel y severa que pretendiera contarlo".

En realidad, la lectura de Lázaro no me resultó tan amena como la de Guzmán. El libro no era largo ni las aventuras tan excitantes, pero los lamentos de Lázaro, incluyendo la negrura del corazón de tantas de las personas con las que se cruzó, pueden haber representado una visión más realista del mundo.

Cuando terminé de leer el libro quedé con la vista muy cansada, así que me eché hacia atrás y cerré los ojos. Desperté al oír que una piedra rebotaba un poco por encima de mí. Fue un verdadero sobresalto.

Quien había arrojado la piedra era la muchacha que me había conducido a los Caballeros del Jaguar. Ella estaba en la ladera de la colina, a un poco más de altura que yo. Cuando levanté la vista y la miré, enseguida se dio media vuelta y sólo pude tener una visión fugaz de sus facciones.

—¡Señorita! —Grité—. ¡Tenemos que hablar!

La seguí. La habíamos estado buscando después de la desaparición del *naualli*, pero no pudimos encontrarla. Mientras la seguía, decidí que esta vez no caería en una trampa tendida por ella. Si desaparecía entre los arbustos, regresaría al campamento a buscar a Mateo. Si es que él se encontraba allí.

Yo no había avanzado más que unos cien pasos cuando ella se detuvo. Siguió dándome la espalda mientras yo me acercaba. Cuando giró la cabeza, no vi a una muchacha joven sino a un demonio. El *naualli* le había desollado la cara, a la manera de los sacerdotes aztecas que desollaban a sus víctimas y después usaban su piel. El *naualli* llevaba la cara y la ropa de la muchacha.

Me gritó y acometió hacia mí, con su cuchillo de obsidiana en alto. En su filo todavía había sangre de cuando había desollado a la muchacha.

Desenvainé mi propio cuchillo aunque supiera que tendría muy pocas posibilidades de éxito. La hoja de mi cuchillo era mucho más pequeña y él era un asesino enfurecido. Retrocedí y comencé a blandir defensivamente el aire con mi cuchillo. Yo era más alto que él y tenía brazos más largos, pero la furia y la locura de él eran insondables. Él movía su cuchillo de aquí para allá salvajemente, sin importarle si yo lo tajeaba. Su arma me cortó el antebrazo y yo me tambaleé hacia atrás. El talón se me atascó en una piedra, trastabillé, me resbalé y caí en una pequeña grieta. En la caída golpeé contra rocas filosas que se me clavaron en la espalda y terminé estrellándome la cabeza contra una piedra.

La caída me salvó la vida, porque quedé fuera del alcance de ese loco. Él permaneció de pie en el borde de la grieta. Lanzó un alarido espeluznante, volvió a levantar bien alto el cuchillo y se preparó para caer sobre mí.

Alcancé a ver un movimiento con el rabillo del ojo. El *naualli* también lo vio, así que se dio media vuelta y preparó su arma.

El Sanador se acercó al *naualli* sacudiendo una enorme pluma de color verde vivo.

Quedé petrificado y le grité al Sanador que se detuviera. Ese pobre anciano no tenía ninguna oportunidad contra ese demonio con un cuchillo, y menos que menos con una pluma como única arma. Comencé a trepar por un costado de la grieta, mientras seguía gritándole al Sanador que se detuviera.

Mis movimientos eran frenéticos y resbalaba y caía treinta centímetros cada sesenta que lograba subir. El Sanador sacudió la pluma frente al *naualli* y éste sacudió su cuchillo frente al Sanador. El cuchillo dio contra el estómago del Sanador y se le hundió hasta el mango.

Por un momento, los dos ancianos permanecieron totalmente inmóviles, como dos estatuas de piedra que se abrazan; el Sanador con la pluma en la mano, el *naualli* con la mano apretada en el mango del cuchillo. Lentamente se separaron y, al hacerlo, el Sanador cayó de rodillas y el *naualli* se alejó.

Conseguí emerger de la grieta y me puse de pie. Cargué contra el *naualli*, pero me frené, estupefacto. En lugar de ponerse en posición para recibir mi ataque, se alejó a los saltos y se quitó la cara de la muchacha. Sonrió y bailó y rió.

Una vez más con el cuchillo en alto, se lo clavó en su propio corazón.

Entendí entonces por qué el Sanador había sacudido una pluma frente a la cara del *naualli*. En la pluma tenía *yoyotli* o algún otro polvo preparado por la tejedora de flores.

El Sanador estaba tendido de espaldas en el suelo. Tenía la camisa ensangrentada. Me arrodillé junto a él con un enorme pesar.

—Iré en busca de ayuda —dije, pero sabía que era inútil.

—No, hijo mío, quédate conmigo. Es demasiado tarde. Esta mañana sentí el llamado del *uactli*, el pájaro de la muerte.

—No…

—Ahora iré al lugar adonde han ido mis antepasados. Soy un hombre viejo y cansado y es un largo viaje. —Lentamente su voz se fue perdiendo y su respiración lo abandonó mientras yo lo sostenía entre mis brazos y lloraba.

En una oportunidad me había dicho que él procedía de las estrellas. Y se lo creí. Había en él una espiritualidad, un alejamiento de este mundo. Yo no tenía dudas de que él había viajado a la Tierra desde las estrellas, y que a ellas regresaría.

Al igual que el fraile, él había sido un padre para mí. Como hijo suyo, era mi deber prepararlo para ese viaje.

Tuve que dejarlo para ir a buscar ayuda para llevar su cuerpo a un lugar apropiado para el entierro que le daríamos. Cuando regresé al campamento, tanto don Julio como Mateo estaban allí.

—Recibí un mensaje de un indio —dijo don Julio—. Dijo que el Sanador lo había enviado un par de días antes. El mensaje era que el *naualli* había muerto cuando trató de atacarte. Yo vine enseguida aquí y descubrí que Mateo no sabía nada al respecto.

—Es porque eso acaba de suceder —dije. Y les hablé de la lucha con el *naualli* y de la pluma que había "matado" al mago.

—¿Cómo pudo el anciano saber de la pelea antes siquiera de que ocurriera? —preguntó Mateo.

Me encogí de hombros y sonreí con tristeza.

—Se lo dijeron las aves.

El Sanador no iría al Mictlán, el Lugar Oscuro del más allá. Había muerto en batalla como un guerrero. Iría al paraíso del Cielo Oriental.

Con la ayuda del intérprete de sueños, preparé el cuerpo del Sanador; le puse sus mejores ropas, su capa de plumas exóticas y su maravilloso tocado. Edifiqué una pila alta de madera y coloqué el cuerpo del Sanador encima de la pila. A los costados del cuerpo puse una provisión de maíz, frijoles y semillas de cacao para que lo alimentaran durante su viaje al Cielo Oriental.

Su perro amarillo no se separó de su lado durante todos estos preparativos. Maté al perro con la mayor suavidad posible y lo puse a los pies del Sanador, para que pudiera guiarlo.

Cuando los preparativos estuvieron listos, encendí la leña. Y me quedé de pie junto a la pira cuando la madera comenzó a arder. Las llamaradas y el humo se elevaron hacia la noche. Me quedé allí hasta que la última columna de humo, la última esencia del Sanador, ascendió hacia las estrellas.

Don Julio y Mateo vinieron por la mañana al lugar del funeral. Mateo conducía un caballo que don Julio indicó que yo debía montar.

—Tú te vienes con nosotros —dijo el Don—. Has sido un ladrón y un mentiroso, un joven bribón, viejo en el conocimiento de las maldades de los hombres. Ahora llegó el momento de que tengas otra vida, la de un caballero. Monta el caballo, *don* Cristo. Vas a aprender los modales de un caballero.

Cuarta parte

Mientras yo nadaba en un mar de conocimientos,
vivía en un mundo de ignorancia y de miedo.

Cristo el Bastardo

SETENTA Y UNO

Así comenzó la siguiente fase de mi vida, el pulido del alma escabrosa de un pilluelo de la calle, de un lépero, para convertirlo en un caballero español.

—Aprenderás a montar a caballo, a luchar con una espada, a disparar un mosquete, a comer con tenedor y a bailar con una dama. Quizá, durante ese aprendizaje, tú me enseñarás también algunas cosas —dijo don Julio—. Confío en que ninguna de ellas hará que empalen mi cabeza sobre el portón de la ciudad.

¿Quién sería mi maestro? ¿Quién otro sino un hombre que se jactaba de haber matado a cien hombres, amado a mil mujeres, atacado muros de castillos, ensangrentado cubiertas de barcos y escrito baladas y obras de teatro que hacían que hombres grandes lloraran?

Mateo no recibió esa nueva tarea con demasiado placer. Los dos estábamos exiliados en la hacienda del Don y se nos prohibió entrar en la capital. Sin duda don Julio pensaba que ninguno de los dos estábamos listos para presentarnos en la Ciudad de México.

Además, ninguno de los dos estábamos seguros de cuáles eran los motivos del Don. Parecía evidente que Mateo estaba exiliado en la hacienda porque todavía no era seguro para él mostrar su cara en la capital: el juez que quería ahorcarlo seguía en funciones. Pero yo no sabía por qué me había enviado a la hacienda con una nueva identidad: la de su primo.

—Le caes bien —dijo Mateo—. Don Julio ha sufrido mucho como converso. Él ve en ti algo más allá del lépero ladrón y mentiroso que sé que eres.

Los dos teníamos la sospecha de que, además del deseo de recompensarnos por propinar un golpe letal a los Caballeros del Jaguar, el Don tenía otros motivos. Nos preguntamos si tendría una misión tan peligrosa que los que la llevaran a cabo necesitarían una nueva identidad y estar completamente a su merced, una misión tan peligrosa que nadie más la aceptaría.

Don Julio era propietario de dos mansiones, una en una hacienda a cincuenta leguas al sur de la Ciudad de México, y la otra en la ciudad misma. Más tarde yo sabría que, cuando no estaba de viaje, pasaba la mayor parte de su tiempo en la hacienda, mientras su esposa permanecía en la Ciudad de México.

Bajo el imperio de las encomiendas, los indios debían pagar un tributo otorgado a los conquistadores. Con frecuencia se los hacía trabajar y eran marcados como esclavos. Estos otorgamientos lentamente evolucionaron a un sistema de hacienda cuando las líneas de sangre de los conquistadores se desvanecieron, los vastos otorgamientos se quebraron o el tributo se vio reemplazado por la cesión de tierras. Muchas haciendas eran tan grandes como otorgamientos de encomienda, y tenían aldeas enteras o incluso pequeñas ciudades dentro de sus fronteras. Fuera del mercado de los indios y del pago directo del tributo, el viejo sistema se había desvanecido, pero solamente de nombre. Los indios pagaban tributo al dueño de la hacienda en la forma de trabajo barato. El indio estaba atado a la tierra. Esa tierra alimentaba a su familia, les proporcionaba vestimentas, los protegía. Y la tierra pertenecía a un español. En esencia, la naturaleza feudal de los estados europeos, en los que los nobles eran servidos por campesinos que trabajaban la tierra, había sido transferida a la Nueva España.

Eran pocos los dueños de haciendas que de hecho vivían en sus vastas tierras. La mayoría, como la esposa de don Julio, vivía casi todo el año en la Ciudad de México para poder disfrutar de los placeres y las comodidades de la vida en una de las grandes capitales del mundo. La insólita relación entre don Julio y su esposa, gracias a la cual vivían separados la mayor parte del tiempo, era algo de lo que no se hablaba. Con el tiempo descubrí que el erudito Don deseaba en realidad mantenerse a distancia de esa mujer temperamental e impetuosa.

La hacienda de don Julio se extendía a todo un día de cabalgata en todas direcciones. El Popocatépetl o Montaña que Humea, y el Iztaccíhuatl o Mujer Dormida —dos enormes volcanes que perforan el cielo con sus cimas cubiertas de nieve— se veían desde la ventana de mi habitación en la gran casa. Cuando yo me sentaba y los contemplaba, siempre recordaba el encantador relato de amor y tragedia de la tradición azteca que el Sanador me había enseñado.

Iztaccíhuatl era la hija legendaria de un rey azteca cuyo reino estaba siendo asediado. Porque necesitaba derrotar al enemigo, reunió a todos sus guerreros al pie del gran templo de Huitzilopochtli, el dios de la guerra.

"Iztaccíhuatl es la más hermosa doncella de la tierra —les dijo a sus guerreros—. El que de ustedes sea más valiente en la batalla podrá reclamarla como esposa."

Popocatépetl fue el más valiente y poderoso de todos los guerreros. Y él amaba hacía mucho a Iztaccíhuatl, pero sólo desde la distancia, pues no era noble: su padre era un sencillo granjero. Él ocupaba una posición tan baja en el orden social que debía desviar la mirada cuando la princesa estaba cerca.

Iztaccíhuatl sabía de ese amor, y los dos se habían encontrado en secreto en un jardín cerca de los aposentos de ella cuando Popocatépetl era guardia del palacio.

En la batalla que siguió, Popocatépetl fue el guerrero más valiente, el que hizo dar vuelta el resultado de la batalla y el que alejó al enemigo de los muros de la ciudad. Debido a su valentía, persiguió al enemigo más allá de esos muros y lo obligó a volver a sus tierras.

Mientras él se encontraba ausente, los celosos pretendientes de la muchacha lograron que el rey los oyera. Le dijeron que Iztaccíhuatl era su única hija y que la perspectiva de que se casara con el hijo de un granjero era un insulto para ellos. Convencieron al rey de que enviara asesinos para que mataran a Popocatépetl. Cuando los asesinos abandonaron el palacio, el rey le dijo a Iztaccíhuatl que Popocatépetl había muerto en la batalla.

La princesa, acongojada, murió de amor antes de que Popocatépetl regresara después de vencer a los asesinos. Cuando descubrió a su amada muerta por culpa de la traición, mató al rey y a todos los nobles. Después construyó un enorme templo en medio de un campo y puso el cuerpo de su amada en la cima. Colocó una antorcha sobre su cuerpo para que ella siempre tuviera luz y calor. Construyó otro templo para su propio cuerpo y también colocó una antorcha sobre el lugar donde se recostó para descansar y reunirse con su amor en la muerte.

Transcurrió una eternidad y los templos se convirtieron en altas montañas y la nieve los cubrió para siempre, pero el fuego que tenían en su interior siguió ardiendo.

Jamás olvidé a la muchacha del carruaje que me salvó la vida en Veracruz. Cuando observo la Mujer Blanca, esa montaña que parece la cabeza, los pechos y los pies de una mujer dormida, me pregunto en qué clase de persona se habrá convertido Elena...

La hacienda no era una cuenca fértil, aunque durante todo el año un río fluía a través de ella. Trigo, maíz, frijol, pimientos y calabazas estaban sembrados cerca del río, maguey para pulque y productos que los indios sembraban en las zonas más áridas. El ganado pastaba donde pudiera encontrar pasto. El ganado se criaba más que nada por su cuero, porque no resultaba económico embarcar la carne a grandes distancias, aunque estuviera salada. Los pollos y los cerdos se criaban para la comida y los ciervos y los conejos se cazaban.

La gran casa estaba ubicada en la cima de una colina, un montículo con la forma de la pelada de un monje. Al pie de la colina, una pequeña aldea india, de alrededor de sesenta chozas con paredes de barro se extendía a lo largo de la margen del río. En la propiedad no había esclavos.

—La esclavitud es una abominación —me dijo don Julio cuando le pregunté por qué no tenía trabajadores esclavos—. Me avergüenza admitir que mis compatriotas portugueses dominan ese mercado; cazan a los pobres africanos como si fueran animales y se los proporcionan a cualquiera que tenga suficiente oro. También me avergüenza reconocer que muchos dueños de esclavos son personas crueles y malvadas, que disfrutan de ser propietarios de otro ser humano, y obtienen placer del dolor que les infligen y son capaces de comprar un esclavo sólo para abusar de él. Muchos de estos hombres se acuestan con sus esclavas y hasta se acuestan con las hijas que ellas les dan, sin pensar siquiera que cometen violación e incesto.

Ayyo, estaba enterado de ese tratamiento que les daban a los esclavos por verlos en las calles de Veracruz, en visitas realizadas a plantaciones de caña de azúcar con el fraile y por el incidente en el que corté las ataduras del esclavo llamado Yanga y lo liberé antes de que pudieran castrarlo.

Un sacerdote venía una vez por mes para atender a la aldea desde una pequeña capilla enclavada a los pies de la colina. Después de conocer al sacerdote, Mateo escupió hacia la tierra.

—Muchos frailes valientes trajeron a Dios y la civilización a los indios. Para este sacerdote, sólo existen un Cielo y un Infierno y nada en el medio. Cualquier transgresión, no importa lo pequeña que sea, es un pecado mortal para este imbécil. Él ve demonios y diablos en todo y en todos. Sería capaz de entregar a su hermano a la Inquisición sólo por faltar a una confesión.

Yo entendía la preocupación de Mateo. Después de mirar a Mateo, el sacerdote se santiguó y rezó un Ave María como si acabara de ver al diablo en persona. Pero yo también coincidía con Mateo con respecto al cura. El sacerdote se había dirigido a mí como si yo fuera un converso cuando fui a confesarme, por creer, desde luego, que como primo de don Julio, también mi familia debía de ser judía. Como es natural, no le dije nada importante en la confesión y, en cambio, inventé algunos pecados veniales para que él me los reparara con la absolución. Esas pequeñas mentiras, que estoy seguro Dios me perdonará, eran necesarias porque don Julio insistía en que tanto Mateo como yo asistiéramos a la iglesia con regularidad para que él no fuera acusado de dirigir una hacienda atea.

SETENTA Y DOS

Cada día, los hombres de la aldea se iban a caballo a cuidar el ganado o, a pie, a trabajar en los campos. Algunas mujeres se quedaban para alimentar a sus hijos y preparar tortillas, mientras que otras subían por la colina para cocinar y limpiar la gran casa. Mateo se convirtió en un capataz de los indios vaqueros, y yo aprendí a arrear ganado. Después de una lección dolorosa, también aprendí a ponerme a cubierto de un toro que perseguía a una vaca.

Los que vivían en la Ciudad de México o incluso en Veracruz dependían para su protección del virrey y su ejército, pero el brazo del virrey se extendía poco más allá de las grandes ciudades y los caminos principales. Los hacendados debían protegerse a sí mismos, y sus haciendas eran tanto casas como fortalezas. Las paredes eran de la misma mezcla de ladrillos y barro que las chozas de los indios, pero mucho más gruesas y altas. Para protegerse de los saqueadores —bandas de mestizos, indios fugitivos y españoles renegados—, las paredes debían ser lo suficientemente gruesas como para que un tiro de mosquete no pudiera perforarlas y suficientemente altas como para dificultar su escalamiento. Se utilizaban vigas para sostener las paredes y los techos del edificio interior, pero había poca madera a la vista; lo único visible eran la piedra y los ladrillos de barro.

En el interior de las paredes, las viviendas en forma de L ocupaban los dos tercios del espacio; un pequeño establo y un gran patio completaban la zona encerrada entre paredes. Los caballos, salvo los que eran de propiedad personal del Don, y todos los bueyes usados para trabajar en la hacienda estaban encerrados en corrales cerca de la aldea. En el exterior de la aldea había también graneros y talleres donde se fabricaba prácticamente todo lo necesario para manejar la hacienda: desde herraduras para los caballos hasta cuero para los arreos y arados para trabajar los campos.

Los árboles del patio eran frondosos y las enredaderas verdes y las flores trepaban por las paredes y salpicaban todo de color, salvo los adoquines.

Fue a este lugar, una fortaleza, una aldea, un pequeño reino feudal al que vine para ser transformado de mestizo-oruga a mariposa española.

Don Julio me enseñaba ciencias, medicina e ingeniería, pero su enfoque era el de un profesor erudito: análisis serenos y libros para leer, como si yo estuviera en la universidad. Mi otro profesor era un demente.

Mateo era mi mentor para todo lo que me convertiría en un "caballero" fuera del campo de la cultura: montar a caballo, esgrima, uso de la daga, tiro con mosquete, baile, cortejo y hasta cómo sentarme a la mesa y comer con cuchillo, tenedor y plato, todo de plata. Tuve que luchar con mi instinto de llenarme el buche con la mayor cantidad de comida y en el menor tiempo posible, por miedo de que la siguiente comida no apareciera con la rapidez con que mi estómago lo requería.

Si bien Mateo poseía el aspecto exterior de un caballero, carecía del temperamento calmo y la paciencia de don Julio. Me recompensaba con moretones cada error que yo cometía…

Pasaron dos años antes de que yo tuviera oportunidad de conocer a Isabella, la esposa de don Julio, y cuando sucedió no fue precisamente el gran placer que sentí al conocer al resto de la familia. Con todo respeto, la describiría como una mujer hermosa pero hueca, dulcemente perfumada pero grosera y, en resumen, una Medusa que tenía una cabellera de serpientes y convertía en piedra a quienes la rodeaban.

Don Julio no tenía hijos, pero sí una familia. Su hermana Inés, un par de años mayor que él, y Juana, su sobrina.

La hermana me recordaba a un pequeño pájaro nervioso, que picoteaba aquí y allá, siempre mirando por encima del hombro por si aparecía un depredador. Era una figura sombría: siempre vestía el negro de una viuda. Supuse que se debía a la muerte de su marido, pero tiempo después me enteré que ella había elegido ese color cuando su marido huyó con una sirvienta unos meses antes de que naciera la hija de ambos. Nunca se volvió a tener noticias del marido.

Juana, la hija, era cuatro años mayor que yo. Tenía más vitalidad que su madre, quien seguía llorando la pérdida de ese canalla. Por desgracia, si bien la mente de Juana era aguda y su sonrisa ancha, nuestro Creador no la había dotado de un cuerpo igualmente valioso. Era sumamente delgada y de huesos frágiles. Varias veces se le habían quebrado los huesos de sus extremidades y no habían cicatrizado bien, por lo que quedó casi inválida. Caminaba con la ayuda de dos bastones.

A pesar de la debilidad de su cuerpo, mantenía una actitud alegre hacia la vida y poseía una inteligencia que me resultaba sorprendente. A mí me habían educado en la creencia de que los límites de una mujer eran los hijos y la cocina. Enterarme de que Juana no sólo sabía leer y escribir sino que compartía con don Julio un conocimiento de los clásicos, de medicina y de cuestiones relativas a los fenómenos físicos del mundo y del cielo fue de gran importancia para mí. Me hacía pensar en aquella muchacha jovencita que me permitió esconderme en su carruaje y habló atrevidamente de disfrazarse como un varón para poder obtener mayor educación.

La amplitud y la profundidad de las enseñanzas de don Julio también modificaron mi manera de ver las cosas. Él me hizo comprender que el mundo era un lugar mucho más excitante y desafiante de lo que jamás imaginé. Fray Antonio me había contado que, hacía más de cien años, antes de la conquista de los aztecas, en Europa había florecido una gran era en la que habían renacido conocimientos y aprendizajes hacía mucho olvidados. Había producido hombres como el cardenal Francisco Jiménez de Cisneros, que fundó la Universidad de Alcalá, y Leonardo da Vinci, en Italia, quien no sólo era pintor sino también ingeniero militar y había diseñado fortificaciones y máquinas de combate mientras estudiaba el cuerpo humano de manera más profunda que cualquier hombre de medicina.

Don Julio, al igual que Leonardo, era un hombre múltiple. Pintaba, estudiaba las plantas y los animales de Nueva España, sabía más de medicina que la mayoría de los médicos, trazaba mapas, no sólo de montañas y valles sino de las estrellas y los planetas, y era ingeniero.

Su habilidad como ingeniero era tan grande que el virrey le había encargado la tarea de diseñar un gran túnel para evitar las inundaciones de la capital mexica. La ciudad fue construida en una isla en medio del lago Texcoco. Cuando llovía mucho, corría peligro de inundarse y, algunos años, las aguas abrumaron la ciudad. El túnel fue construido para desviar las aguas fuera del lago e impedir así que la ciudad se inundara. Fue el más grande proyecto de ingeniería de la Nueva España y de la totalidad del Nuevo Mundo.

¡Ay de mí!, ese proyecto terminaría por hundirnos en una tragedia.

Era preciso justificar mi presencia en esa familia. Yo no podía seguir fingiendo que era indio con don Julio y su familia alrededor. Un problema grande, además del color de mi piel y mis facciones, era el hecho de que me estaba creciendo la barba. Los indios tenían poco pelo en la cara. Mateo trató de convencerme de que me afeitara la barba, diciéndome que las señoritas preferían una cara bien afeitada contra la que pudieran frotarse. Pero yo ya me había despojado de mi disfraz de indio para convertirme en español. Mantuve la barba. Las barbas cuidadosamente recortadas, en especial las barbitas en punta con bigotes, eran la moda de los caballeros, pero yo mantuve mi barba densa y larga para ocultar mi cara. También porque creía que me hacía parecer más sabio y de más edad.

Juana, la sobrina de don Julio, me hacía bromas acerca de la barba y me preguntaba de qué crimen —o de qué mujer— me estaba escondiendo.

Don Julio permaneció en silencio con respecto al tema de mi barba. Mantuvo un silencio idéntico con respecto al muchachito mestizo de Veracruz que era buscado por horrendos crímenes. Don Julio y Mateo siguieron tratando el tema como lo habían hecho siempre: en completo silencio.

Yo sospechaba que don Julio sabía mucho más de lo que daba a entender. En una ocasión, cuando corrí a la biblioteca de la casa grande de la hacienda para hablar con él, don Julio estaba de pie frente a la chimenea mirando un trozo de papel. Cuando me acerqué, arrojó el papel al fuego. Mientras ardía, alcancé a ver que era un antiguo aviso de recompensa por un mestizo conocido como Cristo el Bastardo. Por fortuna, Cristo era el apodo de Cristóbal, y éste era un nombre muy popular entre los españoles y los indios.

Como dije, yo creía que parte de la razón por la que don Julio me había integrado a su familia era porque también él llevaba sangre impura. Cierto día, cuando yo defendía mi vida contra Mateo mientras él me enseñaba a luchar con una espada, le pregunté por qué alguien llamaba a don Julio judío.

—La familia de don Julio era originalmente de judíos portugueses. Para poder permanecer en Portugal poco después del descubrimiento del Nuevo Mundo, muchos judíos se convirtieron al cristianismo. Las dos clases de conversos, los que se convertían voluntariamente y los judíos que sólo se convertían en apariencia, eran tolerados por el dinero que pagaban por su sangre judía hasta que el rey Felipe de España heredó el trono de Lisboa. Cuando las presiones aumentaron, muchos conversos y judíos ocultos, o marranos, vinieron a Nueva España. Don Julio vino aquí hace más de veinte años y, desde entonces, ha traído a vivir con él a muchos miembros de su familia. Se sospecha con frecuencia que los conversos siguen siendo judíos en secreto. Y aunque la conversión al cristianismo haya sido auténtica, a los ojos de la mayoría de las personas llevan en la sangre una mancha, no importa cuánto·tiempo antes se convirtiera su familia.

Yo sabía, por fray Antonio, algo de la suerte corrida por los judíos y los moros en España. Casi al mismo tiempo que Colón zarpaba de España para descubrir el Nuevo Mundo, el rey Fernando y la reina Isabel ordenaron a los judíos abandonar España.

—Antes de ese destierro —dijo Mateo—, los judíos y los moros no sólo eran los comerciantes más ricos sino también las personas más educadas de la península ibérica. Con frecuencia eran los médicos y los comerciantes de las ciudades, no importaba su tamaño. Pero cada judío y moro de España y Portugal se veía obligado o bien a convertirse al cristianismo o bien a irse del país. Y, cuando se iban, no se les permitía llevarse su oro ni sus joyas. Mi sangre cristiana me viene de lejos, pero simpatizo con los judíos y los moros que debieron enfrentar la muerte o el exilio por sus creencias religiosas.

Además, como alguien cuya sangre se consideraba impura, también yo encontré comprensión en mi corazón por las personas que no tenían cómo demostrar la pureza de su sangre. Con mi conocimiento de idiomas, literatura y medicina, si yo hubiera sido indio, don Julio podría haberme puesto de ejemplo de lo que los pueblos indígenas eran capaces; algo así como un salvaje noble y erudito, pero domesticado. Pero, como mestizo, portador de sangre impura, no sólo no divertiría a los gachupines sino que los enfurecería.

El Don podría haber hecho que yo mantuviera mi disfraz de indio o, quizá, que lo revirtiera al mestizo que en realidad era. Pero él sabía que yo nunca podría mejorar ni exhibir los talentos y conocimientos que él reconocía en mí. Así que me convertí en un español.

Don Julio me presentó como el hijo de un primo lejano que vino a quedarse con él cuando mis dos padres murieron víctimas de la peste. Porque el Don era un gachupín, un portador de espuelas, la gente dio por sentado que también yo había nacido en la península ibérica.

Un día yo era un paria social y, al siguiente, un portador de grandes espuelas.

—¡Ahora esquiva a la izquierda! —gritó Mateo mientras me lanzaba una lluvia de golpes.

Pronto descubrí que aprender cómo ser un caballero era más difícil que aprender a ser un lépero… y mucho más doloroso.

—Eres afortunado, señor Bastardo —dijo Mateo—, de vivir en el imperio de los españoles.

Mateo usó la punta de su espada para quitarme un objeto imaginario de la pechera de mi camisa. Yo también tenía una espada, pero fuera de usarla como un garrote para aporrear, no tenía la menor idea de qué hacer con ella.

—Los españoles son los maestros de la espada —dijo Mateo— y todo el mundo lo sabe. Los canallas ingleses —y que San Miguel les queme las almas y los arroje al infierno— usan espadas cortas para lanzar golpes, con la esperanza de matar a sus adversarios. Los franceses son espadachines de fantasía: todo encaje y perfume. Lo que quieren es matar a sus rivales con amor. Los italianos, ja, esos arrogantes bastardos llenos de jactancia y de bravuconadas, *casi* se convirtieron en maestros de la España gracias a su velocidad y su astucia, pero les falta conocer el secreto que hace que los españoles sean los más grandes espadachines de la Tierra.

Mateo apoyó la punta de su espada en mi cuello y me levantó la barbilla algunos centímetros.

—Yo he jurado, so pena de ser condenado a muerte por las órdenes de caballería de España, no divulgar jamás este secreto a nadie que no tenga sangre española en el corazón. Tú, mi pequeño bastardo mestizo, eres español de una manera bien extraña. Pero también tú debes jurar por Dios y todos los ángeles no revelar jamás este secreto a nadie más, porque todos los hombres del mundo quieren ser espadachines españoles.

Me fascinó que Mateo me hubiera honrado con un secreto de semejante magnitud.

Él retrocedió algunos pasos y trazó un círculo imaginario en el suelo.

—El Círculo de la Muerte. Se entra en él con el Baile de la Espada.

Miré hacia el suelo, donde había posado su espada. ¿Bailar? ¿Círculos de la muerte? ¿Mateo había estado bebiendo de nuevo el vino del Don?

—Lo primero que debes entender es que hay dos tipos de espadachines: los veloces y los muertos. —Su espada pasó como una sombra frente a mis ojos. —¿Qué clase de espadachín eres tú, Bastardo?

—¡El veloz! —Respondí y moví la espada como si talara un árbol. La espada voló de mi mano y de pronto la de Mateo estaba contra mi garganta. Tenía la punta de su espada contra mi barbilla, y su daga apretada contra mis entrañas. Aumentó la presión sobre mi barbilla con la espada y yo me puse en punta de pie. Sentí que la sangre corría por mi cuello.

—Estás muerto, chico. Le pido a Dios que te dé una vida más para que yo pueda enseñarte cómo pelear con una espada, pero cuando tu entrenamiento termine, no habrá más piedad. El siguiente hombre con el que pelees te matará... o terminará muerto.

Mateo soltó la presión de mi garganta.

—Levanta tu espada.

Yo me agaché para levantarla y me limpié la sangre del cuello.

—Párate frente a mí con los pies juntos. Ahora, da un paso hacia mí. Extiende la espada lo más que puedas y marca un lugar frente a ti y a cada lado.

Lo hice y Mateo trazó un círculo alrededor de mí, más hacia el frente que hacia atrás.

—Ése es el círculo de la muerte. En realidad no es sólo un círculo: son mil círculos que se mueven contigo, se mueven con tu oponente. Son líquidos, como ondas en el agua, y se mueven en forma constante, cambian todo el tiempo, fluyen hacia y desde ti.

Mateo me miró y se paró en el borde del círculo.

—El círculo comienza en el punto en que puedes extender el brazo e infligir una herida o la muerte a tu rival. Desde aquí yo puedo herirte la cara, el pecho, el estómago —se movió un poco hacia la izquierda. —Desde cada lado llego a los costados de tu cuerpo. Si me muevo un poco más, puedo cortarte el tendón de la corva. Recuerda, chico, el círculo es fluido, cambia con cada paso.

"Y les pertenece a los *dos* contrincantes. Cuando te enfrentas a otro espadachín, uno de ustedes o ambos cerrarán el espacio entre los dos. Cuando te acercas lo suficiente para lanzar el golpe, el círculo se crea para ambos."

Junto con el combate físico, Mateo me dio muchas lecciones verbales acerca de los usos de las espadas.

El espadín que casi todos los hombres usaban en la ciudad era más liviano y más elegante que las espadas militares, y mucho menos letal.

—Te servirá bien para defenderte de un atacante en la calle de una ciudad o en un duelo de honor, y es bueno para clavar o cortar, pero cuando estás en plena batalla necesitas un arma capaz de matar a un rival que tal vez use una protección almohadillada o quizás una armadura, un arma capaz de cortarle el brazo o la cabeza a tu enemigo. Una espada militar te permitirá repeler a un grupo de atacantes o, incluso, abrirte camino a través de ellos.

Me demostró cómo la empuñadura con taza protegía la mano con una espada liviana.

—La espada con que te enfrentas en un duelo debería tener esta clase de empuñadura que te protege la mano de un tajo hacia abajo. Pero ni el espadín que llevas en la calle ni la espada militar que llevas como protección fuera de la ciudad deben tener una empuñadura elaborada. *¿Por qué no?*

—Porque, bueno, porque…

—¡Estúpido! —Me atacó con su espadín, y sólo vi una imagen borrosa del arma cuando me atacó una y otra vez, dejándome moretones en los brazos y las piernas.

—Cuando extraes una espada, ya sea por un ataque repentino en batalla o un ataque súbito en una calle por parte de un ladrón, es posible que sólo tengas una fracción de segundo para armarte. Si el arma tiene una empuñadura de fantasía no podrás sujetarla con firmeza. Y cuando eso sucede, Bastardo, tendrás una espada clavada en la garganta antes de tener tiempo de desenvainar la tuya. La mayor parte de los duelos se arregla de antemano. Así, podrás usar una empuñadura elaborada para protegerte la mano porque no necesitarás desenvainar tu espada para defenderte de un ataque repentino.

Me dijo también que no todas las espadas se adecuan a cada hombre. El peso de la espada depende de la fuerza que tiene un hombre.

—Se le debe prestar mucha atención a la longitud que necesitas para la altura y el largo de tus brazos. Si la espada es demasiado larga, no podrás descruzar la hoja de la de tu oponente sin dar un paso atrás y perder el equilibrio. Si es demasiado corta, el círculo de la muerte será menor para tu rival debido a su mayor alcance.

Me mostró cómo descubrir qué longitud necesitaba yo. Sostuve mi daga en una mano con el brazo extendido y horizontal al piso, pero con el arma apuntando hacia arriba, y puse la otra mano con el codo flexionado, para que la empuñadura de la espada estuviera junto a mi cadera.

—La espada debe llegar hasta la empuñadura de la daga, pero no extenderse más allá —dijo.

En iguales condiciones, un hombre alto prevalecerá sobre uno más bajo porque tiene un arma más larga y también mayor alcance.

—Si tu espada es demasiado pesada, afectará la velocidad de tu ataque, tu parada o tu contraataque. Si es demasiado liviana, el filo de tu oponente te la romperá.

Tuve que aumentar mi fuerza y lo hice practicando con una espada mucho más pesada que mi espadín o mi espada militar.

—Tu brazo creerá que sostiene la espada más pesada y así podrás usar tus espadas con mayor velocidad y potencia.

La daga es un arma inútil para parar los golpes. Pero tiene una finalidad excelente:

—Cuando la hoja de tu arma está cruzada con la de tu oponente, lo apuñalas con la daga antes de que él consiga descruzar su arma.

Ayyo, mis antepasados aztecas se sentirían orgullosos al ver que yo estaba aprendiendo el arte de matar de manos de un auténtico maestro.

—Siempre debes ser tú el agresor —me dijo—. Con esto no quiero decir que tengas que ser el que inicia todas las peleas sino que, cuando se producen, debes contraatacar con suficiente agresividad como para que tu oponente tome la defensiva. Y cuando una pelea es inevitable y tu adversario prefiere hablar sobre el asunto, mientras él se concentra en insultarte con palabras, tú debes devolverle el cumplido con el mayor insulto de todos: clavándole tu daga en las entrañas.

"El agresor casi siempre gana en una pelea —dijo—. El que ataca primero por lo general es el que vivirá para volver a pelear. Pero, ¿qué es la agresión? —preguntó Mateo—. No es el ataque de un toro ni repartir cuchilladas sin ton ni son. Una agresión exitosa es fruto de una combinación de grandes maniobras defensivas y una brillante ofensiva. Incluso si te abres paso a golpes de espada por entre una tropa del enemigo, debes hacer que cada golpe cuente porque el que erras puede costarte la vida."

Mateo consideraba la esgrima como otra forma del baile.

—Un esgrimista debe adoptar la postura de un bailarín, parándose bien erguido, pero con las rodillas flexibles. Sólo así podemos movernos con rapidez. Con los espadines extendidos delante de nosotros, nuestro adversario acorralado, nuestros pies deben moverse como los de un bailarín, sin detenerse jamás, siempre en movimiento, pero no de manera caprichosa. Los bailarines no mueven los pies de cualquier manera sino en armonía con la música, con su compañero, con su mente y el resto del cuerpo. Tienes que oír la música y bailar a su ritmo.

—¿De dónde viene la música?

—La música suena en tu cabeza, el *tempo* es creado por tus movimientos y los de tu adversario, y tú bailas siguiendo ese compás. Arremetida, parada, baile, pararse bien erguido, el brazo extendido, impidiendo que él trace un círculo alrededor de ti, baile, baile.

Mateo se puso a brincar como una jovencita en su primer baile y yo cometí la equivocación de reírme de él por lo bajo… su espada zumbó junto a mi mejilla y me cortó un rizo de pelo.

—Vuelve a reírte de mí y te llamarán Una-Oreja en lugar de Bastardo. *¡En garde!*

Cuando yo me enredé con los pies, Mateo me maldijo.

—Es mi culpa pedirle a un humilde lépero algo más esforzado que una copa para limosnas. Si no sabes bailar porque tus pies y tu cerebro no están en el mismo cuerpo, entonces por lo menos imagínate nadando. Es preciso que uses la totalidad de tu cuerpo simultáneamente cuando nadas. Nada hacia mí, Bastardo, paso, paso, arremetida, parada y paso. *¡Pasos cortos, papanatas!* Si tropiezas con los pies de tu compañero de baile, él te clavará la espada en la garganta.

Cada día yo aprendía más acerca del dolor. Y advertí más y más cicatrices en la cara, los brazos y el pecho de Mateo cuando él se sacó la camisa para enjuagarla y secarse el sudor del cuerpo. Él tenía un nombre para cada cicatriz: Inés, María, Carmelita, Josie y otras mujeres por cuyo honor él había participado en duelos. Hasta tenía cicatrices en la espalda, una particularmente desagradable de cuando un padre, furioso, le arrojó una daga que se le clavó en la espalda cuando bajaba del balcón de una muchacha.

Yo también empecé a acumular mis propias cicatrices por los puntazos furiosos de la espada de Mateo.

—Debes seguir las reacciones instintivas de tu cuerpo, no de tus ojos. Una espada que se mueve delante de ti con la rapidez de un destello le miente a los ojos porque se mueve con más velocidad de la que el ojo puede seguirla. Tu espada debe estar en posición para detener el golpe y contraatacar, y entonces confiar en tus ojos para seguir la acción. Pero tus ojos te mentirán y te matarán.

"He estudiado con don Luis Pacheco de Narváez, el más grande esgrimista del mundo, que fue discípulo del mismísimo Caranza. Caranza enseñaba que el baile fluido y ágil, que él llamaba La Destreza, era la manera en que debía moverse un esgrimista."

Después de meses de práctica, Mateo me evaluó como espadachín.

—Estás *muerto, muerto, muerto*. Tal vez estés en condiciones de abrirte camino con una espada sostenida con las dos manos o, quizá, derrotar a un indio que ha sido atado y arrojado a tierra, pero eres demasiado lento y demasiado torpe para sobrevivir frente a un buen espadachín.

En sus ojos apareció el brillo astuto que le he visto cuando está a punto de cortar la cartera de otro hombre o de robarle su mujer.

—Puesto que nunca serás capaz de sobrevivir con las habilidades de un caballero, debes aprender a ser un canalla tramposo.

—¡Pero yo quiero ser caballero!

—¿Un caballero *muerto*?

El lépero que había en mí decidió la cuestión.

—Enséñame cómo ser un canalla.

—Tienes la misma fuerza y habilidad —o *falta* de habilidad— en la mano izquierda como en la derecha. Los esgrimistas llaman a la mano izquierda "la zarpa del diablo" por una buena razón: la Iglesia desaprueba el uso de la mano izquierda y a la mayoría de los hombres se les enseña a emplear la mano derecha sólo para las luchas con espada, aunque su mano izquierda sea superior. Tú no eres un caballero. Puedes luchar con la mano izquierda. Pero debes comprender que el solo hecho de usar la mano izquierda contra un esgrimista hábil no te dará una gran ventaja… a menos que lo combines con el elemento sorpresa.

"Te enseñaré un movimiento que podrás usar en momentos de desesperación, cuando te das cuenta que el espadachín al que te enfrentas te va a cortar en pedacitos hasta que te desangres y mueras, incluso mientras estás de pie. Empiezas la pelea con la espada en la mano derecha y la daga en la izquierda. Cuando estás fuera del círculo, de pronto dejas caer la daga y cambias la espada a tu mano izquierda y entras en el círculo. Esto implica dejar caer tu guardia por un instante, y él te clavará la espada en el corazón si no te defiendes de esa acometida."

—¿Y cómo hago para frenar esa embestida?

—Lo haces con tu coraza.

—¿Cuál coraza?

Mateo se levantó una de las mangas. Tenía un trozo delgado de bronce atado al brazo.

—Usarás tu brazo "blindado" para frenar el filo de su espada.

Usar alguna clase de coraza era algo sumamente deshonroso en un duelo. Y cambiar el arma a la mano izquierda tampoco era propio de un caballero. Pero yo prefería mil veces ser un canalla vivo que un caballero muerto.

SETENTA Y CUATRO

La primera vez que vi a la esposa del Don, Isabella, ella bajaba de un carruaje frente a la gran casa de la hacienda. Un revolotear de sedas y enaguas, su corpiño tenía incrustaciones de piedras preciosas y ella llevaba perlas alrededor del cuello y de ambas muñecas. Su pelo rojizo, que le llegaba a los hombros, era todo rizos de las orejas para abajo.

He visto antes mujeres hermosas —coloridas mulatas en las calles de Veracruz, hermosas mujeres indias de ojos oscuros en aldeas apartadas—, pero ninguna de las mujeres españolas que conocía podía compararse con Isabella.

Yo estaba al lado de don Julio cuando él la ayudó a bajar del carruaje y la observé descender. Si un criado no hubiera extendido una alfombra sobre el suelo polvoriento para protegerle los zapatos, yo me habría arrojado al suelo para que ella pisara sobre mi cuerpo. La cabeza comenzó a darme vueltas y estuve a punto de perder el conocimiento cuando su perfume llegó a mí.

Mateo y yo permanecimos allí, de pie, con las manos en las espadas, la espalda bien recta, con nuestra mejor ropa, como si fuéramos la guardia de honor de una reina.

Don Julio tomó del brazo a Isabella e hizo una pausa frente a nosotros, mientras la escoltaba hacia el interior de la casa.

—Te presento a mi joven primo Cristóbal y a mi asistente, Mateo Rosas de Oquendo.

Isabella nos miró y sus ojos verdes nos escrutaron cuidadosamente a Mateo y a mí, antes de volver a prestar atención a don Julio.

—Otro pariente pobre que alimentar y un canalla del que habrá que esconder la plata.

Ésa fue mi presentación a doña Isabella.

La gran casa había sido un oasis de tranquilidad desde que me llevaron allí para convertirme en un caballero. Fuera de los desafíos de erudición de don Julio y una ocasional patada o insulto de Mateo, cuando mi torpeza lo irritaba, yo estaba bien alimentado, dormía en una auténtica cama y todas las noches le rogaba al buen Señor que no me enviara de vuelta a las calles de Veracruz… ni a la cárcel.

Con la llegada de Isabella, la casa dejó de ser un oasis y se transformó en la tempestad del norte. Ella era el centro de todo; exigente e irritable con la servidumbre, dulce y manipuladora con don Julio, grosera con la hermana, la sobrina y el "primo" del Don, directamente odiosa con Mateo, al que trataba como si en cualquier momento él estuviera por alzarse con sus alhajas. Se refería a él no por su nombre sino como "ese pícaro".

Pronto descubrimos que ella no había venido para ser sociable. Gracias a que por casualidad oí una conversación entre don Julio e Isabella en la biblioteca, me enteré de que ella había dilapidado el dinero del presupuesto para los gastos de la casa de la Ciudad de México y había venido a exigir más dinero. El Don estaba enojado porque lo que Isabella necesitaba no era una cantidad nada pequeña de dinero. En pocos meses, ella había gastado el dinero que debía alcanzarle durante todo un año para el mantenimiento de la casa, una cantidad considerable puesto que la casa tenía todo un plantel de criados e Isabella siempre se rodeaba de mucho lujo.

Ella le dijo a don Julio que le habían robado ese dinero, pero, cuando él la interrogó, reconoció que no había denunciado la pérdida al virrey ni a ninguna otra persona. El Don se mostró claramente incrédulo, pero cuando se trataba de enfrentar a Isabella, estaba tan indefenso como los demás.

Cuando hacía tres días que Isabella estaba entre nosotros, inadvertidamente tuve ocasión de ver su belleza escondida. Entré en la antecámara contigua al dormitorio del Don en busca de un libro que don Julio había dejado allí y, de pronto, me encontré mirando a Isabella desnuda de la cintura para arriba. Estaba bañándose dentro de una pequeña bañera. El vapor olía a rosas.

Quedé petrificado, pero Isabella, sin molestarse en cubrir sus pechos desnudos, sencillamente me miró.

—Eres un muchachito bien parecido, ¿no? —dijo—. Pero necesitas afeitarte esa barba vulgar.

Salí corriendo de la habitación, aterrorizado.

—Ella es la esposa del Don —me dijo Mateo—. Debemos respetarla. Y nunca desearla carnalmente. Uno no siente pasión por la esposa de un amigo.

Mateo lo dijo con tal tono de odio que temí que sospechara que yo abrigaba esos pensamientos. Eso me resultó extraño. Mateo había amado a las esposas de por lo menos una docena de hombres. Encontré interesante que tuviera una actitud tan leal con respecto a la mujer de un amigo. Tales distinciones eran parte del código de honor que yo estaba aprendiendo, el código de *hombría* en el que el honor y la conquista amorosa desempeñan un papel importante. El verdadero *hombre* ha amado muchas veces, pero sólo de manera honorable. Uno no escala la pared del dormitorio de la esposa de un amigo... pero hacerlo con otra mujer no es problema.

. También había un código para las mujeres. La mujer debía permanecer virgen hasta el matrimonio... y no ser nunca tentada después. Eh, amigas, ¿acaso dije que la vida era justa?

Por momentos, Mateo tenía la sensación de ser un prisionero en la hacienda. Era un hombre de acción y mandonear a vaqueros no era precisamente algo que le entusiasmara. Desaparecía durante semanas cada vez y, cuando volvía, su ropa y su cuerpo parecían el pelaje de un gato que se ha trenzado con un grupo de perros voraces. Una vez me permitió acompañarlo, y cabalgamos durante días siguiendo un mapa del tesoro en busca de la legendaria mina de oro de Moctezuma.

Él se había ganado ese mapa del tesoro en un juego de cartas. El hecho de que el mapa pudiera ser falso no entraba en sus posibilidades. No nos acercamos a ninguna ciudad grande, pero fue una experiencia fabulosa montar al caballo de un salto y partir en busca de un tesoro perdido. Por supuesto, nunca encontramos la mina. En mi opinión, a Mateo lo habían convencido de que permitiera que ese mapa falso fuera utilizado como apuesta. Como es natural, de ninguna manera se lo dije.

—Sólo el emperador conocía la ubicación de la mina —dijo Mateo—. Los mineros eran esclavos indios que estaban permanentemente prisioneros. Trabajaban en la mina, nunca salían, nunca veían la luz del día ni a ningún otro ser humano. Una vez por año le entregaban el oro solamente a Moctezuma, sin siquiera ver otra cara humana.

Preguntas acerca de cómo se arreglaban los mineros para comer si estaban encerrados y cómo hizo Moctezuma para transportar todo ese oro sin ayuda tuvo como resultado que yo recibiera algunos cachetazos de Mateo. La tolerancia hacia hechos que entraban en conflicto con sus propias emociones no era un don que el Señor le hubiera conferido.

SETENTA Y CINCO

Hacía una semana que Isabella estaba en la hacienda cuando anunció que asistiría a una reunión social a realizarse en otra hacienda. Don Julio dijo que él tenía que atender a un paciente enfermo, cuya enfermedad exacta yo nunca pude averiguar. Puesto que no sería propio que Mateo, un pícaro notorio, escoltara a la esposa del Don a una visita social, esa tarea me fue asignada a mí como primo de don Julio.

—Ya tuviste dos años de educación como caballero —dijo el Don después de informarme que yo acompañaría a Isabella—. Pero la única práctica que tuviste fue en la hacienda. Llegará un momento en que no tendrás este lugar para protegerte, y debes saber si puedes conducirte como una persona de calidad entre otros. Ésta será una prueba para ti. Isabella es una mujer difícil de complacer; ella exige el respeto que se le brinda a una reina.

Más tarde, esa misma tarde, cuando entré en la biblioteca le produje un sobresalto al Don, que estaba agachado examinando un extraño instrumento. Era un tubo de bronce con vidrio a cada extremo y apoyado en patas metálicas. Enseguida lo tapó con un lienzo.

Al principio pareció no estar seguro con respecto a si mostrarme o no ese instrumento, pero después de darme instrucciones con respecto a Isabella, levantó el lienzo. Estaba tan excitado como un chico con un juguete nuevo.

—Es un telescopio —dijo don Julio—. Fue desarrollado en Italia, donde un cosmógrafo llamado Galileo lo utilizó para observar los planetas en el cielo. Él escribió un libro, *Sidereus Nuncius*, el Mensajero de las Estrellas, relatando sus descubrimientos.

—¿Qué se ve cuando se mira dentro de este... este telescopio?

—El cielo.

Quedé boquiabierto y don Julio se echó a reír.

—Se ven los planetas y hasta las lunas de Júpiter. Y se aprende algo que escandaliza tanto a la Iglesia que los hombres que poseen este instrumento son quemados en la hoguera.

Don Julio bajó la voz y su tono fue de complicidad.

—La Tierra no es el centro de los cielos, Cristo. La Tierra no es más que un planeta que gira alrededor del Sol, al igual que otros planetas. Un matemático polaco llamado Copérnico descubrió esto hace muchos años, pero por miedo no quiso que se conocieran sus trabajos hasta después de su muerte. *De revollutionibus orbium coelestium*. Sobre las revoluciones de las esferas celestes, publicado en 1543, en el lecho de muerte de Copérnico, refuta la teoría de Ptolomeo de que la Tierra es el centro de los cielos.

"El telescopio confirma la teoría de Copérnico. A la Iglesia le asusta tanto este instrumento que un cardenal rehusó el pedido de Galileo de que mirara por él, porque tenía miedo de toparse con la cara de Dios."

—¿Qué pasa con la cara de Dios?

Un tiro de mosquete en la habitación no habría resultado tan inquietante. Isabella estaba de pie junto a la puerta de la biblioteca.

El Don fue el primero en recuperarse.

—Nada, querida, hablábamos de filosofía y de religión.

—¿Qué es esa cosa? —preguntó y señaló el telescopio—. Parece un pequeño cañón.

—Es sólo un dispositivo para medir. Me ayuda al diseñar mapas. —Puso el lienzo sobre el telescopio. —Como sabes, no puedo asistir a la reunión en la hacienda de Vélez. Te envío a Cristo para que te acompañe. Él te escoltará en mi lugar.

325

Ella no me lanzó la mirada de desprecio que yo esperaba. Me señaló con su abanico.

—Vistes como un campesino. Si no tengo más remedio que permitir que me acompañes en este viaje, debes vestirte como si fueras a una fiesta en España, en lugar de una reunión social en este lugar remoto.

Cuando ella se fue, don Julio sacudió la cabeza.

—Ella es una mujer que sabe cómo dar órdenes. Pero tiene razón. Vistes como un vaquero. Haré que mi criado se asegure de que vistas como un verdadero caballero.

El camino a la hacienda de Vélez era poco más que un sendero rural que rara vez sentía las ruedas de un carruaje. Doña Isabella y yo nos sacudimos hacia adelante y hacia atrás en el vehículo, mientras las ruedas encontraban las huellas del camino. Hacía calor y había mucho polvo en el interior del carruaje, e Isabella sostenía un ramillete de flores contra la cara.

Durante el primer par de horas hubo poca conversación. Para llegar a la hacienda antes de que anocheciera era preciso salir muy temprano, e Isabella dormía.

El valet de don Julio realmente me había convertido en un caballero, al menos yo tenía el caparazón de uno. Me cortó el pelo que me llegaba a los hombros para que me quedara a la altura de la barbilla y me lo curvó en los extremos. Camisa blanca de hilo con mangas abullonadas, casaca color borravino, que tenía tajos para que a través de ellos se viera la camisa, haciendo juego con una capa corta, pantalones color negro veneciano con forma de pera, amplios en las caderas y angostos en la rodilla, medias de seda negra y zapatos de punta redonda con moño... era un atuendo razonablemente modesto, pero el lépero callejero que moraba en mí sintió que estaba vestido como un dandy. El valet no había querido permitirme que llevara mi espada pesada y, en cambio, me entregó un espadín delgado que difícilmente le cortaría la cabeza a una rana.

Isabella no hizo ningún comentario acerca de mi ropa. Pasaron varias horas antes de que diera alguna señal de que compartía el carruaje con cualquier cosa que no fuera una mota de polvo. Cuando finalmente despertó y no tuvo más remedio que reconocer mi presencia, me observó de arriba abajo; desde las plumas de avestruz de mi sombrero hasta los moños de seda de mis zapatos.

—¿Disfrutaste espiarme mientras me bañaba?

Mi cara se puso más roja que mi casaca.

—Pe... pe... pero yo no...

Ella no creyó para nada en mi inocencia.

—Háblame de tus padres. ¿Cómo murieron?

Le relaté entonces la historia cuidadosamente elaborada de que yo era hijo único y quedé huérfano a los tres años, cuando mis padres murieron víctimas de la peste.

—¿Cómo era la casa de tus padres? ¿Era grande? ¿No heredaste nada?

Doña Isabella no me interrogaba porque tuviera sospechas sino por aburrimiento, pero si bien las mentiras con frecuencia brotaban espontáneamente de mi lengua de lépero, yo no quería arriesgarme tanto por una conversación intrascendente.

—Mi familia no es tan ilustre como la suya, Doña. Ni mi vida tan excitante como la de la Ciudad de México. Cuénteme cómo es la ciudad. ¿Es verdad que ocho carruajes podrían avanzar lado a lado al mismo tiempo por las grandes avenidas?

Una catarata de palabras surgió de su boca al describir su vida en la ciudad: la ropa, las fiestas, su mansión. Distraerla de sus preguntas con respecto a mi pasado no fue difícil. Isabella disfrutaba de hablar sobre sí misma mucho más que de oír hablar de los demás. A pesar de sus aires de reina y de sus pretensiones de ser una gran dama, yo sabía por comentarios de la servidumbre que su padre había sido un comerciante insignificante y que su único reclamo a la dignidad era el hecho de haberse casado bien.

Pero ella siempre estaba llena de sorpresas. Cada tanto, y sin aviso previo, yo oía preguntas o comentarios sorprendentes.

—Háblame del pequeño cañón con el cual se puede ver el cielo —dijo.

—No es un cañón. Es un telescopio, un instrumento para escrutar el firmamento.

—¿Por qué don Julio lo tiene escondido?

—Porque está prohibido por la Iglesia. Poseer ese instrumento podría meterlo en grandes problemas con la Inquisición.

Pasé entonces a hablarle de que Galileo veía las lunas de Júpiter y de que el cardenal temía mirar por el telescopio por miedo de toparse con la cara de Dios.

Doña Isabella no hizo más preguntas sobre el telescopio y pronto volvió a dormirse. Algunas dudas se habían deslizado en mi mente con respecto a si contarle o no lo del instrumento. Don Julio había tenido oportunidad de hacerlo y no lo había hecho. Unos pocos días antes de mostrarme el telescopio, me había pescado abriendo un gabinete de la biblioteca. Por lo general, ese gabinete estaba cerrado con llave, pero él lo había abierto un rato antes y lo había dejado sin llave.

Ese mueble contenía libros que figuraban en la lista de libros prohibidos por la Inquisición. No eran escandalosos *libros deshonestos* sino trabajos de ciencia, medicina e historia que la Inquisición consideraba ofensivos, no así la mayoría de los hombres eruditos.

Me estaba mostrando un libro de ciencia prohibido, porque fue escrito por un inglés protestante, cuando descubrió que Isabella estaba escuchando. En aquella ocasión él también había tenido oportunidad de incluirla en la conversación o explicarle el contenido del gabinete, y no lo había hecho.

Aparté de mi mente mis dudas y temores acerca de Isabella. ¿Qué problema había? ¿Acaso no era ella la esposa fiel del Don?

SETENTA Y SEIS

La hacienda Vélez y su casa principal eran más grandes que las de don Julio. Para mis ojos de lépero, la casa era un palacio. En el camino, Isabella me dijo que el hacendado, don Diego Vélez de Maldonato, era un gachupín muy importante de Nueva España.

—Se comenta que algún día será virrey —dijo ella.

Don Diego no estaba en la hacienda, pero Isabella me aseguró que ella departía con él frecuentemente en México. Al parecer, mezclarse con gente prominente era muy importante para ella.

—Habrá familias de otras dos haciendas vecinas —dijo Isabella—. La reunión está organizada por el mayordomo de las propiedades del Don. Podrías aprender mucho sentándote a sus pies y escuchándolo. No es sólo el mayordomo de don Diego, un hombre que brilla en todas las facetas del comercio, sino que se lo considera el mejor espadachín de Nueva España.

Llegamos a la casa grande a última hora de la tarde. Tan pronto el carruaje se detuvo, fuimos recibidos por varias mujeres quienes, como Isabella, eran esposas e hijas de los dueños de otras haciendas. Sus maridos las siguieron.

Yo estaba aburrido, cubierto de polvo y con el cuerpo acalambrado por el largo viaje, y me presentaron a don *esto* y a doña *aquello*, pero ninguno de sus apellidos se me grabaron. Isabella había permanecido en un estado de casi hibernación durante la mayor parte del viaje y revivió tan pronto el vehículo se detuvo frente a la casa.

Sin mucho entusiasmo me presentó como el joven primo de don Julio. Sin decirlo concretamente, por su tono se notaba que deploraba tener en la casa a otro de los parientes pobres del Don. En cuanto ella dio a entender la miserable situación económica en que me encontraba, la cordial atención de que era objeto por las madres de pronto se trocó en miradas de desaprobación y las sonrisas de sus hijas se volvieron tan frías como la piel de una rana. Una vez más, ella me había hecho sentirme una basura.

¡Ah, doña Isabella, qué mujer! Con razón el Don había caído en las redes de su astucia… y permanece lejos de ella el mayor tiempo posible.

Mateo asegura que algunas mujeres son como arañas viuda negra venenosas: también ellas tienen vientres hermosos, pero devoran a su pareja. E Isabella era una verdadera maestra en el arte de tejer telarañas.

No me sentí tan deprimido como se habrían sentido algunos parientes pobres; interiormente reía frente al hecho de que la gran dama había sido escoltada por un lépero. Hasta que oí una voz procedente del pasado.

—Qué gusto verte, Isabella.

La vida es un camino sinuoso para algunos de nosotros, que describe curvas junto a despeñaderos peligrosos y precipicios vertiginosos, con rocas filosas en el fondo.

La Iglesia nos dice que en la vida tenemos elecciones, pero a veces me pregunto si los antiguos griegos no tendrían razón, en el sentido de que existen dioses juguetones —y a veces malévolos— que entretejen nuestro destino y hacen estragos en nuestra vida.

¿De qué otra manera explicar que yo haya logrado escapar de mi enemigo cinco años antes, que haya huido de su daga y de sus asesinos, para encontrarme ahora en la misma casa que él?

—El primo de don Julio.

Ella me presentó con tanto desprecio que Ramón de Alva, el hombre que le segó la vida a fray Antonio, casi no me miró. Isabella no sabrá nunca cuánta gratitud le debo.

Nos dieron tiempo para refrescarnos y sacudirnos un poco la ropa antes de cenar. La noticia de mi falta de recursos debió de haberme precedido, porque la habitación que me dieron era un cuarto de servicio, más pequeño que el ropero de la mayoría de los caballeros. Era un lugar oscuro, repleto de cosas, intolerablemente caliente y bien perfumado con el olor de los establos que había debajo.

Me senté sobre la cama con la cabeza gacha y reflexioné sobre mi destino. ¿Ramón de Alva me reconocería si yo lo miraba directamente a los ojos? Mi instinto me decía que no. Yo tenía cinco años más, una serie importante de años que me llevó de la adolescencia a la joven adultez. Usaba barba. Y le había sido presentado y vestía como un caballero español y no como un pilluelo lépero.

Las posibilidades de que me reconociera eran bien pocas. Pero *cualquier* posibilidad, por pequeña que fuera, me hacía temblar el corazón dentro del pecho. Mi mejor táctica sería mantenerme bien lejos del peligro.

Yo ya había comprobado que todos esos invitados eran amigos de Isabella en la ciudad y en ese momento hacían su visita anual a sus haciendas. Sólo nos quedaríamos allí una noche y partiríamos de regreso muy temprano por la mañana para llegar cuando todavía era de día. Sólo tenía que quedarme fuera de la vista de Ramón de Alva las pocas horas que llevaba cenar y participar de los tragos y de la conversación social intrascendente que seguiría.

Saltearme la cena equivaldría a estar a salvo de Ramón de Alva y de la posibilidad de que él me trinchara con su espada delante de todos los invitados. Un plan ingenioso comenzó a desplegarse en mi mente: *Yo me sentiría demasiado descompuesto como para asistir a la cena.*

Con un criado le mandé decir a doña Isabella que tenía el estómago revuelto por el viaje y que le solicitaba permiso para permanecer en mi habitación. Desde luego, le dije al criado que, si ella insistía, yo asistiría a la cena.

Él regresó un momento después con la respuesta de Isabella: ella se arreglaría muy bien sin mí.

Yo estaba muerto de hambre y le pedí al criado que me trajera un plato de comida. Él me miró, sorprendido, y entonces le dije que tenía un trastorno estomacal que se curaba con comida, pero que el médico me había dicho que debía comer acostado.

Me desplomé en la cama y agradecí a San Jerónimo por haberme otorgado su merced.

Había jurado vengarme de ese hombre, pero ése no era el momento ni el lugar para hacerlo. Cualquier acción que tomara contra él afectaría a don Julio y a Mateo. Si bien mi pasión me urgía a caer sobre ese hombre, aunque ello me costara la vida, mi buen sentido me decía que traer miseria a sus vidas no era la manera de devolver la bondad de mis amigos. Nueva España era un lugar bien grande, pero la población española no era cuantiosa en comparación con la tierra. Ramón de Alva iba a volver a aparecer en mi vida. Tendría que esperar a que se presentara la oportunidad de matarlo sin destruir a quienes me habían tratado con tanta bondad.

Me quedé dormido con olor a estiércol en la nariz y el sonido de música de la fiesta en los oídos. Al despertar, varias horas más tarde, me senté en esa habitación a oscuras. Ya no se oía el murmullo de la gente. Miré la luna y calculé que había dormido hasta pasada la medianoche.

Tenía sed y salí del cuarto en busca de agua; avancé sigilosamente por miedo de despertar a alguien y atraer la atención hacia mí.

Más temprano había visto un aljibe ubicado en un pequeño patio junto al jardín principal del complejo. Nuestro carruaje se encontraba estacionado junto al jardín. Sin duda el aljibe se utilizaba para los establos, pero a lo largo de mi vida yo había bebido cosas peores que agua de establo.

Después de bajar por la escalera me detuve para saborear un momento el aire fresco de la noche. Siempre tratando de no hacer ruido, ubiqué el aljibe a la luz de la luna y extraje agua de él. Cuando mi sed quedó saciada, me volqué un balde de agua sobre la cabeza para refrescarme.

La perspectiva de regresar a ese cuarto tan caluroso no era precisamente tentadora: era tan caliente y húmedo como el sudor de un indio. Una alternativa era nuestro carruaje. Ofrecía más aire y un asiento que no era más duro que el jergón de paja del cuarto. Trepé al carruaje. Tuve que apretujarme sobre el asiento, pero al menos podía respirar.

El sueño comenzaba a nublarme la mente cuando oí susurros y una risita. Temiendo revelar mi presencia en el vehículo si me movía con demasiada rapidez, con mucho cuidado me fui estirando y me senté para espiar hacia afuera.

Dos personas habían entrado en el pequeño patio. Mis ojos ya se habían adaptado a la oscuridad, así que enseguida pude identificarlas por su ropa: Isabella y Ramón de Alva.

El muy sinvergüenza la tomó entre sus brazos y la besó. Los labios de él se fueron deslizando hasta la zona del pecho, y entonces él le apartó el corpiño para que esos pechos blancos que yo había visto una vez quedaran expuestos.

El hombre trató a la mujer como un perro en celo. La arrojó al piso y le rasgó la ropa. Si yo no hubiera visto que ella lo había acompañado voluntariamente a ese lugar, y que disfrutaba de esa conducta agresiva, habría tomado mi daga y saltado sobre él para impedir que la violara.

La ropa interior de Isabella voló por el aire cuando él se la quitó. Cuando esa zona oscura entre la reluciente blancura de los muslos de ella quedó expuesta, él se bajó los pantalones y la montó. Le insertó el pene entre las piernas y los dos se pusieron a bombear y a jadear.

Lentamente me recosté hacia atrás y me encogí de miedo cuando los elásticos del carruaje crujieron. Cerré los ojos y me puse las manos sobre las orejas para dejar afuera ese sonido animal de ellos.

Mi corazón sangró por don Julio. Y por mí.

¿Qué cosa terrible había hecho yo para que ese hombre malévolo de negro apareciera de nuevo en mi vida?

A la mañana siguiente recibí un puñado de tortillas de la cocina en lugar de reunirme con los invitados para el desayuno. Al bajar al gran salón de la casa vi un retrato en la pared que me hizo detenerme y mirarlo fijo.

La persona de la tela era una jovencita bonita, de alrededor de doce años, no todavía en plena madurez sino en esa etapa que oscila entre la infancia, la adolescencia y la juventud.

Yo estaba seguro de que la muchachita del cuadro era Elena, quien me había sacado de contrabando de Veracruz. Mientras contemplaba la tela recordé que, en el carruaje, las mujeres de más edad se habían referido a su tío como "don Diego".

¡Santa María! Con razón me había topado con la bestia de Ramón de Alva. En el carruaje se dijo que de Alva era un empleado de su tío.

El parecido entre la chiquilla del cuadro y mi salvadora era demasiado grande como para que fuera un error. Un criado pasó cerca de mí y entonces le pregunté:

—¿Esa muchachita es la sobrina de don Diego?

—Sí, señor. Una chica muy linda. Falleció de viruela.

Salí de la casa y me dirigí al carruaje con lágrimas en los ojos. Si de Alva se hubiera cruzado en mi camino, me habría arrojado sobre él y le habría cortado el cuello con mi daga. Aunque tal lógica no tenía sentido, yo culpaba a de Alva incluso de la muerte de Elena. Para mí, él me había despojado de dos personas que yo amaba y estaba deshonrando a una tercera. Una vez más juré vengarme algún día de él de una manera que no perjudicara a don Julio ni a Mateo.

Ahora mi corazón sabía por qué esta tierra llamada Nueva España era una tierra de tragedia y lágrimas, tanto como de alegría y canciones.

SETENTA Y SIETE

Cuando Isabella regresó a la ciudad, don Julio llevó con él a Mateo a una misión secreta y yo me quedé en la casa, aburrido y lleno de celos.

—Tú quedas a cargo de la hacienda mientras yo estoy ausente —me dijo don Julio—. Una tarea bien importante para alguien tan joven... e impetuoso.

Le dije que quería ir con ellos, pero los oídos del Don fueron sordos a mis súplicas.

Mientras ayudaba a Mateo a cargar su equipo en un caballo de carga, él me habló de la tarea que iban a cumplir.

—A don Julio no le interesan los crímenes ordinarios que asolan el país, pequeños bandoleros que le roban la cartera a un obispo o le roban mercaderías a un comerciante. El Don informa directamente al Consejo de Indias en España. Le asignan misiones allí donde existen amenazas para el orden público o para el tesoro del rey.

Yo ya sabía eso acerca del Don; me enteré por la época en que perseguíamos el culto del Jaguar. Y, lentamente, yo había ido sumando los hechos y llegado a la conclusión de que precisamente su situación de converso era una de las razones por las que la Corona lo utilizaba. Así era más fácil controlarlo, puesto que él siempre tenía la espada del judaísmo colgada sobre su cabeza.

—Se habla de que algunos piratas planean lanzar un ataque sobre las reservas de plata que aguardan la llegada de la flota del tesoro. Mi trabajo será recoger información en las posadas, donde los hombres beben demasiado y alardean frente a las cantineras y las prostitutas. Gracias a monedas bien colocadas y a besos bien puestos, las mujeres repiten lo que han oído.

—¿Adónde irán?

—A Veracruz.

Comprendí que no me llevaban porque al Don le preocupaba la posibilidad de que alguien me reconociera en Veracruz. Una vez más mi pasado se interponía entre nosotros como algo no verbalizado. Hasta que Mateo o don Julio sacaran a relucir el tema, yo no pensaba ponerlos incómodos ni cargarlos con mis problemas. Alojar a alguien buscado por asesinato podía meterlos a ellos en la cárcel... conmigo, como su compañero.

El ataque pirata resultó ser sólo otro rumor de los que plagaban la flota del tesoro. Mateo llegó a casa con otra cicatriz. Ésta se llamaba Magdalena.

Yo nunca le hablé a Mateo de la cita de Isabella con de Alva. Sentía demasiada vergüenza por el Don como para compartir la información, incluso con Mateo. También sabía que, si se lo decía a Mateo, él habría matado a de Alva. Y la muerte de ese hombre no sólo era algo que me correspondía a mí sino que tenía miedo de poner a Mateo frente al hombre que se decía era el mejor espadachín de la Tierra. Mateo habría insistido en luchar justificadamente con él porque lo estaría haciendo por el Don. Yo, en cambio, no tenía intenciones de luchar honorablemente con él.

Pronto aprendí que la hacienda se manejaba sola, y que mis intentos de hacer que funcionara con mayor eficiencia casi siempre hacían que los indios bajaran su ritmo de trabajo o incluso dejaran de trabajar. En lugar de seguir haciendo el ridículo, me retiré a la biblioteca del Don para aumentar mis conocimientos y aplacar mi aburrimiento durante el mes que Mateo y don Julio estarían ausentes.

Según el Don, yo me empapaba de conocimientos como una esponja.

—Te estás convirtiendo en un hombre del Renacimiento —me dijo una vez—, un hombre que no sólo tiene conocimientos de una disciplina sino de muchas.

Ese día, mi cara se encendió como el sol del mediodía. Don Julio sí era un auténtico hombre del Renacimiento: poseía conocimientos de arte, literatura, ciencia y medicina. Podía arreglar un brazo roto, explayarse acerca de las guerras del Peloponeso, citar *La divina comedia* de Dante, trazar un mapa de la tierra o el mar con estrellas y planetas. Yo me sentía tremendamente orgulloso del Don, cuyo genio como ingeniero lo había convertido en el diseñador del proyecto del gran túnel que era una de las maravillas del Nuevo Mundo.

Con el aliento de don Julio devoré libros como una gran ballena que de un trago se engulle todo un cardumen de peces. Desde luego, fray Antonio ya me había dado muchas lecciones de los clásicos, historia y religión. Pero la biblioteca del fraile era pequeña, de menos de tres docenas de ejemplares. La de don Julio, en cambio, era una de las más grandes bibliotecas privadas de Nueva España y contenía más de mil quinientos libros. Era como una cornucopia para una persona con un apetito insaciable de conocimientos.

Leí y releí no sólo las grandes obras que había en la biblioteca del fraile, casi todas las cuales también tenía el Don, sino también libros prácticos como el tratado de medicina del padre Agustín Farfán, los trabajos del gran farmacéutico Mesue, el médico árabe del siglo XIX en la corte de Harun-Al-Raschid en Bagdad, los secretos de la cirugía revelados por el español Benavides, la historia de los indios de Sahagún y la historia de la conquista de Bernal Díaz del Castillo.

La biblioteca del Don estaba repleta de trabajos de Galeno, de ciencia aristotélica y de los médicos árabes; escritos de los filósofos griegos, de los legisladores romanos y los poetas y artistas del Renacimiento: tomos sobre ingeniería y el cosmos. Algunos de los más fascinantes trabajos eran los relativos a la técnica quirúrgica de ponerle una nariz a una persona después de que le había sido rebanada, la historia de esa pecaminosa enfermedad francesa también llamada sífilis, y las técnicas quirúrgicas de guerra de Ambroise Paré.

En Italia, un cirujano había desarrollado un procedimiento para reemplazar la nariz de las personas a quienes se la habían cortado. Don Julio dijo que el cirujano se había visto motivado por la situación en que se había encontrado una mujer de Génova cuya nariz había sido cortada por algunos soldados furiosos por la resistencia que ella presentó a la violación que estaban cometiendo.

Gaspare Tagliacozzi, el cirujano italiano, murió por la época en que yo nacía. Él había estudiado un método quirúrgico hindú, en el que un trozo de la piel de la frente era llevado hacia abajo y trabajado para que tuviera forma de nariz. La parte superior de ese trozo, todavía sujeto a la frente, se lo dejaba sujeto hasta que la parte de la nariz crecía sobre esa piel. Los hindúes habían desarrollado ese arte por necesidad: muchas mujeres de la India perdían la nariz por infidelidades reales o imaginadas.

El método hindú dejaba una cicatriz grande, de forma piramidal, sobre la frente del paciente. Tagliacozzi desarrolló un método en el que se utilizaba la misma cantidad de piel, pero obtenida de debajo del antebrazo. Puesto que el antebrazo era movible, se formaba un marco alrededor de la cabeza de la persona para sostener el antebrazo contra la zona de la nariz hasta que el trozo suelto de piel del antebrazo se unía para formar una nueva nariz.

También realizaba operaciones similares para reparar orejas, labios y lenguas.

En cuanto a la joven mujer de Génova cuya defensa de su virtud le causó la pérdida de la nariz, se dice que la operación fue un éxito completo, salvo que, en climas fríos, su nariz se ponía de una tonalidad más bien púrpura.

Tagliacozzi relata sus técnicas en *De Chirurgia Curtorum Per Insitionem*, publicado un par de años antes de su muerte, un ejemplar del cual, en versión española, encontró su camino a la biblioteca del Don.

Una de las peores infecciones aparecidas en la faz de la Tierra es llamada por lo general sífilis o enfermedad francesa. Se dice que la enfermedad recibió su nombre del pastor Syphlius, quien insultó a Apolo; el dios, furioso, le infligió a Syphlius una odiosa enfermedad que se propagó como un relámpago.

La sífilis se ha abatido sobre el corazón de cada hombre y mujer del Nuevo y del Viejo Mundo. Adquirida a través de la copulación, muchos hombres se la contagiaron a sus esposas. Los sacerdotes nos sermonean diciendo que la sífilis es una enfermedad del pecado, puesta en la Tierra por Dios para castigar a los promiscuos, pero, ¿qué pecado comete una mujer inocente que se contagia de esta terrible afección porque su marido, sobre el que ella no tiene ningún control, se la transmite después de haberla recibido de una ramera o de una aventura amorosa?

Para quienes no la toman en sus etapas iniciales, esa enfermedad no tiene cura, salvo la muerte. Para algunos, la muerte llega con lentitud; va carcomiendo la vida de esa persona. Para otros, la muerte llega piadosamente rápido... pero con mucho dolor. Una de cada dos personas que se contagia muere de esta enfermedad.

El tratamiento es horrible a medida que las temibles y dolorosas úlceras y comezones comienzan a cubrir el cuerpo de la persona infectada. Cuando las llagas están presentes en el cuerpo, a la persona infectada la introducen en un barril o tonel con mercurio. Con frecuencia se utilizaba un tonel empleado por lo general para salar la carne a fin de que dure más tiempo. Barril o tonel, ese recipiente era del tamaño suficiente para contener el cuerpo de un hombre, de modo que se lo utilizaba para eliminar la enfermedad por medio del sudor o para fumigar allí al sifilítico. El contenido del recipiente, paciente y mercurio en polvo o líquido, se calentaba.

Se dice que la cura mata a tantas personas como la enfermedad. Muchos de quienes sobreviven a esa cura quedan con temblores en las manos, pies y cabeza, junto con espantosas muecas y sonrisas que parecen de calaveras.

Don Julio me contó que los alquimistas, que eran quienes les suministraban el compuesto de mercurio a los barberos y a otras personas que realizaban los tratamientos, finalmente hicieron realidad su sueño de convertir el mercurio en oro merced al tratamiento de la sífilis.

Algunos sostienen que los hombres de Colón trajeron la temida enfermedad desde América. A su regreso a España, muchos de ellos eligieron convertirse en mercenarios y se apresuraron a unirse al rey Fernando de Nápoles, quien defendía su reino contra el rey Carlos de Francia. Después de la caída de Nápoles, los españoles entraron al servicio del rey francés y transmitieron la enfermedad a Francia. Debido a su temprana prevalencia en el ejército francés, se ganó el apodo de "enfermedad francesa".

Los indios niegan que la enfermedad sea originaria del Nuevo Mundo y aseguran que los españoles la trajeron y que mató tantos indios como la peste y el vómito.

¿Quién puede saberlo? Tal vez las dos partes tienen razón... el Señor actúa de manera misteriosa.

Otra historia maravillosa de medicina también me fascinó: la del cirujano francés del campo de batalla, Ambroise Paré. Paré fue otro hombre que murió no mucho antes de mi nacimiento.

Cuando Paré era un joven cirujano del ejército, la manera común de detener la hemorragia de una herida de bala era cauterizarla con aceite hirviendo. El polvo negro utilizado en los cañones y armas más pequeñas era considerado venenoso; el aceite hirviendo era aplicado para eliminar ese veneno, detener el sangrado y curar la herida. La aplicación de aceite hirviendo en una herida resultaba extremadamente dolorosa para los soldados que ya tenían fuertes dolores.

Durante un periodo de muchas bajas, Paré se quedó sin aceite y decidió improvisar: aplicó un emplasto hecho con yemas de huevo, esencia de rosas y trementina. Para detener la hemorragia tomó la decisión radical de cerrar las arterias dañadas con una costura. Para su gran sorpresa y la de los cirujanos que trabajaban alrededor de él, casi todos sus pacientes sobrevivieron, mientras que la tasa de mortalidad de aquellos a los que se les aplicó aceite hirviendo fue excepcionalmente alta.

Al igual que muchos héroes de la medicina y de la ciencia, Paré no fue proclamado héroe en forma inmediata. Procurando dar su parte a la Inquisición, siempre negó haber curado a los hombres. Para evitar ser acusado de estar aliado con el demonio, después de cada tratamiento decía: "Yo vendé su herida; fue Dios el que lo curó."

Fue de Paré que don Julio aprendió la técnica de extraer una bala de mosquete o una flecha con la persona en la misma posición en que estaba cuando ese objeto ingresó en su cuerpo.

Pero, ay, ése es el precio de la fama y del éxito: cuando la fama de Paré aumentó, algunos cirujanos envidiosos trataron de envenenarlo.

Después de leer todo lo referente a las habilidades y conocimientos de Paré y de ver la forma educada en que don Julio aplicaba la medicina, me sorprendió la manera milagrosa en que fray Antonio era capaz de practicar la cirugía con los escasos conocimientos de anatomía que poseía y con utensilios de cocina en lugar de instrumental quirúrgico. Eh, sin duda el Señor le guiaba las manos.

Pensando en los milagros realizados por el fraile, recordé el relato de otro milagro médico. Un granjero llamado Roberto, que sufría de gangrena en la pierna izquierda, cayó en coma en la puerta de una iglesia. En su estado de inconsciencia, soñó que los santos se habían presentado para llevarlo a un hospital. Los santos le amputaron la pierna por debajo de la rodilla y le practicaron la misma operación, a un paciente que había muerto y que estaba en una cama contigua. Le cosieron después al granjero la pierna del muerto. Cuando, al día siguiente, Roberto despertó, descubrió que tenía dos piernas sanas.

Al regresar a su casa del hospital, Roberto les contó a su familia y a sus amigos el incidente. Cada vez que les decía que había sido objeto de un milagro, que los santos en persona le habían cosido la pierna de un muerto para reemplazar la que le habían amputado, las personas se mofaban de él. Y, cuando lo hacían, él se arremangaba el pantalón para demostrar la veracidad de su historia.

Una de sus piernas era blanca y la otra, negra.

El hombre de la cama contigua era un africano.

SETENTA Y OCHO

Mientras yo nadaba en un mar de conocimientos, vivía en un mundo de ignorancia y miedo. Era peligroso exhibir cualquier clase de saber fuera del estrecho círculo formado por don Julio, Mateo y yo. Aprendí esta dolorosa lección de don Julio, quien —lamento decirlo— asegura que soy el único amigo que tuvo jamás que lo incitara a la violencia.

El incidente ocurrió cuando una mujer que don Julio había tratado murió en una ciudad a un día de viaje de la hacienda. Yo acompañé a don Julio a la casa de la mujer, donde la estaban preparando para el entierro. La mujer no era muy grande, tenía alrededor de cuarenta años, que es más o menos la edad que yo le calculaba a don Julio. Y parecía gozar de buena salud inmediatamente antes de su muerte.

Para complicar aun más las cosas, ella era una viuda rica y recientemente se había casado con un hombre más joven que tenía fama de derrochador y mujeriego.

Al llegar a la casa, don Julio hizo que todos menos el alcalde y el sacerdote salieran de la habitación y examinó el cuerpo. Sospechó envenenamiento por arsénico debido al olor a almendras amargas que había en su boca.

El sacerdote anunció que la mujer había expirado por el pecado cometido al contraer matrimonio tan pronto después de la muerte de su marido y con un hombre que la Iglesia desaprobaba.

Me eché a reír frente al dictamen del cura.

—La gente no muere por haber pecado.

Lo único que recuerdo después de pronunciar estas palabras es haber recibido un puñetazo de parte de don Julio que casi me envió al otro extremo de la habitación.

—¡Pedazo de tonto ignorante! ¿Qué sabes tú de la acción misteriosa de Dios?

Me di cuenta de mi error. Era la segunda vez en la vida que me había metido en problemas por revelar mis conocimientos médicos.

—Usted está en lo cierto, padre. La mujer murió por sus pecados —dijo don Julio—, en el sentido de que trajo a su propia casa al sinvergüenza que la envenenó. Como sucede con la mayoría de los venenos, resultará extremadamente difícil probar que él se lo administró. Sin embargo, con el permiso del alcalde y la bendición de la Iglesia, me gustaría tenderle una trampa al asesino.

—¿Exactamente cuál trampa desea tenderle, don Julio? —preguntó el alcalde.

—La prueba de la sangre.

Los dos hombres murmuraron su aprobación. Yo permanecí callado, sumido en la ignorancia y en la humildad.

—Si pudiera pedirles al padre y a su excelencia que preparen al marido sembrando en él las semillas del miedo...

Cuando los dos abandonaron la habitación para hablar con el marido, don Julio dijo:

—Debemos apresurarnos.

Comenzó a examinar el cuerpo de la señora.

—La palma de su mano presenta un corte, probablemente de cuando quebró esta copa por el dolor. —La herida era de forma irregular y había poca sangre en ella.

Junto a la cama, sobre la mesa y en el suelo, había trozos de la copa. Don Julio examinó algunos y los olió.

—Sospecho que el veneno estaba en esta copa.

—¿Cómo lo probará? ¿Qué es la prueba de la sangre?

—En realidad, es un cuento de viejas, pero muchas personas lo creen. —De su maletín médico sacó un tubo de cobre y una pequeña pelota, también de cobre. Yo lo había visto llenar esa pelota de líquido y anexarla al tubo para insertarlo en la espalda de una persona al aplicar medicinas en ese lugar. —Cuando una persona muere, por una razón extraña y desconocida, la sangre se deposita en la parte inferior de su cuerpo. Como esta mujer está acostada de espaldas, la sangre se le acumulará a lo largo de la espalda, en la parte posterior de las piernas, etcétera.

—¿Por qué?

Él se encogió de hombros.

—Nadie lo sabe. Muchos médicos creen que es parte de un proceso en el que el cuerpo es atraído hacia la tierra para su sepultura. Como sabes por los libros de mi biblioteca que leíste con mi permiso —y los que lees a escondidas—, en la vida hay más misterios que respuestas.

—Esta acumulación de sangre... ¿ésa es la prueba de la sangre?

—No. Ayúdame a voltearla un poco. —Desenvainó su daga del cinto.
—Voy a extraerle sangre.

Llenó la pelotita con sangre e insertó el tubo, manteniendo el dispositivo hacia arriba para que el líquido no se derramara. Levantó la manga del camisón de la mujer y apoyó el dispositivo sobre su brazo desnudo, manteniendo un dedo sobre el extremo para que la sangre no se vertiera.

—Ven, pon el dedo donde lo tengo yo.

Cambié de lugar con él y mantuve el extremo del tubo sellado, mientras él bajaba la manga hasta que la pelota y el tubo quedaron cubiertos.

—Cuando quites el dedo, la sangre de ese recipiente lentamente fluirá hacia la palma de su mano. Para alguien que acaba de entrar en la habitación, parecerá que la herida de la mano de la mujer sangra.

—¿Y por qué habría de sangrar esa herida?

—Muchas personas creen que las heridas infligidas a una persona sangrarán si el asesino de esa persona se acerca al cadáver. Cuando eso sucede, el asesino queda en descubierto. En eso consiste la prueba de la sangre, en que la sangre de la víctima señala a la persona que le quitó la vida.

—¿Y eso es verdad? ¿Realmente la sangre fluye?

—Sí, cuando uno hace lo necesario para que suceda, como nosotros acabamos de hacer. Les pedí al fraile y al alcalde que despertaran en el marido el temor hacia dicha prueba. Llegó el momento de llamarlos para que entren, seguidos por el marido. Cuando él entre en la habitación, aparta el dedo y da un paso atrás, y yo señalaré que la palma de la mano ha comenzado a sangrar.

Un momento después, el marido huía del cuarto, aterrorizado. Lo vi por última vez balbuceando incoherentemente cuando los hombres del alcalde le ataron las manos a la espalda. Yo no estuve presente cuando lo ahorcaron: ya había visto suficientes muertes en mi vida.

Camino de regreso a la hacienda, don Julio me habló de la manera apropiada de tratar la medicina con un sacerdote delante.

—La instrucción médica que necesita un sacerdote la encuentra en las Escrituras.

—¿Acaso las Escrituras tienen información médica?

—No. De eso se trata, precisamente. Para la mayoría de los sacerdotes, el médico no cura: lo hace Dios. Y Dios es mezquino con respecto a cuántas vidas salva. Si un médico salva demasiadas, puede despertar la sospecha de que está aliado con el demonio. Cuando desafiaste al sacerdote, tenías razón en cuanto a tus conocimientos, pero tu sabiduría era equivocada. Es peligroso para cualquier médico demostrar demasiados conocimientos médicos o lograr demasiadas curaciones. Cuando el médico es un converso, como yo, y los demás lo saben, los familiares de la Inquisición pueden sacarlo de la cama en mitad de la noche si demuestra demasiadas habilidades médicas.

Me disculpé profusamente al Don.

—La misma actitud es preciso que tomes con respecto a tus conocimientos de las hierbas curativas indias. Con frecuencia, esas hierbas son más eficaces que cualquier medicina europea, pero hay que procurar no despertar la ira de los curas o de los médicos envidiosos.

Don Julio me dijo algo que me perturbó: en ocasiones, él recetaba remedios que sabía que no servían para nada, pero que tranquilizaban a los pacientes y a los sacerdotes.

—Existe una mezcolanza llamada *mithradatium*, que tiene varias docenas de ingredientes y que se cree cura todo, incluyendo el envenenamiento. Uno de sus principales ingredientes es la carne de una serpiente, basándose en la teoría de que un reptil es inmune a su propio veneno. En mi opinión, esa medicina no sólo es una estafa sino que también es nociva. Cuando yo la administro, lo hago en dosis muy pequeñas para que no hagan mal.

"Nuestros médicos saben más acerca de los venenos que matan a la gente que con respecto a la drogas que curan las enfermedades. Los tontos con frecuencia no prestan atención a un remedio indio que se sabe tiene poderes curativos, y aplican algo que no posee ningún valor medicinal. El mismo virrey y la mitad de los hombres importantes de España les ponen piedras de bezoar a sus bebidas porque creen que esas piedras son un antídoto que absorbe los venenos."

—¿Piedras de bezoar? Nunca oí hablar de ese antídoto —dije.

—Son piedras halladas en los órganos de rumiantes muertos. Hombres que trazan el destino de naciones, reyes que gobiernan imperios, con frecuencia se niegan a beber cualquier cosa a menos que su piedra de bezoar haya sido colocada en su copa.

—¿Impiden que uno sea envenenado?

—¡Bah! Son completamente inútiles. Algunas tienen cuernos que se cree han pertenecido a unicornios. Ellos beben de los cuernos o revuelven la bebida con los cuernos por creer que esos cuernos neutralizan los venenos.

Sacudí la cabeza, maravillado. Era precisamente para esa clase de personas que la víbora del Sanador surtía efecto.

El Don continuó hablando sin ocultar su desprecio.

—Cuando, hace unos años, el arzobispo agonizaba, hombres considerados los mejores médicos de Nueva España estaban junto a su lecho. Una de las medicinas que le dieron para ayudarlo a dormir y a reducir su dolor fue excremento de ratón. —Sacudió la cabeza como si le resultara imposible entenderlo. —Tengo la certeza de que esa sustancia inmunda no hizo sino acelerar la llegada de ese pobre hombre a su recompensa en el cielo.

Después de escuchar al Don, comprendí que él y el Sanador no estaban tan alejados en sus prácticas médicas como podría suponerse.

Ni en su astucia. La prueba de la sangre era, sin duda, el equivalente español de un truco indio con víboras.

Una época de mi vida se cerró y otra se abrió cuando cumplí veintiún años. Yo había soñado como mil veces ver la ciudad de Nueva España a la que se llamaba la maravilla del mundo, una ciudad de canales y palacios, de hermosas mujeres e imponentes caballeros, de excelentes caballos y de carruajes dorados.

Ese día finalmente llegó cuando iba a conocer a la Venecia del Nuevo Mundo.

SETENTA Y NUEVE

—Todos nos vamos a la ciudad —nos informó don Julio cierto día.

Mateo y yo intercambiamos miradas de sorpresa.

—Empaquen todas sus posesiones personales. Instruiré a los criados qué llevar de las cosas de casa. Cristo, tu debes supervisar el embalaje de la biblioteca y de otros artículos que te señalaré. Mateo y yo partiremos mañana a la ciudad. Tú vendrás con mi hermana y mi sobrina cuando tengas todo empacado y cargado. Tendrás que contratar más mulas para llevar la carga. Inés y Juana viajarán en el carruaje hasta donde sea posible y, luego, en una litera cuando no se pueda seguir avanzando en el carruaje.

—¿Cuánto tiempo estaremos en la ciudad? —preguntó Mateo.

—No lo sé. Quizá para siempre. Tal vez seremos enterrados allá.

Yo nunca había visto al Don tan serio e introspectivo. Debajo de su sobria actitud de desaprobación, intuí ansiedad y urgencia.

—¿Cuál es la urgencia, don Julio? —pregunté—. ¿Acaso doña Isabella está enferma?

—Mi esposa todavía está suficientemente sana como para gastar dos pesos por cada peso que yo gano. No, no se trata de la Doña. El virrey exige mi presencia. Las fuertes lluvias de las últimas semanas han provocado inundaciones en algunas zonas de la ciudad.

—¿Qué pasó con el túnel de drenaje? —preguntó Mateo.

—No sé qué ha sucedido. Demasiada agua para el túnel, derrumbes; no lo sabré hasta que lo inspeccione. Yo diseñé ese túnel para que soportara fuertes lluvias.

Si bien me sentía preocupado por el problema del Don con el túnel, me fascinó la idea de ir a esa gran ciudad. Los años pasados en la hacienda me habían transformado en todo un caballero —al menos, eso pensaba yo—, pero la hacienda era un lugar de ganado y maíz. ¡México! Su mismo nombre parecía vibrar de excitación en mis oídos.

Por una mirada de don Julio comprendí que él había barajado la idea de dejarme en la hacienda. También yo temía las sombras negras de mi pasado, pero habían transcurrido tantos años que ya no vigilaba mi espalda. Además, ¡ya no era un muchachito mestizo sino un elegante caballero español!

Mateo también estaba impaciente por volver a la vida de ciudad. Y era más segura para él. El Don dijo que el miembro de la audiencia que le habría causado problemas a Mateo había regresado a España. Pero el entusiasmo que sentíamos se vio atemperado por nuestra preocupación por don Julio. Esa misma noche, después de la cena, Mateo expresó en voz alta algunos de mis propios temores.

—El Don está preocupado, más de lo que demuestra. La orden del virrey debe de ser seria. El túnel fue el proyecto más costoso de la historia de Nueva España. Sabemos que don Julio es un gran hombre, el mejor ingeniero de Nueva España... así que él túnel debe de ser una maravilla.

Mateo me tocó el pecho con la punta de su daga.

—Pero, Bastardo, confiemos en que el túnel que el Don *diseñó* sea el túnel que *construyeron*.

—¿Te parece que la mano de obra puede haber sido defectuosa?

—No creo nada... todavía. Pero vivimos en una tierra en la que los cargos públicos son vendidos al mejor postor y en la que una mordida compra cualquier favor de un gobierno oficial. Si el túnel falla y la ciudad sufre serios daños, ni el virrey ni sus subordinados aceptarán la culpa. Y, ¿quién mejor para soportar toda la culpa que un converso?

Quince días después de la partida del Don y de Mateo, inicié mi viaje hacia la ciudad montado a caballo, con una caravana de mulas detrás. En mi impaciencia, hice que los criados embalaran todo rápidamente; pero si bien yo avanzaba con la velocidad de un jaguar, Inés arrastraba los pies como un prisionero camino al cadalso. La perspectiva de vivir con Isabella la irritaba. Ella no quería abandonar la hacienda; pero, incluso con una servidumbre leal de indios, el Don temía por la seguridad de dos mujeres españolas solas.

—Preferiría ser asesinada por bandidos a dormir en la misma casa que esa mujer —declaró Inés.

Yo, en cambio, habría dormido debajo del techo del diablo con tal de poder conocer México.

Apresuré a Inés y a Ana con sus preparativos, mientras Inés daba una excusa tras otra por la lentitud con que los hacía. Cuando todo estuvo listo, partimos: dos mujeres, yo y una caravana de mulas y criados. Yo había estado tres años en la hacienda. Llegué allí como un mestizo paria y me iba como un caballero español. Sabía montar a caballo, tirar, usar una espada ¡e incluso comer con tenedor! No sólo era capaz de arrear el ganado sino que había aprendido también el milagro de cómo el sol y el agua nutrían la tierra.

Otra etapa de mi vida estaba a punto de comenzar. ¿Qué me tendrían reservado los dioses esta vez?

OCHENTA

Mi primera visión de la gran ciudad fue desde lo alto de una colina y a la distancia. Brillaba sobre el lago como una fina joya sobre el pecho de una mujer.

¡México!, me pregunté, como lo habían hecho antes que yo los conquistadores. *¿Era real?*

Juana me habló desde su litera transportada por dos mulas.

—Bernal Díaz del Castillo, el conquistador que escribió una historia de la conquista, describió lo que pensaron los conquistadores la primera vez que vieron Tenochtitlán. Habló de cosas encantadas... "grandes torres, templos y edificios que se elevan desde el agua". Cristo, nosotros también debemos preguntarnos si estas cosas que vemos ahora, la Ciudad de México que se eleva desde las ruinas de Tenochtitlán, no son un sueño.

Las torres y los templos de abajo no eran aztecas, pero igual eran maravillas del mundo, al menos de la pequeña parte del mundo en la que se habían posado mis ojos. Mateo aseguraba que había amado y luchado en la mitad de las grandes ciudades de Europa, y que la ciudad que llamamos México era tan alta y orgullosa como cualquiera de ellas. Iglesias y palacios, casas tan grandes que la de la hacienda habría cabido en su patio, amplios bulevares, canales, campos verdes y lagos. Carreteras elevadas conectaban las márgenes con la ciudad, y una se fusionaba con una calle imponente. ¡Pero no! No era una calle como las de Veracruz o Jalapa sino una inmensa avenida suficientemente larga y ancha como para instalar esas ciudades sobre ella. Seis carruajes podían viajar en ella lado a lado. Hasta la más angosta de las calles podía permitir el paso de tres carruajes lado a lado.

En el corazón de la ciudad vi una plaza grande que sabía se llamaba el Zócalo, la plaza principal. Era la más grande e importante de la ciudad y se distinguía por hermosos edificios como el palacio del virrey y la catedral, que todavía estaba en construcción.

¡Y los canales! Como si un pintor los hubiera dibujado con la mano dirigida por Dios. El lago y los canales estaban repletos de canoas y barcazas que aprovisionaban la ciudad como una flota de chinches de agua, al tiempo que las amplias carreteras elevadas eran transitadas por carruajes, literas, jinetes y peatones.

Joaquín, el valet indio de don Julio, que lo servía tanto en la hacienda como en la casa de la ciudad, nos acompañaba. Señaló la plaza principal.

—El mercado más importante está en la plaza. Allí hay muchas tiendas, además de la Iglesia y de la vivienda del virrey. Las mansiones de los nobles y de los comerciantes ricos se encuentran en las calles linderas.

Y me indicó un sector grande y verde, no muy lejos de la plaza.

—La Alameda. Por las tardes, las señoras usan sus mejores vestidos de seda en sus carruajes y los hombres visten con garbo sobre sus mejores caballos y desfilan hacia un lado y otro de la alameda. Es un lugar donde muchas veces los hombres desenvainan la espada y —se me acercó más para susurrarme al oído— ¡las mujeres se levantan las faldas!

Si Mateo no estaba en la casa del Don cuando llegáramos, sabía dónde podía encontrarlo.

Nos unimos a gente en la calle principal que desembocaba en una de las carreteras elevadas que se extendía, por encima del lago, a la ciudad. El tráfico de personas a pie, a caballo, en mulas, en carruajes y en literas aumentó a medida que nos acercábamos más a la carretera elevada. Muchas de las personas que encontramos en el camino eran indios que transportaban fruta, verdura y artículos hechos a mano. A medida que los indios se aproximaban a la carretera elevada, docenas de africanos y mulatos los desviaban a un sector al costado del camino, donde la carga era apilada y examinada en el suelo. Un indio que llevaba una gran bolsa con maíz a la espalda trató de pasar alrededor de los hombres y fue drásticamente empujado al costado junto a los otros.

Le pregunté a José qué era lo que sucedía.

—La Recontonería.

Esa palabra no significaba nada para mí.

—Los africanos les compran a los indios frutas y verduras y después las venden en la ciudad a un precio dos o tres veces mayor.

—¿Por qué los indios no los llevan directamente a la ciudad?

—El que desafía la Recontonería es encontrado después flotando en un canal. Todos, los panaderos y los cantineros, todos les compran a ellos. Algunos indios intentan entrar sus productos en la ciudad en canoas, pero son pocos los que logran burlar las embarcaciones de la Recontonería.

Esos bandidos y piratas les robaban a los indios, echando mano de su fuerza bruta. Eso me indignó.

—¿Por qué el virrey no pone punto final a esto? No sólo estafa a los indios sino que eleva el precio de la comida para todos. Me quejaré de esto personalmente al virrey.

—Todo el mundo lo sabe, pero nadie puede impedirlo, ni siquiera el virrey.

—¿Por qué no? Unos pocos soldados con mosquetes…

Joaquín me observó con divertida paciencia. De pronto comprendí lo estúpido que debía de haber sonado.

—Como es obvio, esto no se frena porque resulta lucrativo *no sólo* para los africanos sino también para personas tan encumbradas que hasta el virrey tolera esta práctica.

La sangre española que fluía por mis venas me dijo que las personas que compartían esa sangre no permitirían que los africanos y gente por el estilo —esclavos, ex esclavos y mulatos— lucraran. Sin duda muchos de los africanos involucrados en esta práctica no eran hombres libres sino esclavos, que abandonaban la casa de sus amos por la mañana para avanzar a pie hasta el final de la carretera elevada con las manos vacías y regresaban por la noche con los bolsillos llenos de dinero después de comprar verduras baratas y venderlas caras. Desde luego, la ganancia sería para sus amos.

Los indios odiaban y temían a los africanos por la forma en que los españoles usaban a los negros para intimidarlos.

—Es bien triste —le dije a Joaquín— que los indios y los africanos, ambos maltratados por los españoles, no puedan encontrar un terreno común que alivie su sufrimiento mutuo.

Joaquín se encogió de hombros.

—A nosotros no nos importa quién nos quita nuestra tierra, nuestras mujeres y nuestro dinero, tal como nos da igual cuál zorro roba los pollos. De todos modos, esas cosas están perdidas, ¿no es así, señor?

OCHENTA Y UNO

Cruzamos la carretera elevada y mi corazón empezó a latir deprisa. Acababa de entrar en la ciudad más grande del Nuevo Mundo. La avenida que tenía delante pulsaba de gente, sonidos y color.

—¿Sabes algo de *Las mil y una noches?* —le pregunté a Joaquín.

—No, señor.

—Es un relato de hombres valientes y mujeres hermosas, oro y joyas, lugares exóticos, personas fascinantes y extrañas bestias. No me importará morir mañana, Joaquín, pues hoy he visto las mil y una noches.

¡Qué espectáculo! ¡Qué color! ¡Qué sonidos!

Mujeres exquisitas envueltas en vestidos de seda y oro viajaban en carruajes de plata que no habrían avergonzado a una duquesa en Madrid; caballeros y caballos pasaban junto a nosotros, hombres gallardos sobre corceles briosos —alazanes de color marrón rojizo, tordillos con rayas oscuras, picazos negros y blancos— con espuelas tintineantes de plata, bridas de plata y, Joaquín me dijo, a veces hasta *herraduras de plata*. Hombres de uniforme, africanos en librea, trotaban no sólo junto a los carruajes sino que podían verse detrás de los hombres montados a caballo, pisando incluso los excrementos de los caballos mientras transportaban las cosas que los hombres necesitaban para sus negocios o para alguna reunión social ofrecida ese día.

En la Ciudad de México, era imprescindible mirar cuatro cosas: las mujeres, las vestimentas, los caballos y los carruajes. Yo lo había oído decir muchas veces en mi vida, pero ahora me daba cuenta que no era un cuento de viejas. No significaba que toda esa pompa y exhibición fuera necesaria o una señal de buena cuna.

Mateo, quien personalmente no se oponía a la pompa, decía que cada zapatero remendón con un ayudante y cada muletero con seis mulas habría jurado que descendía de una casa importante de España, que la sangre de los conquistadores corría por sus venas y que ahora, aunque la fortuna no era benévola con él y su ropa comenzaba a deshilacharse, la gente debía dirigirse a él con el "Don" honorífico y que sus aires pomposos debían ser reconocidos como de buena crianza. Mateo decía que, de ser así, Nueva España podría ufanarse de tener suficientes "grandes caballeros" como para llenar las filas de todas las casas nobles de la península.

Los frailes sudaban en sus hábitos grises, negros y marrones, mientras que los caballeros señoriales se pavoneaban con arrogancia debajo de enormes sombreros con plumas y espadas con empuñadura de plata y perlas como una marca de su posición en la vida. Las damas con faldas amplias y enaguas blancas, sus rostros cubiertos con polvo francés y lápiz de labios de color rojo vivo, cuidadosamente caminaban sobre el empedrado con zapatos de tacón, seguidas por pajes que sostenían parasoles de seda para proteger del sol la cara delicada de la señora de la casa.

Tediosamente pesados, carros que chirriaban, bueyes agotados, burros que rebuznaban, muleteros que lanzaban imprecaciones, ¿existe acaso otra ocupación que conozca más malas palabras? Viejas arrugadas que vendían tortillas que goteaban salsa, mulatas que vendían papayas peladas sobre un palo, léperos avaros y plañideros que suplicaban limosna... ¡malditas sean sus almas ladronas! ¿Por qué no trabajan como lo hacen las personas honestas como yo?

Una vez bien internado en la ciudad, una serie de olores nauseabundos me atacó y comprendí que los canales eran cloacas abiertas, a menudo repletas de residuos y de sólo Dios sabe qué —cosas cuya verdadera naturaleza yo ni siquiera quería adivinar—, y que a los boteros les resultaba muy difícil avanzar con sus canoas. Pero a mí no me importaba si una lava hirviente fluía por los canales. Había estado tanto tiempo oliendo sólo heno y estiércol que el hedor de una gran ciudad era como un ramillete de flores para mí.

Al igual que los héroes de esas noches exóticas y voluptuosas de Arabia, yo había encontrado un oasis verde, el paraíso de Alá sobre la Tierra. Comencé a transmitirle a Joaquín lo que pensaba acerca de Alá y su jardín, pero rápidamente contuve las palabras. Yo ya había blasfemado al mencionar Las mil y una noches. Si alguna otra profanación brotaba de mi lengua, el próximo olor que percibiría sería el de la mazmorra de la Inquisición.

Cruzamos la plaza principal. Dos lados estaban cubiertos con portales para proteger del sol y la lluvia a los comerciantes, a los funcionarios del gobierno y a los compradores. Nobles convencidos de su propia importancia llevaban papeles a reuniones con el virrey, mientras que los criados de las casas regateaban con mujeres sentadas junto a mantas cubiertas de frutas y verduras, y grandes damas entraban en las tiendas de mercaderes que vendían de todo, desde seda china hasta cuchillos de Toledo.

Frente a la plaza estaban el palacio del virrey y la prisión, y el complejo parecía una imponente fortaleza con sus muros de piedra y sus grandes puertas de acceso.

A la izquierda del palacio estaba la casa de Dios, una inmensa catedral cuya edificación se había iniciado mucho antes de que yo naciera y todavía se elevaba entre los escombros y el polvo que acompañaban a su construcción.

A pesar de la majestuosidad de la ciudad, sus edificios no desafiaban los cielos como la Torre de Babel. Le comenté a Joaquín que eran pocos los edificios que veía que tenían más de dos plantas.

Él movió las manos hacia arriba y hacia abajo.

—La tierra tiembla.

Por supuesto, terremotos. Nueva España tiene tanta pasión en su tierra —terremotos que sacuden el mundo debajo de nuestros pies y volcanes que escupen fuego— como en su gente, que arde con los fuegos del amor y el odio.

Las tiendas de los comerciantes y los edificios del gobierno lentamente se fueron desdibujando cuando nos dirigimos a la Alameda, ese gran espacio verde donde los caballeros y las damas lucían su ropa, sus caballos y sus sonrisas.

Nuestra caravana de mulas y nuestras literas pasaron junto a casas de tal magnificencia que llamarlas palacios no era una exageración. Frente a los enormes portones estaban de pie criados africanos vestidos con ropa más fina que la mía.

Cuando llegamos a la Alameda, el desfile de los gallardos caballeros y de las damas había comenzado. Me dio un poco de vergüenza conducir una caravana de mulas. Ahora era un joven caballero español, aunque sólo fuera de nombre, y nosotros no nos ensuciábamos las manos con trabajo.

Me bajé bien el ala del sombrero sobre los ojos con la esperanza de que más tarde, cuando regresara como caballero, nadie me recordaría como conductor de mulas.

El parque era agradable, un lugar con césped, árboles y un lindo estanque, pero casi no miré lo que me rodeaba; tenía la vista fija en los hombres y las mujeres, en las miradas furtivas y tímidas, en las invitaciones no verbalizadas pero igualmente transmitidas, en las risitas coquetas y en los resoplidos masculinos de los galanes y los caballos. ¡Ah, qué espíritu, briosos caballos, hombres fogosos, caballos y hombres vivaces, vehementes, sexualmente vigorosos, que bailoteaban, se encabritaban, piafaban, una espada en la cadera y sonetos de amor en los labios!

Eh, así era el hombre que yo quería ser: valiente y arrogante, un demonio enardecido en el lecho de una mujer, un espadachín letal en el campo del honor. Expansivo y encantador, un cisne con una espada que lucha por el favor de una dama, desenvaina la espada y la daga para vencer a un rival, o dos o tres. ¡Yo sería capaz de luchar contra una docena de esos petimetres perfumados por estar un minuto en los brazos de una mujer hermosa!

Ningún actor de comedias pudo haber exhibido más misterio y romance que esos galanes y esas damas. Cada caballero tenía su grupo de esclavos que seguían las cabriolas de su orgulloso corcel, en ocasiones tantos como una docena estaban a su servicio. Cada dama tenía un número parecido junto a su carruaje, con atuendos de colores vivos, casi tan engalanados como su propia vestimenta y su coche.

—Antes de que termine la noche, alguien extraerá su espada movido por la furia y los celos —dijo Joaquín—, y correrá sangre.

—¿Las autoridades castigan esas conductas?

—Los hombres del virrey arman mucho alboroto, corren hacia el agresor empuñando las espadas y le dicen que está detenido, pero en realidad nunca se produce un arresto. Los amigos del caballero lo rodean con sus espadas desenvainadas y lo escoltan a una iglesia cercana, donde él busca protección. Una vez en el interior de la iglesia, los hombres del virrey no pueden seguirlo. Y, al cabo de algunos días, todo se olvida. El espadachín está de vuelta en la Alameda, y esta vez desenvaina su espada para defender a un amigo o para luchar contra los hombres del virrey.

Yo me maravillaba por la justicia de semejante sistema de honor, cuando de pronto un hombre a caballo se me acercó y me palmeó la espalda con tanta fuerza que casi caí del caballo.

—¡Mateo!

—Era hora que llegaras aquí, Cristóbal. —En privado me llamaba solamente Bastardo, pero Joaquín estaba lo suficientemente cerca para oírlo. —Tengo muchas aventuras para contarte. Pasé las últimas tres noches en una iglesia. ¿Acaso eso te dice que estoy listo para convertirme en sacerdote?

—Lo que me dice es que estuviste un poco más adelante que los hombres del virrey. ¿Qué es eso? ¿Una nueva mujer? —Le indiqué un tajo pequeño pero de mal aspecto que tenía a un costado del cuello.

—Ahhh —dijo y se tocó la herida en carne viva—. Esto es por Julia. Por un momento, en sus brazos recibí el impacto de una daga arrojada en la Alameda. El tunante que la arrojó pensó que alargaría algunos momentos su vida si me hería.

—¿Y don Julio? ¿Doña Isabella? ¿Se encuentran bien?

—Son tantas las cosas que tenemos para hablar, mi joven amigo. El Don ha estado esperando ansiosamente tu llegada. ¡Tenemos mucho trabajo que hacer! —Volvió a palmearme la espalda, con fuerza suficiente como para cortarme la respiración.

Advertí que montaba un caballo diferente del que usó al abandonar la hacienda. Era un precioso alazán, de pelaje más rojizo que marrón. Enseguida lo envidié por tener un animal tan hermoso. Yo necesitaría un caballo así para pavonearme en la Alameda.

—¿Ese hermoso animal pertenece al establo que el Don tiene en la ciudad?

—No, me lo compré con mis ganancias en los naipes. Pagué el doble de lo que costaba cualquier alazán de la ciudad, pero lo valía. Su pedigrí se remonta a un famoso alazán de un conquistador. Ah, mi joven amigo, ¿acaso no es verdad que ni siquiera una mujer es capaz de satisfacer el orgullo y el ego de un hombre como lo hace un caballo?

Echó la cabeza hacia atrás y cantó la oda de Balbuena a los caballos de Nueva España.

> *Su gloria aquí es tal*
> *que nos hace afirmar*
> *que sin duda proceden del haras de Marte...*

Los dueños de la mitad de los caballos de Nueva España aseguran que sus animales son descendientes directos de uno de los catorce caballos de los conquistadores, que aterrorizaron a los indios durante la conquista. Y la mayor parte de los jamelgos tenía tanto derecho de alegar esa ascendencia como los muleteros que se enriquecían transportando provisiones a las minas de plata y comenzaron a llamarse a sí mismos "don".

Chasqueé la lengua.

—Amigo, te han estafado. ¿Olvidaste que en la compañía de Cortés no había alazanes?

Él me miró y su rostro se volvió tan negro que el miedo que sentí me llegó hasta las espuelas.

—¡El sinvergüenza que me lo vendió estará muerto al ocaso!

Espoleó a su caballo. Yo, muerto de pánico, le grité.

—¡Detente! ¡Fue sólo una broma!

OCHENTA Y DOS

La casa de don Julio en la ciudad, si bien no tan majestuosa como un palacio, era más imponente que la de la hacienda. Al igual que la mayoría de las mansiones elegantes de la ciudad, tenía un jardín con hermosas flores y fuentes, enredaderas que cubrían pasadizos cuya sombra brindaba frescura aunque el sol estuviera bien alto en el cielo, un enorme establo para los carruajes y los caballos y, desde luego, en la casa principal, una inmensa escalinata .

Un criado me condujo a mi habitación... encima del establo, muy calurosa y con olor a estiércol. Mateo hizo una mueca.

—Mi cuarto está al lado del tuyo. Doña Isabella quiere que sepamos cuál es nuestro lugar.

Don Julio nos aguardaba en la biblioteca, instruyendo a los criados cómo desempacar y ordenar sus libros en los estantes. Lo seguimos a una salita. Él permaneció de pie al hablarnos.

—La ciudad ha sufrido daños por las inundaciones durante las fuertes lluvias debido a que se produjeron hundimientos y derrumbes que atoraron el túnel. Del mismo modo que sucede con un caño, un túnel sólo conducirá tanta agua como su parte más angosta.

Más para mi beneficio que para Mateo, que ya poseía ciertos conocimientos con respecto al proyecto del túnel, prosiguió explayándose sobre el tema.

La ciudad está emplazada sobre un lago o sobre lo que mucha gente creyó era una serie de cinco lagos intercomunicados. El lago está sobre una planicie, en lo más profundo de un vasto valle, rodeado de montañas, muchas de las cuales tienen una legua de altura. Tenochtitlán estaba originalmente edificada sobre una isla saturada de humedad y lentamente se fue expandiendo gracias a los jardines flotantes que echaron raíces en ese lago poco profundo. Porque la ciudad estaba tan baja con respecto al nivel del agua, los aztecas construyeron un sistema elaborado de canales y diques para proteger la ciudad de las inundaciones.

Casi desde la época de la conquista, la ciudad comenzó a sufrir inundaciones periódicas. Los indios creían que esas inundaciones tenían un origen espiritual. En venganza por la profanación de los dioses aztecas, Tláloc, el dios de la lluvia sediento de sangre, producía precipitaciones torrenciales que amenazaban la ciudad. Para construir una ciudad grande justo encima de Tenochtitlán, los españoles deforestaron las laderas cubiertas de árboles. Se decía que solamente el palacio de Cortés absorbió cerca de diez mil árboles.

Con las laderas sin vegetación, el agua comenzó a caer en cascadas de las montañas, llevando consigo tierra que fue llenando los lagos y elevando el nivel del agua. Las primeras inundaciones llevaron a la reconstrucción de los diques de los aztecas. Pero el lecho del lago se fue llenando de cada vez más tierra de las laderas de las montañas y ya los diques no podían contener ese nivel de agua cada vez mayor.

—Cada década, desde la conquista, ha visto lluvias torrenciales e inundaciones en la ciudad —dijo el Don—. La mayor parte del valle quedó bajo agua durante una temporada inusualmente lluviosa y la ciudad casi fue abandonada... sólo el costo de reedificar una ciudad entera nos impidió trasladar la Ciudad de México a tierras más altas.

Hacía tiempo que se preveía la construcción de un canal y un túnel a través de las montañas para drenar el agua de lluvia antes de que la ciudad se inundara. A don Julio, famoso por su habilidad como ingeniero, se le encomendó el diseño del proyecto.

—Como ustedes dos saben, yo tracé los planos para el proyecto: un canal de casi diez kilómetros desde el lago de Zumpango a Nochistongo, seis kilómetros y medio de los cuales atravesarían las montañas.

—¿Y esos planos se respetaron? —preguntó Mateo.

—Mis especificaciones determinaban el tamaño y la posición del canal y del túnel. Pero en lugar de apuntalar el túnel con vigas sostenidas por hierros, cubiertas con ladrillos reforzados con mampostería, las paredes del túnel se hicieron con ladrillos obtenidos con una mezcla de barro y paja, similares a los que se utilizan para construir una casa. —En la cara de don Julio apareció una expresión de pesar. —No conocíamos la constitución de la montaña, que resultó ser propensa a los hundimientos. Yo no participé de la construcción en sí misma, pero me dijeron que muchos indios murieron al excavar el túnel. Sus gritos amortiguados me acosarán cuando arda en el infierno por la parte que me corresponde de este desastre.

Lamentablemente para los indios, la montaña no estaba formada por rocas sino por tierra suelta y desmigajada. Yo había oído decir que cincuenta mil indios habían muerto excavando el túnel, pero en lugar de aumentar la preocupación y la culpa de don Julio con ese dato, me limité a apartar la mirada.

—Como saben, este año llovió mucho, no tanto como en el pasado, pero por encima del nivel normal de precipitaciones. Y se produjo una inundación menor.

Sentí un alivio instantáneo.

—¡Una inundación menor! Entonces la situación no es tan drástica como creímos.

—Es peor aún. Debido a los derrumbes, el túnel no pudo transportar el agua que estaba apenas por encima del nivel normal. Y si llegara a producirse una tormenta severa, es posible que toda la ciudad quede bajo agua.

—¿Qué se puede hacer, entonces? —preguntó Mateo.

—Justamente, en eso estoy trabajando. Ya hay un ejército de indios sacando los escombros de los derrumbes y remendando con ladrillos de mampostería y vigas de madera como sustentación. Pero cuando atacamos un punto se produce un hundimiento a pocos metros.

—¿Qué podemos hacer nosotros para ayudar? —preguntó Mateo.

—Por el momento, nada. Necesito saber más acerca de cómo se construyó el túnel, y no necesito la ayuda de ustedes para hacer esas pruebas. Pasarán meses antes de que averigüe algo concreto, e incluso entonces, es posible que nunca logre determinar con exactitud qué fue lo que salió mal. Pero si lo que sospecho es cierto, necesitaré de la habilidad de ustedes. Mientras tanto, he recibido una comisión del Consejo de Indias para que investigue una posible insurrección contra la autoridad de Su Majestad.

"El virrey se ha puesto en contacto con el Consejo y requerido asistencia con respecto a los rumores de conspiración por parte de africanos, esclavos, mulatos y personas similares con el fin de rebelarse, matar a todos los españoles y elegir su propio rey de Nueva España."

Mateo se mofó de la noticia.

—Esos rumores corren desde el día en que llegué a Nueva España. Nosotros, los españoles, les tenemos miedo a los africanos porque nos superan en número.

Don Julio sacudió la cabeza.

—No es tan fácil descartar una rebelión. Varias veces en el pasado los africanos se levantaron contra sus amos, quemaron plantaciones y asesinaron a los dueños. Cuando en una plantación un grupo se rebelaba, otros que trabajaban cerca se unían a él. Por fortuna, las insurrecciones siempre han podido sofocarse —brutalmente— en una etapa temprana, antes de que los africanos tuvieran tiempo de unirse para resistir a los soldados enviados a corregir la situación. Una razón es que nunca tuvieron un líder capaz de unirlos en un ejército organizado. Pero ese hombre existe, y las noticias de sus logros se han propagado como fuego entre los negros hasta conferirle casi la autoridad de un dios.

—Yanga —dijo Mateo.

—¡Yanga! —Estuve a punto de saltar de la silla.

—¿Qué te ocurre, Cristo? ¿Por qué ese nombre te sorprende?

—Bueno... yo oí hablar de un esclavo llamado Yanga, un prófugo. Pero eso fue hace muchos años.

—Este Yanga es un prófugo, creo que de la zona de Veracruz; pero es posible que Yanga sea un nombre común entre los africanos. Estuviste encerrado en la hacienda tanto tiempo que no tuviste oportunidad de escuchar todas las historias sobre ese hombre. Este Yanga, concretamente, escapó de una plantación. Se dirigió a las montañas y a lo largo de un periodo de años reunió a otros prófugos, que ahora llamamos *cimarrones*, suficientes para formar un pequeño grupo de bandoleros que saqueaban los caminos entre Veracruz, Jalapa y Puebla.

"Yanga asegura haber sido un príncipe en África. Sea esto o no cierto, posee gran talento para la organización y la lucha. Se dice que, en la actualidad, su banda está integrada por más de cien hombres, que tienen una aldea en las montañas. Cuando las tropas del virrey finalmente llegaron a la aldea, después de sufrir muchas bajas, los hombres de Yanga prendieron fuego a la aldea y desaparecieron en la jungla. Algunas semanas después tenían otra aldea en lo alto de las montañas, desde la que aterrorizaban los caminos que había debajo.

"Tienen una reputación temible, no sólo entre nosotros, los españoles, sino también entre los indios. Roban mujeres indias y realizan lo que ha dado en llamarse 'matrimonios de montaña', en los cuales las mujeres son forzadas a casarse con ellos. Recientemente un mercader, su hijo y sus indios fueron atacados cerca de Jalapa por los cimarrones. Los esclavos fugitivos se apoderaron de una caja fuerte que contenía más de cien pesos. El joven hijo del comerciante murió en el ataque —le cortaron la cabeza—, junto con algunos de los indios varones. A varias de las mujeres indias se las llevaron. Se dice que uno de los cimarrones arrancó un bebé de brazos de su madre, le destrozó la cabeza aplastándola contra una roca y después se llevó a la mujer montada en un animal de carga robado.

"Se suponía que este ataque había sido realizado por los hombres de Yanga, pero Yanga es culpado por tantos ataques que debería haber estado en tres lugares al mismo tiempo. Y los relatos del salvajismo de los cimarrones aumentan día a día, hasta el punto en que uno se pregunta si serán o no verídicos. Aproximadamente al mismo tiempo en que este ataque se producía cerca de Jalapa, una hacienda cerca de Orizaba también fue atacada y en ese ataque perdieron la vida el mayordomo español y varios indios. Los que sobrevivieron dijeron que, después de que el mayordomo se desplomó, un esclavo le abrió la cabeza con un machete y después se arrodilló, recogió la sangre con las manos y se la bebió. Como es natural, también ese ataque se le atribuyó a Yanga."

Todos quedamos en silencio durante un momento. Por supuesto, yo confié en que el Yanga de los cimarrones no fuera el Yanga que yo había ayudado a liberar, pero recuerdo que el dueño de la plantación comentaba que el esclavo aseguraba haber sido príncipe en África. Aunque se tratara del mismo hombre, yo no sentía ninguna culpa por sus actos. Los que habían creado a los cimarrones eran los hacendados codiciosos, no yo.

Don Julio fijó la vista en un rincón del cielo raso y apretó los labios. Cuando habló, fue como si me hubiera leído el pensamiento.

—Parecería que el Señor nos devuelve el doble de los males que sembramos. Los hombres españoles superan en número a las mujeres españolas en una relación de veinte a uno en Nueva España, de allí que las necesidades sexuales de los hombres se centren en las mujeres nativas. Los esclavos varones también tienen necesidades sexuales, y el número de los hombres africanos es también mayor al de las esclavas mujeres en una relación de veinte a uno. Las únicas mujeres capaces de llenar esta desproporción son las indias. Nosotros denostamos a los hijos de esas uniones: las de los españoles y las esclavas, como menos que humanas, no porque no caminan ni hablan ni piensan como nosotros sino porque, en el fondo de nuestro corazón, sabemos que nuestra codicia por los tesoros del Nuevo Mundo es lo que ha infligido esas iniquidades.

"La segunda generación de pobladores del Nuevo Mundo ya comenzaba a sufrir rebeliones de esclavos. Los africanos de propiedad de Diego Colón, hijo del Descubridor, se rebelaron y mataron a españoles en la isla Hispaniola. Sin embargo, miles y miles de más esclavos fueron importados a partir de entonces. ¿No había ninguna lección que aprender de este comienzo poco auspicioso con la esclavitud?

"Pero, basta de filosofía. Yo no necesito filósofos sino hombres que puedan salir por las calles e investigar. "Cristo, hace muchos años fuiste ladrón y pordiosero. ¿No has perdido todavía ese talento?

—Yo podría robarle a una viuda su último peso si usted lo necesitara, don Julio.

—Es posible que la misión que te encomendaré sea más difícil y peligrosa que robarles a las viudas. Quiero que vuelvas a caminar por las calles como un lépero. Mantendrás tus ojos y tus oídos bien abiertos mientras te mezclas con los africanos. Escucha sus conversaciones, observa lo que hacen. Necesito saber si este rumor de revuelta es nada más que una balandronada de lenguas aflojadas por el pulque o si se está gestando una auténtica rebelión.

—Yo he tenido experiencia con africanos en Veracruz. Esa experiencia me dice que los que están en esta ciudad difícilmente compartirían sus inquietudes con un lépero.

—No espero que confíen en ti. Sólo que te mantengas alerta. La mayor parte de estos africanos y mulatos hablan una lengua corrupta entre ellos porque no existe un lenguaje único que compartan todos. Hablan un poco de distintas lenguas africanas, algo de español y palabras recogidas de los indios. Tú entenderás mejor lo que dicen que Mateo o yo.

—Pero, ¿no sería mejor que usted contratara un esclavo o un mulato para que se mezclara con ellos y le informara después qué es lo que dicen? —pregunté.

—Eso ya lo hice. Mateo se encargará de varios a los que les hemos pagado para que nos informen. Pero el virrey no creerá la palabra de un africano. Tampoco la de un lépero que, a sus ojos, es menos confiable incluso que un esclavo. Sólo escucharía a un español, y yo tengo dos: mi joven primo y un capataz de mi hacienda.

—Además de supervisar a los africanos que contrató, ¿de qué otra manera puedo servirlo en esta investigación? —le preguntó Mateo a don Julio.

—Mantén a Cristo con vida. Él es nuevo en la ciudad y tengo miedo de que sus instintos de supervivencia de lépero se hayan desgastado tanto como las paredes del túnel. Además, piensa un poco en entrar en el negocio del pulque.

—¿Del pulque?

—¿Qué crees que beben los africanos? ¿Finos vinos españoles?

—Pero sería ilegal que un esclavo bebiera pulque. —Este comentario tonto provino de mí, y como contestación recibí una mirada entre divertida e incrédula de cada uno de ellos.

—El asesinato, el bandolerismo y la insurrección también son ilegales —murmuró don Julio.

—Y también lo es un lépero desagradable —dijo Mateo—. Sin embargo las calles —y esta casa— tienen esa basura. Pero, don Julio, ¿qué tiene pensado con respecto a ese asunto del pulque?

—Dos cosas son infalibles para cerrarle los ojos a un hombre y aflojarle la lengua: una mujer y el alcohol. Las dos cosas se encuentran en una pulquería. He oído de buena fuente que en la ciudad hay alrededor de mil pulquerías, si se toman en cuenta a todas las viejas que venden pulque en una jarra en la puerta de su casa. No cabe ninguna duda de que muchas de ellas sirven exclusivamente a los africanos en forma clandestina. Quiero que tú alquiles uno de estos establecimientos, o que lo compres si fuera necesario. Descubrirás otros y enviarás a nuestros africanos contratados para que vayan allí a beber y a escuchar.

—¿Cómo haré para localizar un lugar así?

—Cristo pronto se enterará de su existencia por habladurías en la calle, pero hay una manera más fácil. En esta ciudad, la mayoría de las ganancias ilícitas pasan por las manos de nosotros, los españoles. Te daré el nombre de una persona, un español, muy respetable en la superficie. Sin duda él podrá hacer los arreglos necesarios para que consigas una pulquería.

—¿Él está asociado con la Recontonería? —pregunté.

Don Julio sacudió la cabeza, atónito.

—Una hora en la ciudad y ya conoces el nombre de la organización que controla casi toda la corrupción. Bueno, ya no me preocupa la posibilidad de que hayas perdido tus habilidades de bribón.

Cuando Mateo y yo nos disponíamos a salir de la habitación, el Don preguntó:

—¿Qué les parecen sus cuartos? Isabella los eligió especialmente para ustedes dos.

Yo intercambié miradas con el pícaro.

—Muy buenos, don Julio. Excelentes.

Él se esforzó por impedir que en sus labios se dibujara una sonrisa.

—Siéntanse privilegiados por estar solamente arriba del establo.

OCHENTA Y TRES

Mateo se frotó las manos con fervor cuando nos dirigimos a nuestras majestuosas habitaciones sobre el establo.

—Aventura, intriga, quién puede saber lo que esta misión nos deparará, amigo. Huelo en el aire romance y peligro, el encaje de una mujer y una daga en el cuello.

—Lo que vamos a investigar es una revuelta de esclavos, Mateo, no la aventura amorosa de un duque.

—Mi joven amigo, la vida es aquello en lo que uno la convierte. Mateo Rosas de Oquendo puede hacer un anillo de oro de la cola de un cerdo. Esta noche te llevaré a un lugar donde te podrás sacudir el polvo de la hacienda de tu garrancha. Tú te has estado acostando tanto tiempo con muchachas indias aldeanas que has olvidado lo que es frotar la nariz entre los pechos de una mujer que no tiene olor a tortillas y frijoles.

—¿Qué lugar es ése, Mateo? ¿Un convento de monjas? ¿La habitación de la esposa del virrey?

—Una casa de putas, naturalmente. La mejor de la ciudad. ¿Tienes algunos pesos, amigo? Tienen allí un juego de cartas llamado primera en la que soy un maestro. Trae todo tu dinero, y disfrutarás de todas las mujeres de la casa y de todos modos volverás a casa con los bolsillos llenos.

Me encantó la camaradería de Mateo. ¡Vaya amigo! No sólo iba a llevarme a disfrutar de las maravillas del cuerpo de una mujer sino que se aseguraría de que mis bolsillos estuvieran llenos cuando regrese a casa.

Sin embargo, había momentos en que tenía ganas de cachetearme, cuando me sumergía en el entusiasmo que sentía Mateo por la vida y el amor. Momentos en que debía recordar que durante la vida de Mateo había pasado suficiente dinero por sus manos como para llenar una de las naves del tesoro del Rey... sin que nadie más le pusiera los dedos encima.

La primera indicación de que esta noche no sería tan extraordinaria como él me lo prometió fue cuando me pidió dinero camino a la casa de juegos y de prostitución.

—Como depósito —me dijo— y ganancia. Conozco ese juego de cartas tanto como conozco la cara de mi madre.

Nueva España, igual que la Vieja España, es un país muy cristiano. Nuestra piedad y nuestra rectitud son florecientes. Nuestros conquistadores portaban la espada y la Cruz. Nuestros sacerdotes desafiaron la tortura y el canibalismo para traer la Palabra a los paganos. Pero también somos personas muy lujuriosas, con el romance en nuestro corazón y cierto sentido práctico cuando se trata de asuntos de la carne. Por lo tanto, no nos parece nada contradictorio tener en la ciudad tantos prostíbulos como iglesias.

Mateo me aseguró que la Casa de los Siete Ángeles era la mejor.

—Tienen mulatas del color de la leche con chocolate, cuyos pechos son fuentes en las que los dioses ansiarían poder beber, y cuyo lugar rosado es tan dulce y jugoso como una papaya madura. Esas mujeres han sido criadas como los mejores caballos... cuidando la forma de sus caderas, la curva de sus pechos, el largo de sus piernas. Cristo, Cristo, nunca has conocido mujeres así cuando estabas con el Sanador.

—¿También hay allí mujeres españolas?

—¿Mujeres españolas? ¿Qué mujer española estaría en un prostíbulo? ¿Acaso debo cortarte el cuello para enseñarte a respetar a las mujeres de mi país? Por supuesto que no hay mujeres españolas, aunque algunas de esas casas pertenecen a mujeres españolas, quienes las manejan con el permiso de sus maridos. Una prostituta española recibiría cientos de ofrecimientos de matrimonio en su primer día en Nueva España. Hay algunas indias para los que no tienen suerte en las mesas de juego. Pero no se comparan con las mulatas.

Un africano casi tan imponente como el portón de la Casa de los Siete Ángeles nos hizo pasar después de que Mateo le dio un real de mi dinero. Memoricé la arrogancia con que Mateo se mofó de él y la forma despectiva en que le arrojó la moneda, como si el dinero le creciera en los bolsillos como la pelusa.

El sector de recepción de la casa tenía cuatro mesas de juego instaladas, con hombres apiñados alrededor.

—Recorre un poco el lugar y elige a la puta que excite más tu pene. Yo trabajaré con tus pesos para que podamos tener las mejores mujeres.

Las mujeres de la casa estaban en una habitación ubicada a la izquierda. Se encontraban sentadas sobre bancos acolchados con almohadones de seda roja. Otro esclavo, casi tan corpulento como el de afuera, custodiaba la entrada. Se podía mirar pero no tocar hasta haber concretado los arreglos económicos pertinentes.

Mateo no había mentido con respecto a la calidad de esas mujeres. Eran mulatas como yo no había visto jamás, mujeres cuyas piernas podían rodear la cintura de un hombre y casi llegar al cielo raso cuando él las montaba. A un costado había varias muchachas indias, de naturaleza más delicada que las chicas que yo conocía, quienes habían desarrollado brazos y piernas fuertes de tanto trabajar en los campos y preparar tortillas, pero para mí eran lo que el pulque es en comparación con un fino vino español. Yo había probado el pulque y era hora de que probara otras bebidas embriagadoras.

Varias de las mujeres tenían la cara cubierta por antifaces. Yo no sabía si esos antifaces tenían la finalidad de copiar la moda de las señoras ricas o si las mujeres creían que sus caras eran menos atractivas que sus cuerpos.

Una de las mujeres enmascaradas, una india, me sonrió. Sospeché que ella usaba el antifaz porque era mucho mayor que las otras chicas; probablemente tenía cerca de cuarenta años, un poco demasiado vieja para estar en un prostíbulo, aunque su carne fuera todavía firme y razonablemente atractiva. Tenía un cuerpo agradable, pero carecía del erotismo de las otras mujeres.

Interrogué al custodio acerca de ella.

—Es una esclava, vendida a la madama por el magistrado después de ser arrestada por robo.

Los criminales eran vendidos como castigo severo; los hombres, incluso a las minas, pero me sorprendió que pudieran vender a una mujer para que se dedicara a la prostitución.

—Fue elección de ella —dijo el guardia—. Podría haber cosido ropa en el taller del obraje, pero prefirió la prostitución porque aquí se le permite guardar el dinero adicional que los clientes le dan y el trabajo es menos pesado. A su edad, le habría ido mejor en una casa con sólo putas indias. El dueño de este establecimiento la conserva aquí sólo por una razón... para los hombres que pierden en las mesas.

Señalé entonces a una mulata particularmente lujuriosa, a quien me proponía montar y cabalgar con ella como si fuera uno de los famosos catorce caballos de Cortés.

—Ésa es la que probaré tan pronto como mi amigo termine de jugar.

—Muy buena elección, señor. Es la mejor puta de la casa, pero es también la más cara... y por lo general me pagan a mí una pequeña cantidad porque es mi esposa.

—Por supuesto —dije, tratando de no parecer provinciano al sentirme un poco escandalizado por el hecho de que él alquilara a su esposa.

Complacido por haber elegido y feliz con la perspectiva de acostarme con una cremosa diosa del amor, busqué a Mateo en las mesas. Al acercarme, él se puso de pie con una expresión torva en la cara.

—¿Qué sucede?

—San Francisco no guió las cartas para mí esta noche.

—¿Cómo te fue?

—Perdí.

—¿Perdiste? ¿Cuánto?

—Todo.

—¿Todo? *¿Todo mi dinero?*

—Cristo, no hables tan fuerte. ¿Quieres avergonzarme?

—¡Te mataría!

—No todo se ha perdido, mi joven amigo. —Tocó la cruz que yo usaba, la que fray Antonio me dijo que era el único recuerdo de mi madre. Yo le había quitado el falso colorido para poner de relieve su belleza. —Este collar fino nos dará suficientes pesos para permitirme jugar de nuevo.

Yo le pegué una cachetada en la mano.

—Eres un tunante y un sinvergüenza.

—Es verdad, pero igual necesitamos conseguir dinero.

—Vende tu caballo, el que montó Cortés.

—No puedo. La bestia está renga. Como lo estará el bribón que me lo vendió cuando lo encuentre. Pero me pregunto si la madama no me daría algunos pesos por él. Ella podría vendérselo a los indios como carne.

Me aparté de él y estaba tan furiosos que, si hubiera tenido el coraje —y la locura— suficiente, habría desenvainado la espada y le habría pedido que saliera.

El guardia se encontraba todavía junto a la puerta del harén. Le mostré un anillo de plata con una pequeña piedra roja que había comprado en uno de mis viajes con el Sanador.

—Éste es un anillo muy poderoso; le trae suerte al que lo usa.

—Entonces déselo a su amigo que juega a las cartas.

—No, bueno, él no sabe cómo emplear la magia. El anillo vale diez pesos. Se lo daré a usted por un rato con esa belleza de piel atezada. —Mi lengua se rehusó a referirme a ella como su esposa.

—El anillo vale un peso. Puede tener quince minutos con una chica de un peso.

—¡Un peso! Eso es un robo. Vale por lo menos cinco.

—Un peso. *Diez* minutos.

Estaba desesperado. Necesitaba el aroma del perfume de una mujer en la nariz como un ramillete de flores, para que me hiciera pasar la noche en que debía oler estiércol en mi cuarto de la casa del Don. Además, yo había robado ese anillo después de negarme a pagar un peso por él.

—Está bien. ¿Cuál chica?

Me señaló a la india de más edad, la mujer enmascarada que había elegido la prostitución en lugar de coser en un taller.

—Su nombre es María.

—Eres un muchacho bien parecido. ¿Tienes más dinero? —jadeó.

Yo me acosté de espaldas sobre una cama dura y ella comenzó a saltar sobre mí como si montara un caballo después de que el animal pisara sobre carbones encendidos.

—Oh, eres una bestia —*¡jadeo! ¡Jadeo!*—, tienes el pene de un caballo, la fuerza de un toro —*¡jadeo! ¡Jadeo!*— ¿Cuánto dinero me pagarás si yo hago que tu jugo fluya dos veces?

Sólo teníamos diez minutos y, si bien yo era capaz de hacer explotar jugo de mi parte viril en cuestión de segundos, necesitaba durar la totalidad de los diez minutos para obtener el valor de mi peso. Ella habló sin parar desde el momento en que me quité los pantalones de montar, en su mayor parte acerca de cuánto más dinero recibiría de mí. A pesar de que yo modestamente me jactaba de ser uno de los grandes amantes de Nueva España, ella me daba la impresión de estar más interesada en el tamaño de mi billetera que en las preciosas joyas que llevaba en mis pantalones.

—Eres un muchacho fino y bien parecido. Es una pena que no tengas más dinero.

Ella dejó de jadear. Faltaba poco para que terminaran los diez minutos.

—¡Más! ¡Necesito más! Me he estado reprimiendo y ahora necesito gastarlo.

—¿Tienes un peso más? —preguntó ella.

—¡No tengo nada!

Ella comenzó a mecerse de nuevo y bajó la mano y tomó la cruz que yo usaba.

—Un collar precioso. Estoy segura de que la madama te permitiría tenerme toda la noche a cambio de esto.

—¡No! —Le quité la mano de una cachetada. Comenzaba a sentir que mi pene se erectaba, listo para terminar. —Perteneció a mi madre —gemí y empecé con embestidas.

—Tal vez Dios quiere que yo la tenga. Mi propio hijo tenía una igual.

—Entonces pídesela a él.

—Hace años que no lo veo. Vive en Veracruz —dijo, entre jadeos.

—Yo vivía en Veracruz. ¿Cómo se llama tu hijo?

—Cristóbal.

—Mi nombre es Cristo...

Ella se frenó en seco y me miró. Suspendí mis acometidas y yo también la miré. Dos ojos oscuros detrás del antifaz me miraron. El volcán que yo tenía entre las piernas sacudía todo mi cuerpo, listo para entrar en erupción y verter su lava dentro de la mujer.

—¡*Cristóbal!* —gritó.

Se bajó de la cama de un salto y salió corriendo de la habitación. Yo me quedé allí, atontado, mientras mi volcán lentamente se encogía. María. El nombre cristiano de mi madre era María.

Trabajosamente me puse la ropa y salí del cuarto en busca de Mateo. Mi mente y mi cuerpo eran presa de una creciente sensación de espanto.

OCHENTA Y CUATRO

Abandoné la Casa de los Siete Ángeles sintiéndome helado y deprimido. Mateo me esperaba en el patio. Se sentó en el borde de la fuente, jugueteando con su daga. Su rostro me contó la historia de su mala suerte.

—Perdí el caballo. Cuando la madama descubra que está rengo, enviará a sus secuaces a que me corten mis partes privadas, me las metan en la boca y me cosan los labios.

El advirtió mi abatimiento. Lo que me había ocurrido era demasiado horrible para contarlo, demasiado siniestro para compartirlo hasta con un buen amigo, demasiado infame incluso para mí.

Él me palmeó la espalda.

—No te sientas tan mal. Dime la verdad. ¿No se te paró la garrancha, eh? No te preocupes, compadre. Tal vez esta noche no se te levantó la espada, pero juro que mañana, cuando una mujer pase a tres metros de ti, tu espada se te saldrá de los pantalones y se deslizará dentro de ella.

Llegó la mañana y yo me quedé en mi cama dura y mi cuarto hediondo, y me negué a salir de allí con la esperanza de que el miasma de los establos me matara. Había encontrado a mi madre y, después... ¡no! Era demasiado espantoso para pensarlo. Ella no me veía desde que yo era muy chico. Hoy, yo era apenas un joven desconocido de barba para ella, pero un buen hijo habría reconocido a su propia madre. Al igual que Edipo, yo estaba condenado y maldito, engañado por los dioses, y lo único que merecía era clavarme agujas en los ojos y pasar el resto de mis días como un mendigo ciego, atormentado por mis pecados.

A mediodía envié a un criado a la Casa de los Siete Ángeles para averiguar el precio de la libertad de Miaha. El criado volvió con la noticia de que la mujer había huido durante la noche, sin pagarle a la madama la deuda que tenía con ella.

No tendría sentido buscarla por las calles de la ciudad: ella no sería tan tonta como para huir y permanecer en la ciudad. Además del horror del acto que habíamos cometido, mi aparición en su vida debió de haberle despertado de nuevo los problemas que nos habían alejado de la hacienda cuando yo era chico. Como india, ella podía desaparecer para siempre en el interior de la tierra.

Entre las muchas cosas que me dijo fray Antonio, aseguró que yo no tenía madre. A partir de esas palabras, supuse que lo que quería decirme era que María no era mi madre. Pero anoche ella me había reclamado como su hijo. *¡Ay de mí!*, me sentía tan, tan desdichado.

A última hora de la tarde siguiente Mateo me llevó a la Alameda.

—Los caballos del Don están bien para tirar de un carruaje o trabajar con ganado, pero no podemos montar animales así en la Alameda. Todos se burlarían de nosotros.

—¿Entonces qué haremos?

—Caminaremos, como si nuestros criados se hubieran quedado cuidando nuestros caballos mientras nosotros estiramos las piernas.

—Quizá las señoritas no advertirán nuestra pobreza.

—¡Qué! ¿Una mujer española que no sabe cuánto oro hay en la bolsa de un hombre? ¿Acaso Dios no advertiría al hombre que asesinó al Papa? Dije que caminaríamos, no que conseguiríamos engañar a nadie.

Caminamos por ese parque fresco, la vista fija en esos maravillosos caballos y en esas mujeres sin igual. ¡Cuánta envidia me producía todo! Nacer y crecer en medio de la plata y el oro, en lugar de entre harapos y paja. Yo había elegido la mejor ropa que el Don me había dado y una espada, también regalo suyo. Lo que en la hacienda me había parecido una espada filosa con empuñadura elegante en forma de canasta, en la Alameda era poco más que un cuchillo de cocina. Mi confianza comenzó a abandonarme al sospechar que la gente notaba la existencia del lépero debajo de mi ropa.

Por mucho que me considerara un pavo real, siempre había algo que traicionaba mi falta de educación. Hasta mis manos me delataban. Las manos de los hombres orgullosos de la Alameda eran tan suaves y delicadas como las de una mujer. Probablemente ni siquiera se habían molestado en subirse un par de pantalones de montar. Mis manos estaban duras y callosas por trabajar con el ganado. Yo las mantenía cerradas con la esperanza de que nadie notara que las había usado para un trabajo honesto.

Al ver mi ropa ordinaria y la falta de un caballo, las miradas de las mujeres se desplazaban por encima de mí como si yo fuera invisible. Pero Mateo atraía su atención por gastados que estuvieran los tacos de sus botas o por deshilachados que estuvieran los puños de su casaca. Había en él una arrogancia, no la altanería de un dandy sino un aura de peligro y excitación que le decían a una mujer que él era un bribón capaz de robarle el corazón y las alhajas, pero dejándola sonriente.

Advertí que algunas de las mujeres, y también los hombres, usaban máscaras de cara completa y también antifaces que sólo cubrían la mitad superior de la cara.

—La moda —dijo Mateo— es lo que hace furor. Nueva España está siempre años detrás de Europa. Las máscaras eran la moda hace diez años, cuando yo luchaba en Italia. Muchas mujeres hasta las usan en la cama, untadas con aceite, en la creencia de que les quita las arrugas de la cara.

Mientras caminábamos, Mateo me dijo que él ya había empezado a trabajar en la investigación para don Julio.

—Me puse en contacto con el hombre que él dijo que trabajaba para la Recontonería. Es un hombrecillo extraño, para nada con el aspecto de un asesino implacable o de un pillastre, sino más con la apariencia de alguien que cuenta ovejas y anota los kilos de lana para un comerciante. El Don dice que él es meramente un intermediario para varios notables de la ciudad a quienes pasan, en última instancia, los pesos procedentes de las pulquerías ilegales, los prostíbulos y el control del mercado.

Mateo seguía describiéndome sus negociaciones con el hombre para adquirir una pulquería, cuando vi una figura familiar. Ramón de Alva estaba erguido en lo alto de su montura, un hombre grande sobre un caballo grande. Al principio me aterré y me encogí al verlo, pero enseguida me enderecé. Ya no era un pícaro en las calles de Veracruz sino un caballero español con una espada sujeta al costado.

A Mateo no se le pasaba nada por alto, de modo que siguió la dirección de mi mirada.

—De Alva, la mano derecha de don Diego de Vélez, uno de los hombres más ricos de Nueva España. Se dice que de Alva es tan rico como Creso y, también, el mejor espadachín de la colonia… excepto yo, desde luego. ¿Por qué miras a ese hombre como si quisieras clavarle tu daga en las entrañas?

En ese momento, de Alva se detuvo junto a un carruaje. La mujer que viajaba en él usaba un antifaz, pero reconocí el carruaje. Era Isabella, que reía alegremente por algo que de Alva le había dicho, y continuaba con su galanteo y con su traición a don Julio a plena vista de todos los notables de la ciudad.

Alguien rió con disimulo junto a mí. Un grupo de jóvenes hidalgos observaban ese intercambio entre de Alva e Isabella. El que se había reído usaba una casaca dorada y pantalones de montar con adornos rojos y verdes que lo hacían parecer un ave de la jungla.

—Mira a de Alva con la esposa del converso —dijo el canario—. Todos deberíamos permitir que nos acaricie el pene a la manera de las víboras. ¿Para qué otra cosa sirve la esposa de un converso?

Yo me lancé contra el pájaro amarillo y le pegué una trompada en la cara y él se tambaleó hacia atrás.

—Eres una mujer —le dije, sabiendo que era el peor insulto que se le podía hacer a un hombre—, y te usaré como una mujer.

Él refunfuñó algo y llevó la mano a su espada. Yo busqué la mía —*¡y mi mano se topó con la empuñadura canasta!*—. Apenas si había logrado extraer la mitad de la espada cuando tenía la del pájaro amarillo contra mi garganta.

Una espada brilló entre nosotros y contratacó la espada del pájaro. Mateo continuó su ataque con velocísimas embestidas que hirieron el brazo del hidalgo. La espada del individuo cayó por tierra y entonces sus amigos desenvainaron sus espadas. Mateo enseguida los atacó y muy pronto los tres huyeron.

Desde el otro extremo de la Alameda, se oyó la corneta de los soldados del virrey.

—¡Corre! —gritó Mateo.

Yo eché a correr detrás de él hacia una zona residencial. Cuando ya no se oían los perseguidores, caminamos en dirección a la casa de don Julio.

Mateo estaba más enojado de lo que yo lo había visto jamás y yo me mantuve en silencio, avergonzado por mi derrota. Él me había advertido que no jugara al mequetrefe usando una espada elegante, pero yo no le hice caso y ahora habría muerto desangrado en la Alameda si no fuera por la rapidez y habilidad de Mateo como espadachín.

Cuando estábamos cerca de la casa del Don y su cara ya no tenía los colores de la Montaña Que Humea cuando escupe fuego, murmuré mis disculpas.

—Me advertiste con respecto a la empuñadura canasta. Pero yo estaba más ocupado en parecer un dandy que en ser el espadachín que tú me enseñaste a ser.

—Que *traté* de enseñarte —me corrigió—. Te previne que, como espadachín, eras hombre muerto. No estoy enojado por tu estúpido intento con la espada. Estoy furioso por la posición en que pusiste al Don.

—¿Al Don? ¡Pero si yo estaba defendiendo su honor!

—¿Estabas defendiendo su honor? ¿*Tú*? ¿Un mestizo que está a pocos pasos de las cloacas? ¿Tú defiendes el honor de un caballero español?

—Ellos no sabían que yo era mestizo. Creen que soy español.

Él me aferró por la garganta.

—Me importa un cuerno si eres el Marqués de la Valle en persona. El código de hombría exige que un hombre luche su propia batalla por una mujer —dijo y me pegó un empujón.

—No entiendo qué hice de malo.

—Pusiste al Don en peligro.

Yo todavía estaba en la luna.

—¿Cómo es posible que defendiendo su honor pusiera al Don en peligro?

—Precisamente al poner en juego su honor, pedazo de lépero asqueroso. Don Julio no tiene un pelo de tonto, él sabe perfectamente que su esposa le abre las piernas a de Alva, y también a otros hombres antes. En realidad, el matrimonio de ambos no existe; él se mantiene lejos de la ciudad para no quedar deshonrado.

—¿Y por qué no hace nada al respecto?

—¿Qué quieres que haga? Ramón de Alva es un maestro espadachín. Fue criado con una daga entre los dientes. El Don es un hombre de letras; su arma es la pluma. Si se enfrenta a de Alva es hombre muerto. Y no es sólo de Alva. Si no se tratara de él, serían una docena de otros hombres. O algún tonto afectado que lo llama converso como si fuera una forma de leproso.

"El Don es un hombre honorable. Y es también valiente. Pero es inteligente y elige con quién pelear porque no es tonto. Cuando tú atacas a un hombre en su nombre, no sólo creas una enemistad sangrienta sino que pones al descubierto la intriga entre Isabella y de Alva, con lo cual obligas al Don a tomar armas en el asunto."

Decir que yo me sentía espantado y devastado por mi estupidez sería quedarme corto.

Mateo suspiró.

—Las cosas no son tan graves como te describí. Tú no dijiste cuál era la razón por la que atacaste a ese hombre, y eres nuevo y desconocido en la ciudad. Yo reconocí a uno de sus amigos como el hermano de una dama de la que me he hecho amigo. Mañana le diré a ella que atacaste a su hermano porque lo tomaste por la persona que le cantaba canciones de amor a tu enamorada. Sin identificarte, pasaré el mensaje de que te equivocaste y que lamentas el incidente. Eso no impedirá que el hombre herido te mate si te llega a encontrar, pero al menos protegerá al Don.

Llegamos a la casa y nos detuvimos un momento para disfrutar del fresco del jardín, mientras Mateo encendía una de esas hojas de tabaco que los indios envolvían alrededor de excrementos.

—Más cosas vi en tu cara cuando miraste a de Alva que durante su aventura de amor con Isabella. Vi en ella odio, el odio que se siente hacia alguien que ha violado a nuestra propia madre.

Yo hice una mueca ante esa referencia a las madres.

—Yo ya sabía acerca de la aventura entre Isabella y de Alva. —Le relaté entonces en voz baja lo que había presenciado en el patio de la hacienda de Vélez y Mateo lanzó un juramento que, si llegaba a cumplirse, haría que Isabella ardiera para siempre en las llamas del infierno.

—Entonces, ¿es eso? ¿La aventura de ese hombre con Isabella?

—Sí.

—Eres un lépero mentiroso. Dime la verdad antes de que te corte los testículos y se los dé de comer a los peces de la fuente.

Derrotado, me senté en el borde de la fuente y le conté a Mateo toda mi historia; bueno, *casi* toda. Dejé afuera lo de María y el prostíbulo. Yo había tenido todas esas cosas como embotelladas durante tanto tiempo que brotaron a borbotones, en un torrente de palabras mientras me estrujaba las manos: la extraña vendetta de la vieja de negro, el que me dijeran que mi padre era un gachupín, el interrogatorio por parte de Ramón de Alva, el asesinato de fray Antonio y la búsqueda lanzada contra mí.

Cuando terminé, Mateo llamó a un criado y le dijo que nos trajera vino. Después encendió otra de esas pestilentes hojas de tabaco.

—Supongamos por un momento que tu fraile estaba en lo cierto, que tu padre era un gachupín. —Se encogió de hombros. —En Nueva España hay miles de bastardos mestizos, mulatos, incluso algunos con sangre china de mujeres traídas en la galera procedente de Manila. Un bastardo incluso de pura sangre no puede heredar de su padre a menos que sea reconocido y convertido en heredero. Si ése fuera el caso, no habrías sido criado por un cura suspendido en sus funciones, que vive en los albañales de Veracruz.

—Yo opino lo mismo. Por ley, no tengo ningún derecho y ni siquiera soy considerado humano. La razón por la que de Alva quiere matarme sigue siendo un misterio para mí, del mismo modo en que no entiendo por qué alguien querría respirar el humo hediondo de la hoja de una planta.

—El tabaco de alguna manera es un consuelo para mí cuando no hay una mujer cerca que me acaricie. —Se puso de pie, se desperezó y bostezó. —Mañana debes volver a las calles y convertirte de nuevo en un lépero. Y yo tengo que comprar una pulquería.

Por lo general, Mateo estaba siempre tan lleno de consejos —casi siempre equivocados—, que el hecho de que no me haya ofrecido una solución al problema de Ramón de Alva me dejó... vacío.

—¿Qué opinas, Mateo? ¿Por qué mató de Alva al fraile y quiere matarme a mí?

—No lo sé, Bastardo, pero lo averiguaremos.

—¿Cómo?

Me miró fijo como si yo le hubiera preguntado de qué color eran las enaguas de su hermana.

—Pues, ¡se lo *preguntaremos*!

OCHENTA Y CINCO

A la mañana siguiente, me alegré de poder sacarme la ropa de español y ponerme los andrajos de un lépero. De un indio curando conseguí una pizca del polvo que el Sanador había usado para inflarme la nariz. Yo había dejado de bañarme desde que el Don me asignó mi misión y ni siquiera me lavaba las manos. Sin embargo, tendría que haberme revolcado en un chiquero durante una semana para recuperar el auténtico aspecto de un lépero.

Estaba impaciente por poner a prueba mis antiguas habilidades de mendigo y sufrí una inmediata decepción cuando una persona tras otra pasaba junto a mí sin siquiera depositar una moneda en mi sucia mano. Hacer contorsiones con mis extremidades estaba fuera de la cuestión. No sólo podrían reconocerme sino que la falta de práctica me había quitado bastante elasticidad.

Ni el llanto ni los gritos ni las súplicas ni los gemidos me permitieron hacerme de una moneda. México era una ciudad como Veracruz, pero veinte veces más grande y supuse que ello me daría veinte veces más oportunidades para la estafa. Pronto comprendí que eso meramente incrementaba el número de veces en que recibiría golpes o patadas.

Tal vez soy yo, pensé. Ser un lépero era como ser un caballero: no se trataba de la ropa que uno usaba ni de la manera en que uno hablaba o caminaba sino de la forma en que *pensaba*. Yo ya no pensaba como un lépero y eso lo notaban las personas a las que me acercaba.

Dispuesto a hacer otro intento, vi un lugar perfecto para mendigar en una taberna cerca del mercado. Las tabernas servían a los visitantes, y era más probable que esos visitantes abrieran su cartera. Enseguida me puso en la calle un comerciante gordo, a continuación de lo cual vi un lépero corpulento y furioso, listo para abrirme la panza con su cuchillo por haber invadido su territorio.

Me alejé deprisa y decidí seguir el consejo de don Julio. Me movería en las calles entre la gente, en especial los africanos y mulatos, y mantendría los ojos y los oídos bien abiertos.

Veracruz tiene tantos africanos y mulatos por las calles como la suma de indios y españoles. Ciudad de México no tenía un porcentaje tan elevado de negros, pero su presencia era significativa. En las casas, los criados de piel negra eran considerados más prestigiosos que los de piel marrón, y los de piel blanca eran extremadamente poco frecuentes. Ninguna dama de alcurnia podía llamarse tal salvo que tuviera por lo menos una mucama personal de procedencia africana.

Y la burocracia española, que categorizaba a todos según su sangre y su lugar de nacimiento, diferenciaba tres clases de africanos. Los bozales eran negros nacidos en África; los ladinos eran los negros "socialmente asimilados" que habían vivido en otros dominios españoles, como las islas del Caribe, antes de llegar a Nueva España; los negros criollos eran los nacidos en Nueva España.

Hasta la Iglesia había abandonado a los africanos pobres. A diferencia de sus intentos afiebrados de salvar el alma de los indios, poco hacía para instruir al africano en el cristianismo. A los africanos y a los mulatos les estaba vedado el sacerdocio.

Fray Antonio creía que, deliberadamente, a los africanos no se les enseñaba el mensaje de Cristo de que todos éramos iguales a los ojos de Dios.

Incluso más que los indios, los africanos continuaron con sus prácticas religiosas, a menudo extrañas, algunas de las cuales habían aprendido en el Continente Negro y otras las habían adquirido aquí: brujería, adoración de objetos extraños, maldad. Seguían a su propio grupo de sanadores, hechiceros y ritos paganos no muy distintos de los de los indios.

Encontré a una mujer africana que vendía pócimas de amor desde donde se encontraba sentada, sobre una manta junto a la pared de un edificio. Revolvía la pócima con el dedo índice de un hombre ahorcado... *¡evocaciones de la Flor Serpiente!* Me apuré a dejarla atrás, decidido a no donar un trozo de mi órgano viril a su cuenco.

Se dice que los bozales, nacidos en África y traídos aquí a bordo de los barcos portugueses de esclavos, son mucho más dóciles que los ladinos traídos del Caribe o los criollos nacidos aquí. Sin amigos ni hogar ni familia, perseguidos y capturados como animales por los cazadores de esclavos, sometidos por hambre, embrutecidos en las entrañas de los barcos de esclavos y después golpeados por los malvados amos de esclavos en el Nuevo Mundo para someterlos, los africanos fueron deshumanizados para hacerlos trabajar como animales.

Ningún grupo grande de africanos se reunía en las calles, y tuve que moverme entre los grupos más pequeños de dos o tres. El virrey había prohibido que los africanos se reunieran en la calle o en grupos privados de más de tres. El castigo por una primera ofensa era de doscientos latigazos, mientras la mano izquierda del esclavo era clavada al poste de flagelación. Por una segunda ofensa: la castración.

Incluso en ocasión del funeral de un esclavo, sólo se permitía que cuatro esclavos varones y cuatro esclavas mujeres se reunieran para velar al muerto.

Casi todos los criados que observé eran negros criollos. Ninguno tenía el "fuego" que se espera de un esclavo recién desembarcado de un barco y todavía no sometido al yugo de la esclavitud. Lo que oí en sus conversaciones iba desde cierto desprecio divertido hacia sus amos blancos hasta un odio virulento contra ellos.

Don Julio había dispuesto que yo trabajara un día en un *obraje*. Pequeñas fábricas, por lo general no más grandes que el establo de una hacienda, los obrajes producían productos nada costosos: ropa tosca y barata de lana y cosas por el estilo, bienes que no competían con las finas importaciones de España.

Los dueños de los obrajes hacían contratos con las autoridades para tomar prisioneros. Un prisionero arrestado por un delito menor era vendido entonces al dueño del obraje por las autoridades durante un tiempo específico. Una sentencia de tres o cuatro años por robar algo de poco valor o no pagar una deuda era un hecho común.

Se creía que el sistema presentaba grandes ventajas. El funcionario que vendía al prisionero le había comprado su cargo a la Corona. Esa venta lo ayudaba a recuperar su inversión, y el prisionero se ganaba su subsistencia. Permitía, además, que los dueños de los obrajes produjeran mercadería barata sin dejar de obtener grandes ganancias. La mayor parte de estos operarios estaba encadenado a su lugar de trabajo durante todas sus horas de vigilia, y sólo se los soltaba para comer y hacer sus necesidades.

Algunos operarios eran esclavos que no estaban encadenados a su lugar de trabajo sino que pasaban sus días descargando materia prima y cargando bienes ya elaborados o haciendo mandados para recoger comida o provisiones. Cuando investigué un obraje en busca de rumores, al cabo de varias horas comprendí que era inútil. El dueño y sus capataces mantenían a los operarios trabajando todo el tiempo y a toda velocidad. Me fui y volví a merodear por las calles.

Vi a Ramón de Alva caminando por la galería de la plaza principal. Un joven de aproximadamente mi edad estaba con él y al principio supuse que se trataría del hijo de Alva, pero después comprendí que la similitud era sólo de estilo y no de aspecto físico. Caminaban como depredadores, la vista fija en su próxima víctima, y estudiaban el mundo con mirada helada. Los seguí mientras recordaba con intriga el comentario de Mateo en el sentido de que algún día Ramón me diría por qué me quería muerto.

El hombre más joven evocó un recuerdo en mí, pero no pude aferrar ese recuerdo: cada vez que intentaba traerlo a la mente, se me escapaba. Al notar el escudo de armas inscripto en las puertas del carruaje, supe quién era ese joven: Luis. La última vez que lo vi era el candidato a casarse con Elena en Veracruz. Las cicatrices de su cara, resultado de la viruela o de alguna clase de quemadura, permanecían en él. Era bien parecido a pesar de esas cicatrices, aunque ellas le conferían un aspecto más vulgar.

Movido por un impulso, seguí el carruaje. En medio de ese tráfico denso, no avanzaba a más velocidad que un peatón veloz. Yo quería saber dónde vivía el joven. No sólo estaba involucrado con Ramón sino que, además, estaba emparentado con la anciana.

La casa palaciega frente a la que se detuvo el carruaje ostentaba el mismo escudo de armas sobre la pared de piedra, cerca del portón principal. La casa estaba cerca de la Alameda, en una calle en la que se agrupaban los palacios más elegantes de la ciudad. Era obvio que Luis pertenecía a una de las familias más encumbradas de Nueva España.

Observé bien la casa, decidido a investigarla a fondo, y giré para irme cuando el carruaje terminó de entrar y el guardia de la calle entró para asistir a los ocupantes. Otro carruaje se detuvo allí en el momento en que yo comenzaba a alejarme, así que me detuve y simulé examinar algo en el suelo con la esperanza de que en él estuviera la matrona de edad y de que yo tuviera oportunidad de mirarla.

En lugar de ingresar en el complejo, el carruaje se detuvo junto al portón principal y una mujer joven descendió de él sin ayuda. Yo me acerqué, con la intención de practicar con ella mi habilidad como mendigo, y de pronto ella giró y me miró.

¡Santa Madre de Dios! Quedé con la vista fija en un fantasma.

Los últimos años transcurridos desde la última vez que la vi no la habían convertido en alimento para los gusanos sino que la habían transformado en una mujer hecha y derecha. ¡Y qué mujer! ¡Bella! Con la belleza que Miguel Ángel había creado cuando Dios le dirigió la mano para que pintara a los ángeles.

Boquiabierto, me tambaleé hacia ella con las rodillas flojas.

—¡Creí que estabas muerta!

Un pequeño grito brotó de sus labios al ver que corría hacia ella con mi disfraz de lépero.

—¡No! ¡No! Soy yo… de Veracruz. Me dijeron que habías muerto.

El guardia del portón se me acercó con un látigo.

—¡Mendigo de porquería!

Recibí el golpe en el antebrazo. Antes de salir en mi misión callejera para exponer insurrectos violentos, yo me había puesto el protector metálico de antebrazo que Mateo recomendaba. Bloqueé el látigo con el antebrazo derecho, di un paso adelante y golpeé al guardia en la cara con el metal de mi antebrazo izquierdo.

El conductor del carruaje de Elena se apeó de un salto y oí ruido de pasos procedente del patio. Después de rodear el carruaje, eché a correr a toda velocidad por la calle.

Regresé a casa para afeitarme la barba y cambiarme el sombrero y la camisa harapientos por otros igualmente sucios antes de volver a la calle para continuar con mi investigación. Dentro de algunos días mi nariz volvería a estar del tamaño natural, pero yo no sería reconocido; ellos buscarían a un lépero barbudo. Se daría por sentado que yo había tratado de atacar a Elena. Un lépero que atacaba a un gachupín sería enviado a las minas de plata; una sentencia de por vida en uno de los trabajos más duros imaginables... si es que, en cambio, no lo ahorcaban.

Deseé haber golpeado la cara de Luis en lugar de la del guardia. Pero me excitaba más haber encontrado a Elena que el creciente peligro que corría.

"¡Está viva!", pensé, y mi corazón latió con más fuerza.

¿Por qué me habrá dicho el criado que ella había muerto? ¿Habría sido sólo una equivocación del criado... o el retrato no era de Elena? Repasé mentalmente una y otra vez el recuerdo del cuadro y decidí que existía bastante parecido entre Elena y la muchacha del retrato, pero no más que el que cabía esperarse entre hermanas. Al margen de cuál era la solución del misterio, lo cierto era que Elena estaba viva.

¿Cómo podía un mestizo, alguien un escalón más bajo que un perro callejero, más sucio que un cerdo, con los hábitos de un perezoso y de las ratas que se comen a sus propios hijos, reclamar a una belleza española prometida a un noble? ¡Ay de mí! De pronto se me ocurrió que tal vez ya estaba casada con Luis. Si era así, yo lo mataría y me casaría con su viuda.

Pero ella me había visto en las calles como un lépero. ¿Nunca podría librarme de esa horrible cáscara exterior? Con los pies sucios, las manos sucias, la cara sucia, el pelo sucio y desgreñado, sin bañarme, ¿cómo podría alguna vez conseguir que una belleza española de ojos oscuros como Elena me amara si siempre seguiría siendo el Marqués de los Mendigos?

La única manera de poder estar con ella en la misma habitación sería que yo poseyera riqueza y poder.

Mentalmente comencé a barajar ideas acerca de cómo hacerme rico. Mateo también había condenado nuestra falta de dinero y había hablado de la época en que él ganaba mucho dinero vendiendo libros deshonestos.

Eh, amigos, yo tendría que vender muchos libros deshonestos para amasar una fortuna. Pero, al igual que Hércules, quien paleaba mierda de los establos, cuando ese trabajo sucio terminara habría una recompensa.

Después de pasar todo el día en las calles escuchando una extraña mezcla de dialectos de esclavos, llegué a la conclusión de que los africanos de la ciudad estaban, por cierto, agitados. Una joven criada había sido muerta a golpes por una mujer española mayor, quien creía que su marido tenía relaciones sexuales con la muchacha. La mujer española no le hizo nada a su marido por haber forzado a la criada a tener relaciones y, desde luego, las autoridades tampoco procesaron a la mujer por matar a la muchacha.

Oí varias veces las palabras "rana roja", como si se tratara de un lugar de encuentro, y pronto llegué a la conclusión de que podía ser una pulquería.

Al regresar enseguida a la casa del Don, encontré a Mateo dormido en una hamaca, a la sombra de los árboles frutales. A juzgar por la pila que había en el suelo cerca de la hamaca, daba la impresión de que se había pasado el día bebiendo vino y fumando esos excrementos de perro.

—Sé dónde se reúnen en secreto los esclavos. En una pulquería llamada "La Rana Roja".

Mateo bostezó y se desperezó.

—¿Y me despiertas de un sueño maravilloso nada más que para esto? Yo acababa de matar a dos dragones, conquistado un reino y le estaba haciendo el amor a una diosa cuando me interrumpiste con tu parloteo.

—Perdóneme, don Mateo, Caballero de la Cruz de Oro de Amadís de Gaula, pero para agradecer a don Julio la comida que me ofrece, para no mencionar su hospitalidad encima del establo, me enteré de una información vital casi a costa de mi vida. Esta noche tenemos que investigar a los africanos rebeldes que se reúnen en un lugar llamado "La Rana Roja".

Mateo bostezó, bebió un buen trago de una botella de vino, chasqueó los labios y se echó hacia atrás.

—Yo le alquilé ese establecimiento al dueño por las siguientes noches, con la asistencia de la Recontonería. Ofrecemos pulque gratis a los esclavos. Si eso no les suelta la lengua, nada lo hará. El dueño se mostró muy servicial. Ni siquiera un canalla que maneja pulquerías ilegales para los esclavos quiere una rebelión... sería muy malo para sus negocios.

Mateo volvió a luchar contra dragones y a rescatar hermosas princesas. Al ir a mi cuarto me encontré con Isabella. Simulando un interés en escudos de armas, le describí el de Luis y le pregunté si ella conocía a esa familia. Me contestó que era la familia de don Eduardo de la Cerda y su hijo Luis. Isabella era un verdadero depósito de chismes y rumores, y muy pronto confirmé que Luis y Elena estaban a punto de comprometerse.

Eso significaba que, si me apuraba, podía matar a Luis sin convertirla en viuda.

OCHENTA Y SEIS

Esa noche yo fui un servidor de pulque para los esclavos. La graduación más baja posible de pulque, apenas fermentado y aguado, era la bazofia que se les servía a los esclavos. Pero, gracias a la generosidad de Mateo Rosas, propietario extraordinario de la pulquería, ellos bebieron pulque puro al cual se le había agregado *cuapatle* y azúcar negra para mejorarle el gusto.

Mateo lo probó antes de abrir las puertas, y lo escupió.

—Este brebaje podría hacerle caer el pelo a una mula.

Pronto descubrí que los cincuenta africanos que había en el salón, cuarenta hombres y diez mujeres, tenían una mejor constitución física para las bebidas fuertes que los indios. Hizo falta vaciar barril tras barril antes de que yo pudiera detectar su efecto en los ojos y la voz de los presentes. Muy pronto, sin embargo, reían, bailaban y cantaban.

—Pronto se nos terminará el pulque —me susurró Mateo—. Haz que los agitadores comiencen su tarea.

Los dos africanos que habíamos reclutado para obtener información estaban en el recinto. A una señal mía, uno de ellos se subió a una mesa y gritó pidiendo silencio.

—La pobre Isabella fue asesinada por su ama, muerta a golpes porque el marido de la mujer la violó, y nadie hace nada al respecto. ¿Qué vamos a hacer nosotros?

Se oyeron murmullos de furia de cada rincón del salón.

¿Isabella? Una lástima que era la Isabella equivocada.

Muy pronto se armó un tumulto en el local, a medida que una persona tras otra gritaba soluciones, la mayoría de las cuales involucraba matar a todos los españoles del país. Nadie parecía tomar en cuenta que el generoso cantinero era español.

Hubo otra vuelta de pulque y alguien gritó que hacía falta un rey para que los condujera. Un candidato después de otro fue abucheado hasta que uno se puso de pie y dijo que su nombre era Yanga. No era el Yanga que yo había conocido, y uno de los agitadores me susurró al oído:

—Su nombre es Allonzo y su dueño es un orfebre.

Pero el nombre tuvo un efecto mágico y Yanga enseguida fue elegido "Rey de Nueva África". Su mujer, Belonia, enseguida fue elegida reina.

Después de eso, todos se emborracharon aún más.

No hubo planes para obtener armas, reclutar soldados, establecer horarios ni matar a nadie.

Abrimos el último barril de pulque y nos fuimos, dejando que los esclavos se divirtieran por su cuenta sin ningún gasto. Hicimos esta rutina tres noches más sin detectar ninguna señal de insurrección. Lo que sí confirmamos fue que los esclavos eran víctimas de la desesperación.

—Puro chismorreo de taberna —dijo Mateo, disgustado—. Es nada más que eso, tal como pensó el Don. Están enojados por la muerte de la muchacha y por las injusticias que deben soportar, pero eso no basta para servir de chispa que los encienda. Estos esclavos están bien alimentados, trabajan poco y duermen en camas más cómodas que las que Isabella nos da a nosotros. No son como sus hermanos y hermanas de las plantaciones, que mueren de hambre y por el exceso de trabajo. ¡Bah! El marido de una amiga mía no regresaba de Guadalajara hasta muy tarde por la noche. ¡Y no sabes lo que es esa mujer! Pensar que yo me perdí una noche de felicidad para servirles pulque a los esclavos.

Don Julio volvió al día siguiente de inspeccionar el túnel y Mateo y yo le presentamos nuestro informe.

—Rumores, eso es lo que creí que serían. Se lo informaré inmediatamente al virrey. Estoy seguro de que se sentirá muy aliviado.

El Don no tenía ninguna misión para nosotros. Yo le había sugerido a Mateo que era el momento propicio para que nos hiciéramos de algo de dinero para poder vivir como caballeros en lugar de chicos de establo, y él me dijo que lo pensaría. Pronto supe que hizo algo más que pensarlo.

—La Recontonería representativa está dispuesta a financiar la importación y venta de libros deshonestos, cuanto más indecentes, mejor. Yo tengo contactos en Sevilla de la época en que era uno de los grandes autores de comedias en esa ciudad. A ellos no les significaría mucho trabajo hacer los arreglos necesarios para la compra y embarque de España y para que yo disponga lo que haga falta con la aduana de Veracruz. La Recontonería opera allí también, y me facilitará los nombres de las personas a las que habría que pasarles algo.

—¿Qué saca de esto la Recontonería?

—Nuestras cabezas si los estafamos. No olvides que ellos reciben un peso por cada cinco que ganamos.

—¿Existe alguna competencia para este negocio?

—La había, pero ya no tenemos por qué preocuparnos.

—¿Por qué abandonó el negocio esa persona?

—La Inquisición lo quemó en Puebla hace una semana.

La vida me pareció promisoria cuando esa noche me acosté. Don Julio estaba satisfecho con nuestro trabajo con respecto a los rumores de insurrección por parte de los esclavos. Mateo tenía un plan para hacernos ricos, al menos lo suficiente para comprarnos los caballos y la ropa que necesitábamos para lucirnos en la Alameda. Yo me proponía ser el hombre más rico de Nueva España con el contrabando de libros prohibidos por la Inquisición. Y, casarme con la mejor mujer de la colonia.

¡Ay de mí! Nosotros, los mortales, trazamos muchos planes para nuestras vidas insignificantes, pero son las Parcas las que tejen las mortajas del Destino, no nosotros.

OCHENTA Y SIETE

Tarde, esa noche, me despertó un ruido en la calle y en la casa. Enseguida supuse que la casa había sido atacada. Don Julio había vuelto al túnel y se había llevado a Mateo, dejándome como dueño de la casa, al menos de nombre, pues Isabella rara vez me permitía entrar en la parte principal de la mansión.

Tomé mi espada y encontré a Isabella, Inés, Juana y la servidumbre arracimados y aterrados.

—¡Los esclavos se han sublevado! —exclamó Isabella—. Todos huyen al palacio del virrey en busca de protección.

—¿Cómo lo sabe?

Inés, el pequeño pájaro nervioso, aleteó y anunció que todos nosotros seríamos asesinados, después de que las mujeres fueran violadas.

Juana dijo:

—La gente oyó que un ejército de esclavos corría por las calles y la alarma ha cundido.

Aferrando una caja de caudales, Isabella les dijo a los criados que la siguieran a la casa del virrey y que la protegieran.

—¡Yo necesito sirvientes para una litera para Juana! —le dije.

Ella no me prestó atención y se fue, llevándose con ella a los criados asustados, incluso a los criados africanos, que temblaban de miedo por la revuelta de los esclavos.

Cargué a Juana en la espalda, con sus piernitas delgadas alrededor de mi cintura, y abandoné la casa con ella y con Inés. La gente pasaba por la calle caminando con mucha prisa, mujeres con sus alhajeros y hombres con espadas y cajas fuertes. Por todas partes se oía la noticia de que un vecindario tras otro había sido completamente arrasado, con todos asesinados por esclavos alborotadores, que ahora cortaban a sus víctimas en pedacitos y realizaban espantosos ritos sobre sus restos.

¿En qué nos habíamos equivocado Mateo y yo? ¿Cómo era posible que hubiéramos juzgado tan mal la intención de los esclavos? Aunque la ciudad sobreviviera, don Julio y nosotros, sus dos espías confiables, terminaríamos decapitados.

En momentos como ése salían a la superficie mis instintos de lépero, y lo primero que pensé fue que debía conseguir un caballo veloz para salir de la ciudad: no por miedo de los esclavos sino para ir lo más rápido posible al túnel a advertirles a don Julio y Mateo que nos habíamos equivocado y que sería preciso huir. No habría tenido problema en dejar a Isabella e Inés en manos de los esclavos, pero no podía abandonar a la pobre Juana.

Toda la ciudad parecía haberse volcado a la plaza principal. Hombres, mujeres y criaturas en pleno llanto, la mayoría, como nosotros, con ropa de cama, le pedíamos a gritos al virrey que sofocara la rebelión.

Desde un balcón del palacio, el virrey pidió silencio. En distintos lugares de la plaza, algunos fueron repitiendo las palabras del virrey.

—Hace una hora, una piara de cerdos que eran traídos a la ciudad para el mercado se soltaron y comenzaron a correr por las calles. La gente oyó el ruido que hacían y creyó que se trataba de un ejército de esclavos.

Permaneció un momento en silencio.

—Vuelvan a sus casas. No hay ninguna rebelión.

Entre los pueblos más primitivos, los grandes momentos de la historia son recordados y narrados una y otra vez durante la noche, alrededor de una fogata. Los pueblos civilizados escriben los acontecimientos y pasan su historia a sus descendientes en la forma de marcas en el papel.

La noche en que los habitantes de Ciudad de México entraron en pánico y creyeron que tenía lugar una revuelta de esclavos porque oyeron a un conjunto de cerdos correr por las calles fue inmortalizada en miles de diarios y registrada por historiadores en la universidad. De lo contrario, ¿cómo podría alguien creer que los habitantes de una de las ciudades más grandes del mundo fueran capaces de portarse de manera tan tonta?

Si las cosas hubieran terminado allí, los hijos de nuestros hijos y su descendencia se habrían reído un poco frente a la imagen de los grandes caballeros y damas de la ciudad corriendo por las calles en ropa de cama, aferrados a sus alhajeros y su dinero. Pero el español es un animal orgulloso, un conquistador de imperios, un saqueador de continentes, y no soporta una humillación sin desenvainar su espada y derramar sangre.

Se le exigió al virrey que se ocupara del "problema" de los esclavos. El informe de don Julio, en el sentido de que en la taberna se había elegido un rey y una reina y de que se hablaba de rebelión se tomaron como prueba de que dicha rebelión era inminente. Era preciso que el virrey hiciera algo para calmar los temores y compensar la vergüenza.

La Audiencia, el más alto tribunal de Nueva España, presidido por el virrey, ordenó el arresto de treinta y seis africanos cuyos nombres habían sido registrados en la pulquería la noche en que Mateo y yo los emborrachamos. De esos arrestados, cinco hombres y dos mujeres fueron encontrados enseguida culpables de insurrección y colgados en una plaza pública. Después, les cortaron la cabeza y las exhibieron a la entrada de las carreteras elevadas y de la plaza principal. Los otros fueron severamente castigados: los hombres, azotados y castrados; las mujeres, golpeadas hasta que la sangre fluyera libremente y los huesos de la espalda brillaran.

Yo no asistí a los ahorcamientos y flagelaciones, aunque la mayoría de los integrantes de la nobleza de la ciudad estuvo allí, pero tuve la mala suerte de toparme con el rey Yanga y la reina Isabella, quienes me siguieron con la mirada cuando yo crucé la plaza principal. Por fortuna, sus cabezas empaladas no podían girar en las estacas y, así, pude alejarme de su mirada acusadora.

Mateo partió a Veracruz para despachar una carta a un viejo amigo de Sevilla, quien se ocuparía de la compra de los libros prohibidos por la

Inquisición. Él enviaría la carta en uno de los barcos que, para evitar a los piratas, viajaban velozmente entre Veracruz y Sevilla en forma alternada con los viajes de la gran flota del tesoro.

Para obtener una lista de lo que pensamos les resultaría atractivo a los compradores consultamos la lista de libros prohibidos por la Inquisición, el *Index Librorum Prohibitorum*.

Mateo se centró en las novelas de caballería. Yo, en cambio, le aconsejé que ordenáramos algunos libros para las mujeres casadas con hombres aburridos, que viven pasiones no correspondidas; libros en los que el protagonista es viril pero sus manos son suaves y fuertes al mismo tiempo, y en cuyos brazos la mujer encuentra toda la pasión que puede desear jamás.

Para las personas cuyos gustos se inclinaban más a las orgías romanas, seleccioné dos libros que habrían hecho enrojecer de vergüenza al mismísimo Calígula.

A esto se sumaba un libro sobre horóscopos, sobre cómo realizar hechizos y dos de los tomos científicos que don Julio deseaba secretamente tener en su biblioteca.

Aunque no todos los libros estaban prohibidos en España, todos figuraban en la lista de prohibidos en Nueva España, basándose en la teoría de que podían contaminar la mente de los indios. Por lo visto, no se había tomado en cuenta cuántos indios podían darse el lujo de comprar un libro y cuántos sabían leer algo más que su nombre. Por cierto, pocos indios estaban en condiciones de leer siquiera la lista de libros prohibidos.

Eh, preguntarán, ¿cuál es el motivo de prohibir la importación de libros para impedir que los indios que no sabían leer los leyeran? El verdadero motivo era controlar las lecturas y los pensamientos, no de los indios sino de los colonos. Permitir que los criollos dieran rienda suelta a sus pensamientos podría estimular pensamientos contrarios, como en los Países Bajos, donde los holandeses y otros luchaban contra la Corona por diferencias religiosas y de otro orden.

Incluso usando los barcos veloces, tuvimos que esperar más de seis meses para recibir el primer embarque de libros. Don Julio se pasaba todo el día supervisando los trabajos en el túnel, con alguna visita ocasional a la ciudad para discutir con la gente del virrey con respecto a los obreros y elementos que necesitaba para realizar el trabajo.

Nos dejó a Mateo y a mí a merced de nuestros vicios, y tan pronto los libros llegaron pusimos manos a la obra. El hombre que solía vender libros prohibidos había instalado una imprenta cerca de la plaza principal y del edificio de la Inquisición. Su taller había sido abandonado, y su viuda pronto descubrió que no había compradores para el negocio. La de impresor no era una profesión muy popular en cualquier zona de la Nueva España. En la Colonia no se podían imprimir libros porque el Rey había otorgado el derecho exclusivo para vender libros a un editor de Sevilla. Los impresores del Nuevo Mundo sólo podían imprimir documentos requeridos por los mercaderes y material religioso para los frailes. El hecho de que su imprenta estuviera ubicada casi lado a lado con la central de la Inquisición y que su último dueño había sido quemado en la hoguera, significaba que nadie estaba demasiado dispuesto a comprar ese negocio.

Antes de que los libros llegaran, Mateo había arreglado con la viuda del impresor alquilarle el taller a cambio de un porcentaje de nuestras ganancias.

—Es una pantalla perfecta para nosotros —dijo Mateo.

—¡Pero está prácticamente en la puerta de la Inquisición!

—Precisamente. El Santo Oficio sabe que nadie sería tan tonto como para operar un negocio prohibido justo debajo de sus narices.

—¿No era eso lo que hacía el último impresor?

—Él era un borracho y un tonto. Se suponía que debía enviar una caja con folletos religiosos a un convento en Puebla y otra caja con libros prohibidos a su socio. Por desgracia, esa noche él había bebido suficiente vino como para ponerse bizco cuando marcó las cajas. Así que ya te imaginas qué fue lo que recibieron las monjas…

Me pregunté qué había pensado él cuando los integrantes de la Inquisición le mostraron la caja que se suponía contenía libros religiosos y, en cambio, contenía libros escritos por el mismísimo diablo. Si el impresor hubiera sido un lépero, habría demostrado estupor frente a ese descubrimiento y espanto al comprobar que Lucifer era capaz de transformar oraciones en lujuria.

—Todavía no entiendo para qué necesitamos ese taller de imprenta —dije.

—¿Cómo piensas vender los libros? ¿Extendiendo una manta debajo del portal de la plaza y exhibiéndolos allí? La viuda tiene una lista de clientes a quienes el impresor les vendía el material. Y los clientes saben cómo ponerse en contacto con la imprenta.

Mientras Mateo se ocupaba de comunicarse con los antiguos clientes del impresor, yo estaba fascinado con el mecanismo llamado prensa de una imprenta. Me intrigaba no sólo la historia de la imprenta sino cómo se utilizaba una imprenta para poner palabras en un papel.

Sin revelarle a don Julio mis motivos, inicié con él una conversación acerca de la historia de la imprenta. Él me dijo que las palabras —y la escritura ideográfica como la que usaban los egipcios y los aztecas— originalmente se grababan en piedra o se marcaban sobre cuero con una tintura. Si bien los aztecas y los egipcios utilizaban corteza de árboles y papiro para fabricar el papel, los chinos conocían métodos mejores, que los árabes conocieron a través de los prisioneros chinos tomados en la batalla de Talas en el 751. Los árabes propagaron este conocimiento de la manufactura de papel a lo largo del mundo islámico, y los moros lo llevaron a España, donde ese arte sufrió un gran perfeccionamiento. Los chinos también fueron quienes perfeccionaron el arte de imprimir con el uso de tipos movibles.

El Don me dijo que los chinos habían sido artífices de muchas maravillas. Su sociedad era tan sorprendente que, cuando Marco Polo regresó de sus tierras y les contó a sus camaradas europeos las cosas que había visto, lo llamaron mentiroso.

—Pero los chinos —dijo don Julio—, al igual que los aztecas, eran prisioneros de sus propias técnicas de escritura. La escritura ideográfica de los aztecas y los miles de trazos empleados por el pueblo chino no se prestan con facilidad a ser impresos. Fue un alemán llamado Gutenberg quien utilizó las técnicas chinas de tipos móviles y papel para imprimir una gran cantidad de libros. Hacía esto cuarenta o cincuenta años antes de que Colón descubriera el Nuevo Mundo.

Mientras que, originalmente, los chinos habían utilizado arcilla endurecida con fuego para fabricar los tipos, los que se empleaban actualmente para imprimir eran una mezcla de plomo, estaño y antimonio, una combinación alquimista de metales suficientemente maleable como para poderla fundir y moldear en letras, pero también con la suficiente rigidez para realizar miles de impresiones en papel antes de gastarse. Los tipos se forman virtiendo el plomo fundido en moldes realizados con una mezcla especial de hierro duro.

—Otro paso importante en la imprenta fue el empleo de códices en lugar de rollos de papel —dijo don Julio—. Los rollos de papel eran difíciles de manejar y de imprimir sobre ellos. Cuando los impresores inteligentes cortaron los rollos en hojas para unirlas después en un costado, tal como los libros se hacen ahora, esas hojas se podían hacer correr por una prensa de impresión.

"La venta y la fabricación de libros no son considerados negocios honorables —continuó don Julio, quien me sorprendió al informarme que en una época había tenido un taller de imprenta—. Lo utilizaba para publicar mis hallazgos científicos acerca de la geografía de Nueva España y la industria minera. Puedes encontrar esos trabajos en mi biblioteca. Vendí la imprenta cuando descubrí que mi impresor venía por las noches a imprimir libros deshonestos que les enseñaban a las personas cómo tener relaciones sexuales con animales. Él fue arrestado por la Inquisición y, por fortuna, había impreso esos libros cuando yo estaba en España y, por consiguiente, no me pudo involucrar. Yo vendí la imprenta inmediatamente por un precio miserable, feliz de no haber sido quemado en la hoguera con las páginas escandalosas utilizadas para encender el fuego."

Me dijo asimismo que el virrey consideraba que la impresión y la venta de libros, que por lo general se hacía en el mismo lugar, era una profesión vulgar.

Y que la Inquisición se interesaba de manera especial en las personas que imprimían libros y otros documentos. Los obispos se referían a él con frecuencia como el "arte negro" y con ello no se referían sólo al color de la tinta. La Iglesia desaprobaba la lectura de libros, salvo los necesarios para la formación religiosa y que eran un ejemplo de moralidad, lo cual, desde luego, es la razón por la que las novelas de caballería como Amadís de Gaula estaban prohibidas en Nueva España.

La Inquisición prestaba particular atención al negocio de la impresión en Nueva España y decretó que no estaba permitido imprimir ni vender ningún libro sin la autorización de la Iglesia. Puesto que el Rey les había vendido los derechos de impresión del Nuevo Mundo a los editores de Sevilla, eran pocos los libros que se podían publicar incluso antes de que la Inquisición se viera envuelta en este terreno. Hasta era posible que uno se metiera en problemas por imprimir trabajos religiosos, porque se consideraba una herejía que la doctrina cristiana apareciera en cualquier idioma que no fuera latín. Incluso la traducción de la Biblia al náhuatl era confiscada. La Iglesia quería asegurarse de controlar lo que el indio leía, tal como insistía en que la Biblia tampoco fuera traducida al español.

El permiso para publicar debía obtenerse de la Inquisición, y el nombre del obispo que otorgaba el permiso debía figurar en la primera página del libro, junto con cualquier otra información que se incluía en el colofón: título del libro, nombre del autor, nombre del editor y, a veces, una o dos frases de alabanza a Dios.

Don Julio me había dicho que esta primera página se originaba en la época en que los escribas medievales colocaban su nombre, la fecha en que habían terminado su trabajo y, con frecuencia, un comentario acerca del libro o una oración breve al final. Él tenía varios trabajos medievales en su biblioteca, y me mostró las inscripciones al final de los códices.

Su biblioteca también contenía el primer libro impreso en el Nuevo Mundo. *La breve y más compendiosa doctrina cristiana en lengua mexicana y castellana* fue publicada en 1539 por Juan Pablos, un editor italiano, para Juan de Zumárraga, el primer obispo de la Ciudad de México.

—Es el primer libro del que tenemos noticia —dijo el Don—, pero siempre aparecen pillos capaces de imprimir las confesiones sexuales de su madre y venderlas por unos pocos pesos.

Los comentarios del Don acerca de los pillos que apenas ganaban "unos pocos pesos" resultaron ser proféticos. Mateo y yo pronto descubrimos que, después de pagarle al editor del libro y al intermediario de Sevilla, los costos de la aduana y de los funcionarios de la Inquisición en dos continentes, a la voraz Recontonería de la Colonia y a la viuda que nos vendió el derecho a ser delincuentes en los zapatos de su marido, casi no nos quedaba nada de dinero a nosotros.

Esto puso a Mateo de muy mal humor y lo impulsó a la bebida, la lujuria y las peleas. El fracaso de mi primer proyecto delictivo en gran escala y, con él, mi sueño de convertirme en un hidalgo que por lo menos podía estar de pie en la misma habitación que Elena sin ser azotado, me dejó pensativo. Mi estado de ánimo depresivo empeoraba cada vez que pensaba en lo que había sucedido con esa mujer llamada María. Me negaba a pensar que pudiera ser mi madre. Tal como lo dijo el fraile, yo no tenía madre. Llevé conmigo ese estado de ánimo al taller de impresión.

Durante un tiempo examiné la prensa y experimenté con ella en el taller que habíamos comprado. Los libros me habían convertido en algo más que un paria social, al menos para fray Antonio, Mateo y el Don. Precisamente porque los libros contenían tanto poder, tantos pensamientos, ideas y conocimiento, siempre pensé que había algo divino en su construcción, que tal vez adquirían su existencia en medio de una llamarada de luz y de fuego celestiales, tal como imaginaba que los Diez Mandamientos habían llegado a manos de Moisés.

Fue para mí una gran emoción sentarme frente a la prensa, tomar las seis letras que formaban la palabra "C-R-I-S-T-O", colocarlas en la caja y sujetar la caja con una de las dos planchas metálicas de la prensa, colocar algunas gotas de tinta sobre las letras con un cepillo, deslizar una hoja de papel y acercar la otra plancha de la prensa para que las letras y el papel estuvieran bien prensados juntos...

¡Santa María! Cuando vi mi nombre impreso, fue algo parecido a lo que Dios había hecho por Moisés: yo acababa de crear un trabajo que podría ser transmitido por los siglos de los siglos, algo de mí que podían leer las generaciones futuras además del nombre en la lápida de mi tumba. Mi emoción fue tal que se me llenaron los ojos de lágrimas.

Después de eso, me puse a jugar con la prensa y a experimentar con los distintos tipos de letras hasta convertirme en algo parecido a un especialista. Todos estos conocimientos dieron fruto cuando desperté a Mateo para contarle el plan que se me acababa de ocurrir.

Él salió de sus sueños y de la cama con una daga en la mano, pero volvió a recostarse después de amenazar con cortarme en pedacitos con la parte roma de la hoja.

—Encontré nuestra fortuna.

Él gruñó y se frotó la frente.

—Ya no me interesa *ganar* una fortuna. Un verdadero hombre se gana un tesoro con su espada.

—Mateo, se me ocurrió que si los trabajos por los que gastamos tanto dinero para importarlos de la península se imprimieran aquí, nuestra ganancia sería mucho mayor.

—Y si el Rey te ofreciera su hija y Castilla, podrías usar ropa elegante y alimentarte con la mejor comida.

—No es así de difícil. Hemos importado ejemplares de algunos de los mejores libros indecentes disponibles en España. Si nosotros los imprimiéramos, nos evitaríamos todo el gasto de traerlos.

—¿Acaso uno de los caballos del Don te pateó la cabeza? Hace falta una prensa para imprimir libros.

—Tenemos una prensa.

—Hace falta poseer conocimientos.

—Yo ya aprendí a usar la prensa.

—Operarios.

—Yo puedo comprar uno entre los que se envían a los obrajes.

—Alguien que pueda arder en la hoguera si la Inquisición nos descubre.

—Buscaré uno que sea realmente estúpido.

Elegimos un libro muy delgado de una lujuria un poco disparatada como nuestro primer proyecto. Oportunamente, el nombre de nuestro empleado era Juan, el mismo del que imprimió el primer libro en Nueva España. No era tan estúpido como me habría gustado, pero lo compensaba con su codicia. Había sido sentenciado a cuatro años en las minas de plata y el hecho de haber sido derivado a un taller de imprenta le había salvado la vida: el promedio de vida en las minas era de menos de un año para aquéllos sentenciados a trabajos forzados.

Igual que yo, era mestizo y lépero, pero a diferencia de mí, que había alegado ser un caballero, él compendiaba el concepto común de que los léperos son el producto del exceso de pulque.

El hecho de que yo le hubiera salvado la vida al evitar que lo enviaran a las temibles minas del norte no hizo que me cobrara afecto, porque él era un animal de la calle. Sin embargo, como yo sabía bien cómo funciona la mente de un lépero, no sólo su avaricia sino su lógica corrupta, en lugar de pagarle con la esperanza de que él no se escapara sino que permaneciera fiel a la sentencia que le había sido impuesta, cada tanto le daba oportunidad de que me robara.

Uno de los beneficios más importantes con que contaba, además del hecho de que su lista de delitos y su temor a ir a las minas lo obligaban a cierto grado de obediencia —si no lealtad— para conmigo, era que no sabía leer ni escribir.

—Eso significa que no sabrá qué es lo que estamos imprimiendo. Le dije que eran sólo ejemplares de las vidas de los santos y tengo un grabado de los estigmas de San Francisco que utilizaremos en todos nuestros libros.

—Si no sabe leer ni escribir, ¿cómo hará para organizar los tipos? —Preguntó Mateo.

—Él no lee los libros para los que ubica los tipos; meramente duplica las letras del libro con letras de la bandeja de tipos. Además, yo me ocuparé de gran parte de esa tarea.

El primer libro que publicamos en Nueva España, a pesar de no poseer el tono solemne de los trabajos del obispo Zumárraga sobre la doctrina cristiana y de que habría sido considerado escandaloso por las personas respetables, tuvo un gran éxito.

Mateo quedó muy impresionado con la pila de ducados que quedó después de pagar nuestros gastos.

—Hemos robado al autor de su parte, al editor de sus ganancias, al Rey de su quinta parte, a los funcionarios de aduana de su mordisco... Cristo eres un talentoso pillo de siete suelas. Debido a tu talento como editor, permitiré que publiques mi propia novela, *Crónica de los muy notables Tres Caballeros de Sevilla que derrotaron a Diez Mil Moros Aulladores y a Cinco Monstruos Horripilantes y sentaron al legítimo Rey en el trono de Constantinopla y reclamaron un Tesoro más cuantioso que el de cualquier Rey de la Cristiandad.*

Mi desaliento se me notó en la cara.

—¿No quieres publicar una obra maestra de la literatura que fue proclamada obra de los ángeles en España y vendida con mucho más éxito que cualquiera de las novelas que esos tontos de Lope y Cervantes escribieron jamás o, más bien dicho, me robaron?

—No es que no *quiera* publicarlo, es que no creo que nuestro pequeño taller le hará justicia a...

La daga de Mateo apareció debajo de mi barbilla.

—Imprímelo.

Hacía varios meses que estábamos en el negocio cuando recibimos la primera visita de la Inquisición.

—No sabíamos que estaban en el negocio de la impresión —me dijo un hombre con cara de pescado que usaba el uniforme de "familiar" de la Inquisición. Su nombre era Jorge Gómez. —Ustedes no han presentado sus materiales al Santo Oficio para obtener el permiso para imprimirlos.

Yo había preparado con mucho cuidado una primera plana y puesto en exhibición el "libro" sobre los santos que estábamos imprimiendo. Me disculpé profusamente y le expliqué que el dueño del taller estaba en Madrid para obtener los derechos exclusivos para imprimir y vender en Nueva España material centrado en los santos.

—Nos dejó a Juan y a mí aquí para que preparáramos todo lo referente a la impresión a fin de que, cuando regresara con la licencia real pudiera presentárselo al virrey y al Santo Oficio.

Una vez más le expresé mi pesar y le ofrecí una copia gratis del libro cuando su impresión estuviera completada.

—¿Qué otra cosa imprimen ustedes cuando el dueño está ausente? —preguntó el familiar de la Inquisición.

—Nada. Ni siquiera podemos imprimir el libro completo sobre los santos hasta que nuestro amo vuelva con suficiente papel y tinta para terminar el trabajo.

Los "familiares" no eran sacerdotes sino sólo "amigos" del Santo Oficio, voluntarios que colaboraban con los inquisidores. En realidad, usaban la cruz verde de la Inquisición y actuaban como guardias civiles secretos que realizaban servicios que iban desde actuar como guardaespaldas para inquisidores a entrar por la fuerza en algunas casas en mitad de la noche para arrestar a los acusados y arrastrarlos a la mazmorra del Santo Oficio.

Esos "familiares" eran temidos por todos. Su reputación era tan terrible que cada tanto el Rey usaba ese terror que producían para impedir que aquellos que lo rodeaban se desviaran y no le siguieran siendo leales.

—Como comprenderá, les está prohibido imprimir cualquier libro u otros trabajos sin obtener antes la autorización pertinente. Si se llegara a descubrir que ustedes están involucrados en alguna impresión ilícita...

—Por supuesto, *don* Jorge —dije, recompensando con ese título honorífico a un campesino cuyo contacto más cercano con ser refinado era pisar el estiércol del caballo de un caballero—. Si quiere que le sea franco, tenemos tan poco que hacer hasta el regreso del dueño que, si hubiera algún trabajo sencillo de imprenta que estuviera a nuestro alcance realizar para el Santo Oficio, estaríamos más que contentos de hacerlo.

Algo se movió en lo más profundo de los ojos del familiar. Ese movimiento del ojo, que me resultaría imposible describir en ese momento pero que he llegado a identificar como un levísimo ensanchamiento del círculo interior del ojo, es una reacción que pocas personas advierten, salvo los comerciantes exitosos y los léperos también exitosos.

El nombre común para ese fenómeno es *codicia*.

Yo había estado tratando de pensar en una manera de ofrecerle la "mordida" oficial, pero había vacilado. Algunos de estos familiares tenían fama de ser tan fanáticos que le negarían a su propia madre la misericordia del garrote y dejarían que ardiera con lentitud en la hoguera, de los pies para arriba. Sin embargo, yo le había ofrecido el "don Jorge". Era algo.

—El Santo Oficio sí necesita la colaboración de ciertos trabajos de imprenta. En una oportunidad empleamos los servicios del impresor que ocupaba este mismo local, pero resultó ser una herramienta del demonio.

Me santigüé.

—Tal vez yo pueda asistirlos hasta que mi señor regrese...

Él me llevó a un lado para que Juan no pudiera oír.

—¿Ese mestizo es un buen cristiano?

—Si no tuviera la sangre impura, sería sacerdote —le aseguré. Él había dado por sentado que yo era español y, desde luego, ello me convertía en defensor de la Fe, a menos que demostrara lo contrario.

—Volveré más tarde con dos documentos de los cuales necesitaré copias para los sacerdotes y monjas de toda Nueva España. Su contenido cambia cada tanto y será preciso ponerlo al día. —Entrecerró los ojos y me miró fijo. —A fin de poder descubrir a los blasfemos y los judíos, todo lo referente al Santo Oficio debe permanecer en secreto. Cualquier indiscreción en este sentido equivaldrá a hacer el trabajo del demonio.

—Desde luego.

—Usted debe jurar mantener el secreto y no revelar jamás lo que ha impreso.

—Por supuesto, don Jorge.

—Hoy mismo le traeré los documentos. Estos documentos requieren un gran número de copias, y se le pagará a usted una modesta recompensa para cubrir el costo de la tinta. El Santo Oficio le proporcionará el papel.

—Gracias por su generosidad, don Jorge.

Y eso fue todo. Él recibiría del Santo Oficio el costo total de la impresión y sólo me pasaría a mí lo suficiente para pagar los insumos que me permitirían seguir en el negocio. Y, sin duda, el resto no terminaría en una caja para limosnas para los pobres.

¡Oh, las bajezas e intrigas de los hombres! Si bien esta clase de intrigas se espera de cualquier funcionario del gobierno, cabría esperar que quienes sirven a la Iglesia actuaran con Dios de manera bien distinta.

—¿Qué son esos documentos?

—La lista de las personas sospechadas de ser blasfemas y judías —respondió—, y la lista de libros prohibidos por el Santo Oficio.

OCHENTA Y OCHO

Converso. Sospechoso de marrano. Acusado por Miguel de Soto.

Mateo terminó de leer lo que la lista negra de la Inquisición decía de don Julio. Por supuesto, yo me había guardado una copia de la lista de personas sospechosas después de imprimirla.

—¿Quién es Soto y por qué presentó la acusación de que don Julio es, en secreto, un judío? —se preguntó Mateo.

—Hablé con un auditor en la contaduría del virrey, cuyos gustos con respecto a la lectura harían que el mismísimo Lucifer se pusiera colorado y se arrepintiera. Él dice que De Soto compra y vende obreros. Negocia con criados esclavos, indios sin tierra, mestizos sin suerte, cualquier persona o grupo que esté indefenso y pueda incluirse en un proyecto. Firmó contrato con el proyecto de construcción del túnel para proporcionar indios… miles de indios. Incluso tomando en cuenta que tuvo que sobornar a la mitad de los funcionarios de la ciudad para conseguir ese contrato, igual ganó una cantidad enorme de dinero. ¿Por qué habría de presentar una acusación contra el Don? No lo sé, pero puedo adivinarlo.

—¿El Don lo acusó de proporcionar materiales y mano de obra de mala calidad en la construcción del túnel, provocando así su fracaso? —preguntó Mateo.

—No, él sólo proveyó trabajadores para otros. En mi opinión, le está haciendo un favor a Ramón de Alva.

—¿Qué tiene que ver de Alva con De Soto?

—Miguel es su cuñado… Y también lo es Martín de Soto, quien acarreó madera y materiales para los ladrillos.

—¿Qué servicio brindó de Alva en el proyecto del túnel?

—Ninguno…, al menos aparentemente. Parece ser el único involucrado en manejar los asuntos de negocios de don Diego Vélez, marqués de la Marche. —El tío de Elena, pero mi conexión con Elena era un secreto mejor guardado que la lista de acusados de la Inquisición. —De Alva parece haber amasado una gran fortuna junto con el marqués. El auditor dice que allí donde está De Soto, también se encontrará de Alva.

—Tu némesis.

—Mi atormentador. Y, ahora, el del Don. Don Julio cree que el hecho de no haber seguido sus instrucciones, una mano de obra deficiente y materiales de mala calidad fueron la causa de que el túnel se derrumbara. Pero no le resultará fácil probarlo.

—Él responsabiliza a los encargados de la construcción de lo sucedido. Miguel de Soto probablemente cobró jornales por diez obreros por cada uno que envió. Y su cuñado sin duda entregó la mitad de los ladrillos y maderas por los que se pagó. Si alguna vez hace falta un chivo expiatorio, un converso caerá más rápido que ninguna otra persona. De Soto y los otros intentan manchar el nombre del Don con sus acusaciones de judaísmo. No hay mejor manera de destruirle la vida a un hombre que encargar a los familiares de que lo saquen de la cama en mitad de la noche.

—Debemos hacer algo para ayudar al Don —dije.

—Por desgracia, éste no es un asunto que yo pueda arreglar con una espada. La acusación ya fue hecha, y matar a De Soto no la borrará; al contrario, puede despertar aun más sospechas contra don Julio. Es importante que el Don esté enterado de lo de la acusación para que esté advertido.

—¿Y cómo haremos eso? ¿Tengo que contarle que ahora tú y yo imprimimos documentos para el Santo Oficio?

Mi broma no le pareció nada divertida a Mateo.

—Te sugiero que te inspires en esos cuentos que relatabas en la calle para obtener el pan cotidiano durante la mayor parte de tu vida. Mentirle a un amigo no debería resultarle muy difícil a un lépero.

—Le diré que yo caminaba frente al Santo Oficio y recogí de la calle la lista, que sin duda a alguien se le había caído.

—Excelente. Eso no es más estúpido que cualquiera de las otras mentiras que has utilizado. —Mateo bostezó y se desperezó. —Creo que llegó el momento de tener esa conversación con tu amigo de Alva que te mencioné antes.

—¿Cómo planeas conseguir que él nos hable?

—Secuestrándolo. Y torturándolo.

Don Julio levantó la vista de la lista de acusación.

—¿Encontraste este documento en la calle? ¿Me lo juras sobre la tumba de tu santa madre?

—Por supuesto, Don.

Él arrojó la lista a la chimenea y cuidadosamente revolvió las cenizas a medida que se iba quemando.

—No se preocupen por esto. Dos veces antes he sido acusado y no pasó nada. El Santo Oficio realizará una investigación que puede llevar años.

—¿No hay nada que podamos hacer nosotros?

—Rezar. No por mí sino por el túnel. Si el túnel vuelve a derrumbarse, será una competencia con respecto a cuál será el primero: si el virrey que me hará ahorcar o el santo Oficio que querrá quemarme en la hoguera.

Atareados con la impresión de los libros prohibidos por el Santo Oficio y de las listas preparadas por esta institución, le dejé a Mateo la responsabilidad de trazar un plan para el secuestro de Ramón de Alva. De Alva no es sólo un famoso espadachín sino que rara vez sale de su casa a menos que esté rodeado de criados o secuaces, razón por la cual el plan debe poseer la intrepidez del Cid y el genio de Maquiavelo.

Mientras trabajaba hasta tarde en el taller, oí el ruido de algo que caía junto a la puerta de atrás. La puerta tenía una rendija de madera que el anterior dueño, que en paz descanse, utilizaba para recibir órdenes de los comerciantes cuando el taller estaba cerrado.

Aunque yo no tenía intención de recibir más órdenes de trabajo, fui a verificar qué era y encontré un paquete en el piso. Lo desenvolví y descubrí que contenía una colección de poemas escritos a mano y una nota.

Señor Editor

Cada tanto, su predecesor publicaba y vendía mis trabajos y el dinero resultante iba para alimentar a los pobres en los días de festival. Son suyos si usted desea continuar esa relación.

Un Poeta Solitario

La nota estaba escrita con una caligrafía elegante, lo mismo que los poemas.

Los poemas conmovieron mi corazón… y mis partes viriles. Leí cada uno infinidad de veces. Yo no los llamaría deshonestos o perversos; algunos de los libros que publico tienen hombres y mujeres que copulan con animales. Pero si bien los poemas que recibí por la puerta de atrás no eran de naturaleza escandalosa, no podían ser publicados de la manera común y corriente, porque eran de un tono muy provocativo. Para mí, tenían gracia y belleza y definían con exactitud el poder y la pasión entre un hombre y una mujer. Y hablaban de los deseos honestos de una mujer, no de la emoción de la Alameda, donde las mujeres juegan al amor mientras cuentan los pesos del árbol genealógico de la familia, sino la pasión de las personas reales que no saben nada del otro, salvo su roce.

Varias personas habían preguntado acerca de los poemas de este "poeta solitario", que era de la única manera en que se lo conocía. Como yo nunca había oído hablar de él, hice promesas que en ningún momento pensaba cumplir acerca de tratar de conseguir esos poemas. Ahora tendría un buen mercado para algunos de ellos, pero a diferencia de los libros escandalosos, estos poemas serían apreciados por apenas un pequeño grupo al que le interesaba más la pasión que la perversión. Dudaba mucho poder ganar el dinero suficiente para alimentar a un lépero hambriento en épocas de festival, pero publicar esos poemas me haría sentir el editor de buenos libros.

El secreto tendría que morir en mí. Si se lo contaba a Mateo, él insistiría en que publicáramos también sus tontos poemas de amor. O se los robaría.

Enseguida empecé a componer la tipografía. No era una tarea que podía dejarle a Juan el lépero: él no sería capaz de trasladar la escritura manuscrita a los tipos de imprenta. Además, yo no quería que sus manos sucias tocaran esas hermosas palabras.

—Tengo un plan —dijo Mateo. Me lo dijo en voz baja por encima de una copa de vino, en una taberna.

"De Alva es dueño de una casa que mantiene vacía para sus aventuras amorosas, salvo por una casera que es medio ciega y casi sorda. Cuando de Alva llega, sus secuaces permanecen en el carruaje. Si nosotros estuviéramos esperándolo en lugar de una mujer, podríamos tener con él una conversación privada."

—¿Cómo averiguaste dónde se encuentra con mujeres?

—Seguí a Isabella.

Lamenté habérselo preguntado, y sentí pena por el Don.

Mateo tenía más una *idea* que un plan. El mayor problema era cómo entrar en la casa sin ser detectados. El hecho de que la casera fuera medio ciega y estuviera casi sorda no significaba que estuviera muerta... o que fuera estúpida. También necesitábamos saber cuándo planeaba de Alva tener una aventura.

—Isabella se pliega a la agenda de de Alva. Fuera de hacerse peinar y de cumplir con actividades sociales, ella no tiene compromisos fijos. El asistente personal de de Alva le lleva un mensaje a la casa con orden de entregárselo solamente a la mucama de Isabella. Su criada recibe todos los mensajes relativos a las citas.

Eso era natural. Ninguna dama de calidad saldría de su casa para hacer compras o para encontrarse con su amante sin estar acompañada por una criada. Esta criada era una mujer africana corpulenta que tenía una espalda bien fuerte para no quedar lisiada cuando Isabella enfurecía por errores triviales de ella y comenzaba a azotarla.

Yo lo estuve pensando durante dos copas de vino. La vida en las calles, en las que yo me veía obligado a mentir, engañar, robar y disimular me había preparado para desempeñar estos últimos papeles en la vida. Mientras que Mateo era autor de comedias para ser puestas en escena, yo, Cristo el Bastardo, era un autor de *vida*.

—Éste es el plan —dije.

OCHENTA Y NUEVE

Tres días después recibí, en el taller, instrucciones de dirigirme enseguida a casa. Sabía el significado de ese mensaje: el centinela que Mateo había apostado le dijo que Isabella acababa de recibir una nota en la que se le decía que se reuniera con Ramón de Alva.

Mateo me esperaba con los elementos que necesitábamos para instrumentar el plan. Él era un hombre que nunca estaba nervioso, pero por una vez su ansiedad se manifestó. No se le habría movido ni un pelo si tuviera que enfrentarse al más grande espadachín de Europa, pero envenenar a una mujer lo aterrorizaba.

—¿Le pusiste la hierba en la sopa? —preguntó.

Un poco de sopa era lo único que Isabella comía antes de salir de su casa para tener relaciones sexuales con de Alva. Ya comerían ambos en abundancia después de haber satisfecho su lujuria.

—Sí. ¿Estás seguro de que tendrá efecto?

—Absolutamente seguro. Dentro de pocos minutos a Isabella le dolerá tanto el estómago que tendrá que llamar a un médico. También enviará a su criada a lo de de Alva para avisarle que no concurrirá a la cita de amor.

—Si esto no sale bien, te desollaré como el hechicero *naualli* desollaba a la gente y usaré tu piel para hacerme un par de botas.

Fui a verificar cómo estaba Isabella. Cuando yo me acercaba, la criada salía de su habitación. Antes de que ella terminara de cerrar la puerta, vi a Isabella doblada en dos sobre la cama. Sus gemidos hicieron que mi corazón saltara de gozo. Sólo se sentiría mal durante algunas horas, y confieso haber estado tentado de ponerle suficiente veneno como para matarla.

—¿Tu señora está enferma?

—Sí, señor. Tengo que ir a buscar al médico —dijo y se alejó velozmente.

—La criada dijo que iría a buscar al médico. Sospecho que de allí irá directamente a la casa de de Alva para pasarle el mensaje.

Mateo y yo salimos de la casa y caminamos por la calle hacia un coche que nos esperaba. No era un vehículo elegante sino el carruaje de un mercader insignificante al que le alegró mucho recibir tres libros prohibidos a cambio del uso del vehículo por una noche.

Una vez en el interior del coche nos pusimos capas y máscaras que nos cubrían toda la cara, del tipo de las que por lo general se usaban en la Alameda y en fiestas. Mateo aguardó en el interior del carruaje; yo, en la calle, mientras la criada se acercaba. Cuando estuvo bien cerca, yo simulé toser y sacar después un enorme pañuelo que sacudí para que el polvo que tenía la tela le diera en la cara.

Ella siguió caminando y tratando de sacarse el polvo con la mano.

Subí al coche y miré hacia atrás mientras avanzábamos por esa calle empedrada.

La criada se tambaleaba.

El mismo comerciante que me vendió la hierba que enfermó a Isabella, me había suministrado *yoyotli*, el polvo alucinatorio que hacía perder el juicio a las víctimas del sacrificio y que el Sanador había usado una vez en mí.

Algunos minutos más tarde el carruaje se alejaba, dejándonos a Mateo y a mí frente a la casa para citas de amor.

Entramos por el portón sin custodia y nos dirigimos directamente a la puerta principal. Tiré de una cuerda que hacía sonar una campana adentro. Su sonido era casi tan fuerte como el del campanario de una iglesia. Minutos después, la casera abrió la puerta.

—Buenas tardes, señora —dijo.

Sin pronunciar una sola palabra, puesto que no hacía falta responderle a una sirvienta, yo, la pareja amorosa de Alva por la noche y Mateo, mi criada, entramos en la casa.

Vestíamos ropa de mujer y usábamos máscaras.

No podríamos haber engañado a de Alva ni por un instante.

No podríamos haber engañado a un pirata tuerto, ubicado a un tiro de mosquete de nosotros.

Pero engañamos a una mujer anciana que era medio ciega y casi sorda.

La vieja sirvienta nos dejó al pie de la escalera que conducía a los dormitorios y se alejó, sin duda sorprendida por el tamaño de la nueva mujer de de Alva.

La alcoba seleccionada para la cita fue fácil de encontrar: estaba iluminada con velas encendidas, la ropa de cama se acababa de cambiar y por todas partes había vino y dulces.

Hicimos nuestros preparativos y nos sentamos a esperar.

—Recuerda, de Alva es un famoso espadachín —dijo Mateo—. Si llega a poder desenvainar su espada, lo mataré. Pero él te matará a ti antes de que yo pueda hacerlo.

Ah, Mateo, siempre dispuesto a alentar a un amigo. Y tan veraz. ¿Acaso no decía siempre que, como espadachín, yo era hombre muerto?

Las ventanas del dormitorio daban al patio de abajo. Vimos a de Alva llegar en su carruaje, cruzar el patio y desaparecer debajo del pasillo cubierto que conducía a la puerta principal. Dos de sus hombres permanecieron en el patio.

Yo estaba sentado de espaldas a la puerta, frente a una pequeña mesa cubierta con vino y dulces. Habíamos descartado nuestras ropas de mujer, salvo por la capa con capucha que yo todavía tenía puesta para parecer una mujer de espaldas cuando de Alva entrara. Tenía mi espada en la mano, lo mismo que mi corazón. Yo le tenía menos miedo a de Alva que a las revelaciones que tal vez poseía acerca de mi pasado.

La puerta se abrió detrás de mí y oí sus pesados pasos cuando él entró.

—Isabella, yo...

De Alva tenía los instintos de un felino de la jungla. Lo que alcanzó a ver de mí desde atrás enseguida lo puso en guardia y llevó la mano a su espada.

Yo pegué un salto de la silla y empuñé mi espada, pero antes de que pudiéramos empezar a luchar, Mateo lo golpeó en la nuca con el mango de un hacha. De Alva cayó de rodillas y Mateo volvió a golpearlo, no lo suficiente para hacerlo perder el conocimiento pero sí para aturdirlo. Enseguida estuvimos sobre él con una soga y le atamos las manos detrás de la espalda. Mateo anudó otra soga alrededor de un candelero redondo, grande como la rueda de un carruaje, que colgaba del cielo raso. Con una daga contra el cuello de de Alva, logramos colocarlo debajo del candelabro. Con el otro extremo de la soga que colgaba del cielo raso hicimos un nudo corredizo con el que rodeamos la cabeza de nuestro prisionero.

Juntos levantamos a de Alva tirando de la soga hasta que quedó con los pies en el aire. Puse una silla debajo de sus pies para que pudiera apoyarse en ella y no se ahorcara.

Cuando terminamos, de Alva quedó parado sobre la silla, con las manos atadas en la espalda y la soga alrededor del cuello. Mateo pateó la silla y de Alva se meció y trató con desesperación de respirar; el candelabro crujió y del cielo raso cayó un trozo de estuco.

Yo volví a poner la silla debajo de sus pies.

Como no era mi intención matarlo a menos que fuera necesario, además de la máscara yo me había puesto guijarros en la boca para disimular mi voz.

—Mataste a un hombre bueno en Veracruz hace casi siete años, un fraile llamado Antonio, y trataste además de matar a un muchachito que Antonio había criado. ¿Por qué lo hiciste? ¿Quién te convenció de que lo hicieras?

Su voz fue una cloaca de furia que vomitaba roña.

Pateé la silla que tenía debajo de los pies y él rebotó y se balanceó, su cara completamente roja. Cuando su cara se convulsionó de dolor y casi se puso negra por el estrangulamiento, volví a colocar la silla.

—Cortémosle los testículos —dijo Mateo. Y con la espada le tocó la entrepierna para estar seguro de que el hombre había entendido sus palabras.

—Ramón, Ramón, ¿por qué nos obligas a hacerte mujer? —pregunté—. Sé que mataste al fraile por encargo de alguien. Dime por quién lo hiciste y podrás seguir usando este lugar como tu prostíbulo privado.

Más roña brotó de su boca.

—Sé que uno de ustedes dos es aquel muchachito bastardo —jadeó—. Yo me acosté con tu madre antes de matarla.

Me le acerqué para patearle de nuevo la silla y, en ese momento, de Alva me pegó una patada en el estómago. Su bota se me clavó justo debajo del esternón y me cortó la respiración y, por un momento, la vida. Me tambaleé hacia atrás y caí de espaldas en el piso.

El envión, fruto de la patada, hizo que de Alva se balanceara, ya sin estar apoyado en la silla. El enorme candelabro se desprendió cuando todo un sector del cielo raso cayó al piso. Una tormenta de escombros y de polvo me cegó.

Mateo gritó y vi la forma oscura de de Alva pasar corriendo junto a mí y, después, el ruido de madera rota cuando se lanzó de cabeza contra los postigos cerrados de la ventana. Oí el golpe de su cuerpo contra los azulejos de la parte techada del patio. Él aulló pidiendo ayuda.

Mateo me tomó por el brazo.

—¡Apresúrate!

Lo seguí a la salita contigua y de allí al balcón. Él tenía en la mano la soga con que habíamos colgado a Alva. Ató la soga alrededor de un poste, la arrojó hacia un costado y se deslizó hacia abajo por ella sostenido con manos y pies. Yo lo seguí antes de que él tocara el suelo, agradecido de que no fuera la primera vez que Mateo se veía obligado a abandonar deprisa un dormitorio perseguido por una amenaza.

Después de despojarnos de la ropa y de las máscaras y de reanudar nuestro papel de trabajadores de don Julio, nos sentamos en una taberna y jugamos al primero, un juego de cartas en el que Mateo se distinguía por su habilidad para perder dinero.

—Bastardo, esta noche nos enteramos de algo bien interesante... además del hecho de que de Alva es un hombre recio.

—¿A qué te refieres?

—A que él mató a tu madre.

Yo nunca conocí a mi madre y no tenía de ella ninguna imagen real, pero el hecho de que ese hombre asegurara haberla violado y asesinado eran más clavos en su ataúd. Esa afirmación, aunque a mí me pareciera una burla, aumentaba el misterio que rodeaba mi pasado. ¿Qué tenía de Alva que ver con mi madre? ¿Por qué habría sido necesario para un gachupín matar a una muchacha india? Y lo más extraño de todo: yo sabía fehacientemente que él no la había matado, que seguía con vida.

—Pasará mucho tiempo antes de que podamos hacer caer a de Alva en nuestra manos —dijo Mateo—. Si es que alguna vez lo logramos.

—¿Crees que él nos relacionará con Isabella?

Mateo se encogió de hombros.

—No lo creo. La conclusión será que Isabella y la criada fueron víctimas de comida en mal estado. Pero para estar seguro de que no exista ninguna conexión, mañana saldré para Acapulco.

El galeón de Manila debía llegar del Extremo Oriente. Qué tenía que ver su entusiasmo por la llegada del galeón con sus tesoros, procedente de la China, las islas de las Especias y la India con el hecho de que de Alva descubriera la identidad de sus atacantes era otro misterio para mí. En mi opinión sincera pero malpensada, él se iba a Acapulco sólo para divertirse.

NOVENTA

Con Mateo en Acapulco, el Don en el proyecto del túnel e Isabella de muy mal humor, yo me mantenía lejos de la casa el mayor tiempo posible. Cuando no estaba en la imprenta hacía largas caminatas por la galería, deteniéndome cada tanto en alguna tienda.

Trabajaba en el taller bien tarde cuando oí un ruido en la puerta de atrás y el sonido de un paquete que caía. Pensando que podía ser el autor de los poemas románticos que me resultaban tan provocativos y convincentes, corrí a abrir la puerta y, después, hacia el callejón. Vi que esa persona huía, un hombre bajo y delgado, cuya capa con capucha aleteaba mientras él corría. Desapareció a la vuelta de una esquina. Cuando llegué a esa esquina, el carruaje ya avanzaba por la calle y estaba demasiado oscuro para que pudiera ver si el vehículo tenía alguna marca que lo identificara.

Mientras caminaba de regreso al taller me sorprendió percibir la fragancia de una colonia francesa que sabía era muy usada por las mujeres jóvenes de la ciudad. Al principio me resultó extraño que un hombre la usara, pero había muchos petimetres que no sólo usaban perfume francés sino también tantas sedas y encajes que, al revisarles los genitales, cabría esperar encontrar una teta de bruja en lugar de un pene. No me sorprendería nada que el autor de poemas románticos fuera uno de esos hombres que encuentran atractivos a otros hombres.

Los poemas eran, una vez más, visiones de amor que conmovieron mi alma romántica, muy bien oculta detrás de mi alma áspera de lépero. Dejé de lado una obra de teatro deshonesta, de la cual había estado revisando la tipografía realizada por Juan, y comencé a componer los tipos para los poemas. No había ganancia en esos libros de poemas, pero qué placer poder soltarse en las imágenes de amantes entregados a una pasión ardiente. Al imprimir sus trabajos de pasiones honestas sentí que, de alguna manera, reparaba los trabajos de menor calidad —y menor moralidad— que yo imprimía sólo para ganar dinero. Era mucho trabajo para mí componer los tipos de todas las obras del poeta, pero me resultaba muy satisfactorio hacerlo.

Al componer los tipos, pensé en la obra de teatro que subrepticiamente publicábamos. En realidad, imprimíamos más obras de teatro que libros. Si bien las comedias rara vez eran puestas en escena en Nueva España, eran más leídas que los libros.

Se me ocurrió que se podía ganar dinero más rápido y con mayor facilidad sencillamente poniendo en escena las obras que vendiendo ejemplares impresos. Esas obras no habían alcanzado en Nueva España el mismo nivel de popularidad y de ganancias que tenían en España, porque las que el Santo Oficio aprobaba para las colonias eran comedias costumbristas insípidas o de tenor religioso. La sola presentación al Santo Oficio de una obra de teatro como las que imprimíamos, para obtener permiso para ponerla en escena, tendría como resultado nuestro arresto inmediato.

Me pregunté si no habría una obra que pudiéramos presentar que tuviera éxito y que, al mismo tiempo, mereciera la necesaria aprobación. Un grupo de actores había venido a la ciudad a presentar una obra en un lugar baldío ubicado entre la Casa de la Moneda y las residencias, pero sólo duró en escena unas pocas representaciones. Presencié esa obra mientras Mateo estaba en Acapulco y me resultó una interpretación nada interesante de *Fuente Ovejuna* de Lope de Vega. Me habían advertido que el cuchillo del censor le había quitado el corazón a ese trabajo brillante de Lope y que un "familiar" estaría entre el público con una copia censurada para asegurarse de que los diálogos suprimidos no volverían a encontrar su camino en la puesta. A esto se sumaba que los actores no tenían bien ensayados sus parlamentos; oí decir que tampoco se habían puesto de acuerdo acerca de cuál obra presentar y quién encarnaría los papeles principales. Fue triste ver esa obra maravillosa y conmovedora en labios de personas incapaces de captar la esencia del personaje que interpretaban.

Ninguna nación había producido jamás un dramaturgo tan prolífico como Lope de Vega. Cervantes lo llamó monstruo de la naturaleza porque era capaz de escribir obras de teatro en horas y tal vez había creado un par de cientos de ellas. *Fuente Ovejuna* era un cuento conmovedor, coherente con los otros grandes trabajos de Lope que demostraban cómo los hombres y mujeres españoles de todas las clases sociales pueden ser honorables. Yo había leído una copia auténtica de la obra, metida de contrabando en la Colonia bajo los vestidos de una actriz.

El nombre de la obra, *Fuente Ovejuna*, era el nombre de la aldea donde tenía lugar la acción. Una vez más, aquí un noble trataba de deshonrar a una muchacha campesina, comprometida con un joven labriego de la aldea. Laurencia es la muchacha, pero ella es inteligente y tiene muchos recursos. Sabe qué es lo que busca ese noble, el comendador, cuando él le envía a sus emisarios con obsequios. El comendador se propone deshonrarla y hacerla a un lado después de gozar de ella. Como dice Laurencia, acerca de los hombres en general: "Cuántas raposerías, con su amor y sus porfías, tienen estos bellacones; porque todo su cuidado, después de darnos disgusto, es anochecer con gusto y amanecer con enfado."

Es una muchacha de lengua filosa. Un personaje la describe así: "Apostaré que la sal le echó el cura con el puño."

Cuando el comendador vuelve triunfante de la guerra, la aldea lo recibe con obsequios. Pero el regalo que él quiere son Laurencia y otra muchacha campesina. Forcejeando con un criado del comendador que trata de meterla por la fuerza en una habitación donde él planea aprovecharse de ella, Laurencia dice: "¿No basta a vueso señor tanta carne presentada?"

"La vuestra es la que le agrada", dice el criado.

"Reviente de mal dolor."

El comendador encuentra a Laurencia en el bosque y trata de llevársela por la fuerza, pero Frondoso, un labriego que la ama, toma la ballesta que el comendador había dejado en el suelo y detiene al caballero hasta que la muchacha escapa.

El comendador está furioso por la forma en que la muchacha se le resiste.

"¡Qué cansado villanaje! ¡Ah! Bien hayan las ciudades, que a hombres de calidades no hay quien sus gustos ataje; allá se precian casados que visiten sus mujeres."

Habla de mujeres con su criado y se refiere a las que se le entregan sin resistirse. "A las fáciles mujeres quiero bien y pago mal. Si éstas supiesen, ¡oh, flores!, estimarse en lo que valen".

El cruel hidalgo toma por la fuerza y a su antojo a las muchachas de la aldea, pero Laurencia consigue evadirlo. El comendador se presenta en su boda, hace arrestar a Frondoso, su novio, y se lleva a Laurencia y la golpea cuando ella se resiste a ser violada.

Laurencia regresa junto a su padre y a los hombres de la aldea y los llama "ovejas" por permitir que el comendador viole a las muchachas de la aldea. Les dice a los hombres que, una vez que el comendador haga ahorcar a Frondoso, vendrá y hará colgar a todos los hombres sumisos de la aldea. "Y yo me huelgo, medio-hombres, por que quede sin mujeres esta villa honrada, y torne aquel siglo de amazonas."

Laurencia empuña una espada, agrupa a las mujeres de la aldea y les dice que deben tomar el castillo y liberar a Frondoso antes de que el comendador lo mate. Le dice a otra mujer: "Que adonde asiste mi gran valor, no hay Cides ni Rodamontes."

Las mujeres derriban la puerta del castillo, lo toman por asalto y enfrentan al comendador justo cuando éste está a punto de hacer que cuelguen a Frondoso. Entonces los hombres de la aldea entran con sus armas para ayudar a las mujeres. Pero una dice: "Los que mujeres son en las venganzas, en él beban su sangre."

Frondoso dice: "No me vengo si el alma no le saco."

Las mujeres atacan al comendador y a sus hombres. Laurencia dice: "¡Entrad, teñid las armas vencedoras en estos viles!"

Lope de Vega tuvo el coraje literario de poner espadas en las manos de las mujeres. Sospecho que ésa es la razón por la que el público, compuesto en su mayor parte por hombres, no apreció la obra tanto como yo.

Otro gran punto moral de la obra es la manera en que los habitantes de la aldea se mantienen unidos cuando se los juzga por la muerte del comendador ante el rey y la reina, Fernando e Isabel. Al ser interrogados y torturados para que revelen quién fue el autor de la muerte del hidalgo, cada uno de los aldeanos, por turno, nombra al culpable: Fuenteovejuna. La aldea misma ha hecho justicia con sus propia manos.

Enfrentados a una situación imposible, el Rey y la Reina dejan impune la muerte del comendador.

A juzgar de las pocas localidades vendidas para ver la obra, no me cupo ninguna duda de que los actores no habían logrado conmover al resto de la ciudad.

La idea de poner en escena una comedia rondaba mi mente desde la época en que comencé a imprimir clandestinamente obras ofensivas. Pero, por mucho que luchaba con ese pensamiento, siempre me sentía bloqueado por saber cómo reaccionaría Mateo. Seguro que él insistiría en que presentáramos algún relato tonto de hombría… si yo tenía que sentarme y tolerar otra obra en la que un español honorable mata a un pirata inglés que violó a su esposa…

Yo habría estado dispuesto a presentar una obra escrita por Belcebú si con ello hubiera ganado dinero, pero a pesar de su falta de mérito artístico, las obras de teatro de Mateo tenían la desventaja adicional de ser un desastre financiero.

Esa noche volví a casa con la idea de poner en escena una obra que proporcionaría grandes ganancias, pero sin despertar las iras de la Inquisición. Inquieto, tomé un ejemplar de la *Historia del Imperio Romano*, de Montebanca, y lo leí a la luz de una vela mientras aspiraba los dulces olores del establo de abajo. A medida que el imperio se volvía más decadente, su tela social y moral se pudrían debajo de un mal líder tras otro y los emperadores llegaban a más estrenos en los entretenimientos que le ofrecían al pueblo en la arena; a la gente ya no la entretenía ver gladiadores que se mataban mutuamente, así que pronto fueron pequeños ejércitos los que luchaban entre sí, y hombres los que se enfrentaban a bestias salvajes. Lo que más me interesó de los torneos entre gladiadores fueron las batallas marítimas, en las que la arena se inundaba con agua y los gladiadores luchaban a bordo de barcos de guerra.

Medio adormilado, me pregunté cómo sería posible inundar una comedia de corral, que por lo general era poco más que un espacio entre casas, para poner en escena una batalla entre gladiadores.

Desperté en medio de la noche con la certeza de que ya tenía la arena inundada.

Al cabo de dos semanas, Mateo regresó de Acapulco. Estaba de mal humor y no tenía ninguna cicatriz a la que adjudicarle el nombre de una mujer.

—Los piratas hundieron el galeón de Manila. Hice el viaje para nada.

—Mateo, Mateo amigo mío, mi compañero de armas, he tenido una revelación.

—¿Acaso caminaste sobre el agua, amigo?

—¡Exactamente! Acabas de adivinarlo. Vamos a poner en escena una comedia… sobre el agua.

Mateo puso los ojos en blanco y se golpeó el costado de la cara.

—Bastardo, me parece que has estado inhalando un poco de ese *yoyotli* que se roba la mente de una persona.

—No, he estado leyendo historia. En ocasiones, los romanos inundaban la arena y presentaban batallas de gladiadores sobre barcos de guerra.

—¿Planeas presentar esta comedia en Roma? ¿El Papa te ha concedido San Pedro para que lo inundes?

—Cuán poco les crees a los genios. ¿Acaso no has mirado alrededor de ti y visto que la Ciudad de México está rodeada de agua? Para no mencionar la docena de lagunas que se encuentran dentro y alrededor de la ciudad.

—Explícame mejor esta locura.

—Arriesgamos la vida por una ganancia efímera imprimiendo obras de teatro y libros deshonestos para luego venderlos. Se me ocurrió que podríamos poner en escena nuestra propia comedia y amasar una fortuna.

A Mateo se le iluminaron los ojos.

—¡Yo escribiré esa comedia! Un pirata inglés viola a…

—¡No! ¡No! ¡No! Todos, desde Madrid a Acapulco ya vieron ese argumento. Yo tengo una idea para una comedia.

Su mano rozó su daga.

—¿Tú no quieres que *yo* escriba esa obra?

—Sí, desde luego, pero basándose en un argumento diferente. —Afortunadamente, eso necesitaba muy poco diálogo, así que agregué en voz baja, más bien para mí: —¿Cuál es el momento más importante de la historia de Nueva España?

—La conquista, por supuesto.

—Además de los famosos caballos en cuyos descendientes inviertes tu dinero, Cortés tenía una flota de barcos de guerra. Porque México, Tenochtitlán, era una isla con carreteras elevadas que podía ser fácilmente defendida por los aztecas, Cortés tuvo que atacar la ciudad desde el agua. Hizo cortar maderos y vigas y construir una flota de trece embarcaciones; les puso mástiles, avíos y velas. Mientras se preparaban los barcos, él empleó a ocho mil indios para que cavaran un canal por el que se podía botar los barcos hacia el lago.

Mateo, desde luego, conocía la historia mejor que yo. Cortés puso a doce remeros a bordo de cada embarcación, junto con doce ballesteros y mosqueteros, un total de alrededor de la mitad de los conquistadores y su ejército. Ninguno de los conquistadores quería ser remero, de modo que él tuvo que obligar a los hombres con experiencia en el mar a manejar los remos.

Equipó cada barco con un cañón tomado de los navíos que lo habían llevado a Nueva España y puso las embarcaciones bajo el mando de capitanes. Él se nombró almirante de la flota y dirigió un ataque sobre la ciudad, mientras el resto de sus fuerzas y de sus indios aliados atacaban la carretera elevada.

La flota de pequeños barcos de guerra se topó con una armada azteca de más de quinientas canoas de guerra que llevaban miles de guerreros. Cuando la distancia entre las dos flotas se acortó, Cortés supo que todo se perdería si el buen Señor no les regalaba una brisa fresca que impulsara sus barcos a la batalla con tanta velocidad que no permitiera que el enorme número de las canoas de guerra de los aztecas los superara.

La Mano de Dios sí intervino en la batalla. Se levantó una brisa que envió a los barcos de Cortés contra la armada azteca con una ferocidad sólo igualada por la ferocidad de los mismos conquistadores.

—¿De dónde sacarás el dinero para pagar por trece barcos y quinientas canoas, para no mencionar varios cientos de conquistadores y cinco mil guerreros aztecas?

—Sólo necesitamos un barco de guerra y dos o tres canoas. Una barcaza lacustre puede convertirse en un barco de guerra con sólo añadir algunas líneas falsas de madera y un cañón también de madera. Los indios con las canoas se pueden conseguir por unos pocos pesos cada noche.

Mateo tenía la nerviosa intensidad de un jaguar en busca de una presa. Se paseó por la habitación, imaginándose ya el hombre que se ganó un imperio.

—Cortés sería el protagonista —dijo—, que lucha con la fuerza de diez demonios y mata a una docena —¡no!—, a cien enemigos y exhorta a sus hombres a no darse por vencidos y, en sus momentos de mayor desesperación, de rodillas le suplica a Dios que le envíe viento.

—Como es natural, sólo un excelente actor como tú podría desempeñar el papel del conquistador.

—Hay en la ciudad una compañía de actores, varados aquí, y sus estómagos se achican más cada día —dijo Mateo—. Ellos podrían trabajar por un lugar donde dormir y un poco de vino y de comida hasta que nuestro barco esté listo.

Todos los asuntos que requieren un juicio artístico los dejaré en manos de quien ha actuado en Madrid frente a la realeza. Yo me ocuparé de los asuntos mundanos: hacer construir el barco, imprimir los avisos y vender las entradas.

Y, loado sea el Señor, reunir suficiente dinero para convertirme en el caballero que siempre quise ser.

Los preparativos para la obra resultaron ser más sencillos de lo que imaginé. La oficina del virrey y el Santo Oficio estaban más que dispuestos a permitir la presentación de una obra que ensalzaba a Dios y la gloria de los conquistadores españoles. Todas las negociaciones las hice personalmente en calidad de asistente de una imprenta comisionado por el autor ficticio de la obra. Por nuestra conexión con el Don, decidimos no utilizar nuestros verdaderos nombres.

Tarde por la noche, mientras imprimía volantes que anunciaban la obra. Oí que un paquete caía por la rendija de la puerta de atrás y una vez más corrí al callejón.

El poeta estaba casi al final del callejón cuando una figura oscura saltó de pronto frente a él. El poeta gritó y corrió de vuelta hacia mí.

El grito de una mujer.

Aterrado, mirando hacia atrás donde esperaba el ataque, el poeta prácticamente corrió a mis brazos. Tomé la máscara y se la saqué.

—¡Elena!

Ella me miró con los ojos abiertos de par en par.

—¡Tú!

Giró sobre sus talones y corrió una vez más por el callejón y pasó a toda velocidad junto a Juan el lépero, a quien yo había apostado en el callejón.

Con razón las palabras del poeta habían inflamado tanto mi corazón: ¡fluían del corazón y de la mano de la mujer que yo amaba! Que Elena fuera la autora de los poemas fue una sorpresa total para mí. Que ella fuera capaz de escribir poesía, en cambio, no fue ninguna sorpresa. Desde muy jovencita había hablado de disfrazarse de hombre para escribir poesía.

El trabajo fatigoso y monótono de componer tipográficamente los poemas se había visto recompensado por un momento en que los dos permanecimos de pie, a pocos centímetros el uno del otro.

¿Qué quiso decir ella cuando exclamó: *¡Tú!* ¿Sorpresa de ver nuevamente al lépero que la había abordado en la calle? ¿O me había reconocido como el joven de Veracruz? Jugué con esa palabra "tú", y la escuché mentalmente como si ella la estuviera pronunciando una vez más, a veces con tono de familiaridad, otras veces con un dejo de desprecio.

Por último suspiré, comprendí que mis esperanzas de cortejar a Elena algún día eran más antojadizas que las batallas de Mateo con dragones y me senté con los papeles que ella había traído.

No eran, en realidad, poemas sino una obra de teatro llamada *Beatriz de Navarra*. Era la historia de una mujer con un marido celoso. Él sospecha que ella le es infiel después de encontrar lo que parece ser una carta de amor.

Decidido a pescar a los dos amantes *in fraganti*, espía cada movimiento de su esposa. Él había amado auténticamente a su mujer y el amor entre ambos había sido apasionado antes de que él comenzara a sospechar que ella le era infiel. Pero, carcomido por los celos, él la trata con frialdad pero mantiene para sí sus dudas para poder así pescarla con las manos en la masa. Su esposa trata de acercársele, pero él la rechaza.

Mientras acecha junto a la puerta del dormitorio de su esposa, oye que ella le dice a alguien cuánto lo ama y para ello usa lenguaje sumamente erótico. Enfurecido, él derriba la puerta. En la habitación encuentra sólo a su esposa y da por sentado que su amante ha huido. Todavía enardecido, seguro de que su mujer lo ha traicionado, desenvaina su espada y le atraviesa el corazón.

Tendida en el piso, y mientras su vida se le escapa lentamente por la herida que tiene en el pecho, ella le susurra a su marido que siempre le ha sido fiel, que lo ama y que había inmortalizado ese amor en un poema. Había tenido miedo de mostrárselo porque él le había prohibido incluso leer poesía, y mucho menos escribirla.

Después de que ella lanzó su último suspiro, él levanta de la mesa los papeles que ella había estado escribiendo. Al leer el poema en voz alta comprende que las palabras que había oído del otro lado de la puerta no estaban dirigidas a un hombre en su habitación sino a un amante en su corazón: ella había estado leyendo en voz alta el poema.

Él había dudado de ella porque nunca supuso que una mujer era capaz de volcar su corazón en un papel, en un poema. Las mujeres nunca tenían la inclinación ni la necesidad de internarse en la literatura.

Desolado y transido de dolor por haber derramado la sangre de su bienamada, se arrodilla junto a ella y le suplica perdón, y después se clava la daga en el corazón...

¿La obra me conmovió porque había sido escrita por cierta jovencita que me salvó la vida en un carruaje y anhelaba recibir una educación? Tal vez, pero el lenguaje, las palabras del poema de amor que Beatriz le escribió a su marido, también me resultaban muy atractivas. Elena, la poeta, tenía un talento extraordinario para poner en boca de los amantes palabras que resultaban punzantes, provocativas y, sí, de un erotismo que titilaba en el oído y en partes privadas.

Otra de las ideas que me rondaban en la cabeza y en el alma y hacía que los sabuesos del infierno me mordisquearan los talones, era una idea incluso más descabellada que los relatos de Mateo. Yo pondría en escena una obra que les resultaría atractiva a Homero y a Sófocles. Con el dinero ganado gracias a la espectacular batalla marítima de Cortés, produciría la obra de Elena. No con su verdadero nombre, por supuesto, sino con uno que inventaría para protegerla. Y tendría que pensar en la manera de hacerle saber que el pobre muchachito lépero al que ella había ayudado le había pagado su deuda confiriéndole una gloria eterna, pero en el anonimato.

Desde luego, tendría que engañar al Santo Oficio y al virrey para poder presentar la obra y no dejar que Mateo supiera que yo había robado dinero para poner en escena la obra de otra persona. Si lo supiera, él haría realidad su amenaza de desollarme y frotarme sal sobre la carne viva.

Eh, amigos, yo no tenía nada que arriesgar. Sencillamente reemplazaría el dinero distraído de nuestra obra con el de las entradas vendidas para la obra de Elena.

La sola idea de todos los sacrificios que tendría que hacer por amor me asfixió cuando releí la obra.

NOVENTA Y UNO

Elegimos una laguna cerca de la Alameda para representar la batalla acuática entre la flota de Cortés y los aztecas. Volantes anunciando la obra habían sido distribuidos por toda la ciudad, y los pregoneros proclamaban la magnificencia de la obra en cada plaza.

Yo personalmente cobraba las entradas. Los vendedores de mantas para sentarse en el pasto, puesto que sólo había algunos bancos disponibles, y la venta de caramelos y dulces me debían un porcentaje de todo el dinero recaudado.

Los preparativos anduvieron bien y, cuando vendí la última entrada, no quedaba ni un solo lugar ni siquiera de pie. A pesar de la simplicidad de la historia, Mateo era cualquier cosa menos un actor simple, y era capaz de embellecer un papel con pocos matices. Yo temía que el público de México lo abucheara o, peor aún, que Mateo desenvainara la espada contra la audiencia en lugar de hacerlo contra los otros actores.

La obra empezaba con los conquistadores flotando en un barco de guerra que se parecía demasiado a una barcaza que había sido convertida transitoriamente en barco de guerra. Mateo-Cortés permanecía valientemente de pie en la proa, con la espada en una mano, la Santa Cruz en la otra. Junto a él estaba "Doña Marina", la intérprete india que fue tan vital en la formación de alianzas con las naciones indias y en darle a Cortés la pequeña banda de ejércitos que necesitaba para derrotar a las temibles legiones aztecas.

La "doña" originalmente había sido elegida del grupo de actores itinerantes, pero su marido y Mateo se habían enemistado, por razones que nunca me molesté en averiguar. Su reemplazante era una india jovencita muy bonita. Tuve la mala idea de preguntarle a Mateo dónde la había encontrado... en la casa de las putas, por supuesto.

Yo usaba una máscara, al igual que gran parte del público y también algunos de los actores. Desde luego, la mía no era para seguir una moda sino para ocultarme. A Elena le encantaban las obras de teatro y, a pesar de ser consideradas un entretenimiento vulgar para una mujer —y la mayoría usaba máscara para asistir a ellas—, yo estaba seguro de que no desperdiciaría la oportunidad de ver una pieza tan publicitada.

Mi temor —y mi felicidad— ante la posibilidad de verla de nuevo se hizo realidad cuando ella llegó en un carruaje con Luis y una mujer mayor como chaperona. No reconocí a esa otra mujer, pero no era la matrona de edad que había estado en el vehículo muchos años antes. Un criado los seguía, con almohadones y mantas para que se sentaran encima.

Le vendí entradas a Luis, procurando no mirar a los ojos a él ni a Elena, incluso con mi cara cubierta por una máscara.

Después de vender la última entrada, me ubiqué en un lugar desde donde me sería posible huir con el dinero de las localidades si el público llegara a reaccionar con violencia por la mala actuación de Mateo, hasta el punto en que empezara a correr sangre en lugar de arrojar vegetales al escenario. Desde mi posición no podía ver a Elena. Me dolía pensar que estaba con Luis, y en realidad fue mejor para mí no verlos juntos.

Cuando la barcaza-barco de guerra apareció, el ominoso redoblar de tambores marcó el tono de la tremenda batalla que seguiría.

Cuando el barco estuvo suficientemente cerca, Mateo-Cortés le dijo al público que, antes de que él tuviera edad suficiente para matar a un infiel con su espada, los moros habían sido derrotados y expulsados de España. Pero que, si bien España ya no estaba amenazada por la sangrienta horda islámica, la nación todavía no había encontrado su lugar bajo el sol como un gran imperio. La oportunidad llegó cuando Colón descubrió todo un mundo nuevo para conquistar.

—Porque buscaba fortuna, aventura y traerles la Cruz a los paganos, también yo crucé el gran océano y vine al Nuevo Mundo.

Como sucedía con todos los discursos de Mateo, éste era tan largo que los ojos comenzaban a pesarme y me costaba mantenerlos abiertos. Yo había insistido en insertar acción entre cada uno de sus largos parlamentos y, para mi gran alivio, tres canoas de guerra indias —todo lo que pude darme el lujo de pagar— aparecieron en la laguna. Y la batalla se inició: los cañones de madera del barco de Cortés escupieron humo de polvo negro; más de ese polvo fue encendido a bordo de la barcaza para producir ruido y niebla. Un hombre escondido detrás de una manta golpeaba un enorme tambor metálico para crear el sonido de los cañones y del fuego de los mosquetes; volaron flechas sin puntas filosas, los indios gritaron imprecaciones y golpearon a los españoles con lanzas de madera, mientras los cuatro conquistadores respondían al ataque. Como toque adicional, habíamos hecho flotar alrededor de las embarcaciones, trozos de madera cubiertos con alquitrán a los que les prendimos fuego.

Los indios montaron un ataque sorpresivamente agresivo contra "Cortés" y sus hombres, quienes contraatacaron con idéntica agresividad. Yo observé, horrorizado, cómo la batalla entre indios y conquistadores se intensificaba para transformarse en un combate auténtico. Un conquistador fue arrastrado del barco al agua y a gatas logró conservar la vida mientras los indios, triunfantes, trataban de lancearlo como si fuera un pez.

Entonces otro conquistador cayó al agua. Un rugido de alegría brotó de los indios de las canoas mientras se lanzaban sobre los hombres que estaban en el falso barco de guerra.

¡Ay de mí! Este desastre no estaba planeado. Con el humo, el fuego, los gritos, el choque de espadas y lanzas, supuestamente se crearía la impresión de una auténtica batalla. ¡Pero sólo la impresión!

Aferré con fuerza la bolsa con el dinero, listo para huir, pero permanecí allí como clavado, fascinado, mientras veía cómo todo mi trabajo para poner en escena la obra estaba siendo destruido por la repentina pasión inflamada de indios y españoles, quienes olvidaron que sólo estaban actuando.

¡Santa María! Un conquistador quedó atontado por el golpe de una lanza en su cabeza y fue arrastrado fuera del barco. Los indios comenzaron a trepar por los costados del barco. Sólo Mateo quedó en pie. Los invasores se apoderaron de doña Marina y, en el forcejeo, le rasgaron el vestido.

Tuve un pensamiento horrible: ¡los indios iban a ganar!

Si eso sucedía, Mateo no sería abucheado del "escenario", su vendedor de entradas no sería robado: la multitud nos despedazaría, pedacito por pedacito.

Busqué con la mirada al familiar que tenía en las manos una copia de la obra para asegurarse de que el diálogo no se desviara de los que habían sido aprobados. Si se llegaba a poner de pie de un salto y detenía la representación, se armaría un verdadero alboroto pidiendo la devolución del precio de las entradas.

De pronto, Mateo-Cortés estaba en todas partes y su espada refulgía. Uno por uno los indios abandonaron la barcaza, la mayor parte por un costado y al agua. Cuando no hubo más indios a bordo para pelear, él saltó a bordo de una canoa y golpeó a los indios que quedaban en ella. Después de ordenar a esos indios que lo llevaran a él y a la casi desvestida doña Marina a tierra, saltó de la canoa con su espada en una mano y una cruz en la otra. La cruz estaba ensangrentada por haber golpeado con ella la cabeza de un indio.

El público estaba de pie, con gritos de aprobación.

Habíamos construido un modelo de cerca de dos metros de altura del gran templo de Tenochtitlán dedicado al dios de la guerra de los indios y le habíamos arrojado pintura roja encima para crear la impresión de que era sangre de los sacrificios realizados en él. Mateo-Cortés trepó los escalones y permaneció de pie en la cima, con la espada y la cruz en lo alto. Ofreció un conmovedor discurso acerca de la gloria de Dios y de España, y de cómo las riquezas del Nuevo Mundo y la valentía de sus colonos habían convertido a España en el país más poderoso de la Tierra.

El público enloqueció con vivas y aplausos.

Mateo había encontrado su veta en el escenario: *la acción*. No estaba hecho para permanecer de pie en escena hablándoles a los otros actores o a la audiencia. Bastaba con ponerle una espada en la mano y un enemigo delante para que se transformara en … *sí mismo*… un hombre con el coraje de un león y la osadía de un águila.

Me recosté contra un árbol, me crucé de brazos y levanté la vista hacia el cielo de la noche, sintiendo el peso de las monedas que tenía en la bolsa que me colgaba del cuello.

Después de pedirles perdón a mis antepasados aztecas, agradecí a Dios por no haber permitido que los indios ganaran.

NOVENTA Y DOS

Con el éxito de la obra de la laguna, incluso después de pagar todos los gastos —incluyendo el incendio de dos canoas y de la mitad de la barcaza algunos días después— pude separar suficiente dinero de la pila que ahorraba como para que Mateo y yo lo volcáramos en la obra de Elena.

Contraté al actor y a la actriz que habían creado la desavenencia en la obra de Cortés y alquilé el mismo espacio y escenario cerca de la Casa de la Moneda, donde ellos pusieron en escena su fracasada comedia.

Era preciso regular la obra a la perfección. Yo le había entregado una copia manuscrita, tanto al Santo Oficio como a la gente del virrey, a fin de obtener la licencia y el permiso requeridos. Como es natural, tuve que alterar la historia de Elena y el diálogo, porque no había ninguna posibilidad de que ninguna de esas dos autoridades nos otorgaran su permiso tal como estaba escrita. Cambié el argumento para que lo que leía la mujer fuera el poema de su marido en lugar del propio, puesto que habría resultado inaceptable mostrar a una mujer intelectualmente superior a su marido. También moderé un poco la pasión de alguno de los parlamentos de la mujer y le di a la obra un final feliz... con el hijo de ambos, que aparecía al final de la obra, siendo llevado al cielo después de morir de la peste.

Por supuesto, la versión de la obra que les di a los actores era la de Elena. Mi plan era poner en escena la obra a la mañana siguiente, cuando tanto el virrey como el arzobispo y el obispo inquisidor estuvieran en Puebla para la investidura de un obispo en esa ciudad. La representación de la obra duraría varias noches y bajaría de cartel antes de que ellos regresaran. En cuanto al familiar cuyo deber era verificar la fidelidad del texto... yo le pondría al lado a un lépero que le salpicaría una pequeña cantidad de polvo de la tejedora de flores para desorientarlo cuando él se presentara.

Elena tendría su triunfo, pero la obra no estaría en escena cuando los hombres más poderosos de Nueva España volvieran a la ciudad. Y aunque algunos frailes vieran la obra y la encontraran profana, le llevaría varios días a un mensajero llegar a Puebla y regresar con permiso para interrumpir su representación.

Yo no metería a Elena en problemas con la Inquisición por ser la autora de lo que sería considerado el retrato indecente de una mujer, pero al mismo tiempo quería que ella supiera que su obra no le había sido robada sino que se le atribuía a ella. También necesitaba un chivo expiatorio para que se llevara la culpa cuando los inquisidores tomaran acción. Solucioné el problema creando un autor llamado Anele Zurc, quien había escrito y financiado la obra. El nombre no era de varón ni de mujer, y parecía ser vagamente extranjero, quizá holandés, algunos de quienes eran ciudadanos del Rey. A través de su criada yo le enviaría un mensaje a Elena, en el que sutilmente le haría saber que el nombre del autor era en realidad el de ella, Elena de la Cruz, sólo que escrito al revés. La nota llevaría la firma de *Hijo de la Piedra*, en referencia a las líneas de la obra de Miguel de Cervantes que yo le había citado en el carruaje hacía una eternidad.

Además de un par de papeles menores de criados, la obra de Elena sólo requería dos actores: el marido y la esposa, y les dejé a ellos la preparación artística de la obra. Yo estaba muy ocupado vendiendo entradas para la obra de Cortés y reuniendo gente para los roles de conquistadores y aztecas a medida que cada vez más se lesionaban en las batallas.

Cuando llegó la noche del estreno de la obra, yo estaba más nervioso y excitado que un hombre durante el nacimiento de su primer hijo. Recé y confié en que Elena hubiera entendido mi mensaje y asistiera a la representación. Después de firmar Hijo de la Piedra, no podía arriesgarme a que me viera, ni siquiera con la cara cubierta con una máscara, pues por no saber ella mi identidad y mis intenciones, tal vez viniera con representantes del virrey y de la Inquisición.

Como necesitaba a alguien que recaudara el dinero de las entradas de los asistentes, elegí a un indio que trabajaba para un tendero, cerca del taller de nuestra imprenta. Después de dudar acerca de si elegir a un sacerdote o a otro español para confiarle el dinero, opté por el indio. Me oculté detrás del cortinado que había junto al escenario.

Eh, amigos, ¿realmente creyeron que yo me arriesgaría a que la obra de teatro de mi enamorada fuera arruinada por vulgares mosqueteros que abucheaban a los actores y les arrojaban tomates? ¿Y correr el peligro de que la obra bajara de escena casi con la misma rapidez con que se estrenaba? Envié a Juan el lépero a las calles con volantes que servían de entrada gratis para los que estaban dispuestos a asistir a la obra. Después de darles instrucciones a personas de la calle con respecto a cómo avivar la obra a medida que se representaba, distribuí entre ellas monedas con la promesa de más para quienes mostraran más entusiasmo.

Cuando vi que Elena entraba en el teatro, tuve que frenarme para no salir de mi escondrijo y correr hacia ella. Como de costumbre, mi fervor se vio amortiguado por la presencia de Luis, quien la escoltaba a todas partes. Ahora sabía que era *vox populi* que se casarían, una circunstancia que era como un puñal que se me clavaba en el corazón.

Al ver que el familiar enviado para monitorear la obra entraba con los ojos húmedos y una gran sonrisa en la cara, supe que no había problema en proceder. Como siempre, vi que acudían al teatro algunos frailes y que pasaban junto al que recibía las entradas como si ellos fueran invisibles.

Durante la obra, mi mirada estaba fija más en Elena que en los actores. Me di cuenta de que ella estaba tan fascinada con la obra como aburrido parecía Luis. Elena estaba sentada en el borde de la silla y miraba con atención la acción que se desarrollaba en el escenario; con frecuencia sus labios se movían y en silencio repetía las líneas a medida que los actores las decían. Estaba radiante y hermosa y me sentí privilegiado por haber tenido la oportunidad de pagarle la gran deuda —y el placer— que ella me había dado.

En la mitad de la obra los frailes se fueron muy apurados, sin duda ofendidos por las palabras pronunciadas por la actriz. Me alegré de que Puebla quedara bien lejos.

Cuando llegó la escena final, con la heroína tendida en el suelo, agonizando, y revelando que ella era la autora del poema, un grupo de frailes y familiares de pronto irrumpieron en la sala. Desde mi escondite, quedé estupefacto al ver que el obispo del Santo Oficio de la Inquisición entraba también detrás de sus sacerdotes y familiares.

—Esta comedia queda cancelada —anunció el obispo—. Y el autor debe presentarse ante mí.

Después de todo, el obispo no se había ido a Puebla.

Huí de allí a toda velocidad.

Mateo me esperaba en mi habitación.

—La Inquisición cerró nuestra obra —me dijo.

"¿Nuestra obra?" ¿De qué estaba hablando? ¿Acaso estaba enterado de la obra que yo puse en escena para Elena?

—¿Cómo lo supiste? ¿Cuándo te enteraste?

Él levantó las manos en una actitud de súplica para que Dios reconociera la injusticia.

—Fue la más grande interpretación de mi vida, y el obispo en persona clausuró la obra. Y también se llevó el dinero de las entradas.

—¿Dices que clausuró *nuestra* obra? ¿Por qué lo hizo? —Yo no podía creerlo. ¿Cómo podía el obispo prohibir una obra que glorificaba a España?

—Debido a la escena de amor con doña Marina.

—¿Escena de amor? No hay ninguna escena de amor con doña Marina.

—Bueno, fue un pequeño agregado —dijo Mateo.

—¿Agregaste una escena de amor a la batalla por Tenochtitlán? ¿Te has vuelto loco?

Él trató de parecer arrepentido.

—Cuando termina la batalla, un hombre necesita tener una mujer en sus brazos para que le lama las heridas.

—¿En el final? ¿Tu escena de amor tenía lugar en la cima del templo? ¿Qué pasó con la espada y la cruz que se suponía debías tener en las manos?

—Las seguí teniendo en las manos. Doña Marina, bueno, ella me ayudó poniéndose de rodillas mientras yo…

—Dios mío. Y yo que creí que se trataba de mi obra.

—¿Tu obra?

Cierta vez, mientras viajaba con el Sanador, pisé una serpiente y, al bajar la vista vi que mi pie la tenía aferrada justo detrás de la cabeza. Yo no tenía nada con qué golpearla y me sentía aterrado y perplejo: si movía el pie, me mordería y, sin embargo, no podía mantener para siempre esa presión sobre ella.

Y yo acababa de pisar otra serpiente.

Simulé no haber oído a Mateo y enfilé hacia la puerta. Él me tomó por la espalda de mi casaca y me arrastró hacia atrás.

—Te has estado portando de manera muy extraña, Bastardo. Por favor, siéntate y cuéntame qué estuviste haciendo mientras yo nos hacía ricos conquistando a los aztecas. —Su voz era suave, casi melosa, como el ronroneo de un tigre… justo antes de comerlo a uno. Él nunca decía "por favor", a menos que estuviera listo para cortarme el cuello.

Cansado de tantas intrigas, me senté y se lo conté todo. Comenzando con Elena en el carruaje hacía tantos años, el descubrimiento de que ella era el poeta erótico y la puesta en escena de su obra como atributo a su persona.

—¿Cuánto queda de nuestro dinero? —preguntó.

—Yo gasté todo lo que tenía, y la Inquisición se llevó el resto. ¿Cuánto tienes tú…?

Él se encogió de hombros. Era una pregunta tonta. Lo que yo no había robado y perdido, sin duda él lo había perdido en juegos de cartas y mujeres.

Esperaba, no, merecía ser golpeado por mi traición. Pero él pareció tomarlo todo con el aire de un filósofo, en contraposición con el mal hombre loco que yo sabía que era.

Encendió uno de sus inmundos cigarrillos.

—Si me hubieras robado el dinero para comprarte un caballo, te mataría. Pero para comprarle una joya a una mujer —que es lo que hiciste—, bueno, eso es diferente. Yo no puedo matar a un hombre por amar tanto a una mujer como para robar o matar por ella. —Me arrojó ese humo hediondo en la cara. —Yo lo hago con mucha frecuencia.

A la mañana siguiente descubrí que la Inquisición se había incautado de nuestra imprenta y arrestado a Juan el lépero. Él ignoraba mi identidad y no podría poner a los sabuesos de la Inquisición en mi rastro, y era también demasiado ignorante como persona para que lo quemaran en la hoguera acusado de blasfemo.

De la noche a la mañana, Mateo y yo estábamos fuera del negocio del teatro, fuera del negocio de los libros, sin dinero y sin ser ya los impresores de la Inquisición.

Nuestro desaliento aumentó cuando comenzó a llover torrencialmente y el nivel del lago de Texcoco empezó a subir. Nuestra preocupación se centró ahora en don Julio, en un momento en que, repentinamente, él necesitaba nuestra ayuda.

NOVENTA Y TRES

Don Julio, atareado con el proyecto del túnel, poco sabía de nuestras actividades, salvo que Mateo había obtenido un papel en una obra de teatro. Isabella se negó a ver la obra aduciendo que asistir a una obra en que uno de sus "sirvientes" trabajaba equivaldría a rebajarse.

La falta de interés del Don en nuestras actividades fue algo bastante insólito. Por lo general, a él le preocupaba la idea de que pudiéramos meternos en problemas. El hecho de que estuviera absorbido por lo del túnel nos preocupó, porque significaba que las cosas no andaban bien. En la calle oímos rumores de que el túnel seguía teniendo problemas.

El Don nos llamó a su espadachín y a mí a su biblioteca en la casa de la ciudad.

—Tienes que convertirte en lépero de nuevo —me dijo don Julio— y una vez más ser mis ojos y oídos y los del Rey.

Esta vez se trataba de robos de plata. El sector de las minas de plata se centraba en alrededor de cien leguas al norte de Zacatecas. Yo sabía algo con respecto al negocio de las minas a pesar de no haber visto jamás una. Mateo sostenía que yo era parecido a don Julio en el sentido de que el saber me atraía más que las mujeres, y su acusación tenía bastante de verdad. La biblioteca del Don contenía varios libros sobre técnicas de minería e incluía relatos breves de minas en Nueva España; yo había leído todo lo que se podía saber sobre las minas de plata, aunque al que debía perseguir era a un ladrón de plata y no a un cateador de minas, y convencí al Don de que se sentara conmigo y me diera información adicional al respecto.

En 1546, Juan de Tolosa encontró una montaña fantástica de plata, La Bufa, en Zacatecas, ubicada en la región india de Chichimeca. El descubrimiento, y las docenas que siguieron, convirtió a Nueva España en el lugar más rico en plata de la Tierra.

Tolosa, el comandante de un destacamento de soldados, estableció campamento a los pies de una montaña llamada La Bufa por los indios. Tolosa les hizo regalos a los indios, chucherías y mantas, y ellos, a su vez, lo llevaron a un lugar donde, decían, las rocas estaban "vivas". El espíritu resplandeciente que vivía en las rocas era la plata, y Tolosa llegó a convertirse en el hombre más rico de Nueva España.

Muy pronto surgió en Nueva España un nuevo tipo de conquistador: cateadores que se aventuraban al norte en el peligroso país indio, donde los salvajes chichimecas todavía no habían sido conquistados. Los hombres se enfrentaban a indios sedientos de sangre, quienes comían a sus cautivos y a sus colegas cateadores, quienes les habrían clavado un cuchillo en la espalda por un filón de plata. A menudo trabajaban en pares y, cuando encontraban plata, construían una pequeña torre sobre su denuncio, en la que un hombre permanecía con un mosquete en la mano, mientras el otro corría a registrar el denuncio.

Zacatecas era considerada por algunos la segunda ciudad de Nueva España, opacada sólo por la mayor gloria de la Ciudad de México. Don Julio dijo que esas ciudades de impulso repentino son como un barril de pescado: cuando el último trozo de plata se extrae de ella, la ciudad desaparece. Pero hasta entonces, era un lugar en el que un hombre podía estar hundido hasta las rodillas en el barro y maldiciendo a las mulas mientras transportaba suministros a las minas, y al día siguiente descubrir que es un fino "caballero" de Nueva España, al que se le trata de "Don" y que, quizá, se le ocurra comprarse un título de nobleza.

Don Julio dijo:

—Primero teníamos una nobleza provinciana en Nueva España, cuando a cada conquistador se le otorgó un dominio por el cual cobrar tributo; después una clase mercantil, cuando las ciudades comenzaron a elevarse encima de las ruinas aztecas. Ahora tenemos una nobleza de plata, hombres que descubrieron que la suciedad debajo de sus uñas era polvo de plata. Esos hombres compran títulos y esposas a familias nobles y construyen palacios. Un día arrean una manada de mulas y tienen estiércol pegado a la suela de los zapatos, y al día siguiente en sus orejas sucias resuena el murmullo de "Señor marqués", cuando colocan un nuevo escudo de armas en el costado de sus carruajes.

El Don me contó la historia de un muletero que él conocía, y que se convirtió en conde.

—Con sus ganancias de las caravanas de mulas, se compró una mina abandonada porque se había inundado y nadie sabía cómo drenar el agua. Él me consultó, pero yo estaba demasiado ocupado diseñando una manera de impedir que la Ciudad de México quedara bajo el agua, y no lo ayudé. Sin embargo, él y un amigo suyo diseñaron una manera de extraer el agua por medio de un túnel. Y el hombre se enriqueció tanto que, cuando su hija contrajo matrimonio, pavimentó el camino de su casa a la iglesia con plata.

Los nobles de plata enviaban a España el quinto del Rey a bordo de la flota del tesoro que traía los lujos de España: los mejores muebles, espadas, alhajas. Del Extremo Oriente, los galeones de Manila les traían seda, marfil y especias.

—En un lugar de chinos llamada China se está construyendo una inmensa muralla, de miles y miles de kilómetros de largo, para detener el avance de los bárbaros del norte. Se dice que el emperador chino financia la construcción de esta muralla con plata de Nueva España obtenida por la venta de seda.

Yo sabía algo de ese lugar llamado China, o Cathay, porque la biblioteca del Don contenía un ejemplar de los viajes de Marco Polo. Cristóbal Colón, por supuesto, creía que su viaje lo llevaría a China y llevaba consigo una copia del libro de Marco Polo.

La plata no sólo servía para comprar títulos de nobleza: el quinto que le correspondía al Rey financiaba las guerras perpetuas que la Madre Patria libraba en Europa. Para obtener ese dinero, la plata era extraída de las minas, refinada al norte del país y trasladada a la capital a lomo de mulas. Allí, algunos de los lingotes eran acuñados en monedas y otros eran embarcados enteros a España en la flota del tesoro.

El transporte de la plata a Veracruz una vez por año se realizaba con una tropa de soldados, y ningún bandolero se atrevía a atacarlo. Pero el metal llegaba a la Casa de la Moneda desde las minas en tantas caravanas de mulas a lo largo de un año, que resultaba imposible protegerlas a todas. Se había creado un sistema en el que, como señuelo, en el lomo de las mulas se transportaban bolsas con tierra. Cuando los bandidos atacaban, se topaban con la fuerte resistencia de soldados que simulaban ser simples indios muleteros.

—Los ladrones han empezado a evitar esas caravanas de mulas con cargamento falso y a atacar solamente las que transportan plata. El virrey quiere saber por qué. Los horarios de los transportes falsos se organizan en la Casa de la Moneda y se envían por mensajeros a las minas. En mi opinión, alguien de la Casa de la Moneda está vendiendo esa información a los bandidos.

—¿No podría también ser el mensajero? ¿O alguien de las minas?

—Las dos cosas me parecen poco probables. Las instrucciones son diferentes para las distintas minas, y todas van en bolsas selladas. Por la manera en que los bandidos evitan las trampas, es obvio que conocen la totalidad de las fechas y horarios, y no sólo los de una sola mina. La única fuente para obtener la totalidad de la información está en un único lugar: la Casa de la Moneda.

—¿Y yo tengo que ir allí a investigar? —Yo ya imaginaba pilas de oro y de plata, parte de las cuales terminaban en mis bolsillos.

—Eso equivaldría a poner un zorro a vigilar los pollos. No, tu trabajo será en el exterior, en las calles, como de costumbre. Además del director de la Casa de la Moneda, que está más allá de toda sospecha, hay un solo hombre que tiene acceso a la lista. Debes vigilarlo para averiguar si establece contactos sospechosos. Cada semana se prepara una nueva lista, y el sospechoso tiene acceso a ella. Él es quien prepara las listas individuales para las minas y las envía al norte por mensajero. Después de eso, debe pasársela inmediatamente a un cómplice, quien se dirige al norte y se las entrega a las bandas de bandidos. Tal vez lo haga durante la noche, camino de regreso a su casa de la Casa de la Moneda, o quizá por la mañana, cuando va al trabajo. Después de eso, será demasiado tarde y llegará a manos de los bandidos. Espero que vigiles al hombre de la Casa de la Moneda para ver a quién le pasa la información.

Ahora se dirigió a Mateo.

—Tú debes relevar a Cristo durante su vigilancia. Y tener caballos listos para ustedes dos para cuando llegue el momento de seguir a la persona que lleva al norte la información robada.

Le dijimos que iniciaríamos inmediatamente la vigilancia del funcionario de la Casa de la Moneda. Yo dije:

—Parece cansado, don Julio. Más que cansado. Debe alejarse un poco del túnel y descansar.

—Pronto descansaré en la tumba. Llueve torrencialmente y cada día aumenta el nivel del agua.

—¿Y el túnel?

—Mis planos no fueron respetados. He tratado de emparchar el túnel en una docena de lugares, pero después de reparar un lugar, el agua acumulada en los ladrillos de adobe permite que se produzca un derrumbe en otra parte. El terremoto de hace algunos días deshizo todo un año de trabajo para despejar el túnel. ¿Han oído decir que tenemos un profeta que vaticina que el túnel se derrumbará porque fue construido por un judío? Él ni siquiera me llama converso.

Yo conocía a ese individuo, un fraile franciscano que ya no pertenecía a su orden sagrada y sin duda había perdido el juicio. Se transformó en un vagabundo de las calles y vivía de la caridad de aquellos que les tienen miedo a los locos. Los terremotos siempre asustan a la gente porque son tan severos en el valle. Después del gran terremoto, el monje se puso a predicar en la plaza mayor y a decirle a la gente que la ciudad era como Sodoma y que Dios iba a destruirla. Numerosos terremotos de poca intensidad siguieron a ese sismo importante y la gente entró en pánico y llenó las iglesias.

Nuestra vigilancia del empleado de la Casa de la Moneda no reveló a quién le pasaba la lista de los embarques de plata. Sin embargo, esa lista había pasado de manos, porque volvieron a producirse robos por parte de bandas de bandidos que sabían con exactitud cuáles caravanas de mulas transportaban plata.

Cuanto más observábamos al empleado, más dudas teníamos de que él fuera el culpable; sin embargo, solamente él poseía esa información. Al mensajero que llevaba las listas a las minas, el empleado le entregaba bolsas lacradas. Si el mensajero hubiera abierto esas bolsas, los destinatarios lo habrían sabido.

El empleado vivía solo en una casa modesta, con sólo un criado. Entre Mateo y yo vigilamos con mucha atención a él y a su criado. Pero nunca se presentó una oportunidad de que él pasara la información.

Mateo se dejó crecer la barba y yo dejé de recortarme la mía. Ninguno de los dos quería ser identificado como el autor de las obras de teatro clausuradas y que eran la comidilla de la ciudad.

Una visita a la tienda del orfebre finalmente me permitió descubrir a quién le pasaba la información el empleado de la Casa de la Moneda. Don Julio me había enviado a la tienda del joyero a recoger una cadena de oro con medallón que él había comprado para el cumpleaños de Isabella. Mientras yo aguardaba en el interior del local, entró un hombre que mandó hacer un anillo de oro para su esposa, un anillo por cierto muy caro. El comprador era el mensajero que llevaba las listas a las minas del norte.

La única manera en que el mensajero podía meter mano en la lista completa era si el empleado de la Casa de la Moneda se la daba. De pronto tuve idea de cómo se realizaba el hecho. El empleado de la casa de la moneda que vigilábamos conspiraba con el mensajero, dándole no sólo las listas individuales que debía entregar a los dueños de las minas sino también una copia separada de la lista completa destinada a los bandidos. Nunca llegamos a ver como se pasaba la lista porque la transacción ilícita se realizaba en el interior de la casa de la moneda, cuando al jinete mensajero se le entregaban las bolsas lacradas que legalmente debía llevar.

Cuando se elaboró una nueva lista, Mateo y yo seguimos al jinete hacia el norte. Nosotros teníamos una copia completa del recorrido del mensajero, salvo los lugares donde se reuniría con los ladrones.

Cabalgamos hacia el norte en dirección a Zacatecas, siguiendo al jinete mensajero. Era un camino muy transitado y nos mezclamos con los mercaderes, las caravanas de mulas y los funcionarios cuyo destino eran las minas del norte. Después de abandonar el valle de México, la zona que los aztecas llamaban Anáhuac o Tierra junto al Agua, entramos en una tierra más árida. No los enormes desiertos del norte que se extendían interminablemente, las vastas arenas de Francisco Vázquez de Coronado y las legendarias Siete Ciudades Doradas de Cíbola, sino a una tierra que no era tan húmeda como el valle ni tan árida como los desiertos.

Los indios todavía eran salvajes en el territorio que rodeaba Zacatecas, pero estaban desnudos y a pie, y era poco frecuente que atacaran a dos hombres bien armados y a caballo.

Los indios de la región eran llamados chichimecas, un nombre que los españoles aplicaban a muchas tribus bárbaras y nómadas que todavía comían carne cruda… parte de la cual era humana. Cuando miles de mineros invadieron su territorio, una guerra feroz se libró con los indios. Las batallas se habían continuado durante décadas. Incluso después de que las tropas del virrey derrotaran a la última resistencia en gran escala, la lucha no cesó. Los indios continuaron viviendo y batallando en grupos pequeños, reclamando para sí cabelleras, armas y mujeres como sus trofeos.

—Están tan desnudos como el pecado —me dijo Mateo—. Los frailes no pueden conseguir que se pongan ropa y, mucho menos, que vivan en casas y planten maíz. Pero son grandes guerreros, verdaderos maestros con los arcos e intrépidos en el ataque. Ningún indio de Nueva España es así de feroz.

Todos los ataques perpetrados por bandidos sobre las caravanas de mulas que transportaban plata se realizaron en la zona de Zacatecas y nosotros confiábamos que la lista no abandonara las manos del jinete emisario antes de que nosotros llegáramos a la ciudad llamada Capital de la Plata del Mundo.

Zacatecas tenía fama de ser el lugar más salvaje de Nueva España, donde las fortunas se ganaban y se perdían al mostrar una sola carta y los hombres morían con idéntica rapidez. Un paraíso para Mateo, así que me sorprendió que no lo entusiasmara la idea de visitar esa ciudad.

—Es considerada una gran ciudad, pero no tiene espíritu. Barcelona, Sevilla, Roma, México, ésas sí que son *ciudades* que sobreviven al tiempo. Como dice el Don, Zacatecas es un barril de pescados plateados. Cuando se terminan los pescados, Zacatecas deja de existir. Además, allí hay como cien hombres por cada mujer. ¿Qué lugar puede llamarse ciudad si en ella los hombres deben encontrar amor en la palma de su mano? En esa ciudad no hay amor ni honor.

Yo debería haber sabido que las mujeres estarían detrás de la opinión que él tenía de la ciudad. Vivir por el amor y el honor o morir defendiéndolo era el lema de los caballeros.

Zacatecas estaba construida en una depresión rodeada de montañas, a una altura incluso mayor que la del valle de México. Las colinas estaban cubiertas de matorrales y árboles atrofiados. La totalidad de la región de las minas era un yermo árido con pocos ríos y escaso cultivo de maíz y otras plantaciones. La ciudad estaba diseñada con una plaza en el centro, frente a la que se encontraban una iglesia y el palacio del alcalde. Las mejores casas —y algunas eran palacios— se desplegaban en abanico a partir de la plaza central. Más allá del corazón de la ciudad había un barrio indio y un barrio de libertos y de mulatos.

Durante el trayecto no nos habíamos mantenido demasiado cerca del jinete, pero ahora que habíamos llegado a un lugar donde creíamos que era probable que la lista cambiara de manos, acortamos la distancia para no perderlo de vista. Él se dirigió a una posada próxima a la plaza central y nosotros lo seguimos. Estábamos quitando nuestras mochilas del anca de los caballos para dejar a los animales al cuidado del establo, cuando oímos una risa fuerte y aguda que tenía cierto tono abrasivo y familiar.

Dos hombres que se acercaban por la calle conversaban y el más grandote de los dos, un hombre excepcionalmente feo y corpulento que usaba casaca amarilla y pantalones de montar, entró en la posada.

No nos habían visto y Mateo se había agachado simulando revisar algo en un flanco del caballo. Cuando se incorporó, nos miramos.

—Ahora sabemos quién es el que recibe la lista —dijo.

Sancho de Erauso, cuyo verdadero nombre era Catalina de Erauso, el hombre-mujer por el que yo una vez violé una antigua tumba, estaba ahora en el negocio de robar la plata del Rey.

—No podemos entrar en la posada: ella nos reconocería —dije.

Mateo se encogió de hombros.

—Han pasado años desde la última vez que nos vio. Ahora los dos tenemos barba, que es la moda en este lugar frío y perdido de la mano de Dios. Nuestro aspecto es el mismo de miles de otros mineros y muleteros.

Yo no estaba impaciente por tentar al destino frente a una mujer que simulaba ser un hombre, tenía la fuerza de un toro y el temperamento de una víbora venenosa.

—Yo opino que no deberíamos entrar. Pidámosle al alcalde que la arreste.

—¿Con qué pruebas? ¿De que robó una tumba hace años? Todavía no tenemos ninguna prueba de que ella esté involucrada en el robo de plata, excepto que frecuenta la misma posada que el jinete emisario. Necesitamos averiguar dónde se esconde la pandilla para poder sacarlos del negocio.

Obligado a entrar en la posada o a parecer un cobarde, seguí a Mateo al interior del local. Tomamos una mesa ubicada en un rincón oscuro de la taberna. Catalina y su compañero estaban sentados frente a una mesa en el otro extremo del salón, con el jinete-emisario. No les prestamos ninguna atención, pero yo estaba seguro de que los ojos de Catalina nos enviaron disparos de mosquete cuando nos dirigimos a nuestra mesa.

Mateo pidió pan, carne, una rebanada de queso y una jarra de vino. Mientras comíamos, Mateo observó a la gente por el rabillo del ojo.

—Él le pasó la lista a Catalina y ella le dio una bolsa, probablemente con oro.

—¿Qué vamos a hacer?

—Nada todavía. Cuando Catalina salga, la seguiremos para ver si le presenta un informe a alguien y dónde se oculta la pandilla de bandoleros.

Ella salió algunos minutos después con su compañero y nosotros los seguimos despacio. Se dirigieron al establo de otra posada y nosotros fuimos a buscar nuestros propios caballos. Ellos abandonaron la ciudad en el camino a Pánuco, una ciudad minera que quedaba tres leguas al norte. Las minas más ricas de Nueva España se encontraban en esa zona. Pero no fue a una mina adonde los caballos los llevaron sino a otra posada, ésta mucho más pequeña. Junto al establo había estacionado un carruaje. El vehículo no era tan lujoso como el que ostentaba el mismo escudo de armas en el que yo viajé en Veracruz y el que vi en México, pero no cabía ninguna duda: era el escudo de armas de la familia de la Cerda, el clan noble de Luis. Hijo de un marqués, él era nieto de una mujer que me tenía jurada una *vendetta* sangrienta e insondable y, si los rumores resultaban ser ciertos, pronto Luis sería el marido de la mujer que yo amaba.

Mateo advirtió la intensidad de mis sentimientos y entonces yo le dije a quién pertenecía ese carruaje.

—O sea que Luis puede estar relacionado con los robos —dijo Mateo.

—Lo está, lo mismo que Ramón de Alva.

—¿Acaso aprendiste de un brujo el poder de leer la mente?

—No, el poder de la plata. ¿Cómo se llamaba el funcionario de la Casa de la Moneda que les entrega la lista a los ladrones?

—De Soto, el mismo apellido de los cuñados de de Alva, pero es un apellido muy común.

—Estoy seguro de que comprobaremos que sí existe una relación. La familia de Luis también es conocida por tener negocios con de Alva.

—Todos los integrantes de la nobleza en Nueva España negocian unos con otros.

En mi corazón, yo tenía la certeza de que Luis estaba involucrado en los robos. No podía explicárselo a Mateo, pero había en Luis cierta faceta sombría que también poseía de Alva. Los dos hombres me parecían fríos y despiadados. Eh, robar caravanas de mulas que transportaban plata era menos grave que matar a miles de indios con materiales de mala calidad e inadecuados en el túnel, una actividad en la que yo estaba convencido de que de Alva tenía mucho que ver. Y, ahora, no me cabía ninguna duda de que él y Luis estaban implicados en los robos de plata.

Me bajé del caballo y le entregué a Mateo las riendas.

—Voy a averiguarlo con certeza.

Me escabullí por el costado de la posada y tuve acceso a una ventana. A poca distancia de ella, Catalina y Luis bebían y hablaban como viejos amigos… y conspiradores. El hombre-mujer de pronto giró la cabeza y me miró a los ojos. Yo entré en pánico y corrí hacia los caballos.

—Luis y Catalina me vieron. ¿Qué vamos a hacer? —le pregunté a Mateo.

—Volvamos a la velocidad del viento a México y presentémosle nuestro informe a don Julio.

Quince días más tarde, después de tres cambios de caballo y de una maldita lluvia que nos acosó tan pronto cruzamos las montañas hacia el valle de México, galopamos por la carretera elevada hacia la ciudad. La lluvia nos había empapado como si el dios de la lluvia hubiera decidido vengarse de nosotros por todo el trabajo que nos tomábamos en negarle sacrificios sangrientos. Con frecuencia tuvimos que buscar caminos más altos para evitar praderas que se habían transformado en pequeños lagos. Al cruzar la carretera elevada hacia la ciudad tuvimos que hacerlo encima de treinta centímetros de agua. En algunas calles de la ciudad, el agua llegaba a la panza de nuestros caballos.

Ninguno de nosotros dos habló. Estábamos demasiado cansados y teníamos demasiada conciencia de las consecuencias que esa lluvia podía tener para el Don. El hecho de que hubiéramos solucionado la cuestión del robo de plata contribuiría a ayudar al Don en sus problemas con el virrey, me dije. Pero que un lépero, buscado por dos homicidios, y un pícaro que debería ser exiliado a Manila, ambos empleados por un converso, acusaran a hombres ricos y poderosos… ay, ¿quién era yo para engañarme con pensamientos de verdad y justicia?

La preocupación hizo que me dolieran el pecho y el estómago cuando nos aproximábamos a la casa del Don. Apenas eran las nueve en punto de la noche cuando llegamos. Nos sorprendió no ver ninguna luz en la casa. Isabella insistía en mantener la casa siempre iluminada con velas, tanto en el interior como en el exterior, para que el mundo supiera cómo *brillaba* ella, pero no vimos ninguna vela encendida. Mis instintos de lépero normalmente me habrían enviado señales de alarma por esa diferencia en la iluminación, pero habíamos galopado como si el diablo nos siguiera y estábamos rendidos y muertos de hambre.

Desmontamos junto al portón principal y lo abrimos: dos hombres empapados que llevaban a pie a sus caballos embarrados al establo. De pronto vi que Mateo había desenvainado la espada. Yo tomé con torpeza mi propia espada, pero me detuve cuando Mateo bajó la suya.

Una docena de hombres nos rodearon, armados con espadas y mosquetes. Usaban la cruz verde de la Inquisición.

NOVENTA Y CUATRO

Los inquisidores tomaron nuestras espadas y nuestras dagas y nos ataron las manos en la espalda mientras yo los atosigaba con preguntas.

—¿Por qué nos hacen esto? Nosotros no hicimos nada.

La única respuesta fue un repentino chaparrón de lluvia que nos castigó como un látigo de nueve puntas desde el cielo. Yo sabía muy bien quiénes eran, pero frente a una acusación, el silencio se toma como culpabilidad, así que grité bien fuerte mi inocencia y exigí que ellos les presentaran sus credenciales a don Julio.

Después de atarme las manos, me pusieron una capucha negra sobre la cabeza. Manos ásperas me guiaron a un carruaje. Antes de que la capucha bajara del todo, vi a Mateo encapuchado y llevado a otro coche. Cuando mi capucha bajó del todo, mis oídos se convirtieron en mis ojos. Solamente oía el ruido violento de la lluvia y el de las pisadas. Las únicas palabras que oí cuando nos separaron fue que un "familiar" me llamara "el marrano", o sea un judío encubierto. Eso me dijo que no nos habían arrestado por las obras y los libros deshonestos sino como parte de los problemas de don Julio con el túnel. La Inquisición quemaba a los judíos. Desde luego, yo podía evitar ser quemado en la hoguera. Podía decirles que en realidad no era un español converso, que sólo había simulado ser un gachupín. Que, de hecho, yo era un mestizo buscado por el asesinato de dos españoles. De esa manera sólo me torturarían, me ahorcarían y montarían mi cabeza en las puertas de la ciudad.

Tláloc, el dios de la lluvia, quería inundar la ciudad. Don Julio, con sus grandes ideas para salvar la ciudad con un túnel, se había interpuesto en el camino de la venganza del dios.

Tanto mi mente como mi cuerpo estaban extrañamente calmos. Es verdad, yo sentía que el pánico me tironeaba el corazón, pero mis pensamientos se centraban en don Julio y su familia, la dulce, delicada y pequeña Juana y ese pequeño pez nervioso, Inés. Pobre Inés. Ella había esperado toda su vida que se produjera un desastre y ahora, ese desastre llegaba a su puerta en mitad de la noche.

No sentí ninguna preocupación por Isabella. Estaba seguro de que ella encontraría la manera de eludir la Inquisición, quizá incluso recibir una recompensa por entregar a don Julio. Con su conexión con de Alva, sin duda ella le había presentado un informe a la Inquisición. No hacía falta un adivino azteca para imaginarlo: si le servía de algo, la esposa del Don le habría dicho a los inquisidores que nosotros éramos adoradores del demonio que comían la carne de los cristianos.

El coche retumbaba sobre el empedrado de las calles y la lluvia tamborileaba sobre el techo. Yo me mecía hacia adelante y hacia atrás en mi asiento y seguía haciendo preguntas con la esperanza de averiguar algo de la suerte corrida por el Don. El silencio no era ignorancia sino intimidación. Cada pregunta no respondida generaba más preguntas ansiosas, más miedo, y ésa era la finalidad. Fray Antonio me había hablado de sus propias experiencias con la Inquisición, del silencio. Pero haber oído que le sucedía a otra persona era completamente diferente de experimentarlo uno mismo.

Yo quería decirles a los hombres que tenía al lado que sabía las execrables personas que eran. El ejército secreto de la cruz verde. Los sabuesos del Santo Oficio de la Inquisición. Hombres de negro que se aparecían en la oscuridad de la noche para sacarlo a uno de la cama y llevarlo a un lugar donde no pudiera volver a ver el sol. Me pregunté si "Don" Jorge era uno de ellos. Si llegaba a identificarme como el editor de libros profanos, me quemarían dos veces en la hoguera.

La lluvia torrencial paró y mi mundo de sonidos se transformó en la respiración dificultosa del hombre que tenía al lado y el silbido del agua debajo de las ruedas del carruaje. La mazmorra del Santo Oficio no estaba lejos.

El vehículo se detuvo y la puerta se abrió. El hombre a mi derecha se apeó y me arrastró con él. Cuando yo traté de pisar el suelo con cautela, me sacudió y me hizo perder pie. Me torcí de costado al caer y golpeé contra el empedrado con el hombro izquierdo.

Manos silenciosas me levantaron y me guiaron a través de un portal. De pronto el piso no estaba allí y comencé a caer y a estrellarme contra una pared. Unas manos volvieron a levantarme y a estabilizarme. Estaba en una caja de escalera. Al bajar por ella, los pies se me resbalaron y empecé a tambalearme. Caí contra alguien que estaba delante de mí y que interrumpió mi caída. Igual, caí contra los escalones, me golpeé la cabeza y el mismo hombro que me había lesionado sobre el empedrado de la calle.

Una vez más me pusieron de pie y medio me arrastraron por la escalera. Cuando llegamos al piso, me guiaron y me pusieron contra una armazón de madera. Me desataron las manos y me las volvieron a atar y me quitaron la casaca y la camisa, así que quedé desnudo de la cintura para arriba. También me sacaron la capucha. Yo estaba en una habitación sombría, casi oscura, y enormes velas ardían en lo alto de las esquinas de dos paredes. La estructura de madera a la que me ataron era el famoso instrumento de tortura llamado potro. La habitación era una cámara de torturas.

Las paredes de piedra brillaban con la humedad. El agua corría en arroyos sobre el piso. Esto hacía que la atmósfera de la mazmorra fuera más macabra. Incluso en condiciones climáticas normales, el nivel de agua de la ciudad era tan alto que las tumbas se llenaban con agua antes de que se arrojara tierra en ellas. La mazmorra desafiaba la tendencia de cualquier agujero de llenarse con agua más de algunos centímetros de profundidad. Sin duda la Inquisición tenía los medios para construir un cuarto que no se inundaba. O, como seguramente el obispo del Santo Oficio alegaba, Dios impedía que ese salón se inundara para que los inquisidores pudieran realizar su trabajo.

Cuando quedé bien atado, me amordazaron. El sonido de lucha y de Mateo lanzando imprecaciones me llegó de una habitación contigua. El sonido cesó y supuse que a él también lo habían amordazado. Me pregunté cuántas de esas pequeñas cámaras del horror había en ese lugar repugnante.

Los familiares conferenciaron de lado a lado de la habitación con dos frailes. Los frailes usaban hábito negro con capucha. No pude oír con exactitud qué decían, pero una vez más logré descifrar la palabra "marrano".

Los familiares se fueron y los dos frailes lentamente se acercaron a mí. No había nada apresurado en sus movimientos. Me sentí un cordero estacado con bestias de la jungla a punto de arrancarme las entrañas.

Permanecieron de pie frente a mí. Tenían las capuchas puestas pero no les cubrían del todo la cara. Detrás de los bordes de la cogulla, sus caras eran tan vagas como las de peces en agua oscura. Uno me bajó la mordaza lo suficiente como para que yo pudiera hablar.

—¿Eres judío? —me preguntó. Me formuló la pregunta con tono muy gentil, un tono paternal, el de un padre que le pregunta a su hijo si se ha portado mal.

El tono bondadoso me tomó de sorpresa y tartamudeé al responder:

—Soy un buen cristiano.

—Eso lo veremos —murmuró él—, lo veremos.

Empezaron a sacarme las botas y los pantalones de montar.

—¿Qué hacen? ¿Por qué me sacan la ropa?

El silencio recibió mis preguntas. Volvieron a amordazarme.

Cuando quedé desnudo, me ataron las piernas al armazón de madera y los dos frailes iniciaron un cuidadoso examen de mi cuerpo. Uno se paró en un banco y me partió el pelo para revisarme el cuero cabelludo. Lentamente fueron bajando por mi cuerpo y observando cada marca, no sólo las cicatrices, sino los lunares y manchas, la forma de mis ojos, incluso las pocas arrugas que tenía en la cara. Cada uno recorrió con atención las líneas de las palmas de mi mano. Mientras trabajaban en silencio, uno le indicaba al otro que verificara de nuevo una mancha o una arruga.

Lo que buscaban era una señal del demonio en mi piel.

Lo absurdo de sus acciones me sorprendió. Me eché a reír y me ahogué con la mordaza. La indignidad de lo que esos dos sacerdotes estaban haciendo, tocándome el cuerpo, examinando mi piel, mi pelo y hasta mi parte viril. ¿Para eso se hicieron sacerdotes? ¿Para encontrar al diablo en un lunar? ¿Para ver demonios en una arruga de la piel?

Mientras examinaban mi parte viril comprendí lo afortunado que yo era de que los dioses aztecas hubieran robado una parte de mi prepucio. Con su lógica retorcida, si yo *no* hubiera estado circuncidado, ellos habrían llegado a la conclusión de que, como judío, yo había sido circuncidado y que Lucifer me había devuelto el prepucio para poder disfrazarme de cristiano.

Cuando terminaron con la parte de adelante de mi cuerpo, hicieron girar la estructura para poder examinarme la parte posterior. ¡Ay! ¿Acaso creían que el demonio se ocultaba en mi puerta de atrás?

Me manejaron como dos carniceros que deciden cómo trinchar la carne de mi costado. No se me dijo si yo llevaba o no la marca del demonio.

Con movimientos de la mandíbula logré bajarme la mordaza lo suficiente como para mascullar. Pregunté de nuevo por que estaba arrestado y cuáles eran los cargos contra mí.

Los dos frailes eran sordos a todo lo que no fueran sus propios comentarios y los mensajes que creían que Dios les susurraba.

—¿También la muchacha Juana ha sido arrestada? Ella tiene necesidades especiales; su cuerpo es muy frágil. Dios castigaría a cualquiera que dañara a una pobre criatura enferma como ella —amenacé.

La mención de los castigos de Dios llamó la atención de uno de los frailes. Él levantó la vista de su búsqueda del diablo entre los dedos de mis pies. No pude verle bien su cara encapuchada, pero por un momento fugaz su mirada se cruzó con la mía. Sus ojos eran negros, ardientes hoyos profundos, llamas oscuras en un pozo insondable, una ira cavilada que me invitaba a... no, que trataba de chuparme. Sus ojos compartían la misma locura macabra de los sacerdotes aztecas que arrancaban corazones que todavía latían y se alimentaban de sangre como los vampiros.

Cuando terminaron con su examen, me soltaron los brazos y las piernas y me dieron la camisa y los pantalones de montar para que me los pusiera. Me hicieron bajar un par de escalones hacia un corredor de piedra con calabozos detrás de puertas de acero con atisbadero. En ese nivel había más agua y mis pies se hundieron por encima de los tobillos. De uno de los atisbaderos oí gemidos al caminar junto a una puerta. Una voz agonizante brotó de otra.

—¿Quién está allí? Por favor, díganme qué fecha es hoy. ¿Qué mes? ¿Qué saben de la familia de Vicento Sánchez? ¿Están bien? ¿Mis hijos saben que su padre todavía vive? ¡Ayúdenme! ¡Por el amor de Dios, *ayúdenme*!

Abrieron una puerta oxidada de hierro y con gestos me indicaron que entrara. Delante de mí había un vacío informe y negro. Vacilé antes de entrar, por miedo de que se tratara de un truco, que me harían caer en un hoyo profundo para que muriera allí. Uno de los frailes me empujó y yo me tambaleé hacia el calabozo, salpicando el agua que me llegaba a las rodillas antes de que mis manos extendidas encontraran una pared para sostenerme.

La puerta se cerró detrás de mí con un golpe y yo quedé sumergido en una oscuridad completa. El Mictlán. La Tierra de los Muertos no podía haber sido más negra. El infierno no podría asustarme más de lo que estaba allí con esa total ausencia de luz.

Utilizando mis manos para palpar, lentamente me fui orientando en la habitación. No, nada de habitación sino un cuarto que parecía un sumidero de sabandijas. Con los brazos bien extendidos a cada lado podía tocar las paredes. Un banco de piedra era mi único refugio del agua.

El banco no era suficientemente largo como para que me acostara sobre él. Me senté, con la espalda contra una pared y las piernas extendidas sobre el banco. De la pared que tenía al lado brotaba continuamente agua. El goteo del cielo raso era incesante y siempre encontraba mi cabeza, sin importar en qué posición me ponía.

Ninguna manta, ningún lugar para desechos corporales salvo el mismo sumidero. No me costó mucho adivinar que no podría probar agua, salvo la que yo mismo excretara.

El lugar era húmedo y frío, pero a las ratas eso no les importaba. Más aún, percibí otra presencia en la celda. Algo frío y pegajoso se me deslizó por las piernas y me hizo lanzar un grito de terror. Mi primera impresión fue que se trataba de una serpiente, pero hasta una serpiente se negaría a habitar en ese lugar infernal. Si no era una serpiente, ¿qué otra cosa podía parecerme fría, viscosa y resbaladiza?

¡Ay de mí!

El miedo me trepó por la piel. Inspiré y exhalé con lentitud, tratando de controlar el pánico. Sabía lo que ellos estaban haciendo, esos malditos fanáticos con el disfraz de hermanos mendicantes: creando miedo y pánico para desmoralizarme. Reí para mí. Por lo visto, tenían éxito. Lo único que me impedía derrumbarme por completo era que fray Antonio me había hablado de estos horrores.

Helado y tiritando, le rogué a Dios que tomara mi vida pero salvara a los otros. Yo no había rezado mucho en mi vida, pero se lo debía al Don y a su familia, que me habían tratado como si fuera parte de ella. ¿Cómo estaría tomando el Don todos estos abusos? ¿Inés y la pobre Juana? ¿Y mi amigo Mateo? Él era un hombre fuerte, más fuerte que yo y mucho más que el Don y las mujeres. Le iría tan bien como a alguien que de pronto despierta y descubre que, durante la noche, ha sido arrastrado al *Infierno* del Dante, sólo que este infierno helado estaba administrado por la Iglesia, quien había bendecido su nacimiento y bendeciría también su muerte.

El mundo es un lugar cruel.

NOVENTA Y CINCO

Pasaron días y noches. No vi a nadie y no oí ningún sonido salvo mis propios miedos y el cuenco con sopa en el atisbadero. Conté los días con las comidas, una por la mañana, una por la noche, cada vez unas gachas frías: agua de cloaca con algunos granos de maíz. La cena incluía una tortilla.

El fraile que traía la comida golpeó a la puerta y yo pasé mi cuenco por la abertura para que él me lo llenara. Esforzándome por ver a través de esa pequeña abertura, lo único que vi fue su oscura cogulla. Comprendí que el anonimato cumplía dos funciones: la falta de contacto humano aumentaba el miedo de los que estaban prisioneros en esta pesadilla y protegía a los monjes de la venganza de los prisioneros que se ganaban su libertad pero recordaban las torturas que habían sufrido.

El que servía la comida jamás hablaba. Oí que desde otros calabozos lo llamaban y le gritaban que se estaban muriendo o le suplicaban misericordia, pero no había ninguna señal de que un ser humano residiera debajo de ese hábito oscuro.

Al cuarto día de mi arresto, sonó un golpe a mi puerta aunque yo ya había terminado mis gachas de la mañana. Vadeé hasta la puerta y se abrió la abertura del atisbadero. Por ella se filtró luz de velas. La luz era opaca, pero mis ojos sedientos de luz tuvieron la sensación de estar perforados por agujas de maguey cuando la miré.

—Acércate a la luz para que pueda verte la cara —dijo el hombre que sostenía la vela.

Hice lo que me pedía. Al cabo de un momento la vela desapareció. Oí el sonido de algo que raspaba madera cuando él acercó un banco para poder sentarse y hablarme por la abertura. ¡Contacto humano! Estuve a punto de llorar ante la perspectiva de hablar con alguien. Ahora sabría lo que le había pasado al Don y a su familia y cuáles eran los cargos contra mí.

—He venido para oír tu confesión por las transgresiones que cometiste contra Dios y Su Iglesia —dijo el hombre. Su voz era monótona, el tono de un sacerdote que recita una oración que ha recitado mil veces antes.

—Yo no he cometido ningún crimen. ¿De qué se me acusa?

—No me está permitido decirte los cargos.

—¿Entonces cómo puedo confesarme? Si no conozco los cargos, ¿qué quiere que confiese? Puedo confesar pensamientos impuros cuando veía a una mujer. Frecuentar una taberna cuando debería haber estado en misa.

—Eso es para el confesionario. El Santo Oficio exige que confieses tus crímenes. Tú conoces la naturaleza de esos crímenes.

—Yo no he cometido ningún crimen. —De pie sobre el agua fría, mi cuerpo tembló y las palabras salieron a borbotones. Por supuesto, yo mentía. Había cometido muchos crímenes, pero ninguno contra Dios.

—Tu negativa no servirá de nada. Si no fueras culpable, no habrías sido arrestado y traído aquí. Ésta es la Casa de los Culpables. El Santo Oficio investiga fehacientemente cada acusación antes de llevarse a una persona en custodia. No sale a la caza de sacrílegos; a ellos los trae la mano de Dios.

—Yo fui traído aquí por demonios, no por ángeles.

—¡Eso es una blasfemia! No hables de esa manera… no obtendrás la misericordia del Señor denostando a Sus sirvientes. Quiero que entiendas esto: si no confiesas tus crímenes contra Dios y Su Iglesia, serás interrogado con más severidad.

—¿Quiere decir que seré torturado? —La furia crecía en mí, precisamente porque comprendía la impotencia de mi situación. Si confesaba haber cometido crímenes religiosos, me encontraría en la hoguera de un auto de fe, con una fogata ardiendo alrededor de mí. Y si me negaba a confesar cosas que jamás hice, sería torturado hasta que las confesara.

—Como todos los hombres que han vivido, amado y luchado —dije—, es posible que yo haya transgredido en algún momento. Pero esos no son insultos a Dios ni ponen en peligro mi alma mortal. Le confesé mis pecados a la Iglesia y recibí su absolución. Si hay otros asuntos, usted debe decirme de qué se me acusa, para que yo pueda responderle si hay alguna verdad en ello.

—Ésa no es la manera en que el Santo Oficio cumple con su misión sagrada. No me está permitido decirte cuáles son los cargos. Ya los conocerás cuando te presentes ante el tribunal. Pero las cosas serán más fáciles para ti si confiesas ahora para poder estar a merced de ellos. Si no confiesas, te extraerán la verdad de otra manera.

—¿Cuál es el valor de palabras forzadas por medio del dolor? ¿Cómo puede la Iglesia tratar así a sus hijos?

—La Iglesia no inflige ningún dolor. Dios guía a los instrumentos; así, el dolor es causado por los instrumentos, no por la sagrada mano de la Iglesia. Cuando se derrama sangre o se inflige dolor, la culpa es de la persona, no de la Iglesia. Las torturas no se infligen como castigo sino para confirmar la autenticidad del testimonio.

—¿Cómo justifica esto el Santo Oficio?

—Santo Domingo nos dice que, cuando las palabras fracasan, pueden prevalecer los golpes.

Casi me eché a reír y le pedí que me señalara algún lugar en la Biblia en la que Jesús defendiera la violencia, pero no dije nada.

—¿Quién está autorizado a decirme cuáles son los cargos?

—El tribunal.

—¿Cuándo veré al tribunal?

—Una vez que hayas confesado.

—¡Esto es una locura!

—Tienes una mala actitud —me regañó—. Tratas de emplear razonamientos que los mercaderes utilizan cuando compran fardos de lana. Ésta no es una negociación acerca de la calidad de la carne ni de un juego de primero. No nos preocupa cuáles cartas tiene nuestro contrincante ni quién miente. Dios conoce tus pecados. Tu deber es confesar tus transgresiones. Si no lo haces, la verdad te será extraída.

—Las torturas de ustedes extraen confesiones de los inocentes, y yo soy inocente. No tengo nada que confesar. ¿Qué ocurre entonces? ¿Me van a torturar hasta matarme?

—Dios reconoce a los Suyos. Si por casualidad mueres sin pecados y bajo la tortura, encontrarás la paz eterna. Es un sistema justo, aprobado por el Señor. Nosotros no somos más que Sus sirvientes. A ti se te ofrece la oportunidad de confesar antes de que te sonsaquemos la verdad. Nadie es castigado hasta tener una oportunidad de arrepentirse. Después, serás llevado ante un tribunal y se te dirán los cargos. El fiscal puede citar a los testigos que presentaron cargos contra ti. Tu abogado podrá citar a testigos en tu favor. Hasta que eso se haga, no serás castigado.

—¿Cuándo me presentarán ante el tribunal?

—Una vez que hayas confesado.

—¿Y si no confieso?

El hombre hizo un sonido nasal con el que expresaba su impaciencia frente a mi estupidez.

—Si no confiesas, se te considerará culpable. El tribunal determinará el grado de tu culpabilidad y cuál será tu castigo.

—Está bien —dije—, ¿y si confieso ahora mismo? ¿Cuándo me llevarán ante el tribunal?

—Cuando se te ordene hacerlo. Para algunos, eso sucede rápido. Para otros…

—¿Qué fue lo que la gente dijo de mí para que ustedes piensen que soy una mala persona?

—Eso se te dirá en el momento del juicio.

—Pero, ¿cómo puedo preparar mi defensa frente a lo que esas personas dicen si ni siquiera sabré quiénes son hasta el momento del juicio?

—Estamos hablando en círculos y estoy cansado de este juego. —Se acercó más a la abertura y me dijo en un susurro: —Debido a su gravedad, te diré cuál es uno de los cargos para que puedas confesar y confiar en recibir misericordia. Tiene que ver con la criatura cristiana.

—¿La criatura cristiana?

—Una pequeña desaparecida que fue encontrada muerta en una cueva. La criatura estaba clavada en una cruz de la misma manera que nuestro Salvador. Le habían hecho cosas abominables a su cuerpo desnudo. Cerca de la víctima de ese crimen imperdonable, se hallaron copas y vino judíos con el signo de los judíos. Una copa estaba llena de vino y de la sangre de la pequeña.

—¿Y qué tengo que ver yo con ese espanto?

—Hay testigos que dicen que te vieron abandonar esa cueva.

Mi grito de negativa debe de haber sido oído hasta en el palacio del virrey. Levanté las manos e imploré la ayuda de Dios en medio de esa oscuridad.

—¡No! Yo no tengo nada que ver con ese horror. Sí, he transgredido. Padre Santo que estás en los Cielos, he vendido algunos libros deshonestos. Puse en escena una obra que ofendió a algunos, pero hasta allí llegan mis crímenes. Jamás toqué a...

Cerré la boca. Una mirada de complacida satisfacción apareció en su cara. La historia de la criatura había sido una treta, cuya intención era escandalizarme y hacerme confesar mis verdaderos delitos. Él había tenido éxito.

—Nueva España está plagada de judíos —dijo entre dientes—. Ellos simulan ser buenos cristianos, pero en realidad planean la muerte de todos los cristianos. Es obligación de buenos cristianos denunciar a los falsos cristianos, aunque pertenezcan a su misma familia.

—¿Por qué está usted aquí? —pregunté.

—Vine para escuchar tu confesión para poder decirle al tribunal que te has arrepentido.

—Usted ya la oyó. Soy un buen cristiano. Vendí algunos libros profanos. Me arrepiento de mis transgresiones. Envíeme a un sacerdote y le confesaré las cosas que acabo de señalarle. No tengo otras que revelar.

—No he oído nada acerca de las actividades judías de don Julio y del resto de su familia.

—Tampoco oirá más de mis labios porque lo que usted quiere escuchar es una mentira. ¿Cuándo me reuniré con mi abogado?

—Ya lo hiciste. Yo soy el abogado de los presos. Tu abogado.

Más tarde, me sacaron de la celda y me llevaron a un cuarto donde se aplicaba el potro y otros instrumentos de tortura. Don Jorge estaba esperándome, el familiar que me pagó para que imprimiera las listas de sospechosos y un viejo amigo: Juan el lépero.

—Ése es él —dijo Juan—. Me dijo que el dueño de la imprenta se había ido a Madrid. Pero yo jamás vi a nadie que no fuera él manejar la imprenta.

—Que usted sepa, ¿este hombre practica la brujería y tiene un pacto con el diablo?

—Sí, sí —dijo el lépero mentiroso—. Lo he visto hablando con el diablo. Y en una ocasión lo vi girando por el aire mientras el demonio lo sodomizaba.

Me eché a reír.

—Esta porquería de lépero sería capaz de vender el orificio de amor de su madre por una moneda.

Juan me señaló con un dedo acusador.

—Él me echó maleficios. Me obligó a hacer el trabajo del diablo.

—Tú eres obra del demonio, canalla de porquería. ¿Acaso crees que alguien creerá una historia tan descabellada de labios de una escoria social como tú?

Miré a los familiares de pie junto a nosotros en busca de confirmación de que nadie le creería esa historia absurda. Pero sus caras me dijeron que sí le creerían al lépero.

Después de ser llevado nuevamente a mi calabozo, el día y la noche volvieron a ser la misma cosa y ya no supe cuánto tiempo había estado prisionero porque perdí la cuenta de las veces que me servían esa comida monótona. La grasa acumulada en mi cuerpo por años de haber comido bien en la mesa del Don se fue deslizando de mis huesos. La ansiedad no me abandonó en ningún momento. ¿Cuándo me sacarían de mi celda y me llevarían a ser torturado? ¿Podría respaldar mis palabras valientes y soportar esa tortura o lloraría como un bebé y confesaría lo que ellos quisieran? Peor aun que mis ansiedades, me pregunté cómo les iría al Don y a las pobres muchachitas. Si confesar haber tenido relaciones sexuales con el demonio habría significado que a ellos los dejaran libres, yo lo haría sin siquiera dudar. Pero yo sabía que cualquier cosa que confesara sería utilizada también contra ellos y todos los habitantes de la casa. Barajé la idea de implicar a la perra puta de Isabella y decir que ella había tenido sexo con el diablo, pero, una vez más, confesar ser incluso el inocente espectador de una blasfemia equivaldría a sellar mi propia condena.

Estar en ese calabozo helado y húmedo las veinticuatro horas del día era una tortura en sí misma. Ni en su imaginación más afiebrada podría Isabella haberme encontrado un lugar peor para estar. Ay, yo habría ofrecido varios dedos de los pies a cambio de una noche tendido sobre mi cama calientita y seca encima del establo. Los habría dado también aunque sólo fuera para dormir con los caballos.

Cuando vinieron a buscarme, no supe qué día ni qué hora era. La puerta de mi calabozo se abrió de pronto y quedé cegado por la luz de una antorcha.

—Adelántate —me ordenó una voz—. Extiende las manos.

Cerré los ojos y me arrastré hacia la puerta. Me encadenaron las manos y tuvieron que levantarme y ponerme de pie porque mis piernas no me sostenían. Ya no tenía ninguna sensación de fuerza en mis extremidades. Los dos frailes, ataviados con lo que yo había llegado a considerar hábitos del demonio, me ayudaron a llegar a la cámara de torturas.

Mi abogado me aguardaba.

—Tienes la oportunidad de confesar antes de que te interroguen —dijo—. Yo estoy aquí para ser testigo de tu confesión.

—Confieso haberlo visto a usted chupar penes de hombre a la manera de las víboras —dije—. Confieso que he visto a estos dos sacerdotes del diablo sodomizar a ovejas. Confieso...

—Pueden proceder —le dijo mi abogado a los frailes. Nada en su voz revelaba que se sentía ofendido por mis insultos. —Él no debería estar usando esto —dijo y me quitó la cruz de mi madre.

Cuando me ataban al potro de torturas, él se quedó junto a mí y me dijo, con tono intrascendente:

—Tienes suerte de estar en Nueva España. Esta mazmorra no es peor que una caminata por la Alameda si se la compara con las prisiones de la península. Una vez estuve en una prisión en España cuya mazmorra era tan profunda que se la llama el infierno. Era imposible distinguir una cara sin encender una luz.

—¿Fue allí donde su madre lo concibió? —le pregunté en un tono sumamente cortés.

—Cristo, Cristo, no deberías hablar mal de alguien cuya única misión en la vida es ayudar a la gente a amarlo.

Mi risa se interrumpió cuando sujetaron a un gancho la cadena que me aprisionaba las muñecas. Me agregaron pesos a los pies. Me levantaron por el aire cuando el gancho fue elevado y después me dejaron caer, pero me frenaron con una sacudida justo antes de que mis pies tocaran piso sólido. Grité cuando casi me arrancaron los brazos y los pies de sus articulaciones por las pesas que me habían agregado.

Mi abogado suspiró.

—¿No deseas hablarme de don Julio y de los ritos judíos que él practica?

No recuerdo cuál fue mi respuesta, pero sí que lo enfureció y que fascinó a mis torturadores. A ningún torturador le gusta una víctima fácil porque le impide demostrar sus habilidades. Ni siquiera recuerdo bien lo que me hicieron; sé que en algún momento yo estaba tendido como en una cama, la boca abierta con un taco de madera y me empujaron por la garganta un trozo de tela. Lentamente fueron vertiendo agua sobre la tela, que fue filtrándose a mi estómago. Apenas si podía respirar con mucha dificultad y estaba seguro de que mi estómago iba a estallar. Cuando se produjo un vómito, me llenó la boca y la nariz y me atraganté. Para mi pesar, mi abogado logró esquivar el chorro que estaba dirigido hacia él.

Ninguna palabra más brotó de mí, ni en confesión ni en condena, y ellos siguieron trabajando en mí hasta agotarse. Cuando terminaron, me sentía demasiado débil y demasiado mareado para caminar hasta mi calabozo y ellos me ataron al potro hasta que yo pudiera volver a mantenerme en pie.

Yo podría haberles dicho que perdían el tiempo torturándome. Cuando comenzaron a bombardearme con preguntas, ya no me quedaba ningún sentimiento humano. Me limité a babearme y a reír frente a sus preguntas porque estaba demasiado débil y dolorido para contestarles con respuestas e insultos.

Las paredes que separaban mi cámara de torturas de la contigua estaban llenas de anchas grietas. Oí el gemido de una voz femenina y me esforcé en maniobrar a una posición en la que podía espiar hacia la de al lado. Cuando lo conseguí, quedé espantado por lo que vieron mis ojos.

Juana estaba atada, desnuda, a un potro de torturas. El cuerpo pequeño de la pobrecita mostraba todos sus huesos. Dos frailes la examinaban y alcancé a ver que le habían abierto las piernas y empleaban un instrumento para comprobar si era o no virgen. Recordé lo que fray Antonio me había dicho: si el himen de una muchacha soltera estaba rasgado, la acusarían de haber tenido relaciones sexuales con el demonio. Y, si estaba intacto, igual la acusaban de la misma cosa, porque alegaban que el diablo le había reparado el himen con su magia negra.

En lo más profundo de mi ser estalló un fuego y la vida volvió a vibrar en mí. Me puse a gritarles obscenidades a los frailes y resistí la mordaza con que querían cubrirme la boca. No me callé hasta quedar inconsciente por los golpes que me dieron.

Pero, desde luego, como mi abogado me había adelantado en nuestra primera entrevista, no eran los frailes los que me infligían dolor golpeándome con los garrotes: los culpables eran los garrotes mismos.

NOVENTA Y SEIS

Más oscuridad. Más goteo interminable del techo.

Más torturas. Preguntas que no fueron contestadas. Ahora yo estaba tan débil que tuvieron que sacarme a rastras del calabozo y por el pasillo al lugar donde el potro de torturas me aguardaba.

Mi cuerpo anticipaba ya tan bien las torturas que yo gritaba antes de que ellos me causaran dolor. No tengo idea de qué cosas habrán brotado de mi lengua, pero puesto que las torturas continuaban, a ellos no les deben de haber gustado mis respuestas. Yo había aprendido un extenso vocabulario de expresiones de alcantarilla en las calles de Veracruz; comentarios acerca de la esposa, las hijas, los hijos, la madre y el padre de la persona en cuestión. Y se los apliqué con liberalidad a mi abogado y a los curas.

Confesé muchas cosas. Cada día confesaba más y más y les gritaba mis pecados, exigiéndoles que me quemaran en la hoguera para que no volviera a tener frío. Pero mis confesiones no les parecieron satisfactorias porque en ellas nunca impliqué al Don ni a su familia.

Entonces, todo cesó: no me arrastraron de la celda, no oí más gritos. Ya no tenía la menor idea del paso del tiempo o siquiera si transcurría. Pero la vida continúa incluso en las situaciones más terribles, y muy pronto caí en la cuenta de la cantidad de lugares que me dolían muchísimo. Tenía lastimaduras en todo el cuerpo por heridas no cicatrizadas y la humedad constante.

Cierto día volví a ver al hombre que se decía mi abogado. Vino después de que me sirvieran comida que supe que era el desayuno sólo porque no incluía una tortilla.

—Hoy te presentarás frente al tribunal para ser juzgado. Te vendrán a buscar dentro de pocos minutos. ¿Tienes algún testigo a tu favor?

Tardé bastante tiempo en contestarle. No porque mi boca me funcionara mal sino porque quería formar correctamente las palabras. Cuando hablé, mi voz fue calma y serena.

—¿Cómo puedo saber a qué testigos llamar si no conozco los cargos? ¿Cómo puedo llamar a testigos si no puedo abandonar mi celda para hablar con ellos? ¿Cómo puedo llamar a testigos si acaba de decirme que el juicio está por comenzar? ¿Cómo puedo hablar en mi defensa si mi abogado es un hijo de puta que recibe su paga del diablo?

No sé durante cuánto tiempo le hablé a la puerta cerrada para pasar la comida. Creo que mi abogado se fue después de mi primera frase, pero, como es lógico y razonable, yo seguía hablándole a la puerta, que no me contestó.

Los inquisidores deben de desarrollar ojos de murciélago. El lugar donde se reunía el tribunal contaba con la misma iluminación que el resto de la mazmorra. Media docena de hombres de cogulla se encontraban en la habitación. Sus caras estaban perdidas en las sombras y su función casi no tenía significado para mí. Mi impresión era de que eran dos inquisidores, un fiscal y una serie de otras personas cuya función precisa ignoraba, pero que tal vez eran jueces. También había escribas que anotaban todo lo que se decía.

Yo estaba encadenado a la silla en la que estaba sentado. Mi abogado estaba sentado lejos de mí, como si yo pudiera contagiarle alguna enfermedad espantosa si se me acercara demasiado. Tal vez era mi olor. No parecía complacido conmigo. Supongo que por lo general puede informar al tribunal que ha tenido éxito en obtener una confesión de un acusado, y mi negativa representaba una deshonra a sus habilidades como abogado.

Oí que el fiscal leía los cargos, pero no tenían ningún sentido para mí: vagas alegaciones de herejía, de ser en secreto un judío, de blasfemia y adoración del demonio. Que yo era una persona corrupta que vendía libros prohibidos y ponía en escena dos obras ofensivas era de lo único de que podían realmente acusarme.

Mi abogado se puso de pie e informó al tribunal que en tres ocasiones él me había pedido que confesara la verdad de los cargos y que yo me había negado a hacerlo.

—La persuasión del potro de tormentos no logró aflojarle la lengua y ahora él está en las manos de Dios.

—Yo no veo a Dios en esta sala —dije—. Veo hombres que creen servir a Dios pero no le hacen justicia al Señor.

Mis afirmaciones no fueron recibidas con el aplauso de una comedia exitosa sino con la mirada de desaprobación de uno de los jueces.

—Si el prisionero vuelve a hablar sin permiso, amordácenlo —le dijo al condestable. Yo cerré la boca.

Los cargos contra mí se iniciaron con un testimonio de los inquisidores quienes me habían interrogado verbalmente con respecto a la Iglesia, Dios, Cristo, los judíos, Satanás, los brujos y sólo Dios sabía qué más. Las preguntas se parecían a las que fray Antonio me había descrito como el Martillo de los Brujos, en el que no había auténticas respuestas y cada respuesta podía ser tergiversada.

—Se le preguntó cuántos cuernos tiene Satanás —testificó el fraile en la audiencia de la Inquisición—. Él respondió que lo ignoraba. Como todos sabemos, Satanás tiene dos cuernos.

—¡Si yo hubiera contestado que tenía dos cuernos, él me habría acusado de haber visto personalmente a Satanás! —grité.

—La mordaza —le dijeron al condestable.

—No fue mi intención ofender a nadie, monseñor. Por favor, prometo mantener mis labios sellados.

Una vez más, me salvé de estar amordazado.

Llamaron al primer testigo. Ella usaba una máscara, pero por su voz me di cuenta de que era una criada de la casa de don Julio. Era una anciana medio loca que siempre veía diablos y demonios por donde mirara. Todos sabíamos que era inofensiva, pero poseía la extraña clase de locura de la que se nutrían los inquisidores.

—Los vi bailar —le dijo al tribunal—. Ése —con lo cual se refería a mí—, el Don, su hermana y su sobrina. Cada uno se turnaba para bailar con el diablo.

Los jueces le hicieron preguntas acerca de las costumbres judías en la casa, si observábamos el sabbath, si comíamos carne los viernes: la anciana confirmó que comíamos carne los viernes, una mentira, pero en respuesta a otras preguntas no hizo más que referirse a distintos actos cometidos por nosotros con el demonio. Era obvio que no estaba en su sano juicio; balbuceaba acerca de cosas demoníacas cuando le hacían preguntas sobre los ritos judíos.

Francamente, no creo que esos jueces hubieran quedado siquiera impresionados con sus cuentos, fuera de notar de manera específica la violación de la prohibición de comer carne los viernes.

La pobre Juana no podría haber bailado con sus piernas débiles aunque el diablo la hubiera sostenido, pero mantuve la boca cerrada.

La siguiente testigo era otra mujer enmascarada, sólo que ésta estaba muy bien vestida. Enseguida supe su identidad.

Isabella había venido a contribuir a meter otro clavo en la tapa de mi ataúd. A juzgar por su aspecto, jamás había estado en la mazmorra de la Inquisición, pero tampoco yo lo esperaba.

Me impresionó escuchar su testimonio porque había en él cierta dosis de verdad.

—¿Usted llama telescopio a este tubo metálico? —le preguntó un juez.

—Así lo llamaba don Julio. Desde luego, yo no sé nada de estas cosas. En mi opinión, este pillastre —dijo y me señaló a mí— había traído ese horrible instrumento desde España, pasándolo de contrabando para con los funcionarios del Santo Oficio, quienes inspeccionan tales blasfemias.

—¿Y usted dice que la finalidad de este instrumento es espiar los cielos?

—Sí, ésa y muchas otras cosas malvadas de las que no tengo conocimiento.

¿No tenía conocimiento, pero sí podía prestar testimonio sobre ellas? ¿Al igual que el nacimiento de nuestro Salvador, se trataba eso de conocimiento inmaculado? Por el testimonio de Isabella comprendí que los inquisidores no habían encontrado el instrumento en cuestión. Sospeché que don Julio, temeroso de tener problemas en la ciudad con respecto al túnel, había escondido sus libros prohibidos y el telescopio en la hacienda.

Le hicieron preguntas a Isabella acerca de prácticas judías y ella las negó por una buena razón: tales prácticas también la incriminarían a ella. Pero logró asestarle un golpe a don Julio de otra manera.

—Él me forzó a acostarme con él cuando yo estaba con mi periodo mensual.

Realizar el coito durante la menstruación de la mujer era un sacrilegio porque no era posible concebir en ese momento. Por lo general se creía que los judíos y los moros lo hacían para evitar tener hijos que, necesariamente, serían educados como cristianos.

—¿Usted no tiene hijos, señora?

—Es verdad, no los tengo. Pero no es mi culpa. Mi marido era un hombre brutal con un terrible mal genio. Y yo vivía sintiendo un miedo espantoso hacia él.

Tuve que luchar para no pegar un salto y rodearle el cuello con las manos. Si hubo alguna vez un hombre que caminaba con los ángeles en su relación con su familia y sus amigos, ése era el Don.

Le mostraron un libro.

—Este libro es el que usted les entregó a los familiares, ¿no es así?

—Sí. No había visto el libro antes, pero después de que se llevaron a mi marido en custodia, lo vi en la biblioteca. Él lo tenía guardado en un lugar secreto.

—Este libro describe los ritos de la práctica del judaísmo —dijo el juez.

—Sobre eso no sé nada. Soy una buena cristiana. El libro pertenecía a mi marido. Estoy segura de que debe de ser el libro con que él y su familia, incluyendo a éste —sentí su mirada de odio a través de la máscara—, practicaban sus ritos tenebrosos.

Esta vez sí salté de la silla.

—Eso es mentira. Ese libro no pertenece al Don y puedo probarlo. —Señalé el libro. —El Don marca sus libros con sus iniciales en el borde, como es costumbre entre los dueños de libros. Y éste no tiene ninguna marca. ¡Este libro es una prueba falsa!

Me amordazaron.

Deliberadamente, Isabella nos incriminaba a don Julio y a mí con pruebas falsas. Las únicas motivaciones que tenía esa mujer en su vida eran el dinero y la vanidad. El Santo Oficio se apoderaba de la propiedad de aquéllos encontrados culpables. No hacía falta tener demasiada imaginación para llegar a la conclusión de que se había hecho un arreglo por el cual Isabella recibiría esa propiedad a cambio de su testimonio. O Ramón de Alva podía estar detrás de ella, para poder así librarse del marido de su amante y, al mismo tiempo, también de la amenaza de que quedara expuesta su participación en los problemas surgidos en el túnel.

El tercer testigo era un hombre que no pude identificar. Aseguró haber trabajado para don Julio en el proyecto del túnel y que nos había observado a don Julio y a mí mofarnos cuando él dijo que debíamos dedicar el túnel a San Pablo. Que más adelante nos había visto a don Julio y a mí llevar un objeto al túnel, una estrella de seis puntas. En aquel momento el objeto no tuvo ningún significado para él; pero ahora que un fraile se lo había explicado, comprendió que lo que llevamos era un símbolo místico judío, el Escudo de David, al que los judíos atribuían propiedades mágicas.

Yo nunca había estado en el túnel, jamás vi esa estrella de seis puntas, pero no habría objetado su testimonio aunque no estuviera amordazado. La cuestión de mi culpa, y la de don Julio, estaba predeterminada. No había nada que yo pudiera hacer o decir, ninguna apelación a la razón bastarían para cambiar las cosas.

Mi abogado en ningún momento interrogó a ninguno de los testigos.

Me quitaron la mordaza y un juez me preguntó si deseaba hablar de los cargos.

—Las acusaciones son absurdas —dije—. Este juicio tiene la misma validez que el juicio a otro judío hace mucho tiempo.

—Entonces reconoce que es judío —dijo el juez.

—El judío a que me referí es Jesús Cristo, nuestro Salvador, cuyo nombre eligieron para mí. Ahora entiendo por qué llevo este nombre. Voy a ser martirizado por falsos testigos, tal como Él lo fue.

Al tribunal no lo satisfizo nada mi respuesta. Me llevaron de vuelta a la oscuridad de mi calabozo. Sólo estuve allí esa noche. La puerta se abrió y yo estaba seguro de que me llevarían a ser quemado en la hoguera. Pero, en cambio, me condujeron a una celda grande a nivel de suelo, en la que había cinco prisioneros, incluyendo uno que yo conocía muy bien.

Sin prestar atención a su incomodidad, le di un fuerte abrazo a mi amigo. Mateo me llevó a un rincón y me habló en susurros.

—Te has librado de la hoguera, pero no de un castigo severo. Recibirás cien latigazos y te enviarán a las minas del norte.

—¿Cómo lo sabes?

—Mi primo de Oaxaca, que hizo su fortuna comprándoles tierras a los indios después de emborracharlos, pagó al Santo Oficio por mis pecados. Él tiene pruebas de que la sangre de mi familia es pura. Me llevarán a Acapulco y me pondrán a bordo del galeón de Manila. El cruce del océano es sólo comparable al cruce de Caronte por el río Estigia. Muchos de los que sobreviven a ese viaje brutal son comidos por los nativos.

"Pedí un pasaje para ti y me dijeron que se sospechaba que eras un marrano, y que por lo tanto el exilio en Manila no era posible. Pero él descubrió que alguien había pagado por tu vida. Una sentencia a las minas no es para nada menos dolorosa que ser quemado en la hoguera, al menos vives otro día y... ¿quién puede saberlo?" —Se encogió de hombros.

—¿Y qué sabes del Don? ¿De Juana e Inés?

Su cara se ensombreció y no quiso mirarme.

—¿La hoguera? ¿Serán quemados en la hoguera? Santa María —susurré—. ¿No hay manera de pagar el rescate y liberarlos?

—Inés y Juana son marranas.

—No lo creo.

—Tenían un libro de ritos judíos que Isabella encontró.

—Ésa era una prueba falsa. En ese libro no estaban las iniciales del Don.

—El libro era de ellas, no del Don. Yo lo vi en la hacienda. También sé que por lo general ellas practicaban los ritos. Las he visto. Por eso el Don las recluyó en la hacienda. Y les prohibió traer con ellas algunos de sus instrumentos o libros judíos. Pero ellas los trajeron a la ciudad, e Isabella los descubrió y los usó contra ellas. A mí los frailes me mostraron el libro y yo negué haberlo visto antes.

—A mí no me importa si son judías. Son mis amigas.

—No son amigos, Bastardo, son nuestra familia. Y aunque a nosotros no nos importa, a muchas personas sí les importa.

—¿No hay nada que se pueda hacer?

—Si se arrepienten, las estrangularán en la hoguera antes de encender el fuego. Porque son mujeres, tal vez podrían eludir la hoguera si se arrepienten, pero ellas se niegan a hacerlo. El problema es Inés. Ese pajarillo nervioso está decidida a convertirse en mártir por sus creencias, y creo que la pequeña Juana está cansada de vivir. El Don no permitirá que su hermana y su sobrina mueran solas, de modo que también él se niega a arrepentirse.

—¡Qué locura! Esto parece una obra de teatro escrita por un demente.

—No, Cristo, esto no es ninguna obra de teatro. La vida es más triste que cualquier comedia. Y la sangre es real. Esto es una pesadilla viviente.

NOVENTA Y SIETE

Un auto de fe no era sólo quemar a alguien en la hoguera sino un gran espectáculo en el que se presentaban diferentes niveles de castigo. Y, si bien todos los que estábamos en la celda seríamos castigados en ese auto de fe, ninguno moriría en la hoguera.

Mateo me previno que no se podía confiar en ninguno de los que estaban en la celda. Los que ya no eran espías de la Inquisición, pronto se convertirían en espías para reducir su castigo.

Después de varios días, mi abogado vino a verme. Me informó de la sentencia que Mateo ya me había comunicado. Fingí sorpresa al oír que no sería quemado en la hoguera. Esperando no sonar contrito, pregunté por qué había sido eso.

—El Señor actúa de maneras misteriosas —respondió él.

Auto de fe.

Una *quemadera* se instaló en una esquina de la Alameda con un pabellón de madera similar al que vi erigido para que los notables observaran la llegada del nuevo arzobispo. Sólo que esta vez oirían un sermón pronunciado por un fraile del Santo Oficio y se leerían los cargos; después contemplarían a seres humanos ser quemados como si fueran lechones asados para una fiesta.

Mateo, que estaba alerta a todo lo que sucedía en la Alameda a pesar de estar encerrado conmigo en una celda, dijo que los preparativos para el auto de fe habían empezado hacía más de una semana y que todo el país estaba entusiasmado ante la perspectiva de ese espectáculo. La gente viajaría desde toda Nueva España para presenciar los castigos, siendo la quema en la hoguera el punto culminante de la celebración. Y digo "celebración" porque el acontecimiento estaba imbuido con el fervor de una fiesta religiosa.

Ese día fatídico, los frailes nos hicieron usar *sambenitos*, una camisa y pantalones de algodón áspero teñidos de amarillo y decorados con llamas rojas, demonios y cruces. Nos llevaron afuera y nos montaron sobre burros, con las camisas bajas para que primero estuviéramos desnudos de la cintura para arriba. Hasta dos mujeres convictas tenían desnuda la parte superior del cuerpo.

Redoble de tambores, trompetas y gritos nos precedieron; después venían altos funcionarios del Santo Oficio con sus mejores atuendos y medias de seda, transportados en literas. Después, los familiares a caballo, hidalgos, elegantes y con armadura, como si fueran los caballeros más importantes de la Tierra.

En nuestro camino, de los balcones de las casas colgaban brillantes tapices y estandartes que ostentaban los escudos de armas de sus dueños. También la riqueza se exhibía, pues en las barandas también se ponían candelabros y vasijas de purísimo oro y plata. Yo no entendía la finalidad de esta ostentación, pero, bueno, mi única riqueza durante la mayor parte de mi vida fue la cruz que mi madre me colgó alrededor del cuello cuando yo era bebé. Y ahora, hasta eso había desaparecido. Mi abogado se la había llevado.

Llegó entonces el turno de nosotros, los del sambenito. Pronto descubrí por qué nos habían dejado el torso desnudo. La gente que festoneaba las calles nos arrojaba piedras y vegetales podridos. Sin la camisa, eso dolía más. Los léperos y la gentuza de la calle que eran usados para patear y golpear a sus mejores eran los que arrojaban las piedras más filosas.

Cada uno de nosotros portaba una vela verde, otra señal de que el Santo Oficio había conquistado a los demonios que nos habían hecho pecar. Detrás de nosotros avanzaba un carro que transportaba a don Julio, Inés y Juana. Lloré cuando los vi y un familiar me tildó de cobarde por creer que yo lloraba por mí.

—No llores —me dijo Mateo—. El Don quiere ser honrado por un hombre de coraje, no llorado por una mujer. Cuando te mire, demuéstrale con tus ojos y tu cara que lo respetas y le rindes homenaje.

Esas palabras no sirvieron de nada. Lloré por el Don, por el pajarito asustado que era su hermana, quien finalmente había encontrado su coraje, y por la mujer-criatura de su sobrina, cuyos huesos se quebraban con más facilidad que la paja.

En el sector de la quemadera, aquellos que debíamos recibir latigazos fuimos atados a unos postes. Cuando me ataron a mí, levanté la vista y vi el escudo de armas de don Diego Vélez colgando de un balcón en el que había un grupo de personas. Ramón y Luis, los asesinos de mi vida, estaban allí. Hubo un movimiento junto a Luis y de pronto me encontré mirando a Elena a los ojos. Ella me miró fijo durante un momento y sus ojos no se apartaban del sector de la quemadera. Antes de que el primer latigazo golpeara mi espalda, ella abandonó el balcón y desapareció de mi vista.

Supe entonces quién había sido mi salvador. Yo había sospechado que ella había pagado mi rescate, pero ahora estaba segurísimo. Elena no había venido a ver el sufrimiento sino para comprobar si su acción no había sido traicionada y que mi castigo no incluyera morir en la hoguera. Y, quizá, también para hacerme saber que era su manera de pagarle al Hijo de la Piedra la puesta en escena de su comedia.

No desmayarse con los latigazos era señal de gran hombría, pero yo le rogué a Dios que me hiciera perder el conocimiento para no tener que soportar el horror de lo que le hacían a mi familia. Yo podía apartar la vista, pero tenía las manos atadas y los oídos bien abiertos. El poste para la flagelación que me correspondía a mí era el que estaba más cerca de las piras, y yo tendría que oírlo todo.

Por momentos, mi mente estaba como perdida cuando el latigazo caía sobre mi espalda. Hombres y mujeres habían muerto bajo el látigo, pero se oyeron gritos de la multitud en el sentido de que a mí me estaban dando un trato preferencial porque la piel de mi espalda seguía intacta a pesar de los cien latigazos. Sin duda, la misericordia de Elena también había llegado a la mano que sostenía el látigo, pero en este caso deseé haber muerto antes que seguir despierto.

Don Julio se bajó del carro y caminó hacia la hoguera. Un gran rugido brotó de la multitud, un alarido sediento de sangre, como si cada una de las miles de personas allí reunidas hubiera sido personalmente dañada por el Don. Él no le prestó atención al gentío y avanzó como un rey camino a su coronación.

De pronto me di cuenta de a qué me recordaba esa muchedumbre sedienta de sangre. Al leer los clásicos bajo la tutela de fray Antonio, leí historias acerca de los sacrificios sangrientos en la arena que los emperadores proporcionaban para entretener y aplacar al público. Los sacrificios aztecas también se hacían para entretener al público. Eh, el hombre no ha cambiado demasiado en miles de años: sigue siendo una bestia.

A Inés tuvieron que ayudarla, y no supe si ello se debía a su físico débil o si su fervor la estaba traicionando. Cuando le vi la cara, valiente y osada, supe que esa debilidad era sólo de su cuerpo y no de su espíritu. Resplandecía de coraje, así que le grité mi admiración y una vez más el látigo me desgarró la espalda.

A Juana ni siquiera pude mirarla. Era tan diminuta que un solo guardia pudo levantarla en sus brazos y llevarla a su lugar de honor. Un murmullo recorrió el público y todos giraron la cabeza para no verla.

Yo desvié la mirada y sólo sé lo que me contaron. Cada poste tenía un cable llamado garrote, que estaba conectado con una manija giratoria en la parte de atrás del poste. Si uno de los condenados se arrepentía, el verdugo rodeaba su cuello con el cable y hacía girar la manija, que incrementaba la presión del cable hasta que la víctima moría estrangulada.

Este acto de misericordia se realizaba sólo con los que se arrepentían y sólo lo practicaban los hombres del virrey y no los frailes, porque a los clérigos no les estaba permitido matar. Al menos, eso decían.

Don Julio e Inés rehusaron arrepentirse y no fueron estrangulados. Alguien que estaba lo suficientemente cerca de Juana me dijo que también ella se había negado a arrepentirse, pero que su verdugo, cuyo negro corazón se quebró al ver la situación de ella, simuló que Juana se había arrepentido y la estranguló, salvándola así de la lenta y extremadamente dolorosa acción de las llamas. Otra versión dijo que un adinerado benefac-

tor de la multitud le había enviado ducados de oro al verdugo para asegurarse de que el sufrimiento de Juana fuera breve.

Oí cómo se encendían los fuegos, primero la yesca, después la leña,
por último las llamas cada vez más altas. Oí los gemidos, los gritos; el
chisporroteo de la carne, el terrible estallido de ampollas que explotaban
y de la grasa que se derretía. Traté de mantener lejos esos sonidos del
sufrimiento llenándome la mente con una palabra que repetía sin cesar:

Venganza, venganza, venganza...

Quinta parte

...engendrado en alguna prisión, donde la desdicha
tiene su residencia, y cada sonido lúgubre resuena...

Miguel de Cervantes, *Don Quijote*

NOVENTA Y OCHO

No viajé a las minas del norte en un caballo pura sangre sino en el piso de un carro tirado por mulas, una caravana de prisioneros encadenados al carro. Yo compartía mi rincón del carro con un sambenito del auto de fe que había recibido cien latigazos y dos años en las minas por sodomía. Mi sentencia era de por vida, pero puesto que eran pocos los que sobrevivían más de un año en las minas, ser sentenciado a cadena perpetua no significaba trabajar allí demasiado tiempo.

Saludé con la mano a Mateo cuando me llevaban a esa caravana de prisioneros. Muy pronto él abandonaría la prisión de la Inquisición para emprender su viaje a Manila, en las Filipinas, el lugar de destierro para los indeseables de Nueva España. Entre las fiebres tropicales y los guerreros nativos, también Filipinas era considerada una sentencia de muerte.

Una docena de hombres estaban encadenados conmigo, pero fuera del sodomita y de mí, todos eran delincuentes de poca monta vendidos a las minas por la autoridad civil. El término del servicio para cada uno era de no más de un año, y la mayoría esperaba que sus parientes pagaran un soborno para que ese plazo se acortara. Uno de ellos, un mestizo sentenciado por robar una bolsa de maíz para alimentar a su familia, estaba haciendo su segundo viaje a las minas. El primero fue por una mora en el pago de una deuda y duró seis meses. En lugar de extender el plazo de pago o de agregar un interés adicional, el acreedor lo hizo arrestar y meter en la cárcel, y después lo vendió a una mina por el importe de la deuda.

Por momentos el terreno era demasiado empinado y escarpado para que el carro nos llevara, así que teníamos que bajarnos y caminar, todos encadenados uno al otro. Sin embargo, durante la mayor parte del trayecto nos sacudimos en ese carromato, con la espalda dolorida por los latigazos y la columna fuera de lugar por las sacudidas de ese carro sin elásticos.

El mestizo me recordaba al esclavo de las minas que había sido asesinado frente a mis ojos cuando yo era adolescente. Le hablé de aquel incidente y él me contó historias de las minas. No eran precisamente anécdotas divertidas, pero yo necesitaba saber todo lo posible acerca de mi nueva prisión. Había jurado vengar a mi familia y estaba decidido a no morir en una mina.

—Nos azotarán en cuanto lleguemos, para que aprendamos a ser sumisos —nos dijo—, pero no nos golpearán con tanta severidad como para que no podamos trabajar.

Yo todavía tenía la espalda en carne viva por los azotes del auto de fe: los que sintió la multitud no eran suficientemente crueles. A pesar de la opinión de los espectadores, incluso entonces yo supe que llevaría esas cicatrices durante el resto de mi vida, no importa cuánto durara.

—A los que tienen cadena perpetua o a los esclavos, les marcan la cara por si tratan de escapar —dijo el mestizo.

Todavía me parece ver las marcas que mi esclavo tenía en su cara llena de cicatrices cuando lo mataron frente a mí en la hacienda. Una de las marcas era una pequeña "S", que probablemente era la inicial de Sánchez o Santos o una docena de apellidos potenciales en "S" que era el dueño de la mina.

—Los esclavos africanos y los que tienen cadena perpetua son los que hacen los trabajos más peligrosos: romper el mineral de la superficie de la mina.

El mestizo me miró al hablar porque todos los que iban en el carro sabían que a mí me habían sentenciado a cadena perpetua. Su color era bastante parecido al mío, pero a mí se me conocía como un español, un converso, y me portaba como uno. Él no daba ninguna señal de saber que los dos teníamos sangre mezclada.

—La plata se rompe con picos de hierro y después se carga con palas en los canastos de carga —dijo—. Los derrumbes se producen todo el tiempo, y muchos esclavos mueren la primera vez que golpean con el pico.

Don Julio me había dicho que los dueños de las minas no suelen apuntalar los túneles con madera debido al costo que representa. Se requerían vastas cantidades de madera en el proceso de fundición, y a la madera había que trasladarla a lo largo de grandes distancias. Era más barato reemplazar obreros que pagar por la madera.

Llegamos a la hacienda minera en poco menos de dos semanas. Daba a un peñasco alto y un río atravesaba la propiedad proporcionando agua confiable a ese yermo en otros sentidos desolado. Sin embargo, enseguida se hizo obvio que esa hacienda no era un campo típico, con sembrados y ganado. Cuando el portón se abrió, entramos en un enorme complejo dedicado a arrancar plata de una montaña muy poco cooperadora y, después, separar ese metal tan reacio de la roca, también renuente, que sólo se daba por vencida de mala gana. Excavar túneles, abrir galerías, extraer plata y sacarla —miles de miles de cargas— y, después, refinar esa plata y separarla de la escoria, de eso se trataba la hacienda minera.

Entramos en el complejo con cadenas y grilletes. Todo el tiempo yo me dediqué a estudiar escrupulosamente cada cosa: la boca negra y abierta del túnel de la mina, el ruido atronador del taller de procesado, el rugido de la refinería; el taller ruidoso, sucio y humeante del forjador; las barracas largas, malolientes y llenas de hollín de los prisioneros. Descollando sobre nosotros, la inmensa casa del dueño de la mina, rodeada de muros, una mole blanca contra tanta mugre y lobreguez.

Contemplé con especial atención los alrededores de esos muros encalados de gruesos ladrillos de adobe. Algún día escalaría esas altísimas paredes blancas y dejaría atrás para siempre este infierno obsceno.

Los indios salían del agujero en el suelo como hormigas esclavas, uno después del otro, con bolsas y canastos de carga colgando de la espalda y sujetos a correas atadas alrededor de la cabeza que, según el mestizo, pesaban un promedio de unos cuarenta y cinco kilos por unidad... o sea, cuatro quintos del peso de los hombres que los llevaban.

Las hormigas dejaron caer su carga en una pila cerca del taller de procesado. Yo sólo pude ver muy poco del interior porque marchábamos hacia una barraca, pero estaba familiarizado con el proceso por haber leído un libro que don Julio había escrito sobre la industria minera.

Las rocas y polvo sacado de las minas era triturado en el taller de procesado y después diseminado en enormes montones a lo largo de un patio empedrado. Después se le agregaba agua a los minerales hasta que se ponían barrosos. Después un azoguero mezclaba mercurio y sal en ese barro. El barro se dividía en "tortas" delgadas que se revolvían y se dejaban para "cocinar". Más tarde, la plata se lavaba y calentaba hasta que el mercurio se separaba. Este proceso de amalgamado llevaba semanas o meses, dependiendo de la habilidad de la persona que realizaba la mezcla y del grado de la plata.

El mercurio o azogue era vital para la industria minera, y el Rey mantenía un monopolio sobre él. La mayor parte procedía de la mina Almaden, en España.

En el sector exterior, donde se tomaban las comidas, fuimos asignados a distintos equipos de trabajo. Cada equipo tenía de supervisor un esclavo africano.

El hombre que me asignaron a mí era bastante más alto que yo. Tenía una constitución física muy fuerte, había sobrevivido a una década de supervisar esclavos en la mina y en la actualidad comandaba a alrededor de una docena. Su cuerpo estaba cubierto de cicatrices por innumerables accidentes en las minas. Invariablemente me recordaba a los gladiadores romanos en la arena. Su nombre era Gonzalo.

—Quítate la camisa —me dijo, látigo en mano.

Lo hice. Las heridas de mi espalda seguían rojas pero ya no sangraban y se estaban curando.

El látigo me pegó en las pantorrillas. Lancé un grito, sorprendido por el dolor. Dos hombres me agarraron de los brazos y me sostuvieron mientras él me flagelaba cinco veces más en las pantorrillas y en la parte de atrás de los muslos.

—Estás aquí para trabajar, no para ser azotado. Yo te golpeo con el látigo para que trabajes más. No te toqué la espalda porque todavía no la tienes cicatrizada. Y no quiero lastimarte tanto que te impide trabajar. ¿Entendido?

—Sí.

—Mientras trabajes, no recibirás los golpes de mi látigo —demasiado seguido— y te daremos comida decente para que puedas trabajar fuerte. Si tratas de escapar, te matarán. Esto no es una cárcel. Allí, un intento de escape equivale a más tiempo preso. Aquí, equivale a morir. ¿Me has entendido?

—Sí.

—Si eres holgazán y no trabajas, te azotaré más que los familiares en el auto de fe. La segunda vez, te cortaré una oreja. Cuando bajes a la mina, verás un poste donde empalamos las orejas. ¿Sabes qué pasará la tercera vez?

—Me cortarán la cabeza.

Gonzalo sonrió y me golpeó la cara con la empuñadura de su látigo. La sangre comenzó a brotar de mi mejilla.

—Tienes razón, pero no te conviene estar siempre en lo cierto. Aquí trabajarás como un animal, no como un hombre. Cuando hables conmigo, debes mantener la mirada baja para que yo sepa que me respetas.

Los indios entrenadores de perros trajeron más cerca sus mastines, sabuesos gruñones con fuertes mandíbulas.

—Algunos traman escapar de los dormitorios en mitad de la noche. Tuvimos un hombre que lo intentó. Cavó un pozo que iba por debajo de la pared de la casa y llegaba a la pared de la hacienda. Esa noche, los perros comieron bien.

Volvió a pegarme un latigazo en las pantorrillas.

—Ni se te ocurra esconder plata; aquí no tendrías en qué gastarla. La primera vez que te pesquemos ocultando plata, perderás una oreja. La segunda vez, la cabeza.

El látigo me laceró las piernas debajo de las rodillas.

—Llévenselo para que lo marquen.

Los dos hombres me sostuvieron mientras un herrero me acercaba a la cara un hierro calentado al rojo con la inicial "C", más o menos del tamaño de la primera articulación de mi dedo meñique. Instintivamente me tiré un poco hacia atrás para apartarme del hierro y, en lugar de una "C" perfecta, me quedó una letra borroneada en la mejilla, en el mismo lugar que me sangraba por el golpe con la empuñadura del látigo.

Y así empezó mi vida como esclavo de una mina. Marcado y azotado, se me permitía comer y dormir sólo porque los animales de tiro necesitaban comer y descansar para poder trabajar. La casa-dormitorio no tenía ventanas y era un edificio de ladrillos de barro con una sola puerta. Su finalidad era tenernos prisioneros, y vaya si lo conseguía. No había camas ni habitaciones, sólo un único dormitorio largo y angosto con paja y mantas diseminadas por el piso.

Allá abajo, en las minas, los turnos eran de doce horas, a lo cual se sumaba más trabajo arriba, moviendo el mineral metalífero desde las pilas del taller de procesado al lugar donde era amalgamado sobre el patio. Cuando una cuadrilla terminaba con su turno de doce horas, los hombres comían y se dirigían a las barracas donde dormían hasta que llegara su siguiente turno.

La cuadrilla a la que yo fui asignado compartía el mismo lugar para dormir y las mismas mantas. Cuando una cuadrilla se iba, otra se buscaba una manta entre la paja y dormía. No teníamos posesiones personales excepto la ropa que usábamos. Cuando nuestra ropa se pudría o se arruinaba del todo, nos daban una camisa o un pantalón andrajoso de una pila de ropa perteneciente a los hombres que ya habían muerto.

Cada día marchábamos en fila hacia la entrada de la mina y bajábamos por una escalera de un nivel al otro hasta llegar al túnel principal. El interior de la mina era oscuro, húmedo, frío, polvoriento y peligroso y, a medida que íbamos descendiendo, se volvía tan infernalmente caluroso que el sudor nos brotaba a chorros y los hombres se desplomaban, muertos, por falta de agua. La única luz provenía de velas y pequeñas antorchas y, pasado su resplandor, nos perdíamos en la oscuridad.

Debido a esa oscuridad, escapar no sería difícil; pero no había adónde ir. La única salida estaba vigilada por guardias y perros.

Porque estaba condenado a prisión perpetua, yo pasaba parte de mi tiempo trabajando con las cuadrillas encargadas de voladuras. Picábamos y martillábamos y practicábamos agujeros bastante profundos en la superficie de la mina y después los rellenábamos con un polvo negro, el mismo explosivo utilizado en cañones y mosquetes. Le colocábamos una mecha, la encendíamos y salíamos disparados a toda velocidad.

Como era una innovación reciente, todavía no teníamos demasiada experiencia y, dada la falta de maderas que apuntalaran los túneles, la explosión representaba serios problemas. Si bien aflojaba gran parte de la roca —un único estallido rompía más roca de la que podían aflojar doce hombres con sus picos en todo un día de trabajo—, también aflojaba las paredes del túnel en toda la extensión de la mina. Nubes sofocantes de polvo y escombros soplaban por los túneles con una fuerza huracanada y los derrumbes eran cosa de todos los días. Con frecuencia, algunos hombres eran enterrados vivos.

Yo solía quedar atrapado muy seguido en los derrumbes y sólo por pura suerte lograba abrirme camino entre los escombros y salir. Pero muchos no tuvieron la misma fortuna. El mestizo que había tratado de educarme en las realidades de las minas quedó sepultado vivo la primera semana.

Después de las explosiones empuñábamos picos, palas y martillos de dos cabezas para triturar las rocas y la tierra.

Ese trabajo era tan terriblemente pesado que después nos alimentaban no sólo con frijoles y tortillas sino que, una noche por medio, nos daban también carne. En consecuencia, después de algunos ataques iniciales de dolor, mareo y la mordedura del látigo, mis fuerzas aumentaron. Cualquier hidalgo que viera cómo se habían endurecido los músculos de mis manos, brazos y espalda, enseguida sabría que yo no era ningún caballero.

Los dueños de la mina empleaban el método de rato, o camino más corto, para extraer la plata. Se encontraba una veta y se comenzaba a construir un túnel que seguía esa veta y podía girar, retorcerse, subir a la montaña y, de pronto, descender. Donde iba la veta, allí estábamos nosotros.

Cuando entré en la mina, era antes del amanecer y estaba oscuro. Y el sol ya se había puesto cuando salí. Ya no sabía, por experiencia personal, si el sol seguía calentando la Tierra o si había caído sobre nosotros una noche eterna.

Mi mundo se convirtió en un mundo de oscuridad y de trabajo fatigoso y monótono. Muchas veces estaba demasiado cansado siquiera para pensar, y eso contribuía a cicatrizar el horror de mi cerebro, forjado por el feroz holocausto que había inmolado a don Julio y a su familia.

Una vez que aprendí a enfrentar ese arduo ciclo de trabajar, comer, dormir y azotes intermitentes, comencé a pensar en huir de allí. Sabía que podía significar mi muerte, pero eso no tenía importancia para mí. Mi más grande temor era morir anónimamente en un derrumbe, enterrado para siempre bajo una montaña de rocas y sin poder vengar a don Julio.

Escapar no sería nada fácil. Las despiadadas condiciones físicas se equiparaban sobradamente con la brutal vigilancia de los guardas. Sin embargo, poco a poco fui viendo una manera. En una ocasión, mientras aguardaba en un túnel abandonado a que terminara la explosión, advertí un delgado hilo de luz que se filtraba a través de una grieta del ancho de una uña.

¿Cómo podía ser que la luz entrara en un túnel que estaba a muchísimo metros de profundidad debajo de la superficie de la tierra?

Gonzalo me vio mirando la luz y lanzó una carcajada.

—¿Acaso te parece que es obra de magia?

—No. No tengo idea de qué es —confesé.

—Proviene de la ladera de la montaña. Si avanzas tres metros o tres metros y medio por esa grieta, estarás de pie sobre un río. Te diré una cosa. Intenta salir por esa grieta y yo te permitiré abandonar esta mina.

Y rió un buen rato por su broma.

Algún día no sólo saldré de aquí sino que te estrangularé con tu propio látigo, me prometí.

Lo cierto es que a partir de entonces no pude dejar de pensar en ese rayo de luz. Tal vez se debía al entrenamiento de don Julio. Él me había enseñado a cuestionar cada fenómeno físico, y cada pregunta que yo me hacía con respecto a ese hilo de luz me daba la misma respuesta: más allá de esa pared de piedra estaba la libertad.

Lo único que yo tenía que hacer era abrirme camino por esa hendidura.

Como es obvio, martillar tres metros y medio de piedra no era una opción. Pero sí tenía algo que ensancharía esa grieta en un santiamén y, como sentenciado a prisión perpetua, sabía cómo usarlo: el polvo negro.

La grieta ya existía. Yo tendría que ensancharla metiendo en ella suficiente cantidad de ese polvo. Después de hacer volar esa ladera de la montaña hasta el cielo, yo tendría que abrirme paso a través de toda esa roca... siempre y cuando la montaña no se me cayera en la cabeza...

Robar el polvo negro no sería nada fácil: estaba almacenado en una choza de adobe sin ventanas y con una puerta de hierro cerrada con llave. En cuanto al polvo que usábamos, se nos entregaba en pequeñas cantidades y bajo estricta vigilancia.

Pero en el momento en que introducía las cargas en la pared de la mina, yo estaba solo. Si antes de cada explosión lograba robar una pulgarada del polvo, me lo metía en alguna parte del cuerpo y lo escondía después, la cantidad de polvo robado se iría sumando.

Si me pescaban, tendría que pagarlo en el infierno.

Si no lo intentaba, moriría en la mina.

NOVENTA Y NUEVE

Durante meses fui reuniendo y escondiendo el polvo poquito a poco, cerca de la grieta en el túnel abandonado. Con un poco de mi propia orina fui formando "tortas" con el polvo negro. Y, cuando se secaban, yo las rompía y trituraba hasta darles forma de lo que don Julio llamaba polvo de "maíz", porque cada trozo era más o menos del tamaño de un grano de maíz.

Cada vez que me dirigía subrepticiamente al túnel abandonado, metía un poco de polvo negro en la grieta.

Apoderarme del polvo, robar pequeños momentos para ir al túnel, rellenar la grieta, recibir latigazos, presenciar derrumbes y el agotamiento físico se estaban cobrando su precio. Cuando estuve listo para llevar a cabo mis planes, me sentí bastante más que frenético: ahora me enloquecían el horror y la imposibilidad de lo que estaba haciendo.

Además, Gonzalo me vigilaba en forma constante. A fin de poder hacer esto realidad, cada vez llegaba más tarde al trabajo y, aunque una vez en la mina era uno de los que trabajaban con más ahínco, la impuntualidad era algo que Gonzalo no toleraba.

Esa última tarde, cuando llegué después de hora a la mina, él me golpeó en la cabeza con la empuñadura de su látigo con tanta fuerza que me empezaron a sonar los oídos. Después dijo:

—Esta noche, cuando yo termine de azotarte, marrano, jamás volverás a llegar tarde a la mina. Y recordarás a la Inquisición como los ángeles de la misericordia. Suponiendo, desde luego, que sobrevivas a mi castigo.

De modo que así estaban las cosas: era hoy o nunca.

Durante el resto del turno él no me quitó los ojos de encima. Cuando yo transportaba mi canasto de carga con el mineral, cuando iba a conseguir el polvo negro, las herramientas, lo que fuera, él me seguía como una sombra. Y cuando llegaba la hora del cambio de cuadrilla, él mismo me conducía, su mano derecha cerrada sobre mi codo.

En el momento en que pasábamos junto al túnel abandonado, yo tiré hacia él y me detuve.

—Sólo quiero pedirle un favor —dije, con mi tono más contrito y la mirada baja.

Tenía que estar seguro de que estábamos solos. Gonzalo era siempre el último en abandonar los túneles, y él automáticamente iba en busca de los rezagados. Los últimos hombres doblaron en la curva del túnel de adelante y los dos quedamos solos.

—¡Tú no tienes derecho de pedir nada, marrano! —saltó él con furia y una vez más balanceó hacía mí la empuñadura de su látigo.

Pero las lecciones de esgrima de Mateo no habían caído en saco roto. Paré el golpe con mi martillo de minero de dos cabezas y luego se lo estrellé en la nariz. Después lo aferré por el cuello, lo arrastré al túnel abandonado y lo estampé en la pared.

—¡Muere, hijo de puta, muérete! —le dije a la cara.

Le clavé el martillo en la sien izquierda y murió en el acto; una muerte mucho más misericordiosa, por cierto, que las que él dispensaba.

Ahora tenía dos opciones: hacer volar esa montaña hasta el cielo o ser torturado hasta morir a manos de un ejército de guardias de la mina.

Me apresuré a meter el resto del polvo negro escondido en la grieta y le introduje la mecha. En un túnel de más abajo estaba la cocina en la que encendíamos las antorchas que utilizábamos para hacer explotar el polvo. Corrí hacia ese túnel. Debía llegar allí antes de que entrara la cuadrilla del siguiente turno.

Una vez allí tomé un pequeño trozo de madera con la punta empapada en alquitrán de la caja que los contenía y lo encendí.

Un guardia gritó:

—Tú, prisionero, ¿qué haces aquí? ¿Dónde está Gonzalo?

La voz de otro guardia dijo:

—¿Por qué no estás con el resto de tu cuadrilla?

Yo corrí a toda velocidad hacia el túnel abandonado.

Fui más rápido que ellos y encendí la mecha. No tenía idea de cuánta eficacia tendría. Era poco más que un cordel mojado en orina y polvo negro. Tampoco sabía con cuánta rapidez ardería. Podía ser que en cinco segundos o que no ardiera en absoluto. Yo no había tenido tiempo de probarla.

Mientras encendía la mecha, dos guardias cargaron hacia el túnel.

Los dos estaban armados con espadas cortas y, una vez más, las instrucciones de Mateo me salvaron la vida. Cuando el primer guardia —un africano petiso y flaco con pelo cortado casi al rape y sin dientes delanteros— trató de agarrarme del cuello, yo tomé mi postura de esgrima y lo esquivé. El impulso que traía lo hizo perder el equilibrio y, al mismo tiempo, bloquear cualquier ataque que el otro guardia podía estar planeando.

Estrellé mi puño contra su manzana de Adán, mientras mi pesado martillo le pulverizaba la pelvis. Él gritó y quedó fláccido en mis brazos.

Usando su cuerpo como escudo, esquivé los golpes de espada de su compañero, mientras buscaba la espada corta que éste había dejado caer en el piso del túnel. Por fin la tuve en la mano. Solté al guardia y enfrenté al otro con la espada en una mano y el martillo en la otra.

Mateo me había enseñado que, cuando se lucha con espadín y daga, el único uso práctico de la daga era como arma para apuñalar. En otras palabras, yo debía entretener a mi contrincante con el espadín y, después, matarlo con la daga.

Bueno, esa espada corta no era un espadín y mi martillo tampoco era una daga, pero la estrategia seguía siendo la misma. En especial combinada con otro consejo de irrefutable sabiduría de Mateo: mantenerse siempre al ataque.

Salté sobre el hombre como un tigre enloquecido, el martillo en alto y tirado un poco hacia atrás en la mano izquierda, el filo de la espada resplandeciendo, haciendo fintas, cortando y embistiendo con la derecha.

Al verse acorralado con un demente armado, él se dio media vuelta y huyó, y yo corrí tras él, sediento de sangre y enloquecido de furia.

Que fue precisamente lo que me salvó la vida. Pues la mecha funcionó demasiado bien y su longitud de sesenta centímetros explotó en menos de medio minuto, detonando un kilo de polvo negro que yo había escondido en la pared del túnel, pero no había tenido tiempo suficiente para reubicarlo por el túnel, fuera del radio del estallido.

Las explosión nos sepultó al guardia y a mí debajo de una montaña pequeña de rocas. Recobré el conocimiento lentamente y un poco atontado. Pero ahora alcanzaba a oír voces provenientes del pozo. La cuadrilla del turno siguiente, además de guardias, vendrían derecho hacia aquí para despejar los escombros y averiguar qué había sucedido.

Yo había matado a un supervisor y dos guardias y había hecho volar la mitad del pozo. Tenía que hacer que mi escape valiera la pena. Corrí hacia el túnel abandonado. También se había derrumbado y estaba lleno de rocas y escombros casi hasta el techo. Pero, a través de esas rocas y escombros, algo más se había abierto camino: la luz.

Trepé sobre los escombros como un gato para llegar a ese rayo de luz. Con las manos y el martillo me puse a despejar las rocas y a fabricarme un lugar para arrastrarme. Me pareció que podía pasar hacia afuera, salvo por una saliente justo cerca de la salida. Confié y recé en que podría romperla con el martillo.

Los gritos procedentes del pozo se volvían más intensos y la grieta crujía y se sacudía. No me quedaba mucho tiempo. Muy pronto los guardias estarían aquí y la montaña se desmoronaría sellando de nuevo mi abertura de salida.

Con dificultad fui avanzando hacia la hendidura.

Fue un arrastrarme por esas rocas puntiagudas que me herían hacia la luz y lo que sólo Dios sabía había del otro lado. Cuando llegué a la maldita saliente, mi cuerpo era un amasijo de tajos y de sangre. Además, oí que algunos hombres entraban en el túnel abandonado, lo cual significaba que podían oír mis martillazos.

Al demonio con todo.

Me acerqué a la saliente rocosa y comencé a golpearla con fuerza y con las dos manos. El estruendo de los martillazos era suficiente para despertar a los condenados, y los gritos que oía a mis espaldas tenían cada vez más volumen. Con el cuarto martillazo, la saliente se quebró y voló por entre la grieta. En ese mismo momento, un hombre que estaba detrás de mí me aferró un pie con la sandalia, reptó hacia arriba por el túnel y me sujetó el muslo. Yo giré y estaba a punto de hacerle pedazos el cráneo con el martillo cuando él grito:

—¡Yo voy contigo!

—¡Entonces ven —le grité—, adondequiera que vayamos!

Me tomé del borde exterior de la grieta con las manos y asomé la cabeza. Me llevó varios minutos adaptarme gradualmente a la luz, pero siguió enceguciéndome. Me protegí los ojos y seguí avanzando. Tenía que salir antes de que los guardias vinieran y nos pescaran a los dos.

Yo estaba a mitad de camino afuera de la grieta cuando mi vista se adaptó lo suficiente a la luz como para ver la ruta de escape. A mi derecha, tal vez a treinta metros, había una fisura en diagonal en la ladera del peñasco, que se extendía transversalmente a lo largo de ciento veinte o ciento cincuenta metros. No pude ver hasta dónde descendía, pero era mi única posibilidad. Tenía que cruzar ese peñasco vertical y después bajar por la fisura.

Ahora el prisionero que estaba detrás de mí se puso histérico. Un guardia había logrado llegar a la grieta y lo tenía sujeto del tobillo.

—¡No, no! —gritó—. No puedo retroceder.

Yo compartí sus sentimientos. La grieta —con un millón de toneladas de roca presionando sobre ella— crujía como un animal agonizante. Yo logré tomarme de un par de asideros y me balanceé sobre el abismo. Mis sandalias salieron volando de mis pies y cayeron durante lo que pareció una eternidad en las aguas espumosas del rápido que fluía debajo. Mejor así. Descalzo podría tantear con más facilidad los apoyos.

Encontré uno y comencé a avanzar por la pared del peñasco hacia la fisura.

Treinta metros, un pie por vez, fui avanzando por esa pared vertical de roca y mi sensación era la de que eran como ciento sesenta kilómetros. Las manos y los pies me temblaban, me dolían muchísimo y me sangraban y, como para estar en armonía, la montaña misma crujió, se quejó, vibró como si agonizara por el horrible dolor que yo le había provocado.

Ya faltaba poco. Estaba como a un metro y medio de la fisura en diagonal, por la cual tal vez llegaría a la libertad. Al menos, no tendría que seguir reptando por la pared del peñasco como un insecto asustado.

Pero la montaña no opinaba lo mismo. Yo la había lastimado demasiado; y, por ser una montaña, su venganza fue enorme. Los estallidos del polvo negro habían colapsado los túneles de toda la montaña. Grietas y agujeros hacía mucho olvidados en la pared de ese peñasco exudaban ahora humo y polvo. A mi derecha, un humo negro seguía saliendo de la grieta por la que yo había emergido.

De hecho, la cabeza de un guardia asomó por la abertura. El hombre estaba negro por el polvo de la mina, como lo estaba yo, y gritaba obscenidades que no alcancé a oír porque la montaña también gritaba. Se sacudía, temblaba, atronaba y rugía, y un millón de toneladas de roca bajaron por la grieta sellándola para siempre. Desde donde estaba, sentí que más y más túneles colapsaban por toda la montaña. Más espirales de humo y de tierra se elevaban de la pared del peñasco.

Una sonrisa lobuna me partió la cara y no pude evitar soltar una carcajada. Yo no sólo había librado a la mina de Gonzalo sino que también había librado a la montaña de la mina.

Extendí el brazo izquierdo en busca de la fisura, pero en lugar de poder tomarme de su borde, me sacudió el eco de un derrumbe del otro lado del peñasco. Mi mano izquierda sólo tocó aire. La montaña me sacudió como un jaguar que sacude una rata de la jungla. La saliente en la que estaba sujeta mi mano derecha se quebró y, de pronto, me di cuenta de que no estaba sujeto a nada. Ahora la montaña vibraba con furia y se libraba de mí. Se libró de su saqueador y yo caía, caía, caía.

Me sentí tan libre, cayendo por el aire, que por un instante fugaz me pregunté si no sería así cómo se sentían los ángeles; pero entonces recordé que los ángeles no caen: vuelan. Y yo decididamente caía. De hecho, al mirar hacia abajo vi cómo ese río espumoso subía hacia mí con increíble velocidad.

CIEN

En el último segundo tuve la presencia de ánimo de bajar las piernas y enderezar la espalda, para no caer de panza ni de cabeza. Caí en la catarata parado, los pies primero, los brazos a los costados del cuerpo. Aun así, la tierra pareció temblar cuando esa zambullida vertiginosa me hizo perder el conocimiento.

Tiempo después, esa agua blancuzca y helada me despertó. La catarata, que era fruto del agua de deshielo primaveral de las montañas, era un violento caos. Madre de Dios, qué frío hacía. El dolor también era terrible. La zambullida me había torcido los dos tobillos, doblado la rodilla y casi dislocado mi hombro izquierdo.

Sin embargo, cuando recobré el conocimiento, lo primero que oí por encima del estrépito ensordecedor del río fueron las explosiones amortiguadas en lo alto de la montaña, que sonaban como el Monte Olimpo en sus estertores de muerte y el rugido de los dioses enloquecidos. Al parecer, mi detonación había tocado una suerte de nervio de la montaña, quizá su espina dorsal. Cada pozo, túnel, caverna, hendedura, grieta, rincón y rajadura cedía y se derrumbaba. Las márgenes del río, incluso el agua, temblaban con los estallidos, y el único pensamiento semicoherente que me golpeaba el cerebro era: *La montaña ha reclamado sus minas.*

Pero entonces comencé a volar corriente abajo. Todo se movía tan rápido que no podía enfocarme en nada que no fuera tratar de mantenerme por encima del agua y con vida. De pronto, todo mi mundo era ese río. Era como si siempre hubiera estado en el río y nunca hubiera tenido una vida que no fuera ese río. Ni siquiera recordaba haber caído en el agua; sólo el dolor y el frío y la fuerza de la catarata. Tampoco podía pensar en la montaña y en la mina. Yo estaba fuera de la vista, del roce y del oído de ese agujero infernal. Estaba en el medio de un agua blanca, que por minutos se volvía más blanca y más salvaje. Y eso era lo único que me importaba.

Las rocas que sobresalían del agua eran cada vez más grandes y más numerosas, y ahora yo rebotaba de ellas con dolorosa regularidad. El río doblaba en ángulo hacia la izquierda y después a la derecha, y el agua blanca estaba realmente enfurecida. Nadar no era una opción. Lo único que yo podía hacer era tratar de mantener la cabeza por encima de la superficie.

Más rocas y, después, un enorme estruendo. Choqué con la cabeza contra una inmensa roca y una vez más estuve semiconsciente. Recuperé el conocimiento en medio de un atronador rugido que me hizo pensar en las explosiones de las minas, pero se trataba de un ruido prolongado y, a la vez, ensordecedor.

El río se curvó y allí estaban: cataratas. Ahora era llevado hacia allí por la corriente y casi podía ver por encima de su borde.

Iba a caer en la catarata.

Una vez más, caía. Pero esta vez no tenía ilusiones de ser auxiliado por ángeles voladores. Caía como una roca, salvo que esta roca ahora estaba transida de dolor y muy usada. Y caía.

Golpeé contra el río de allá abajo como una explosión de polvo negro que precipita una montaña de rocas.

Comer maíz crudo y bajarlo con agua del río me llenó el estómago, pero hizo poco para calmar mi hambre. Más tarde llovió, y pasé la noche en la cueva. Helado, pegajoso, me enrosqué en posición fetal y traté de impedir que los dientes me castañetearan. Sin embargo, el agotamiento es el mejor soporífero: y, aunque cada tanto me despertaba, sí logré dormir.

Me quedé en la cueva hasta que el sol estaba bien alto en el cielo y después me recosté sobre una roca plana para llenarme de sus rayos. Como miembros de reptiles, mis brazos y mis piernas comenzaron a funcionar mejor a medida que el sol me entibiaba la sangre. Cuando sentí un poco más de calor, me quité los harapos y me metí en el río para bañarme.

El agua estaba fría, pero yo había estado tan sucio durante tanto tiempo que ni siquiera mi viaje por los rápidos había logrado sacarme la mugre. Eh, yo habría vendido mi alma a Belcebú por un rato en un temazcal.

A lo largo de la margen del río encontré una rama seca de árbol que podía convertirse en una lanza, y le saqué punta con una roca filosa. Me paré en el borde de una alberca del río y repetidamente traté de pescar un pez con la lanza. Después de lo que deben de haber sido cien intentos, logré empalar uno de unos treinta centímetros de largo, con bigotes y ojos de loco. Lo comí crudo, bigotes, espinas, escamas, todo… después de lo cual perdí el sentido por el agotamiento.

Seguía desnudo por mi baño y traté entonces de lavar mis harapos. Los desgarré aun más golpeándolos contra las rocas y retorciéndolos después para sacarles el agua. Finalmente me di por vencido. Puse la ropa a secar sobre las rocas y yo también me acosté, desnudo, para dormitar al sol.

Desperté con desasosiego, con la extraña sensación de estar siendo vigilado, pero no vi ni oí nada. Puede haber sido simplemente fruto del miedo crónico que había sentido durante tanto tiempo. Yo seguía estando aprensivo. Un momento antes, una bandada de pájaros había levantado vuelo de repente y no pude evitar preguntarme qué los habría asustado. Tampoco quería asustar a la persona que me vigilaba haciendo movimientos bruscos, así que me incorporé lentamente.

Al principio no la vi. Ella estaba entre los arbustos de la otra margen del río. Ignoraba cuánto tiempo había estado observándome. Hasta el momento, no le había molestado mi desnudez.

Mi mirada se cruzó con la suya. Yo esperaba que saliera disparada como un cervatillo asustado, pero, en cambio, siguió acurrucada entre los arbustos, me devolvió la mirada con indiferencia y me estudió como si yo fuera un insecto sobre la roca.

—Hola —dije, primero en náhuatl, después en español. Ella no dijo nada. No podía haber vivido tanto tiempo en tierras de minas sin saber el aspecto que tenía un esclavo escapado de una mina. Pero algo me dijo que ella no me entregaría a cambio de una recompensa. A diferencia de otras mujeres, una india no podía pensar en términos de ganar dinero a menos que fuera forzada a la prostitución. Y si ésta hubiera estado movida por la codicia o el miedo, habría huido de este lugar hace mucho.

Me froté el estómago y dije, en náhuatl:

—Tengo hambre.

Una vez más, ella me miró fijo, en silencio y con ojos inexpresivos. Por último se puso de pie y se fue.

Yo me debatí entre tomar mi ropa y huir o tomar una piedra, correr tras la muchacha y aplastarle el cráneo antes de que ella hiciera correr la alarma. Ninguna alternativa era viable. En mi estado de debilidad yo no podía correr lejos y, en una lucha justa, lo más probable era que ella me ganaría.

En cuanto a huir de allí, la serpiente sin cabeza ya no reptaba sobre nervios en carne viva. A mí ya no me quedaban fuerzas, nervios, músculos, cerebro, corazón ni nada. Necesitaba descansar. Me tendí sobre una roca grande y plana y volví a quedarme dormido disfrutando de la tibieza del sol. Desperté al mediodía y seguía estando cansado. Temí estar siempre cansado. Peor aún: me dolía todo. La totalidad de mi cuerpo era una única herida dolorosa.

Me bajé de la roca. Incapaz de ponerme de pie, me deslicé a la margen del río para beber. Ya en el borde del agua vi una pequeña canasta de mimbre en la roca del otro lado del río, donde la mujer estaba escondida. Vi que emergían de ella algunas tortillas.

Me había mostrado cauteloso desde hacía tanto tiempo que al principio me pregunté si no sería una trampa. Quizá el malvado marido de la mujer me esperaba con un machete y sueños de una cuantiosa recompensa. Pero yo no tenía mucha elección: tenía que comer. De alguna manera logré ponerme de pie y, cruzando el río que me llegaba a la cadera, me apoderé de la canasta. Y, antes de volver a la orilla opuesta ya estaba comiendo una tortilla.

Como una bestia primitiva, me llevé la comida a la cueva. Había en la canasta tortillas: una tortilla que envolvía un trozo de carne, una tortilla rellena con frijoles y pimientos y hasta una tortilla con miel. Gracias a Dios, un festín para un rey. Comí hasta que casi me explotó el estómago. Después volví a la roca y, como un cocodrilo con la panza llena, me tiré al sol, mucho más animado y con una nueva fuerza en los músculos.

Volví a quedarme dormido por otro par de horas. Cuando desperté, ella estaba sentada sobre una roca en la otra orilla. Cerca había una pila de ropa.

Vadeé el río y me senté junto a ella, sin molestarme en cubrir mi desnudez.

—Gracias —dije—. Muchas gracias.

Ella no dijo nada pero me miró con tristeza en sus ojos oscuros.

Yo sabía cómo era su vida. Del mismo modo en que los españoles trataban a los indios y a los mestizos como animales de trabajo, una mujer en una granja era un animal de trabajo para su marido. Ellas vivían una existencia de trabajo duro y de desesperación silenciosa, envejecían pronto y morían jóvenes.

Hablamos un poco, sólo algunas frases. Yo repetí mi "muchas gracias" y ella me respondió con el obligatorio "Por nada". Le pregunté cuántos hijos tenía. "Ninguno". Cuando expresé mi sorpresa de que una mujer tan joven y hermosa no tuviera una cantidad de muchachos, ella me respondió:

—El pene de mi marido es muy malo, mucho por nada, no bueno. Y él me pega, como te pegaron a ti.

Giró las caderas y su espalda estaba cruzada por cicatrices blancas.

El cuerpo humano es un animal extraño. Un rato antes yo había estado demasiado cansado incluso para ponerme de pie, pero al parecer la garrancha masculina es inmune a esas debilidades. Al sentarme junto al río y ponerme a conversar con esta joven mujer, mi garrancha se levantó.

Esa tarde y todas las tardes durante los siguiente cinco días nos acostamos junto a la margen del río. Cuando finalmente la dejé, tenía puestos pantalones y una camisa de algodón tejido grueso y un sombrero de paja. Sobre el hombro derecho y debajo del brazo izquierdo llevaba la tradicional manta india y una frazada enrollada alrededor de una soga de maguey sobre el hombro izquierdo. La frazada me protegería del frío por las noches y las tortillas, envueltas en la frazada, me durarían varios días.

El trabajo en las minas me había quemado todo rastro de grasa sobre los huesos, pero me había dejado duros los músculos. Algunos días de comer bien no me rellenaron los huesos pero, junto con el descanso, hicieron que pudiera caminar.

Si podía eludir a los caníbales locales, sobreviviría un poco más.

Antes de abandonar mi cueva en la margen del río anduve merodeando un poco y encontré una rama gruesa de árbol, un poco más largo que mi pierna. Podía usarla como bastón o como garrote. Otra rama, más larga y delgada, afilada en la punta, me servía de lanza. Le puse un mango de madera a un trozo largo y delgado de obsidiana que me había dado la muchacha y la afilé hasta convertirla en una cuchilla.

Tenía el pelo desordenado y largo hasta el hombro y la barba ya casi me llegaba más abajo que la manzana de Adán. Sé que mi aspecto era el de una bestia de montaña que acababa de escapar de la Tierra de los Muertos.

Gracias a las instrucciones que me dio la muchacha, atravesé las colinas cercanas hasta donde había un cruce con un sendero que conducía al camino principal a Zacatecas. Durante todo el trayecto me mantuve bien alerta a la aparición de chichimecas, pero no los vi por ninguna parte. Si los del Pueblo del Perro me vieron, sin duda los asustó mi apariencia.

A lo lejos vi una columna de humo que ascendía hacia el cielo en espiral. La muchacha me había advertido que ese camino conducía a minas. Yo sabía que el humo significaba fundiciones de plata. Me toqué la cicatriz de la mejilla, la marca que usaban los esclavos de las minas. Tuve la suerte de que la marca no fuera grande ni profunda y que mi barba fuera excepcionalmente tupida, pero si bien la cicatriz no resultaría visible para un observador casual, no engañaría a nadie que conociera las minas.

Me quedé sentado, escondido entre los arbustos de la ladera de una colina, y estudié el camino hasta que oscureció. Las caravanas de mulas constituían el tráfico más pesado, algo que cabía esperarse en cualquier camino importante de Nueva España. Las caravanas ascendían por el camino cargadas con suministros para las minas. Y ninguna volvía a bajar vacía. No todas las mulas venían cargadas con plata; algunas llevaban herramientas o partes a ser reparadas. Otras cargaban minerales de azufre, plomo y cobre, que serían transferidos a las refinerías pertinentes.

Salvo por alguno que otro indio que transportaba a lomo de burro maíz, frijoles y maguey al mercado, el único otro tráfico de cuatro patas eran los poco frecuentes españoles a caballo. El tráfico de dos patas consistía en obreros de la mina, indios, mestizos y africanos, por lo general de a diez o doce a la vez. Hasta los jinetes viajaban con compañeros por protección.

Era comprensible. Los caminos que conducían a las minas atraían no sólo a las correrías habituales de bandidos sino también a indios renegados y a esclavos escapados de las minas, sumados a las hordas de salteadores de caminos.

Esa noche me quedé dormido estudiando el camino. A la mañana siguiente proseguí con mi vigilia. Me debatía entre unirme a un destacamento de trabajadores de las minas que regresaban a otras partes de Nueva España una vez finalizado el periodo de su contrato. Sin embargo, puesto que ellos habían sido tomados como jornaleros y no eran convictos ni esclavos, ninguno de ellos tendría una marca en la cara, y si llegaban a notar la mía, cabía la posibilidad de que me entregaran para cobrar la recompensa.

Mientras observaba el camino vi aparecer a una mujer de edad, sola, que conducía a un burro cargado con cestas de mimbre. De pronto se me ocurrió que, si yo tuviera su burro y sus canastos, también yo podría ser considerado un comerciante nativo.

¡Dios mío! Era el disfraz perfecto. Como es natural, tendría que encontrar la manera de pagarle a la mujer cuando tuviera dinero. Dios la bendeciría, por supuesto y, si no otra cosa, lo más probable era que yo la estaría salvando de los grupos de bandidos que le robarían su mercancía y le cortarían el cuello.

Eché a correr a campo traviesa y, al llegar al camino, me escondí entre los arbustos. Ella era de buen tamaño para ser una india, pero yo estaba seguro de poder asustarla y despojarla de sus mercancías, sin lastimarla. No podía verle la cara, pero por su ropa y su pañoleta de abuela, parecía anciana. Caminaba con lentitud, la cabeza gacha, y conducía a su burro sin ningún apuro especial.

Como no quería asustarla demasiado, arrojé a un lado mi lanza y mi garrote. Cuando ella llegó cerca de mi escondite, extraje mi cuchillo de obsidiana y salté de entre los arbustos.

—¡Me llevaré su burro! —le grité.

—¡Eso es lo que tú crees! —me gritó una voz de hombre.

Me encontré mirando las facciones oscuras de un africano.

Él desenvainó una espada.

—¡Suelta ese cuchillo!

Oí ruido de cascos de caballo a lo lejos; había caído en una trampa.

El hombre se me acercó con la espada extendida.

—Suelta tu cuchillo, mestizo, o te cortaré la cabeza.

Giré sobre mis talones y eché a correr hacia la colina. En menos de un minuto, varios hombres montados en mulas me enlazaron como si yo fuera un ciervo y me ataron los brazos y las piernas. Cuando se dispersó el polvo, yo estaba totalmente atado sobre la tierra y rodeado por seis africanos. Supuse que eran cimarrones, una banda de salteadores de caminos integrada por esclavos fugitivos, y sólo me equivoqué en la mitad de mis conjeturas.

Su líder, un africano fornido, que era quien me había enlazado desde el lomo de una mula, se agachó y me agarró la cara con su mano, haciéndomela girar para poder examinar mi marca de esclavo.

Sonrió complacido.

—Tal como pensaba, un esclavo escapado de las minas. Pero no alcanzo a leer la marca. ¿De qué mina escapaste?

No le contesté. Él me soltó, se incorporó y me pateó.

—No importa. Es fuerte y sano. Cualquiera de las minas nos pagará cien pesos por él.

Yo sabía que él no se equivocaba. Le pagarían cien pesos y lo considerarían barato. Un esclavo negro les costaría cuatro veces esa suma.

¡Ay de mí! Había olvidado una lección importante de la vida, una que siempre me repetía el fraile. Cuando las cosas son tan buenas para ser verdad... no son verdad. Solamente un tonto podía engañarse con la pequeña india con el burro. Por las zancadas que daba y por el movimiento de sus brazos debería haberme dado cuenta de que esa vieja era en realidad un hombre.

Yo había hecho explotar una mina, desmembrado una montaña, sobrevivido a un río y una cascada, escapado a una muerte cierta sólo gracias a la intervención personal de Dios, me había acostado con una hermosa y santa india... sólo para caer —¡no!— para correr hacia las manos de esos cazadores de esclavos.

La "mujer" del burro se puso a la par de nosotros.

—¡El crédito de esta captura es mío! —les gritó a los otros—. Yo recibiré el dinero. —Corrió hacia el hombre que me había examinado la cara y a quien tomé por líder de la banda. —Yanga, el dinero me corresponde a mí por haber hecho la captura. ¿No es verdad?

Ese nombre me sobresaltó.

—Yo lo apresé con mi soga —dijo el hombre llamado Yanga—. Tú lo dejaste escapar.

—¡Pero yo fui la carnada que lo sacó de su escondite!

Presté atención al hombre mientras el del burro discutía con él. ¿Podía ser el mismo Yanga al que yo había ayudado varios años antes? ¿Y el líder cimarrón de los bandidos llamado Yanga?

Una vez que los dos hombres solucionaron sus diferencias, Yanga anunció que era demasiado tarde ya para enfilar hacia una mina; que acamparían en ese lugar. Descargaron provisiones y encendieron una fogata para la cena. Yo seguí mirando a Yanga hasta que mi mirada atrajo su atención.

Me pateó.

—¿Por qué me miras así? Si tratas de envenenar mi alma con el mal de ojo, yo te cortaré en pedacitos.

—Yo te conozco.

Él sonrió.

—Muchas personas me conocen. Mi nombre resuena en toda Nueva España.

—Tu nombre fue ridiculizado la última vez que te vi, la noche que te salvé la vida. —Lo que en realidad le había salvado eran sus testículos, pero para muchos hombres era la misma cosa. Él tenía más años y su barba tenía hebras blancas, pero yo estaba convencido de que se trataba del mismo hombre.

Él me observó con atención.

—Explícate.

—Estabas atado a un árbol en el camino a Jalapa. El dueño de una plantación iba a despojarte de los testículos. Yo te liberé y, en cambio, tú se los cortaste a él.

Él murmuró algo en su lengua nativa que yo no entendí. Se arrodilló de nuevo junto a mí y me miró. Me di cuenta de que trataba de restar de mi cara los años y la barba.

—Te ridiculizaba como príncipe —proseguí—, y alardeó que te castraría delante de sus otros esclavos, para que ellos entendieran cuáles serían las consecuencias de desobedecerlo, qué les pasaría si no lo obedecían. Te habían apaleado y, después, atado a un árbol. El hombre te arrojó una roca y te dijo que la comieras para la cena.

Su cara reveló que yo estaba en lo cierto; él era el Yanga del camino a Jalapa. "La vida es un círculo", solía decirme el fraile. "Si tenemos suficiente paciencia, todo lo que pasa una vez junto a nosotros, regresará. Los chinos de China, en el otro extremo del mundo, creen que si esperamos el tiempo suficiente junto a un río, el cuerpo de nuestro enemigo pasará flotando frente a nosotros. Lo mismo que el cuerpo de nuestro enemigo, las buenas obras que hacemos hoy, el mal que sembramos, todo vuelve trazando un círculo perfecto."

Yo empecé a decir algo más, pero él me hizo callar.

—Calla. No permitas que los demás oigan lo que dices.

Se alejó y no volvió hasta una hora después. Cuando lo hizo, tenía comida para los dos. Aflojó la cuerda que me sujetaba la mano izquierda para que pudiera comer.

Los otros estaban reunidos alrededor de la hoguera y se vanagloriaban de lo que harían con el dinero que cobrarían por haberme capturado. Por su conversación supe que en el pasado habían capturado a varios indios y a un esclavo africano de las minas, pero que ninguno era tan corpulento y sano como yo. Ay, ojalá me hubieran visto antes de que la granjera india hubiera nutrido mi cuerpo y mi alma.

—¿Cómo es que los esclavos fugitivos terminaron siendo cazadores de esclavos? —pregunté.

—Yo luché contra los gachupines durante siete años —dijo él—. Durante esos años mi banda creció hasta ser más de cien. No podíamos vivir sólo de los robos sino que necesitábamos comida y familia. Eso significaba que no podríamos huir del peligro con la misma rapidez. Edificamos nuestra aldea en lo alto de las montañas, y cuando llegaron los soldados los empujamos de nuevo hacia la jungla. Pero siempre pagamos un precio. Y cada vez que huíamos, nuestra aldea era quemada y teníamos que encontrar otro hogar.

"Por último el virrey nos ofreció paz. Se nos perdonarían nuestros delitos anteriores y seríamos declarados hombres libres. A cambio, debíamos devolverle todos los esclavos fugitivos que se cruzaban en nuestro camino. Los dueños de plantaciones pagan poco por este servicio, pero las minas se quedan todo el tiempo sin obreros y pagan bien.

Eh, es un mundo brutal, ¿no, amigos? Los avaros dueños de esclavos azotan y violan a los humanos que son "propiedad" suya. Los españoles confunden una estampida de cerdos con una rebelión de africanos y ahorcan a negros inocentes movidos por la ignorancia y el miedo. Los ex esclavos, que una vez lucharon para ser libres, ahora cazan a otros esclavos por una recompensa. Hace poco, yo me proponía robarle a una vieja india su borrico y sus mercancías.

—Enviarme de vuelta a las minas es una sentencia de muerte —dije, para tantear las aguas.

—¿Qué hiciste para que te mandaran a las minas?

—Nací.

Yanga se encogió de hombros.

—La muerte cura todos los males. Tal vez una muerte rápida en las minas es más misericordiosa que morir afuera de ellas.

—Y quizá yo no debería haber arriesgado mi vida por tu virilidad. Por lo visto, no salvé a un hombre sino a una mujercita.

Él me golpeó en la cabeza con tanta fuerza que por un momento me desvanecí. Me volvió a atar las manos y, antes de irse, me propinó otra patada.

—Te damos de comer sólo porque queremos mantenerte gordo hasta que nos paguen por ti. Pero no vuelvas a decirme malas palabras. Los dueños de las minas no extrañarán tu lengua cuando te vendamos a ellos.

Los hombres que rodeaban el fuego rieron por mi castigo.

Yo me acosté y permanecí inmóvil mientras volvía a poner el mundo en foco. Ese hombre tenía puños del tamaño de balas de cañón. Y quizá más duros todavía.

No obstante, cuando rodé para ponerme de costado, sentí que alguien me metía un cuchillo entre las costillas y el brazo derecho. La soga que Yanga había vuelto a atar alrededor de mi mano izquierda estaba suficientemente suelta como para permitirme tomar el cuchillo.

Los cimarrones bebieron y cantaron y discutieron hasta bien entrada la noche. Y, con el tiempo, se durmieron. Si habían elegido un centinela, también él estaba fuera de combate... y roncaba. Todos roncaban. Me corté las sogas, tomé mi manta y volví a atármela alrededor del hombro. Me deslicé sigilosamente hacia las mulas, que a estas alturas me conocían y no se espantaron.

Había cuatro mulas, todavía con montura y brida por si los cimarrones necesitaban montarlas apurados. Corté las riendas y las cinchas de tres de ellas. En cuanto estuve montado en la cuarta, lancé un grito que debe de haber despertado a la gente del Lugar de los Muertos, y taloneé con fuerza las costillas de la mula. Dejé a mis espaldas los gritos de los hombres. Con suerte, cuando ellos montaran a sus mulas haría mucho que yo habría desaparecido.

CIENTO DOS

Así comenzó una época de mi vida en la que mi nombre se hizo famoso una vez más en Nueva España. ¿Famoso por caridad?, me preguntarán. ¿Por trabajos de erudición? Amigos, desde luego que bromean al hacerme esas preguntas. Ya saben que la primera vez que me hice conocido en la Tierra fue por dos asesinatos que no cometí. ¿Esperan algo menos de mí? Esta vez fue como jefe de bandidos que se pronunciaba mi nombre y se proclamaba mi fama.

No mucho después de haber escapado de los cazadores de esclavos de Yanga, comencé mi nueva vida. Y, ¿por qué no? Yo era un hombre con propiedades: poseía una mula y un cuchillo de hierro. Pero no podía comerme la mula que necesitaba para que me llevara, y un cuchillo no es una espada. Además, no tenía dinero.

Cuando encontré un hacha en el camino se me ocurrió una idea. Me convertiría en hachero, y en el camino a Zacatecas se me presentó la primera oportunidad.

Vi a un cura muy gordo que viajaba en una litera tirada por mulas. Debe de haber sido un fraile muy importante, quizá el prior de una iglesia o un convento en la capital de la minería. Su litera era transportada por dos mulas, adelante y atrás, con un indio que caminaba junto a cada animal con las riendas en la mano. Diez indios más, armados con cuchillos y lanzas, marchaban con la litera.

No demasiado lejos, delante de la procesión del sacerdote había una gran caravana de mulas. El cura sin duda acampaba por la noche con los muleteros para una protección adicional y viajaba cerca de ellos durante el día. Pero, por el momento, su litera y los indios se habían quedado atrás de la caravana de mulas, porque subían por una colina empinada y sus indios, a pie, no podían mantenérseles a la par.

Yo era un hombre armado con un cuchillo contra una docena de indios. Si los atacaba, ellos me empalarían como espinas en una rama de maguey. Pero yo poseía un arma secreta: el hacha.

El sol se había puesto debajo del borde de la roca dejando el camino en una media sombra cuando la comedia empezó. Cuando la procesión del cura se acercó a la cima de la colina, los indios se vieron obligados a detenerse. Y fue en ese momento que oyeron el ruido de los hachazos. No había casas a la vista, de modo que ese sonido resultaba bastante extraño. Para el fraile, por supuesto, el ruido a hachazos no tenía la menor importancia, pero para un indio impregnado en la superstición, El Hacha Nocturna, esa aparición sin cabeza, no evocaba nada menos que el infierno en la tierra. Durante su infancia, sus padres les decían todo el tiempo que si no se portaban bien, el Hacha Nocturna vendría por ellos. Ellos, a su vez, les pasaron esa misma amenaza a sus hijos: el Hacha Nocturna que merodeaba los bosques por la noche y se golpeaba el pecho con el hacha mientras buscaba sus víctimas.

Mientras el ruido a hachazos continuaba, observé con atención a los indios desde mi escondite en lo alto de la colina. Los indios se miraban unos a otros, claramente perturbados. Cada uno de ellos había hachado leña casi a diario. Ellos entendían que el hacha no estaba derramando madera sino… sangre.

La procesión se detuvo. El cura, ajeno por completo al drama, siguió durmiendo, la cabeza caída hacia adelante. Yo monté mi mula y salí del escondite al galope, el hacha en la mano, la manta cubriéndome la cabeza —con agujeros practicados para los ojos—, lo cual, en ese crepúsculo, me hacía parecer un espíritu malévolo sin cabeza que blandía un hacha.

Los guardaespaldas indios huyeron. Los que guiaban las mulas dejaron caer las riendas y también huyeron. Las mulas, sorprendidas, echaron a andar con rapidez. Yo intercepté el animal que iba adelante y me incliné hacia abajo para tomar sus riendas. Con el sacerdote en la litera que gritaba y sacudía las manos frenéticamente, yo saqué a las mulas del camino y me las llevé al bosque.

Después de haber avanzado lo suficiente para eludir a los supuestos salvadores, detuve a las mulas. Y cuando desmonté, el cura gordo se apeó de la litera. Era la clase de sacerdote que fray Antonio detestaba, de los que usan sedas y encaje y gruesas cadenas de oro.

—¡Dios te castigará por esto! —gritó.

Yo apoyé mi cuchillo contra su enorme vientre.

—Dios me castiga, fraile, con los hombres como usted, sacerdotes que se enriquecen y engordan y usan sedas, mientras los pobres se mueren de hambre. ¿Cuántos bebés indios se murieron de hambre por esta camisa de seda?

Ahora presioné la hoja de hierro contra su cuello.

—¡No me mates!

—Epa, amigo, ¿acaso te parezco un asesino?

Por la cara que puso, me temo que sí.

Pero si bien dejé que su vida quedara intacta, debo confesar que le robé a ese cura, y a conciencia. No sólo me apoderé de sus joyas y su dinero, sino que lo hice desnudarse y me apropié de sus prendas de seda y de hilo, junto con un par de exquisitos zapatos de cabritilla. Honestamente creo que fray Antonio, fray Juan y la mayoría de los curas de la Nueva España, hombres que conquistaron un imperio del alma con su fe y su coraje, secretamente se habrían alegrado de la caída de este hombre.

—Padre, cuando le pregunten quién le hizo esto, dígales que fue Cristo el Bastardo el que lo robó. Dígales que soy un príncipe de los mestizos y que ningún español estará a salvo con su oro o sus mujeres mientras yo esté vivo.

—¡No puedes dejarme solo en este lugar desapacible! ¡No tengo zapatos!

—Eh, padre, si usted ha llevado una buena vida, el Señor se los proveerá. Piense en los lirios del campo, que no se afanan ni hilan.

Cuando me alejé, él seguía parado, descalzo y desnudo, junto a su litera, maldiciéndome en un lenguaje que no era, por cierto, propio de un sacerdote.

Así empezó la nueva carrera de Cristo el Bandido. Fue tal el éxito que obtuve en mi nueva actividad que muy pronto tuve a mi servicio a media docena de bandoleros. Lamento tener que decir que no todos mis nuevos amigos eran tan escrupulosos y eficientes como yo. Los que no podían eludir una espada o una bala de mosquete con mi misma facilidad o los que demostraban falta de juicio y falta de carácter al tratar de robarme, yo enseguida los despedía o los mataba. De hecho, al primer mestizo que trató de cortarme el gañote para tener más participación en las ganancias, lo maté. Después le corté la oreja derecha y la usé en la vaina de mi espada como advertencia para futuros sinvergüenzas. Aunque no tuvo mucho efecto. En cuestión de semanas, de la vaina colgaban tres orejas más: una fuerte reputación de la antigua máxima que ensalzaba el honor entre ladrones.

Nos movíamos muy rápido, actuando sobre el mismo tramo del camino en varias veces sucesivas y, después, huyendo con la velocidad del viento a una parte completamente diferente del país. Para no despertar sospechas, me convertí en un mercader que tocaba la guitarra, para lo cual empleé el truco que don Julio nos hizo usar cuando le seguíamos la pista al mago *naualli*. Algunas guitarras representaban una gran carga para una mula pero, al mismo tiempo, son muy livianas, de modo que la mula puede, si es preciso, arrancar deprisa.

¿Ustedes creen que era excitante ser un bandido? Era estar emboscado, dar el golpe y huir, estar siempre un paso más adelante de los soldados del virrey, beber demasiado, amar demasiado poco, cuidarse la espalda contra los camaradas capaces de clavarle a uno un cuchillo en un santiamén si ello significaba un maravedí o los brazos de una mujer no demasiado linda. Ay, para mí fue peor. Si bien reconozco tener el alma ladrona de un lépero; a diferencia de la gentuza con la que me movía, yo había sido un caballero, un erudito, un portador de espuelas.

En mi mente siempre estaban cerca los recuerdos. Recuerdos dolorosos. Fray Antonio, torturado y asesinado por protegerme. El Sanador, que me enseñó cómo sentirme orgulloso de mi herencia india. Pensé en don Julio, que me salvó la vida y me convirtió en caballero... y entonces no pude no pensar en el holocausto que se los llevó a él y a su familia frente a mis ojos. En mi compadre Mateo, que me salvó de asesinos, me enseñó a apreciar el teatro, me hizo hombre y había muerto o bien en el cruce del gran océano o bien víctima de la fiebre en las junglas de Filipinas. Y pensé también en una mujer de ojos radiantes y una sonrisa que parecía el otro extremo del arco iris, que escribía poesía para el alma, me salvó la vida dos veces, a quien yo amaba con todo mi corazón, pero a quien nunca conocería y mucho menos poseería... y quien, casada con un monstruo, jamás conocería la paz.

En realidad, lo único que yo quería era dirigir mi caballo hacia la Ciudad de México, hundirle una daga a Ramón de Alva y rogar que se me diera la oportunidad de ver por última vez a la mujer que yo amaba. Eso no habría de suceder. No quería decir que yo había abandonado la idea de vengarme, pero todavía no había llegado el momento adecuado, eso era todo. De Alva se había vuelto incluso más rico y poderoso desde la muerte del Don. Ahora se lo consideraba uno de los hombres más poderosos de Nueva España. Todo lo cual no significaba que no podía morir, pero cuando yo hiciera realidad mi venganza, no sería por acción de un cuchillo anónimo. Eso sería demasiado bondadoso. Yo quería su fortuna, sus mujeres, su orgullo y, después, su vida. La muerte no era suficiente; no con lo que él había hecho.

Traté de no pensar en Elena. Los casamientos entre los ricos y los nobles eran arreglados por las cabezas de familia, cuyas palabras eran ley. A esta altura, seguro que ella compartía la vida de Luis y su cama. La sola idea de imaginarla en brazos de Luis era como un cuchillo clavado en el corazón, igual que el que Ramón clavó y retorció en el cuerpo del fraile.

Yo todavía tenía orgullo, aunque fuera un bandido. Eh, ¡qué demonios! Supuse que moriría pronto. Entonces, ¿por qué no hacer conocer mi nombre por lo largo y lo ancho de la Nueva España?

Entre otras cosas, le conferí originalidad a la antigua profesión del bandolerismo. Un ejemplo de ello fue la manera en que invoqué El Hacha Nocturna en mis robos. Sin embargo, mis técnicas favoritas eran por lo general más ampulosas; incluían efectos explosivos para los cuales estaba en deuda con don Julio, Mateo y, supongo, mi espectacular huida de la mina. De los tres aprendí el arte de detonar el polvo negro.

Nadie había visto nada igual antes. Explosiones en los pasos de montaña, que hacían derrumbar media montaña sobre los protectores de una caravana de mulas. Puentes volados mientras los guardias los cruzaban, dejando así atrás a carruajes y caravanas de animales de carga. Bombas de polvo negro, arrojadas a mano, que espantaban caballos, indios y españoles por igual y los convencían de que se trataba de una ofensiva de tropas y de artillería.

Pero mi incursión favorita tuvo que ver con la esposa del alcalde de Veracruz, la misma mujer cuya teta de bruja yo había hecho estremecer muchos años antes. El alcalde había muerto hacía tiempo, corneado por un toro al que desafiaba a pie. Su viuda, sin embargo, no había perdido nada de su belleza helada, abandonó Veracruz y fijó su residencia en la Ciudad de México, a la cual regresaba después de una visita a una hacienda.

Nuestro ataque se produjo justo en el momento en que el carruaje se detuvo para la comida del mediodía. La dama seguía en el interior del carruaje cuando uno de mis hombres trepó a bordo y tomó las riendas. Yo salté para tomarle sus alhajas y me topé con mi vieja amiga. Mientras el carruaje se balanceaba y traqueteaba por las huellas profundas del camino, la mujer me atacó verbalmente.

—¡Animal inmundo! ¡Apártate de mí!

—¿Inmundo? —Me olí la ropa debajo del brazo. —Yo no tengo nada de sucio. Me baño más de lo que lo hacen sus amigos de la Alameda.

—¿Qué es lo que quieres? ¡Toma esto! —dijo, se sacó el menos valioso de sus anillos y me lo entregó—. Ese anillo vale más para mí que la vida misma. Me lo regaló mi santo marido antes de morir.

—Lo que quiero no son las alhajas frías que usted usa afuera sino la gema hirviente de su amor.

—¿Mi amor? ¡No, por Dios! —exclamó y se santiguó—. Me vas a violar.

—¿Violar? Jamás. ¿Acaso parezco menos caballero que los hidalgos que buscan sus favores en la Alameda? Usted me ha confundido con un bandido ordinario, posiblemente ese villano y asesino de Cristo el Bastardo. Pero yo soy un caballero. Soy don Juan Tenorio de Sevilla, hijo del camarlengo del Rey. —Eh, estoy seguro de que Tirso de Molina me perdonaría por tomar prestado el nombre del bribón que él creó con su pluma y tinta.

—Eres un mentiroso y un bandolero.

—Ah, sí, mi hermosa dama, también soy esas cosas. —Le besé la mano. —Pero nosotros nos hemos conocido antes.

—Yo jamás conocí un bandido antes.

—Oh, sí que me conoces, mi amor. Durante una de las primeras corridas de toros de tu marido.

—Tonterías. Mi marido era un hombre importante. A ti no te estaría permitido estar en nuestra presencia.

—No fue tu marido el que me lo permitió. Fuiste tú quien me invitó a deslizarme debajo de tu vestido.

Ella me miró fijo a los ojos, hipnotizada por el asomo de familiaridad que vio en ellos.

—La última vez que me miraste con igual intensidad a los ojos, me diste una patada que me hizo caer y casi romperme el pescuezo.

Ella quedó boquiabierta.

—¡No! ¡No puede ser!

—Sí, yo recuerdo muy bien ese día —dije, le puse la mano sobre la rodilla y lentamente la fui subiendo por el muslo. —Recuerdo que no usabas… bueno, por lo visto sigues sin usarla.

Su teta de bruja seguía allí, tan dura y erguida como una garrancha erecta. Cuando mi mano la halló, me dejé caer del asiento y me puse de rodillas entre sus piernas. Empujé hacia arriba su vestido para dejar expuestas sus partes pudendas. Sus piernas se abrieron y mi cabeza descendió hasta sus lugares más íntimos. Entonces me puse a juguetear con la lengua esa teta de bruja tan titilante. La encontré tan deliciosa como lo había sido años antes.

Mi lengua comenzaba a explorar a más profundidad, un dominio aun más depravado, cuando de pronto oí un disparo. Mi compañero lanzó un grito de dolor y cayó muerto desde el asiento del conductor. Los caballos se espantaron y se lanzaron a galopar a toda velocidad hasta que los soldados se pusieron a la par del carruaje.

Un momento después, la cabeza de uno asomó por la puerta del vehículo.

—¿Está usted bien, señora?

—Sí.

—¿Le hicieron algún daño?

—No. Estoy perfectamente bien.

—Uno de ellos saltó al carruaje. ¿Hacia dónde escapó?

Ah, ésa era la cuestión. Donde yo había ido era debajo de su vestido. Ella no usaba uno de esos vestidos suficientemente anchos como para esconder debajo a un elefante. Pero con una manta sobre la falda y mis piernas y mis pies debajo del asiento, me encontraba razonablemente oculto, hasta que ella decidiera entregarme y los soldados me arrastraran del carruaje y me cortaran la cabeza.

—¿Hacia dónde escapó? —repitió ella. Pude oír la pregunta en su voz. No con respecto a mi paradero; yo seguía entre sus piernas, sino si yo perdería o no la cabeza.

—Se ha ido —dijo—, saltó del carruaje.

Los soldados escoltaron el vehículo hasta una posada. La viuda del alcalde rehusó bajar del coche. Le dijo a un soldado que prefería quedarse a bordo y "descansar" en forma privada. Eh, amigos, para mí no fue precisamente un descanso. Ella me mantuvo muy ocupado hasta que escapé hacia la noche oscura.

Hasta el día de hoy, no sé si ella me protegió porque no quería quedar expuesta... o porque le encantaba mi lengua.

CIENTO TRES

En realidad, los grandes robos fueron pocos y muy espaciados. Mi vida fue, en su mayor parte, un sendero peligroso de montaña, con profundos precipicios y bifurcaciones. En mi segundo año como bandido, llegué a una de esas bifurcaciones.

Nueva España era una tierra grande pero, al igual que Roma, todos los caminos finalmente conducían a la Ciudad de México. Si uno se quedaba en los caminos principales o, en mi caso, cometía actos de bandolerismo en ellos, con el tiempo se encontraría con su pasado, de la misma manera en que yo me había topado con la esposa del alcalde. Ocurrió en uno de esos caminos que era poco más que el sendero de un paso de montaña.

Cuando la flota del tesoro llegó de Sevilla y también lo hizo el galeón con las riquezas del Oriente procedente de Manila, mis amigos y yo procuramos quedarnos con una pequeña parte de esas riquezas. Ay, no era una tarea fácil, y en el segundo año de bandolerismo esas partes eran cada vez más pequeñas. Más soldados patrullaban ahora los caminos debido a mi fama y, en especial, cuando las flotas del tesoro estaban en puerto. En los caminos, todo el mundo procedía con extrema cautela. Las caravanas que transportaban plata estaban muy vigiladas y custodiadas. Los viajeros se unían a las grandes caravanas, al igual que las de los desiertos de Arabia. Con cada mes que pasaba, los robos se volvían menos fructíferos.

En esos tiempos difíciles con frecuencia teníamos que contentarnos con blancos fáciles: viajeros adinerados lo suficientemente imprudentes como para viajar solos. Con frecuencia estos viajeros solitarios iban bien montados y confiaban en la velocidad de sus animales para huir de cualquier bandido. Pero en esta ocasión, el hombre viajaba en una litera y era un blanco tan fácil que me pregunté si no sería una trampa, como en la que Yanga me había hecho caer.

Desde donde habíamos acampado la noche anterior vimos la litera. Habían pasado más de dos semanas desde nuestro último robo significativo e incluso entonces sólo había sido un mercader que transportaba semillas de cacao a Acapulco. Mis tres hombres se quejaban y yo iba a tener que agregar más orejas a mi colección si no lográbamos aliviar a un mercader gordo de una buena cantidad de dinero. Decidí que no podíamos dejar de aprovechar un blanco tan fácil.

Lo estudiamos desde arriba y determinamos su sexo por un brazo que asomaba. *Un hombre muy tonto*, fue la impresión que recibí. La litera era llevada por dos mulas, con dos indios que las guiaban, pero eso era todo. El hombre estaba desprotegido.

Eh, amigos, a lo mejor nuestra suerte iba a cambiar.

Caímos sobre ellos como los Cuatro Jinetes del Apocalipsis, revoleando las espadas y con aterradores gritos de guerra. Los dos indios naturalmente huyeron, pero quien se apeó de la litera, en lugar de ser algún cura o mercader regordete, era un caballero con su espada refulgente. Mi mejor bandido, que llegó a la litera antes que yo, perdió su caballo y su vida. Cuando yo cargué contra el caballero, él saltó sobre el caballo de mi amigo muerto y se lanzó hacia mí. Al verle la cara, quedé tan sorprendido que estuve a punto de perder la vida. Hice apartar mi caballo justo a tiempo para evitar la espada de Mateo.

—¡Mateo! ¡Soy Bastardo! *¡Tu Bastardo!*

—Santa María —susurró él. Y después lanzó una carcajada. —¡Cristo! ¿No te enseñé yo a ser un mejor ladrón?

Tenía hebras blancas en el pelo y también en la barba. Estaba casi tan flaco como lo estaba yo después de escapar de las minas. Cuando esa noche, alrededor de la fogata, él me contó su historia, entendí por qué.

—El viaje hacia el oeste por el gran Mar del Sur, el que tú llamabas Mar Oriental, es un verdadero infierno. De Acapulco a Manila es tres veces más la distancia que hay de Veracruz a Sevilla. Lleva varios meses hacer ese viaje. Muchos murieron a bordo. El viaje de vuelta a lo largo de la ruta del famoso monje-navegador Urdaneta es incluso más largo y lleva más de cuatro meses. Muchos más murieron. Cuando nos dijeron que el virrey envió a las alimañas de Nueva España a Filipinas para que murieran allá, nos mintieron. Fuimos enviados para morir en el mar.

—¿Y Manila? ¿Qué me puedes decir al respecto? —pregunté.

—Es un lindo lugar pero no una gran ciudad, un lugar para estar tendido a la sombra y esperar la vejez y morir mientras las muchachas nativas lo abanican a uno con una hoja de palma. Para un hombre como yo, al que le encanta la excitación de las comedias y el romance de la Alameda, Manila era un yermo.

Acampamos en lo alto de las montañas para asegurarnos de que no seríamos sorprendidos por los soldados. Los dos nos pasamos casi toda la noche sentados en una cueva, alrededor del fuego, hablando de nuestras vidas y aventuras.

Debilitado por meses en manos de la Inquisición, Mateo a gatas si había logrado sobrevivir al viaje a través del gran mar. En las Filipinas, lo enviaron a una granja del campo para actuar como supervisor, pero en cuanto él recuperó las fuerzas, el virrey de Manila lo contrató como su espadachín.

—Mis días de prisionero terminaron. Luché contra piratas malayos, diablos amarillos, más peligrosos que los piratas más sedientos de sangre que aterrorizaban la flota española. Yo maté a cien de ellos y salvé a una princesa china. Su padre me la dio en matrimonio y me regaló mi propio imperio. Pero la princesa tenía un pretendiente celoso con un gran ejército, y terminé huyendo sólo con las joyas de la corona para mantenerme abrigado. Fui a la China, la tierra de los chinos, y estuve en la gran muralla que es suficientemente larga como para rodear toda España. Visité una isla en la que las personas se llaman japonesas y su clase guerrera, llamada samurai, son los luchadores más bravos de la Tierra. Volví a Nueva España con suficiente riqueza como para comprar la totalidad de Ciudad de México y convertirla en mi hacienda personal.

Mi compadre no había cambiado, ¿verdad? Seguía siendo el mentiroso y fanfarrón de siempre. ¡Guerreros samurai y ganarse un imperio! Pero siempre había algunos granos de verdad en su guiso de frijoles. Su última aventura era la más veraz.

—Llegué a Acapulco con el bolsillo lleno de valiosísimas gemas. Allí hubo un juego de cartas...

—..., una mujer y algo de vino. ¿Cuánto te queda?

—Utilicé mi último peso para alquilar esa litera. No tenía suficiente dinero para comprarme un caballo. ¿Y tú, amigo? ¿Cuántos tesoros acumulaste por ser el jefe de una banda de famosos bandoleros?

Carraspeé.

—Yo, bueno, tengo algunas semillas de cacao.

Él lanzó un gruñido.

—Bastardo, no aprendiste nada de todo lo que te enseñé.

—No, eso no es cierto. Sí aprendí mucho de ti. *Pero todo lo que no debía aprender.*

Al día siguiente tomamos el sendero hacia el valle de México. El camino del galeón de Manila no había sido lucrativo, así que enfilamos hacia el otro lado del valle. En el camino Jalapa-Veracruz tratamos de que nuestra fortuna cambiara con la llegada de la flota del tesoro.

—Si yo tuviera suficientes fondos, podría volver a la Ciudad de México pagándoles una "multa" a uno o dos de los subalternos del virrey —dijo Mateo.

—Yo tengo un puñado de semillas de cacao —dije.

—Haría falta un puñado de oro. Hasta en Manila oí la leyenda negra sobre don Julio.

No habíamos hablado mucho acerca del Don. El tema era demasiado penoso. También quedó sin hablar entre nosotros que mataríamos a Ramón de Alva.

—Pero tú —dijo Mateo—, tú no podrías mostrar tu cara en la ciudad aunque tuvieras una montaña de oro. Lo primero que oí al llegar a Acapulco fue que me cuidara de Cristo el Bandido. Hay muchos Cristos, pero esperé contra toda esperanza que este Cristo resultara ser mi viejo amigo el Bastardo.

El plan de Mateo para nosotros era seguir robando hasta tener suficiente dinero para abandonar Nueva España e irnos a Sevilla. Para él, Sevilla era la reina de las ciudades.

—Tenemos que salir de Nueva España por un par de años. No nos atreveremos a enfrentar a de Alva hasta que podamos caminar por la Alameda y la plaza principal sin miedo de que nos arresten.

Estos planes no los discutimos en un lugar donde mis tres hombres pudieran oírnos.

Si bien compartía el entusiasmo de Mateo por un viaje a Sevilla, su idea era que nos lleváramos a España la fortuna del Nuevo Mundo y viviéramos allá como reyes. Hasta el momento, habíamos acumulado sólo un puñado de semillas de cacao. Cuanto más había robado yo, más se propagaba mi fama y más precauciones tomaban los mercaderes ricos.

—Una ventaja de robar a los que acaban de llegar en la flota del tesoro —le dije a Mateo— es que para la mayoría de esas personas es la primera vez que están en Nueva España y no siempre siguen los consejos de viajeros con más experiencia. Dentro de una semana deberíamos ser capaces de hacernos de una o dos bolsas bien llenas de dinero.

—¡Bah! ¿Qué podríamos hacer con un par de bolsas? ¿Algunas manos de un juego de cartas? ¿Un par de putas por una noche? ¿Para eso nos arriesgamos a ir a la cárcel todos los días?

—No —respondí—, para esto tenemos siempre un poco de comida en la barriga y dormimos con un brazo afuera de la manta y con la espada en la mano. La vida en los caminos no es para un gachupín. Eso lo sé. Lo que consigamos, puedes quedarte también con mi parte. Tal vez te bastará para comprarte el viaje de regreso a la capital.

Mateo me palmeó tan fuerte en la espalda que casi caí del caballo.

—Eh, compadre, te ofendí. La riqueza que yo quiero conseguir es para los dos. En lugar de muchos ataques pequeños, debemos hacer un robo grande que nos proporcione suficiente dinero para satisfacer nuestras necesidades. Ser un caballero resulta caro.

—La única forma en que podríamos conseguir suficiente dinero en un solo robo sería atacar una caravana de plata. Pero están muy custodiadas —dije—. En el pasado, cuando hacían falta tropas para la guerra con los chichimecas, el virrey no tenía suficientes soldados para proteger todas las caravanas que transportaban plata, y utilizaba triquiñuelas para engañar a los ladrones. Ahora, las caravanas de plata están tan bien armadas que incluso con bombas de polvo negro sería suicida que un pequeño grupo, como el nuestro, las atacara. Tendríamos una mejor oportunidad si entráramos en la Casa de la Moneda de Ciudad de México y saliéramos con los brazos llenos de barras de plata.

—Tendrías una mejor oportunidad de robar oro de los cielos que de apoderarte de plata de la Casa de la Moneda —comentó Mateo—. Ese lugar no tiene ventanas en la planta baja, las ventanas del piso de arriba tienen barrotes y el lugar está encerrado entre muros gruesos. Se dice que está mejor custodiado que el harem de un sultán.

Lo robado en el camino a Jalapa seguía disminuyendo, y eso no hizo nada para mejorar el estado de ánimo de nadie. Mateo, que era el más contrario a nuestros robos "relámpago" y a la vida de un bandido en general, se mostraba despiadadamente sarcástico con respecto a un cambio de estrategia.

—Encontraré una viuda rica que me proporcionará el estilo de vida de un caballero, a cambio de mis servicios en la cama. Desde luego, te conseguiré un empleo en la casa. Puedes ser mi criado, vaciar mi orinal y lustrarme las botas.

¡Vaya amigo!

El primer ataque que Mateo y yo hicimos juntos fue, obviamente, un mal chiste de los dioses. Nuestras víctimas resultaron ser una compañía de actores de Madrid. Mateo se negaba a robarles y me dijo que sería sacrílego que desplumáramos a sus colegas intérpretes de arte dramático. Nuestros tres camaradas bandoleros se opusieron a la negativa de Mateo de robar a los actores y no quisieron colaborar hasta que Mateo los amenazó con su espada.

Ese incidente con la compañía de actores incrementó la insatisfacción de Mateo con la vida de los salteadores de caminos. En realidad, lo que hizo fue impulsar nuestras ganas de volver a poner en escena una obra. Mateo aceptó participar de un solo robo más, después del cual buscaría otros métodos para llenarse la cartera.

Nuestra suerte cambió, cuando avistamos a algunos rezagados de la flota del tesoro que viajaban solos por el camino a Jalapa. Caímos sobre ellos: un español en una litera tirada por mulas, su criado español montado en un borrico y un montón de indios a pie que hacían las veces de guardias y de sirvientes.

Descubrimos que, en lugar de un rico mercader, el hombre era un funcionario del Consejo de Indias en España.

—¡Un inspector de la Casa de la Moneda! —exclamó Mateo, disgustado—. En lugar de dinero de la Casa de la Moneda, capturamos a un inspector que verifica que esa institución esté operando correctamente.

Mantuvimos al inspector y a su criado español atados mientras reflexionábamos acerca de si lograríamos cobrar rescate por el individuo. El inspector debía presentar sus papeles en la Casa de la Moneda de la capital, realizar una inspección completa de todos los aspectos, desde la seguridad a la calidad del acuñado de monedas y, después, continuar viaje a Lima, Perú, para realizar también allí una inspección, después de enviar un informe al consejo.

—Las posibilidades de cobrar rescate son escasas —dijo Mateo—. A juzgar por los documentos que describían su autoridad, ese hombre está realizando una inspección sorpresiva de la Casa de la Moneda. Nadie, ni siquiera el director de ese establecimiento ni el virrey, está enterado de su llegada. Peor aún, si le pedimos al virrey que pague un rescate por él, lo más probable es que se niegue y confíe en que nosotros matemos al inspector. Con comunicaciones sólo a través de la flota del tesoro, pasarían uno o dos años antes de que llegara otro. El virrey se beneficiaría, porque no llegaría ningún inspector a Nueva España para realizar una inspección y asegurarse de que no existían deficiencias que era preciso corregir.

—Tenemos que pensarlo con la almohada —le dije.

Envueltos en nuestras mantas, nos acostamos pensando en las distintas alternativas. Cortarles el cuello a los dos cautivos y dejar los cuerpos como advertencia de la inutilidad de resistirse a nosotros. Tratar de obtener un rescate. O dejarlos ir.

Desperté en mitad de la noche con una forma de utilizar al inspector de una manera completamente diferente. Desperté a Mateo.

—Cuando interrogamos al inspector, él dijo que no tenía parientes ni amigos en Nueva España que pudieran pagar un rescate por él.

—Eh, ¿me despertaste para decirme algo que ya sé?

—El hombre que se presente en la Casa de la Moneda con los documentos en la mano que demuestran la autoridad conferida a él por el Consejo de Indias, será aceptado como el inspector.

Él me aferró por el cuello.

—Te voy a arrancar la cabeza si no vas enseguida al grano.

Yo le aparté la mano.

—Mira, pedazo de imbécil, la Casa de la Moneda está repleta de suficiente plata como para comprar un reino pequeño. No es posible tomarla por asalto, pero sí podrías entrar sencillamente caminando con los documentos del inspector.

Él sacudió la cabeza.

—No he tenido suficiente vino ni placer con una mujer como para mantener mi mente despejada. La cabeza y los oídos ya me están jugando malas pasadas. Me pareció oírte decir que yo podría entrar caminando a la Casa de la Moneda con los documentos del inspector.

—Mateo, nadie conoce al inspector. Su única identificación es la carta en la que el Consejo le confiere autoridad. Si tú presentas esos papeles, tú eres el inspector.

—¡Bravo, Bastardo! Un plan brillante. Yo presento los papeles del inspector; te llevo a ti como mi criado. Entramos en la Casa de la Moneda. Nos llenamos los bolsillos… ¡No! Entramos una mula y la cargamos con las barras de plata y salimos. ¿Ése es el plan descabellado que tienes? —Acarició su daga.

—Ah, Mateo, Mateo, sacas conclusiones demasiado rápido. Todavía no terminé de describirte mi plan.

—Entonces dímelo, susúrrame al oído exactamente cómo haremos para llevarnos el tesoro de allí una vez que estemos adentro.

Bostecé, de pronto muy cansado. Le di la espalda y me arrastré de nuevo hacia mi manta. Cuando estuve cómodo, le dije:

—Hasta el momento, sólo pensé en la manera de entrar en la Casa de la Moneda. Ni siquiera sabemos qué aspecto tiene adentro. Una vez que estemos allí, pensaremos cómo llevarnos el tesoro.

Mateo no dijo nada. Encendió un cigarrillo y lo fumó. Ésa era una buena señal. Mucho mejor que la de acariciar su daga y mirarme el cuello.

A la mañana siguiente me dio su veredicto.

—Tu idea de usar los papeles del inspector es tonta y estúpida. Es exactamente la clase de idea absurda que con tanta frecuencia estuvo a punto de meterme en la cárcel.

—¿Entonces lo haremos?

—Por supuesto que sí.

CIENTO CUATRO

Observamos con atención al inspector y a su criado, y los hicimos caminar y hablar.

—Ésta es la forma en que un actor prepara su parte —dijo Mateo—. El maquillaje y el vestuario no convierten a nadie en actor. Lo importante es la actitud mental. —Hizo un ademán hacia el inspector de la Casa de la Moneda. —¿Te fijaste que, cuando este burócrata inútil te habla, levanta la nariz como despreciando tu olor ordinario? ¿Cómo camina muy tieso, como si tuviera un palo metido en el trasero? Ahora mírame. —Mateo se puso a caminar por un momento de aquí para allá. —¿Qué ves, Bastardo?

—Veo a un hombre de mirada cautelosa, alerta a un ataque sorpresivo, con una mano en su espada y de aspecto intrépido.

—¡Exactamente! Pero la persona a la que debo encarnar se pasó toda la vida en el refugio seguro del tesoro del Rey. Es un hombre especializado en números, no un hombre de acción. Permanentemente se ha manchado los dedos con tinta y tiene callos en las manos por sostener una pluma. Su vista no es buena por tanto leer documentos a la luz de una vela y se ve obligado a agacharse y mirar de cerca para poder leer cualquier cosa. Pero lo más importante es que, por ser el destinatario de la autoridad del Rey en un asunto más caro al corazón del soberano que el tesoro que puede encontrar en la cama de su amante, es que este pequeño cerdo del inspector está persuadido de su propia importancia. Por esconderse detrás de la autoridad del Rey y haberse manchado las manos con tinta en lugar de con sangre, tiene la audacia de ser grosero incluso con caballeros que podrían cortarlo en pedacitos.

Ahora que Mateo me señalaba las características de ese hombre, comprendí lo atinado de sus afirmaciones. Y también su habilidad como actor. Recordé, asimismo, lo mucho que me había impresionado verlo en escena representando el papel del príncipe loco de Polonia.

—Ahora bien, Bastardo, observa al criado, mira su caminar vacilante, la forma en que baja la vista cuando el inspector lo mira, la manera en que adopta una actitud sometida cuando le hablan con severidad, su gimoteo cuando lo pescan haciendo algo mal.

Eh, también yo era un actor experimentado. ¿Acaso no había interpretado el papel de lépero en Veracruz? ¿De indio impostor con el Sanador? ¿De caballero-primo del Don? Me resultaría fácil asumir el rol de mero criado. Le demostré mis habilidades a Mateo.

—¡No, estúpido bobo! Se supone que eres un criado, no un lépero plañidero.

Dejamos al inspector y a su criado en manos de nuestros tres camaradas bandidos y partimos a la Ciudad de México con la ropa y los papeles de ellos. No sabíamos si necesitaríamos más al inspector y les advertimos a nuestros hombres que, si algo llegaba a pasarle, los desollaríamos a los tres y empacaríamos sus cuerpos en sal.

Mateo insistió en que viajáramos a la ciudad, él en una litera tirada por mulas y yo, en un burro, y que mantuviéramos nuestros disfraces en términos de nuestras acciones y manera de hablar incluso cuando estábamos solos. Yo era más alto que el criado y parecía ridículo con mis largas piernas que casi tocaban la tierra. Me sentía como el "criado" de Don Quijote, Sancho. Pero procuré no comparar a Mateo con el caballero errante.

Para que se pareciera más al pelo del inspector, teñí el de Mateo de un tono rojizo con el zumo de una corteza de árbol usado por las indias para darle color a las mantas. El inspector usaba un pequeño monóculo, un trozo de lente bruñida que se calzaba frente a un ojo para inspeccionar documentos. Mateo era capaz de mantener el monóculo puesto durante gran parte de la visita. Me había dicho que quería asegurarse de no ser reconocido cuando algún día regresara a la ciudad como caballero.

Yo usé el disfraz que me había enseñado el Sanador: una pizca de polvo de flores que haría que la nariz se me hinchara y me distorsionaría la cara. Nadie se fijaba en un criado, pero yo quería estar seguro de que, al menos, buscarían a alguien con una nariz grande.

Mateo creó la historia que emplearía en la Casa de la Moneda, limitando nuestra interacción con los empleados.

—El director del establecimiento querrá entretener al inspector, ablandarlo con vinos finos y, quizá, hasta una compañía femenina. Sin embargo, le diremos que nuestro viaje desde Veracruz se retrasó porque yo tuve un ataque de vómito negro. Y, ahora, no sólo tengo prisa por salir de esta maldita colonia y regresar a España sino que también debo inspeccionar la Casa de la Moneda sin demora para poder estar en Acapulco a tiempo para embarcarme a Lima.

Finalmente cruzamos la carretera elevada y entramos en la ciudad. Por mucho que intentaba enfocarme en la Casa de la Moneda, una serie de imágenes del pasado se infiltraron en mis pensamientos. Si hubiera llegado a ver de nuevo esos rostros que pertenecían a mi pasado, el de Elena, Luis, de Alva o incluso Isabella, no sé cómo habría hecho para mantener la compostura... o mi daga en su vaina.

Mateo entró muy tieso en la Casa de la Moneda como un hombre con la empuñadura de una espada en el trasero.

Yo lo seguí, arrastrando un poco los pies como si fuera demasiado holgazán y demasiado estúpido para levantarlos y volver a bajarlos. Llevaba su bolso de cabritilla que contenía su carta de autoridad y sus instrucciones.

Pronto descubrimos que el director se encontraba ausente. Estaba en Zacatecas, revisando los procedimientos utilizados para preparar el embarque de barras de plata destinadas a la Casa de la Moneda y, finalmente, a la flota del tesoro.

El subdirector nos recibió con mucho recelo.

—Hace cinco años soportamos una inspección sorpresa —se quejó—, y el Consejo de Indias recibió sólo mentiras con respecto a nuestro gerenciamiento. Aquí manejamos la mejor Casa de la Moneda del Imperio Español y la que produce menos costos.

Mateo se mostró desagradablemente arrogante.

—Ya veremos con qué grado de eficiencia manejan este establecimiento. Según nuestros informes, el proceso de estampado y acuñado está mal realizado, se producen desfalcos y las barras de plata son sistemáticamente afeitadas cuando pasan por este establecimiento.

Al pobre hombre casi le da un infarto.

—¡Mentiras! ¡Puras mentiras! Nuestras monedas son obras de arte. ¡Y nuestras barras tienen el peso adecuado!

Yo no sabía nada acerca de las barras de plata, pero las monedas de oro y plata realmente parecían excelentes obras de arte a mis ojos de lépero codicioso.

Antes de alejarnos del inspector habíamos obtenido de él algunas informaciones acerca de la forma de operar de la Casa de la Moneda, después de ponerle un rato los pies sobre el fuego hasta que conseguimos que se le soltara la lengua.

La Casa de la Moneda tenía varias funciones. Principalmente la fabricación de barras de plata, pero también algo de oro y cobre se enviaban de las minas a esa institución. Una vez allí, los aquilatadores tenían a su cargo pesarlos y determinar la pureza de esos metales preciosos, los tesoreros se cobraban el quinto del Rey de ese valor y los grabadores convertían algunas de las barras en miles de monedas.

Se suponía que la Casa de la Moneda sólo acuñaba reales de plata y maravedíes de cobre de varias denominaciones, pero era bien sabido que, en forma ocasional, también acuñaba oro. Los maravedíes tenían poco valor; un puñado apenas alcanzaba para comprar unas pocas tortillas. Los reales de plata iban, en tamaño, de un cuarto de real a ocho reales, popularmente conocidas como piezas de ocho.

Del mismo modo que en otros cargos gubernamentales, el de director de la Casa de la Moneda era un cargo que se le compraba al Rey. Si bien la tarifa por aquilatar y acuñar proporcionaba un ingreso para el director, este ingreso se veía suplementado por estafas.

El inspector nos había revelado lo que buscaba después de que le tostamos los pies en la fogata del campamento: residuos de oro que indicaran que la Casa de la Moneda acuñaba oro ilegalmente desafiando la licencia real exclusiva otorgada a las casas de la moneda de España; pruebas de que las monedas eran arrojadas a una bolsa de tela para afeitarles trozos pequeñísimos de plata. Ese proceso se denominaba "revoleo", porque los operarios indios hacían girar rápidamente las monedas en las bolsas durante horas. La pérdida de plata en ese proceso era demasiado pequeña como para que se apreciara en las balanzas, pero cuando esos diminutos trozos de plata se lograban a partir de muchos miles de monedas con este método, el polvo de plata se volvía significativo.

Más significativo aún era el empleo de balanzas para el pesaje, mientras bajo cuerda se hacían convenios en los que los pesos eran recortados. Menos peso significaba recaudar menos del impuesto del veinte por ciento que le correspondía al Rey. Desde luego, el director de la Casa de la Moneda y el dueño de la plata se repartían en partes iguales los beneficios de ese robo.

Mateo y yo, como experimentados delincuentes, estábamos mejor equipados para descubrir esa clase de actos criminales que el auténtico inspector burócrata. Con suficiente tiempo, habríamos descubierto cada una de las estafas de quienes trabajaban en ese lugar, pero nuestro deber no era poner al descubierto actividades criminales; estábamos allí para planear las nuestras.

Lo que realmente nos interesaba eran las medidas de seguridad y la ubicación del tesoro.

El edificio era más seguro que un castillo. Las paredes eran de alrededor de sesenta centímetros de espesor. En la planta baja no había ventanas. Las ventanas del primer piso tenían barrotes de hierro. Tanto el piso de la planta inferior como el de la superior eran de madera. Sólo existía una puerta de salida, que tenía un espesor de más de treinta centímetros y estaba ubicada en el frente del edificio. No había ningún edificio contiguo en ninguno de sus lados. Dos guardias dormían en el edificio por las noches. Todas las personas que entraban eran revisadas cuando salían.

Las barras de plata y de oro estaban apiladas sobre estantes de hierro y pesadas mesas de hierro. Estaban allí, sin custodia, listas para que se las llevara alguien capaz de atravesar las paredes.

Existían sólo dos maneras de violar la seguridad por las noches: echar abajo la puerta o practicar un agujero en la pared. Cualquiera de los dos métodos atraería enseguida a cien soldados del virrey.

Mateo descubrió un escondite oculto donde se guardaban las bolsas de tela utilizadas para contener los lotes de monedas de plata recién acuñadas. En algunas de ellas encontró rastros de virutas de plata y polvo de lingotes. No era un asunto de importancia crucial, pero Mateo actuó como si hubiera descubierto muchas otras violaciones. Reprendió con gran severidad al subdirector y se refirió varias veces a la prisión y a la horca. Cuando Mateo y él entraron en su oficina, el pobre hombre estaba verde de miedo y sudaba profusamente. Un momento después Mateo salió y los dos "partimos hacia Lima".

—¿Cuánto lograste sacarle? —pregunté, después de cruzar de nuevo la carretera elevada. Nos dirigíamos al sudeste hacia Acapulco, pero pronto compraríamos caballos y avanzaríamos en dirección contraria.

Él me miró de reojo.

—¿Cómo sabes que le saqué algo?

—¿Cómo sé que saldrá el sol? Tú eres un pícaro. Tuviste al pobre hombre casi de rodillas, suplicándote perdón y la posibilidad de ver a su familia una vez más. Por supuesto que te proponías compartir ese dinero con tu socio.

—Mil pesos.

—¡*Santa María!* —exclamé. En nuestro actual estado de indigencia, era literalmente una fortuna. Hice algunos cálculos rápidos. Esa cantidad de dinero podía durarnos a los dos un año si vivíamos modestamente y no lo despilfarrábamos. Pero sólo duraría una semana si le permitía a Mateo gastarlo en juegos por dinero y mujeres.

—Si somos prudentes...

—Lo duplicaremos camino de regreso a nuestro campamento, compadre. Solía haber un lugar en Texcoco… Estoy seguro de que todavía existe. Tres mesas de juego y cinco de las mujeres más hermosas de Nueva España. Hay una mulata de Hispaniola que…

Lancé un gruñido y me tapé los oídos.

Confieso que subestimé la habilidad de Mateo para perder dinero. Cuando salimos de la cantina de juegos de Texcoco, tres días después, íbamos con los bolsillos vacíos y sangre fresca en la espada de Mateo. Él había pescado al hijo del dueño haciendo trampa con las cartas. El hijo nunca volvería a mezclar otro mazo de cartas porque para hacerlo hacen falta *dos* manos. Logramos salir de la ciudad perseguidos por el dueño de la cantina, el condestable y dos docenas de sus amigos.

Mientras huíamos de la ciudad lo más rápido que nuestros caballos podían llevarnos, vi la compañía de actores que habíamos detenido brevemente en el camino a Jalapa antes de liberarlos. Habían instalado su teatro tradicional , llamado corral, en un terreno baldío: un escenario elevado unos sesenta centímetros del suelo, cuya parte posterior daba a uno de los edificios. Los techos, las ventanas y los patios de los otros edificios formaban el sector donde el público estaba de pie o se sentaba en troncos o en bancos.

Ésta era, exactamente, la forma en que nosotros habíamos puesto en escena nuestras comedias. Y de pronto se me ocurrió cómo podíamos despojar a la Casa de la Moneda de su tesoro.

—¡Acto segundo! —le grité a Mateo mientras nos alejábamos de la ciudad a caballo.

—¿Qué?

—¡Segundo acto! Ya sé cuál será el segundo acto para la Casa de la Moneda.

Él giró un dedo cerca de la sien para indicarme que yo estaba completamente loco.

CIENTO CINCO

Me alegró estar de nuevo en el negocio de ser autor de comedias, aunque sólo se trataran de obras de bandidos.

A fin de instrumentar nuestro plan para robar la Casa de la Moneda, necesitábamos a nuestros tres amigos bandidos. Eran mestizos estúpidos y codiciosos, pero sus espaldas fuertes nos resultaban imprescindibles. Eso significaba que tendríamos que hacer algo con respecto a nuestros dos prisioneros. La solución obvia sería matarlos, pero Mateo les tenía más lástima a los españoles que el resto de nosotros. Por insistencia suya los encadenamos juntos en una pequeña cueva y encargamos a algunos indios que vivían cerca que les dieran de comer dos veces por día. Al recordar que los indios a veces tenían problemas con los números —a sus monedas por lo general les hacían muescas que indicaban su denominación—, les di diez guijarros para asegurarme de que entendieran que a los prisioneros no se los debería soltar hasta diez días después.

Mientras hacíamos los arreglos necesarios para el confinamiento de los prisioneros, hicimos que las indias nos cosieran los decorados para las obras de teatro. Lo que conseguiríamos con mayor facilidad permiso para montar sería una con un tema religioso familiar. Elegimos una similar a un auto sacramental, una obra con un tema sacro, del tipo de las que por lo general se presentan como parte de la celebración de la fiesta de Corpus Christi. Sólo que en nuestra versión Mateo tendría el papel protagónico, el de un narrador que describe la acción mientras Dios se venga de los pecadores lanzando celestiales truenos y relámpagos.

La posibilidad de que alguien pagara por una entrada después del estreno de la obra era escasa, pero sólo necesitábamos una función. Y, con un tema religioso, no habría problema en obtener permiso del virrey y del Santo Oficio para montarla.

Una vez más, necesitábamos disfraces. Fue Mateo, el actor consumado, quien pensó en los más sencillos.

—Monjes seculares.

—¿Monjes seculares?

—Existe una orden vasca de monjes seculares llamada Hermanos de la Buena Esperanza. Son algo así como vagabundos, pero no pícaros, que viajan por todas partes haciendo buenas obras. Usan hábitos de color marrón arratonado con capuchas que les cubren la cabeza y la barba. La Iglesia los tolera porque los considera inofensivos. No sería raro para ellos poner en escena una versión bastardeada de una obra sagrada.

—¡Viva! Mateo, eres un genio. Hasta estos léperos estúpidos que viajan con nosotros podrían ocultarse en hábitos monacales con una capucha sobre la cabeza.

Mateo sonrió y bebió un gran trago de su siempre presente odre de piel de cabra.

—Eh, Bastardo, ¿no te dije que si te mantenías cerca de mí recibirías todo lo que te mereces de la vida? Mírate ahora. En un par de semanas pasaste de ser un bandido a un criado, de un criado a un monje. Pronto serás un caballero de nuestra madre España. Cuando nuestros bolsillos estén llenos con el oro y la plata del Rey, iremos a Sevilla, la Reina de las Ciudades. ¿Te conté que las calles de Sevilla están pavimentadas con oro? ¿Que las mujeres son...?

Necesitábamos dinero para pagarle la mordida al representante del virrey a fin de que nos diera permiso de usar el terreno baldío que había junto a la Casa de la Moneda, para la madera que necesitábamos para construir un escenario y hasta para que unas indias convirtieran mantas ásperas marrones en hábitos de monje. Le presenté mi plan a Mateo.

—Perdiste suficiente dinero que nos duraría varias vidas en las mesas de juego de las cantinas. ¿No crees que llegó el momento de recuperar algunas de esas pérdidas? Además, necesitamos practicar más con el polvo negro.

Elegimos una ciudad minera a no más de tres días de trayecto de la capital. No era una ciudad grande y rica como Zacatecas, pero habría allí muchas veces más plata en las mesas de la cantina que en una ciudad común y corriente dedicada al comercio y a la agricultura.

Mateo entró en la cantina mientras yo me dirigía a la puerta de atrás. Uno de los mestizos sostenía allí nuestros caballos. Después de darle a Mateo suficiente tiempo para beber un trago y observar las mesas para ver dónde se hacían las apuestas más grandes, puse una bomba de mano de polvo negro junto a la puerta de atrás de la cantina. Confié en que Mateo recordara permanecer en el otro extremo del local. Cuando se produjo la explosión, hizo volar la puerta y parte de la pared. Enseguida arrojé otra bomba en el interior y corrí hacia mi caballo.

El plan era que los hombres que estaban en la cantina correrían hacia afuera muertos de pánico, dejando su dinero en las mesas.

Un momento después recogimos a Mateo al costado del edificio y nos alejamos de la ciudad, dejando un verdadero caos a nuestras espaldas. Mateo tenía un puñado de plata y mucho mal humor.

—¡*Ay de mí!* Mira qué bajo he caído. Un caballero de España robando dinero de una mesa de juego como un vulgar ladrón. Esto es lo que consigo por asociarme con gente de sangre impura.

—Eh, hombre, míralo de este modo. Por una vez, saliste de una cantina con dinero en los bolsillos.

Dejé que el "Hermano Mateo" negociara la mordida. Tal como suponíamos, el tema de la obra nos garantizaba una rápida aprobación. Mientras tanto, yo levanté el escenario y los decorados. Ubiqué el escenario a tres metros de la pared de la Casa de la Moneda, tal como me instruyó el subdirector del establecimiento. Con la nariz hinchada por la misma sustancia que utilizó el Sanador para ocultarme, mi barba cortada de manera diferente y vestido como un monje, logré engañar por completo al subdirector.

De todos modos, no queríamos ubicar el escenario contra el edificio. En cambio, cerramos ese espacio con mantas y decorados, creando así un camarín.

Eh, amigos, ¿acaso piensan que nos proponemos entrar en la Casa de la Moneda abriendo el muro con una explosión de polvo negro? Seguro que se preguntan cómo haremos para hacer eso y después salir con el tesoro sin que se enteren los guardias de adentro. ¿Y cómo llevarlo a cabo bajo la mirada de un público de varios cientos de personas? Aunque tuviéramos éxito en ponerle las manos encima al tesoro, ¿cómo haríamos para atravesar con él las carreteras elevadas cuando los soldados del virrey que las custodian tienen órdenes de revisar todos los equipajes que salen de la ciudad por la noche? ¿Quedaríamos atrapados en esa isla-ciudad y cazados como ratas?

Que estoy *loco*, dicen. El hecho de haber pasado gran parte de mi vida a merced de torturadores en calabozos tal vez opaque la opinión que ustedes tienen de mis habilidades como delincuente. *Ayya ouiya*, como diría el Sanador. Confieso que también mi propia opinión de mis habilidades delictivas estaba en baja. El tesoro que buscábamos era más que para jubones de seda y carruajes con adornos dorados: su finalidad era la venganza. Y a este humilde lépero todavía le quedaban algunos trucos.

Sintiéndome seguro con mi hábito de monje y la cara semioculta por la capucha, salí a caminar por la gran ciudad. Tenía miedo de toparme con Elena y Luis, así que evité la Alameda. Recorrí la plaza principal bajo los arcos y a través de la amplia plaza empedrada. No pude evitar estar acompañado por recuerdos, en especial los de una muchacha de ojos oscuros para quien una vez tendí mi manta sobre un charco y a la que en una oportunidad había perseguido por un callejón por amor a sus poemas.

Mis pies me llevaron una vez más a la calle lateral donde estaba la imprenta que tuve y en la que vendía libros profanos y deshonestos prohibidos por la Inquisición. Todavía funcionaba allí una imprenta y una librería, y decidí entrar. El propietario me preguntó si necesitaba ayuda.

—Gracias, pero me gustaría ver qué libros tiene para ofrecerme.

Su surtido de libros abarcaba los cinco estantes de una pared. Mientras yo los examinaba, entró un cliente, quien con voz fuerte solicitó cierto libro religioso sobre la vida de los santos, y el dueño de la imprenta le contestó, también con voz fuerte, que le conseguiría un ejemplar. Nada cambia, ¿verdad, amigos? Si a mí no me buscaran de un extremo al otro de Nueva España, me habría divertido un rato diciéndoles a los dos hombres que yo pertenecía a la Inquisición e insistiría en inspeccionar ese libro acerca de "la vida de los santos".

De pronto vi el título de un libro que me resultaba conocido. Era *De Chirurgia Curtorum Per Insitionem*, de Gaspare Tagliacozzi, publicado en Italia en 1597. Tagliacozzi era el cirujano que había descubierto el secreto de los médicos hindúes capaces de reconstruir narices y cubrir cicatrices tomando piel de una parte del cuerpo e injertándola en la zona afectada. Extraje el libro del estante y examiné la tapa.

Tenía quemadas las iniciales de don Julio.

Las manos comenzaron a temblarme tanto que estuve a punto de dejar caer el libro. Y las lágrimas me quemaron los ojos.

—¿Encontró algo de su agrado, fraile?

Después de controlar mis emociones, pactamos un precio por el libro y salí del local.

Esa noche le mostré el libro a Mateo en la posada en que nos alojábamos. Él lo apartó y entró en la cantina de la posada para emborracharse.

CIENTO SEIS

La noche del estreno de la obra, todos estábamos muy nerviosos. No esperábamos que, en sí misma, la obra se ganara el favor del público. Debido a su tema religioso, los mosqueteros se quejarían, pero temerían abuchear demasiado a Mateo cuando él, de pie en el escenario, hablara de la venganza de Dios.

Mateo era el narrador de la obra. Dos de nuestros bandidos ayudarían a Mateo a presentarla. Nuestros bandidos-actores repetidamente caerían muertos sobre el escenario, detonarían explosiones de falsos truenos y crearían relámpagos pasando una antorcha frente a un enorme espejo.

Otro trabajaría conmigo en el túnel.

Eh, ¿los pesqué de sorpresa? ¿Un túnel, se preguntarán? Sí, tal como ustedes lo supusieron, las explosiones eran nuestra entrada para la Casa de la Moneda. ¿Acaso creían que íbamos a entrar en el edificio haciendo un boquete con explosivos? No estábamos *tan* locos. Seguramente los guardias estarían en el primer piso o en el techo mirando la obra, pero una explosión contra una pared haría temblar todo el edificio. Las explosiones se utilizarían para atraer la atención de los guardias que había en el interior del edificio y hacer ruido para disimular nuestras actividades clandestinas.

Es verdad, las paredes eran gruesas y las ventanas del primer piso tenían barrotes, pero, amigos, ¿no les dije que el piso de la planta baja era de madera? ¿No recuerdan que la tierra de la ciudad es tan blanda y húmeda que se la puede excavar con una cuchara? La tierra sería llevada en los mismos carretones en que nos trajeron la madera para el escenario.

La totalidad del túnel tenía sólo entre dos y dos metros y medio de largo y menos de un metro de ancho. Un desafío nada difícil para un topo humano como yo, que había cavado túneles en la roca dura de una montaña y me había arrastrado por el pasaje estrecho de una tumba antigua para robarla. El túnel se iniciaba en un agujero cubierto detrás del escenario, pasaba debajo de la pared y terminaba en una habitación que habíamos visto durante nuestra inspección y donde se almacenaban el oro y la plata hasta que eran llevados para ser aquilatados o procesados.

Nuestro mayor temor era que se llenara de agua.

En estas situaciones, a veces yo tenía miedo de que los dioses aztecas se vengaran de mí por haber profanado su templo en Monte Albán.

Cuando la función comenzó, desde el telón busqué el rostro de Elena. La mayoría de las obras de teatro se presentaban durante el día, pero esta vez necesitábamos la oscuridad. El escenario estaba muy iluminado con velas y antorchas, para que el público viera cómo los rayos caían sobre Mateo y los demás actores.

Yo sabía que el tema no le interesaría demasiado a Elena, pero puesto que eran tan pocas las obras que se presentaban, tenía esperanzas de que ella asistiera por pura curiosidad. Como una dama de calidad, ella se habría sentado en la ventana o balcón de un edificio, frente al baldío. En la oscuridad yo no podía distinguir a ninguna de esas personas, no lograba ver bien al público, que estaba sumido en la oscuridad, mientras el escenario irradiaba luz. Pero sí alcancé a ver dos figuras conocidas en primera fila: *el inspector de la Casa de la Moneda y su subdirector.*

Me di cuenta entonces de que los indios habían calculado mal los días.

¡Ay! Para colmo, Mateo, maldita sea su alma de actor, desde luego no se limitaba a mostrar una interpretación sencilla sino que estaba decidido a recibir aplausos y críticas elogiosas. Mientras se pavoneaba de aquí para allá en el escenario, la cogulla se le había bajado y su cara había quedado expuesta.

¡Madre de Dios! El inspector de la Casa de la Moneda había pasado días con nosotros cuando no usábamos ningún disfraz. Ahora él podía verle la cara a Mateo. Se me subió el corazón a la boca y tuve un ataque de pánico. No podía huir sin avisarle a mi amigo, pero cada vez que susurraba su nombre, las explosiones le impedían oírme. De todos modos, habría tenido que encender el polvo negro debajo de sus pies para obtener su atención; estaba tan concentrado en su papel de la voz de Dios, que no me prestaría atención.

Mi mirada se dirigió al inspector, para ver si se encontraba de pie, listo para denunciar a Mateo. Para mi gran asombro, el hombre estaba sentado muy tranquilo y miraba absorto el escenario como si nada estuviera mal. Eh, a lo mejor no pasaba nada malo. *Para él.* El hombre era ciego como un murciélago, ¿no es verdad? Lo observé con atención. Nada en su expresión revelaba que algo extraño estuviera ocurriendo. Tenía la vista fija en el escenario y su cabeza se movía de aquí para allá siguiendo los movimientos dinámicos de Mateo.

Pero, ¿y si su criado se encontraba entre el público? *Él* sí tenía buena vista.

¿Y cuántos otros podían identificar al pícaro que, supuestamente, estaba en Manila transpirando o enterrado?

Corrí hacia el boquete que había a mis espaldas. Allí me aguardaba Enrique, el bandido que me ayudaba. Usamos un balde atado a una soga para reducir el agua en el túnel y para impedir que yo me ahogara si mi avance era lento.

Con una barra de hierro y un palo con un gancho en la punta, me metí en el boquete. El túnel ya estaba lleno de agua, pero logré avanzar por él rápidamente hacia la oscuridad del otro lado. No veía nada, pero por el tacto enseguida supe dónde estaban las uniones. Adecué mi trabajo a las explosiones de la comedia y me apresuré a arrancar suficiente cantidad del piso para poder deslizarme en la habitación. Desde allí, las explosiones sonaban sorprendentemente amortiguadas.

Utilizando pedernal y hierro y un pequeño frasco con aceite, encendí fuego y lo usé para encender velas en la habitación. Sabía, por la inspección, que las paredes tenían un espesor de alrededor de treinta centímetros, el doble que las de las otras paredes interiores de la Casa de la Moneda. La puerta había sido cerrada con llave y cerrojo por el director del establecimiento cuando se fue por la noche, impidiendo así que los guardias tuvieran acceso al cuarto. Yo podía encender luz y moverme con toda comodidad sin miedo de molestar a los guardias, quienes sin duda miraban la obra de teatro desde las ventanas del piso superior.

Metí el gancho en el agua y pesqué un costal pesado de cuero lleno de bolsas vacías que Enrique me había pasado con un palo también con gancho desde el otro extremo. Llené las bolsas vacías con oro, la mayor parte sacado de cajones llenos de monedas, porque era mucho más valioso que la plata. Cuando terminé de llenar un costal lo metí en el agua y salpiqué el agua para indicarle a Enrique que lo sacara. Después de enviarle cinco costales de oro, me dediqué a la plata y llené cinco más con monedas y barras de plata.

Una caja metálica negra con la llave puesta me llamó la atención. La abrí y quedé sin aliento. Estaba repleta de gemas, diamantes, rubíes y perlas. Adentro de la caja había un papel con el inventario de esos objetos valiosos y el nombre de su dueño: el Santo Oficio de la Inquisición. También había una lista con los nombres de antiguos propietarios de esas gemas; personas que habían sido juzgadas y sentenciadas por el Santo Oficio y cuya propiedad les había sido confiscada.

Cerré la caja, me puse la llave en el bolsillo y metí la caja en el último costal. Cuando Enrique lo pescó desde el otro extremo del boquete, me puse boca abajo para regresar por el túnel. Ahora el agua cubría la mitad. Al iniciar mi avance me di cuenta de que algo estaba terriblemente mal. Desde el otro lado del túnel venían hacia mí tierra y rocas.

Nuestro plan incluía una pila de tierra y de piedras para rellenar el túnel una vez que hubiéramos terminado con él, para que no lo notara alguien que entrara por la parte de atrás del escenario. Pero no se suponía que Enrique lo rellenara sino *después* de que yo emergiera.

Los léperos no eran bestias inteligentes, pero, a diferencia de los indios que habían liberado prematuramente al inspector de la Casa de la Moneda, ellos podían hacer cuentas aritméticas sencillas. Dividir el tesoro en cuatro les daba una tajada más grande que si se lo dividían en cinco. No sé si encerrarme en la Casa de la Moneda era una idea de Enrique o si lo había planeado con los otros dos. Era un plan demasiado inteligente como para ser obra de Enrique. Sospeché que los tres bandidos habían decidido matarnos a Mateo y a mí después del robo, y de pronto se presentó la oportunidad de empezar conmigo.

La tierra y las rocas arrojadas desde el otro extremo del túnel hicieron subir el nivel de agua de mi lado, hasta que llegó al piso del edificio. Yo ni siquiera podía entrar en el túnel y tratar de cavar porque me ahogaría.

La puerta que daba al resto del edificio estaba cerrada con una llave que sólo estaba en poder del director del establecimiento. Cuando él abriera esa puerta, me encontraría a mí en la sala del tesoro, con un boquete en el piso y una buena parte del tesoro faltante.

Hasta la Inquisición se sentiría ultrajada por la desaparición de la caja con las gemas. La única controversia que se presentaría sería si el virrey me metía en un calabozo o si la Inquisición me quemaba en la hoguera.

Estaba perdido.

CIENTO SIETE

Del otro lado, las explosiones habían cesado. Eso significaba que por el momento yo quedaría abandonado. El plan era que nos fuéramos tan pronto terminara la obra. Teníamos un carro con un burro esperándonos. Con la excusa de poner en él el vestuario y llevarlo de vuelta a la posada, cargaríamos el tesoro y nos dirigiríamos a la posada.

Pero a mitad de camino, pegaríamos la vuelta.

No sería posible salir de la isla por las carreteras elevadas porque los guardias nos revisarían. Así que habíamos comprado un bote indio para cargar en él el oro y la plata. Nosotros mismos cruzaríamos el lago en el bote hasta donde nos esperaban unos caballos.

Mateo no me habría abandonado de buen grado, pero, ¿qué podía hacer él cuando el canalla del lépero le informaba que el túnel se había llenado de agua y se había derrumbado? Yo sabía cómo funcionaba la mente de Mateo. Cuando me apresaran, él haría algo para ayudarme. Tal vez intentaría pagar mi libertad con parte del tesoro. O sobornaría a los carceleros.

Pero nunca tendría esa oportunidad. Tan pronto el oro y la plata estuvieran en el bote, le clavarían un puñal en la espalda.

Me senté en el piso y me puse a cavilar. Podía excavar otro pozo y otro túnel y salir. Pero no tenía una pala y, por cierto, si bien el piso era lo suficientemente blando como para poder cavarlo con una cuchara, me haría falta una pala para poder quedar en libertad por la mañana. Podía usar la barreta de hierro y las manos, pero el avance sería demasiado lento y lo más probable era que el agua llenara el agujero con la misma rapidez con que yo lo excavaba y, además, no tenía un balde para vaciarlo.

Ay, maldije la educación clásica que el fraile me había dado. Una desagradable comparación con lo peligroso de mi situación me vino a la mente por los libros que había devorado con los ojos y el cerebro hacía tanto tiempo. El rey Midas sentía amor por el oro. Era famoso entre los griegos por su codicia y necedad. Tuvo oportunidad de demostrar ambas cosas cuando capturó a Sileno, un sátiro que era el compañero de Dionisos, el dios del vino y del éxtasis. Para obtener la libertad de Sileno, Dionisos le otorgó un deseo a Midas. El deseo del rey fue que todo lo que tocaba se transformara en oro. Pero el Midas del toque dorado muy pronto lamentó haber pedido eso. Para poder comer debía tocar la comida, y ésta se trocaba en oro.

Eh, el oro había desaparecido, pero tenía plata más que suficiente para comer.

Si no podía abrirme camino por el túnel, la única otra salida era a través de la puerta. La puerta era gruesa, estaba cerrada con llave y blindada con planchas de hierro. Pero, atención, estaba reforzada del lado de afuera. No había ninguna razón para reforzar la parte de *adentro*.

Examiné la puerta a la luz de una vela.

Había una leve grieta entre la puerta y el marco. Ejerciendo presión hacia un lado y el otro con la barreta de hierro, yo podría ampliarla. Y si lograba desprender suficiente madera, podría empujar hacia atrás la cerradura con la barreta. Pero no contaría con el ruido de las explosiones para disimular mi tarea. Y los guardias ya no tendrían su atención fija en la obra de teatro.

Durante la inspección nos habíamos olvidado de averiguar dónde dormían los guardias. Traté de recordar si había visto camas en alguna parte, pero no saqué nada en limpio. Lo sensato habría sido que uno durmiera en la planta baja y el otro en el piso superior, pero cuando se trataba de la burocracia española, el sentido común y la práctica común no siempre coincidían.

También era preciso tomar en cuenta la puerta de calle, pero eso sería más fácil que la puerta a la bóveda. Estaba sostenida por dos barras de hierro en lugar de una cerradura, porque una cerradura no sería lo bastante fuerte. Si alguien quería atacar la puerta de calle de la Casa de la Moneda, lo haría desde afuera con golpes de ariete. Pero desde adentro no resultaba difícil deslizar las barras hacia un costado.

No me quedaba otra alternativa que atacar enseguida la puerta de la bóveda y rogar que los dos guardias hubieran decidido beber un poco de vino o de cerveza y cambiar ideas sobre la obra antes de acostarse.

Empleando la barreta, empecé a desportillar madera haciendo el menor ruido posible. Cuando la barreta rozó la cerradura de hierro, mi entusiasmo aumentó, pero sólo lograba rasparla. No podía hacer que la cerradura se desplazara hacia un costado. La ansiedad reemplazó al entusiasmo y el pánico amenazaba con hacer presa de mí. Hundí la barreta hasta el fondo y la empujé hacia un lado. La cerradura se rompió y entonces abrí la puerta de par en par. Pero había hecho suficiente ruido no sólo para despertar a los guardias sino también a las veinte mil víctimas del último gran festín humano de los aztecas.

Corrí por el salón de la Casa de la Moneda hacia la puerta de calle y sentí aire fresco sobre mi cara sudorosa. Desplacé los cerrojos y oí un grito detrás de mí. Un garrote golpeó contra la puerta en el momento en que yo la abría y salía a toda velocidad. Pasé por el corral: estaba desierto.

Los gritos me siguieron, pero yo no les presté atención mientras corría por la calle y doblaba en una esquina. Tenía que llegar al lugar donde cargarían el bote antes de que Mateo recibiera una puñalada en la espalda y yo fuera apresado por los soldados.

Tres hombres estaban junto al bote cuando llegué. En la oscuridad, eran sólo figuras informes. No pude darme cuenta de si Mateo era uno de ellos.

—¡Mateo! —grité.

—¡Bastardo! Lo lograste.

¡Bravo! Mateo todavía estaba vivo.

—¿Te parece que…? —Oí pisadas detrás de mí y me aparté enseguida del sendero. Era Enrique y su daga cortó el aire cuando yo lo esquivé.

Mi propia daga estaba en mi mano y cargué contra él y se la clavé en las entrañas. Él gruñó y se quedó mirándome. Vi el blanco de sus ojos y percibí olor a salsa ácida en su aliento cuando jadeó.

Extraje el cuchillo y di un paso atrás. Otro de los bandidos estaba en el suelo en medio de un charco cada vez más grande de sangre. La espada de Mateo brilló con la luz de la luna, y el otro hombre recibió la hoja en el cuello. Se tambaleó hacia atrás y cayó al lago.

—¿Estás bien? —le pregunté a Mateo.

—Sólo tengo un raspón en la espalda. Enseguida sospeché que la historia de Enrique era falsa. Cuando empecé a interrogarlo con mi espada, él se sumió en la oscuridad.

Ruido de cascos de caballos y de gritos llenó el aire de la noche.

—¡Ándale! —dijo Mateo—. Tenemos que cruzar el lago.

Después de llegar a la otra orilla, donde pastaban nuestros caballos, Mateo se puso a filosofar acerca de la pérdida de nuestros tres camaradas de armas.

—Habríamos tenido que matarlos igual, aunque ellos no hubieran intentado apuñalarnos por la espalda. Después de dividirnos el tesoro, seguro que muy pronto los capturarían con su parte porque les habrían mostrado su botín a otros. Habría sido el colmo de unos ladrones tener que devolverle el tesoro al virrey después de robárselo con tanta astucia.

Empacamos la mayor parte de las gemas confiscadas por el Santo Oficio y suficientes ducados de oro para satisfacer nuestras necesidades de ser óptimos caballeros durante toda la vida. El resto del botín, una gran cantidad de oro y plata y el resto de las joyas, lo escondimos en una cueva cuya entrada ocultamos con rocas y arbustos.

Emprendimos el viaje a caballo a Veracruz, confiando en que nuestro botín no fuera hallado por un indio que pensaría haber encontrado la mina perdida de Moctezuma.

Habíamos reservado pasaje en un barco rápido que atravesaba el océano en ambas direcciones entre los viajes anuales de la flota del tesoro.

Nuestro destino era Sevilla, la reina de las ciudades.

CIENTO OCHO

Preferiría mil veces cruzar las Montañas de Fuego montado en un dragón que cruzar un océano en barco. Durante tres semanas fuimos sacudidos como un corcho sobre olas del tamaño de montañas, empujados por vientos enviados por los dioses para castigarme por mis innumerables transgresiones. El mareo con vómitos que me produjo el mar fue terrible. Lo poco que podía comer, después lo vomitaba. Cuando llegamos a la península que albergaba a España y Portugal, yo había perdido muchos kilos y también todo interés que pudiera haber tenido de ser marino.

Mateo había servido al Rey tanto en tierra como en el mar, y nada parecía afectarlo.

—Yo era apenas un muchacho cuando tuve que abandonar mi ciudad natal y encontrar refugio de un feudo sangriento y de los condestables del Rey —me dijo durante el viaje—. Una flota zarpaba para luchar contra el sultán turco y yo conseguí un camarote en uno de esos barcos.

Declinó contarme qué había causado esa huida juvenil de la justicia, pero mi experiencia con Mateo me dijo que sin duda una mujer había participado en alguna parte de la comedia de su vida temprana.

—El capitán enseguida me tomó antipatía, seguramente por alguna indiscreción propia de mi juventud, y me asignó a los barcos bomba durante la batalla con la flota infiel. Los barcos estaban equipados con cañones de madera pintados de negro, y nosotros fuimos la vanguardia de una gran victoria naval sobre los turcos.

¿Cañones de madera? ¿Barcos bomba? Yo jamás había oído hablar de esas máquinas de guerra y me fascinó el relato de Mateo.

—En esta época de barcos del tamaño de pequeños castillos, es difícil hundir un barco en batalla. Un disparo afortunado a la santabárbara echará un barco a pique, hecho pedazos. Pero los barcos se construyen de madera, y la madera *se quema*, compadre. El fuego es una amenaza mayor para un barco que los cañonazos. Se puede alejar el barco hasta que quede fuera del alcance de los cañones del enemigo, pero es imposible huir del fuego a bordo. Y si el fuego se descontrola, uno no tiene adónde ir. He visto a hombres a bordo de una embarcación en llamas arrojarse al agua y ahogarse en lugar de permitir que las llamas les hagan cosquillas en los pies.

Me explicó que un "barco bomba" era un barco preparado para incendiarse con facilidad y rapidez.

—Los barcos están equipados a fin de minimizar el material inflamable que hay a bordo. Pero un barco bomba está equipado de manera de aumentar las posibilidades de que se incendie.

Esos barcos reformados eran por lo general barcos mercantes de poco valor en una batalla.

—Vaciamos la bodega del barco y construimos chimeneas de madera desde allí hasta por encima de la cubierta principal. Construimos en la bodega conductos de madera que se conectaban con las cañoneras y las chimeneas; después rellenamos la bodega con cualquier cosa que ardiera con facilidad.

"Pero debíamos hacer que tuviera el aspecto de un barco de guerra. Pintamos troncos de negro y los montamos en las cañoneras para que pareciera que estábamos muy armados cuando, en realidad, no lo estábamos en absoluto."

—¿Cuál era la finalidad de los conductos en la bodega?

—En ellos vertíamos aceite y lo encendíamos. Las llamas del aceite descendían por los conductos y se propagaban por la bodega hasta las cañoneras para encender también los costados del barco. Las chimeneas se rellenaban con sustancias inflamables y un poco de polvo negro.

Cuando la batalla naval comenzaba, se dirigía el barco bomba hacia su víctima. Recibía varios cañonazos al avanzar hacia el barco enemigo, pero cuando éstos se daban cuenta de que no era un buque de guerra común y corriente, ya el barco bomba estaba junto a ellos. Y entonces los ganchos de nuestra borda se trababan en las jarcias del otro barco y las sujetaban en un abrazo letal.

—Teníamos que encender los fuegos antes de que nuestras líneas se enredaran con las del otro barco, y el cálculo del momento apropiado debía ser perfecto —dijo—. Teníamos que abandonar el barco en un bote de remos y estábamos a merced de las armas del enemigo si lo hacíamos demasiado pronto. Y si lo hacíamos demasiado tarde, seríamos consumidos por el fuego y las explosiones.

Una vez que los ganchos quedaban entreverados con los mástiles del otro barco, se encendía una carga de polvo en las chimeneas.

—Ese fuego se escupía de las bocas de las chimeneas sobre nuestras propias velas y los obenques del barco enemigo. Las velas en llamas significaban el final de ambos barcos. Sólo media docena de nosotros manejábamos el barco y, en cuanto las chimeneas estallaban, saltábamos a una chalupa que remolcábamos.

La tripulación de los barcos bomba ganaba el doble de sueldo y bonos.

—Pero nuestra tasa de bajas era del cincuenta por ciento. Con frecuencia las tripulaciones estaban formadas por hombres como yo, que estaban siendo castigados.

Mateo contempló el mar y recordó su pasado.

—Nosotros, los españoles, éramos los maestros de los barcos bomba y los usamos contra los infieles en muchas batallas, pero nos volvimos víctimas de nuestra propia astucia cuando luchamos contra los ingleses.

El rey español había reunido una gran armada de barcos y tropas para invadir Inglaterra y restaurar la religión católica en ese país blasfemo, dijo Mateo.

—Éramos el más grande poder del mundo, en aquel entonces y ahora. Dominábamos la tierra y el mar, y nuestro imperio abarcaba el mundo entero. La gran flota de nuestro Rey reunida para la invasión era la Armada Invencible, la más numerosa y poderosa congregada jamás. Y cayó derrotada. Pero no fueron los cañones ingleses los que lograron que nuestra flota rompiera su formación y prepararon el camino para nuestra derrota. Fueron cinco miserables barcos bomba. Cuando nuestra flota estaba anclada cerca de Calais, los ingleses enviaron cinco de esos barcos hacia nosotros. Nuestros capitanes quedaron tan aterrorizados frente a esos barcos en llamas que muchos levaron anclas y huyeron sin disparar un solo tiro.

Hacía una semana que estábamos mar adentro cuando Mateo me sorprendió con un ataque.

Al despertar, descubrí que Mateo estaba inclinado sobre mí con su daga en la mano. Antes de que yo atinara a moverme, me cortajeó la cara. Me levanté agitando los brazos y con la cara ensangrentada.

Tomé mi propia daga y me acurruqué en un rincón.

—¿A esto llegamos, eh, compadre? ¿Todo el tesoro es mejor que la mitad?

Mateo se sentó en su cama y limpió la sangre de su daga.

—Me lo agradecerás cuando lleguemos a Sevilla y ya no tengas la marca de la mina.

Mi mano fue hacia el corte sangrante de mi mejilla.

—Los marineros saben que el aire fresco y salado cicatriza las heridas con menos infecciones que el miasma impuro de las ciudades. —Se tendió en su propia cama. —Si por la mañana no te has muerto desangrado, tendrás que pensar en una historia para contarles a las mujeres de Sevilla con respecto a cómo te hiciste esa cicatriz.

Cuando llegamos a Sevilla, mi primera sorpresa fue que su gran puerto no estaba en el mar sino a unas veinte leguas por el río Guadalquivir, más allá de las llanuras pantanosas de Las Marismas.

—Sevilla es la ciudad más grande de España. Tal vez, en toda Europa, sólo Roma y Constantinopla la igualan en tamaño —dijo Mateo—. Es una ciudad de ricos. Por sus puertas se vertió todo el oro de los Incas y la plata de los Aztecas. Guardados en el Archivo de Indias están documentos de toda naturaleza relativos al descubrimiento y la conquista del Nuevo Mundo, desde el manifiesto de embarque de su descubridor, Cristóbal Colón, hasta cartas de Cortés al Rey y los pocos códices aztecas que sobrevivieron a la ira de los sacerdotes. Todo lo que se envía al Nuevo Mundo y se manda de vuelta debe pasar por Sevilla. La Casa de Contratación controla todos los aspectos del embarque, desde cuáles barcos pueden zarpar, qué les está permitido transportar y cuánto deben pagar. Hasta un barco portugués de esclavos debe tramitar un permiso para poder transportar esclavos desde la costa oeste del África hasta el Nuevo Mundo.

Amigos, Sevilla era más de lo que yo pude imaginar jamás. Ciudad de México era una gema elegante engarzada en un lago azul. Sevilla era el bastión del imperio. Era más grande, más majestuosa, más importante, no sólo en tamaño sino en estatura. Sus fortificaciones masivas habían sido construidas para soportar ejércitos y los estragos del tiempo; gruesas, altas, desafiantes. Cuando desembarcamos y caminamos por las calles atestadas de gente, yo desempeñé el papel de papanatas de una colonia: boquiabierto, los oídos atentos a cada sonido. Si Mateo no hubiera estado junto a mí, seguramente la gente rapaz de la calle me habría despojado de mi dinero, ropa y honor en unas pocas cuadras.

—Ésa es la Torre de Oro —dijo Mateo y señaló la torre de piedra de diez lados que había cerca del río. Parecía suficientemente fuerte como para haber alardeado frente a los ejércitos nada menos que del Gran Khan, un asilo seguro para las riquezas que fluían del Nuevo Mundo y del Extremo Oriente.

—Se podría juntar el rescate de un rey con lo obtenido al barrer el piso —dijo Mateo.

En el corazón de la ciudad estaba el palacio del Alcázar, la fortaleza castillo de los reyes. Se había mantenido allí desde hacía cientos de años y había sido construido incluso antes de que Tula fuera saqueada por los bárbaros. Yo pensaba que el palacio del virrey en México era un edificio para reyes, pero era un cuchitril para peones comparado con el palacio de Sevilla. Y el Alcázar ni siquiera albergaba al rey.

Después de que el rey santo Fernando III conquistó Sevilla, convirtió esa ciudad en su capital. Pero la influencia morisca de su arquitectura le otorgaba a la ciudad un sabor desconocido para mí, casi provocativo. Hasta que vi la herencia de los moros, los infieles habían sido poco más que un nombre para mí. Ahora comprobé que eran una raza imbuida de gracia y belleza y que sus arquitectos habían diseñado edificios con el donaire empleado por poetas y pintores.

Cerca del palacio estaba la Catedral de Santa María, exótica y venerable, con influencias góticas y moriscas. Se decía que era la segunda iglesia de la cristiandad; sólo San Pedro, en Roma, era más colosal. Santa Sofía, de Constantinopla, no era comparable, desde luego, ahora que estaba en manos de los infieles, quienes la convirtieron en una mezquita. Al igual que la catedral de Ciudad de México, que se erguía desde lo que había sido un templo azteca, Santa María se había construido sobre terreno pagano, ya que ese lugar estaba ocupado antes por una mezquita. La ciudad en sí misma había sido en una época la capital de los moros. Correspondía, entonces que algún día una iglesia cristiana se erigiera sobre las mezquitas conquistadas a los moros. Al contemplar Santa María, casi podía creer en lo que tantos españoles profesaban: que Dios favorecía a España y, por consiguiente, la había convertido en la nación más poderosa de la Tierra.

La gente era tan diferente de los colonos de Nueva España como diferentes eran los edificios. La ciudad vibraba de poder, de arrogancia. Esa arrogancia se notaba en todas partes. En los carruajes que avanzaban por la ciudad transportando a hombres que decidían el destino de las naciones. En los mercaderes que tenían el monopolio de la mitad del comercio mundial. E incluso en la basura de la calle. ¡Dios mío! ¡Tantos cerdos altaneros! Nada de gimoteos ni de súplicas sino una exigencia de limosnas, como si ser pordiosero fuera una concesión real. Los aparté con el hombro y lo mismo hizo Mateo. ¡Esos holgazanes deberían trabajar para pagarse el sustento!

Las diferencias entre España y Nueva España eran abismales. Los colonos de Nueva España eran ambiciosos, sinceros, trabajadores. Temerosos de Dios. Eran personas que trataban a su religión y a su gobierno con homenaje y temor; y a su vida familiar, con respeto y dedicación. En Sevilla vi lo opuesto: una sorprendente cantidad de irreverencia y libertad de espíritu. Los hombres vendían libros deshonestos abiertamente en la calle, a la vista de la Inquisición. ¡Y la irreverencia y la obscenidad! ¡Ay de mí! Si yo hubiera pronunciado esas palabras de joven, el fraile no me habría lavado la boca: ¡me habría cortado la lengua!

—En las ciudades pequeñas y las aldeas —me explicó Mateo—, las personas son más temerosas de la Iglesia y del Rey, y están más bajo su influjo, pero en las ciudades grandes, como Sevilla, Cádiz e incluso Madrid, son más mundanas. La mitad de los hombres que ves en las calles han luchado en guerras en el extranjero. Las mujeres más finas tienen que codearse en las calles con marineros y soldados que viajan alrededor del mundo. Los inquisidores se cuidan más de a quiénes acusan en la península. A menos que tengan la absoluta certeza de que la persona en cuestión es judía o mora, se mueven con mucho cuidado porque pueden terminar con el cuello cortado.

¿Alguien le puede cortar el cuello a un inquisidor? Me santigüé inconscientemente frente a ese sacrilegio. Eh, ¡ojalá hubiera sido educado en las calles de Sevilla!

—Para poder ordeñar una vaca —dijo Mateo— debes mantenerla encerrada en un corral para que nadie más se quede con la leche. El Rey mantiene un control estricto de las colonias porque ellas son las vacas que se ordeñan. No sólo un control férreo de los barcos para que todo lo que entra o sale de España esté despiadadamente regulado, sino que los soldados del virrey, el Santo Oficio, los condestables de la Santa Hermandad, son todos expresiones del poder del Rey. Todos estos controles se realizan también en la Madre España, sólo que la gente tiene poca tolerancia hacia las tiranías mezquinas.

En la Ciudad de México, miles de indios caminan arrastrando los pies, con dignidad y urbanidad, la cabeza gacha, los hombros encorvados por el derrumbe de su cultura y de su estilo de vida. Ninguna humildad parecida se advertía en la Ciudad de los Ricos. Tampoco se veía el sereno encanto de la capital colonial en las calles y callejuelas ruidosas, sucias y hediondas de Sevilla.

Sevilla, decidí, era un toro arrogante: rico y gordo, pero también grosero, vulgar y desagradablemente indecente.

—Eh, Bastardo, si crees que el público de las obras de teatro de la Ciudad de México era turbulento y fastidioso, espera a ver cómo es el de Sevilla. A algunos actores los mataron por la forma en que dijeron su parlamento.

—Me prometiste que no nos veríamos involucrados en comedias —dije—. Algún visitante de la Nueva España podría reconocernos.

—Eres demasiado cauteloso, compadre. Y yo no te prometí nada. Para que termines con tus gimoteos incesantes, confieso que *simulé* estar de acuerdo contigo.

—Me dijiste que tenías que estar alejado del teatro porque debías dinero y habías acuchillado a un acreedor que te insultó.

Mateo palmeó el oro que tenía en el bolsillo.

—Conocí a un alquimista que creía que el oro podía curar las enfermedades. Tenía razón, pero son sólo las enfermedades sociales y las deudas y ofensas públicas las que cura el dinero. Bastardo, espera a ver la gran sala de teatro de Sevilla. Esos pequeños corrales con los que jugueteábamos, bah, se podía meter la mitad de la Ciudad de México bajo el techo del corral de El Coliseo. Mi sala favorita es la Doña Elvira, edificada por el conde de Gelves. Es más antigua que El Coliseo y no tiene un techo tan grande, pero la acústica es mucho mejor: a un actor se lo oye bien en todas partes. En realidad, es la obra que se presenta la que determinará a cuál asistimos. Según las que estén en escena, iremos a ver las Atarazanas, el Don Juan...

Suspiré. Discutir con él era inútil. Las obras de teatro estaban en la sangre del autor. Y mis propias inhibiciones comenzaban a debilitarse. Yo había pasado años en el infierno, y ahora compartía su entusiasmo. Mi sangre hervía con sólo oír hablar de las obras.

—Nuestro atuendo debe ser acorde a nuestra posición de ricos hidalgos. Nada que no sean las mejores sedas y lino, la lana más suave, para nuestros jubones, pantalones y capas. Botas de un cuero más suave que la colita de un bebé, sombreros con los plumajes más exóticos. ¡Y espadas! Finas hojas de Toledo que extraen sangre con la facilidad de un barbero torpe. Y dagas enjoyadas. ¡No podemos matar a otro caballero con el hacha de un hachero!

¡Ay de mí! Poseíamos el rescate de un rey, pero para un hombre cuya manera de ver el dinero se nutría de la majestuosa fantasía de *Amadís de Gaula*, hasta la riqueza de Creso era una miseria.

Nuestro plan de vivir modestamente y evitar atraer la atención ya estaba hecho jirones. Me sentiría afortunado si Mateo no entraba en Sevilla en un carro como César volviendo a Roma con sus legiones.

CIENTO NUEVE

—Don Cristo, le presento a doña Ana Franca de Henares.

—Señora mía —dije y la saludé con una gran reverencia.

Eh, amigos, ¿acaso creían que pasaría mucho tiempo antes de que Mateo y yo disfrutáramos de los encantos y brazos de una compañía femenina?

Mateo me había advertido acerca de doña Ana. Su noble título de doña era tan genuino como mi propio "don" de caballero. Era la hija de un carnicero y un noble de edad la había retenido como su criada cuando ella tenía catorce años. La mayor parte de sus servicios los realizaba en el dormitorio del noble. Él era tan decrépito que la usaba más que nada como "calientapiés": disfrutaba enormemente de poner sus pies fríos en ese lugar privado que ella tenía entre las piernas.

Ella huyó a los diecisiete años con una compañía de actores itinerantes y enseguida asumió el rol de amante del autor. Pero poseía talento y muy pronto representaba papeles protagónicos en Madrid, Sevilla y Barcelona. Con la fama aumentó su poder, y sus *liaisons* fueron legión.

Acepté la advertencia de Mateo de no involucrarme románticamente con ella. No porque fuera una cazafortunas; eso era algo que cabía esperarse. No porque fuera inmoral: eso era deseable. Tampoco porque hubiera tenido muchos amantes: eso la hacía muy experimentada. Sino por el peligro que representaba.

—El conde de Lemos es su amante actual —me dijo Mateo antes de presentarme—. Es un mal amante y un peor espadachín. Compensa su falta de habilidad en la cama siendo generoso con sus amantes en lo relativo al dinero. Y compensa sus deficiencias de esgrimista contratando matones para que maten o incapaciten a los que aspiran a desafiarlos.

—¿Por qué me dices estas cosas?

—Porque ella es una vieja amiga que necesita un nuevo amigo. El conde rara vez la escolta a sus funciones o le da el amor que ella necesita.

—¡Bravo! Mateo, eres un manipulador genial. Yo cruzo el gran océano para establecer mi morada en esta maravillosa tierra, para que un amante celoso pueda contratar a un matón para que me asesine… ¿Eso es lo que tenías pensado para mí?

—No, Bastardo. Lo que tenía pensado era que, por una vez en la vida, te relacionaras con una *verdadera* mujer, una mujer capaz de enseñarte cosas acerca de ser un caballero que yo no te puedo transmitir. Cuando ella termine contigo, la simpleza de la Colonia habrá desaparecido y en su lugar aparecerá un caballero muy seguro del lugar que le corresponde en la sociedad. Se trata de una mujer que fue creada para el amor. Por desgracia, es también inteligente, maquinadora y tan codiciosa como un hombre, pero en la cama es capaz de chamuscar las alas de Eros.

—¿Entonces por qué no te la guardas para ti?

—Porque pienso en la felicidad de mi compadre antes que en la mía.

Lancé una carcajada.

—Además —continuó—, yo tengo otra mujer, terriblemente celosa y que se venga de los amantes infieles clavándoles un cuchillo en los testículos. El conde sabe que Ana necesita una escolta para las funciones sociales pero quiere tener la seguridad de que nadie se hará dueño de sus encantos. Ella te ha descrito a la perfección, pero yo no respondo para nada a su augusta descripción. —Mateo sonrió con astucia. —Ella me contó que su escolta prefiere a otros *hombres*.

Ay, y a mí me eligieron para el papel de sodomita. Aunque yo no tenía la menor intención de ponerme en ridículo con esa mujer, Mateo me convenció de que, al menos, la conociera.

Después de mirarla a los ojos, estaba listo para hacer de payaso o de encarnar a un idiota lunático si ella me lo pedía.

A diferencia de tantas famosas actrices, no había nada de coquetería en ella. Por lo general, esas mujeres flirteaban y se las ingeniaban para encontrar el camino a billeteras y cajas de caudales. Ana Franca, en cambio, era una mujer callada y reservada y con el comportamiento de una auténtica dama. Pero, desde luego, lo era con esas sedas elegantes, joyas deslumbrantes y ojos de mirada recatada que revoloteaban detrás de un abanico chino de mango de marfil. Su principal atractivo no era su belleza, aunque sus facciones fueran exquisitas: cutis terso y blanco, pelo castaño con peinado alto sujeto con perlas, nariz aguileña y pómulos altos y sesgados que enmarcaban sus extraordinarios ojos color esmeralda. Sin embargo, no fue su belleza lo que me atrajo hacia ella sino su radiante personalidad. Era una gran, gran mujer.

No porque yo no apreciara la belleza sino porque un hombre sabio pronto aprende que la belleza fría significa una cama también fría. Lo que siempre me atraía más era la esencia de una mujer, su calidez y fuego interior, y no el aspecto cautivante pero efímero de una piel estirada sobre el hueso.

El mayor encanto de Ana eran sus ojos. Tal como las sirenas, las mujeres-pájaro aladas de *La Odisea*, que hechizaban a los marineros y los llevaban a la muerte por la dulzura de su canto, los ojos de Ana Franca me condenaban a la perdición. Pero mientras que a Ulises le advirtieron que se cubriera los oídos para no oír el canto de las sirenas, Mateo había hecho que mis oídos y mis ojos estuvieran bien abiertos.

No puedo decir que me haya enamorado de Ana Franca: yo le había entregado mi corazón para siempre a otra mujer. Pero, al menos, a Ana le entregué mi lujuria. Entendía bien por qué era la amante de un conde. A pesar de sus humildes comienzos, no había en ella nada de la clase trabajadora. En nuestro primer encuentro, ella dejó bien establecido cuáles serían los términos de nuestra relación.

—Mateo te describe como un palurdo de las colonias y afirma que sólo tienes experiencia con la tosquedad de la Nueva España. Aquí, todo el tiempo vemos a esos patanes nada refinados. Bajan de un barco con los bolsillos llenos de oro y están convencidos de que una riqueza recién amasada es el sustituto de la educación y los buenos modales. Pero se topan con sonrisas sardónicas y con desprecio.

—¿Y cómo se adquiere la apariencia de una persona culta?

—Sólo se es caballero cuando se *piensa* como un caballero.

Ecos del Sanador. ¿Podía ella darse cuenta de que yo no era un caballero por mi olor?

—Tienes la ropa de un caballero. No eres particularmente apuesto, pero la cicatriz que tienes de tus batallas con los piratas le otorga descaro a tus facciones. Quítate la ropa y enseguida uno se da cuenta de que no eres un caballero.

La historia que yo había inventado tenía que ser romántica: un duelo por los encantos de una dama. Pero a Mateo no le gustaba nada lo del duelo porque otros hombres podían considerarlo un desafío y, por lo tanto, algo así como una sentencia de muerte debido a mi falta de habilidad con la espada. Una lucha con los piratas franceses, en cambio, poseía la medida apropiada de valentía sin amenazar la virilidad de los demás hombres.

La cara que tenía esa cicatriz de pirata era desconocida para mí. Desde la época en que empecé a tener pelo en la cara, yo había comenzado a dejarme la barba. Pero una barba ya no era un disfraz. La mayoría de mis pecados los había cometido con pelo en la cara. Tampoco necesitaba ocultar la marca de esclavo porque Mateo, astutamente —y dolorosamente—, me la había borrado un poco y convertido en la cicatriz de una lucha con un pirata. Ahora, con esa cicatriz y bien afeitado, un desconocido me devolvía la mirada en el espejo.

La moda del Nuevo Mundo había sido usar el pelo largo, pero, durante los últimos años, en España los hombres venían usando el pelo corto. Y precisamente ese pelo corto contribuía a que me desconociera aún más. Me sentí tan seguro que podría haber caminado por la mazmorra del Santo Oficio en la Ciudad de México sin ser reconocido.

—Doña Ana, ¿cuál es la cura para esa tosquedad del alma? —le pregunté.

—Para ti, no hay cura. Mírate las manos. Están ásperas y callosas, para nada las manos finas y suaves de un auténtico caballero. Sospecho que tus pies son aun más ásperos que tus manos, lo mismo que tus brazos y tu pecho. Los obreros, y no los caballeros, tienen esos desagradables músculos. Tu pasado militar podría explicar algunas de esas cosas, pero no una cantidad tan grande de defectos.

—¿Qué otra cosa estoy haciendo mal?

—¡Todo! Te falta la fría arrogancia de quien nunca ha tenido que luchar por nada. No exhibes desprecio hacia las clases bajas, a quienes Dios les ha negado los privilegios de una buena cuna. Dios elige un lugar para todos nosotros. Las personas de alcurnia nacen para mandar. Las personas comunes y corrientes nacen para servir. Tu defecto más evidente es que sólo *actúas* como un caballero. No se puede *interpretar* ese papel. Tienes que *pensar* como un caballero. Si necesitas actuarlo, entonces tus raíces constantemente se infiltrarán y la gente descubrirá que sólo se trata de una simulación.

—Dile a este palurdo colonial un error que he cometido —le pedí—. Dime qué hice para darte permiso de que me tildes de grosero y tosco.

Ella suspiró.

—Cristo, ¿por dónde quieres que empiece? Hace un momento, mi criada te trajo una taza de café.

Yo me encogí de hombros.

—Está bien. ¿Me volqué el café en la barbilla? ¿Lo revolví con un dedo?

—Se lo agradeciste.

—¡Jamás! ¡No pronuncié ni una sola palabra!

—Le agradeciste con tus ojos y una sonrisa.

—¿Qué tontería es ésa?

—Una persona de clase nunca le demostraría gratitud a una criada. Ningún verdadero caballero reconocería siquiera que ella *existe*, a menos, desde luego, que se propusiera explotarla sexualmente. En ese caso la miraría de soslayo y, quizá, comentaría sus atributos femeninos.

Ayyo. Pero, cuando lo pensé mejor, supe que Ana estaba en lo cierto.

—¿Y, además de mi cortesía hacia la servidumbre?

—Te falta arrogancia. ¿Has visto a Mateo entrar en una habitación? Entra en un salón elegante como si fuera un chiquero y él se estuviera ensuciando las botas al hacerlo. Cuando tú entraste en mi salón, lo observaste con admiración.

—Ah, pero Mateo es mayor y más sabio que yo y tiene mucha más práctica para desempeñar el papel de caballero.

—Mateo no necesita interpretar ese papel: nació caballero.

—¿Mateo? ¿El pícaro? ¿Un caballero?

Ella se cubrió la cara con su abanico chino. Sus ojos me dijeron que había dicho algo que no tenía intención de revelarme. Doña Ana no era una mujer a la que se le podía sonsacar información, así que lo dejé pasar, aunque de pronto me di cuenta de que yo no sabía nada de la vida y la familia de Mateo... ni siquiera dónde había nacido.

Pero ahora entendía que ella y Mateo tenían un pasado común.

—Cuando eras chica, huiste con el director de una compañía de actores. ¿Ese hombre es mi amigo?

Por toda respuesta, ella sonrió.

—Doña Ana, ya que usted me da clases de cómo ser un caballero, ¿qué puedo hacer yo por usted?

El abanico de nuevo aleteó sobre su cara.

—La boca del conde alardea de sus propias habilidades como amante, mejor de lo que lo hacen sus partes viriles.

Se levantó de la silla y se instaló en el pequeño sofá, junto a mí. Su mano se deslizó entre mis piernas. Yo usaba elegantes calzas ajustadas de seda en lugar pantalones de lana. Mi parte viril se erectó cuando ella la acarició.

—Él te hará matar si descubre que eres mi amante. Ese peligro le añade mucha excitación a hacer el amor, ¿no lo crees?

Mateo me había advertido de sus encantos... y de los celos del conde. Pero confieso que soy demasiado débil para rechazar la seducción de una mujer.

CIENTO DIEZ

Y fue así cómo un palurdo colonial se transformó en un caballero de Sevilla.

Lo que más me enfurecía del tutelaje de Ana era tener que fingir que me gustaban los hombres, a fin de aplacar al conde. Después de algunas discusiones, decidimos que mi atuendo sería una camisa amarilla de seda y un jubón de un color que Ana describía como "un rosado provocativo".

—El hermano menor del conde es homosexual —me dijo Ana—. Es así como se viste. Si tú te vistes de esta manera, convencerás al conde.

¡*Ayya ouiya*! Qué caminos tan extraños tiene la vida.

A cambio de mi promesa de jugar al dandy, fui invitado muchas veces a la alcoba de Ana… y a unirme a la vida profana de la comunidad teatral de Sevilla. En una reunión celebrada después del estreno de una obra, entendí por qué la Iglesia les negaba a los actores sepultura en tierra consagrada. Además, esas fiestas acentuaban aun más las diferencias entre España y Nueva España. Las fiestas posteriores a las funciones de teatro, como a la que yo asistía, habrían sido inimaginables en la Ciudad de México. En esa reunión particular en Sevilla, la gente vestía como los personajes de *Don Quijote* y *Amadís de Gaula*, y se portaba como los sátiros romanos en una orgía.

Yo quería participar de la vida del teatro y a Ana le encantaba que yo la escoltara en ese medio. Aunque ya no pisaba las tablas, departía con los actores y tenía opiniones firmes acerca de sus interpretaciones. Con frecuencia se mostraba tan cáustica como los mosqueteros.

La primera obra a la que me llevó fue una sorpresa. Mateo me había enseñado que la mejor ubicación para un corral de comedias era un terreno baldío rodeado por dos o tres casas, que era aproximadamente la disposición del corral. En Sevilla, los teatros tenían la misma disposición, pero eran mucho más elaborados. Ubicado entre dos casas largas, el escenario elevado estaba cubierto por una marquesina de lona sujeta a los techos de los dos edificios. Frente al escenario había un sector con bancos para sentarse. Detrás de los bancos había un patio, más comúnmente llamado el foso. En ese sector, los hombres ordinarios, como los carniceros y los panaderos, permanecían de pie. En el foso, por supuesto, estaban los temidos mosqueteros, cuyos silbatos, abucheos, la basura que después arrojaban al escenario y las espadas desenvainadas podían hacer que una obra de teatro llegara abruptamente a su fin.

Detrás de ese foso vulgar, se elevaban los asientos llamados gradas. Cubiertas por un techo de madera o sostenidas por pilares, las personas de clase más alta se sentaban allí. Por encima de esas gradas en forma de anfiteatro estaban los aposentos o palcos, una ubicación limitada a los muy ricos.

—Los aposentos eran, originalmente, habitaciones con ventanas de las casas adyacentes, pero el dueño del teatro los construyó para estar seguro de cobrar las entradas —me dijo Ana. A un lado de las gradas estaba la infame cazuela. —Es allí donde las mujeres de clase más baja ven la obra. Mateo dice que ustedes asistieron a algunas obras de teatro y han experimentado en carne propia las vulgares payasadas de los mosqueteros —dijo Ana—. Pero no han vivido la auténtica vulgaridad hasta que escuchen cómo las mujeres de la cazuela expresan su decepción con respecto a una obra o un actor.

Fuimos al teatro en la carroza de Ana. Llevamos con nosotros a su amiga Felicia, una mujer de algunos años menos que Ana y casi tan sensual como ella. Para mi sorpresa, las dos mujeres asistieron a la representación con máscaras… y vestidas como hombres. No como caballeros sino plebeyos.

—A menos que se trate de una obra religiosa, las mujeres decentes usan máscara para las funciones —dijo Ana.

—¿Para evitar que las reconozcan?

—No. Sí quieren ser reconocidas por sus amigas. Es por modestia. Una dama de clase no debe ser vista en un teatro. Salvo por otras damas de su misma clase.

—Ah. —Yo no lo entendía, pero era un misterio más acerca de las mujeres, acerca de las cuales yo no sabía nada. —Y ese asunto de la ropa de hombre. ¿Las mujeres de Sevilla siempre la usan cuando van al teatro?

—Desde luego que no. La finalidad del disfraz es permitirnos hacer comentarios públicos sobre la obra —dijo Felicia.

Una vez más, no entendí de qué manera el disfraz de hombre les daba a Ana y a Felicia el derecho de criticar una obra, pero cuando ellas bajaron del vehículo con bolsas de tomate, comencé a sospechar que había en el uso de esos disfraces más de lo que me decían. En especial cuando me pidieron que sacara entradas para el patio.

—¿Vamos a tener que estar parados en el foso? —pregunté—. ¿Con los mosqueteros?

Ay, el brillo de sus ojos me dijo que yo estaba en manos de un par de chifladas al estilo de Mateo. Salvo que muy pronto descubrí que la demencia de mi amigo no tenía nada que ver con la de estas dos mujeres vestidas de hombre.

La obra era considerada una obra maestra de la literatura española, sólo superada por *Don Quijote*.

—El Santo Oficio tiene sus dudas con respecto a *La Celestina*, que aparece en la lista de obras prohibidas por la Inquisición y después desaparece —dijo Ana—. Y cuando la prohíben, sus edictos se ignoran, cosa que los perturba. Los familiares no se animaban a llevar presos al autor o a su elenco de actores. La gente no se los permitiría. *Don Quijote* nos incitaba a la risa al burlarse de los hidalgos y del insano ensalzamiento de lo caballeresco que dominaba sus obras, pero La Celestina nos llegó al alma. Los españoles están hechos de sangre y fuego. Son codiciosos y generosos, tontos y brillantes. Tienen a Dios en su corazón y al demonio en sus pensamientos. Celestina, esa tortuosa prostituta, y los dos amantes, representan lo mejor y lo peor de cada uno de nosotros.

Referida por lo general como *La Celestina*, la *Comedia de Calisto y Melibea* no era una obra nueva. Se había estrenado mucho antes, en 1499, siete años después del descubrimiento del Nuevo Mundo y más de veinte años antes de la caída del Imperio Azteca. La tragedia de dos amantes se presentaba en nada menos que veintiún actos.

Celestina era una madama que servía de intermediaria entre dos jóvenes amantes, Calisto y Melibea. Calisto pertenecía a una nobleza menor; Melibea era de clase superior y mucho más rica, lo cual hacía que fueran una pareja nada apropiada para el matrimonio. Pero se unieron como amantes y desafiaron las convenciones, no sólo al pronunciar palabras de amor sino al consumar físicamente su pasión.

La verdadera protagonista de la obra era Celestina, una mujer al mismo tiempo malévola y astuta. Su tosco humor y sus comentarios irónicos fascinaron a los públicos de todas partes. Pero, en última instancia, su astucia y su codicia la traicionaron. Cuando le pagaron por su papel de intermediaria, ella se negó a compartir ese oro con sus compañeros conspiradores. Después de matarla, también ellos fueron asesinados por una multitud furiosa.

Pero nada libraría a los amantes de su propio destino. Sus pasiones desenfrenadas fueron el instrumento de su perdición. Calisto murió al caer de una escalera que conducía a la ventana de Melibea. Melibea —con su amante muerto, su honor arruinado y su virginidad perdida— se arroja por la ventana de una torre.

—El intento de ambos de desafiar al destino estaba condenado al fracaso —explicó Ana en el carruaje cuando íbamos camino al teatro—. El destino y las costumbres determinaron el fin de los amantes; en realidad, determinan el fin de cada uno de nosotros y demuestran la inutilidad de oponernos a los dioses.

—¿Quién fue el autor? —pregunté.

—Un judío converso, un abogado. Primero lo publicó anónimamente por miedo a la Inquisición.

Al presenciar la obra entendí el miedo del autor. El lenguaje era con frecuencia grosero. Celestina hace comentarios obscenos acerca del pene con forma de "cola de escorpión" de un joven, cuyo aguijón produce nueve meses de hinchazón. Un personaje acusa a Celestina y a una muchacha que vive con ella de tener "callos" en el vientre por todos los hombres que las visitan. Hay indicios de bestialidad femenina, aunque no con respecto a la hermosa e inocente Melibea.

Esos pomposos inquisidores de Nueva España se desmayarían si vieran los veintiún actos de La Celestina, obra en la que la lujuria, el vicio, la superstición y el mal eran sus personajes principales. Como una suerte de justicia divina, me imaginé atándolos, obligándolos a abrir los ojos y forzándolos a ver la obra repetidas veces.

¿Y los tomates? Se preguntarán qué hicieron ellas con los tomates. Cuando entramos en la fosa, estaba repleta de hombres que hablaban incesantemente. Todos parecían no sólo haber visto la obra antes sino que algunos parecían también haber asistido a esa representación en especial en más de una ocasión. Los vendedores callejeros y los obreros discutían el trabajo de los actores y la manera en que decían sus parlamentos; sus errores y sus logros; como si ellos mismos fueran el autor de la obra. La obra se presentaba en mitad de la tarde para poder aprovechar la luz del sol. ¿Por qué razón esos patanes asistían al teatro por la tarde en lugar de trabajar?

Pero, pronto, también yo me acostumbré a esperar buenas actuaciones.

—Para eso pagamos nuestras entradas —dijo Ana—. La primera vez que yo actúe, mi paga fueron las monedas arrojadas al escenario durante mi interpretación. Padecí hambre hasta aprender cómo encarnar un personaje. ¡*Bolo!* —le gritó a la actriz que interpretaba el papel de Areusa y le arrojó un tomate cuando no dijo un parlamento a su propio gusto.

Ana y Felicia no eran las únicas que sabían de memoria todos los diálogos de la obra. Algunos de los parlamentos preferidos, generalmente los que contenían términos deshonestos, eran pronunciados por los mosqueteros al unísono con los actores.

Enseguida quedé subyugado por la obra y muy pronto yo mismo me puse a arrojar tomates...

Después de la función regresamos a la enorme casa de Ana. En el camino, noté que Felicia me miraba cada vez más con una sonrisa y una mirada seductora.

Cuando llegamos a su casa, Ana me dijo:

—Ven, nos daremos un chapuzón en mi piscina para refrescarnos.

Su "piscina" era un antiguo baño romano. La ciudad tenía muchas ruinas romanas y la de Ana no era la única casa construida sobre un baño o algún otro edificio.

Yo había tomado muchos baños con Ana en ese piscina climatizada. Me sorprendió oírla sugerir que los tres lo hiciéramos juntos.

—El amante de Felicia se ha ido a Madrid por un mes —comentó Ana.

Se trataba nada menos que del hermano menor del conde, el benefactor y amante de Ana, el hermano que Ana dijo prefería a los hombres.

—Pero tiene que guardar las apariencias —dijo ella—. De allí el papel de Felicia, que es un excelente actor.

No entendí qué quiso decir Ana al comentar que Felicia era un excelente actor.

Ana ya estaba en el agua cuando yo me deslicé en la piscina y aparté mi toalla al ser rodeado por el agua tibia. Felicia estaba sentada en el borde, con la toalla alrededor de la cintura, cuando Ana y yo nos reunimos.

Ana se apartó de mis brazos y le arrancó la toalla a Felicia. Antes de que ella se metiera en el agua, vi y entendí lo que Ana había querido decir cuando afirmó que Felicia era un excelente actor.

Eh, si Catalina el Bandido pudo engañar a reyes y papas, ¿por qué no habría Felicia —o como fuera que se llamaba— de engañar a los hidalgos de Sevilla?

El entusiasmo de Ana por el teatro, por las fiestas y por hacer el amor era inagotable, y ella me mantenía ocupado con esas tres cosas. Lo único que yo deploraba era lo poco que veía a Mateo. Al principio, su nombre estaba en boca de todos. La historias de un caballero que había regresado del Nuevo Mundo con los bolsillos llenos de oro lo convirtió enseguida en una leyenda. ¡Las anécdotas que contaban de él! Oí decir que Mateo había descubierto la isla perdida de California, donde la reina Amazona está sentada en un trono de oro, con los pies apoyados en los cráneos de los hombres que tuvieron la mala suerte de que sus naves encallaran en sus orillas. Pero el cuento más increíble fue el de que él había descubierto las Siete Ciudades Doradas de Cíbola mientras exploraba los desiertos al norte del río Bravo.

Ana me expresó su curiosidad acerca de esas ciudades fabulosas y yo le conté su historia.

Después de saquear a los aztecas y a los incas, los conquistadores buscaron más conquistas doradas. En 1528, una partida de españoles desembarcó en la península que tiempo antes Juan Ponce de León había bautizado la Florida, cuando buscaba la fuente de la juventud. Álvar Núñez Cabeza de Vaca era uno de ellos. Este hombre con un nombre tan extraño y un esclavo africano llamado Esteban, estaban entre los sesenta hombres que naufragaron en las costas de la Florida. Núñez, Esteban y otros dos hombres viajaron durante ocho años por el continente, más de mil leguas, hacia una zona más al norte de los sectores con asentamientos de Nueva España. Allí, en una tierra desértica más allá del río Bravo, cerca del actual asentamiento de Santa Fe, ellos aseguraron haber visto a lo lejos siete ciudades doradas. Las expediciones que partieron en busca de esas ciudades, incluyendo una comandada por Francisco Vázquez de Coronado, no lograron hallar nada fuera de algunos pueblos indios pobres.

Eh, pero Mateo había encontrado las siete ciudades, ¿no es así?

Yo habría esperado que Mateo se involucrara a fondo con la escena teatral de Sevilla, pero aunque cada tanto lo encontré asistiendo a las funciones, él estaba por completo concentrado en otra de sus empresas favoritas.

—Mateo está involucrado con una duquesa —dijo Ana—, una prima del Rey.

—¿Ella es casada?

—Por supuesto. Su marido es el duque, que en este momento se encuentra en los Países Bajos inspeccionando el ejército. La duquesa se siente muy sola y le exige a Mateo todo su tiempo y energía. Mateo cree que, por primera vez en su vida, está realmente enamorado.

—¿En España hay alguien que esté casado y no tenga un amante?

Ana lo pensó un momento.

—Sólo los pobres.

En varias ocasiones Ana había hecho referencias crípticas acerca del pasado sombrío de Mateo. Durante una conversación sobre una obra de Miguel de Cervantes, Ana arrojó un poco más de luz con respecto a la vida de Mateo. Y, en definitiva, logré arrancarle secretos que me sorprendieron muchísimo y modificaron mi perspectiva referente a Mateo.

Yo conocía, desde luego, una pequeña parte de su pasado, y que le tenía mucho rencor a Cervantes. Sin embargo, su odio hacia Cervantes estaba relacionado con algo más profundo. Ana me explicó ese encono de Mateo mientras viajábamos en su carruaje hacia el teatro.

—Cuando Mateo conoció a Cervantes, él desde luego era muy joven y Cervantes, bastante viejo. Supongo que estás familiarizado con la historia del autor de *Don Quijote*.

Ana, que parecía saberlo todo acerca de la literatura española desde la época de los romanos, me ilustró al respecto. Cervantes había nacido en circunstancias razonablemente humildes. Era el cuarto de siete hijos y su padre era un barbero-cirujano que ponía en su lugar huesos, realizaba sangrías y atendía problemas médicos menores. El joven Cervantes no asistió a la universidad sino que recibió su educación por intermedio de los sacerdotes.

Después de enterarme del servicio militar de Cervantes, me sorprendió que Mateo no le tuviera más respeto. Los dos habían servido en Italia y habían luchado contra los turcos. Cervantes fue soldado en un regimiento de infantería apostado en Nápoles, una posesión de la corona española, y sirvió en la flota comandada por don Juan de Austria, cuando derrotó a la flota turca en la batalla de Lepanto, cerca de Corinto. A pesar de tener mucha fiebre, Cervantes no quiso permanecer en el camarote. Una vez en cubierta, recibió dos heridas de bala en el pecho y una tercera le inutilizó la mano izquierda por el resto de su vida. Más tarde peleó en Túnez y en La Goleta. Enviado de vuelta a España, lo recomendaron para nombrarlo capitán, y los corsarios bárbaros capturaron su barco llevándose a Cervantes y a su hermano Rodrigo. Fueron vendidos como esclavos en Argel, el centro musulmán para el tráfico de esclavos cristianos. Lamentablemente para Cervantes, las Cartas de Recomendación aumentaron su importancia a los ojos de sus captores. Pero, si bien esas cartas elevaron el precio de su rescate, también lo protegieron de la muerte, la mutilación o la tortura cuando sus cuatro intentos de fuga se frustraron.

Cinco años de cautiverio bajo el bey de Argelia, cuatro intentos heroicos de fuga, su resonante éxito en batalla, todo eso no le sirvió de nada. Cuando regresó, descubrió que el príncipe don Juan de Austria había muerto y había perdido todo favor frente al Rey. O sea que las recomendaciones para su ascenso no valían ya nada.

Cervantes encontró un empleo monótono. Una aventura con una mujer casada tuvo como resultado una hija ilegítima, que él mismo crió. Se casó con la hija de un granjero, que tenía veinte años menos que él. La muchacha tenía una pequeña propiedad en La Mancha. Mientras visitaba La Mancha, concibió su primera obra de ficción publicada: *La Galatea*, un romance de género pastoral. Habrían de pasar otros veinte años para que, a la edad de cincuenta y ocho años, se publicara su obra maestra: *El ingenioso hidalgo Don Quixote de la Mancha*. A lo largo de esos veinte años escribió poesía, obras de teatro, trabajó como recaudador de impuestos y en una ocasión fue a la cárcel por discrepancias en los registros contables de su cobro de impuestos.

—Una de las obras de teatro que escribió fue La Numancia —dijo Ana, y me llevó a ver una puesta en escena de esa obra. —Numancia era una ciudad española que tuvo que soportar un terrible sitio por parte de los romanos. Durante diez largos y sangrientos años, tres mil españoles defendieron la ciudad con desesperado coraje contra una fuerza romana de más de cien mil hombres. Cervantes eligió situar su obra en los últimos días de ese sitio, en un momento en que los muertos y los hambrientos yacen tendidos unos sobre otros en la ciudad. Los bebés maman sangre del pecho de su madre, en lugar de leche. Dos jóvenes numantinos se abren camino hacia el campamento romano para robar pan. A uno lo matan, pero el otro, mortalmente herido, regresa con pan manchado de sangre antes de morir.

—Piensa en esa imagen —dijo ella—: pan manchado de sangre y bebés que maman sangre.

Para asistir a esta obra, Ana se vistió como una mujer de clase, usó una máscara, desde luego, y nos sentamos en un palco. Hasta los mosqueteros estuvieron en silencio durante la representación.

—Es la historia de un gran patriotismo, del coraje del pueblo español —dijo Ana—. No se le arrojan sobras a nuestro pueblo. La primera vez que vi la obra, yo era apenas una chiquilla. Un borracho le gritó un insulto a uno de los muchachos que había dado su vida por conseguir pan, por la forma en que interpretó la escena de su muerte. Y los hombres del foso casi lo destrozaron.

Al ver la obra, yo casi no respiré durante esa escena por miedo a malquistarme con los que me rodeaban.

En esa tragedia en cuatro actos no había un único héroe. La gente, la ciudad y España misma eran sus héroes. Los personajes incluían damas españolas, soldados romanos y hasta el río Duero.

Yo estaba impresionado por la maestría de Cervantes en fundir las oscuras supersticiones paganas con el heroísmo del pueblo español al resistir a los invasores romanos. En una escena, la tierra se abría y un demonio aparecía y escapaba llevándose un cordero para el sacrificio. Marquinio el Hechicero, un negro con una lanza en una mano y un libro de magia en la otra, convoca a un joven muerto del Palacio de los Muertos. El muchacho le habla a la gente de su deber y de su destino. Ellos deben destruir su ciudad y negarles a los romanos tanto la victoria como el botín y los despojos. Ni el oro ni las gemas ni las mujeres debían caer en mano de los invasores.

Ana señaló a un interesante hombrecillo que estaba entre el público.

—Es Juan Ruiz de Alarcón, uno de tus colegas de la Colonia. Vino aquí desde la Nueva España para estudiar derecho y teología y terminó siendo dramaturgo. Una de sus obras, *La verdad sospechosa*, se estrenará la semana próxima.

Ruiz era un jorobado patizambo con una barba color rojo fuego. Tenía la mirada penetrante de un fanático religioso, el cuerpo de un enano y el labio superior curvado de un lobo hambriento.

Se lo comenté a Ana.

—Su hambre es de fama y de gloria, pero su cuerpo le niega tanto el campo de batalla como el campo del duelo. Así que vuelca toda su energía en su pluma y en su garrancha.

—¿Cómo?

—Él se cree un gran tenorio.

—Santa María —dije y me santigüé—. Pobre diablo.

—¡Pobres mujeres! Dicen que está tan bien dotado como un toro.

Después de la obra, Ana y yo nos distendimos en su baño romano. Yo le froté los pies mientras ella fumaba hachís. Más temprano en nuestra relación ella me había ofrecido fumar ese sueño morisco, pero me dio dolor de cabeza. Quizá mi sangre azteca sólo se veía satisfecha con el producto que induce al sueño preparado por las tejedoras de flores.

—Háblame de Cervantes y de Mateo —le supliqué.

—Mateo era un joven dramaturgo, el director de una compañía itinerante y…

La interrumpí.

—¿La misma compañía de actores a la que te integraste cuando huiste de tu casa?

—Exactamente. Como ya habrás adivinado, él fue mi primer amante. No el primer hombre en disfrutar de mi cuerpo sino el primero que yo deseaba que me hiciera el amor.

Sonreí al imaginar a esos dos pícaros en el escenario y en la cama. Dios mío, sin duda habrá sido como un volcán que choca con una enorme ola.

—¿Por qué odia tanto a Cervantes?

—Cervantes fue un dramaturgo, pero todavía no había alcanzado la fama que lograría después de la publicación de *Don Quijote*. Mateo era el director de una compañía de actores y deseaba poner en escena sus propias obras. Le mostró algunos de sus trabajos a Cervantes.

—¿El relato del caballero errante —pregunté—, un viejo hidalgo que luchaba contra molinos de viento?

—Yo nunca supe con exactitud cuál era el argumento de las comedias de Mateo. Dijo que a Cervantes le gustaron y por un tiempo los dos fueron amigos.

—¿Lo suficiente como para que Mateo le haya volcado su corazón a Cervantes? ¿Y le contara todas las aventuras y desventuras que había conocido en su afán de vino, mujeres y gloria?

—Sí, también Mateo me dijo eso, que el viejo le "pidió prestado" a nuestro amigo sus aventuras, y no tengo motivos para no creerle. La vida de Mateo podría llenar muchos libros. Pero también es cierto que, si bien las obras de Mateo acerca de caballeros y dragones y hermosas princesas eran muy bien recibidas por el público, eran todo lo que Cervantes detestaba. En *Don Quijote*, él parodió sin piedad a Mateo y a su forma de escribir.

—O sea que Cervantes le "pidió prestada" su vida y sus ideas y, encima, las presentó con burla.

—Mateo no lo ha perdonado.

—Seguro que no —dije—. Mateo se vuelve loco cada vez que oye mencionar a Cervantes.

—Si supiera que tú y yo fuimos a ver La Numancia…

—Sí, nos cortaría una oreja a cada uno. Y, Ana, tú me dijiste una vez que Mateo no era un pícaro sino un caballero. Por supuesto, él me contó toda su historia durante nuestros merodeos y batallas con piratas, pero me pregunto si te hizo a ti el mismo cuento…

—No, no me dijo nada. Lo supe por alguien que conoció a Mateo cuando él era marqués.

¡Un marqués! Un noble por encima de un conde y debajo de un duque. Un gran personaje. Incluso aquellos que llevaban un título vacío porque habían perdido sus bienes o se los habían confiscado, podían venderse en matrimonio a una viuda muy rica o a la hija de un comerciante rico.

—Tú conoces la versión de Mateo —dijo ella—. Él quedó huérfano a los cinco; su padre murió en una batalla y su madre, enferma de peste. Su padre, el marqués, era un general del Rey con excelente reputación. Después de la muerte de sus padres, Mateo fue criado en casa de su primo, un conde. A muy temprana edad lo prometieron en matrimonio con la hija del conde, que tenía uno o dos años más que él. Cuando Mateo cumplió los diecisiete, un criado lo despertó y le informó que un hombre había sido visto entrando de hurtadillas en la casa. Él tomó su espada y se puso a buscar al intruso, que resultó ser su mejor amigo. Encontró al hombre en brazos de su prometida.

"Por Dios, ¿puedes imaginar la escena, Cristo? El joven noble, idealista y fogoso, criado en la tradición de hombría, en la que un hombre debe ser honorable y su honor está inexorablemente vinculado a la conducta honorable de las mujeres en su vida. Y encuentra a su futura esposa haciendo el amor con su mejor amigo. ¿Puedes imaginar lo que sucedió a continuación?"

Yo conocía demasiado bien a Mateo como para tener que adivinar.

—Él mató al hombre, por supuesto.

—Cristo, si el hubiera matado simplemente al hombre, hoy sería un marqués en lugar de un pícaro. No sólo mató al amigo sino también a su prometida. Ella se interpuso entre los dos hombres que peleaban y fue herida. Ay, hombres y mujeres por toda España elogiaron el acto de honor de Mateo, pero se trataba de la única hija del conde. Para salvar el honor de su familia, el conde se aseguró de que Mateo se convirtiera en un hombre buscado.

Después de oír a Ana quedé callado un buen rato. Cerré los ojos y pensé en lo que debe de haber sido para Mateo… y para los dos amantes. El golpe brutal al descubrirlos. El miedo cuando la espada del hombre injuriado se tiñe con sangre. La desventurada mujer tendida en el piso.

Esos pensamientos me deprimieron y me alivió oír que Ana me pedía que la masajeara un poco más arriba.

CIENTO DOCE

Sevilla me resultó esclarecedora. Hasta aprendí cómo ver a través de un criado sin ver a la persona. Pero mi corazón me tiraba cada vez más hacia Nueva España. Yo ya había renunciado al sueño de que Elena sería mía algún día. Igual que Calisto y Melibea, nosotros no podríamos resistirnos al destino y las costumbres. Ella se casaría con Luis, tendría hijos de él, pero nunca haría realidad su sueño de ser poeta y escritora de obras de teatro. Bien sujeta en el puño cerrado de Luis, Elena lentamente se marchitaría y se transformaría en una vieja seca cuyos sueños se habían evaporado.

Con suerte, yo lograría convertirla en viuda.

Algunos días iba al muelle y miraba la llegada y la partida de los barcos. Sus destinos eran a diferentes partes del Imperio Español, distribuido en los cuatro rincones del mundo, pero, para mí, todos iban a Veracruz.

Esta obsesión mía era tan fuerte que Ana comenzó a quejarse de que yo no era divertido; me decía que no me acercara a ella hasta que aprendiera a reír de nuevo. Yo sospeché que el conde italiano, que la cortejaba, tenía más que ver con sus comentarios que mi estado de ánimo.

Mi deseo de volver a México hizo crisis cuando un nombre conocido fue la comidilla de Sevilla: Catalina de Erauso, la mujer-hombre que había escapado de un convento y se había convertido en soldado del Rey.

Al escuchar anécdotas de ella en cantinas y teatros, separé mentalmente algunos de los hechos de la ficción. Si bien los soldados contaban increíbles hazañas de ella como teniente del ejército y de sus muchos duelos y aventuras, omitían el hecho de que había capitaneado un grupo de bandidos que robaba la plata del Rey y de que usaba ropa de hombre para seducir a las mujeres.

Catalina pasó por Sevilla para presentarse frente al Rey en Madrid. Él le había asignado una pensión y la hizo comparecer frente a la corte en su carácter de heroína del Imperio Español. Ella pensaba volver aquí para embarcarse hacia Italia, donde sería recibida por el Papa. Le envié una nota a la posada donde se alojaba, en la que le preguntaba si ya se había gastado toda la plata que había robado en Zacatecas.

Ella no sabría quién era el autor de esa nota hasta que estuviera frente a mí. Aunque me reconociera, no me preocupaba que me denunciara a los funcionarios del Rey como un esclavo fugitivo de las minas. Si bien ella era capaz de clavarme un cuchillo en la espalda si se le daba la oportunidad, no querría que me interrogaran acerca de mis actividades en Nueva España por miedo a que quedaran expuestos sus propios actos delictivos.

Mi mensaje fue respondido diciendo que me esperaría en su posada. Yo debía tener un carruaje a mi disposición y, por supuesto, los gastos correrían por mi cuenta. ¿Acaso esta mujer-hombre había olvidado que una vez trató de asesinarme?

Catalina salió de la posada con un hábito de monja, pero a mí no me engañó. En primer lugar, yo nunca había conocido a una monja con la cara llena de cicatrices, la nariz roja por muchos años de beber alcohol y rota tantas veces que parecía un nudillo aplastado. Las monjas que yo había conocido tenían, en general, todos sus dientes delanteros; sus ojos, fijos en la Eternidad, y un aspecto de beatífica serenidad. Esta monja tenía la mirada de un perro especializado en matar ovejas.

Si tú eres una esposa de Cristo, murmuré para mí, *yo soy el Papa*.

Catalina no me reconoció cuando me presenté frente a ella en la puerta de la posada. Habían pasado demasiados años, demasiadas *vidas* como para que ella me identificara como el chiquillo mestizo que había robado un templo para ella. Y sólo me miró por un instante cuando yo la vi por la ventana de la posada. En mi opinión, yo no corría ningún riesgo en hacerle preguntas acerca de Luis y sí mucho que ganar.

—Necesito cierta información con respecto a Luis de la Cerda. Mi hermano te vio cuando te reuniste con él hace poco en Nueva España. Pescaste a mi hermano mirando por la ventana de una posada en la tierra de la plata.

Vi el bulto de una daga larga debajo de su hábito. Ella me miró sin revelar ninguna emoción, pero noté que sus ojos se entrecerraban un poco. Sin duda en su mente revoloteaba la idea de cortarme el cuello.

—El hombre que me vio a través de aquella ventana fue arrestado por la Inquisición.

—Arrestado y enviado a las minas, donde murió. Él me habló de ti y de Luis antes de morir.

—Pero, por lo visto, su hermano parece haber prosperado.

—Dios protege a los Suyos —dije, modestamente— y los recompensa. Extraje una bolsa llena de ducados de oro. —Quiero que me hables de los robos de plata. Quiero saber cómo fue que te relacionaste con Luis y el nombre de todas las personas con quienes estuviste involucrada.

—¿Por qué habría yo de decirte nada? ¿Por un poco de oro? Yo lo recibiría como recompensa si te entregara al Santo Oficio.

—Recibirías más que una recompensa. Me pregunto cómo te recibiría el Papa si supiera que te acuestas con mujeres.

Sus ojos entrecerrados se abrieron ahora de par en par por la sorpresa. Todavía no me había identificado como el chiquillo mestizo que robaba en los templos. Yo no quería que hiciera esa conexión, pero necesitaba asustarla.

—¿Y el Rey? ¿Me daría una pensión o el nudo corredizo de un verdugo si le informara que no sólo robaste su plata sino también tumbas antiguas?

Su semblante no pudo seguir manteniendo esa expresión estoica. Sus labios se retorcieron en una mueca de desprecio feroz.

—Un hombre al que le han cortado la lengua no puede decir nada de eso.

Yo reí por lo bajo.

—Hermana, esos pensamientos impuros no pueden salir de sus labios sacrosantos. —Giré e indiqué a dos hombres que nos seguían en un carro.

—Por lo visto, contrataste a dos criminales para que me asesinen. ¿Ves los cuatro hombres con uniforme del Rey montados a caballo detrás de ellos?

Agité la mano hacia ellos, que se adelantaron y detuvieron el carro. Cuando volví a mirar a Catalina, los soldados arrastraban a los hombres del carro. La mano derecha de ella estaba oculta en los pliegues de su hábito.

Le arrojé la bolsa con el oro.

—Guarda tu daga. La hermana de esa bolsa será tuya si me das le información que te pedí.

Su mente empezó a funcionar como la de un perro con pocas luces y dientes afilados. Su primera reacción fue arrancarme la piel con los dientes. Sólo después de que eso pasó, su mente evaluó la situación.

—¿Por qué quieres esa información?

—Para vengarme de los que mataron a mi hermano.

Una lucha sangrienta era una circunstancia simple y honorable que cualquier español comprendería.

Ella me sonrió. Durante el viaje desde el Nuevo Mundo los marineros habían sacado del mar a un hombre cuya sonrisa era como una mueca que revelaba dientes afilados. Catalina, aun simulando ser cordial, tenía esa misma mueca filosa.

—Tal vez el buen Dios me ayudará a recordar los días en que ayudaba a transportar la plata del Rey, pero en este momento tengo una necesidad más apremiante.

Le dio instrucciones al conductor de que nos llevara a uno de los callejones que quedaban de la época en que Sevilla era una ciudad morisca.

—¿Por qué nos dirigimos allá? —pregunté.

—Alguien que conozco se ha enamorado de una viuda que se siente muy sola. Pero ella necesita cierto aliento para consumar esa relación.

Yo no necesitaba las cenizas de un búho para adivinar que la persona enamorada de la viuda solitaria era la misma Catalina.

—¿Qué clase de aliento le darás?

—Una poción de amor.

Ecos de la Flor Serpiente.

En las calles angostas donde estaba ubicada la tienda de la hechicera de los enamorados no cabía nuestro carruaje, así que el resto del trayecto lo hicimos a pie. El conductor se sobresaltó al ver a Catalina. Una monja había subido al carruaje y, ahora, descendía de él un caballero bajo y fornido. Le dije al conductor que nos esperara y dejamos el hábito de monja sobre el asiento.

La hechicera de los enamorados era una mujer mayor y sombría, que prometía misterios oscuros y secretos esotéricos. Su pequeña tienda, con fuerte olor a incienso y repleta de frascos de alquimista llenos de cosas innombrables, podría haber parecido intimidante, al menos de acuerdo con los estándares de Sevilla, pero, en comparación con las hechiceras aztecas de la misma especialidad, que alegremente cortaban trozos de penes, ella era un bebé de pecho.

Por conversaciones oídas en el teatro, sabía que la magia del amor hacía furor en España y era practicada abiertamente sin interferencia de la Inquisición.

Catalina, quien se identificó como don Pepito, le explicó el problema de la viuda solitaria. El oro pasó rápidamente de mano, incluso una de las monedas de la bolsa que yo le había dado a "Don Pepito" y la hechicera enseguida recomendó la manera de encantar a la viuda.

—Es posible que tenga que probar diferentes conjuros —dijo—, porque las diferentes personas reaccionan de manera distinta. El método más exitoso con las viudas es la mecha de lámpara de aceite encantada.

Explicó que el hombre debía "tomar" un poco de su semen. Supuse que después de estimularse. Reprimí una sonrisa detrás de mi mano. A Catalina no le gustaría ese remedio.

La mecha de la lámpara debía mojarse en el semen y arder en presencia de la viuda.

—Cuando ella aspira su esencia masculina, sentirá un deseo incontrolable e instantáneo mientras usted invoca el sagrado...

—No me gusta ese conjuro. Deme otro.

Entonces la hechicera extendió la mano en busca de otra moneda de oro.

—Cuando esté en presencia de la viuda, sin que ella vea lo que usted está haciendo, métase la mano en el pantalón y arránquese vello púbico mientras recita: "Ven a mí, caliente como un horno, mojada como...

Abandonamos a la hechicera con varias monedas de oro menos, pero con Catalina armada con un conjuro.

Catalina me habló entonces de su participación en los robos de plata.

—Fui arrestada por un delito menor y sentenciada a la horca —dijo.

Yo no pregunté qué clase de delito "menor" podía terminar en un sentencia de muerte.

—En lugar de enviarme a la cárcel, el condestable me vendió a un hombre que, en lugar de ponerme en un trabajo honesto, me ofreció un empleo delictivo.

—¿Quién era ese hombre?

Ella no lo sabía.

—Descríbemelo.

Catalina lo hizo y yo estaba seguro de que no era Ramón de Alva. No le mencioné su nombre. Si ella me traicionaba, yo no quería que las personas con quienes pensaba vengarme estuvieran al tanto de mis planes.

—El delito que me obligaron a cometer fue robar las caravanas de plata. Un mensajero de la Casa de la Moneda me traería el plan de los embarques y yo mentiría y esperaría a mis camaradas.

—¿Con quién más te pusiste en contacto?

—Con el hombre con el que tu hermano me vio en la cantina. Su nombre es Luis. Eso es todo lo que sé de él.

—No te has ganado la segunda bolsa de oro. Necesito más información.

—¿Quieres que te mienta?

—Lo que quiero es que escarbes en tu memoria y me digas más acerca de ese hombre llamado Luis. Quiero saber si alguna vez lo viste con el hombre que le pagó al condestable por tu libertad.

Ella reflexionó un momento.

—No, nunca los vi juntos. —Calló y me miró. —Mi memoria comienza a despertar. Si me das esa segunda bolsa de oro te diré el nombre de la persona que compró mi libertad.

Le di la bolsa.

—Miguel de Soto.

Eh, el hombre que compraba y vendía hombres para el proyecto del túnel. El cuñado de Ramón de Alva.

Catalina se alejó deprisa de mí, tal vez para arrancarse el vello púbico para la viuda, pero no me molesté en llamarla de vuelta. Yo acababa de establecer una conexión entre Luis, de Alva, los robos de plata y el proyecto del túnel. No eran pruebas que podía presentar a las autoridades. Con mis pecados, reales e imaginarios, no habría podido hacerlo aunque tuviera a Dios por testigo.

Pensé en la pequeña Juana, desnuda sobre el potro, siendo examinada por demonios con hábito de curas, y en el valiente Don que marchaba hacia su horrible muerte.

Había llegado el momento de volver a Nueva España.

Mateo no estaba en la ciudad. Sabía que se sentía feliz de estar una vez más en España, entre los suyos. No lo molestaría, pero le dejaría un mensaje con Ana. Iba a extrañar a mi compadre, pero en el gran círculo de mi vida, tal vez volveríamos a encontrarnos.

Me había enterado de que uno de los barcos rápidos que navegan por el Caribe zarparía pronto hacia Cuba. Desde allí conseguiría pasaje a Veracruz.

Sexta parte

—Él no quería otra cosa que una dama a quien
entregarle el imperio de su corazón...

Miguel de Cervantes, *Don Quijote*

CIENTO TRECE

El viaje de Sevilla a Veracruz llevó tres semanas a bordo de un barco aviso. Enviado antes que la flota del tesoro, el barco tenía la misión de notificar a Nueva España que la flota había zarpado.

Habían transcurrido dos años desde que vi desdibujarse a Veracruz y perderse en el horizonte. Ahora, el cono volcánico cubierto de nieve del Citlaltépetl, la montaña más alta de Nueva España, emergía fantasmagóricamente por encima de esa misma línea del horizonte como un dedo blanco y solitario, atrayéndome hacia sólo Dios sabía qué.

Nueva España había sido un maestro severo que mató casi todo lo que me importaba. La única mujer que yo podía amar —un ser de gracia radiante y sensibilidad poética— estaba sentenciada a una servidumbre marital tan absolutamente abominable para alguien de su sensibilidad, como mis años en los calabozos y las minas de la colonia.

Sin embargo, Nueva España era mi hogar. Con la vista fija en ese dedo blanco del volcán que me llamaba, a regañadientes mi corazón se ablandó. Sevilla era una ciudad orgullosa y magnífica, una de las piedras angulares de un gran imperio europeo, pero mi corazón y mi alma estaban ligados al Nuevo mundo con zunchos de acero. Esa tierra dura y sumida en la ignorancia le había proporcionado sustento a mis antepasados aztecas, me había hecho lo que soy y en lo que podía convertirme. Y, a pesar de sus látigos y potros de tortura y calabozos y minas, me había enseñado coraje, lealtad, amistad, honor e incluso erudición. Y, al luchar contra todos los obstáculos, yo había prosperado. Regresaba a casa transformado en un caballero adinerado y culto.

Sí, regresaba a casa.

No obstante, el placer de mi regreso se vio mitigado por mi deuda de venganza. Yo no quería "ojo por ojo" sino una *cabeza* por un ojo, y la venganza que yo buscaba por los asesinos de fray Antonio, don Julio y su familia en ningún momento me abandonó, ni por un instante. La venganza sangrienta era mi compañera más cercana, mi aliado más íntimo.

Tan pronto decidí volver a Nueva España, mis sueños de venganza cobraron alas. Un plan había comenzado a desarrollarse en mi mente desde mi partida de Veracruz, y ahora florecía, inexorable e incesantemente, como la letal belladona. Al igual que el truco de la víbora del Sanador y el rito sangriento de don Julio, yo vi una forma de que esos asesinos aceptaran mis condiciones… y así poder destruirlos definitivamente.

Mientras el barco aviso echaba anclas en el canal que había entre la isla fortaleza de San Juan de Ulúa y la ciudad, llegó mi cumpleaños. Me pasé esa mañana siendo entrevistado por un funcionario de aduana y un inquisidor del Santo Oficio. Yo había tenido la precaución de no traer conmigo nada que pudiera ofender a alguien. El único libro que había en mi equipaje era una historia de la vida de San Francisco, una historia auténtica, no del tipo que alguna vez imprimí con un título santo y un texto lascivo.

Antes de irme de Sevilla yo me había elegido un nombre y una historia, pero una vez en alta mar abandoné los dos. Se me presentó una mejor oportunidad en la persona de un joven más o menos de mi edad. Tercer hijo de un noble español empobrecido, había huido de España para evitar el sacerdocio. Se bajó del barco cuando, después de que un fuerte viento nos hizo perder el rumbo, nos detuvimos brevemente en una isla idílica. Su plan para la vida era pasar sus días en esa isla disfrutando del sol en brazos de las muchachas nativas. Don Carlos, un nombre que me pareció apropiado, era un pillo despreocupado que me habló mucho de su familia y de su historia durante las semanas que estuvimos juntos. Pronto supe el nombre de su padre y de su madre, sus hermanos y hermana, la historia familiar y la posición que ocupaban en la comunidad. Con la excusa de planear la compra de una casa en el Nuevo Mundo que evocara el estilo español, le pedí que me dibujara una planta de la casa de su familia y el escudo de armas.

Bien vestido, respetable, de buenos modales, sin llevar nada de contrabando pero con la inequívoca arrogancia de un hidalgo, enseguida fui aceptado. Le di a cada funcionario la modesta propina que sólo las personas realmente honestas ofrecen.

Un bote del barco me llevó al espigón. Advertí que los comerciantes ya apilaban su mercadería en el muelle. El tesoro de plata ya estaba en la ciudad, almacenado en una habitación cerrada con llave del palacio del alcalde… o lo estaría pronto. La llegada de la flota del tesoro no se produciría hasta dentro de una semana, pero los barcos ya habían sido avistados con un catalejo desde la fortaleza de la isla en la bahía. Dios la había bendecido con vientos favorables. Pronto la flota llegaría, descargaría y luego comenzaría a recibir la carga.

Para mi estadía en Veracruz elegí la posada ubicada en la plaza principal, la misma por la que mucho tiempo antes había luchado por el derecho de mendigar frente a ella. Ninguno de los léperos del puerto que me pidieron limosna me resultaron conocidos. Eso no era nada sorprendente: el promedio de vida útil de un lépero suele ser breve. Yo me había ido de Veracruz siendo un muchachito de quince años, y ahora era un hombre con casi el doble de edad. Lo más frecuente es que los léperos terminen su vida en los albañales, como esclavos en las minas o en las plantaciones de caña, o víctimas de la fiebre del vómito y otras pestes que asolan la ciudad.

Les arrojé unas monedas de cobre a los pordioseros. Me habría divertido recompensarlos con algunas de plata, pero esa benevolencia podría haber resultado sospechosa y atraído a los ladrones. No porque yo temiera que me reconocieran. Había partido de Veracruz siendo un chiquillo. Durante los siguiente años que pasé en México, usé una barba tupida y pelo largo. Ahora, con la cara afeitada y con una cicatriz, con el pelo no sólo corto sino con hebras grises prematuras, yo no era la misma persona que Cristo el Bastardo. Yo *era* don Carlos, un hidalgo, el hijo de alguien, que buscaba fortuna en el Nuevo Mundo, tal vez un matrimonio con la hija de un rico comerciante que estaba dispuesto a asignarle una dote generosa con tal de incorporar a ese hijo de alguien al árbol genealógico de la familia.

Pero, más allá de la ropa, el dinero y el pelo, tampoco sería reconocido. Dos años en Sevilla me habían enseñado a no actuar como un español sino a *ser* uno. Como diría el Sanador: ahora yo "olía" como un gachupín. El color de mi piel era más oscuro que el de la mayoría de los españoles, pero la península ibérica había albergado a tantos pueblos —desde los romanos y los visigodos a los moros y los gitanos— durante tantos siglos que el color de la piel de su gente iba desde el blanco leche al café con leche. La disparidad del color de la piel era la única razón por la que el linaje, y no la apariencia, era lo que determinaba la valía de una persona.

Tal como les sucedía a todos los viajeros en esta región, yo estaba impaciente por salir de esa ciudad caliente, húmeda e insalubre e internarme en las montañas frescas más allá de las dunas. Pero primero necesitaba un caballo, animales de carga, criados y provisiones.

Hice arreglos con el dueño de la posada de tomar una habitación que daba a la plaza y cenar en mi cuarto. Él me ofreció los servicios de una mulata de grandes proporciones, pero mi mente estaba demasiado llena de recuerdos como para buscar placeres carnales. No lejos de allí yo había visto a de Alva segar la vida de fray Antonio, y también conocido a una jovencita con alma de poeta, que soñaba con aprender a leer y a escribir como un hombre y que había arriesgado su vida por ocultar a un chiquillo pordiosero, sólo porque él recitaba poemas.

Después de establecerme en la Ciudad de México en una casa adecuada para un caballero de medios nada modestos y un grupo de criados, reemplazaría mi caballo de Veracruz con uno de los descendientes de los catorce traídos por los conquistadores. Y me presentaría en la Alameda, no como un dandy con traje de seda, un criollo lleno de orgullo masculino porque su única gloria había sido desfilar de aquí para allá por el parque, sino como un portador de espuelas con una vida muy activa.

La parte más grande del dinero que nos llevamos de la Casa de la Moneda seguía enterrada. Yo tomaría sólo mi tajada y dejaría el resto para Mateo. Una vez que estuviera instalado con mi nueva identidad, le escribiría y le preguntaría si deseaba que yo le enviara su parte en el siguiente viaje de la flota del tesoro. A esa altura sin duda él ya estaría fundido, a pesar de la gran cantidad que había llevado a Sevilla.

Mientras el sol se ponía detrás de los picos del oeste, permanecí de pie junto a la ventana de mi cuarto que daba a la plaza, bebiendo una copa de buen vino español. Me resultaba extraño estar en Veracruz bebiendo buen vino en una excelente habitación.

Desde luego, yo todavía tenía planeada mi venganza —ese pensamiento nunca estaba lejos de mi mente—, un plan que les resultaría atractivo a la codicia y venalidad de hombres como Ramón y Luis. Esta vez no pensaba secuestrarlos y torturarlos ni matarlos subrepticiamente. Ello significaría sólo poner fin a sus afanes terrenales. Ellos habían despojado a don Julio no sólo de su vida sino también de su honor, su dinero y hasta de su familia. Pues entonces ellos sufrirían de la misma manera. Perder el honor y la posición era más doloroso para un español orgulloso que perder la cabeza.

Mi venganza incluiría también una búsqueda personal tendiente a develar el misterio de mi nacimiento.

El sueño me llegó en fragmentos llenos de perturbación. Mis sueños estuvieron poblados de crueles monstruos pertenecientes a mi acongojado pasado.

Mientras el sol trataba de elevarse, atrapado por los dioses aztecas debajo del Mar Oriental, y con una media luz grisácea que vacilaba en la línea del horizonte, oí el retumbar de muchas pisadas en el empedrado de la plaza. Por un momento tuve la sensación de estar reviviendo, como en un sueño, la noche en que en la Ciudad de México confundieron la estampida de cerdos que huían con esclavos en pleno alboroto y mataron a negros inocentes como si fueran demonios salidos del infierno.

Se oyeron disparos de mosquetes que reverberaron en las paredes de la plaza y yo salté de la cama. Tomé mi espada y mi daga y corrí hacia la ventana.

El polvo negro ardió en los mosquetes y el brillo de espadas refulgió en esos momentos previos al amanecer. Figuras oscuras, una gran cantidad de ellas, atacaron el palacio fortaleza del alcalde ubicado al otro lado de la plaza.

Me pregunté si habría estallado una guerra. Pero entonces comprendí que, en lugar de una guerra, era más probable que se tratara del ataque de piratas, venidos aquí a violar y a saquear, como lo habían hecho en una docena de ciudades del Caribe y a lo largo de nuestras costas. Los barcos avistados no eran los de la flota del tesoro sino que pertenecían a una fuerza invasora.

Mientras los saqueadores atacaban el fuerte del palacio, otros se metían en edificios y casas. Yo cerré la puerta con tranca y puse una silla debajo del picaporte. Sabía que eso no conseguiría detener a hombres decididos, pero al menos retardaría su ingreso. Me colgué la bolsa con dinero de un cordón alrededor del cuello, me vestí deprisa y me puse una daga en una vaina sujeta al cinto y otra en una funda secreta que tenía en una bota.

Tomé mi espada y salí por la ventana hacia una saliente de unos cincuenta centímetros de ancho. Mi cuarto estaba en el piso superior y desde la saliente me abrí camino hacia el techo.

Desde el techo tenía una excelente vista de la ciudad. Comenzaba a aclarar y comprobé que Veracruz estaba siendo atacada por unos doscientos o trescientos hombres. Esos individuos —cuyo único uniforme era el clásico multicolor de los piratas— invadían casas en pequeños grupos, mientras una fuerza más numerosa atacaba el palacio del alcalde. Sus guardias ofrecieron apenas una resistencia simbólica, disparando sus mosquetes tal vez una o dos veces antes de huir.

El fuerte estaba a poco más de un tiro de mosquete de la costa. Alcancé a ver hombres formados en fila contra las paredes, pero ningún bote con soldados que desembarcara. Los corsarios habían confiscado sus botes con sus propios chinchorros.

Gritos, alaridos, disparos de mosquete y explosiones recibieron al amanecer. Mientras yo permanecía escondido en el techo, muchas personas corrían hacia la supuesta protección de la iglesia, sin pensar que esos sinvergüenzas no respetaban ningún santuario. Otros trataban de huir en carruajes y a caballo. La mayoría eran detenidos por los saqueadores, volteados a tiros de sus monturas o sacados a rastras de sus carruajes.

Vi que un carruaje avanzaba a toda velocidad desde los distritos más ricos hacia la plaza en una loca carrera hacia el palacio del alcalde. Al girar en una esquina estuvo a punto de volcar. El indio que sostenía las riendas fue arrojado del asiento del conductor. Espantados por los disparos de armas de fuego, los caballos galoparon hacia el centro de la plaza mientras las ruedas del carruaje rebotaban ruidosamente sobre el empedrado.

Un rostro pálido y asustado apareció en la ventanilla del carruaje.

¡Elena! El nombre brotó de mis pulmones en un grito ronco.

Un pirata se encontraba de pie en el camino de los caballos espantados y disparó un tiro. Los caballos retrocedieron y después se desbocaron en el momento en que otros bucaneros se apoderaban de los arneses.

Yo salté desde el techo a la parte superior de la marquesina que cubría la vereda y, de allí, al suelo.

Cuatro piratas sacaron a Elena del carruaje y comenzaron a arrancarle la ropa. Ella gritaba, les clavaba las uñas, los mordía y les lanzaba puñetazos.

Corrí hacia ella y clavé mi daga en la espalda de uno de los bucaneros y, cuando el hombre que estaba junto a él giró la cabeza, le clavé la espada en el cuello. La extraje y con ella bloqueé la espada del tercer hombre. Después salí del círculo de muerte, cambié de mano, tomé la espada con la izquierda y la daga con la derecha y salté hacia el hombre. Amagué hacia su cara y lo desjarreté.

Una hoja filosa me hizo un tajo en el brazo izquierdo. Lancé un grito de dolor y dejé caer la espada. El último hombre que estaba de pie me había hecho un corte en el brazo que me llegaba al hueso. Cuando giré sobre mis talones, a punto de perder el equilibrio y abierto al siguiente ataque, Elena extrajo algo de los pliegues de su vestido.

La espada del individuo se revoleó para cortarme la cabeza, pero en ese momento Elena le golpeó la espalda con algo. Él me miró boquiabierto y con los ojos abiertos de par en par por la sorpresa. Y cuando giró para mirar a Elena, vi que tenía una daga enjoyada clavada en la espalda. Le quité la espada y él cayó de rodillas. Ahora otros piratas corrían hacia nosotros.

—¡Sube al carruaje! —le grité.

Yo trepé al vehículo, tomé las riendas con mi mano sana y arrojé la espada sobre las tablas que tenía junto a los pies. Sosteniendo las riendas con las rodillas, tomé el látigo de su soporte y se lo sacudí a los caballos. Un cañón pirata había sido empujado hacia la plaza y ahora disparaba proyectiles que destrozaron el portón principal del palacio de gobierno. Más por el susto de los cañonazos que por mis latigazos, los caballos echaron a correr a toda velocidad. Sostuve fuerte las riendas con la mano sana mientras los caballos, aterrorizados, atravesaban la plaza como un rayo derribando corsarios a su paso.

Un pirata saltó a bordo sosteniéndose de la puerta del carruaje. Elena gritó y yo me incliné hacia abajo con la espada y lancé un golpe contra él. Le erré, pero él se soltó y cayó.

—¡Elena! ¿Está usted bien?

—¡Sí! —gritó ella.

Salimos de la plaza y entramos en una calle residencial. Al cabo de algunas cuadras llegamos al camino a Jalapa. El brazo me dolía muchísimo y me sentía un poco mareado por la pérdida de sangre, pero el hecho de saber quién era mi pasajera había redoblado mis fuerzas.

Cuando estuvimos a salvo en el camino, controlé a los caballos y los obligué a andar al paso. Estaban empapados de sudor y listos para desplomarse. Yo estaba empapado de sangre y de sudor, débil por tanta sangre perdida y lentamente sentí que perdía el conocimiento cuando los caballos se detuvieron.

—¿Está herido? —preguntó una voz.

Esa voz angelical fue lo último que oí cuando una nube negra me cubrió y comencé a caer, caer y caer hacia un precipicio insondable.

CIENTO CATORCE

—Señor, señor, ¿puede oírme?

¿Era la voz de un ángel… o de una sirena? Una de esas criaturas mitad mujer que seducían a los marineros con la dulzura de su canto. La pregunta desfiló por mi mente, mientras vacilaba entre la luz y la oscuridad.

Cuando la luz volvió a iluminar mi mente, me di cuenta de que todavía estaba sentado en el asiento del conductor del carruaje. Elena se había trepado y sentado junto a mí.

—Estoy tratando de detener la hemorragia —dijo. Yo tenía un trozo de tela blanca de lino, empapado en sangre, atado alrededor del brazo, y ella estaba rompiendo otro de su enagua.

Mi mente seguía un poco embotada, pero mi experiencia médica salió a relucir.

—Póngamela alrededor de la herida —le dije—. Tome algo, por ejemplo el asa de uno de sus peines, insértelo en la venda y hágala girar como un torniquete para que me apriete el brazo.

Cuando ella lo hizo, levantó la vista y su mirada se trabó con la mía; eran los ojos de mi ángel personal. Una vez más, la oscuridad parecía acosarme. En medio de una nebulosa estuve seguro de oír el ruido de cascos de caballos y el movimiento de balanceo del carruaje.

Cuando la luz volvió a mis ojos y las cosas tomaron forma, descubrí que Elena seguía junto a mí. Ella sostenía las riendas y los caballos lentamente tiraban del carruaje. Qué curioso —pensé—, yo nunca había visto a una mujer manejar las riendas de un vehículo y por un momento me pregunté si no estaría soñando de nuevo. Pero, ¡por supuesto! ¡Ésta era una mujer que no sólo sabía leer y escribir sino que creaba poemas y obras de teatro!

—¿Y quien también apuñalaba a un pirata con su daga?

—¿Qué fue lo que dijo? —preguntó ella.

Yo no me había dado cuenta de que lo había dicho en voz alta.

—Dije… me preguntaba de dónde sacó usted la daga que me salvó la vida.

—Un amigo me dijo que las prostitutas siempre llevan una daga para defenderse. Y no veo por qué una prostituta habría de estar mejor protegida que una dama.

Tiró hacia atrás las riendas y les habló con suavidad a los caballos, diciéndoles que frenaran.

—¿Dónde estamos? —pregunté.

—A una o quizá dos leguas de la ciudad. Durante la última hora no ha hecho más que entrar y salir de la inconsciencia. A una hora más de trayecto hay una hacienda de caña de azúcar propiedad de un conocido mío. El camino está lo suficientemente firme para las ruedas del carruaje. Iremos allá en busca de refugio y para que su herida pueda curarse mejor.

Yo seguía sintiéndome débil y el dolor del brazo era muy intenso. Aflojé el torniquete que ella había hecho sobre la herida y oprimí la venda que la cubría.

—Esa herida necesita ser cauterizada con aceite caliente —dijo ella.

—No, el aceite le hace incluso más daño a la piel. Un médico francés, el doctor Paré, lo demostró. Si la hemorragia no cesa, entonces hace falta suturar las venas que pierden sangre.

—¿Usted es médico?

—No, aunque tengo algunos conocimientos médicos. Mi fa... mi tío era médico y cada tanto yo lo asistía.

Ella me escrutó un buen rato con una mirada que me abarcó por completo.

—¿Nos conocemos? ¿Tal vez en la Ciudad de México? ¿En alguna recepción?

—No. Yo acabo de llegar por primera vez a la Nueva España en el barco aviso. Pero agradezco a Dios que me haya permitido conocerla.

—Qué extraño...

—¿Cree conocerme? Quizá me confunde con alguien que se parece a mí.

—De alguna manera, su cara me resulta conocida, pero no sé bien por qué. Además, se dirigió a mí por mi nombre.

Por fortuna ella había girado para tirar de las riendas, porque de lo contrario habría visto la expresión de estupor de mi cara. Me controlé y le sonreí cuando volvió a mirarme.

—Alguien gritó su nombre cerca de la posada cuando esos hombres querían sacarla del carruaje.

—Entonces alguien debe de haberme reconocido.

—¿Vive en Veracruz?

—No, en México. Estaba visitando amigos.

—Su marido está en Veracruz...

—No estoy casada. —Permaneció callada un momento. —Por su cara veo que se pregunta por qué no estoy casada cuando ya pasé la edad en que la mayoría de las mujeres contraen matrimonio. Mi tío quiere que me case, pero yo todavía no sé si casarme con un hombre o con Dios.

—¿Quiere decir que está pensando en hacerse monja?

—Sí. Estoy en conversaciones con la priora de las Hermanas de la Merced.

—¡No!

—¿Señor?

—Quiero decir, bueno que no me parece que deba entrar en un convento. Hay tantas cosas en la vida...

—La espiritualidad del convento es algo que nunca encontraría en el matrimonio.

Casi se me escapó que ella podía escribir obras de teatro y poemas fuera de un claustro, pero me contuve. No podía revelarle que la conocía demasiado. Confesarle mi verdadera identidad no me serviría de nada. Tampoco la ausencia de un marido era un motivo para levantarme el ánimo. Ella seguía siendo la hija de una gran casa de España y sólo podía casarse con un igual. Habría pocos iguales sociales en toda Nueva España. Luis pertenecía a esa clase. Mi intuición me dijo que ella preferiría entrar en un convento que casarse con él.

Una vez más, Elena me exploró el alma con la mirada.

—Señor, no sé por qué arriesgó su vida para salvarme, pero lo cierto es que, por razones que sólo usted y Dios conocen, no he sido violada y estoy viva. Descubrirá que mi tío, el virrey, le estará muy agradecido.

Don Diego Vélez había sido nombrado virrey un año antes, cuando yo estaba en Sevilla. Ramón de Alva estaba estrechamente relacionado no sólo con Luis sino también con don Diego. Tomando en cuenta la manera en que los servicios y cargos gubernamentales se compraban y se vendían, lo más probable era que don Diego estuviera involucrado en la debacle del túnel. De ser así, hundir a de Alva y a Luis destruiría a Elena.

—¿Su dolor ha empeorado, señor? Lo noto en sus facciones.

—No, señorita. Sucede que por un momento recordé a una persona amiga y me entristecí.

Ella sonrió.

—Entiendo. Usted dejó atrás, en la península, un pedazo de su corazón. Espero, señor, que no haya hecho lo mismo que muchos hombres que vienen a las colonias; que no la haya dejado con el corazón destrozado.

—Puedo asegurarle, señorita, que fue a mí a quien le rompieron el corazón.

—Tal vez ahora que somos amigos, podríamos ser menos formales, tutearnos y usar nuestros nombres de pila. El mío, como sabes, es Elena...

¡Ay de mí! Yo podría haber dado todo el oro de la cristiandad para decirle que mi nombre era Cristo el Bastardo; que la amaba desde el momento en que la vi por primera vez casi doce años antes, en una calle de Veracruz. Pero a quien ella lleva a la hacienda de caña de azúcar era a "don Carlos", un joven hidalgo.

Volví a desmayarme en el trayecto y pasaron varios días antes de estar en condiciones de viajar. Durante casi todo ese tiempo, Elena, con la ayuda de la esposa del mayordomo, me curó la herida.

Después de la enorme emoción que sentí al verla, me había vuelto callado y adusto. Ella lo tomó como una reacción natural a mis heridas. Pero mis heridas eran mucho más profundas. Yo había vuelto a Nueva España para vengarme. Hasta que vi a Elena no había pensado en cómo esa venganza podría afectarla ni en cómo el hecho de verla podría alejarme de mi camino.

Durante los días que me cuidó, la relación entre Elena y yo se hizo más cercana. Para escándalo de la esposa del mayordomo, Elena insistió en ponerme compresas húmedas y frías en la cabeza y en el pecho desnudo cuando mi fiebre aumentaba. Y cuando yo me sentía débil, pero consciente, ella permanecía sentada junto a mi cama y me leía poesía. Ninguna mujer bien nacida y soltera habría hecho ninguna de las dos cosas.

Me di cuenta de que la esposa del mayordomo había notado la relación cada vez más estrecha que teníamos Elena y yo. Si el virrey llegaba a enterarse de que yo la cortejaba, no se sentiría nada complacido. En lugar de elogiarme como un héroe, examinaría mis antecedentes con la lupa de un joyero y, por desgracia, mi historia pasada no resistiría ese escrutinio. Ay, y Luis. Sus celos podían poner también en peligro mi nueva vida.

Finalmente comprendí que mi amor por Elena sólo podía terminar en una tragedia para los dos. Resolví poner fin a mi amistad con ella de una manera radical, que no alentara ningún contacto adicional. Mi lengua mentirosa de lépero me vendría bien para ello.

—Elena —dije, cuando ella me trajo la cena personalmente porque no quería permitir que lo hiciera una criada—, algo me pesa en la conciencia.

—¿Qué es, Carlos? ¿Vas a decirme que detestas la manera en que todas las noches te leo poesía?

—Un ángel no podría hacerlo con más elocuencia que tú. —No le mencioné que había reconocido algunos de los poemas como de su autoría. —No, esto tiene que ver con otro asunto. Porque hace poco estuve cerca de la muerte —el cruce del océano, el ataque de los piratas, la fiebre—, todo me parece una premonición terrible. Hay decisiones que no puedo seguir postergando.

—¿Hay algo que pueda hacer por ti?

—Sí. Necesito tu consejo. ¿Debería yo traer ahora aquí a mi esposa y mi hijo, o sería mejor hacerlo más adelante?

Deliberadamente aparté la vista al decir esa mentira. No quería que ella me viera la cara y tampoco yo deseaba ver la suya.

Logré farfullar el resto de las mentiras. Yo había dejado atrás a mi familia para buscar fortuna en el Nuevo Mundo, pero ya los echaba demasiado de menos. Muy pronto simulé adormilarme para que mi voz no le revelara mi angustia.

Al día siguiente ella regresó a Veracruz en el carruaje. Se había corrido la voz de que los piratas se habían ido después de saquear la ciudad y de que los soldados del alcalde estaban nuevamente en control de la situación. También nos enteramos de la razón por la que la ciudad había sido una presa tan fácil de los piratas. Cuando se produjo el ataque, a la mayoría de los soldados les faltaba suficiente polvo negro y balas de mosquete para resistir. El hecho de que el comandante del fuerte no hubiera reconocido más temprano que no se trataba de la flota del tesoro sino de barcos piratas y la facilidad con que los piratas habían diezmado a las tropas del fuerte al robarles las chalupas, fueron también factores que contribuyeron al desastre.

—Tanto el alcalde como el comandante del fuerte fueron arrestados —me informó el mayordomo de la hacienda antes de partir hacia Veracruz con Elena.

Deliberadamente yo había fingido necesitar más tiempo de convalecencia para evitar acompañarla. Elena pensaba que yo debería ser trasladado a la capital en una litera tirada por mulas cuando ella regresara acompañada por una tropa de soldados. Pero yo necesitaba llegar a la Ciudad de México solo.

—El alcalde y el comandante del fuerte tendrán suerte si logran llegar a la capital para ser enjuiciados —dijo el mayordomo—. Es una vergüenza. La gente está furiosa. El dinero para la protección de la ciudad fue a parar a sus bolsillos. Tenemos el mejor ejército del mundo. España domina el mundo. ¿Cómo pudo pasar una cosa así?

Pues sucedió, pensé, agotado, porque el alcalde y el comandante del fuerte le compraron sus cargos al Rey. Ellos pagaron por el derecho de malversar los fondos de la ciudad, incluyendo el dinero de los impuestos destinado a la compra de proyectiles para los mosquetes. El Rey, a su vez, usaba esos sobornos para librar guerras en Europa. Todo estaba arreglado, todo había sido acordado. Nadie era ingenuo.

Pero no dije nada.

Ahora Elena planeaba que yo entrara triunfalmente en la ciudad capital montado a caballo, donde ella organizaría una bienvenida para el héroe digna de Aquiles y de Ulises, todo lo cual atraería más atención a mi historia falsificada y también generaría rivalidades que yo no podía darme el lujo de tener.

Tan pronto el mayordomo regresó de acompañarla a Veracruz, yo lo convencí de que me vendiera un caballo.

—Me ayudará a recuperar mis fuerzas para poder viajar a la Ciudad de México como un caballero en lugar de hacerlo en una litera como una vieja.

Montado, pues, en un caballo, partí a Ciudad de México, adonde planeaba llegar una semana antes que Elena.

CIENTO QUINCE

Habían pasado años desde la última vez que crucé una carretera elevada hacia la Ciudad de los Cinco Lagos. Poco había cambiado. La ciudad seguía inspirándome reverencia a lo lejos, con una magia parecida a la de Tenochtitlán la primera vez que los conquistadores la vieron. La Recontonería seguía rapiñando a los granjeros indios en la entrada de la carretera elevada. La sangre y el dinero todavía dominaban.

Después de conseguir alojamiento en una posada, puse manos a la obra. Necesitaba varias cosas sin tardanza: encontrar una residencia atractiva, un par de criados, un buen caballo y un carruaje elegante. Necesitaba presentarme a la ciudad como un caballero bien nacido y con un buen pasar.

Visité a varios mercaderes respetados y les dije qué necesitaba. Para mi sorpresa, el relato de mis actos en Veracruz me había precedido. Todos estaban ansiosos por ayudarme. Por desgracia, también me abrumaron con invitaciones a reuniones y cenas.

Finalmente me quedé con una casa modesta. Como hombre soltero, no se esperaba que viviera en un palacio. Después de dirigir una hacienda grande, sabía cómo manejarme con los muebles y las provisiones para la cocina. Me llevaría varias semanas preparar la casa para que pudiera ser habitada; mientras tanto, seguiría alojándome en la posada.

Me excusé de aceptar las invitaciones con el argumento de que todavía tenía el brazo vendado.

Cuando todo estuvo listo en la casa, contraté a varios criados y les di una lista de lo necesario para convertirla en habitable. Después de pactar crédito con los comerciantes locales, abandoné la ciudad. Mi destino era la cueva donde habíamos escondido el tesoro. A propósito viajé a caballo en lugar de hacerlo en un bote. Me llevó una semana más, pero quería estar seguro de que nadie me seguía. La entrada de la cueva estaba cubierta de plantas y estaba más oculta que nunca. Después de asegurarme de que todo estaba intacto, llené las alforjas y mi cinturón para dinero con oro.

En el viaje de regreso a la ciudad fui a la casa todavía sin muebles que había alquilado, saqué algunos ladrillos del hogar y cavé un hueco debajo de ellos del tamaño suficiente para esconder allí el tesoro antes de volverlo a sellar. Ahora estaba listo para llevar a cabo mi plan.

Robar era algo inherente a Luis y a de Alva. Ahora que la oportunidad para los robos de plata había desaparecido, y que las malversaciones con el dinero del túnel eran historia, ellos estarían impacientes por conseguir otro botín. De modo que yo necesitaba encontrar otra cosa que azuzara su codicia.

Durante esos primeros días en la ciudad, mantuve los oídos bien abiertos. Una y otra vez oí siempre la misma queja. El precio del maíz, el medio de vida de los pobres y de la gente común y corriente, había subido astronómicamente y, si bien esos aumentos de precio cabían esperarse en épocas de inundaciones, el clima para la época de desarrollo de los sembrados había sido normal.

Amigos, supongo que ustedes quieren saber por qué el precio aumentaba cuando la oferta y la demanda permanecían constantes, ¿no? Pues bien, yo también.

Después de investigar un poco, descubrí que el precio del maíz era controlado por el virrey, quien administraba el sistema a través de un funcionario con poderes para ese fin. El maíz era comprado a los cultivadores por intermediarios quienes, a su vez, se lo vendían a los dueños de los depósitos autorizados por el administrador del virrey. Esos dueños de depósitos lo iban distribuyendo en las cantidades necesarias para el consumo y a un precio fijado por el administrador del virrey. Cuanto mayor era la demanda, más dinero les pagaban los intermediarios, los dueños de silos y la gente a los productores.

Parecía ser un sistema razonable.

Entonces, ¿por qué, en un año en que la oferta era normal y la demanda no había aumentado, el precio subía? Muy pronto me enteré de que el hombre más responsable de transportar el maíz al mercado era Miguel de Soto, el administrador del virrey.

¿Es que la codicia humano no tendrá límites? Estos demonios no sólo robaron plata sino que saquearon el proyecto de drenaje del túnel y estuvieron a punto de anegar toda la capital con sus artimañas. Y ahora saqueaban el suministro de alimentos de la ciudad. Pero lo que más me preocupaba no era que estuvieran adquiriendo un dominio total del suministro de alimentos y muy pronto cobrarían precios abusivos que provocarían una hambruna masiva, sino a quién le echarían la culpa después. ¿A quién quemarían ahora en la hoguera, como lo habían hecho con don Julio y sus hijas?

¿Buscarían acaso a otro converso?

Lo pensé mucho y contraté a un lépero de doce años llamado Jaime. Los léperos de todas edades no eran nada confiables, pero cuanto más chicos eran, menos cínicos era probable que fueran. Contraté a éste para que estuviera apostado cerca de lugar de la plaza principal donde De Soto hacía negocios.

Después le envié una nota a De Soto, diciéndole que una persona amiga suya en España me había pedido que me pusiera en contacto con él. También mencioné el nombre de Elena y comenté que mi intención había sido buscarlo antes, pero que había demorado en Veracruz "asistiendo" a la sobrina del virrey. Él fijó una hora para que nos reuniéramos esa misma tarde.

De Soto era un hombre corpulento, de unos cuarenta años de edad, cuya cintura estaba a punto de romper las costuras del pantalón por la inactividad y la buena comida.

—Es un placer conocerlo, don Carlos —dijo—. La manera en que rescató a Elena en Veracruz está en boca de todos. A usted lo llaman "el héroe de Veracruz" y se refieren a usted con la misma admiración que le dedicaron a Cortés, como si matar piratas fuera igual que conquistar a los aztecas y erigir un imperio.

Murmuré una respuesta modesta.

Nos sentamos frente a una mesa en su despacho. Mientras sus empleados se atareaban con el papeleo, él me ofreció vino.

—¿Usted dice que una persona amiga mía lo refirió a mí?

—Sí. La conocí en Sevilla.

—Ah, una mujer. Espero que nadie que mi esposa objetaría. —Rió.

—Dudo mucho que pondría celosa a su esposa. Es, desde luego, su amiga Catalina de Erauso.

Deliberadamente yo había apartado la vista al mencionar ese nombre, pero por el rabillo del ojo vi su reacción. Su expresión era la de un hombre que había asustado a una serpiente. Lo miré con cara inocente.

—Ese nombre me resulta vagamente conocido, don Carlos. ¿Quién dijo que era esa mujer?

—Mis disculpas, señor, mis disculpas. Ella era la comidilla de Madrid y de Sevilla, y supuse que usted conocería su verdadero nombre. Es la monja que huyó de un convento para convertirse en soldado y aventurero. Usted debe de haber oído hablar de ese hecho...

—Ah, sí, sí, la escandalosa monja teniente. Sí, en el Nuevo Mundo y en el viejo todos han oído hablar de ella. —Entrecerró un poco los ojos y me miró con expresión intrigada. —Pero yo no tengo negocios con esa mujer... hombre... —Se encogió de hombros. —Lo que sea.

—De nuevo, mis disculpas. No quise sugerir que esa mujer extraña fuera su amiga. Conocí hace poco a Catalina en Sevilla, cuando éramos huéspedes en la misma posada. Como sin duda usted ha oído decir, ella se ha vuelto famosa y muy elogiada por haberse disfrazado con tanta astucia... y servido a España.

—Sí, muy astuta.

—Cuando le dije que viajaba a la gran Ciudad de México, ella me recomendó que me pusiera en contacto con usted. Dijo que era un hombre discreto e inteligente...

Él trató de sonreír, pero sus músculos faciales estaban demasiado tensos.

—...para ganar dinero —terminé la frase.

—Ah, entiendo, entiendo. ¿Le dijo ella cómo hacía yo para ganar dinero?

—No, sólo que era un hábil hombre de negocios. Sí mencionó que los dos habían estado juntos en el negocio de la plata. —Me incliné hacia él y le dije con tono confidencial. —Francamente, don Miguel, tuve la impresión de que usted y ella no se habían separado en buenos términos y de que ella deseaba enviarle sus disculpas y la esperanza de hacer las paces con usted. Tomando en cuenta su dudosa reputación, supongo que ella lo estafó en alguna transacción.

Las facciones tensas de De Soto se suavizaron. Sacudió la cabeza y movió las manos.

—Don Carlos, usted no podrá creer cuántas dificultades tuve con esa mujer. He oído decir que el Rey la recompensó porque sus payasadas lo entretienen, pero si conociera su verdadero carácter, la habría recompensado con la cárcel.

—Deploro, señor haberlo molestado. Al parecer, a esa ramera desvergonzada le pareció muy divertida su historia. Yo confiaba en poder aumentar mis riquezas estableciendo una relación con alguien conocedor de las prácticas comerciales de la colonia y, en cambio, lo he molestado imponiéndole mi presencia.

Me puse de pie para irme y De Soto insistió en que volviera a tomar asiento.

—No es culpa suya, amigo. Esa mujer es el demonio en persona. Cuénteme más qué tenía en mente.

—Mi familia es antigua y honorable. Tuve la suerte de casarme con la hija de un criador de chanchos que le aportó una dote espléndida. Nuestro matrimonio es feliz y ella es el amor de mi vida, mi Afrodita.

Desde luego, por mis palabras él sacaría en conclusión que yo me había casado con alguien de clase inferior a la mía, pero con una gran dote, y que mi nueva esposa era más fea que los chanchos que su padre criaba. Daría por sentado que, una vez que tuve el dinero de la dote en la mano, yo había huido del padre, la hija y los chanchos.

Pero le impresionaría saber que yo tenía dinero, algo que comenzaba a escasear allí. El imperio extranjero español había hecho increíblemente ricas a algunas personas, pero el costo de esas aventuras era prohibitivo. Las guerras con potencias extranjeras habían quebrado su tesorería. Los impuestos y los precios exorbitantes habían empobrecido al pueblo, incluyendo a las clases no tan encumbradas de nobles y de comerciantes.

Chasqueó la lengua, como para demostrar que entendía mi posición.

—Ya veo, ya veo. Usted trajo la dote a Nueva España para incrementar su fortuna. Fue muy sabio de su parte. El dinero se pudre en España, pero en la colonia pueden nacerle alas y volar.

—Exactamente, don Miguel. Pero debo advertirle que no tengo experiencia en el arte del comercio. Como es natural, mi familia evitaba esos embrollos.

—¿Ha pensado en obtener un cargo en el gobierno? Sus actos en Veracruz sin duda le permitirían ser capitán de un regimiento.

Ésa era la apertura que estaba esperando. A propósito esquivé su mirada y traté de parecer evasivo.

—Una comisión no me convendría, ni tampoco un cargo en el gobierno hasta que aclare un pequeño asunto.

De Soto asintió con aire cómplice.

—Entiendo. —Se inclinó hacia mí y duplicó mi tono confidencial.

—Conmigo puede hablar con toda franqueza, don Carlos. Como sin duda esa malévola mujer le dijo, soy un hombre sumamente discreto.

Vacilé y luego, con evidente renuencia, le dije cuál era mi problema.

—Yo no podría ocupar un cargo honorable con el virrey en este momento. Mi sangre pura se remonta al mío Cid, pero ya sabe como estas cosas pueden ser mezcladas y confundidas. Una de mis necesidades urgentes es lograr que mis fondos no sólo sirvan para que yo mantenga el estilo de vida de un caballero, sino para aclarar también este pequeño problema de la sangre.

La mente de De Soto funcionaba a toda velocidad. Literalmente le había confesado tener antepasados judíos. Esa mancha me resultaría particularmente embarazosa si los miembros de mi familia fueran acusados de practicar la religión judía.

—Lo entiendo perfectamente —dijo De Soto—. Esas acusaciones, por insustanciales que sean, son difíciles de borrar. Y, hasta que... —dijo y extendió las manos.

Yo me levanté para irme.

—Una vez más, don Miguel, lamento molestarlo con mis problemas.

—Siéntese, amigo, siéntese. ¿Cuánto dinero tenía pensado invertir en un negocio comercial?

De nuevo, evité su mirada.

—Mis finanzas son muy modestas. Cuatro o cinco mil pesos, tal vez un poco más. —Ningún auténtico español revelaba la medida exacta de su fortuna. De Soto multiplicaría esa cifra muchas veces.

Él sacudió la cabeza.

—Realmente, no es una suma significativa para un negocio comercial del nivel que yo tenía pensado. Usted necesitaría por lo menos veinticinco mil pesos.

—Semejante suma, por supuesto, está fuera de mis posibilidades —dije con una mirada socarrona—, pero me gustaría saber más acerca de ese negocio. Tal vez podría exprimir un poco más mis fondos limitados.

Él sonrió, sin duda planeando ya cómo gastaría los veinticinco mil pesos que pensaba sacarme.

—Bueno, necesito hablar con los demás inversores antes de proporcionarle a usted información confidencial.

—Lo suponía. Pero, ¿no podría usted, al menos, darme una idea con respecto a de qué asunto se trataría? Tengo que tomar una decisión acerca de si me quedaré en la ciudad o iré al norte para tentar fortuna en la zona de las minas. Sólo me interesaría un negocio que me diera ganancias rápidamente.

—Lo único que puedo decirle es que tiene que ver con la especulación con el maíz, y que será extremadamente lucrativo. *Extremadamente* lucrativo. Como es natural, sólo alguien a quien consideramos nuestro hermano será invitado a participar en él.

Después de darle mi dirección para que pudiera ponerse en contacto conmigo, dejé a don Miguel de Soto sonriente. Al salir del edificio le di a Jaime, el chiquillo lépero, una mirada cómplice mientras me alejaba.

Él debía seguir a De Soto cuando el hombre abandonara su oficina, al margen de si lo hacía a pie, a caballo o en un carruaje. Con esas calles atestadas de gente, el muchachito no tendría problemas en mantenérsele a la par.

Yo no esperaba que la camarilla involucrada en la especulación con el maíz me permitiera incorporarme por puro amor fraternal. Y no sabía si ellos necesitaban los pesos adicionales que ofrecí, aunque estaba convencido de que la codicia innata de De Soto lo constreñiría a tratar de apoderarse de ellos.

Pero la auténtica carnada que yo les había ofrecido era la de un chivo expiatorio converso. Si las cosas salían mal, ellos necesitarían un cordero para sacrificarlo. Y yo acaba de ofrecerme con tal fin.

Durante dos días no tuve noticias de De Soto, pero a la mañana del tercero me pidió que me reuniera con él. Un segundo mensaje me indicaba que me presentara en el palacio del virrey esa tarde.

Jaime había seguido a De Soto a la casa de Ramón de Alva poco después de que yo me fui de su oficina. Todas mis sospechas se vieron confirmadas. Lo único que yo tenía que hacer era esperar y ver si habían mordido el anzuelo.

De Soto me volvió a recibir en su oficina y me llevó aparte para que sus empleados no nos oyeran.

—Lamento informarle que mis compadres han declinado su ofrecimiento de unirse a nuestro negocio.

Mi decepción fue genuina.

De Soto abrió sus manos codiciosas en un gesto de frustración.

—Yo les aseguré que, por intermedio de amigos mutuos, podía garantizar su honestidad y su honor, pero este negocio en que estamos involucrados es un negocio muy delicado y requiere conocer a fondo los antecedentes de cada inversor.

En otras palabras, ellos tenían miedo de no poder confiar en mí... o sea, de no poder confiar en que yo asumiría la culpa sin crear problemas.

—Bueno, amigo, entonces tal vez será en otra oportunidad... —dije.

De Soto me tocó la manga.

—Quizá usted y yo podríamos hacer algún negocio juntos.

Me costó reprimir una sonrisa.

—Los hombres que son mis socios en este emprendimiento son, diríamos, más solventes que yo. El año pasado compré una gran hacienda en la zona de Taxco. Ay, amigo, en esa transacción se me fue todo el dinero.

—¿Qué me propone usted, don Miguel?

Sus expresivas manos volvieron a abrirse.

—Que seamos socios, socios privados. Yo le venderé a usted una parte de mi cuota en ese negocio.

—Hábleme más de ese negocio en el que yo participaría.

—Mi buen amigo, casi no lo conozco, pero ya siento por usted un afecto fraternal. Se le presentará un informe completo y detallado del negocio. Sin embargo, debo moverme con cautela; hace sólo un par de días que nos conocemos.

—Pero, don Miguel, como usted dice, somos como hermanos.

—Bueno, sí, pero también Abel tenía un hermano. Nos reuniremos y beberemos juntos algunas veces más y llegaremos a ser buenos amigos. Doña María Luisa, mi esposa, desea que usted nos acompañe a cenar mañana por la noche. Alguien que usted conoce estará también en casa.

Ninguna sorpresa representaba para mí una perspectiva agradable, aunque la visita misteriosa fuera Elena, pero yo no podía rechazar esa invitación. De Soto no entraría en ningún negocio conmigo hasta que me conociera mejor.

—Será un honor para mí. Pero, por favor, dígame cuál amigo mío asistirá también. Quiero creer que no será mi suegro, el criador de chanchos.

Él rió.

—Si ese señor llega a presentarse en Nueva España, lo coseremos dentro de una vejiga de sus propios cerdos y lo enviaremos de vuelta a España. No, es el viejo amigo de su padre, don Silvestre Hurtado.

Sentí que una tumba se abría a mis pies. Y mi semblante reveló la consternación que sentía.

De Soto me palmeó la espalda.

—Había olvidado que don Silvestre vive aquí, ¿verdad? Por supuesto, usted era apenas un muchachito cuando él abandonó España. ¿Qué edad tendría: diecisiete o dieciocho años?

—Sí, más o menos esa edad.

—No se preocupe, amigo. Hablé con el Don y esas cuestiones acerca de las cuales su padre le escribió a él son nuestro secreto. Fue muy astuto de su parte explicar su fortuna como la dote de la hija de un criador de chanchos. —Hizo un gesto de coserse los labios. —Mis labios están sellados, amigo. El asunto es muy serio, pero basta de hablar de dinero… —Se encogió de hombros. —Después de que hagamos negocios, usted podrá evitar el arresto devolviendo el dinero. Y podrá devolverle a la muchacha su honor robado o, al menos, permitir que ella y la criatura vivan con más comodidades.

Me despedí de De Soto después de prometerle que iría a su casa el sábado. Hoy era jueves, así que todavía tenía un día de vida antes de que una multitud enceguecida por la furia me hiciera pedazos por ser un impostor. Yo no tenía la menor idea de a qué se refería De Soto. ¿Secretos? ¿Dote? ¿El honor robado a una muchacha? *¡Ay de mí!*

Jaime, el lépero, estaba acurrucado cuando salí a la calle, y lo llamé por señas.

—Más tarde necesitaré tu ayuda. Ven a verme a la posada cuando oscurezca.

—Sí, señor. Ahora necesito un pago adicional porque mi madre está muy enferma.

—Tú no tienes madre. Fuiste engendrado por el diablo —dije y le arrojé un real a ese mentiroso—. Llévame a un hechicero indio que vende pociones.

Él me miró e hizo una mueca.

—¿Usted necesita una poción de amor?

—Necesito algo que calme las aguas tempestuosas.

¡Ay de mí! Con que un viejo amigo de familia, ¿eh? De Soto me dijo que el viejo vivía con su hija. Que era medio ciego y usaba una única lente, un monóculo, para que lo ayudara a ver mejor. Mi primera reacción instintiva fue contratar a unos matones para que le rompieran el monóculo, pero aunque estuviera medio ciego igual se daría cuenta de que yo no era el hijo de su amigo. Hasta pensé en hacer matar al viejo o, al menos, que le dieran una buena golpiza que lo dejara inconsciente. Por desgracia, yo no tenía tiempo suficiente ni estómago para ello. El viejo era sólo el comienzo de mis problemas. ¿Qué maldades habría cometido don Carlos, el auténtico dueño del nombre que yo llevaba? ¿Evitar el arresto? ¿Devolver el dinero y reparar el honor de la muchacha? ¿Proporcionarles más comodidades a ella y a su hijo?

En mis dos conversaciones con Miguel de Soto yo ya había descubierto que los secretos brotaban de su boca como agua por encima de una represa. A esta altura, ya toda la ciudad sabría que mi versión de la dote de la hija del criador de chanchos no era más que una fachada para ocultar vilezas.

¡Por Dios! ¿Por qué no había yo conservado mi identidad, como lo planeé al principio? Había asumido la identidad de un villano. Al parecer, un ladrón y un corruptor de mujeres. Pensar que yo había trabajado con ahínco durante toda mi vida para despojarme de mi personalidad de ladrón y convertirme en un caballero. ¡Y ahora el círculo se había completado y yo era un caballero y un ladrón!

Ay, ¿qué había dicho fray Antonio acerca de esas personas extrañas que viven en la tierra de los elefantes y tigres, los hindúes? Que las malas acciones de una vida pasada determinan la fortuna o la miseria del presente. Que nuestras muchas vidas formaban un círculo y que las malas acciones con el tiempo vuelven a nosotros en el mismo punto o en uno peor.

Regresé a la posada para descansar antes de mi reunión con el virrey. Elena ya debería estar de vuelta en la ciudad. ¿Se habría enterado ya del cuento de la hija del criador de chanchos? Yo le había expresado mi preocupación por "mi esposa y mi hijo". Y ahora sabría que yo no sólo le había mentido con respecto a mi historia sino que era un sinvergüenza que trataba con crueldad a las mujeres.

Yo quería evitar ser un héroe, quería entrar sigilosamente en la ciudad. Y ahora sería el comentario de todos, y los caballeros y las damas discutirían acerca de si se me debería elogiar o si habría que ahorcarme. Algo también me dijo que las miserias que se me iban acumulando encima no serían las últimas.

Cuando llegué a la posada, el dueño me dio una noticia todavía más sorprendente:

—Ha llegado su hermano. Lo espera en su habitación.

Le agradecí. Mientras me dirigía a la escalera, mis pies se movieron en línea recta, pero mi mente me gritaba que huyera. Primero, un viejo amigo de la familia. Ahora, el hermano de don Carlos. ¿Acaso la totalidad de su familia, toda la provincia, se había mudado a Nueva España?

Una vez en el corredor del piso superior, desenvainé la espada. No deseaba verter sangre desconocida, pero no me quedaba otra alternativa. Si yo no mataba al hermano, sonaría la alarma y no podría atravesar las carreteras elevadas antes de que los soldados del virrey me apresaran.

Traté de serenarme un poco y respiré hondo. Después abrí la puerta de mi habitación con la espada lista.

Un hombre tuerto levantó la vista desde la cama mientras disfrutaba de un odre con vino y también de la mulata que yo había rechazado.

—Eh, Bastardo, baja esa espada. ¿Acaso no te enseñé que como espadachín eras hombre muerto?

CIENTO DIECISIETE

Mateo hizo salir a la puta y yo me senté en una silla, con los pies sobre el pie de la cama, mientras él se recostaba contra las almohadas. Tenía el ojo izquierdo cubierto por un parche negro.

Sacudí la cabeza al ver ese parche.

—¿Y cómo se llama esa herida, compadre? ¿Margarita?, ¿Juanita?, ¿Sofía?

—Ésta es la duquesa.

—Ah, de modo que el duque regresó y te pescó en cama con su esposa. Nada menos que una prima de la reina.

—Sin duda, una prima del demonio. Ella misma le envió un mensaje "anónimo" al duque poco después de que comencé a acostarme con ella, sin duda por creer que los celos lo harían volver.

—¿Hasta qué punto es grave la herida que tienes en el ojo?

—¿Grave? Al ojo no le pasa nada. —Levantó el parche y debajo vi una cavidad vacía y color rojo sangre. Pegué un respingo.

"El ojo está muy bien. Sucede que ya no lo tengo."

—¿Una pelea con espadas?

—No, nada tan honorable. Los hombres del duque me sostuvieron mientras él me lo arrancaba. Cuando estaba por hacer lo mismo con el otro, yo logré soltarme.

—¿Y tú? ¿Le cortaste el cuello o le arrancaste los dos ojos?

—Ninguna de las dos cosas. Su cuello está intacto, igual que sus dos ojos. Sin embargo, él ahora orina a través de una pajita.

—Bien hecho. ¿Cómo hiciste para mutilarlo y seguir con vida?

Él sonrió.

—Moviéndome con rapidez. El último barco de la flota del tesoro había zarpado de Sevilla cuando llegué al puerto. Alquilé un barco costero veloz para seguirlo. Y nos pusimos a la par de una embarcación que tenía dificultades con sus aparejos. Su destino era Hispaniola, no Veracruz. Desde allí, un bote me llevó a Veracruz. Cuando oí hablar de un hombre de semblante afeitado, con una cicatriz en la mejilla, que había salvado a una dama de los piratas, bueno, ¿quién podía ser sino mi viejo compadre? ¿Quién más sería tan tonto como para luchar contra los piratas en lugar de unirse a ellos?

—Mateo, estoy metido en un lío.

—Eso ya lo supe. *Don Carlos*. Hasta la puta de la mulata sabe que le robaste la dote al padre de la que iba a ser tu esposa y huiste, dejándola embarazada.

—¿Eso hice? ¡Qué ladrón!

—Peor que un ladrón. Fue un comportamiento cobarde y nada honorable. Si hubieras matado al padre en un duelo, los hombres te ocultarían en su casa para salvarte de los agentes del Rey. Pero, ¿robarle a un padre la dote de su hija? ¿Y dejarlo gravemente herido por haberle golpeado la cabeza con un candelero? ¡Un candelero! ¿Cómo quieres que él mire a la cara a sus amigos después de ser vencido por un candelero? Era un candelero de plata y tú también te robaste eso. Caramba, don Carlos, eres una mala persona. En este momento estarías encadenado si el tío de Elena no fuera el virrey.

Le informé a Mateo de mis actividades desde que salí de Sevilla hasta la invitación a cenar de De Soto.

—Esas cadenas y el nudo corredizo que mencionaste todavía me esperan. El sábado iré a cenar a la casa de Miguel de Soto. También asistirá un viejo amigo de mi familia.

—¿Cuál familia?

—La de España.

—¿Alguien conoce a don Carlos aquí, en Ciudad de México?

—Por lo menos una persona. Un viejo que está enterado de todos mis pecados. Me dijeron que es medio ciego pero, incluso en la oscuridad él se dará cuenta de que soy un impostor. Por la forma en que la diosa Fortuna me está tratando, puede haber otra persona íntima de don Carlos o víctima suya a la vuelta de cada esquina, esperándome para denunciarme.

—Ah, Bastardo, esto es lo que sucede por pensar tanto en ti. Si me hubieras dicho que volvías aquí para vengarte, yo no habría permitido que vinieras solo. Yo seguiría teniendo los dos ojos y tú no estarías metido en este lío. ¿Qué plan tienes? ¿Asesinar al viejo? ¿Arrancarle los ojos antes de la cena?

—Te confieso que pensé en esas dos cosas, pero no tengo corazón ni agallas para ninguna.

—Silenciar al viejo antes de que pueda contarle al mundo tus pecados arrojaría sospechas sobre ti.

—Eso también lo pensé. He estado jugando con la idea de utilizar polvo *yoyotli*. Si es que logro conseguirlo. —Le recordé cómo usamos ese polvo de sueños para desorientar a la criada de Isabella.

—Es arriesgado. Y no tiene el efecto de validarte como don Carlos.

—¿Crees que ese viejo lo hará? Él no ve a don Carlos desde hace siete u ocho años, pero yo sí lo he visto, y no me parezco nada a él. Su piel, su pelo y sus ojos son todos más claros que los míos. Ese viejo podría olerme y saber que no soy el hijo de su viejo amigo.

—De Soto trata de encontrar la manera de justificar hacer negocios contigo, aunque sea a espaldas de sus compadres. Hasta el momento ha oído historias acerca de ti que lo intrigan. Eres un ladrón y un truhán. Eso le resulta conveniente para sus planes. Pero necesita saber más sobre ti. Si no obtiene suficiente información del viejo, es posible que siga averiguando. Y entonces podría irte peor que con un viejo que para ver depende de su monóculo.

—Una única lente le permitirá ver lo suficiente para saber que soy un impostor.

—Es posible. Pero, ¿y si se le rompiera? Los monóculos son poco frecuentes y muy caros. Nadie aquí en Nueva España es capaz de fabricar una cosa así. Le llevaría por lo menos un año reemplazarlo si algo le llegara a suceder a su único monóculo.

—No lo sé. Tal vez el mejor curso de acción para mí es olvidarme de Luis y de de Alva. Podría secuestrar a Elena y llevármela a algún paraíso desierto.

—¿Y cómo cuál bribón te presentarías a ella? ¿El mestizo bandido que aterrorizaba los caminos de Nueva España? ¿O el despreciable hijo de un hidalgo que golpeó a un anciano con un candelero para robarle la dote de su hija?

Cuando salí hacia el palacio del virrey, Mateo se quedó en la posada. Me dijo que le pidiera al posadero que le enviara a la puta. Aseguró que la lujuria lo ayudaba a pensar.

Un soldado apostado en el portón principal me escoltó al sector de recepción del palacio y me derivó al ayudante del virrey. Los criados o empleados del virrey, tanto de su casa particular como del palacio, tenían todos una presencia real. Las alfombras y los tapices eran espléndidos, estaban artísticamente bordados y en ellos predominaban los hilos de oro. La chimenea de piedra tenía una garganta imponente de la cual colgaba una variedad de herramientas para el fuego. Los enormes candelabros que había sobre la repisa de la chimenea en la sala de recepción eran casi tan altos como yo. Contra una pared había varias sillas de caoba de respaldo alto con tapizado de cuero oscuro lustrado.

La mayoría de las personas sin duda quedarían impresionadas por los muchos pesos que representaría semejante lujo. Yo, en cambio, me pregunté cuántas vidas habría costado esa opulencia.

Cabía esperarse que el virrey viviera como un rey. De hecho, lo era. Él gobernaba con un poder casi absoluto tierras cinco veces del tamaño de España. Si bien la corte suprema, llamada la Audiencia, y el arzobispo tenían voz en las decisiones, el virrey podía invalidar la decisión de cualquiera de los dos. Las quejas relativas a su conducta debían serle presentadas al Rey, en Madrid, por intermedio del Consejo de Indias. El proceso podría llevar un año para asuntos de extrema urgencia y eternamente para cuestiones de menor importancia.

Aguardé nerviosamente ser citado a comparecer frente a él. ¿Estaría allí Elena? ¿Vería yo en sus ojos mucho desprecio hacia mí? Probablemente no más de lo que yo sentía por mi persona. Toda mi vida era ahora un enorme edificio de mentiras, una sobre otra. Ni siquiera yo conocía la verdad.

Sentí una mirada fija en mí y, al girar la cabeza, vi que Elena había entrado en la habitación. Hizo una pausa junto a la puerta y se detuvo para mirarme con preocupación. Con una sonrisa, se me acercó y me tendió la mano a modo de saludo. Yo se la besé.

—Doña Elena, nos encontramos de nuevo.

—Don Carlos, me alegra ver que estás bien. Nos diste un susto cuando abandonaste la hacienda. Al principio pensamos que habías equivocado el camino y te habías perdido.

—Mis disculpas, señora mía. La verdad es que me fui para no ser una carga para tantas personas.

—Nada de eso, sólo nos preocupamos por alguien que había arriesgado su vida por mí. Me doy cuenta de que deseas mantener tu privacidad. Sin embargo, mi tío se enteró de que ibas a ser el huésped de don Miguel de Soto. Le ha pedido a don Miguel que te invite en otra oportunidad para que puedas asistir a una recepción aquí, en el palacio.

Murmuré mi asentimiento y mantuve la sonrisa, mientras que la perspectiva de quedar expuesto frente a todos los notables de la ciudad me provocaba gran ansiedad.

Cuando nos miramos a los ojos, mi corazón se derritió. Ella empezó a decir algo y apartó la vista y vaciló un momento. Una cruz le colgaba de una cadena de plata alrededor del cuello. Me sobresalté al verla: era la cruz de mi madre, la que el abogado de la Inquisición me había quitado. Verla me perturbó y me costó mantener la compostura.

Los ojos de Elena estaban húmedos cuando se volvieron a cruzar con los míos y sus mejillas se habían encendido. Habló en voz baja y con tono de confidencia.

—Con respecto al problema que dejaste en España, lo hablé con mi tío y él te ayudará.

—Elena —le tomé la mano y sentí que se me rompía el corazón por lo que ella debía estar pensando de mí—. Lo siento.

—¡Elena!

Los dos pegamos un salto.

Luis había entrado en la sala de recepción.

Por un momento me alarmé e instintivamente llevé la mano a la espada y la levanté varios centímetros de la empuñadura antes de controlarme.

Los labios de Luis formaron una sonrisa, pero sus ojos seguían siendo como yo los recordaba: despiadados. Ojos de serpiente que miraban hacia arriba después de haber arrojado los dados sin suerte.

—No fue mi intención sobresaltarlos. El virrey los aguarda.

—Don Carlos, le presento a mi prometido, don Luis de la Cerda.

Los dos intercambiamos reverencias y me costó mucho que la expresión de mi cara fuera neutral. La palabra "prometido" me había pescado con la guardia baja.

—Cuenta usted con la admiración de toda Nueva España por lo que hizo por doña Elena. Reciba usted el agradecimiento especial de su futuro marido.

Otra reverencia. Esas palabras fueron dichas con sinceridad, pero cada una me hizo chirriar los dientes. Yo no dudaba que se sintiera muy atraído hacia Elena, pero me constaba que era incapaz de amar realmente a una mujer. Recordé sus comentarios de hacía tanto tiempo, cuando yo estaba escondido debajo del asiento de un carruaje.

—Será mejor que nos reunamos con el virrey —dijo Elena.

Ella nos precedió, con Luis detrás de mí. Sentí que se me paraban los pelos de la nuca. Cuando Luis me expresó su agradecimiento, yo advertí algo en sus ojos: celos. Era obvio que, cuando y Elena y yo nos miramos a los ojos, Luis había notado algo, más allá del hecho de que yo le había salvado la vida.

A diferencia de lo que había pasado conmigo, el aspecto de Luis no había cambiado. Su barba le cubría sus muchas cicatrices de viruela, pero sus ojos traicionaban la dureza de su alma negra.

Yo fui consumido por la furia frente a los asesinatos trágicos de las personas que yo amaba, pero eso no me llevó a sentir animosidad hacia el mundo entero. Me pregunté qué recovecos del destino, qué decepciones habían hecho que ese descendiente de riqueza y poder se manchara las manos con robos. Conocía las historias de su necesidad de involucrarse en negocios. Es cierto, su padre había dilapidado la fortuna de la familia. Si Luis no hubiera podido amasar la propia, habría tenido que vender su título y casarse con la hija de un hombre rico y obtener su dote, en lugar de casarse y entrar a formar parte de la familia del virrey.

¿Qué había hecho que Elena cambiara de idea con respecto a entrar en un convento? Sospecho que ese cambio de planes tuvo que ver con el pedido de Elena a su tío en mi beneficio. En un convento ella estaría a salvo del monstruo, y a mí me quedaría la posibilidad de soñar con robármela de allí. Ay, mi nuevo disfraz de caballero español la había apartado incluso más de mí y la había arrojado en brazos de un villano.

Don Diego Vélez de Maldonado era un hombre bajo, no más alto que Elena, pero compensaba su pequeña estatura con una arrogancia aristocrática y una mirada firme y dominante. Llevaba cortos su bigote y su barba, y el pelo casi tan corto como el de un monje. Gobernaba como un rey tierras salvajes tan grandes como media docena de países europeos juntos. Aunque se sabía que tenía amantes, el virrey era viudo y sin hijos. Y había criado a Elena como si fuera su hija.

Después de las presentaciones de práctica, el virrey rodeó su escritorio dorado para preguntar personalmente por el estado de mi herida.

—Don Carlos, su intrepidez y su coraje fueron de gran nobleza. Si en Veracruz hubiera habido una docena de hombres como usted, todo el ejército pirata habría sido derrotado rápidamente.

—Estoy seguro de que esa mañana hubo actos más importantes de valentía, Su Excelencia. De hecho, si su sobrina no hubiera apuñalado al hombre que estaba por cortarme la cabeza, yo estaría enterrado en Veracruz en lugar de estar hoy de pie frente a usted.

—En realidad, la codicia fue lo que despojó a nuestros soldados de sus armas. Y, en cuanto a mi sobrina, muchas veces le he dicho que no debe llevar dagas ni exhibir conductas que son impropias de una dama. Pero, por fortuna para ustedes dos, mi sobrina no presta atención a mis consejos.

—Tío, eso no es cierto. Yo presto atención a todas tus órdenes.

—Pero *obedecerlas* es otra cuestión, ¿no?

Elena murmuró su disenso… en voz muy baja.

—Pero, por lo que sabemos, su desobediencia resultó oportuna. En todo caso, la cuestión de si debe o no llevar armas pronto caerá en otras manos; estoy seguro de que don Luis lo invitará a ocupar el lugar de honor en la mesa de su boda.

—Aguardo ese día con impaciencia —dije con tono monocorde.

—Quiero ver un momento a don Carlos a solas —dijo el virrey.

Cuando Luis y Elena salieron, el virrey dejó caer su máscara de amabilidad y pasó a ser un administrador que se enfrenta a un problema.

—El que haya rescatado a Elena fue afortunado en varios aspectos. Usted salvó a mi sobrina de indecibles horrores y, quizá, incluso de la muerte. Los ecos de la debacle de nuestros soldados, que carecían de pólvora y proyectiles para resistir el ataque, reverberará hasta Madrid y vuelta. El alcalde y el comandante del fuerte serán castigados, aunque no en la medida en que el pueblo lo reclama. Su valiente rescate de mi sobrina de alguna manera eclipsó la vergüenza de esa derrota. Ese rescate ha figurado de manera prominente en el despacho que le envié al Rey. Tan pronto él lo reciba, la noticia llegará rápidamente a su provincia natal.

Y entonces, se correría la voz hasta Madrid de que él era un hombre buscado.

—Relaté la historia de su valiente hazaña con todos los elogios que se merecía. También di a entender que existía un problema de indiscreción juvenil que debía ser limpiado. Hasta que no recibamos noticias de Madrid, yo no sabré qué honores conferirle.

O si, en cambio, era mejor decapitarme, pensé.

—Usted, desde luego, permanecerá en la ciudad hasta que yo reciba esas noticias.

Epa, yo no debía abandonar la ciudad. Llevaría por lo menos seis meses hasta que Madrid arreglara las cosas.

El virrey me estrechó la mano sana.

—Quiero que entienda esto, jovencito. Para mí, lo que usted hizo por mi sobrina compensa las barbaridades que pudo haber cometido en España, pero debemos movernos con lentitud y cautela para asegurarnos de que este gesto suyo borre los pecados del pasado. Si no ocurre nada nuevo, alabaré a Dios el que lo ocurrido me haya permitido persuadir a Elena de que se case con uno de los mejores jóvenes de Nueva España.

Luis me esperaba cuando yo salí del despacho del virrey.

—Yo acompañaré a don Carlos a la salida —le dijo al secretario del virrey.

Mientras caminábamos, Luis me preguntó si el virrey me había brindado seguridades en lo concerniente a mis "problemas".

—Él se mostró muy generoso —respondí.

—Elena me dio a entender que tal vez usted desee conocer a algunas de las mujeres que serían un excelente partido para cualquier soltero. Pocos lugares en la Tierra como nuestra ciudad pueden jactarse de tener a mujeres y caballos de excelente estirpe y hermosas proporciones. Como tal vez le dijo su propio padre, existe una gran similitud entre la manera en que uno maneja a una espléndida mujer y a un espléndido corcel.

No pude reprimir una sonrisa. ¡Si Elena hubiera oído este comentario!

—Me temo que mi padre nunca comparó a mi madre con un caballo, pero quizá él no era experto en una ni en otro, cosa que estoy seguro de que su padre sí lo fue.

—Mi padre no es experto en nada, ni siquiera en las cartas y las bebidas con las que dilapida su vida.

La voz de Luis se había vuelto dura y llena de rencor. Y su mal genio me hizo querer provocarlo aun más.

—Su ofrecimiento de presentarme a las damas de su ciudad es sumamente generoso. Y en cuanto mi herida cicatrice, aceptaré ese ofrecimiento. —Me detuve y lo enfrenté. —Como sabrá, señor, yo me enamoré de la hermosa Elena y confiaba en que ella correspondiera a ese amor. Pero me apenó enterarme de que estaba comprometida.

La cortesía de Luis se esfumó. Por un momento de gran tensión pensé que desenvainaría su espada en el palacio del virrey, lo cual me habría complacido mucho.

—Buenos días, señor —dije con un movimiento de la cabeza y una reverencia. Me di media vuelta y me alejé con la inquietante sensación de que en cualquier momento me clavarían una daga en la espalda.

CIENTO DIECIOCHO

—¿Hiciste qué? —Volqué mi exasperación contra Mateo en el patio de mi vivienda recién alquilada. Él no era un hombre que se pasaba la vida acercándose a la prisión: él *corría* hacia el nudo corredizo.

Mateo jugueteó con la copa de vino que siempre tenía en la mano y una expresión santurrona y a la vez complacida en la cara. Me sonrió apenas por entre una niebla de humo.

—¿Quieres que hablemos del asunto con calma y en voz baja o prefieres que se enteren tus criados y vecinos?

Me senté.

—Dime qué locura te llevó a visitar a don Silvestre. Comienza por el principio para que yo sepa si tengo que huir de la ciudad... o estrangularte.

Él sacudió la cabeza y trató de parecer inocente, cosa que difícilmente lograba: con todas esas cicatrices, cada una de las cuales llevaba el nombre de una mujer, su cara era como un campo de batalla.

—Bastardo, mi compadre...

—Ex compadre.

—Fui a la casa del viejo amigo de tu familia, don Silvestre, un excelente caballero. Tiene nieve en la cabeza, sus piernas tienen las rodillas débiles, para no mencionar lo arqueadas que están por toda una vida sobre una montura, pero todavía arde fuego en su corazón. Es tal como te lo imaginaste: casi ciego. Con una excusa le pedí permiso de examinar su monóculo. Sin él, el anciano no podía contar los dedos de mi mano a treinta centímetros de su nariz.

—Confío en que hayas roto su monóculo.

—Desde luego que no. ¿Acaso crees que un caballero como yo le haría eso a un caballero anciano?

—No, a menos que eso te significara ganar una partida de cartas en una cantina o una mujer en tu cama.

Él suspiró y apuró el contenido de la copa. Volvió a llenársela antes de continuar con su historia.

—Esperaremos a otro día para romper el monóculo del anciano —dijo.

—Hubo un cambio. La reunión de De Soto se celebrará en el palacio del virrey, y lo más probable es que el viejo asista a ella.

—Eso ya lo sé. Él no sólo asistirá sino que irá con nosotros en nuestro carruaje.

—Santa María, Madre de Dios. —Me puse de rodillas y oré frente a un ángel de piedra que vertía agua en la fuente del patio. —Sálvame de este demente, Madre Santa, y haz que Dios lo parta con un rayo.

—Bastardo, entras en pánico con demasiada facilidad. Debes enfrentar los inconvenientes de la vida con ecuanimidad, no con histeria. Ahora levántate. Mira que yo no soy tu sacerdote.

Me puse de pie.

—Dime cómo haré para ir en un carruaje a la fiesta del virrey con un hombre que me acusará de impostor tan pronto me vea.

—El viejo cree que tú eres don Carlos porque yo le dije que eras don Carlos. No hace falta que lo convenzas. Lo que tienes que hacer es evitar "desconvencerlo". Cuando lo recojamos estará oscuro. El lépero que espía para ti de pronto aparecerá de entre la oscuridad, le arrancará el monóculo y huirá. Aunque —Dios no lo quiera— ese ataque fracase, don Silvestre igual no te reconocerá. Tiene que acercarse mucho incluso para ver con el monóculo. Y, como cualquier caballero de edad avanzada, es muy presumido con respecto a su edad y su estado físico. No sólo está medio ciego sino también medio sordo. Si le hablas en voz baja cuando no tienes más remedio que hacerlo, él tampoco notará la diferencia. Además, yo estaré allí para mantener la conversación. Don Silvestre no te tiene simpatía porque violaste el código de honor de un caballero. No te hablará a menos que se vea obligado a hacerlo. Sin embargo, cuando yo le expliqué las verdaderas circunstancias de los delitos que cometiste en España…

—Sí, *las verdaderas* circunstancias de mis delitos. ¿Por qué no me cuentas cuáles eran esas circunstancias?

Él sacudió la ceniza de su rollo de tabaco.

—Lo que hiciste, por supuesto, fue proteger el honor de la familia.

—Mira que yo golpeé al padre de mi prometida con un candelero y robé la dote de su hija.

—Ah, Bastardo, tú crees todo lo que oyes, y lo mismo hace don Silvestre. Un amigo le escribe de España y le dice que el joven don Carlos es un ladrón y un tunante, y él se lo cree. Pero, ahora, otro amigo, yo, viene y le cuenta la verdad.

—¿Cuál es esa verdad? ¿Me lo dirás antes de que *yo* me corte el cuello?

—La verdad es que tú asumiste la culpa de tu hermano mayor.

Quedé estupefacto. Repetí las palabras con lentitud. Y, luego, una segunda vez, esta vez saboreándolas.

—O sea que yo asumí la culpa de mi hermano mayor… para proteger el nombre de la familia.

Empecé a pasearme de aquí para allá, sintiendo esas palabras y entrando en la disposición de comedia que Mateo estaba creando.

—Eh, de modo que mi hermano, el heredero del título y de la fortuna de la familia, el dueño del buen nombre y honor de nuestra familia, es un sinvergüenza. Viola a mi prometida y se roba mi dote. ¿Cuál es la actitud más honorable de mi parte? Si lo mato, como bien se lo merece, la verdad se sabrá y el nombre de nuestra familia, del que estamos tan orgullosos, se arruinará. No: sólo hay una cosa que yo puedo hacer. Yo soy el hermano menor, el heredero de nada, el dueño de nada. Asumo la culpa de las malas acciones de mi hermano, salvo el honor de la familia y recibo el castigo.

Hice una reverencia y saludé a mi amigo con el sombrero.

—Mateo Rosas, eres un genio. Cuando me dijiste que habías creado una comedia para el Don, yo sólo percibí desastre. Si presentábamos esta comedia en la Ciudad de México y en Sevilla, seríamos consagrados como héroes de la pluma y el papel. Esta obra de teatro nos permitiría ganar la fortuna que nunca conseguimos... al menos legalmente.

Mateo trató de parecer modesto.

—Don Silvestre aceptó la historia con la misma facilidad con que Moisés aceptó la palabra de Dios. En este momento se está grabando en piedra en la mente del anciano. Incluso la estaba embelleciendo cuando yo se la expliqué a Elena.

¿Había oído bien? ¿Mateo acababa de decir que él le había explicado todo a Elena? ¿También se lo susurró al oído al virrey? Amigos, ¿tenía o no razón yo cuando pronostiqué que algún día Mateo conseguiría que me ahorcaran si yo no recibía el castigo merecido por mis delitos?

—Bastardo, será mejor que bebas un poco de este vino. Tienes la cara del color de la muerte, y ahora comienza a arder como fuego.

—¿Cuándo viste a Elena?

—Esta tarde, cuando ella fue a ver a don Silvestre después de la reunión que ustedes tuvieron con el virrey.

—¿Por qué fue ella a la casa de don Silvestre?

—Para hablarle al anciano de ti. Ella quería conocer los detalles de tus malas acciones, para ver si podía ayudarte a obtener el perdón.

—¿Y, después de convencer a don Silvestre, tú le contaste esta historia acerca de que yo asumí la culpa de mi hermano?

—De hecho, la inspiración para el relato me vino al ver a la hermosa Elena. Bastardo, tienes un gusto exquisito para las mujeres. Ella es un poco demasiado delicada e inteligente para mí, con un poco más por encima de la línea del cuello y un poco menos debajo de ella de lo que yo prefiero, pero sus ojos podrían conquistar el alma del mismísimo Eros.

—Explícame qué ocurrió exactamente. Y no omitas ningún detalle. Cuando te asesine, no quiero sentir nada de culpa.

—Esa hermosa mujer entró y expuso lo sucedido delante del Don y de mí. Nos contó con lujo de detalles cómo habías luchado y vencido a una docena de piratas...

—¿Una docena?

—Algo así. Mientras la escuchaba, comprendí que ella te amaba.

—No digas eso; no podría soportar la pena.

—Tenemos que enfrentar la verdad. Hemos vuelto aquí para vengarnos, pero el odio es sólo una cara de la moneda de la vida. La otra cara es el amor. Cuando yo percibí amor en su voz, supe que tenía que asegurarme de que ese amor se cristalizara. ¿Sabías que mis comedias siempre tienen un final feliz? Sí, es la verdad. En cuestiones de amor, la tragedia es tan ubicua que sólo escribí finales en los que el amor triunfaba.

—¿Qué dijo ella al enterarse de que yo había asumido la culpa de mi hermano?

—Lloró, Bastardo. Lloró de alivio y de alegría. Dijo que ella supo que eras un hombre bueno y honorable desde el primer momento en que te miró a los ojos.

¡Ay de mí! Me senté y me cubrí la cara con las manos. La pobrecita de Elena estaba tan ciega que pensó que un lépero mestizo era un hombre de honor. Si supiera la verdad acerca de mí, saldría corriendo horrorizada.

—¿Y don Silvestre? ¿Él no negó la historia?

—Él incluso la embelleció. Por lo visto le gustó a ese anciano caballero. Y resultó que también su hermano mayor era un sinvergüenza. Pero sus malas acciones siempre eran borradas para salvar el honor de la familia. Al Don le pareció correcto y adecuado que un hermano menor hiciera semejante sacrificio. Se involucró tanto en el cuento que empezó a imaginar que todas las malas acciones de las que se acusaba a don Carlos habían sido cometidas en nombre del honor. Sin embargo, tu inocencia jamás debería saberse si el propósito era proteger el buen nombre de la familia. Por supuesto, yo acepté que la supiera también el virrey. Y Elena se fue corriendo a contársela.

—Y Luis. Ella se la contará a Luis. Y se la contará también a su criada, quien se la contará a la criada de la casa de al lado…

Mateo se encogió de hombros.

—Y, dentro de algunas semanas, nosotros ya no estaremos aquí.

—Pero Elena quedará envuelta en el escándalo. Hoy, deliberadamente insulté a Luis dándole a entender que estaba románticamente interesado en Elena. Mientras lo enfurecía, yo no era una amenaza seria como el desacreditado don Carlos. Ahora soy doblemente un héroe: me sacrifiqué por mi hermano y casi perdí la vida por Elena. Cuando ella se lo cuente a Luis, él me verá como una amenaza.

Mateo sacudió la cabeza.

—El virrey nunca te dejará casarte con Elena aunque hubieras repelido sin ayuda de nadie el ataque de los piratas. Sigues siendo el tercer hijo de una familia de menor importancia. Luis será un marqués cuando muera su padre. Socialmente, su reclamo de nobleza es tan fuerte como el del virrey. Por eso el virrey la obliga a casarse con Luis. Será el orgullo lo que hará que Luis te mate, no porque seas una amenaza para su matrimonio. Desde luego, si descubre que te estás viendo con Elena, te matará más temprano que tarde.

Sentí que otro cuchillo se me clavaba en las entrañas.

—Dime que no hiciste nada tan tonto como fijar una cita para que yo la vea.

Él no dijo nada. Aguardé hasta que terminó de beberse otra copa llena de vino.

—¿Qué fue lo que hiciste?

—Luis es un canalla.

—¿Qué fue lo que hiciste?

—La muchacha quiere hablar contigo para suplicarte perdón por haber dudado de ti. Si manejas bien el asunto, disfrutarás de sus favores antes de que Luis tenga oportunidad de hacerlo.

—¿Estás loco? ¿Acaso crees que yo usaría a Elena para vengarme de mis enemigos?

—¿Tú me preguntas a mí si estoy loco? Volviste a Nueva España para matar a su futuro marido y, quizá, destruir a su tío, quien la crió como una hija. ¿Y te parece que puedes hacerlo sin dañar a Elena?

Se puso de pie desde el borde de la fuente.

—Bastardo, tendré que esforzarme mucho, realmente mucho, para escribirle un final feliz a la tragicomedia que iniciaste tú.

CIENTO DIECINUEVE

La reunión que Mateo había combinado entre Elena y yo se realizaría en la casa de la hija viuda de don Silvestre. Mateo dijo que la viuda, que sólo tenía unos años más que yo, rara vez usaba la casa; pasaba la mayor parte de su tiempo en casa de su padre. Mateo me dijo que la viuda tenía muchos encantos, aludiendo al hecho de que él no permitiría que se marchitara por falta de amor.

Yo estaba nervioso mientras esperaba en el patio. Una india de bastante edad y su marido parecían ser los únicos criados de la casa. Sobre una pequeña mesa había puesto confites y vino. Como había oscurecido, ellos habían iluminado el sector que me rodeaba con velas. Protegido por muros altos, el lugar era realmente privado; un lugar perfecto para una cita con la mujer de otro hombre.

Tuve la sensación de estar en un escenario encarnando a Calisto y Melibea, los amantes marcados por un destino cruel, si no interpretando una comedia más trágica llamada *Romeo y Julieta*, una obra que, según Mateo, había escrito un inglés llamado Shakespeare. El dilema al que Mateo se había referido, de que yo no podía destruir a los otros sin dañar a Elena, me pesaba mucho en el corazón. El destino me estaba poniendo a prueba.

Oí que llegaba un carruaje y me tensé.

Cuando Elena traspuso el portón, yo me levanté lentamente del borde la fuente. Ella se había puesto un vestido negro y usaba un chal largo de seda sobre la cabeza y alrededor de los hombros. Yo casi había esperado que usara una máscara, como era habitual en las mujeres de la ciudad cuando se dirigían a una cita, pero igual nadie la habría reconocido con ese chal.

—Doña Elena —dije e hice una reverencia.

—Don Carlos.

Para darles algo que hacer a mis manos hice un ademán hacia la mesa con los confites.

—Nuestra anfitriona no está en casa, pero ha tenido la gentileza de ofrecernos una mesa de exquisiteces.

—Conozco a doña Teodora. Es una buena mujer que cuida bien a su padre anciano.

—Tengo entendido que estuviste hoy con su padre.

Ella se me acercó y me tendió la mano.

—Oh, Carlos, no sabes cuánto me alegra que no seas el canalla que algunos dicen que eres. Tu sacrificio para proteger el buen nombre de tu familia es el de un santo martirizado.

Tomé su mano y se la besé.

—Elena, tengo que decirte la verdad —al menos, parte de ella—: yo no soy la persona que tú crees.

—Eso ya lo sé.

—¿Lo sabes?

—Por supuesto. El hombre que conocí en casa de don Silvestre me explicó lo de tu hermano.

—No, no, no es sólo eso, es…

—¿Sí?

Era imposible. Si le decía la verdad, ella huiría de la casa en medio de gritos. Pero yo detestaba vivir con una mentira. Toda mi vida había sido una mentira, y con ella desearía poder mostrarle mi alma desnuda.

—Hay cosas acerca de mí que no puedo revelar, cosas que tú nunca entenderías y que te harían odiarme. Pero sí hay una verdad en la que puedes confiar: desde el momento en que te vi, me enamoré de ti.

—Y yo de ti.

Lo dije con tanta sencillez que yo mismo me sorprendí.

—¿Preferirías que yo ocultara mis sentimientos? —preguntó.

—Pero esto es imposible entre nosotros. Estás comprometida con otro hombre.

Yo no le había soltado la mano. La atraje más hacia mí y ella se apartó. Por un momento, caminó alrededor del patio.

—¿No te parece extraño —dijo— que nosotros, los de la clase más alta de la sociedad, tengamos menos libertad? Nuestras posesiones, incluso nuestro apellido, nos atrapan. Un hombre y una mujer de sangre común pueden amar y casarse con quien se les antoje. —Giró y me enfrentó.

—Mi tío puede obligarme a casarme con Luis, pero nunca podrá hacer que lo ame. Yo no odio a Luis y creo que él realmente me ama. Ha rechazado ofrecimientos de matrimonio de familias cuyas hijas tienen dotes más abultadas y, por cierto, más belleza. Pero, para mí, casarme con él sería estar en una cárcel. Por eso estaba dispuesta a entrar en una prisión de otra clase, un convento, donde al menos habría tenido libertad para leer libros y escribir lo que tengo la vanidad de llamar poesía.

—Tus poemas son el canto de los ángeles.

—Muy lindas palabras, don Carlos, pero no creo que hayas leído mis poemas en España. Rara vez fueron publicados aquí, en la colonia.

—No te haces justicia. Cuando me embarqué en Sevilla, me dieron este libro para leer.

Y le mostré un libro de poemas que había impreso para ella.

Ella sacudió la cabeza y le brillaron los ojos.

—Escribí esos poemas hace años. Todavía deben de existir uno o dos ejemplares. ¿Y éste viajó nada menos que a Sevilla?

—A todo el mundo. Estoy seguro de que en este momento hay un ejemplar en el tocador de la Reina, en Madrid.

—Me parece más probable que esté en la mesa de la Inquisición. ¿Quién te dio este libro?

—No conozco el nombre de ese individuo. Él estaba leyendo un libro en una cantina y me lo ofreció cuando se enteró de que haría un viaje por mar. —Eh, amigos, ¿no creen que las mentiras fluyen como miel de mi lengua?

Oí un ruido en el muro que bordeaba la calle y una cabeza asomó por un instante fugaz antes de que el hombre volviera a dejarse caer. Yo salí corriendo por el portón, pero el individuo ya se alejaba al galope.

Elena salió detrás de mí.

—Lo reconozco. Es uno de los criados de Luis que él mandó a espiarme.

Sin una palabra más, ella se fue, preocupada por su reputación. Yo no traté de detenerla. En circunstancias normales, pronto recibiría a los padrinos de Luis para entregarme el reto de un duelo, y yo agradecería la oportunidad para matarlo. Sin embargo, sospeché que ese desafío no ocurriría. No porque Luis me temiera sino por el escándalo que crearía tan poco después de que yo le hubiera salvado la vida a Elena.

Me quedé un momento de pie en el patio, cerré los ojos y me pareció oír que Elena me decía que me amaba. Pero, ¿a quién amaba ella? ¿Al héroe mártir don Carlos? ¿O al pobre muchachito lépero que se había convertido en un famoso bandido?

CIENTO VEINTE

Utilizamos el carruaje alquilado para recoger al anciano caballero y llevarlo a la reunión. Yo me sentía muy nervioso, más de lo que estuve en cualquier otra situación social en toda mi vida. Mateo había investigado a fondo los arreglos de la fiesta y tenía un plan para cada contingencia. Todavía tenía la sensación de que todos éramos actores en una obra escrita por él. Hasta había creado una parte para Jaime, el muchachito lépero, que debía interpretar esa misma noche.

—Si el viejo se da cuenta de que yo no soy don Carlos, ¿qué haremos? —pregunté, mientras las ruedas del vehículo nos acercaban cada vez más a la puerta de la casa de don Silvestre. Yo ya conocía sus respuestas. Lo había cansado repitiéndole interminablemente esas preguntas y finalmente él me respondía lacónicamente.

—Lo asesinaremos.

—¿Y qué me dices de Isabella? ¿Qué haré si nos topamos con esa Perra?

—La mataremos.

Buenos consejos, ninguno de los cuáles ni él ni yo éramos mentalmente capaces de llevar a la práctica, aunque confieso que seguramente estaría muy tentado de hacerlo en el caso de Isabella. Mateo se había enterado de que la Iglesia había aceptado anular su casamiento con don Julio, tras lo cual ella se había casado con un rey de la plata de Zacatecas menos de un año después de la muerte del Don. Como es natural, ella tenía una casa, no sólo en la Ciudad de la Plata sino también en la capital. Por lo que Mateo pudo averiguar, ella había demolido la casa de la Ciudad de México y estaba construyendo allí un palacio que rivalizaría con el del virrey. Mateo supuso que eso la mantendría ocupada en Zacatecas y, por lo tanto, no asistiría a la reunión, pero no estaba seguro en tal sentido. Yo, en cambio, tenía la certeza de que asistiría a la recepción, lista para apretarse el pecho y dar alaridos en cuanto nos viera.

Mateo no creía que nos reconocería. Él se había afeitado la barba y sólo usaba ahora un enorme bigote. Igual que yo, llevaba el pelo muy corto. Cuando nos alojábamos en la taberna, las putas de allí le habían teñido el pelo y el bigote de rojo. Con un parche rojo en el ojo, sombrero rojo, jubón rojo y pantalones rojos, su aspecto era tan discreto como el de un pavo real entre una bandada de palomas.

—La extravagancia define mi disfraz —dijo más temprano, cuando yo miraba, boquiabierto, la ropa que se proponía usar para la fiesta del virrey—. Aprendí el arte del disfraz cuando tuve que desempeñar varios papeles distintos en la misma obra. Si Isabella me ve, no me reconocerá como el amigo del Don.

—¿O sea que te ocultarás a plena vista de todos?

—Exactamente.

Eh, habíamos visto a Mateo en el escenario, ¿no es así, amigos? Es un excelente actor… a veces. Otras veces comete el pecado de los actores de sobreactuar su personaje. Como todo lo demás con respecto a Mateo, no existían términos medios. Cuando actuaba bien en el escenario, era el mejor; y cuando lo hacía mal, Dios mío, provocaba disturbios.

Si el Libro del Destino determinaba que Isabella asistiera a la fiesta, yo confiaba en que, como de costumbre, estuviera tan pendiente de sí misma que no nos reconocería.

—Me mataré si quedo expuesto frente a Elena.

Mateo retorció una de las puntas de su bigote.

—Compadre, tu problema es que no aceptas a las mujeres por lo que realmente las necesitamos. Tú quieres que sea, a la vez, puta y ángel. Yo me conformo con la mujer pecadora.

Cuando nos detuvimos frente al portón de la casa de don Silvestre, aguardé en el interior del coche mientras Mateo iba a buscar al Don. Nerviosamente comencé a darme golpecitos en la rodilla con la punta de mi daga, más propenso a cortarme mi propio cuello que el del anciano si él me ponía en evidencia.

La única luz que había en el portón era una vela grande dentro de un fanal de bronce y cristal. Sólo iluminaba algunos centímetros, pero igual yo me quedé en la parte más oscura del vehículo.

A pesar de mis temores, se había producido un hecho alentador. Miguel de Soto se había presentado inesperadamente a mi puerta. Rogando mi perdón, me anunció que sus anónimos asociados habían decidido aceptarme como socio. Pero había un precio: yo necesitaba cincuenta mil pesos para poder comprar mi parte.

El hecho de provocar a Luis había inclinado los platillos de la balanza. Al comprender que el virrey nunca le permitiría matarme en un duelo, él quería quebrarme financieramente y, después, clavarme una daga en la espalda. Era una cantidad enorme de dinero y acepté participar solamente con treinta mil. Le entregué tres mil pesos en ducados de oro para demostrar mi buena fe y le dije que tendría el resto dentro de algunos días. Mientras le daba el oro, le pedí más detalles con respecto a mi inversión.

—El precio del maíz está subiendo muchísimo —dijo.

Y era así. El maíz prácticamente había desaparecido de los mercados... pero los depósitos estaban repletos. Mis nuevos criados se quejaban por ello. Sin duda ese hecho hacía que ganaran menos cuando me timaban con las compras de alimentos.

—Mis socios son los dueños de los silos de maíz. Yo controlo su distribución.

Ellos lo estaban manteniendo fuera de los mercados —literalmente, matando de hambre al pueblo—, para poder aumentar su precio. Cuando ese precio alcanzara su pico máximo, llenarían a sus clientes de grano y cosecharían una ganancia prodigiosa. Yo había sospechado que se trataba de eso, pero oírselo decir sin empacho aumentó mi dilema acerca del daño que podía causarle yo a Elena. Esa clase de manipulación no podía llevarse a cabo sin el conocimiento y el asentimiento del virrey.

Cuando oí que Mateo y don Silvestre se acercaban, espié por la ventanilla del coche, muy tenso. Mateo dejó que el anciano transpusiera primero el portón y se quedó atrás para cerrarlo.

Don Silvestre se acercó solo al carruaje y yo le abrí la portezuela.

—Carlos... —comenzó a decir.

Alguien brotó de la oscuridad y manoteó hacia la cara del anciano. El Don trató de aferrarlo y el asaltante lo empujó hacia atrás y lo hizo trastabillar con sus rodillas débiles. Mateo sostuvo a don Silvestre cuando caía hacia atrás.

—¡Ladrón! —gritó don Silvestre—. ¡Se llevó mi monóculo!

Yo me bajé a toda velocidad del vehículo y me uní a Mateo y al conductor del carruaje en la persecución del ladrón. Fue inútil, había desaparecido. Para mi gran alivio, Jaime, el lépero, había desempeñado bien su papel.

Intercambié una mirada con Mateo mientras corríamos de vuelta hacia donde el Don nos aguardaba junto al carruaje. Era el momento de la prueba. Respiré hondo, me acerqué al anciano y le di un gran abrazo.

—Don Silvestre —dijo Mateo—, lamento que el encuentro entre ustedes dos, después de tantos años, tenga lugar en medio de este terrible robo.

—Mi monóculo, se llevó mi monóculo... y era el único que tenía. Sólo Dios sabe dónde podré conseguir reemplazarlo.

—Tengo entendido que un fabricante de lentes vino a bordo de la última flota del tesoro y llevó muestras de sus cristales al país de las minas —dijo Mateo—. Lo averiguaremos bien, ¿no es así, Carlos?

—Carlos. —El anciano me acarició la cara con la palma de su mano.

—No permitiremos que este robo trágico arruine el encuentro entre usted y Carlos —dijo Mateo—. Adelante, vamos al palacio del virrey —le dijo al conductor—. Toda la ciudad aguarda al invitado de honor.

Mateo no cesó de hablar durante todo el trayecto al palacio. Lo poco que dije yo lo hice en voz tan baja que el medio sordo Don se perdió la mayor parte de mis palabras. Durante el viaje, Mateo encendió un rollo de tabaco con una vela que estaba encendida dentro de un fanal a un costado del carruaje. Deliberadamente mantuvo la vela cerca de mi cara para que la iluminara en medio de la oscuridad del vehículo. En la fiesta habría una gran iluminación, y era mejor que probáramos allí la visión del Don y no frente a cientos de invitados.

—¿Qué opina, don Silvestre? —preguntó Mateo—. ¿Carlos ha cambiado mucho desde que lo vio cuando era adolescente?

El Don se inclinó hacia adelante y entrecerró los ojos como para verme mejor.

—Es la viva imagen de su padre —dijo—. Lo habría reconocido como el hijo de su padre en medio de un ejército de mil soldados.

Tuve que resistir el impulso de santiguarme y agradecerle a Dios en voz alta por haber hecho que el anciano caballero fuera tan vanidoso como para no reconocer los achaques de la vejez.

Habíamos pasado una prueba, pero yo sabía que no era tan fácil apaciguar a las Parcas que tejían nuestro destino. Una sensación extraña se apoderó de mí al transponer los portones del palacio. Siempre me había preguntado quién era yo en realidad. Telémaco, el hijo de Ulises, pregunta en *La Odisea*: "¿Algún hombre sabe realmente quién es su padre?" Yo me había hecho la misma pregunta durante toda mi vida, acerca de mi padre, mi madre y una vieja matrona demente que vestía de negro y trataba de beber mi sangre.

Pues bien, con frecuencia el fraile decía que el mayor regalo de Dios era no responder algunas plegarias, y por fin entendí la sabiduría de esas palabras.

Ahora tenía miedo de que Dios contestara esas preguntas.

CIENTO VEINTIUNO

Yo había asistido a fiestas procaces ofrecidas por la gente de teatro de Sevilla, pero ésta era la primera reunión importante de sociedad en la que participaba. Fuimos recibidos por un oficial de la guardia quien con su magnífico uniforme nos escoltó a la entrada del palacio. Allí, asistentes del virrey nos aguardaban para acompañarnos al salón de baile. Los dos asistentes miraron de soslayo el atuendo carmesí de Mateo y el parche que le cubría un ojo. Si no hubiera estado conmigo, el invitado de honor, sin duda habrían llamado al capitán de la guardia antes de permitirle entrar en el salón de baile.

Los espejos del corredor que conducía al salón de baile brillaban con la luz de las velas y las antorchas y reflejaban asimismo los uniformes de colores vivos de los guardias de honor que formaban fila a ambos lados.

Al final del corredor transpusimos unas puertas abiertas y entramos en un salón de baile de tres pisos de altura que podría haber alojado varias residencias comparables a la que yo había alquilado, con el terreno incluido. Al igual que el corredor con espejos, estaba profusamente iluminado con velas y antorchas. El cielo raso, los herrajes y las molduras brillaban con plata y oro y, por un momento, quedé pasmado por la magnificencia de ese salón de baile. Me resultó difícil simular la indiferencia arrogante de un hidalgo.

Varios cientos de personas bebían y conversaban y se paseaban por el salón. Sin embargo, todas las miradas se centraron en mí cuando yo me detuve un momento en la parte superior de la majestuosa escalera que conducía al piso del salón. Nunca me había sentido tan fuera de lugar; transpiraba por todos los poros.

El virrey se me acercó y, con gesto grandilocuente, anunció:

—Señoras, señoritas y caballeros, les presento a don Carlos Vásquez de Monterrey, el héroe de Veracruz.

Los asistentes se alinearon a cada lado del salón, dejando apenas un pasillo estrecho en el medio. La orquesta comenzó a tocar música. El virrey me tomó del brazo y me guió por los escalones. Yo debía desfilar entre los invitados para que cada uno pudiera verme bien.

Ay, ¿cuántos de los que estaban en el salón podían identificarme? ¿Tal vez uno de los mercaderes a los que yo les había robado en el camino a Jalapa y que aguardaba para saludarme? ¿Un obispo cuya ropa yo había robado, junto con su cartera y su mula? ¿Una dama de cuyo cuello yo había arrancado un collar de perlas?

La vida es un círculo y, mientras escuchaba el aplauso de la concurrencia, tuve la horrible sensación de que las víctimas de cada uno de los actos que yo había cometido en mi vida se habían reunido allí para exponerme frente a la mujer que amaba.

Bajé muy tieso por la escalinata, una sonrisa helada en mi rostro, mi mente un verdadero caos. Sujeté fuerte el brazo de don Silvestre para que bajáramos más despacio. En el otro extremo del salón yo había reconocido a una figura familiar, y eso casi me hizo tambalear.

Isabella.

Por el rabillo del ojo vi un resplandor rojo y supuse que el caballero rojo, mi compadre, acababa de huir del salón.

Mientras luchaba contra el impulso de huir también, avanzaba por el pasillo formado por la gente e inclinaba la cabeza y les sonreía a las personas a ambos lados, supe que pronto las cosas se pondrían bien feas. Lo sentí en mis huesos. Isabella estaba en el extremo más alejado de la línea de recepción. Cuando llegara junto a ella se desataría un verdadero infierno. No me importaba lo que Mateo había dicho acerca de que ella no me reconocería sin la barba. Era una mujer astuta y mis ojos me traicionarían. Ella se cubriría la cara con su abanico chino y entrecerraría los ojos mientras me escrutaba el rostro. Habría un momento de perplejidad, después de asombro y finalmente de un horror que la llevaría a gritar.

Hasta mi amigo Mateo, que había enfrentado miles de espadas, o al menos eso aseguraba, había huido de esa bruja.

Elena estaba de pie junto a Luis y su sonrisa me transmitió su amor. La cara de Luis era inexpresiva, pero no hizo falta ningún hechicero para adivinar sus pensamientos. Cuando Isabella comenzara a gritar y los asistentes se volcaran con furia hacia mí, Luis sería el primero en desenvainar su daga.

Mi peor pesadilla era quedar expuesto frente a Elena. ¿Qué pensaría ella cuando su héroe fuera arrastrado a un calabozo por los guardias del palacio? La siguiente vez que vería mi cabeza sería empalada en la parte superior de las puertas de la ciudad.

El instinto que me impelía a huir era abrumador, pero mis rodillas comenzaron a aflojarse. Todo esto mientras me iba acercando a Isabella. Una serie de pensamientos desfilaron por mi mente a toda velocidad. ¿Era así como terminaría todo? ¿En lugar de matar a Luis y a Ramón, yo terminaría siendo expuesto y arrestado? ¿Dónde estaba Ramón? Sin duda debía de estar allí, por alguna parte. ¿Reconocería él al muchachito mestizo que él había tratado de matar hacía toda una vida? ¿Se uniría a Isabella en poner al descubierto mi impostura?

Una mujer gritó.

Isabella corrió hacia el pasillo por el que yo avanzaba con don Silvestre y el virrey.

Me quise morir.

El vestido de Isabella estaba en llamas.

Mientras los hombres trataban de apagar esas llamas, vi una figura de rojo que desaparecía hacia el fondo de la multitud. Yo no pude evitar sonreír, algo muy descortés considerando la desesperación de la dama.

Eh, amigos, ¿realmente pensaron que mi compadre me abandonaría?

Por desgracia, el fuego no consumió a Isabella sino tan sólo la parte de atrás de su vestido y parte de sus enaguas. Sin embargo, lo ocurrido la obligaría a retirarse de la fiesta. Se fue en un estado de histeria total. Se daba por sentado que ella se había acercado demasiado a una vela.

—Música —instruyó el virrey a un asistente—. Dile a la orquesta que toque música alegre. Quiero que la gente baile para olvidar este lamentable incidente.

Se disculpó y habló con severidad de Isabella.

—Esa mujer no volverá a ser invitada al palacio. —Se acercó más a mí y me susurró: —Su anterior marido era un marrano.

Cuando el baile se inició, con Luis y Elena como la primera pareja, yo dejé a don Silvestre con sus amigos y me alejé hacia una pared. La sonrisa tonta se había esfumado de mi cara. Tenía los nervios en carne viva y luchaba por recuperar el aliento. Miré en todas direcciones para ver si había allí alguien más que yo reconociera. Por lo que pude apreciar, Ramón no estaba entre los presentes.

Tomé una copa de vino para calmarme los nervios y, después, otra. Y otra. Muy pronto comencé a marearme, pero tenía el corazón pesado por ver bailar a Luis y Elena una y otra vez. Ella me miró una vez y sonrió, y yo supe que él la monopolizaba a propósito en la pista de baile.

Me hice a un lado para evitar a unos criados con fuentes de comida y, al hacerlo, rocé a un hombre.

—¡Perdón! —dije.

—Soy yo el que debería pedirle perdón —dijo el hombre—. Del mismo modo en que Agesilán de Colchos montó un hipogrifo para salvar a la hermosísima Diana, usted se merece todos los elogios que Constantinopla puede brindarle.

El individuo me resultaba vagamente conocido. No como si yo lo conociera sino como si *yo debería haberlo conocido*. Había algo en su semblante, en sus ojos, que revivió un recuerdo en mí.

—Gracias, señor, pero me temo que yo no tengo la suerte de Agesilán ni de ninguno de los otros caballeros de antaño. Verá, en los relatos de aquella época, el héroe siempre se casaba con la mujer hermosa cuya vida salvó. En mi caso…

—Tiene usted razón. En lugar del héroe, la princesa se casará con el villano.

El vino y el comentario del hombre me aflojaron la lengua.

—Jamás oí palabras más certeras. Elena está obligada a casarse con un hombre que piensa que a las mujeres hay que domarlas y doblegarlas como a un caballo.

—Veo que usted conoce bien a don Luis a pesar de estar hace poco en la ciudad. Y me temo que su evaluación es correcta. Pobre Elena. Ella estaba dispuesta a encerrarse en un convento para no tener que casarse con él, porque don Luis nunca le permitirá la libertad de leer y escribir. Y ella es una excelente poeta. Las palabras que Elena deberá reprimir en su interior serán una pérdida para el mundo. Pero usted no debe culpar a Luis de todo. Él fue criado en la pobreza por el heredero de un nombre y un título importantes. La gente cree que la culpa es de su padre, un famoso jugador y un mal poeta. Incluso un borracho. Si no fuera por Luis, el escudo de armas de la familia estaría en venta a los comerciantes de cerdos.

—Eh, yo oí decir que su padre era una mala persona, un hombre que despilfarró su fortuna en el juego y con las mujeres. Sólo su título le impidió estar en una casa de beneficencia. Pero ésa no es ninguna excusa para el hijo. Estamos los que nacimos con mucho menos y hemos tenido que enfrentarnos a muchas más adversidades que un padre que fue siempre un pelafustán.

—Desde luego, y usted es uno de ellos. Elena me contó cómo se sacrificó usted por su hermano mayor.

—¿Usted conoce a Elena?

—Yo también escribo poesía. Aunque, a diferencia de Elena, mis poemas son execrables. Pero a lo largo de los años, nuestro mutuo interés nos dio la oportunidad de conversar muchas veces. Hasta el punto en que la considero una amiga.

—Entonces, como su amiga, ¿cómo hacemos para impedir que se case con el canalla de Luis?

—Eh, amigo, usted es nuevo en la ciudad. Permanezca aquí un tiempo y descubrirá que lo que Luis quiere, lo consigue. Él le hizo muchos favores al virrey para ganarse la mano de Elena después de que ella lo rechazó repetidamente. No, me temo que no se puede hacer nada. Confiemos en que Elena tendrá el coraje y la decisión necesarias para insistir en seguir escribiendo poesía después de su matrimonio.

—Si es que ese matrimonio se realiza —dije.

El hombre me palmeó la espalda.

—No debería hablar con esos términos. Si Luis llega a enterarse, tendrá que retarlo a duelo. Usted demostró gran coraje en Veracruz, pero participar de un duelo es una cosa completamente distinta. Además de ser un excelente espadachín, Luis es un sinvergüenza que no juega limpio. Si no pudiera ganarle honorablemente, lo haría asesinar por su gente. Se lo digo como amigo y admirador de Elena y un hombre agradecido por sus servicios.

—Usted debe de conocer bien a Luis —dije.

—Muy bien. Soy su padre.

Bebí lentamente mi vino mientras observaba a los que bailaban. Había oído hablar de él, desde luego. Don Eduardo Montez de la Cerda. Al cabo de un momento me dirigí de nuevo a él.

—No se ofenda —dijo—. Realmente soy amigo de Elena. Y la amo como la hija que nunca tuve. —Apartó la vista de mí. —La amo como el hijo que desearía haber tenido, en lugar del que me merecía.

Lo que percibí en su voz no era autocompasión sino pesar... y autocensura.

—Le hablo como un amigo, don Carlos, porque sé que Elena es su amiga. —Trabó su mirada con la mía. —Tal vez de una manera que debe permanecer sin expresarse, ella es más que una amiga. Y debido a la triste situación familiar de usted —me saludó con su copa—, mis labios sin duda están guiados por el vino que he bebido hoy. Siento que puedo revelar parte de los problemas que me aquejan. Realmente desearía que algo pasara para impedir ese matrimonio, pero es imposible. Y no culpo a Luis por la persona en que se ha convertido. Luis nunca tuvo el padre que se merecía. Ni la madre. Su madre murió cuando él era relativamente chico. Su abuela, mi madre, dominó el hogar. Mi propio padre había sido débil y creó un hijo también débil. Mi madre compensó mi debilidad instilando en Luis sus despiadadas ambiciones cuando no pudo transmitírmelas a mí. Mientras esto sucedía, escondí aun más la cabeza en el barril de vino y en las mesas de juego. Mientras Luis se volvía más fuerte, yo me debilitaba más. —Me saludó de nuevo con su copa. —Y ésa, don Carlos, es la historia de mi vida.

Mientras él me hablaba, yo percibí algo.

—Elena le pidió que hablara conmigo. Le habló de mi amor por ella.

—Sí. Ella lo ama y lo respeta lo suficiente como para querer desearle una vida larga y feliz. Eso no ocurrirá si se enemista con Luis por prestarle demasiada atención a ella. Elena no bailará con usted esta noche, ni volverá a verlo excepto en público. Esto es para protegerlo.

Yo empecé a decirle que no necesitaba la protección de Elena, cuando él me aferró el brazo.

—Ah, mi madre nos ha visto conversar. Venga conmigo para que la conozca. —Me guió hacia una anciana sentada en una silla en el otro extremo del salón. —En poco minutos junto a ella se enterará de más cosas con respecto a Luis que si lo examinara durante un año.

Lo seguí, pero mi atención estaba centrada en Elena. Estaba bailando con otra pareja, y le sonreí mientras pasaba junto a mí girando. Me dedicó una leve sonrisa y enseguida volvió la cabeza. Me llevó un momento aclararme la cabeza y recordar que la madre de don Eduardo era la vieja matrona que quería verme muerto.

—Probablemente mi madre quiera conocerlo porque Luis le ha hablado mal de usted. No se ofenda si ella parece estar evaluándolo para el patíbulo. Ella se ha esforzado tanto como Luis para hacer realidad ese matrimonio.

¿Podía yo haber evitado ese enfrentamiento? Sí. Pero después de pasarme la mitad de la vida escapando de la ira innombrable de esa anciana, permití que mis pies avanzaran.

Una leve risa entre dientes escapó de mis labios.

—Su madre y Luis son víboras.

Él me miró. A pesar de la franqueza con que me habló de su vida, no era propio de un caballero que yo me refiriera a su madre en forma tan irrespetuosa. En otras circunstancias, me habría retado a duelo por un comentario así.

—No culpe a mi madre. Cualquier madre que diera a luz a un hijo como yo, se habría preguntado por qué Dios la había maldecido de esa manera.

Los ojos de la anciana se toparon con los míos cuando nos acercamos a ella, y a pesar de tener nervios de acero, fue un sobresalto para mí. La vieja matrona hizo que me enfureciera. Esa mujer había enviado a Ramón a matar a fray Antonio. Abrumado por la furia, me solté de don Eduardo en el momento en que la anciana, boquiabierta, se ponía de pie.

—¿Qué... qué sucede? —preguntó don Eduardo.

De los labios de la mujer brotó un gemido audible de dolor. Dio un paso adelante, su rostro del color de la ceniza, mientras sus labios trataban de formar palabras. Cayó hacia adelante y se desplomó al piso.

Don Eduardo corrió hacia ella, gritando su nombre. Un segundo después, Luis estaba junto a él. Yo me abrí camino entre el gentío que enseguida se había agrupado alrededor de la mujer. Tendida en el piso, ella rechazaba los ofrecimientos de ayuda y les hizo señas a su hijo y a su nieto de que se acercaran a sus labios temblorosos. La anciana susurró sus últimas palabras. Al hacerlo, tanto don Eduardo como Luis me miraron con el mismo azoramiento de la anciana cuando me reconoció.

Yo los fulminé con la mirada, desafiante. No sé qué palabras se pronunciaron, pero sí sé que lograrían arrojar mi vida en un caos aun mayor. Ella le había susurrado un secreto a su hijo y a su nieto, un secreto terrible que había plagado mi vida desde el día en que nací. Aunque no había oído las palabras, las sentí. Me retorcieron el corazón y me pararon de punta el pelo de la nuca.

Mi mirada pasó de las dos personas arrodilladas junto a la anciana a un espejo que había detrás de ellas. Y vi mi propio reflejo.

Y entonces supe la verdad.

CIENTO VEINTIDÓS

Los ojos de la anciana acosaron mi sueño atribulado después de horas de pensamientos incluso más atribulados.

Mateo no estaba en la casa alquilada cuando regresé de la fiesta del virrey. Yo me había ido cuando en el salón seguía el alboroto por la muerte de la matrona. Elena trató de preguntarme algo mientras yo me abría camino entre la gente, pero yo no le presté atención.

Una vez en mi casa, me aguardaba el mensaje de que Mateo había salido a "consolar" a la hija de don Silvestre. La idea que tenía Mateo con respecto a consolar a una mujer era darle placer en la cama. Y disfrutar también él.

Una galería de muertos —fray Antonio, el Sanador, don Julio, Inés y Juana— compartieron conmigo la noche: invadieron mis sueños y mi vigilia. Sólo el Sanador parecía estar en paz. Los demás estaban inquietos porque no habían sido vengados.

Pero, sobre todo, vi a la anciana. El destino me había hecho trazar un círculo completo y ponerme de vuelta frente a la mujer que lo había empezado todo en Veracruz. Yo nunca había entendido el odio que esa mujer me tenía; siempre supuse que era una cuestión de sangre. Pero ya no creía eso. Al mirar a los tres, la mujer que agonizaba, a su hijo y a su nieto, comprendí de pronto el misterio que había dominado mi vida. Y sentí que la tierra se abría debajo de mis pies.

Temprano por la mañana, un criado me trajo un mensaje. Don Eduardo me aguardaba en su carruaje y me invitaba a dar una vuelta con él para conversar. Esa invitación no la esperaba pero tampoco fue una sorpresa; era sólo otra mano de naipes que el destino me había repartido. Me reuní con él en el vehículo.

—¿Le importaría que diéramos una vuelta por la Alameda? —me preguntó— Disfruto mucho de ese lugar durante el fresco de la mañana. Es un sitio silencioso y tranquilo. Tan distinto del desfile de arrogancia masculina y de vanidad femenina que dominan allí por la tarde.

Me senté en silencio, oyendo el crujido de las ruedas del carruaje, sin mirar a don Eduardo pero sin evitar su mirada. Una extraña calma me invadía a pesar de la noche atribulada que había vivido. De hecho, sentí una paz mayor de la que había experimentado desde que comencé una vida de fugitivo en Veracruz hacía toda una vida.

—Usted no me ha expresado sus condolencias por la muerte de mi madre, pero supongo que era algo que cabía esperarse.

Lo miré a los ojos.

—Su madre era malvada. Se pudrirá en el infierno.

—Mucho me temo, Cristóbal, que nosotros y Luis nos reuniremos allí con ella. Pero usted tiene razón con respecto a mi madre. En realidad, yo la odiaba. Se supone que uno debe amar y honrar a su madre, pero yo nunca la amé y tampoco ella me amó. Me odiaba porque yo me parecía demasiado a mi padre, me inclinaba más a las palabras que a los hechos. Él la trajo al Nuevo Mundo porque allá estaba casi en la miseria más absoluta. Ella lo mandó prematuramente a la tumba con su odio. Y cuando yo resulté ser peor que mi padre, ella me apartó de su mente y sostuvo con fuerza las riendas de la familia en su puño.

"¿Ha visto usted *La hija del aire*, la comedia dramática de Pedro Calderón?" —me preguntó.

Negué con la cabeza.

—Me hablaron de esa obra en Sevilla.

Se decía que *La hija del aire* era la obra maestra de Calderón. Narraba la historia de Semíramis, le reina guerrera de Babilonia. Sus ansias de poder la llevaron a ocultar y a poner en prisión a su propio hijo cuando a él le llegó el momento de ascender al trono. Entonces ella se coronó, vestida de hombre y haciéndose pasar por su hijo.

—Si mi madre hubiera podido librarse de mí y usar mi cara, ella habría hecho lo mismo.

—¿Asesinarlo? ¿Como trató de asesinarme a mí? —Esas palabras estaban envueltas en un rencor que de pronto me abrumó.

—Yo siempre fui un hombre débil. —No lo dijo dirigiéndose a mí sino hacia la ventanilla abierta del carruaje.

—¿Por qué era tan importante asesinarme? ¿Por qué era tan importante asesinar a fray Antonio para encontrarme a mí?

—Fray Antonio —dijo y sacudió la cabeza—, un buen hombre. Yo no sabía que mi madre estaba involucrada. Cuando me enteré de que había sido asesinado por el muchachito que él había criado, supuse que esa acusación era verídica.

—¿Lo supuso? ¿O se ocultó detrás de esa suposición?

—Ya te dije que no fui un buen padre para Luis ni para ti.

Yo supe que él era mi padre al ver mi reflejo en el espejo cuando él y Luis estaban arrodillados junto a la anciana. El hecho de comparar sus rostros con el mío me permitió adivinar la verdad de la incomodidad que sentía cada vez que los miraba.

—No tiene sentido. Yo soy su hijo, pero también soy sólo otro mestizo bastardo en una tierra repleta de tales bastardos. Haberse acostado con María, mi madre, y haberla dejado embarazada de un hijo… eso es más o menos lo que también hicieron miles de otros españoles. ¿Por qué habría este bastardo de crear suficiente odio como para generar asesinatos?

—El nombre de tu madre era Verónica, no María. —Lo dijo en voz baja.

—Verónica. —Hice girar ese nombre en mi lengua. —¿Mi madre era española?

—No, era india. Una india muy orgullosa. Mi familia —tu familia española— está emparentada con la realeza. Mi abuelo era primo del rey Carlos. Tu madre también pertenecía a la realeza, a la realeza india. Su linaje se remonta a una de las hermanas de Moctezuma.

—Eh, qué maravilloso. Pero eso no me convierte en príncipe de dos razas sino tan sólo en otro bastardo sin tierras ni título.

—Yo estaba profundamente enamorado de tu madre, una flor preciosa. Nunca conocí a una mujer que tuviera su belleza natural y su gracia. Si ella hubiera nacido en España, habría terminado como concubina de un príncipe o de un duque. —Había dejado de hablarme a mí y había vuelto a hablarle a la ventanilla.

—Hábleme de mi madre.

—Fue la única mujer que amé en mi vida. Era la hija de un cacique de una aldea ubicada en nuestra hacienda. Al igual que la mayoría de los hacendados, rara vez estábamos en la hacienda. Pero después de la muerte de mi padre, cuando yo tenía veinte años, mi madre me exilió a la hacienda durante un tiempo. Quería alejarme de la ciudad y de lo que ella consideraba eran malas influencias, alejarme de los libros y la poesía y transformarme en lo que para ella era un verdadero hombre. Había un hombre en la hacienda, el mayordomo, a quien mi madre consideraba la persona adecuada para convertir a su hijo en un portador de espuelas.

—Ramón de Alva.

—Sí, Ramón. Después, el administrador de la hacienda. Y, con el tiempo, uno de los hombres más ricos de Nueva España, un hombre no sólo confidente del virrey sino alguien que conoce los sucios secretos de la mitad de las familias nobles de la colonia. Y, a juzgar por lo que he oído, un hombre que muchas veces le llenó a don Diego los bolsillos.

—Con dinero no precisamente bien habido.

Don Eduardo se encogió de hombros.

—La honestidad es una gema con muchas facetas, cuyo brillo es diferente para cada uno de nosotros.

—Trate de decirles eso a los miles de indios que murieron en las minas y en el proyecto del túnel. —Todavía había veneno en mis palabras, pero mi corazón comenzaba a ablandarse lentamente hacia el hombre que fue mi primer padre. Él no parecía poseer malicia. En cambio, su mayor pecado fue haber apartado la vista —y haberse alejado— del mal.

Él sonrió con resignación.

—Como puedes ver por el despojo humano que está sentado junto a ti, ni siquiera el famoso Ramón de Alva fue capaz de producir un milagro y convertirme en un hombre decente. Mi madre quería que yo amara el olor del oro, mientras yo me lo pasaba oliendo rosas. Lo que yo quería tener entre las piernas no era una montura de cuero sino el roce suave de una mujer. Obedecí la orden de mi madre, fui a la hacienda y quedé bajo la tutela de Ramón. Y, para horror de mi madre, en lugar de alejarme de los problemas de la ciudad, los llevé conmigo como un baúl viejo. Y abrí ese baúl la primera vez que vi a tu madre.

"La primera vez que la vi, Verónica se dirigía a la iglesia. Como el hacendado, era mi deber saludar a los feligreses cuando venían para asistir a los servicios dominicales. Yo me encontraba de pie junto al cura de la aldea, cuando ella se acercó con su madre.

—El cura de la aldea era fray Antonio.

—Sí, fray Antonio. El fraile y yo tuvimos una relación estrecha, como hermanos, durante el tiempo que pasé en la hacienda. A él le interesaban los clásicos tanto como a mí. Yo me había llevado a la hacienda prácticamente toda mi biblioteca, y le regalé una serie de libros.

—Sí, tenían sus iniciales. Fueron los mismos libros que usó el fraile para enseñarme latín y los clásicos.

—Bueno, me alegra que tuvieran un buen destino. Como te decía, yo estaba de pie junto a la puerta de la iglesia cuando Verónica se acercó. Y, al mirarla a los ojos esa primera vez, fue como si me arrancaran el corazón del pecho con mayor rapidez de lo que lo hizo jamás cualquier sacerdote azteca con una víctima del sacrificio. Vivimos en un mundo en el que la persona con la que nos casamos es fruto de una decisión racional, pero no existe ningún juicio racional con respecto a las personas que amamos. Me sentí completamente indefenso. Fue mirarla y amarla. El hecho de que ella fuera india y yo español, con un título de siglos de antigüedad, no tenía ninguna importancia. Ningún alquimista, ningún hechicero podría haber preparado una poción que me hiciera amarla más de lo que la amé en cuanto la vi. Hasta le hablé a Ramón de mi amor por esa muchacha.

Mi padre sacudió la cabeza.

—Ramón alentó esa relación, pero, desde luego, no de una manera honorable sino de la manera en que los españoles miran a las muchachas indias: con la vista fija en su entrepierna. Él nunca logró entenderme realmente ni entender mi afecto por Verónica. Yo de veras la amaba, la adoraba. Me habría sentido feliz de vivir en la hacienda por el resto de mi vida a los pies de tu madre. Ramón nunca lo entendió porque no es capaz de amar. Tampoco lo entendió mi madre. Si no hubiera habido tanta diferencia de edad entre los dos, Ramón habría sido un excelente consorte para ella. Desde luego, no se habrían casado por pertenecer a diferentes clases sociales, pero podrían haber disfrutado en la cama y haber alentado cada uno en el otro su pasión por la codicia y la corrupción.

Don Eduardo volvió a mirar hacia la ventana.

—Fray Antonio, pobre diablo. Nunca debería haber sido sacerdote. Tenía el corazón lleno de amor hacia las personas propio de un santo, pero también tenía deseos bien humanos. Fue un auténtico amigo y compañero de Verónica y mío durante el tiempo en que recorrimos el camino del amor joven, y discretamente nos dejaba solos en las verdes praderas donde consumábamos nuestro mutuo amor. Si el fraile hubiera sido más español y menos humanista, se podría haber evitado la tragedia.

—Debería serle de algún consuelo en su tumba de mártir saber que era un hombre demasiado bueno —dije, sin ocultar el sarcasmo de mi voz.

Él me miró y vi que sus ojos tristes y solitarios estaban húmedos.

—Tú quieres que asuma la responsabilidad de la muerte del fraile. Sí, Cristóbal, es sólo uno de mis muchos pecados mortales por los que tendré que responder. ¿Alguna vez te preguntaste por qué te llamaron Cristóbal?

Sacudí la cabeza.

—Uno de tus antepasados lejanos se llamaba Cristóbal. De todos los marqueses de nuestro linaje, él era al que más admiraba yo. Después de su muerte, a ningún otro marqués de nuestra familia le pusieron ese nombre porque él había dejado una mancha en el honor de la familia: se casó con una princesa mora, una mancha que llevó dos siglos purgar.

—Un gran honor para mí —dije, con frialdad—. Qué apropiado que otra persona con sangre impura lleve ese nombre.

—Entiendo tus sentimientos —dijo y me miró—. Has tenido una vida extraña, quizá la más insólita en la historia de la Colonia. Has caminado por las calles como un paria y viajado en un carruaje como un caballero. Sin duda conoces cosas acerca de la gente y los lugares de Nueva España que el virrey y sus consejeros ni siquiera imaginan.

—Pero sé tan poco de la vida que, en realidad, creo en la bondad de la gente. Por fortuna para la humanidad, el mundo no está compuesto por completo por personas como usted y su madre.

Mis palabras parecieron tocar un punto débil en él. En sus ojos y en sus labios asomó la pena.

—Yo soy el crítico más severo de mi persona. Ni Luis ni mi madre pudieron señalar mis deficiencias mejor que yo. Pero, viniendo de ti, mi hijo que es también un desconocido, me toca mucho más que de los otros. Intuyo que has visto tanto de la vida que posees conocimientos y sabiduría que van más allá de los años que tienes, y que ello te permite ver mis faltas con mayor claridad que ellos, precisamente porque eres tan inocente.

—¿Inocente? —Me eché a reír.—Usted sabe que mi nombre es Cristóbal. Pero también soy conocido como Cristo el Bastardo. Ser mentiroso y ladrón son mis mejores cualidades.

—Sí, Cristóbal, pero ¿cuántas de tus acciones equivocadas no fueron hechas bajo coerción? Tienes la excusa de la ignorancia y la necesidad para justificar tus actos. ¿Qué excusa tenemos nosotros, los que nacimos en medio del lujo, para justificar nuestros excesos? ¿Nuestra codicia?

—Bueno, muchas gracias, don Eduardo —dije y me encogí de hombros—. Me alivia saber que soy un canalla más *honorable* que el resto de ustedes.

Él volvió a girar la cabeza hacia la ventanilla.

—Yo era joven y tonto. No porque mucho de eso haya cambiado. Hoy soy sólo un poco más viejo y más tonto, pero de una manera diferente. En aquellos días, mi cabeza estaba llena de amor y creía que ninguna otra cosa importaba. Pero, desde luego, sí importaba. La consumación de nuestro amor tuvo como resultado un hijo. Qué tonto que fui. Qué rematadamente tonto. Cuando naciste, mi madre estaba de visita en la hacienda. Tenías apenas horas de vida cuando les di la noticia a ella y a Ramón.

"Todavía recuerdo cómo el horror le fue transformando la cara cuando se lo conté. Por primera vez en la vida, yo me había sentido fuerte y poderoso al enfrentar a mi madre. Cuando ella entendió lo que yo había hecho, se puso morada y tuve miedo de que se desplomara en el piso, muerta. En una de esas extrañas vueltas del destino que han plagado nuestras vidas desde ese día, ella cayó muerta al verte a ti, el nieto que ella creyó haber matado."

—¿Cómo fue que María ocupó el lugar de mi madre?

—La alegría casi adolescente que sentí al escandalizar a mi propia madre tuvo peores consecuencias de las que yo podría haber imaginado, consecuencias que habrían hecho que al mismísimo demonio le costara mucho conjurar. Mi madre enseguida envió a Ramón a matar a Verónica y al bebé.

—Madre Santísima.

—No, una madre que no tenía nada de santa, mi madre malvada. Como te decía, Ramón partió con la misión de matar a Verónica y al bebé. Una de las criadas oyó los planes de mi madre y corrió a decírselo a fray Antonio. El buen fraile era una persona llena de recursos. Otra mujer había parido horas después de que Verónica te dio a luz.

—María.

—Sí, María. Ella dio a luz a una criatura muerta. Se rumoreaba que era hijo del fraile. No lo sé; supongo que sí. Igual que tú, era un varón.

—Entonces Verónica cambió a las criaturas.

—Así es. Le dio su hijo, tú, a María y se llevó al bebé muerto. Corrió hacia la jungla con la criatura muerta con Ramón persiguiéndola. Llegó a un peñasco que daba a un río. Cuando Ramón casi la alcanzaba, ella se arrojó con el bebé hacia el precipicio.

Con los ojos llenos de lágrimas, abofeteé a don Eduardo. Él me miró con la misma sorpresa que yo había visto en la cara de su madre cuando me vio de pie junto a él y me reconoció.

—¿Y qué hizo usted mientras mi madre sacrificaba su vida por los pecados del padre de su hijo? ¿Jugaba a las cartas? ¿Bebía vino? ¿Se preguntaba cuál muchacha india podía usar para escandalizar de nuevo a su madre?

Él me miró, angustiado, con la expresión de un perro azotado. Yo podía imaginar el resto de la historia. Un matrimonio apresurado con una mujer adecuada, de sangre española. El nacimiento de un heredero.

—Usted omitió algo de su historia, ¿no es así? No me ha dicho toda la verdad. No me dijo por qué mi nacimiento fue diferente del del ejército de bastardos que dejaron atrás ustedes, los españoles, que clavaron sus espuelas en las muchachas indias.

El carruaje se detuvo. Yo no me había dado cuenta, pero estábamos en la entrada de una casa. Había algo familiar en esa casa. Lo supe en el momento en que se abrió la portezuela del carruaje.

Era la casa en la que Isabella tenía sus aventuras con Ramón de Alva. La casa en la que Mateo y yo habíamos entrado disfrazados de mujeres para sonsacarle la verdad a Ramón.

Se abrió la otra portezuela del vehículo.

Ramón estaba a un lado y Luis, al otro.

Miré a mi padre. Por su mejilla bajaban lágrimas.

—Lo siento, Cristóbal. Ya te lo dije. No soy un hombre fuerte.

CIENTO VEINTITRÉS

—Cristo el Bastardo, te saludo.

Mi admirador era Ramón de Alva. Sentado en el carruaje, yo no tenía ninguna oportunidad de desenvainar la espada. No porque me hubiera servido de algo. Además de Ramón y Luis, tendría que enfrentarme a dos individuos con aspecto de matones que supuse eran los secuaces de Ramón, y el conductor del carruaje.

Me llevaron al interior de la casa y me ataron a un enorme candelero que colgaba del cielo raso con una cadena. me rodearon el cuello con un nudo corredizo y una silla debajo de los pies. No se me pasó por alto la ironía de que me estaban sometiendo a la misma tortura que Mateo y yo habíamos sometido a Ramón.

Una vez que estuve atado, sólo Ramón y Luis permanecieron en la habitación. Mi padre ni siquiera se bajó del carruaje.

—Te saludo —dijo Ramón—, porque has superado todas las adversidades. Salvo ésta, desde luego. ¿Quién se habría imaginado que un muchachito lépero se convertiría en el bandido más famoso de la colonia? Y que el bandido se transformaría en su héroe más celebrado, un hombre de tanta valentía que el virrey ofreció un gran baile a toda la ciudad en su honor por haber luchado contra los piratas.

—¡Chinga tu madre! —Era el insulto más provocativo que se me ocurrió mientras estaba parado en puntas de pie, con un nudo corredizo alrededor del cuello y poco tiempo futuro en esta Tierra.

—Como te dije, amigo, ¡a la que jodieron fue a tu madre!

Pateó la silla sobre la que yo estaba parado. Por un instante, mi cuerpo cayó algunos centímetros. Cuando la caída se detuvo, tuve la sensación de que me arrancaban la cabeza de los hombros. El sacudón ajustó más el nudo corredizo alrededor de mi cuello, como un garrote de hierro. No podía respirar. No podía pensar. El resto de mi cuerpo estaba electrificado. Mis piernas se sacudían sin control. Por entre la bruma, oí los gritos de mi padre. Volvieron a ponerme la silla debajo de los pies. Me balanceé, muy mareado, mientras jadeaba por aire y trataba de mantener el equilibrio sobre la silla.

—¡Ustedes dijeron que no lo lastimarían! —gritó don Eduardo.

—Sáquenlo de aquí —le dijo Ramón a Luis.

Ramón rodeó mi silla como un felino de la jungla que se pasea alrededor de un cordero estacado, calculando qué parte del cuerpo le arrancaría primero.

Luis se reunió con él un momento después.

—Cuando terminemos con éste, enviaré a mi padre a su tumba. Mi abuela ya no está aquí para ocuparse de él, y yo sólo siento desprecio hacia él.

Ramón sacó una moneda de oro de un bolsillo. La sostuvo en alto para que yo la viera.

—¿Reconoces esta moneda? —me preguntó.

Le escupí un insulto, algo de mis días en la calle, pero salió como un galimatías porque el nudo corredizo me ajustaba demasiado. ¿Por qué me mostraba esa moneda? ¿Por qué no me mataba de una vez?

—Una moneda interesante. —Ramón examinó la moneda y la giró. —Una moneda muy especial. ¿Sabes por qué es especial, Cristo?

—¿Por qué te demoras? —preguntó Luis—. Sonsaquémosle la verdad con torturas y matémoslo después.

Eh, el que hablaba era mi hermano. También a él le lancé un insulto incoherente.

—Paciencia, compadre —le dijo Ramón a Luis—, recuerda que la paciencia es una virtud. Éste es un hombre fuerte y valiente. Eh, Cristo, tú eres fuerte y valiente, ¿no? Resististe todo lo que se te cayó encima y saliste todavía más fuerte. Hasta ahora.

Pateó la silla que yo tenía debajo. La cuerda me estranguló y comencé a patear. De nuevo sentí que la cabeza se me iba a desprender de los hombros. Un momento después volví a tener la silla debajo de los pies.

—¿Sabes cuál es la peor parte del problema en que estás metido? Que cada vez que te saco la silla de abajo, tu cuello se estira un poco más. Después de tres o cuatro veces, se te romperá. Pero no, no con el golpe fuerte de cuando te ahorcan en un cadalso. Esta caída no te matará, no enseguida. Amigo, te dejará lisiado. No podrás mover los brazos ni las piernas. Estarás totalmente indefenso. No podrás ni siquiera alimentarte solo. Morirás lentamente, suplicándoles a los que te rodean que te maten de una vez porque tú mismo no puedes hacerlo.

Ramón hablaba con lentitud, pronunciando cada palabra con mucho cuidado para estar seguro de que yo entendía lo que me estaba diciendo. A pesar de la soga con el nudo corredizo que tenía alrededor del cuello, lo que él decía me horrorizaba. Yo tenía coraje suficiente para morir, pero no para estar totalmente paralizado y morir despacio, como un trozo de carne que se pudre.

Ramón volvió a mostrarme la moneda.

—Quiero hablarte de esta moneda. Como te dije, es una moneda muy poco usual.

Yo no entendía por qué le interesaba tanto esa moneda.

—¿Sabes dónde la conseguí? De mi cuñado Miguel. ¿Sabes dónde la consiguió él?

Me miró y yo le devolví una mirada impasible. El pie de él se acercó a mi silla y yo asentí frenéticamente.

—De mí —jadeé.

—Ah, como ves, Luis, él ha decidido cooperar con nosotros. —Ramón me sonrió con fingido pesar. —Luis es tan impaciente, siempre está apurado. Él quería matarte enseguida, así que gracias a mí tu vida se ha prolongado por el momento.

Arrojó la moneda al aire y la pescó. La examinó una vez más, de un lado y del otro.

—Sí, es una moneda muy poco usual. ¿Sabes por qué es poco usual?

Yo negué con la cabeza.

—¿No lo sabes? Eh, te creo. No pensé que lo sabrías. Una de las razones es que en este momento es la única cosa en el mundo que te mantiene con vida. —Arrojó otra vez la moneda y la pescó en el aire. —Si no fuera por esta moneda, yo le habría permitido a Luis que te atravesara con su espada en el momento en que se abrió la portezuela del carruaje.

Sacudió la moneda en la mano.

—Para ti, es sólo una moneda de oro que parece idéntica a tantas otras monedas del mismo peso y tamaño. Pero, amigo, si la observas con atención notarás que tiene una diferencia. ¿La cara de quién aparece en las monedas de oro acuñadas en todos los lugares del mundo donde flamea la bandera española? —Acercó el pie a mi silla. —Dime, amigo, ¿la cara de quién?

—Del Rey —respondí con dificultad.

—Sí, de nuestra Majestad Católica. —Levantó la moneda para que yo la mirara. Pero, como verás, la cara del Rey no está en ella. Es la cara de otra persona. ¿Sabes a quién pertenece esta cara? No, sé que no lo sabes. Son las facciones no muy agraciadas de un tal Roberto Baltazar, Conde de Nuevo León. No es un caballero de una de las casas antiguas de España sino de lo que llamamos nuestra nobleza de segunda, el conductor de una caravana de mulas con aires de cateador que encontró una veta de plata pura. Suficiente para que un hombre con bosta de mulas en las botas se comprara un título nobiliario.

"El conde Roberto, además de tener la vanidad de un título comprado, utilizó parte de la plata que transportaba en acuñar monedas de oro para su propio uso privado, con sus facciones en uno de los lados. Entregó las barras de plata a la Casa de la Moneda e hizo que le acuñaran monedas de oro a cambio de la plata.

Yo todavía no entendía por qué me contaban la historia de un hombre rico que quería tener su cara en las monedas.

—¿Sabes qué fue de las monedas del conde Roberto?

Y de pronto lo supe. Ahora sabía por qué mi pasado se había derrumbado con tanta rapidez después de que la anciana me identificó en la fiesta.

—Ah, me doy cuenta de que finalmente entendiste la situación. Un hombre llegó a esta ciudad y está gastando monedas de oro acuñadas en forma privada. Eh, a los comerciantes no les importa: el oro es oro. Pero estas monedas son robadas. Fueron robadas junto con bastante más oro, plata y gemas como para pagar el rescate de un rey de la cristiandad secuestrado por los moros. Ahora, amigo, entiendes cómo caen las cartas. Tú le diste muchas de estas monedas robadas a Miguel. Eso significa que tú eres el ladrón que vació la Casa de la Moneda.

Cuando yo entré en la Casa de la Moneda para obtener el dinero necesario para financiar mi venganza, tomé también una bolsa con monedas de oro. No fue ningún accidente que, inadvertidamente, tomara la bolsa que contenía el rostro feo del conde Roberto. El destino y la fortuna guiaban mi mano, riendo igual que ellos.

—Ahora entiendes por qué yo no sucumbí a la impaciencia de mi joven compadre que quería matarte enseguida. A él le preocupa que un pordiosero de la calle reclame su herencia y su mujer. Como tienes sangre impura, nunca comprenderás lo detestable que es para alguien de sangre pura estar conectado de alguna manera con los de tu calaña.

Ramón sacudió un dedo frente a mí.

—Fue una suerte que pudiéramos apoderarnos de ti antes de que lo hicieran los soldados del virrey. Los mercaderes a quienes les diste las monedas han sido interrogados y te identificaron a ti como la persona que se las dio. Ahora bien; tú eres un hombre muy inteligente, Cristo. Tienes que saber que, no importa qué promesas te hagamos, en última instancia te mataremos cuando tengamos el tesoro en nuestras manos. Las opciones son muy claras. Puedes decirnos dónde está el tesoro, conducirnos a él si fuera necesario, y vivir un corto tiempo con la esperanza de que nos aplacaremos y no te mataremos, o huirás milagrosamente, o —dijo y volvió a poner el pie sobre la silla— morirás lentamente, sin poder mover los brazos ni las piernas.

Él estaba en lo cierto. Mi decisión fue clara. Yo debía morir para impedir que se apropiaran del tesoro, y confiar en que Mateo los castigaría. Yo mismo pateé la silla.

—¡Se ahogará y morirá! —gritó Ramón.

Volvió a colocar la silla bajo mis pies. Yo los levanté para mantenerlos en el aire.

—¡Está tratando de matarse!

Ramón me aferró las piernas y me levantó para eliminar la presión de mi cuello.

—¡Corta la soga! —gritó.

Luis lo hizo con un golpe de su espada. Cuando la soga estuvo cortada, me bajaron al piso, con las manos aún atadas a la espalda.

—Es más fuerte y valiente de lo que imaginaba —dijo Ramón y miró a Luis—. O quizá nos odia tanto que está dispuesto a morir con tal de no darnos el tesoro.

Luis me pateó.

—Yo le sacaré esa información. Y cuando termine con él, me rogará que lo mate.

En ese momento se oyó una explosión que sacudió la habitación.

—¿Qué sucede? —exclamó Ramón.

Los dos corrieron hacia la puerta del dormitorio, le sacaron la tranca y salieron. Oí que uno de los hombres apostados abajo gritó:

—Una bomba de polvo negro dio contra la casa. ¡Un grupo de gente de la calle trata ahora de derribar el portón!

Alguien entró por la ventana y voló por la habitación. Mientras yo trataba de girar la cabeza para ver quién era, esa persona cerró la puerta del dormitorio y volvió a ponerle la barra. Enseguida se oyeron golpes a la puerta, pero Ramón había hecho construir esa puerta muy sólida para estar seguro de no ser sorprendido durante sus aventuras con las esposas de otros hombres.

—Eh, Bastardo, otra vez te diviertes sin mí.

—¡Córtame las ataduras!

Cortó las sogas que me sujetaban los brazos y me ayudó a ponerme de pie. Me guió a través de la ventana y los dos caímos hacia el callejón de abajo. Allí nos aguardaban dos caballos. Jaime, el lépero, los sostenía. Mateo le arrojó una bolsa llena de monedas mientras montábamos.

—Jaime siguió el carruaje cuando esta mañana se alejó de la casa. También agrupó a la gente de la calle que está acosando a tus amigos.

Le agradecí con una sonrisa y lo saludé con la mano cuando nos alejábamos. Enseguida juré que Jaime sería adecuadamente recompensado en cuanto yo estuviera en condiciones de hacerlo.

—¡Hacia la carretera elevada! —gritó Mateo—. Los soldados ya estaban en la casa buscándote.

Los caballos no podían galopar rápido sobre el empedrado, así que redujimos un poco la marcha para que no se resbalaran en las piedras. A pie no llegaríamos muy lejos en la ciudad.

Al acercarnos a la entrada de la carretera elevada, vi a tres hombres con el uniforme de los guardias del virrey conversando con los dos guardias de la carretera elevada. Con ellos estaba un hombre al que reconocí como uno de los asistentes del virrey.

Mateo y yo espoleamos nuestros caballos. Los guardias de la carretera elevada levantaron sus mosquetes al ver que cargábamos hacia ellos. Mateo derribó a uno con su caballo. Del otro hombre partió un disparo de mosquete y sentí que mi caballo se derrumbaba de debajo de mí. Saqué los pies de los estribos y me arrojé a un lado para no quedar aplastado cuando el animal se desplomara del todo.

¡Dios mío! Estaba sin aliento y sentí un dolor terrible del lado derecho cuando caí en el empedrado. Rodé y luché por poner los pies debajo del cuerpo. Al levantar la vista, me topé con un mosquete que me apuntaba a la cabeza. Lo esquivé, pero me pegó un golpe que me derribó.

Enseguida los soldados me ataron las manos.

El asistente del virrey me miró con furia.

—Llévense a este bandido al calabozo. Son muchas las preguntas que debe contestar.

CIENTO VEINTICUATRO

¿No les dije, acaso, que la vida es un círculo? Empecé esta historia secreta después de que el capitán de la guardia me dio una pluma y papel. A pesar de ejercitarme la mente para viajar del otro lado del calabozo mientras evoco mis recuerdos y les revelo mis secretos más recónditos, yo sigo prisionero. A diferencia de lo que Mateo puede hacer cuando escribe sus obras de teatro, yo no puedo crear un papel que me permita pasar a través de los barrotes de hierro.

He estado entreteniendo al capitán, incluso le conté algunas de mis anécdotas, para evitar que me llevaran de nuevo frente al nada compasivo sacerdote inquisidor que busca el favor de Dios infligiéndoles dolor a los otros. Mientras yo escribía esta historia acerca de una vida de mentiras, vi bastante seguido a fray Osorio. Como un buitre que espera que un animal herido muera, él con frecuencia se contoneaba de aquí para allá y aleteaba del otro lado de mi celda, a la espera de la orden de que le estaba permitido sujetar nuevamente tenazas calientes en mi piel.

Ay, todos los cuentos deben tener un final. Y no sería honorable de mi parte hacerlos llegar hasta aquí y compartir conmigo los pequeños inconvenientes y tribulaciones que parecen seguirme los pasos, sin permitir que estén conmigo cuando las cartas que me reparte el destino finalmente son buenas. Eh, amigos, hay dinero en *todas* las manos que se reparten en una mesa, ¿no es así? Sí, entiendo que algunos de ustedes apuestan en mi contra. Por buenas razones, están aquellos de entre ustedes a quienes les gustaría ver a este ladrón y mentiroso colgar de un cadalso sacudiendo las piernas. Pero, no importa qué mano apoyan ustedes, querrán estar allí para ver si ganan la apuesta y qué me reservó a mí el destino.

Con ese fin, escondí debajo de mi camisa una buena cantidad del excelente papel grueso del virrey. Mi intención es ir escribiendo en momentos robados en los lugares ocultos donde la vida me lleve.

CIENTO VEINTICINCO

¿Recuerdan a mi amiga Carmelita? ¿La puta de la celda de al lado que me provee con leche de madre para mi escritura secreta? Hoy recibí la última copa de ella. En cualquier momento tendrá su bebé, así que se la llevaron a un convento para que lo tuviera allí. Los guardias dicen que después que amamante al bebé la traerán de vuelta a la cárcel y a su castigo. ¿Qué quieren apostar a que, cuando vuelva, estará de nuevo embarazada? Eh, ya sé que va a un *convento*... pero cosas más extrañas han sucedido, ¿no?

Ésta es la segunda cárcel en la que he estado y, a pesar del doloroso recuerdo de los torturadores del virrey por mis muchos delitos, es mucho mejor que aquel pozo negro del Santo Oficio. De acuerdo, el lugar es feo y oscuro y estoy en manos del virrey, pero al menos mi celda está en la planta baja, así que es seca. Y, porque tiene barrotes en lugar de puertas de hierro, no es tan oscura como ese infierno tenebroso de los inquisidores.

Si no hubieran insistido en sacarme a rastras de mi calabozo y aplicarme torturas que sólo el diablo podría haber diseñado, tal vez yo habría encontrado tolerable el tiempo en que aguardaba el castigo final.

Lo cierto es que, cuando no estaba ocupado escribiendo la historia secreta de mi vida o pensando en Elena —o preocupándome por ella—, fantaseaba acerca de cómo enfrentaría a fray Osorio de Veracruz, quien me había torturado con sus instrumentos demoníacos. El que más me interesaba era un dispositivo acerca del cual el capitán de la cárcel alardeaba, uno que él dijo existía en el Saladero de Madrid, la más infame de todas las prisiones, y que le había pedido al virrey que le consiguiera. El capitán llamó a este artefacto demoníaco "El toro de Phalaris" y asegura que es el preferido de todos los torturadores que lo han usado.

Se dice que el toro es una enorme estatua hueca de bronce. A las víctimas de la tortura se las introducía adentro a través de una puerta trampa y se las asaba con un fuego encendido debajo. Los gritos de las víctimas eran oídos a través de la boca del toro y parecían ser mugidos del animal. El capitán comentó que Perilaus, el diseñador de esa maravilla, fue la primera persona en experimentar su propia creación y que Phalaris, el que lo fabricó, también terminó asado dentro del toro.

Confieso que muchas noches, mientras las sabandijas se alimentaban de mis heridas y lastimaduras, en la privacidad de mi mente yo metí a fray Osorio dentro de ese toro de bronce y encendí un fuego debajo. No sería un fuego grande sino pequeño, lo suficiente para asar lentamente al fraile mientras yo escuchaba la dulce música de sus gritos.

¿No les parece que estos son pensamientos magníficos para una rata como yo, que ni siquiera sabe qué día es? Yo estuve inconsciente tan seguido que había perdido toda noción del tiempo. Según mis cálculos, había pasado más de un mes después de mi arresto cuando recibí a mi primer visitante, fuera de los torturadores. Sin duda el visitante había pagado un soborno por el privilegio de ver al más famoso criminal de la Colonia, y vino con capa y capucha para esconder su identidad.

Cuando vi esa figura oscura que se aproximaba a mi celda, mi reacción inmediata fue que se trataba de Mateo. Yo había estado escribiendo cuando esa persona se acercó. Pegué un salto de mi banco de piedra para reunirme con él junto a los barrotes, con la pluma todavía en la mano. Pero no era mi compadre que venía a rescatarme.

—¿Estás disfrutando de tu estadía con tus hermanas las ratas y las cucarachas? —preguntó Luis.

—Muchísimo. A diferencia de mi hermano con dos piernas, a ellas no las consumen el odio y la codicia.

—No me llames tu hermano. Mi sangre es pura.

—Tal vez algún día veré qué color tiene. Sospecho que es amarilla.

—Yo no creo que vivas lo suficiente para derramar mi sangre.

—¿Para qué viniste aquí, *hermano*?

Su rostro era un mapa de odio. Sus ojos eran más malévolos que los de una rata acorralada y sus labios se contrajeron en una mueca de desprecio.

—Las proclamas de matrimonio están siendo publicadas. Mientras tú te pudres en este calabozo o lo cambias por una tumba, yo estaré casado con Elena.

—Puedes obligarla a casarte contigo pero no a que te ame. Nadie podría amarte, nadie excepto esa vieja maligna que se manchó las manos con la sangre y la vida de cualquiera que se interpusiera entre ella y su codicia.

—Elena me amará. Quiero creer que no pensarás que ella realmente podía amar a un mestizo, ¿no? ¿Elena, una dama de sangre pura, amar a alguien de sangre contaminada, un ser como tú que apenas si es humano?

—Eh, hermano, cómo te duele, ¿verdad? Sabes que ella me ama y que tú sólo puedes poseerla por imposición de su tío. ¿Es eso lo que quieres, hermano? ¿Poseer a una mujer a través del fraude y la fuerza? ¿La violación es la idea que tú tienes del amor?

Luis tembló visiblemente por la furia que sentía hacia mí.

—¿Qué sientes al saber que tienes que comprársela a su tío porque ella no te soporta? ¿Qué tajada recibe el virrey de tu negocio con el maíz? ¿Cuántos chicos morirán de hambre por culpa de tu codicia?

—Vine aquí a decirte cuánto te odio. Has sido una sombra negra en mi vida desde que yo era chico. Mi abuela me contó la locura de mi padre, cómo había manchado a una de las familias más orgullosas de España al casarse con una muchacha india.

El sacudón que sentí fue tremendo. ¡Santa María! ¡Don Eduardo se había casado con mi madre! Ahora lo entendía: yo no era un bastardo. El matrimonio me legitimizaba. Con razón Luis y su abuela siempre me habían tenido miedo. Eduardo, un auténtico soñador y poeta, no se había aprovechado de mi madre sino que se había casado con ella, creando un mestizo que, legalmente, era el heredero de una noble casa con vinculaciones con la realeza.

—Me tienes miedo porque soy el hijo mayor —dije—. Por ley seré el heredero del título cuando Eduardo muera. —Eché la cabeza hacia atrás y aullé de risa. —Yo poseo todo lo que tú quisiste alguna vez: los títulos, las casas y las haciendas, todo de lo que te enorgulleces… ¡incluso la mujer que deseas!

—Tú no tienes nada excepto la mierda en la que yaces y las sabandijas que se comen tu carne.

Por un momento él no dijo nada. Después extrajo un papel del bolsillo.

—Como ofrenda de paz para mi futura esposa, acepté venir aquí y traerte un mensaje. Ella aún se siente en deuda contigo por los servicios que realizaste en Veracruz.

Yo me acerqué a los barrotes y extendí la mano, impaciente por tomar la nota. Él dejó caer el papel, me aferró el brazo y tiró de él hasta aplastarme contra los barrotes. Al mismo tiempo, su otra mano pasó por entre los barrotes y me clavo una daga en las entrañas.

Durante un buen rato quedamos mirándonos, casi cara contra cara. Él retorció la daga. Yo grité con furia y pasé la otra mano por entre los barrotes, la mano en que todavía tenía la pluma para escribir. Él me soltó y saltó hacia atrás, pero la pluma de ganso afilada como una obsidiana le dio en la cara y le cortó la mejilla.

Los dos nos quedamos un momento midiéndonos con la mirada. Por su mejilla corría una mezcla de tinta y de sangre. Yo me toqué la cicatriz que tenía en mi mejilla.

—Yo tengo esta cicatriz en la cara porque es la marca de un esclavo de las minas. Ahora tú llevas mi marca.

Él siguió mirándome, la vista fija en mi abdomen. Yo me abrí la camisa. El paquete de papel grueso que me había escondido debajo de la camisa exhibía el corte que había dejado su daga.

CIENTO VEINTISÉIS

Durante mucho tiempo después de la partida de Luis, pensé en lo que él inadvertidamente me había revelado y que explicaba los misterios de mi pasado. En la vida, yo me había visto forzado a vivir muchas mentiras. Lo que nunca supe era que la mentira más grande de todas me había sido impuesta en el momento de mi nacimiento.

Don Eduardo nunca me mencionó que se había casado con mi madre. Así era como yo lo consideraba: como don Eduardo, no como mi padre.

Quizá él dio por sentado que yo lo sabía o que fray Antonio me había dicho la verdad. Pero la gran esperanza de fray Antonio era que el hecho de ignorar esa verdad me protegería. Por supuesto, no fue así. Había demasiadas cosas en juego, como para confiar en que la verdad quedaría sepultada.

Traté de imaginar cómo se había desenvuelto la trágica obra del honor de la familia y la herencia familiar. La anciana matrona había enviado al joven don Eduardo a la hacienda para que Ramón, que la administraba, le enseñara las cualidades propias de un caballero.

Eh, amigos, ¿qué es lo que marca a un caballero como un auténtico hombre? Su mujer, su espada y su caballo, y no siempre en ese orden. Ramón debe de haberse regocijado en grande cuando su joven *protegé* eligió a una bonita india para acostarse con ella. Tal vez él se lo informó a la anciana y le dijo que su hijo se estaba portando como un verdadero caballero español.

Ramón, desde luego, aunque no era de sangre noble, había pasado toda su vida al servicio de la nobleza y los conocía bien. Lo que no entendió fue que no todos los nobles son como las monedas del conde Roberto, todos con la misma cara. Eduardo, como Elena, había sido modelado de manera diferente de los demás de su clase. Dios había puesto en su corazón pensamientos que ellos se veían impulsados a escribir en papel y a compartir con el mundo. Y esos pensamientos no siempre armonizaban con las exigencias de los otros.

La madre de Eduardo —no está en mí pensar en ella como mi abuela— llegó de visita a la hacienda, quizá para ver personalmente los progresos de Ramón en la formación de Eduardo. No me cabe duda que aquí el destino desempeñó un papel, al hacer que esa visita coincidiera con mi nacimiento.

Traté de imaginar qué pensaba realmente Eduardo de mi madre. Lo primero que se me ocurrió fue que se había casado con mi madre para desafiar a su propia madre, pero el corazón me dijo que no había sido así. La voz de Eduardo en el carruaje transmitía un verdadero amor hacia mi madre. Me convencí de que la amaba realmente. Tal vez, al igual que tantos poetas, él creyó que ese amor lo conquistaría todo. En ese sentido juzgó mal a la vieja matrona. Ella era un producto del lugar que ocupaba en la sociedad. Después de la muerte de su marido, o quizá antes, puesto que su marido exhibía algunos de los rasgos que a ella le parecían tan dañinos en su hijo, ella tomó las riendas de la noble casa del Marqués de la Cerda y luchó para evitar que se desdibujara.

¿Qué había sentido Eduardo cuando le dijo a su madre que no sólo se había casado con una doncella india sino que ella le había dado un hijo y un heredero? El odio que vi en la cara de Luis del otro lado de los barrotes de la celda sin duda palidecía en comparación con la furia volcánica de la anciana al enterarse de que el próximo marqués de ese antiguo linaje sería un mestizo.

¿Qué pensó Eduardo cuando enviaron a Ramón a matar a su esposa y a su hijo? ¿Creía él que esas muertes eran un castigo por sus pecados? ¿Trató siquiera de protegerlos? ¿Sabía que serían asesinados?

Me negaba a creer que don Eduardo sabía que mi madre iba a ser asesinada. Por el bien de su alma, rogué a Dios que él no lo hubiera sabido y que, por ende, no pudo hacer nada para impedirlo.

Y estaba convencido de que, después de cometido ese acto horrendo, él se atribuyó toda la culpa.

Todos actuamos de manera diferente, todos tomamos diferentes caminos en la vida. Cuando todo se fue al tacho en la vida de mi padre, él sencillamente se dio por vencido. Se casó con la beldad española tal cual su madre había decretado, tuvo un hijo cuya sangre no era impura y se sumió en su poesía, en las palabras de su corazón.

Eh, amigos, ¿vieron lo que acabo de escribir? Lo llamé mi padre en lugar de don Eduardo. Es obvio que en mi corazón había encontrado suficiente comprensión con respecto a su conducta como para considerarlo mi padre. Comprensión, pero no perdón.

Lentamente fueron pasando los días en la cárcel. A diferencia de lo que ocurría en la sala de torturas de la Inquisición, la mayoría de los prisioneros de la cárcel del virrey eran autores de delitos menores y deudores, y, cada tanto, un asesino de su esposa o un bandolero. Muchos de ellos estaban agrupados en las celdas más grandes. Fuera de mí, sólo un prisionero más estaba en una celda privada. Nunca supe su verdadero nombre, pero los guardias lo llamaban "Moctezuma", porque él creía ser un guerrero azteca. Sus delirios lo habían conducido a la cárcel del virrey y muy pronto a la horca porque había matado a un cura y se había comido su corazón cuando lo tomó por un guerrero del enemigo. El único lenguaje de ese hombre parecía consistir en gruñidos y aullidos animales, que los guardias con frecuencia lograban sacarle provocándolo y castigándolo. En son de broma, los guardias solían arrojar a un nuevo prisionero en la jaula de ese individuo y después sacarlo a último momento, cuando Moctezuma estaba a punto de comérselo.

Mientras yo me pudría en prisión, aguardando la muerte, sentí un poco de celos hacia ese demente. Qué alivio sería escapar a un mundo creado por la propia mente.

Varios días después del intento de Luis de asesinarme, recibí más visitas. Al principio pensé que los dos curas que estaban del otro lado de los barrotes eran el padre Osorio y el otro fraile buitre, y que los dos esperaban para poder arrancarme la carne. Se acercaron a la celda, ocultos en sus hábitos sacerdotales y no dijeron nada.

Yo no les presté atención y permanecí en mi banco de piedra, pensando en cuántos insultos podía lanzarles.

—Cristo.

Esas palabras susurradas fueron pronunciadas por un ángel. Salté del banco y me aferré de los barrotes con las dos manos.

—Elena.

Ella se acercó y sus manos tomaron las mías.

—Lo siento —dijo ella—. Te he causado tantos problemas.

—Me los causé yo mismo. Lo único que lamento es haberte involucrado a ti.

—Cristo.

Me alejé de los barrotes, convencido de que alguien estaba por clavarme una daga.

—¿Vino aquí para asesinarme cuando su hijo falló? —le pregunté a mi padre.

—Vine con Elena para colaborar en la huida de *este* hijo. Sé qué intentó hacer Luis. Me dijo que él había fallado, pero que haría los arreglos necesarios para que otra persona lo hiciera. El dinero puede comprar muertes en un lugar como éste. Él encontrará a un guardia que aceptará hacerlo por suficiente oro. Estamos aquí hoy porque alguien recibió oro en la palma de su mano.

—Sería más fácil pagar por mi asesinato que por mi fuga. Lo más probable es que el asesino quedara impune porque, de todos modos, estoy condenado a muerte. Pero un escape significaría que todos los guardias serían castigados. Y escapar sin la cooperación de los guardias no sería posible. Estos barrotes son de hierro y las paredes tienen un espesor de más de sesenta centímetros.

—Tenemos un plan —dijo don Eduardo.

—Necesitarán más un milagro que un plan —dije.

Elena volvió a tomarme de las manos.

—Yo también recé pidiéndolo.

—Para mí, es suficiente milagro verte y tocarte de nuevo. Pero, díganme por qué creen que puedo escapar de aquí.

Los tres nos acercamos más mientras ellos me susurraban su plan.

—Nuestro socio en esta empresa es tu amigo Mateo —dijo don Eduardo—. Él nos asegura que ha diseñado muchos escapes, incluso el del bey de Argel. Él buscó la ayuda de Elena y ella vino a mí, sabiendo que estoy desesperado por redimir mis pecados.

Casi lancé un gruñido en voz alta. Las fugas de Mateo eran ideadas sobre papel y llevadas a cabo en un escenario.

—Mateo logró acceso al techo del palacio por una puerta trampa que hay en mi dormitorio —dijo Elena—, cuya finalidad es permitir un escape en caso de incendio o de ataques. Desde el techo del palacio él puede cruzar a otros techos, e incluso llegar al techo de la prisión.

—¿Qué hará él sobre el techo?

—Las chimeneas de la prisión y de cualquier otra parte del complejo están allí. Él ha preparado bombas de polvo negro que dejará caer en las chimeneas, incluyendo la que está en el puesto del guardia. No explotarán como balas de cañón, pero producirán mucho humo.

—Fuera de hacer que me muera asfixiado, ¿qué harán esas bombas de humo?

—Disimular tu fuga —dijo don Eduardo—. Mi carruaje está afuera. Cuando empiece el humo, correremos afuera, abordaremos el carruaje y nos iremos.

Me quedé mirándolos.

—¿Y estos barrotes? ¿El humo también ensanchará el espacio entre ellos para que yo pueda atravesarlos?

—Tengo una llave —dijo Elena—. El amante de mi criada es un guardia. Yo obtuve de él una llave que abre las celdas y las puertas.

Pensé un momento.

—Los guardias me reconocerán y me detendrán.

—Tenemos el hábito de un cura —dijo Elena—. Podrás deslizarte sin problemas en medio de la confusión inicial.

—Pero si revisan mi celda…

—Me encontrarán a mí —dijo ella.

—¡Qué!

—Shhh —susurró ella—. Tu padre quería ser el que ocupara tu lugar en la celda, pero si lo encontraran allí lo ahorcarían. A mí, en cambio, no me harán nada.

—Serás juzgada por el escape.

—No. Les diré que vine aquí a agradecerte por haberme salvado la vida y despedirme de ti, y que de alguna manera conseguiste una llave de la celda y me obligaste a entrar cuando esto empezó a llenarse de humo.

—Nunca te creerán.

—Tienen que creerme. Mi tío no permitiría otra interpretación de mis acciones. Si su sobrina y pupila estuviera involucrada en el escape de un criminal preso bajo su autoridad, él sería llamado a España, deshonrado. Él no sólo me creerá sino que pregonará lo sucedido.

—Tu amigo Mateo estará afuera del palacio, con un caballo adicional —dijo don Eduardo—. Después de dejar caer el polvo negro, usará una soga para deslizarse a la calle del otro lado de los muros del palacio.

—Nunca podrá cruzar la carretera elevada.

—Tiene un plan.

—Él tiene muchos planes. —Eh, amigos, ¿acaso no sabemos que algunos de los planes de Mateo terminan en un desastre?

Elena me oprimió las manos y sonrió.

—Cristo, ¿tú tienes un plan mejor?

Sonreí.

—Mi plan es el plan de ustedes. ¿Qué puedo perder sino una vida que ya ha sido condenada? De modo que, mis amigos, díganme cuándo tendrá lugar este plan.

Don Eduardo tomó un pequeño reloj de arena que llevaba en el chaleco y lo puso sobre un barrote horizontal de la celda.

—Mateo tiene otro igual —dijo—. Cuando la parte superior esté vacía, comenzará a soltar las bombas.

Anonadado, miré el reloj.

—¡Pero si ya casi está vacía!

—Exactamente. Así que prepárate —dijo él—. Dentro de un momento te irás de aquí con el hábito de fraile que Elena está usando. Mantén la cabeza baja. En el bolsillo del hábito hay un pañuelo. Manténlo cerca de tu cara todo el tiempo. Frótatela con el pañuelo. Elena puso un poco de polvo negro cosmético en él para que parezca que el humo te tiznó la cara.

Elena deslizó la llave en la cerradura de la celda y lentamente la giró. Cuando la puerta se abrió, me entregó la llave por entre los barrotes.

—Vaya con Dios —susurró.

Los granos de arena del reloj descendían con rapidez. Con gran expectativa aguardamos a que el último grano bajara. Y no pasó nada.

—Mateo ha... —comencé a decir.

Una explosión sacudió la cárcel. Y, después, otra. Piedra y argamasa cayeron del cielo raso y una nube negra fue cubriendo los pasillos.

Elena abrió de par en par la puerta de la celda y me alcanzó su hábito. Yo la besé. Don Eduardo me alejó de ella.

—Apresúrate. Debemos aprovechar el elemento sorpresa.

Un humo denso había comenzado a contrarrestar la poca luz que daban las velas en ese tétrico pasaje de piedra. Casi no alcanzaba a ver a don Eduardo cuando lo seguí. Alrededor de mí los prisioneros tosían y gritaban que los soltaran, temerosos de que hubiera estallado un infierno dentro de esas paredes de piedra. A mi derecha oí el aullido enloquecido de Moctezuma el Caníbal. Él parecía deleitarse con el hecho de que en la prisión se hubiera vuelto medianoche.

Explosiones como con sordina brotaban de otras partes del palacio. Mateo se estaba asegurando de que los guardias del virrey estuvieran bien ocupados en todas partes.

Tropecé con alguien, e instintivamente pensé que era un guardia.

—¡Ayúdenme! ¡No puedo ver! —gritaba el hombre y se aferró de mí con las dos manos.

Le reconocí la voz; era *Fray Osorio*. Sí, el hombre que me había pelado la piel y arrancado la carne con tenazas calientes.

El destino finalmente me había repartido una buena mano.

—Por aquí, padre —susurré.

Lo guié a la celda de Moctezuma, que abrí con la llave maestra.

—Fray Antonio y Cristo el Bandido le han preparado algo muy especial.

Y empujé a Osorio al interior de la celda.

—¡Carne fresca! —le grité a Moctezuma.

Corrí para encontrar a mi padre. A mis espaldas, la música dulce de los aullidos feroces de Moctezuma y los alaridos de horror y de dolor del fraile.

Tambaleando, salí de la prisión detrás de don Eduardo. Los otros ya estaban allí, tosiendo y ahogándose. Los guardias estaban tendidos en el suelo. El sector de prisioneros se encontraba inundado de humo, pero las bombas de Mateo habían hecho volar madera, carbón y piedra del hogar de la sala del guardia, y herido a varios.

Seguí los pasos apresurados de don Eduardo hacia un carruaje que nos aguardaba. El conductor no estaba a la vista. Don Eduardo abrió la puerta del vehículo y se frenó en seco.

Luis le sonrió desde el interior del coche.

—Vi el carruaje estacionado cerca de la cárcel y supuse que estabas visitando a este cerdo. Pero me sorprende que hayas tenido el coraje de ayudarlo a escapar. *¡Guardias!*

Don Eduardo lo tomó y lo hizo bajar del vehículo. Mientras bajaba, en la mano de Luis apareció su daga, que él clavó en el estómago de don Eduardo.

El hombre mayor soltó a Luis y se tambaleó hacia atrás. Luis todavía no había recuperado el equilibrio desde que lo hicieron bajar del carruaje. Lo golpeé con el puño cerrado, él cayó hacia atrás contra el carruaje y yo le clavé el codo en la cara. Luis se desplomó al suelo.

Mi padre estaba de rodillas oprimiéndose el estómago. La sangre le corría por los dedos.

—¡Corre! —jadeó.

Los guardias habían comenzado a buscarnos y yo no podía demorarme más. Trepé al asiento del conductor y tomé las riendas.

—¡Ándale! ¡Ándale! —les grité a los caballos y los fustigué.

El carruaje cruzó a toda velocidad el patio empedrado arrastrado por los dos caballos. Enfilaron en línea recta hacia el portón principal, que estaba sesenta metros más adelante. Detrás de mí, los guardias gritaban su alarma y los mosquetes disparaban.

Delante de mí los guardias corrían a cerrar el portón principal. Cuando se cerró, hice girar a los caballos. Más disparos de mosquete sonaron cuando yo seguí fustigando a los caballos a lo largo del alto muro que separaba el terreno del palacio de la calle. Una andanada de disparos de mosquete le dieron a uno de los caballos que se desplomó a tierra, haciendo que el carruaje volcara y se estrellara contra la pared. El asiento del conductor era casi tan alto como ese muro, de modo que yo salté desde ese asiento hacia la parte superior del muro y después me dejé caer sobre los arbustos que había allá abajo, en la calle.

—¡*Compadre!*

Desde el otro extremo de la calle, Mateo galopaba sobre dos caballos, directamente hacia mí.

CIENTO VEINTISIETE

—¡Nunca lograremos cruzar la carretera elevada! —grité mientras avanzábamos por las calles.

Mateo sacudió la cabeza, como si huir de esta ciudad-isla fuera un detalle sin demasiada importancia. La noche caía con rapidez, pero la oscuridad no nos ayudaría a pasar frente a los guardias de la carretera elevada. Toda la ciudad —después de oír las explosiones y el fuego de mosquetes en el palacio del virrey— estaría alerta.

Mateo no me llevó a la carretera elevada. En cambio, lo seguí a un lugar conocido: el desembarcadero del lago desde donde, tiempo antes, habíamos huido de la ciudad a bordo de un bote lleno con los tesoros de la Casa de la Moneda.

Un bote nos aguardaba. Al acercarnos, dos mestizos que estaban en el bote lo empujaron hacia el lago y comenzaron a remar para alejarse de la orilla. Maldije sus negros corazones. ¡Estábamos perdidos!

Imité a Mateo y desmonté. Él azuzó a los caballos para que volvieran a la ciudad.

El estruendo de otros cascos de caballos se acercaba a nosotros.

—¡El bote se aleja! ¡Estamos atrapados!

—Esos dos que van en el bote éramos nosotros —dijo Mateo, muy sereno.

Me guió hacia un carro tirado por un borrico, donde Jaime el lépero se encontraba de pie con una gran sonrisa. El carro estaba vacío, salvo por una serie de mantas indias.

—Debajo de las mantas, rápido. El muchacho nos sacará de aquí.

—Nunca lograremos pasar por la carretera elevada custodiada por los guardias. Ellos no son tan estúpidos.

—No vamos a pasar por allí. —Mateo fulminó a Jaime con la mirada.

El muchachito tenía la mano extendida.

—¿Qué quieres?

—Más dinero.

Con el sonido de los cascos de los caballos de los soldados en nuestros oídos, Mateo maldijo al muchacho y le arrojó una moneda.

—¡Bandido!

Subimos al carro y nos cubrimos con las mantas mientras el muchachito conducía al borrico.

Fuimos a la casa de la hija viuda de don Silvestre.

—Ahora ella se queda todo el tiempo con su padre, y sólo viene aquí para traerme comida y consuelo —dijo Mateo—. Yo volví a la ciudad y me escondí hasta hacer contacto con Elena y, por intermedio de ella, con don Eduardo.

Durante los dos días siguientes, Jaime vino cada tarde, durante algunos minutos, con las noticias del día… y para recibir un pago adicional. Yo tuve la clara sensación de que él habría estado dispuesto a vendernos al mejor postor si, en este caso, el mejor postor no hubiéramos sido nosotros. Como chico de la calle, yo habría admirado ese espíritu suyo, propio de un ladrón. Pero, cómo víctimas de su avaricia, ¡ay de mí!, pagamos.

—Debería cortarte ese cuello de ladrón —le gruñó Mateo al muchachito.

La primera noticia que tuvimos fue que Cristo el Bandido y su cómplice habían escapado de la ciudad en un bote indio. Puesto que se veían cientos de esos botes alrededor de la ciudad todos los días, era imposible determinar en cuál nos habíamos ido y dónde habíamos tocado tierra.

Con esa noticia buena recibimos también una mala: don Eduardo había muerto como consecuencia de su herida y la muerte se me atribuía a mí. Eso me hizo sentir al mismo tiempo tristeza y furia. Una vez más yo había perdido a un padre por la acción de una daga. Y, de nuevo, se me culpaba a mí por ese derramamiento de sangre.

Los informes acerca de la cacería de Cristo se convirtieron en una cuestión de todos los días. Se lo había visto huyendo en dirección a los cuatro vientos. Él ya había vuelto a sus viejos trucos: robaba plata en las caravanas y violaba a las mujeres. Eh, si yo hubiera cometido la mitad de los actos y amado a la mitad de las mujeres que me achacaban los rumores…

La otra noticia era acerca de Elena. Lo que se comentaba en la ciudad era que la sobrina del virrey le había llevado comida a un guardia enfermo y se encontraba en el puesto de guardia cuando explotó la bomba. Yo debía darle algún crédito a la burocracia española. Le había enseñado bien a don Diego. Después de todos los años que pasé en la calle, mintiendo acerca de todo, incluyendo mi propia existencia, a mí no se me habría ocurrido una mentira tan convincente.

La otra noticia referente a ella era menos alentadora. Se anunció su compromiso con Luis y la boda se apresuraba para que los novios pudieran viajar a España en la siguiente flota del tesoro. Luis, cuya madre había regresado a España para darlo a luz y asegurarse así de que su hijo era un gachupín nacido en España en lugar de un criollo nacido en una colonia, se presentaría en la Corte Real de Madrid para ocupar un cargo de cierta importancia.

Mientras yo permanecía en la casa, malhumorado y sin animarme a salir, Mateo salía y regresaba con más noticias.

—En las calles, el ambiente que se vive no es nada bueno. El precio del maíz sube día a día.

—De modo que ellos ya están poniendo en práctica su plan —dije.

—Exactamente. Chismosos contratados propagan rumores de sequía e inundaciones que han destruido las cosechas de maíz, pero nadie les cree. La gente que viaja desde esas zona sacude la cabeza y repudia esos rumores. Mientras tanto, Miguel de Soto se niega a abrir los depósitos de maíz del gobierno y asegura que están casi vacíos y que la poca existencia que queda en ellos hace falta para los casos de emergencia.

—¿Cómo hacen para evitar que entre en la ciudad el maíz de los granjeros privados?

—La Recontonería. Ellos se lo compran y lo transportan a otra parte en lugar de traerlo a la ciudad. Y, después, lo queman.

—¿Lo queman?

—Sí, para evitar que aumente la oferta y el precio del maíz que tienen en el depósito baje. Los más perjudicados por esta situación son los pobres, los mestizos y los indios que trabajan como obreros. Ellos no pueden darse el lujo de comprar suficiente maíz para alimentar a su familia. Tus hermanos léperos y los más pobres de los pobres se están muriendo de hambre. Y todos culpan al virrey.

—¿Por qué al virrey? ¿Crees que realmente está involucrado en esta maniobra?

Mateo se encogió de hombros.

—¿Si creo que está directamente involucrado? No. Pero él le pagó un precio muy alto al Rey para tener ese cargo. Los hombres que pagan el cuantioso monto requerido para asegurarse un cargo por lo general se endeudan mucho hasta ganar lo suficiente para cancelar esos préstamos. Y ¿quién crees que le prestó ese dinero?

—Su viejo mayordomo y socio de negocios, Ramón de Alva.

—Y Luis y De Soto. Las importantes ganancias que esos bandidos cosechan tienen que estar vinculadas con los préstamos concedidos al virrey.

—También lo está el matrimonio de Luis con Elena —dije con rencor. Aunque tenía que admitir que Luis, con *mi* título de marqués era un candidato plausible.

—¿Se está haciendo algo al respecto?

—El hambre hace que hasta las personas más serenas enfurezcan y se pongan agresivas. Cuando las protestas se vuelven demasiado ruidosas y la gente sale con su reclamo a las calles, entonces de pronto —milagrosamente—, la camarilla encuentra más maíz en el depósito y distribuye una pequeña cantidad a un precio justo. En cuanto esa provisión es consumida, cortan el suministro y vuelven a aumentar los precios. El depósito está bien custodiado, pero Jaime habló con alguien que trabaja allí, quien asegura que el lugar está que explota con la cantidad de maíz que hay almacenado.

—Puedo entender la codicia de mis hermanos los pordioseros —le dije a Mateo—. Cuando alguien arrojaba un hueso a una zanja, todos corríamos a apoderarnos de él porque quizá era la única comida que veríamos ese día. Pero, ¿cómo explicar la codicia de Ramón y de los otros?

—Son cerdos, capaces de seguir comiendo en el comedero aunque tengan la panza tan llena que amenaza con estallarles. Nunca están satisfechos. Siempre quieren *más*.

—Amigo, he estado aquí encerrado una eternidad. Si no salgo pronto, moriré de tedio.

—Eh, lo entiendo. Tu señorita se casará con ese cerdo dentro de pocos días. Y tú quieres colgarlo de los pies y cortarle el cuello para poder verlo desangrarse, ¿no es así?

—Algo por el estilo. También quiero colgar a Ramón junto a Luis.

—Entonces, hagámoslo.

—Dime cuál es tu plan —dije.

—¿Cuál plan?

—El que siempre tienes. La tragicomedia de la venganza que has pergeñado y que, sin duda, supera tu habilidad para ponerla en práctica.

—¿Acaso tú no engañaste a la muerte gracias a mi talento dramático?

—Es verdad, sí. Pero todavía estoy en la ciudad, rodeado de cientos de soldados, y volveré a estar en cautiverio tan pronto Jaime el lépero se encuentre con alguien dispuesto a pagar por nuestras cabezas más de lo que le pagas tú.

—Bastardo…

—Epa, ya no soy un bastardo.

—Para mí, siempre serás un bastardo. Pero, perdóneme, señor marqués. —Mateo se puso de pie y me hizo una reverencia. —Olvidé que estaba hablando con la cabeza de una de las más importantes familias de España.

—Estás perdonado. Esta vez. Ahora háblame de tu plan.

—Escúchame con mucha atención, compadre, y descubrirás por qué en la península los príncipes y los duques hablan de mis comedias con la misma reverencia que reservan para la Santa Biblia. Debido a tu atolondramiento en salvar a la bella Elena de los piratas, has quedado expuesto como el mentiroso y el ladrón que eres. Ahora que somos buscados como criminales, ya no tenemos la libertad necesaria para estafar a esa camarilla y llevarla a la ruina financiera.

—¿Tu plan es hablarme hasta que yo caiga muerto?

—Lo siento, señor marqués. No debo olvidar que ustedes, los portadores de espuelas, son muy impacientes.

Al oír esa chanza de Mateo acerca del título de nobleza que yo "heredé" después de la muerte de mi padre, recordé el comentario de Ana en el sentido de que Mateo era un noble proscrito. Yo nunca le mencioné a él ese comentario. Hay cosas que son demasiado privadas para indagarlas. Si Mateo hubiera querido que yo lo supiera, me lo habría dicho. Él era un hombre que se jactaba de muchas cosas, menos de su nobleza desacreditada.

Mateo se tocó la cabeza.

—Piensa, Bastardo. Fuera de cortarles la cabeza con el golpe de una espada bien afilada, ¿qué otra cosa crees que les dolería más a esos cerdos?

—Que los despojáramos de su dinero.

—¿Y quién los está protegiendo?

—El virrey.

—Bueno, bueno, Bastardo, veo que te enseñé bien. De modo que, para hacer que esos demonios sean vulnerables, debemos despojarlos de su oro y de la protección del virrey. —Bebió un gran trago de lo que yo había aprendido desde hacía tiempo que era el alimento para su cerebro. —Ahora dime, ¿dónde está el dinero de ellos?

—Supongo que lo usaron para comprar maíz y controlar así el mercado.

—Sí, todos sus pesos se transformaron en maíz. Ellos controlan el suministro de maíz.

Empecé a entender el plan de Mateo.

—Nosotros les quitaremos ese control. Compraremos todo lo que entra en la ciudad. Le pagaremos más que ellos a la Recontonería. Lo distribuiremos entre la gente. Romperemos el control absoluto que tienen con su monopolio del maíz, haremos bajar los precios y conseguiremos, así, que su maíz y su dinero se pudra en el depósito.

Mateo sacudió la cabeza fingiendo decepción.

—Bastardo, Bastardo, creí haberte enseñado mejor. Tu plan es maravilloso, pero tiene una gran falla.

—¿Cuál?

—Llevaría demasiado tiempo. Tardaríamos semanas en acumular suficiente maíz del que los pequeños granjeros le entregan a la Recontonería. A esa altura ya los cerdos habrían duplicado y triplicado su dinero y tu amor estaría camino a España con su flamante marido. No. Tenemos que dar un golpe audaz y rápido. Lo haremos quemando el maíz del depósito y haciendo que la provisión de maíz sea escasa.

Lo miré, azorado.

—Has perdido el juicio. Eso sería hacerles el juego. Cuanto menos maíz haya, más alto será el precio. Ellos traerán maíz de otras zonas y amasarán una fortuna.

Mateo sacudió la cabeza.

—Ya te dije, están disminuyendo el suministro de maíz a la ciudad. Lo hacen para que suba el precio. Cuando los pobres se amotinan, como lo han hecho en el pasado, los cerdos entregan sólo la cantidad de maíz necesaria para anular la presión. Pero si nosotros destruimos sus existencias, ellos no sólo no tendrán maíz para vender sino tampoco lo suficiente para eliminar la presión. Les llevaría una semana o incluso más conseguir maíz de los depósitos más cercanos, por ejemplo los de Texcoco. Y a esa altura, ya la gente estaría muy hambrienta.

—Bueno, no sé…

—Escucha, es un plan magistral. Les ganamos en su propio juego. Para elevar el precio, ellos utilizan el maíz de su depósito como un balde de agua para apagar un incendio. Ellos hacen que los que se están incendiando paguen caro por el agua y sólo les ofrecen una salpicadura cuando parece que el fuego se propagará. Nosotros les quitaremos el balde. Cuando eso ocurra, ellos no tendrán nada para evitar que el fuego se propague. Las personas hambrientas no tienen una actitud pasiva. La maldad de los hombres o los dioses no hará que los habitantes de esta ciudad se rebelen… pero sí lo hará tener la panza vacía.

—Ellos ya se han amotinado antes —dije.

—Y lo volverán a hacer. Nosotros destruimos la provisión de maíz. Los propagadores de rumores que contrataremos salen a la calle a decir que fue el virrey en persona el que quemó el maíz. Que los soldados del palacio han sido vistos prendiendo fuego al edificio.

Me eché a reír.

—Mateo, eres el más grande dramaturgo del mundo civilizado.

—Tú subestimas mi talento —dijo él con tono de falsa modestia.

CIENTO VEINTIOCHO

—Usaremos la mascarada como fachada de nuestro plan —me dijo Mateo.

Eh, amigos, ¿no les dije que en la colonia siempre había una excusa para una celebración? Salíamos a las calles para celebrar a los muertos, la llegada de la flota del tesoro, buenas noticias de victorias en las guerras en Europa, fechas de cumpleaños de los santos, investiduras de obispos y virreyes… y cualquier otro acontecimiento importante que encontráramos como excusa.

De todas las celebraciones, la atmósfera colorida de la mascarada de carnaval era mi favorita. Mateo dijo que la excusa para esta mascarada era el hecho de que la Reina hubiera dado a luz a un bebé príncipe sano. La hija viuda de don Silvestre le habló de esa celebración durante una de sus visitas.

—Ella dice que la razón de la mascarada es hacer que la gente se olvide que tiene el estómago vacío. El virrey conoce el ambiente que se vive en las calles. Cada vez que impone un impuesto especial para contribuir a las guerras del Rey, decreta una fiesta popular. De modo que la semana pasada convocó a los notables de la ciudad y les dijo que iba a haber una mascarada para celebrar ese nacimiento real. Eso nos permitirá salir a la calle enmascarados y disfrazados. Ella nos está consiguiendo esos disfraces.

Cuando su criada nos trajo los disfraces, Mateo los miró, horrorizado, y después dio rienda suelta a su furia.

—¡Me niego a usar esta porquería!

—Por supuesto —dije, casi sin poder reprimir la risa.

Él pateó el paquete con los disfraces.

—El destino se ríe de mí.

En realidad, la hija de don Silvestre había elegido los disfraces más usados: el de Don Quijote y su criado, el rollizo Sancho. Eh, cómo iba a saber ella de la furia de Mateo hacia el creador de ese caballero de la triste figura.

Mateo no advirtió lo apropiado de esa elección, pero yo me di cuenta enseguida: en la mascarada habría cantidades de Quijotes y Sanchos que nos permitirían fusionarnos con ellos.

Sin otra alternativa, él aceptó de mala gana. Como es natural, eligió el papel principal para él, el del hidalgo, y dejó para mí el del gordo y campesino Sancho.

—Pero ni se te ocurra mencionar el nombre de ese bandido que me robó el alma —me amenazó Mateo.

Salimos de la casa ataviados con nuestros disfraces.

—Iremos a la plaza principal. Estará repleta de gente, así que cuando la multitud comience a moverse, nadie notará que doblamos hacia el depósito de maíz.

La plaza estaba, en efecto, repleta de gente, algunas personas disfrazadas, pero la mayoría sólo presente allí para contemplar el espectáculo de los otros con sus disfraces y sus payasadas. El desfile lo encabezaban las trompetas. Detrás de ellos venía una larga procesión de carros que se había transformado en escenas de páginas de la historia, la literatura y la Biblia, junto con cientos de figuras disfrazadas.

Las carrozas alegóricas estaban elaboradamente diseñadas y las más llamativas eran las que atraían la atención de los espectadores. Los que contemplaban el espectáculo desde la calle solían ser los pequeños comerciantes, los obreros y los pobres, mientras que las personas de clase alta lo observaban desde balcones decorados o desde el techo de las casas.

El primer grupo en desfilar fue el de los indios. Hombres y mujeres con el atuendo de diferentes naciones indias iniciaron la marcha, los guerreros con adornos de batalla, las mujeres con su vestimenta tradicional festiva. Un grupo, que usaba apenas la ropa suficiente para evitar el arresto, se había cubierto el cuerpo con pinturas de colores vivos y marchaba por las calles balanceando sus garrotes. A juzgar por los comentarios de la gente, supuse que eran los partidarios del destructivo Pueblo del Perro.

Detrás de los indios venía Cortés montado en su caballo y rodeado de reyes indios, a algunos de los cuales él había matado o derrotado: Netzahualcóyotl, el rey-poeta de Texcoco, que murió antes de la conquista; Moctezuma, que murió a manos de su propia gente furiosa; el desafortunado Chimalpopoca, que murió torturado a manos de los conquistadores, y el dios de la guerra Huitzilopochtli, que se cobró muchas vidas antes de que templo cayera finalmente en manos de los españoles.

Después de las escenas y personajes de la historia vino la comparsa de las recreaciones de grandes escenas de la literatura. Siguiendo la tradición, el primer lugar lo ocupaba la carroza que mostraba al Mío Cid al rescate del obispo guerrero Jerónimo, que había luchado solo contra los moros. La carroza mostraba al obispo abatiendo a un infiel con una cruz en lugar de la lanza mencionada en el poema, mientras que el Cid se acercaba montado a caballo.

Después era el turno de Amadís de Gaula, ese personaje primordial de la caballería. La escena mostraba a Amadís en el arco mágico de la Ínsula Firme en la que no podía entrar ningún caballero salvo los más valientes de la Tierra. Amadís luchaba contra guerreros invisibles, cuya naturaleza fantasmal era representada con una tela transparente, de tipo tela de araña, que les cubría los uniformes.

—¿Estás oyendo a los pobres que te rodean? —dijo Mateo—. Ellos conocen el significado de cada escena y hasta pueden repetir las palabras exactas de los libros… y eso que nunca leyeron ninguno. Han oído hablar de esos personajes y de las escenas de labios de otros. La mascarada les da vida y los convierte en reales para las personas que ni siquiera saben leer su propio nombre.

Eh, también les estaba dando vida para mí, y eso que yo había leído a la mayor parte de esos personajes.

Bernardo de Carpio apareció, matando al paladín franco Roldán en la batalla de Roncesvalles, y de pronto recordé una escena entre dulce y amarga: la vez que vi por primera vez a Elena en la plaza de Veracruz, y yo traté de hacerme pasar por Bernardo.

Después se presentó Explandián, el héroe del Quinto Libro de Amadís. Ése era uno de los libros leídos por Don Quijote. Esa tontería propia de la caballería contribuyó a que el caballero errante perdiera el juicio y fue uno de los romances que su amigo, el curador, decidió quemar. La carroza alegórica mostraba a una hechicera llevando al dormido Explandián a una embarcación misteriosa llamada el Barco de la Gran Serpiente. El barco era un dragón.

—Palmerín de Oliva —dijo alguien al ver la siguiente carroza. El heroico Palmerín de Oliva había emprendido una aventura y descubierto una fuente mágica custodiada por una serpiente gigantesca. Las aguas de la fuente podían curar al rey de Macedonia de una enfermedad mortal. En el camino, encontró a hermosas princesas hadas que le lanzaron un conjuro para protegerlo del encantamiento de los monstruos y los magos.

La carroza de Palmerín era la mejor hecha y una serie de exclamaciones y gritos de aprobación saludaron su aparición. Mostraba a Palmerín de pie junto a la fuente, rodeado de hadas escasamente vestidas. Enroscada alrededor de la carroza había una serpiente gigantesca, el monstruo que había protegido la fuente. Su cabeza estaba levantada detrás de Palmerín, como si estuviera a punto de atacar al joven caballero.

Y, por supuesto, allí estaba nuestro amigo de La Mancha al final, siguiendo los personajes literarios que habían trastornado su mente. Las aventuras de ese caballero errante eran las más nuevas de los personajes del desfile, pero ya habían ganado estatura legendaria. Y todos los que estaban allí, de los cuales eran pocos los que habían leído un libro, conocían su historia.

Don Quijote era Alonso Quixano, un hidalgo cuarentón que había pasado su vida haraganeando, para nada rico, y viviendo en la región árida y casi infértil de La Mancha. Su pasión era leer los libros de caballería. Estas historias de caballeros y princesas en peligro y dragones a matar eran tan descabelladas e irracionales que el pobre caballero perdió el control de su mente al leerlas. Muy pronto pulía la antigua armadura de su abuelo y preparaba a su "corcel" Rocinante, un jamelgo huesudo de establo, para que lo llevara a combate. Como necesitaba una princesa a la cual rescatar y amar, algo imprescindible para cualquier caballero errante, incluso los que confunden molinos con monstruos gigantes, él llama duquesa a una sencilla muchacha campesina, Aldonza Lorenzo. Como paje y criado, convenció a un campesino, el crédulo Sancho, de que lo acompañara.

En la primera salida, don Quijote llega a una posada del campo que, para su mundo de fantasía, imaginó era un gran castillo, rodeado por un foso y con imponentes torres. Allí lo atienden dos prostitutas, que él fantasea son damas de familias nobles. Esa noche, las dos "damas" lo ayudan a desvestirse.

La carroza alegórica muestra a don Quijote con ropa de dormir pero con su yelmo de caballero en la cabeza. Dos mujeres están junto a él. Ellas, las prostitutas de la posada, lo habían ayudado a quitarse la oxidada armadura, pero no consiguieron sacarle el yelmo, con el que él debe dormir.

El atuendo de las mujeres es tal que, hacia un lado, el que da a don Quijote, su ropa es la de damas de la nobleza, y hacia el otro, o sea atrás, el lado que él no ve, su ropa es la ropa barata y cursi de las prostitutas.

Yo casi no miré esa carroza alegórica.

—Vamos —ordenó Mateo.

Ay, y así fue como yo, el crédulo, estúpido y rechoncho Sancho, seguí a don Quijote en otra misión para luchar contra molinos de viento.

CIENTO VEINTINUEVE

A una cuadra del depósito nos reunimos con Jaime y una prostituta.

—¿Le diste instrucciones a la puta? —preguntó Mateo.

—Sí, señor. Pero ella pide más dinero para cumplir con su misión —contestó Jaime y extendió la mano.

—¿Recuerdas lo que te dije acerca de las orejas? —preguntó Mateo—. Tú y ella deben hacer lo que yo les digo, o los dos perderán las orejas y la nariz. Toma —dijo Mateo y le dio una única moneda—, ésta es la última que recibirás. ¡Finito!

La mano descendió. Pero a mí no me gustó nada la expresión que vi en los ojos del muchacho. Se lo dije a Mateo cuando nos alejamos de ellos para ocupar nuestra posición.

—Deberías haberle dado más dinero al muchacho —dije.

—No. Ese raterito ya es rico. Recibió suficiente dinero.

—Tú no entiendes la mente de un lépero. Siempre hay hambre después de ayunar, así que nunca es suficiente.

Frente al depósito había cuatro guardias, pero sólo uno estaba de servicio. Los otros tres rodeaban una fogata; dos de ellos dormían y el tercero dormitaba de a ratos, esperando que comenzara su turno. En la parte de atrás había un guardia. Sólo se necesitaba uno porque un grito suyo llamaría a los otros.

Jaime y la puta comenzaron su tarea: se pusieron a caminar cerca de la parte de atrás del depósito para atraer la atención del guardia. Jaime se acercó a hablarle al guardia y le ofreció el servicio de la mujer por una cantidad nominal. Cabía esperarse que el guardia se rehusara para no correr el riesgo de recibir un castigo severo si abandonaba su puesto. Y eso fue exactamente lo que sucedió. El muchacho nos hizo una leve seña con la mano para indicarnos que el guardia no dejaría su puesto.

Y, mientras Jaime le hacía conversación al guardia, nosotros nos acercamos, siempre ataviados con nuestros disfraces.

El guardia nos sonrió cuando nos aproximamos. Jaime le tiró de la manga.

—Mire que le ofrezco un buen negocio.

—Sal de aquí, lépero…

Eso fue todo lo que pudo decir el guardia antes de que Mateo lo sacara de combate con un golpe con la empuñadura de su espada.

—Rápido ahora —le dijo Mateo a Jaime.

El muchacho y la prostituta se alejaron para atraer la atención de los hombres que estaban en el frente del depósito, mientras Mateo y yo rompíamos la cerradura de la puerta de atrás. Con la puerta abierta, volqué sobre el suelo el contenido de una bolsa que llevaba. Contenía una docena de antorchas sumergidas en brea. Mateo encendió paja y la utilizó para encender una antorcha. Con ella, encendimos las demás.

El piso de tierra estaba cubierto de paja desmenuzada y chalas y en el aire flotaba polvo de maíz.

—Ah, chico loco —dijo Mateo con una sonrisa—, ¡este lugar es un yesquero listo para explotar!

Incluso cuando encendimos las antorchas, esos restos comenzaron a prenderse fuego y, cuando arrojamos las antorchas encendidas hacia las bolsas con maíz, el piso ya estaba en llamas. Me consideré afortunado de que todo ese polvo de maíz que flotaba en el aire no hubiera explotado como pólvora, arrojándonos a todos al Mictlán. Cuando abandonamos el depósito, ya todo ardía y el piso era un lago de fuego.

Huimos de ese infierno para salvarnos la vida, mientras lenguas de fuego lamían el cielo.

Cuando regresamos a la casa donde nos escondíamos, ya casi era de noche. Detrás de nosotros el cielo estaba lleno de explosiones y de espirales de humo que subían, mientras el enorme depósito se había convertido en un holocausto infernal.

A esa altura, ya Jaime le estaría diciendo a la gente que los guardias del virrey habían sido vistos iniciando el fuego, y lo mismo hicieron las otras personas que habíamos contratado para que hicieran circular esa versión.

—¿Y si la ciudad entera se incendia? —le pregunté a Mateo.

México no es una ciudad de edificios de madera como Veracruz. No se incendiará. Y, si eso sucediera —dijo y se encogió de hombros—, sería la voluntad de Dios.

Él estaba de muy buen humor cuando llegamos de vuelta a la casa. Yo tuve que discutir con él para evitar que fuera a la cantina a meterse en problemas y jugar a las cartas. Algo con respecto a lo hecho esa noche me había dejado intranquilo.

Desperté en medio de la noche con mi paranoia tan ardiente como lo había estado en el depósito. Fui al cuarto de Mateo y lo sacudí para despertarlo.

—Levántate. Nos vamos de aquí.

—¿Estás loco? Todavía está oscuro.

—Exactamente. Los soldados del virrey estarán aquí dentro de poco.

—¿Qué? ¿Cómo lo sabes?

—¿Cómo sé que el sol saldrá por el este? Lo siento en mi mente y en mi sangre. Yo solía ser un lépero. Este pozo muy bien podía estar secándose para Jaime, pero no si nos entrega al virrey. Para ese pordiosero valemos una fortuna.

Él me miró fijo por un buen rato y después saltó de la cama.

—¡Andando!

Salimos vestidos de gente pobre de la calle.

Nos alejábamos de la casa cuando vimos que un grupo de soldados, a pie y a caballo, convergían hacia la casa.

En circunstancias ordinarias, nos habrían detenido porque andábamos por la calle y eran más de las diez, hora en que el virrey había ordenado un toque de queda. Pero esta noche, la gente seguía en la calle debido a la celebración posterior al desfile y otras atracciones. El depósito seguía siendo presa del fuego.

Debíamos salir de la calle y no teníamos adónde ir. Conduje entonces a Mateo a un lugar donde la puerta estaba siempre abierta: a una Casa de los Pobres.

Ésta era más grande que el cuchitril con piso de tierra de Veracruz. Cada uno de nosotros se consiguió una cama con colchón de paja en lugar de sólo paja apilada en el suelo.

CIENTO TREINTA

A la mañana siguiente nos quedamos en la Casa de los Pobres hasta que las calles estuvieran repletas de gente. Ese día tenía una importancia especial para mí: era el día de la boda de Elena y de Luis. En lugar de la boda formal que involucraba a todas las familias importantes de la colonia, el casamiento sería algo sencillo en casa del virrey. El arzobispo presidiría la ceremonia.

—Por tu cara pareces Moctezuma cuando descubrió que Cortés no era un dios azteca.

—Hoy se casa Elena. Es posible que lo esté haciendo en este mismo momento.

—Es también el día del arreglo de cuentas con nosotros. Los hombres del virrey estarán buscándonos en todas las calles de la ciudad. No duraremos mucho si nuestro plan de provocar un motín no tiene resultado.

Jaime, el lépero, conocía algunos de nuestros pecados, pero nada con respecto a nuestros planes. En cuanto a Ramón, Luis y el virrey, podían pensar que yo había incendiado el depósito del maíz, pero no tenían idea de cómo seguirían mis planes.

Salimos a la calle vestidos de léperos, con las espadas ocultas debajo de capas hechas jirones. Enfilamos hacia el mercado donde se vendía el maíz y nos encontramos con un tumulto. Delante de los puestos de venta de maíz se había congregado una multitud. Los comerciantes literalmente remataban el maíz al mejor postor. Y los que ofrecían los precios más altos eran los criados de las familias más ricas de la ciudad.

—No quedará nada para nosotros —oí que la gente murmuraba.

—¡No es justo! —gritó Mateo—. ¡Mis hijitos se morirán de hambre! ¡Comida y justicia!

—¡Mi familia tiene hambre! —grité yo—. ¿Qué puedo darles de comer? ¿Las suelas de mis zapatos?

—¡Los hombres del virrey incendiaron el depósito para subir el precio del maíz! —dijo alguien que, supuse, había sido pagado por nosotros.

Un grupo de diez guardias del palacio del virrey se apostaron junto al borde del gentío, bastante inquietos. La multitud los superaba en número en una proporción de cincuenta a uno. Un oficial a caballo nos observó a Mateo y a mí.

—¡Todos moriremos de hambre! —gritó Mateo—. La culpa es del virrey. ¡Él come terneros de engorda mientras nuestros hijos lloran y mueren en nuestros brazos!

—¡Necesito comida para mis bebés! —gritó una vieja. Esa mujer parecía haber pasado sobradamente la edad de dar a luz a bebés, y pronto otras mujeres clamaron por comida.

Surgieron discusiones entre los vendedores de comida y las personas que exigían que el maíz se vendiera a un precio razonable. Empezó a haber empujones y codazos y los ánimos se caldearon. La gente ya estaba furiosa, y con cada nueva afrenta, esa furia crecía y la gente absorbía la fuerza de quienes la rodeaban. Personas que normalmente habrían huido apresuradamente como perros apaleados por el látigo de un portador de espuelas, ahora exigían a gritos comida y justicia.

El oficial ordenó a sus hombres que lo siguieran y se abrió camino en línea recta hacia Mateo y yo. Nosotros tomamos piedras del pavimento y las arrojamos. La multitud se abrió cuando el oficial espoleó a su caballo. Mi piedra falló el blanco, pero la de Mateo golpeó contra el casco del hombre. Cuando él galopó hacia nosotros, Mateo lo derribó del caballo.

Sonó un disparo de mosquete y la vieja que daba alaridos por sus bebés imaginarios cayó al suelo.

—¡Asesinato! —gritó Mateo—. ¡Asesinato!

Ese grito fue recogido como un guante por otras cien voces y la violencia se propagó como el fuego en el interior del depósito. Cuando los otros soldados avanzaron abriéndose paso por el gentío para tratar de llegar adonde estaba su oficial, la gente se apoderó de ellos. Lo último que vi de los hombres del virrey fue un conjunto de individuos de la calle que les propinaban una buena paliza.

La furia y la frustración, no sólo por la falta de comida sino por toda una vida de ser tratados como poco más que perros, hizo erupción como un volcán. La multitud comenzó a atacar los puestos de los vendedores de maíz.

Mateo montó el caballo del oficial y levantó su espada.

—¡Al palacio del virrey —gritó—, en busca de comida y de justicia!

Me ayudó a subir en ancas de su caballo. El gentío nos siguió y su número fue aumentando con cada paso. Pronto eran mil y, después, dos mil cuando entraron en la plaza principal y saquearon los puestos de los mercaderes.

La muchedumbre ya estaba frenética al acercarse al palacio.

—¡Oro! —gritó Mateo y señaló el palacio—. ¡Oro y comida!

Ese grito fue recogido por la turba y gritado por miles de voces.

El palacio no era una fortaleza. La ciudad no tenía fortificaciones y los muros del palacio habían sido diseñados más para privacidad que para protección. La ciudad estaba en el centro de la Nueva España, a una semana por lo menos de trayecto para cualquier fuerza invasora. Nadie había desafiado nunca la ciudad, así que no hubo necesidad de que hubiera una fortaleza.

Los portones del palacio del virrey ofrecieron poca resistencia a esa turba. Un carro lleno de piedras utilizadas por los obreros para reparar las huellas fue tomado y empujado a través de los portones; tampoco los guardias del palacio, superados grandemente en número por la multitud, ofrecieron resistencia: desaparecieron ante el espectáculo de dos mil personas furiosas que marchaban hacia ellos. Ni siquiera los inútiles disparos que habrían sido hechos contra invasores extranjeros se gastaron con ese gentío.

—¡Ese banco! —les gritó Mateo a los que nos siguieron a la puerta del frente del palacio—. ¡Lo usaremos para tirar abajo la puerta!

Una docena de manos levantaron el pesado banco de madera y lo estrellaron contra esas puertas dobles y altas. Dos veces más fue preciso repetir el golpe antes de que las puertas se abrieran. Mateo y yo entramos en el palacio a caballo, seguidos por un ejército de saqueadores.

Mientras ese tropel de gente avanzaba por el gran corredor, nosotros desmontamos y subimos por la escalera. Vi que en ese momento un grupo de personas salía del despacho del virrey, allá en lo alto: el virrey, el arzobispo y sus ayudantes caminaban deprisa hacia la escalera. Detrás de ellos venían Ramón, Luis y Elena.

—¡Elena! —grité.

Los tres giraron la cabeza y nos miraron. Mateo y yo saludamos a los dos hombres con nuestras espadas.

—¡Vamos! —gritó Mateo—. ¡Huyan como lo hacen las mujeres del pene de su marido! ¡Y vuelvan con un palo de amasar para luchar contra nosotros!

Ramón nos miró, muy tranquilo.

—Ustedes dos me han causado muchos problemas, pero matarlos valdrá la pena.

Bajó, con Luis junto a él, mientras nosotros subíamos por la escalera. Yo alcancé a mirar un segundo a Elena, con su traje de novia, antes de que nos topáramos con los dos espadachines.

Mateo estaba un paso más adelante que yo y enseguida se trabó en lucha con Ramón mientras yo lo hacía con Luis. El sonido del choque de las espadas superó el ruido producido por la multitud en la planta baja. Oímos disparos de mosquetes. Al parecer, los guardias del virrey habían decidido responder al ataque.

Las facciones de Luis estaban deformadas por el odio, aunque también advertí en ellas un extraño dejo de júbilo.

—Le demostraré a mi flamante esposa cómo enfrenta un caballero a un lépero que es la escoria de la Tierra.

Su esgrima era deslumbrante. Luis era mucho mejor espadachín del que yo sería jamás. No podía creer que mi propia furia me hubiera empujado a esa situación. Me cortaría en pedacitos frente a Elena. Sólo ese odio salvaje me hizo no ceder en la lucha y me dio fuerza, velocidad y una astucia que nunca imaginé tener. Pero no era suficiente. Luis me tajeó el antebrazo, me hizo un corte en el hombro derecho y volvió a abrir la herida que yo había recibido de manos del pirata en Veracruz.

—Pienso cortarte en pedacitos, no matarte rápido —dijo Luis—. Quiero que ella vea cómo viertes cada gota de tu sangre impura.

La hoja de su espada me cortó la rodilla. Yo sangraba en cuatro lados y él me hacía retroceder con una maestría que yo jamás soñaría alcanzar. Se tocó con su espada la mejilla recién afeitada, la mejilla en la que yo le había clavado mi pluma de escribir.

—Sí, me cortaste la cara para que yo me pareciera a ti, y te odio aun más por ello —dijo. Me acorraló contra una pared y su espada me cortó la otra rodilla. Mis piernas cedieron y caí sobre una rodilla.

—Ahora tus ojos y, después, tu cuello —dijo.

De pronto soltó aire por la boca como si lo hubieran golpeado desde atrás y perdiera el aliento. Me miró con los ojos abiertos de par en par y después, lentamente, giró.

Elena se encontraba de pie detrás de él.

Cuando él giró, vi la daga clavada en su espalda. No se la había clavado a fondo y él se la quitó.

—¡Perra! —gritó.

Yo pegué un salto hacia adelante y lo golpeé con el hombro. Él salió disparado hacia atrás y pegó contra la barandilla. Yo no reprimí el impulso y volví a golpearlo. Él se estrelló contra la barandilla y cayó hacia el piso de abajo. Yo me asomé y lo miré. Estaba tendido de espaldas, todavía con vida, jadeando y moviendo los brazos y los pies, pero casi inconsciente. Las marcas de viruela que tenía en la cara no eran visibles desde lo alto de la escalera. Con su cara afeitada y esa cicatriz en la mejilla, fue como si me estuviera mirando a mí mismo.

Luis había cometido la misma equivocación que el pirata: había subestimado a una mujer.

—Elena —dije y extendí mi mano hacia ella. Ella me tomó por la cintura y yo me apoyé en ella durante unos segundos antes de apartarme. —Tengo que ayudar a Mateo.

Al pícaro no le iba mucho mejor con Ramón de lo que me había ido a mí con Luis. Mateo eran un mejor espadachín que yo, un esgrimista extraordinario, de eso no cabía ninguna duda, pero se decía que Ramón era el mejor espadachín de toda Nueva España.

Mientras yo rengueaba hacia la acción, Mateo de pronto entró en el círculo de la muerte y le lanzó una estocada a Ramón. La espada de Ramón se balanceó hacia el cuello de Mateo, pero Mateo levantó su brazo izquierdo y con él frenó el golpe. Al mismo tiempo, Mateo clavó su daga en el abdomen de Ramón.

Los dos se quedaron mirándose cara a cara, casi nariz a nariz; Ramón miraba a Mateo con incredulidad, incapaz de aceptar que lo habían derrotado y mucho menos que lo habían matado.

Mateo le retorció la daga.

—Esto es por don Julio.

Una vez más giró la daga en el abdomen de Ramón.

—Y esto, por fray Antonio.

Dio un paso atrás y enfrentó a Ramón, quien se balanceaba hacia adelante y hacia atrás sobre sus talones, con la daga todavía clavada. Mateo le sonrió a Ramón, levantó su brazo y tiró hacia atrás la manga para mostrarle la protección metálica que tenía en el brazo.

—Lamento no ser un caballero.

Ramón se desplomó.

El sonido de mosquetes se volvió epidémico y el gentío comenzaba a salir del palacio y a retroceder frente a los guardias.

—Sácalo de aquí —le dijo Mateo a Elena—. Llévalo a los establos y ponlo en un carro. Llévatelo de aquí.

—¿Adónde vas? —pregunté.

—Tengo una idea —respondió y le susurró algo a Elena que no quiso que yo escuchara.

Antes de salir por la puerta giré la cabeza y vi a Mateo inclinado sobre Luis. Se incorporó y les gritó a los guardias que se acercaban:

—¡Aquí! ¡Llévense a este hombre! ¡Es Cristo el Bandido!

CIENTO TREINTA Y UNO

Elena requisó un coche y asustó a un cochero cuando le dijo que nos sacara de la ciudad. Fuimos a la hacienda propiedad de Luis. Era el lugar más cercano donde podíamos encontrar refugio y ayuda para mis heridas.

—Luis rara vez visitaba la hacienda. Ésta la había comprado hace poco y rara vez iba a alguna de las suyas.

—Pero la gente que vive allí sabrá que yo no soy Luis.

—Los criados y los vaqueros no te distinguirían de Luis. Si nosotros decimos que eres Luis, ellos no lo pondrán en duda. El mayordomo fue despedido hace poco. Luis tenía la costumbre de despedir frecuentemente a sus mayordomos.

Envolvió un trozo de su enagua alrededor de mi cara después de mancharlo con sangre de mis otras heridas.

—Ya está. Yo podría decirles que eres el virrey y ellos no notarían la diferencia.

No quiso decirme qué le había susurrado Mateo.

Me curó una vez más las heridas, tal como lo había hecho en Veracruz, después de que me hirieron. Yo me quedé en cama todo el día, descansando.

Para mí era una escapada transitoria de la realidad. Suponía que en cualquier momento los hombres del virrey vendrían a buscarme. Mateo se había equivocado al no matar a Luis. La idea suya de entregárselos a los guardias y que ellos aceptaran que Luis era Cristo el Bastardo era una idea descabellada. Existía, es verdad, un parecido físico, pero en cuanto Luis recuperara la conciencia él les diría quién era en realidad.

Maldije a Mateo por su estupidez.

Varios días más tarde, Elena vino a mi habitación. Parecía un poco afligida.

—Está muerto.

—¿Quién?

—Cristo el Bastardo. Mi tío hizo que lo mataran enseguida como una lección para los amotinados.

—¿Te refieres a Luis? Pero… ¿cómo? ¿Cómo es posible que no le hayan creído cuando él dijo quién era realmente?

—No lo sé.

Ella se echó a llorar, y yo la sostuve en mis brazos.

—Sé que era un demonio —dijo—, pero culpo tanto a esa abuela malévola como a él. Yo nunca lo amé. De veras, ni siquiera era un hombre agradable. No tenía verdaderos amigos, que era la razón por la que yo traté de ser su amiga. Pero él ha estado conmigo durante casi toda mi vida. Y aunque dijera lo contrario, sé que su amor por mí era auténtico.

Había más novedades. Mateo había sido recompensado por el virrey. Se había convertido en héroe de la ciudad por haber sacado a la turba del palacio prácticamente solo y capturado a Cristo el Bastardo después de que el bandido mató a Ramón de Alva.

Quedé estupefacto al oír esa versión de los hechos. ¡Dios mío! ¿Por qué me sorprendía? Sin duda el mismo Mateo había escrito ese acto como parte de su plan original de provocar un motín.

Esa noche, después de arroparme en la cama, Elena hizo que una criada trajera una cacerola con aceite hirviendo. Cuando la criada se fue, Elena cerró la puerta con llave y se sentó junto a mí en la cama.

—Me preguntaste qué me había susurrado Mateo. Pues él me dio instrucciones, instrucciones que no te van a gustar nada.

Miré el aceite.

—No pensarás cauterizarme las heridas con eso…

—No, tú me dijiste que no es así como se hace. Voy a volcarte el aceite en la cara.

¡Santa María!

—¿Te volviste tan loca como Mateo? Quieres ocultar mi identidad borrándome la cara.

Ella se inclinó y me besó con labios suaves y fríos. Después me acarició las mejillas con los dedos.

—¿Recuerdas cuando te dije que me hacías recordar a alguien?

—Sí, al principio pensé que era a ese lépero, Cristo el Bastardo, a quien ayudaste a escapar. Ahora sé que mi parecido a don Eduardo te inspiró.

—No. Don Cristo-Carlos-Luis, cualquiera que sea tu nombre, no fue nada de eso. Me llevó mucho tiempo darme cuenta de que me recordabas a Luis. Ninguno de ustedes era tan bien parecido como don Eduardo.

—Gracias.

—Pero los dos compartían algunas de sus facciones.

Miré nuevamente ese aceite caliente. Ella me iba a producir marcas de viruela con el aceite.

—No, no permitiré que lo hagas.

—Debes permitírmelo. No te dolerá mucho tiempo.

—Pero permanecerá conmigo durante el resto de mi vida. Cada vez que vea esas marcas de viruela, pensaré en Luis y detestaré mi propio semblante.

—Es la única manera.

—No engañará a nadie.

—Cris…, quiero decir Luis, piénsalo. Él no tenía amigos cercanos excepto Ramón, y ese mal hombre está en el infierno. Ya no tiene familia, salvo algunos parientes en España, ninguno de los cuales lo ha visto desde hace años. Mi tío fue el único que lo conocía razonablemente bien. Luis era un hombre que no buscaba la compañía de otras personas, ni siquiera de mujeres. Su abuela, y yo en un grado menor, éramos las únicas de quienes estaba cerca.

—Tú misma dijiste que tu tío lo reconocería. Nos ha visto a los dos juntos.

—¿Y qué crees que mi tío le informará al Rey? ¿Que confundió a un marqués con un pordiosero bandido y tuvo la imprudencia de hacerlo ahorcar? Mi tío no parpadeará siquiera cuando Luis, mi marido, regrese a la ciudad una vez que se le cicatricen las heridas. Yo le avisaré de manera sutil antes de que te presentes ante él, para que no caiga muerto cuando te vea.

Sacudí la cabeza.

—Esto es una locura. No puedo sencillamente tomar el lugar de otro hombre. La última vez que lo intenté me metí en más problemas de los que merecía.

—Eso es lo maravilloso del plan de Mateo. ¿Quién es el marqués de la Cerda?

—¿El marqués? Bueno, yo… yo…

—Dilo.

—Yo soy el auténtico marqués de la Cerda… por nacimiento.

—¿Lo ves? Mi amor, ¡tú estarás personificándote *a ti mismo*!

Lo pensé un momento.

—También soy tu marido legítimo. Y esta vez reclamaré mis derechos conyugales. —La atraje hacia mí y comencé a sacarle la ropa.

—Espera —dijo ella y me apartó—. Como tu esposa, ¿me estará permitido leer y escribir lo que se me antoje?

—En la medida en que yo consiga lo que quiera, puedes leer y escribir lo que quieras.

—Para estar segura de conseguir lo que *yo* quiero —dijo ella—, llevaré una daga oculta en las enaguas.

¡Ay de mí! Me había casado con un felino de la jungla.

CIENTO TREINTA Y DOS

Cinco meses más tarde, recuperado de mis heridas —y del aceite caliente en la cara—, abandonamos la Ciudad de México para embarcarnos en la flota del tesoro en Veracruz.

Don Diego me había recibido en la familia sin siquiera mirarme a los ojos. Mateo había inventado hazañas heroicas de mi parte en los amotinamientos, apenas menores que la defensa suya, sin ayuda, del palacio. Con mi antiguo linaje, que de alguna manera estaba vinculado con el trono de España, y mi reciente acto de heroísmo —sumado a una contribución sustanciosa a la cartera del Rey para la guerra—, la Corte Real de Madrid me ordenó ocupar un cargo en el Consejo de Indias durante tres años. Sumando el tiempo del viaje entre Europa y la Colonia y las visitas a mis parientes de la península, transcurrirían por lo menos cinco años antes de nuestro regreso. A esa altura, todo se habría desdibujado, salvo la leyenda de Cristo el Bastardo.

Mateo viajó en el mismo barco. Después de recoger nuestro botín secreto de la cueva, él se jactaba de que construiría una gran arena y la llenaría con agua en Madrid. Después pondría en escena para el Rey la gran batalla naval por Tenochtitlán. ¿Me preocupaba a mí qué consecuencias tendría? Sí.

¿Ustedes dicen que todo esto es sólo un cuento de hadas? ¿Que el pobre chiquillo de la calle no podía convertirse en un noble con una esposa hermosa? Eh, amigos, ¿acaso Amadís de Gaula no fue un paria de chico? ¿Y no se ganó una princesa y un reino?

¿Esperaban algo menos de Cristo el Bastardo?

¿Han olvidado que un gran dramaturgo manejaba todos los hilos para asegurar un final feliz? Les avisé que se trataba de una historia prodigiosa, tan colorida y excitante como cualquiera de las novelas de caballería que volvieron loco al pobre Don Quijote.

Y, en realidad, no lo he contado todo. No podía hacerlo, desde luego. Verán, al igual que Jaime el lépero, yo soy tanto un producto de mi juventud en las calles que no pude evitar mentir. Amigos, perdónenme, pero confieso que a veces, en mi narrativa secreta, hasta les he mentido a ustedes.

Ahora los dejo...

Eh, espera, dirán ustedes. Has omitido parte de la historia. Ustedes quieren saber por qué los guardias no le creyeron a Luis cuando él les dijo que no era Cristo el Bastardo.

Pues, verán, él nunca les dijo que era realmente Luis. Trató de hacerlo, pero las palabras no salieron de su boca. Mateo me contó el motivo antes de que Elena y yo abordáramos el galeón hacia Sevilla. Cuando él se inclinó sobre Luis en el piso del palacio del virrey, le cortó a Luis la lengua.

Bueno, ha llegado el momento de darle descanso a mi pluma. Como encumbrado noble de España y Nueva España, soy ahora un hombre de la espada y no de la pluma.

¡Vayan con Dios, amigos!

EPÍLOGO

Los principales hechos históricos relatados en la novela tuvieron lugar durante el siglo XVII en México, conocido entonces como Nueva España. Incidentes tales como la manipulación del precio del maíz que tuvo como resultado un motín durante el cual fue atacado el palacio del virrey, la incursión pirata sobre Veracruz, el culto asesino del Caballero del Jaguar y las aventuras de la monja bandido Catalina de Erauso, pertenecen a ese periodo.

El personaje de Elena, desde luego, estuvo inspirado en Sor Juana Inés de la Cruz. Una mujer hermosa e inteligente, y bastarda ("hija de la Iglesia", decía su certificado de nacimiento), la gran poeta amenazó con disfrazarse de hombre y entrar en una universidad porque a las mujeres no les estaba permitido recibir una educación.

El autor se ha mostrado liberal al presentar la cronología de los hechos.

Índice